(增補)

朝鮮文學

三卷

自一九三八年六月
至一九三九年三月

韓國學資料院

朝鮮文學

三巻六号（六月号）

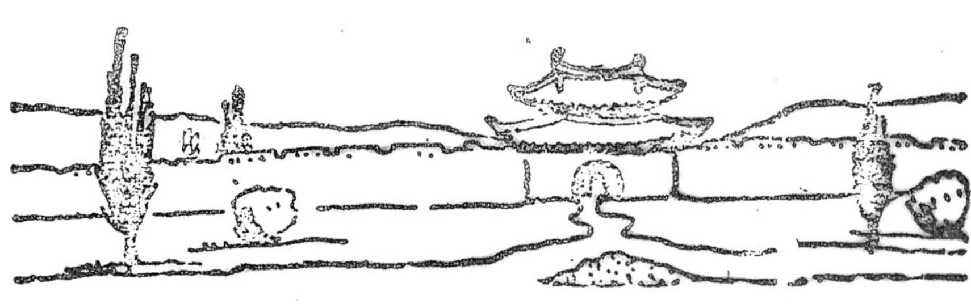

朝鮮文學・六月號(第三卷 第六號) 次例

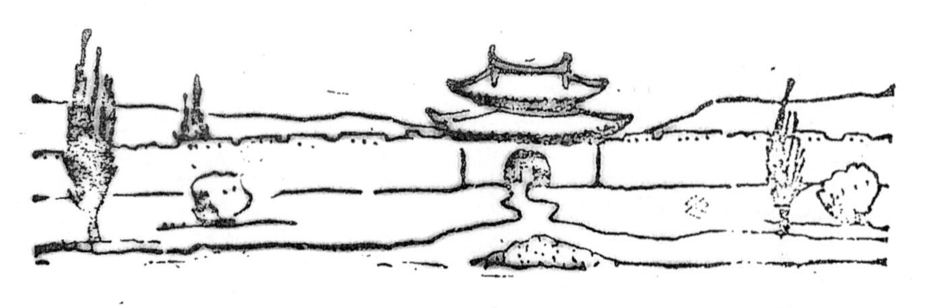

朝鮮文學六月號

第三卷 第六號

부역

韓雪野

一

가울도 이미 깊었다。

엷은 구름떼가 금시 하눌을 덮었다가 자발없이 고작또헤어지군 하든 수다스런 첫가을이 지나가고 요지막은 줄창배려맑은 날세가 계속된다。

홍수뒤 겨츠른 산지대(山地帶)로서는 분에넘치는 좋은 일기다。그러나 서리ㅅ발(霜氣)을 먹음은 아춤바람은 소리없이 대지를 스치고 사람의뼈짬까지를 아삭바삭 핥는것같다。

발축부역을 나가든 기술은 끼였든팔장을 죄여올리며 오싹 몸을떨었다。그리며 그는 파란하눌을 처어다보았다。그리고 황량(荒凉)한 땅으로 다시 시선을 떨첬다。눈에보이지않는 무거운시름이 납덩이같이 지긋이 대지를 내려 누르고 있는것같았다。그는 자기의몸이 너무도 외롭고 조고만것을 문득 깨달었다。겹겹으로 내려실리는 베차맣은 분위기를 헐치기에는 너무도 적은 자기의 몸이였다。

작년 여름까지도 이렇게 고독한 자기가 아니었고 이다지 줄난 자기가아니었다。의지할곳도 있었고 무슨일이든 겪어볼 용기도 있었다。그러나 작년여름에는 때아닌 회리바람에 곁을모조리잃어 버리고 금년여름에는 홍수때문에 살길을 빼앗기고 말었다。마음에 받은상처가 낫기전에 금년에는 주림이 그 육신을 엄습하여 온것이다。하눌을 처다보아도 땅을굽어보아도 호소할곳이 없는것같았다。사람의 교부라지가 아직남어있다고는 하나 그것은몸동아리가 쪼그러진 늙은이 아니면 허잘것없이 마음이 헛겁은 못난이들뿐이다。실로 이런 한푼에 석드럼 짜리만

남아있는것이다。자기자신도 그종류에 속하는 한사람이아닌가?

그는 또한번 피란하늘을 울어러보았다。버드나무 흐느러진 옛날의 그마을의 평화한풍경이 새삼스려 눈에 선해진다。목동의 호들기소리에 무르러가든 벌판 천리에 휘황한 달빛아래에 끊일줄을 모르든 다듬이 소리 땅을 매는 적양가와 누런 곡식단을싫은 수레우의 멍에가(농부들이 소를몰며 부르는노래) 그것은 꿈속같은 열삼전의 남은 기억이다。어찌해서 그때는 그렇게 아름답고 평화했든지……?

그러나 어떤의미로는 그보다 사뭇꿈게 그의맘을 물드린기억은 최근 몇해사이의 생활이였다。생전에 처음듣는 연설이니 강좌니 하는것도 맛보았고 얄팍하나마 안좋이 단단한 책자들도 얻어보았다。그리고 추수니 타장(打場)이니 하는때에 난생처음으로 삭전도 쥐어보고 보통학교나 다녔든 덕으로 야학도 가르쳐보았다。가난을뚫고 나갈 용기도 거기서 얻었다。그리고 또 의중(意中)에 그리는 금순이는 하로도 빼지않고 자기가 가르치는야학으로 꼭꼭와주지않었는가 금순이는 말할수없이 이쁜게집애였다。

금순의 속에서 피여나는 붉은삶은 검푸른 생활고를 물리치고도 남음이있었다。청구지역에 모조리진 그의손일에서는 윤끼있는 힌빛이 써비치고, 눈바람에 든 볼편에서는 붉으스레 은욱한 꽃이 피여오르는것 같았다。그러나 이렇게 피여날부릅에 그만 된서리가쳤다。그는 단하나인 옵빠를 작년여름에 태양이없는 그곳으로 보내고말었다。친근한 동무요 더욱이 금순이의 옵빠인 그를 잃은것은 기술에게도 물론 큰타격이 었으나 그러나 금순이에게는 더한층 빼저린한이 되었다。요전 어느때엔가 오래간만에 금순이를 보았을때에는 그의손톱이 여지없이 닳아떨어젔었다。그리고 산나무를 하다가 그랬는지 손등을 몹시긁혀서 피ㅅ더데기가 엉키어있었다。이쁘기는 여전히 이뻤으나 그러나 그의몸속에서는 가여드는 가난과 피여나라는 젊은혈기가 뿔이 부러지도록 악칙스레 서로 싸우고 있는것만같애서 그것이 몹시에 기술 이를 설음게하였다。함아트면 그는 울번하였다。

「호호호……!」

그래서 기술이는 위청 이렇게 선우슴을쳤다。그러나 그 부자연 한우슴밑에서 무엇이 지긋이 눌리는것을 느끼며 그는

「그때 이지간은 요새는 아바지가 망댕이(몽둥이)로땅을 갈기지않소?」

하고 또한번 위청 우서뵈였다。그리자 금순이도

「아니요」

하고 쉬운은 웃음을 띄여주었다。금순의 아버지는 자기아들동무들이 굶건 헐벗건 어쨌든. 태양아래에서 제발도 걸어다니는것을 보면 아들생각에 화가 버럭나서 지게바침ㅅ대로 땅을갈기고 한번 시언히 한숨을 돌고라야 배기는것이었다。

기술은 이런 생각을하며 그들의농장으로 방축부역을 나갔다。

×

부역나온 작인들은 아직 몇사람 되지않었다。그렇게 형지없이 허처버렸든 방축도 인제 거지반 옛모양으로 돌아왔다。

「아—아、그무섭던 방천(방축)이……」

그는 한숨을 한번 크게쉬었다。묵직한 찬짐을 부려놓은것같은 가뿐한 기분이 삽시에 왔다。역시 무슨일이든지 하면 않될것이 없을것같었다。

여름 홍수로 말미아마 스물여섯군데나 갈라멕히운 방축을、무쇠지같이 커른 작인들이 처음으로 개미가 재(蟻)쌓듯이 엉기적떵기적 흙을파메울 그당초에는 쑥백년을 지나도 본래제대로는 복구될상싶지않었다。허지기가 보면 볼수록 진저리나도록 엄청나게 실지보다 곱백갑절 크게 눈에빛어오는것이었다。

거지반 사람의 힘으로는 어섣도대지못할것같이 뵈였다。그런데 또 인제는 소작도 다해먹었구나하는 가얄핀 낙망이 들어서 처음은 일이 통 손에 닫지않었다。

그러나 일이란 하기만하면 언제든가 바닥이 나고야마는것이었다。그때그때에 있어서서는 하로가 삼추와같이 지리한생각이 들던일도 지금은 대수롭지않었든듯이 생각되었다。지나간 고역(苦役)의날이 돈짝한 그들의 기억가운데서 마치 눈깜벅사이같이 지나가고 어느덧 부역은 거지반 필하여갔다。

「이만하면 내년농사는 걱정없지!」

이렇게 생각하니 마음이 좀더 튼튼해졌다。지주한테 공사비나 좀달래보구싶은 배ㅅ심도 났다。그리고 내년가을까지 먹고쓰고 농사짓기에는 부족이없도록 마련해줄것이라고 그들은 믿었다。그러나 생각하면 주책없는것은 자기아버지와같은 노토리(늙은이)들이다。

게꿍에도 자기아버지처럼 현접은 사람은 또 없을것이다。모든일을 하늘에 물리고 사람은 다만 거게 순종하여야 하는것이라고 생각한다。그리하야 육십평생을 끝다케 인종(忍從)의 미덕(美德)을 졸업하여온 사람이다。김갑산(봉장임자)이 러지기를 건부역으로 해대라할때에 선참으로

「그러나 어쩌겠오。명(命)이거나 했지 별수있오。

하고 굽석굽석 나선사람은 그의아버지였다 그리자 다른 노토리들도 역시 같은생각으로 거게 따아서 마출내 자년여름 그 난리이후 처음으로 없어졌든 건부역이 다시 실시되였든것이다。

젊은축들은 처음 거기에 반대하였다。그러나 그렇게 되자 노토리들은 또

「그저 지뻐(제뻐)공신(功臣)이지」

하고 꺼벅꺼벅 저이들이먼저 이 난공사를 메고나섰다。그래서 젊은축들도 하는수없이 결국 나서게되였다。첫재 끌삼년을 해도 다하지못할 노토리들의 일손을 보기가 화중이나서 며다말듯이하고 나서버렸든것이다。

그러나 그리구서도 이따금 화가나면 기술이들은 노토리들에게 해대였다。말성이나 걸어보았으면 하다못해 신발값。담배용이라도 줄런지 모르는일이오 그렇지않으면 점심이라도 먹여주든가 혹시 점심쌀을 꿔주든가 할것인데 무엇이 데바빠서 자발없이 망령이냐고 소패들이 욱다지르면 노토리들은 그저

「그러나 별수있나누 구는 하구싶어하겠나……목숨이 원수지」

하기도 하고 혹은

「래년은 풍험이 나네。그저 두고 보랑이。그게 그속에 있을거니……그무서운 벼를 그대로 처박아 썩였으니 암쪼가 있지」

하고 딴전을 허비는 배포유한 우슴을 웃는사람도 있었다。

「저리 비켜요 비켜……꾼방구를 대말으니 방구다툼을 하구있능가」

기술은 어느때 노토리들이 러지기물가에 모여서서 이러쿵저러쿵 뜬소리를 하고있는뒤에서 흙을 담은 지게를 닥쏜아제키며 외쳤다。부리여진 흙이 러지기ㅅ물에 출렁 떨어지며 흙물이 뛰어올랐다。노토리들은 그제사 이마와 입과 뺌에 뛰어오른 흙물을 혹은 씻으며 혹은 퉤퉤불며 물러들섰다。그바람에 공교히 기술의아버지가 짓밀려서 없으러질듯이 비켜서는것을 기술은 한참 먼이 바라보고있었다。참 순간에는 「거 잘했다」하는 생각이 났

다。 그러나 늙은어머니가 지어준 겹옷에 뛰어오른 흙물을 털며 자기가 삼아준 집세기가 발에서 벗어져서 나뒹구는것을 소중히 털어신는것을볼때에 기술은 갑작이 맥이 풀려서 그만 돌아서버렸다。

그리다가도 문득 문득 밸머리가 치밀군하였다。아버지의 소갈머리없는 꼴을 보다가못해서 젠벽에 마른집을 닥밸어주고 집을 튀여나오기도하였다。

그러나 그리고 나와보아도 맘은 씨연치않었다。그래서 돌맹이고 개새끼고 뭐고 뵈는대로 함부로 막차 주고싶은 충동까지 났다。지난 여름 홍수통에 다친 허리가 불시에 뜨끔하고 결린다든가 또는 요전에 소집새(소집을 써는일)를 하다가 다친손을 무심코 보게된다든가 하는때면 그아픔보다도 아버지에게대한 악심이 더크게 불끈치미는것이었다。

그리며 「방아허리를 넘어가면 어버이가죽는다」하는 속담을 생각하고, 또 어렸을때에 몇번인가 「이간나 늙은기죽어봐라」하고 방아허리를 넘기까지하든일을 생각하며 금시 방아간으로 뛰어들어가는 자기의모양을 방불히머리에 그리기도하였다。

다른 사람에게대해서는 유순하고 헙헙하면서도 아들에게는 몹시 강박한 아버지였다。기술의 동생이 죽은 뒤로는 외아들인그를 사랑하지않은것이 아니었으나 무심히 구는때에는 도모지 사정모이없는 아버지였다。누구러진듯하면서도 멋없이 땍(신경질)하기도하였다。

보통학교로 다닐때에 떡한자루사고 남은돈 이전을가지고 눈깔사탕 열두개(다섯개는 신문지에 싸서 금순이를주었다)를 사먹고 혼뚬이 난일이 있다。

「이때가재 간나새끼……그기 무슨 돈인줄아니 지신케 지벌 소지(燒紙)사자든 돈이다。」

하고 아버지는 비슬비슬 피해나가는 그에게 낫자루를 내던진일이 있다。지금 생각하니 그것이 미운것은 차치하고 여편네들보다도 더미신꾸러기인것이 새삼스례 더미워났다。

그리고 또하나 이런기억도 남아있었다。그것은 보통학교를 마추고 「사사끼」교장네 양잠소에 다닐때일이다。그때는 원악 나이먹어서 늦게 학교에 입학하든 때이지만 개중에도 그는 더늦게 학교에 들은관계로 졸업하였을때에는 더부룩한 숫총각이었다。그런데 더욱 그때는 언제 스무살이될가 언제 어른이될가 하고 기다리든때이라하루는 양잠소에서 급료를 받아가지고 그길로 T읍에가서 난생 처음으로 이발소에 들어가 상고머리를 깎았다。

그리고 일부러 좀 어둑어둑해서 집에 돌아왔는데 아버지는 어유등불에 허미히 빛인 그의머리를 바라보더니만 대뜸 이발소에간줄을알었든지

「이놈새야 거 대가리복판에 개가 찌를 갈겻디 어째서 곽대기를 마넜니?」

하고 청을 내었다。그리고는 인차 양잡소에서 받은 돈을 모조리 훑어갔다。

「이기 어째 요것뿐이냐? 썩 더버뇌라」

하고 아버지는 연신 졸라댔다。기술은 어느동무한테서 머리를 깎었다고 거짓말을 하였다。사실 그날은 머리깎은외에도 십오전을 주고 비누한개를 사서 금순이를 준일도 있고해서 고박한그는 그것이 들켜날까바 속으로 몹시 황황해댔든 기억이 아직도 력력히 남아있었다。

그런것을 모두 생각하면 아무리 아버지의일이라하더라도 절통하지 않을수없었다。더욱이 방축부역를 하게되면서부터 더욱 아버지가 미워나는일이 많었다。홍수뒤에 이것보아라 하드시 날세가 맑게개인것을 쳐다보며「지금개면 무얼하는가? 비러먹을놈으 하눌」하고 아버지를 미워하는남아에 하눌까지 깨서 욕지거리를 퍼붓기도 하였다。

二

역부는 지역진고개를 넘어서 착착 진행하였다。까마아득하게 내다보이든 아름찬 공사도 어느새 절반을 넘겨놓고, 인제 준공이 가까워오고보니 행결 힘이 부치지않는것같았다。아버지에게 대한 감정도 그도수가 적잖이 떠젔다。그리고 이따마큼씩 김갑산에게 어떻게 걸고들어볼가하는 엉큼한배심이 얼마큼 여유생긴 그들의 가슴에 오고가는것이였다。어느모으로던지 무슨 갈음이 있도록 서들어보리라고 하였다。물론 잘들어주지않을것은 뻔한일이나 어쨌든 말은 걸어보아야할것이라고 배심으로 다짐을 두었다。

그래서 젊은축들은 지게를 지고 흙을 나르는사이에 여기대한 얘기들을 바꾸기도하였다。그렇대야 눈앞이 어드워지고 상론할결이 없어진 그들이고보매 그얘기는 별로 질서나 방법이 있는것은 아니었다。다만 삯을 좀달래보자든가 용량을 좀 넉넉히 줘오자든가 하는 정도를 넘지못하였다。안들어주면 어떻게하겠다는것까지는 말해본일이없으나 어쨌든 그만치라도 서루 막힌 속을 헐어부치고보니 말아니넨때보다는 거뿐한 기분이 생겼다。그

리다가 낭중은 부역이 필하면 축하점 한번 모두들 우—몰려가서 그말을 걸어보자고까지 의논이 되였다。
직인들은 굽석굽석 일들을 잘해대였다。

노토리들은 부삽을 쥐고 흙컴에서 흙을 파서 젊은축들의 지게에 담어주었다。흙컴을 파서 물이날 지경이면 다른컴으로 옮겨가군하였다。그래서 방축 바루 옆은 거지반 돌아가며 웅덩이가 되도록 파내었다。저건너편 산여부대기에서는 떼짱(芝)을 떠다가 새로 흙을 다져놓은곳에 덮기도하였다。

젊은사람들이 흙과떼짱을 지게로 나르는동안, 노토리들은 허리틈에 꽂았든 곰방대를 내어가지고 뽕잎가루가 절반이상이섞인 담배를 담어가지고는 뿌지직뿌지직 대짠 끓는소리를내여가며 담배들을 뻑뻑 피기도하고 악배디진 주먹으로 잔허리를 툭툭 두드릴만한 여유는 있었다。그리고 범영감의 날파람있든 젊은시절얘기도 청하군하였다。

범영감은 인제 비록 늙었으나 아직도 끄장떡같이 짜장짜장한 조고만 다부진 늙은이다。뱀(蛇)스염같이 빳빳한 그의 성긴수염은 아마도 옛날의 파랑파랑한 기질을 방불케하였다。소를 부려도 받는소만부리고 개를잡아먹어도 달는개만 때려먹었다。그리고 어느해엔가 이곳서 오십리되는 H장엉에갔었는데 때마침 민요가 일어나서 청믄을 말아걸고 야단법석 이른바 도리깨난리가 난판에도 그는 사람들이 범벅떵이가되어가지고 이리몰리고 저리몰리는 그머리우으로 허궁 소사서 사람들의 꼭대기를 달려 빠져나왔다는 이얘기를 다른노토리득은 번서떠번 들었건만 또다시 듣고는 자미있다고 우서들 대었다。그런중에도 평생 홀애비로지나는 그의 오입하든 얘기는 듣는때마다 노토리들의 허리를 잡는것이였다。그의 어투가 독특한 맛을 가지고있기때문이다。

「영감 그때 중오입하든 이얘기 한번 하우다」

한늙은이가 이렇게 말하자 모다 그리 해롭지않다는드시 입들을 씨무룩하고 그얘기나오기를 기다린다。그러나 범영감이

「누가 중첸신(맛보이는것)을 시켜줬읍테?)

하고 시침을 뗀다。그리자 곁에있든 늙은이들이 제가끔 제멋대로 범영감의 숭내를 내여가며 그얘기를 펴놓았다。

「그게 바루 기미년이듬해였다。기미년 대창뒤이라 살아갈수없는 안악네들이 중이돼가지고 동냥을 다니는때야 바루……하하하……한 여중이 드노라도니까 서두상(늙은이)집으로 들어갔단말야……하하하……」

「그래서……」

아직 그애기를 듣지못한 한늙은이가(그는 몰과몇해전에 이마을로 이유온사람이다)구미있이 그렇게 묻자 말하든 영감쟁이는 더욱 신이나서

「둘가른 잘못들었지……아따 사람늙은법이 원님을 가리겠음……한데 저영감이 엉큼하단말야。마츰 신을 삼고있다가 밖에서 여편네소리가 나자 야 이거 무슨떡이냐 하고 이불을 쓰고 들어누었단말야……」

「올뢰 김치국부터 마시구……하하하……」

「앙이지(아니지)……이불을 쓰구들어누어서는 끙끙 앓음소리를 내는데 여승이 마당문을 비죽 열고 동냥을 청하지 앵겠오(앓었겠오)한즉 저놈의승률(중물)의 말이……나는 모진 병이들어서 꼼작못하니 어서 뒷고방에 들어가서 쌀을떠가우 그래서 불공덕으로 내병을 하루바삐 낳게해주우다…… 하고 연신 죽어넘어가는소리를 내니까 여승은 맘턱놓고 뒷고방으로 쌀뜨며 들어갔단말이오…… 그리자 저두상이 그만 앓음소리고 뭐고 비잘때로 가락하고 비호같이 뒷방으로 뛰어들며 에듣었구나 하고 벽락같이 소리를 질르는통에 여승이 그만 맨겁을 집어먹고 허뜩 나자빠졌단말요……하하하……」

「하하하……」

「으흐으흐……켁……어귀 허리야」

노토리들이 이렇게 꺽없는 우슴을 웃고있을때에 기술이들 젊은패가 흙덤으로 돌아왔다。

그들은 늙은이들이 담5주는 흙을 지고 사오인이 일렬로서서 방축쪽으로 걸어갔다。방축밑 흙파낸 웅덩이에 다다라서 그들은 내리막을 잔달음질하야 그힘으로 방축을 올려달렸다。그까지가 제일 힘이 부치는것이나 그담에 방축에만 올라서면 좀완완해서 든걸음으로 잡담도하고 때로는 전쟁이나너니 쌀시세가 무럭 올라가더니하며 저어편 터지기로 걸어갔다。

아직 오전쯤이기때문에 원기도 있었고 또 기분들도 비교적 맑은편이었다。오후와 달타서 높은소리로 떠버려 또 우서대도 또방구를 꾸어도 그다지 원기의소모는 되지않었다。

이농장 북쪽——당초에 지저번(沮地)이었든곳은 여름 홍수때에 덴첨으로 이방축의운명을 터트린곳인데 그만착취불쌀의 된탕을 맞아서 꽤일 깊게 패여나갔다。그래서 옆은 터지기부터 메우고 이곳을 지금 마지막으로 욱

수한것이었다。중년남자들은 바지를 오금까지 걷어부치고 아츰부터 찬물속에 들어서서 말뚝을 바가 결창을 만들었다。흙이 잘걸려있도록하기위하여서다。

이곳 저곳의 흙텀에서 모아온 젊은사나히들은 지게의흙을 이곳에 가저다가 철석철석 버려버린다。그리고는 비인지개를 외어깨에 걸치든가 그렇지않으면 두어깨에 민고 한손으로 지게를 며바뜰어가며 짬난 장둥에 바람을 몰아붙군하였다。

그리다가 누가 담배 피는 눈치만 열신하면 모다들 쉬파리떼같이 우—몰려들어 너두나두라고 야단법석이었다。그들은 모다 담배기근에 들었을뿐아니라 그렇게되면 행결 더먹고싶은것이 인정이라 밥보다 담배가 더먹고싶었다。배가 호랑이배같이 홀쭉하게 줄아붙어도 담배만 한대먹으면 원기가 돈다고 그들은 말하였다。총역을 가면 첫째 담배를 못먹어서 죽겠다고 감옥사리얘기를 들은 어떤 젊은사나히는 말하였다。

사음은 저어편 수류우에 서서 작인들에게 무엇을 지휘하고있다가 또휘둥그런 방축을 어슬렁어슬렁 이편으로 걸어왔다。그는 왼종일 돌아다니며 일하는품을 감시하는것이었다。

역부가 시작된후 얼마지나서 작인들의 희망도있고 또 일을 속히 마치게하기위하야 지주는 작인들에게 점심을 먹도록 소미(만주속)얼마씩을 돌려주었다。사음은 그것을 자기가 주선한덕이라고 내세웠으나 그러나 작인들이 인차 점심을 먹다가말다가하는것을 보자 꿔준 쌀을 종작없이 처먹었느니 팔아먹었느니 하야 눈을 까뒤집고 욕지거리를 하드니 그만 그것조차 돌려주지않게되였다。

그러나 작인들은 팔거나 처먹은것은 아니었다。이틀동안 점심을 먹으면 하루치식량이 공중 날아나고 따라서 그만치 목숨이 줄어드는심이지만 만일 이틀동안 그것을 먹지않으면 하루치용량이 남어서 그만치 연명이된다는 타산으로 자연 점심을 먹지않게되였든것이다。

그러나 막상쌀 데수가끊어지고 본즉 악색한 사음에게도 또 그리고 괜이 계속는줄모르고 점심을끊은 번충맞은 자기들자신에게도 무척 밸머리가 나는것이었다。생겼을때에 흠씩 먹어줄걸 공연히 아끼다가 되려 손을 보았구나하는 후회도 낳다。

「장진놈은 외상이면 소두 잡아먹는다는데……」

생각하면 자기들은 「장진놈」보다 더 우둔하고 뱃장이 없는것이었다。점심때가 되고보니 그런 생각이 더 절허 졌다。

참경선의 두번째의북행이 땅바닥을 울리고 지나갔다。 벌서 점심때다 。허기가 배로부터 명치끝으로 쌀쌀 기여올랐다。 그들은 군침을 삼키며 바지띠를 바싹 졸라매였다。

그러나 공복의설렁이 차츰 몽롱한의식가운데 흐리여갔다。 그리구는 그저 전신만신에 맥이 탁풀려서 지게를 등지고 아무데나 털석 주저앉기도하고 또 흙을나르다가 쓰러진것처럼 시더더 방축에 쓰러지기도하였다。 사음이 눈을 찌그리고지나가면 그들도 마조찌그리어주었다。 그래야 사음은 말을하랴다가도 미우나마 그대로 지나가는것을 그들도 잘알기때문이다。 머리를 숙이면 숙일수록 누르고싶은것이 누르는사람의 버릇인것을 그들은 육신으로서 웠다。

세번째 남행이 지나가고 인차 화물렬차가 지나갔다。 인제 한시간쯤 있다가 서울가는 급행렬차가 지나가면 그제는 바루 진역때다。 기차는 그들에게있어서 틀림없는 「시계」인데, 오후가 되고 석양이되는데 따라서 이「시계」의 돌아감이 어쩐지 몹시 뜬것같이 그들에게는 생각되었다。

인제는 아무도 별로 떠버리는 사람이 없었다。

三

하로의 부역을 마치고 기술은 동(垌)건너 남녁마을로 갔다。 왼편으로 어떻게 결례가되는 차손이네 집으로 구루마기름을 얻으려간것이다。 그의집소가 얼마전 부터 한쪽발을 살룩거리기에 굽을 들고 드려다보니까 까치벌레가 발뒤꿈치 짜개진곬을 상당히 파먹었기에 기술은 구루마기름으로 지저주어야 되겠다고 생각하였다。 그러나 그의동네에는 구루마있는집이 한집도 없었다。 그래서 차손이네집으로 갔던것이다。

그는 깨여진 토기(土器)조각에 기름을 조곰 얻어가지고오며、자기가 어려서 목병이 자심해서 늘 어머니가 참기름을 끄려가지고 목을 지저주든일을 생각하였다。 어느때엔가 한번은 어머니가 사기창(깨여진 사기그릇조각이 창끝같이 뾰죽하게된놈)을 싸리까지끝에 단단히 매여가지고 잔뜩 부른 목(편도선)을 질러 악혈을 빼고 기름으로 지진일도 있다。 앙탈을쓰는 지기의입에 바침대를물리고 악을써가며 그영고 목을 째고 지지고하든 내강한 어머니가 멋없이 울뚝배리만 사나운아버지보다 지금생각하니 얼마나 고마운지 알수없었다。 또 그강끼가 구차한

실자기집살림을 꺼려매여오는데 얼마나 큰힘이되였는지 알수없었다。

그는 오늘밤으로라도 솜뭉치에 굶은 구두마기름을 묻쳐가지고 소발의 까치벌레를 지저주리라고 생각하였다。소가 시연해하는것이 완연히 보이는것같았다。아무리 갈힘이 센 둥글황소라도 챗죽끝으로 뒷다리살을 살근살근 끌거주면 그큰몸을 내마까고 차츰 꼬리를 쳐드는것처럼 자기집소도 앓은곳을 시연히 지저주면 얼마나 좋아할가? 그큰고비낀 검둥그런눈으로 자기를 먼니 바라보는 소를 생각하였다。하나、둘、셋、넷……아버지、어머니、소、자기……그는 이넷이라는 수짜로서 자기집의 전부를 연상하는것이었다。

날은 어득어득해졌다。어둠은 발밑으로 기여들었다。서쪽하늘은 아직 해넘어간 뒤의 희멀금한 자취가 남아있었다。

남녁마을 뒷등성이로부터 잔솔밭이 검은띠가치 남으로 뻗어저있다。그솔밭이 끝나는끝부터 창리의 살진 평전이 있다。그러나 그등성이북쪽은 자름자름한 구릉(丘陵)에 사로잡힌 그다지 넓지못한 척박한 신개간지들뿐이다。그중에서는 기술이동이 부치는 김갑산의동이 제일 크고 또 오래다。

기술은 조고만또랑옆을 거터왔다。또랑은 물이 죄다말라버렸다。그는 물이말른 시컴언 또랑판을 먼니내려다보왔다。여름홍수때에 이또랑으로 흙물이 콸콸쏟아저오든일이 다시금 생각났다。그리다가는 물이 또랑을 넘어서 그결의밭으로 올리밀었다。그리하야 마츰내 물는 곡식밭을 언저 갈라먹기시작하였다。조이와 수숫대기가 하이얀뿌리를 들어내놓고 염선 나자빠졌다。기술은 아직도 그기억이 역역하였다。그곡식뿌리는 자연의 무서운 챗죽아래에 벌벌떨고있는것같았다。

그는 그무거운기억을 털어버리듯이 숨을 후ー내쉬며 하눌을 처다보았다。역시 맑은 하눌이나 달은 없었다。별들이 차츰 희미한빛을 나타내기 시작하였다。날은 낮보다 행결차졌다。이따금 어디서이러나는지 알수없는 싸늘한바람이 불시에 몸을 휘감아치군하였다。추은겨울의 성큼성큼 달려오는것이 바루 눈앞에 보이는것같았다。

사방은 죽은듯 괴괴하다。땅도 또랑도 마른풀과잔디도 그리고 철또뚝도、집들도 모다 묵묵한가운데 잠겨있다。

기술은 또랑뚝으로부터 철또뚝 옆으로통하는 수리ㅅ길(큰길)로 나섰다。철또뚝북쪽으로 느러선 전보줄의 가는게 우는소리가 들렸다。그리고는 아무소리도 없었는데 철또다리밑을 지날때에 별안간 무었이 푸두독하여 나타낫다。그는 솜털이 오싹도록 놀랐다。그러나 알고보니 까친가 무었이 다리에서 잠을 자랴다가 놀라서 날아간것이었다。 허미한 하늘로 날아가는모양이 어슴푸러보였다。

그리고나서 조끔지난후였다。 뒤에서 인기척이나며 으흠하고 건기침을 뱉는소리가 낮개들려왔다。 기술은 힐근도라따보고 사람인것을 알은다음 고개를숙였하고 그대로 거러갔다。

뒤에서 오는사람의 걸음은 기술을보다 좀빨랐다。 어느새 그이뒤에 가까히와서 그를 지나쳤다。 지나치며 그는 힐끗 기술이편으로 눈을주었다。 그리고는 얼신 고개를 저편으로 돌렸다가 인차 다시 기술이편으로 눈을 주며「어 기술이 앙인가?」

하고 부른다。 그소리에는 오래간만에 만나는 놀램과반가움은 별로 없었으나 퍽무관하게 들렸다。

「어——」

기술이는 삼시에 어떻게 대답할지를 모르드키 이렇게 외마디를 내다가 인차

「어 문근인가?」

하고 자기도 힘써 버젔이 말하였다。

문근이와는 보통학교동창일뿐아니라 어렸을적부터의 동무다。 동리는 서루 달렀지만 풀깊은 곳으로 소먹이려가는때마다 맞나는 동무였다。 그리고 보통학교다닐때에 T읍 바루남쪽에있는 중국사람 채소밭에서 홍당무이 (붉은무이)와 우벙(牛蒡)을 함께 뽑아먹기도하였다。 그밭을 지나다가 문근이가 기술이를 탁밀치면 기술이는 일부러 커다랗게 그밭에 탁쓰러지면 그틈에 슬적 무이를 뽑아가지고 달려나와서는 문근이를 때려주듯이 쫓차갔었다。 그리하야 청인이 안보는눈치를 보아가며 가치 논아먹었다。 그리고 수수밭을 추며 감부지(黑穗)도 가치뽑아먹고 뽕밭에들어 오디(桑實)도 함께 따먹었다。 수수대가도 잘라서 빨아먹고「핫도리상」네 과수도 올개미질을해서 따먹었다。

그러나 보통학교를 졸업한이후로는 피차 자주만날기회가 없었다。

문근이는 보통학교를 마치고 이곳에서 오십리되는 H읍 (지금은 H부가되었다) 농업학교에 입학하고 기술이는 사사끼교장선생의 양잠소(다른사람의명의로 경영하였지만)에서 일을 보았다。

기술이는 그뒤부터 양잠소에가서 잠박(蠶箔)을 냇가에나가 씻고「무시로」의 주여진곳을 수선하고 그리고「하끼다테」(撥立)란 춘잠(春蠶)을 잠박에 펴서「다나」에 올려놓았다。 한난계를 보아가며 방안의온도와습도(濕度)도

마추어주고 계집애들이 따오는 애상(어린뽕닢)을 넙죽한 상도(桑刀)로 기사미같이 보드랍게 썰어서 개미같이 검스레한 치잠(稚蠶)우에 골고루 뿌려주었다。 뽕밭에도 나가보았다。 금순이도 뽕따는처녀의 한사람이었다。 그애들이 뽕잎을 따오면 기술이가 저울에달아서 치부해두군하였다。 한판을따는데 삼전씩인데 역며같은 계집애라도 하루 열판을 따는 사람은 없었다。

기술이는 늘 계집애들의 후론을 들었다。 금순이 뽕잎은 늘 판수(貫數)를 더쳐어준다고……。

계집애들은 금순이뽕잎과 자기들이 딴 그것과를 들어보았다。 들어보아야 자기들의뽕잎이 더무기운것같은데에도 불구하고 막상 기술이한데가서 저울에달고 낭중에 회계할때에보면 금순이편이 더많었다。 그래서 계집애들은 늘 푸념을 하었다。

기술이는 물론 학교로 더다니고싶었지만 양잠소일도 치츰 자미가났었다。 금순이가 있은탓도 컸을것이다。 그래서 처음은 상급학교로 들어간 문근이들을 몹시 부러워하였으나 양잠소자미에 그런 공상을 어느만치는 눌러갈수가 있었다。

그러나 춘근이도 학자관계로 얼마못되어이농업학교를 퇴학하였다。 그리고는 H읍에서 무슨 직업을 구하다가 그도 뜻대로 안되어서 다시 집으로 돌아오고말었다。 그러나 그때까지도 가세가 그렇게 곤궁하지않는관계로 오래 농토에 묻혀있지아니하고 다시 H읍엔가 어디론가서 어느가가의 사환이되어가지고 한편 무슨 회이니 동맹이니 하는데에도 다니다는말을 기술은 풍편에 들었다。 그때는 기술이도 T조합出동리(그의마을)반에 관계한때었다。

그는 거게서 지식도 새로얻었다。 또 이것저것 새로 깨달는점도 적지않었다。 그리고 지금생각하면 차라리 우수운 일이지만 어쨌든 자기라는 위인도 헌다는사람보다 별로 못한것이 없거니 하는 일종의 자만심까지 생겼다。 그렇게 부럽든사람들이 그다지 놀라울것이 없는것같이도 생각되었었다。

기술이는 작년봄에 문근이가 다시 집으로 돌아왔다는말과 또 그가 T군도범청년강습회에 다닌다는말을 풍편에 들었다。 그리고 그해가을엔가 문근이가 그강습회를 마치고 자기면 면사무소 서기가되었다는말도 역시 풍문으로 알었으나 맞나보기는 오늘이 첨이다。

기술은 오래간만에 그를 맞났으나 별로할말이없었다。 생내 첨으로맞나는사람보다 더야릇한무엇이 두사이에 끼여있는듯해서 몹시꺼름하였다。 이상히 군색하고 지루한순간이었다。

기술은 사실 얼른 그와같다지고 싶었다。그러나 그의마음로 빼여지는길은 아직도 아―스랗고 문근이는 먼저 훔쳐 지나처버리랴는 동정도없었다。

그리며 그는 인차 이런이야기를 꺼냈다。요즘 바투 H부연매(聯袂)추기연습이있어서 자기들도 괜이 바쁘다는 말을……

「……연대장이랑 도청내무부장이랑、사회주사(기술은 첨듣는이름이었다)랑 면소에왔기에 그것을 인도해서 여기ㅎ기 돌아다니노라고 어떻게 바빴는지 아주 죽을번했다。발이다 부르텄다。」

문근이는 이렇게말하고 혼자픽웃는상이었다。그리고 그는 내일또 도라다닐지모르겠다는말붙하며 연대장에게서 받선사――종이에싼 무슨변또같은것을 기술에게 뵈였다。기술은 얼핏눈만주었으나 어두워서 그저 무엇이 허멀금하게만보였을뿐이다。그는 아무말도 하지않았다。

「참 사사끼선생도 오늘 가치돌아다녔다。이지방형편을 잘아니까 내가설명을하는데 우리가 모르는것을 다알도라。농사이치도 어떻게밝은지 농부를 쨈쩌먹겠네」

문근이는 이렇게말하며 또웃는모양이였으나 기술은 여전히 잠자고있었다。그도 요지막에 추기연습이 있는줄은 잘알고 있었다。바투 철도선로북쪽 사방십여리지대가 군용지요 그중에는 옛날자기네마을터도 있였다。그리고 얼마전에 구장이 그얘기를하며 그사이에는 국기를 달아야한다고 한국에 십오전씩으로 온동리에 골고루논아준일이 있었다。그리고는 오늘아츰에 구장이 부따새돌아다니며 죄다이깨여주고 기를 속히달도록 말한관계로 기술이도 물론잘알고있었다。그러나 오늘 연대장의일행이 동내동내를 돌아다녔다는데 자기네동리근방으로는 온일이없는듯해서

「이허양(근방)에도 왔다갔능가?」

하고 혼자말비젓이 우물거렸다。

「앙이다온 이허양에야 무서거 보자구오겠니? 모범부락시찰인데……」

「엉……」

기술은 문근의말을듣고보니 자기의말이 엉터리없었든것같아서 혼자고개를 끄덕끄덕하였다。그리며 평생 말을않하다가도 어때 하게만되면 온 생둥같은 실수를하겠금 마련된 자기인것같이도 생각되어서 그는 그만입을 닫아 물었다。

그래도 문근이는 이러니저러니 잔사설이 詰질사이없었다。

「여기는 교장선생농장도 있고해서 시찰하려 온다는말도 있기는있었으나 오늘은 시간도 모자라고 또 상기 동(洞)도 멀고해서그런지 교장선생님도 그다지안내하구싶어하는눈치가 없드라」

문근이는 이렇게말하다가 별안간생각난듯이

「그리구 나는 이허양농내는 뵈이구싶지않드라 조선사람숭(흉)이 나놨지……」

하고 마치 이지방의면목을 위해서 안내하지않었다는듯이 서운은어조로 말한다。그러나 인차 도두 말소리를 살리어가지고 모범부락의형편을 이야기하였다。교장선생은 농촌에서자란 자기보다도 더소상히 농촌사정을 설명하드라는말도 하였다。선생이 지금 갱생부락 모범부락이 실행하고있는 여러가지일을 낱낱이헤아리는데에는 입을 딱 벌리지 않을수없드라고도 말하였다。선생은 그부락민들의 추경여행(秋耕勵行)、축산여행(養豚、養鷄、養犬、畜犢) 퇴비증산(堆肥增產)、양관정지개량(秧板整地改良)과양상보급(揚床普及)、정조식(正條植)등 농사개량에관한것과 부업(蠶業、林業、水產、農產加工、貰太、運搬)、연료비림조성(燃料備林造成)、해조채취(海藻採取)등 부대사업에관한것과 의례준칙실행(儀禮準則實行)、색복착용(色服着用)、절주절연(節酒節煙)、허례폐지(虛禮廢止)、미신타파、근검저축、부녀자근로(屋外勞働、機業勵行)、온돌과부엌개량、부채근절(負債根絕)등 생활개선에관한것과、납세기일엄수、자력갱생、지방진흥、국기게양엄수、경노(敬老)사상등 정신작흥에관한것을 낱낱이 들어가며 설명하드란말을 길다랗게 느려놓았다。그리고 교장선생은 전선에서 엄지손구락을 꼽는 모범교장이라는것과 이런 궁벽한곧에 그런선생이있다는것은 참말 이상한일이라는것을 입을다시어가며 말하기도하였다。

그리다가 그는 문득 이런말을 말끝에 끄내었다。

「참 그선새미 내년봄부터 김갑산동을 경영하게된거 늬 아늬?」

김갑산동이란 즉 지금 기술이들이부치는 농장이다。

기술은 금시초문이었다。그는 그말을 들으면서도 그저 정신이멍해서 무슨소린지 잘알수없는말인것같았다。그리고 왼 그렇게될일이있으랴하는 믿어지지않는맘도 있었다。

「나도 자세는모르겠다만 저 벌말 나까무라상안테서 들으니까 꼭 그렇게된다구 그러드라」

문근은 또이렇게말하였다。나까무라상이란사람은 교장선생이 삼년전엔가 그고향에서 떼려다가 벌말에있는 자기

土地를 소작시키는 다섯사람소작인중의 한사람이다。

그들은 좁은땅에서 많은 추수를 걷우고있었다。보통 일단보삼백평에서 일곱말까지 소출을내니까 조선농민의 약삼배를 걷우는심이었다。그들은 앞으로 일단보에서 여들말까지날수있다고 말한다。그들은 검은판자를 둘러싸은——퍽평화로워보이는 집속에서 살고있었다。그들의안악들은 손등만가리는 장갑을까고 짜개보선신발로 들일을 하는것이었다。기술이도 몇번그집앞을 지나친일이었다。뜨거운물을 호!호!불며 마시는것이 몹시 평화로웁게 보였다。뿐만아니라 보이지안는가운데 무슨범하기어려운 은혜로운공기가 늘 그들과 그들의집과 심지어그들의발바리까지를 에워싸고있는것같았다。

교장선생이 농사한창때에 학생들을 다리고 그들의농텀에가서 구경시킨다는말도 기술은 일즉 들은일이었다。그리고 한번은 그들을다리고 광포로 해수욕가는것을 멀직암치서 바라본일도있다。그러니까 그들이 교장선생의사정을 누구보다도 잘알것은 뻔한일이다。

문근이는 말을이어 여러가지 사정을 또 이야기하였다。

김갑산동은 T회사지점에 십년년부로 저당에들어갔는데 그년부상환금(年賦償還金)이며 심지어 이자까지도 가리지못해서 불원간 회사에든지 그렇지않으면 다른사람의손으로 들어가고야마리라는것이 문근의말이었다。

못해서 김갑산은 빗을가리랴고 백방으로 주선하고 낭중은 팔아서 다만 얼마라도 우스리를 쥐고나앉으려고도 하였으나 살라는사람은 기껏해야 잡혀먹은 돈 정도밖에 값을치지않어서 매매는 좀체 성립되지 못하였다。

그러던중 올해는 때에없이 농형이 썩좋아서 청초를 깨서팔면 상당히 여재가 나리라고들하였으나 마츰 그무릎에 때창이나서 그만 그도 틀어졌다。그러나 그렇다고 그대로 내버려둘수도없고 또 아직도 팔아볼욕심이 남아있어서 김갑산은 성화같이 작인들에게 부역을시킨것이었다。

「땅은 묵힐수록좋은것이다。삼년을묵였다가 지으면 부자안되는사람이 없는법이다。어서 부역들해라」

김갑산은 이렇게 졸라대었다。그런데……

「아 그러면 교장선생님이 아주 샀는가?」

기술은 이렇게 물었다。그러나 문근의말을드르면 아주산것은 아니었다。

선생은 처음 같은학교박선생을 시켜서 저당금에 약간 프리나다라서 사라고하였으나 그교섭이 씨업치않어서 그것을 단념하고 직접 T회사지점에 넘겨붙였다。회사에서 그처치에 골머리를앓고있는것을 염담하였기때문이였다。
  그래서 그러한 리면사정때문인지는몰라도 회사에서는 그후 연거듭 김갑산에게 연체금(延滯金)을 독촉하였다。
그러나 여전히 돈이 들어서지않는까닭으로 마츰내 회사는 경매수속을 취하여버렸다。그최후기한이 발밑에닥아올
때까지 김갑산은 백방으로 뛰어가며 매매운동을 계속하였고 동시에 연체금 값을수선을하였다。그리고 일변 우
쩌다라는 금융뿌로―커를 내띄워가지고 T회사에 연기운동도하고 또그사람이 이전 ( )은행에오래있었든관계로 그
은행에 바뀌마추랴고도해보았다。그래서 안악네들의 패물등속까지 둑둑팔어서 교섭비용이나 토지감정료(鑑定料)나
하는것을 주변해보았으나 결국 모다 헛물켜기가되고말었다。
  일방 저편에서는 유력한사람들의힘까지빌어가지고 T회사에서 토지를 경락(競落)해가진후에 그것을 대부(貸付)
말을 운동을 착착진행하고있었다。자력갱생농사개량 게다가 심전개발이라는 옷집까지 처가지고 그토지를 그러한
방면에 이용한다는것이였다。즉 자기고향에서 모범농민들 데옴겨오는동시에 T교졸업생중에서 중견분자를 가려서
그토지를 소작시켜 다수확(多收穫)과 온건착실한 근로(勤務)정신을아울러 심불량면(心物兩面)의 전형적모범농장을
만든다는것이였다。그래서 그교섭은 이미 십상팔구는 성공할것이라는것이였다。
  기술이도 문군의말의 어느정도까지는 이미 풍편에들어온바이나 정작 그렇게 넘어가게까지되였다는것은 전연 처
듣는말이였다。
「앙이 그러면 작인들은 어떻게되능가?」
  기술은 조바심이나서 그렇게물었으나 감당키어려운 괴롬을당한때에 처눈을 슬적감는것같은 일종의허약증이돌아서
「설마한들 작인들이야 일없겠지? 선새미、글이나쓸줄알었지 제손으로 땅을팔나구……」
하고 혼자 벙긋이웃었다。
「무스거……정신없는소리……말은 듣는지먹는지 모르겠다……저어고향에서 모범농민을 데려오고、또 졸업생을 쓴
다지애―ㅇ니」
  문군은 기술의어리석은소리에 괜이 역증이났다(세상에 제일 미운것은 미련한인간이야)하는――무지한 자기안
해에게대한 답답스런생각까지 문군에게로 돌아갔다。
  (저러니까 돌음도리가 굼뜨고 한뉘르(평생)고생만하지……)하는 미움반조소반으로 그는 기술을 처다보았다。
「체……간나거 두고보지……어떻게 되능가……」

기술은 침을 헤—뱉고 입을 다물어버렸다。문근은 기술의 그집뚠한 자포자기에 까닭없이 웃음이 났다,

「나두 농사나하겠다。삼년만지나면 번듯한 자작농이된다드랑。돈이장수지 붙거있니」

문근이는 자기마을로 빼여저들어가며 이렇게말하였다。그의집도 별로도큰실수도없이 작년에와서 저룸에 내려앉어서 소작농이되어버렸든것이다。

四

얼굴보다도 더큰것같이보이는 교장선생의 커다란「왕눈」이 기술의눈에 선히떠왔다。그눈에는 잔재주는없으나 보다무서운숨책과재간이 품켜있는것같었다。굵다란털이난 척,강한팔을 쓰담으며 멀끌우슬때에도 그렇지만 팔잡을껴고 눈을부릅뜨고 무엇을생각할때의 그눈은 확실히 보통사람의생각이 및지못하는 기상(奇想)을 비저내는것이였다。

다음으로 그의농장이 머리에그리어졌다。그것은 바루 저앞평전에 커연히가로누어있었다, 그넓다랗 검은농장의 몸동아리에 번쩍어리는 무섭게큰「왕눈」이 백여가지고 지금 바루 자기의머리우으로 엉큼 엉큼 기여으르는것같았다。그리고 일순에 자기의몸을 그리고 자기들의동을 뚜겁이 따리잡아먹듯이 벙큼 감아넣을것같았다。

그는 지난여름의 홍수를 또 연상하였다。이골저골에서 괄괄흘러내리는물이 가가들의동으로 합수처 흐르는광경을 그리고 동이쩍갈라지며 물이디려밀리는광경을 생각하였다。그러나 그아랫동은 아무일없었다。그리하야 그것은 어깨를살구고 연신이며나는것같았다。도깨비는 처다볼수록 키가 무척며고 하눌을올려버친다는 범영감의말과같이 그놈의동은 지금 작구 치솟는것같이 그의머리에 비처왔다。그때서는 그곁에있는동늘을 모조리 삼켜버리는것이였다。그리고 그삑쥐우는동을 저히는——개아미같이 조고만거렴자들을 눈깜박사이에 디려그어버리는것이었다。그리자 그조고마 한거렴자들이 그검영고 무서운 괴물의밑구녁으로부터 마치 그전에양잠소에서본 누에똥같이 감앟게되에서 졸졸굴려내리는것같았다。그러나 그흐르는가운데서 박영감도 범영감도 금순이도 그리고 자기의낯짝도 그는 분명히 찾아볼수있었다。

그는 송털까지 오싹 떨렸다。

무엇이무엇인지 갈피를 출수없었다。무엇때문에 건부역을하는것인지 장차 어떻게될것인지, 지금 어디로걸어가는것인지, 그는 잠시동안 분간해낼수없었다。서릿빨을 먹음은 싸늑한바람이 땅바닥을 쓰처올라오며 목덜미를 싹합아주고 어디로 날빠르게 가버렸었다。

동구앞 일떠퍼진 백양나무의 성긴가지가 개접게 하눌을 쓰는것이 어렵풋이 보인다。옛동리의 나무가지에는 까치들이 둥이를 틀더니만 이마을에 옮아온후 십년이넘는동안 아직도 날줌생이 깃드린나무를 본일이없었다。자기집 마당 천정에다가 나무가지까지 꽂아주었으나 제비한마리 날아드는일이없었다。어느해봄엔가 제비한마리가 입에다 마른나무가지 하나를물고 날아드러왔다간것을 본다음에는 첨으로 이동리에집들을 얽어맬때에 누군인가 이런말을 한일이있다——이마을은 빈럭석에 새가앉었다가 날아가는 형국이라고……그것은 발서 몇십년전에 어느 읽은난퐁수가 이곳을지나다가 한말이라고도 누구는 말하였다。지금생각하니 그럴법도하였다。붉언언덕바지에 럭석하나 폐놓은데서 지나지않는마을이었다。그나마 빈럭석이라 새로나래를 수월념이 나지않을것이다。어쩌 새뿐이랴 민둥하나만 꺼떡하면 안나라나고백일장수가 누구이랴?

기술는 진맥이 쑥빠져가지고 집으로돌아왔다。뒤깐모퉁이에 구루마기름을담은 깨진그릇을 내려놓고 오줌을누며 집안을 디려다보았다。소미포대로만든 뒤칭눈이바람결에 출렁거리며 정주의등불이 꺼질듯이 훌긴다。그사이로 아버지와어머니와 그리고 암소의얼굴이 분명히 디려다보이는것같았다。그들의낯짝은 더보지않어도 뻔한것이었다。한결같이 검엏게 절어있을것이다。그의머리에는 또문득 아까의환상(幻想)이 떠왔다。검엉게생긴 커다란——말할수없이 커다란 괴놈의 밑구녁에서누에똥이 떠러지는 그환상이 또떠왔다。그감인얼개미속에는 아버지、어머니、그리고 암소의고비낀 눈이 눈명히 섞이여있었다。그러고 얼굴보다 더큰것같은 무섭게 큰눈이 마치 별같이 하눌에 박여서 그누에똥들을 내려다보는것같았다。오줌을 다누고나니 몸이 정풍난것처럼 몹시 떨렸다。「저 이거 해여야아는데……」기술은 기름짠을 들고 첨금 마당에 들어섰다。

「앙이 어째 이재(인제)오늬?……아—○ 지름으(기름을)얻어개—구오는구나……징약으(기턱을)먹구해락、참불이없는데」어머니가 이렇게 말하자 아버가뒤를받아가지고「네일(내일)아츰불에 끄려서해라。나무가 없는데……」하고 말린다。

기술은 공연이 불곧 심화이난다。그래서 기턱도먹기전에 자기로 부엌에불을살리고 기름을끓였다。그리고 낡은 솥이없어서 헌헌겊을 막대끝에뭉처매여가지고 소발을 지지기시작하였다。

「워ㅡ워(소달래는소리)이쇠……」

기술는 문늑 기름에데여죽는 까치벌레를생각하였다。그리며 더욱 소발을 피잡고 연해지저주었다。그는 제몸속에서 억센기운이 솟으며 그것이 가슴을지나팔놀더듬어 손아귀로 빼쳐오는것을 깨달았다。

……2·15……

(作者附記——이것은 中篇「濁流」의第二部다。이것으로도 떠러진한개의 短篇이될줄아나、第一部「洪水」(朝鮮文學、昨年五月號)와 다음篇을아울러보기를 바란다)

妻를때리고

金南天

一、

남수(南洙)의 입에서는「이년」소리가 나왔다。

자정가까운밤에 부부는 싸움을 하고있다。

그날밤 열한시가넘어 준호(俊鎬)와 헤여저서 이상한흥분에 몸이뜬채 집에와보니 이튼날에나 여행에서 돌아올 줄알었든 남편이 열시반차로 와있었다。그는 트렁크를 방가운데놓고 양복을입은채 아렛목에 앉었다가 정숙(貞淑)이가 문을열고 들어오는것을 힐긋처다보곤 아모말도 안했다。한참뒤에「어데갔다 오느냐」고 묻는것을 바른대로「준호와같이 저녁을먹고 산보한뒤에 들어오는길이라」면 좋왔을것을 열김에「친정쪽 언니집에 갔다온다」고 속인것이 잘못이었다。

그말을듯고 남수는 불만은하나 어절수없는듯이「세간은없어도 집을 그리비면 되겠소」하고 나즉히 말한뒤에 그대로 웃방으로 올러가서 자리에누었다。

정숙은 준호와 저녁을먹고 산보한것이 감출만한것도 안되는것을 어째서 자기가 난생처음 거짓말을 하였는가하고 몹시 후회되었으나 준호와산보하든때의 기분으로보아 준호도 그것을 남수에게 말하지 않을것이라 생각하고 다시 두말없이 그대로 아렛방에 자리를까렸다。

그것이 오늘 남수가 저녁을먹고 나가서 준호와 맛났을때에 탈로가 난것이다。하리라고는 생각도않었든 준호가 무슨생각으론지 남수에게 그말을해버렸다。참으로 모를일이다。물론 준호역시 말해서 안될만한 불순한 행동을하지는 않었다。그역시 그만일을 숨기느니보다 닥 터러놓고 농담으로 돌리는것이 마음에 시원했을것이다。그는 늘 남수를 우당(愚堂)선생이라 부른다。

「우당선생 부재중에 부인과 산보 좀했으니 그리아우」쯤말하고 껄껄우섰는지 모른다。아니 준호의입버니「내가 핸드백이 된셈이죠。어쨌거나 우당선생 주이하슈。그만면세가 꼭 스왈로를 길으고싶을 시겁니다」정도의말은 했을것이다。

이런농담을 들을때 남수는 얼굴에 노기를 그릴수는 없었으나 마음만은 몹시 불쾌하였을 것이다。가래롤을먹은듯한 찡그린얼굴로 애써 우서볼려는 남수의 표정이 생각키인다。

원체 자기네들이 남수에게 그날밤일을 어떻게말할가—다시말하면 속일가 바른대로 말할가、또 말한다면 어느정도로 고백할것인가를 협의해두지않은것이 실수였다。그러나 그런협의를 해둘만큼 그들은 남수에게 죄를짓고있다고는 생각지않었다。그런죄를 의식하고 그런협의를 할필요가 있다고 생각했다면 그들은 적어도 양심의가책때문에 산보까지도 중지했을것이다。

그날밤의 산보—그것은 정숙이 혼자만의 생각인지는 몰라도 물론 단순하게 길을것고 불이아름답다느니 얼마안해 꽃이 피겠느니 하는것으로 시종된것은 아니었다。입으로 나온말은 그정도인지 몰라도 정숙이가 갖었든 흥분만은 이상하게 높았든 까닭이다。

어쨌든 그말이 준호의입에서 탈로가나서 그자리에선 웃고마른모양이나 밤에 돌아오는대로 남수는 정숙에게치근하게 큰집비슷한말을 거렀다。그것이 빠려져서 드디어 싸움이되었다。

지금 정숙은 팔을걷어부치고 남편에게 대든다。

—「왜 그랬으면 어떠우、속였으면 어떠우。밤먹고 산보한건 좋으나 속인게 불쾌하다구。밥먹구 산보만 한줄안다면 속였다고 불쾌할게 뭐유。그이상 만짓을 했을리라는 더러운생각이 없다면 불쾌할게뭐유。내가 그날만 속인건 더러놓구말하믄 오독허니 양복을입은채 맹초같이 앉어있는게 불상해서 속인거우。그때어린애가 돼서 옷을벗기구 자리를 깔어주어야되우。언제 온다는통지두없는걸 허구헌날 당신만 기대리구있어야 옳소。

사흘밤이나 기대렸수。이날일가 저날일가。기대리다 지쳐서 저녁전에 거리나 한바퀴돌려구 나갔댔수。돌아오다길에서 맞나서 준호씨와 저녁먹은게 그리 큰잘못이구료。저녁먹구 집에와야 할것두없구 심심만 허겠기에 같아산보 좀헌게 큰 잘못이구료。

왜。그렇게 채려놓구있다 맞어드리는게 좋거들랑 기대리는 사람생각두 좀해보죠。전보치고 온다든걸 내가 일부러 나가고집을 비어두었든가。

뭐이어때요。그게 속인변명이되느냐구。않되믄 말어요。애써 변명허는건 아니니。만입 내가 일이있어서 언니집에 갔다온다구 인했드면 그날당장에 오늘같는 싸음판이 버러졌을걸。그래 그때 준호씨와 밥먹구 산보하다온다구만 말했드면 거、참、잘했군 하고 칭찬할번했수。뭐ㅅ이。씨는 무슨씨냐구。당신의친구를 대접해서 뭐르는거요준호씨 준호씨 작구씨짜를 넣어、부를걸。그 입에발린소리 좀 작작해요。그날밤으루 당신이 엉뚱한시기를 했을게유。질투에 불이붙어 밤잠두 못잘게 불상해서 속인겐줄두 몰으구。

왜。어때。흥。너같은것에게 질투는 무슨질투라구。그때 지금 하구있는 당신의 생트집은 질투가 아니구 질투사촌이유。당신은 몇살이구 내나인몇이요。내나이두 반칠십에 당신은 내일모레믄 사십이아니요。어케 오늘 길거리나 술집에서 맞난사람들인가。

옳아。옳아。내가 아무리 주리땔안길년이믄 그런어린애들과 치정관게를 맺을라구。뭐。그만두。그만두。그럼 그게 그소리지뭔가。그래。옳아 옳아。

뭐ㅅ이어째。남이 말두허기전에 발이 재린거라구。컷그른죄가있어 미리부터 넘겨짚어본다구。그래 내가 행실을망쳤단 말이지。이 쓸개빠진소리 좀 그만두어요。사나이가 오죽 못났으면 제여편네가 바람이날라구。저두 저부족헌줄은 아는게다。어째서 준호보구는 못해봤노。눈앞에 자기원수를 놓구 왜 아무말못허구 웃기만했나。그리구는 지금와서 나보구 이야단인가。

흥。죄는준호에게 있는게아니라구。속인것이죄라구。그때두 자기여편네가 남에게 농락되였다는 생각은 갖고싶지않은게지。

뭐ㅅ이 어째。이년이라구 이년。말잘했다。반말하는년 이년이라구그러믄 어떠냐구。잘했다。뭐ㅅ이 떠러운년。

더러운걸 볼라믄 거울을 보구말해。누가더러운놈인가。제여편네를 농락했노라구 비웃는놈을 앞에놓고 빤한개못같게고 씁쓸히 돌아와서 여편네보구 속인게 잘못이라구。왜 준호헌테 내가 반했수。그랬으면 어떻단게요。준호허구산보할때 난 행복을느꼈수。당신에게 준호에게있는게있수。

더러운놈허구 누가살라는가구。흥。안살어두좋다。차남수아니면 서방될사람 이세상에없는줄아는가。차남수가 하늘같애서 내가 이생활을하고 있는줄아는가 차남수가。나를 호강을시켜서 내가 그를떠나면 거지질을할줄아는가。차남수가 뭐대한인물이돼서 내가 그를떠나면 금시에 하늘을 잃은듯이 미친년이될줄아는가。

웅。 안다 알어。 네가 어째피 그말헐줄은 벌서부터 알었다。 네가 시골있는년을 이혼허지 않는것두 그신뻔가 어데있는지 난 벌서부터알었다。 십년전엔 그런게 문제두 안됐었다。 그건 너나 내나 가정안의 적은사람이 아니였기때문이다。 지금은 그걸가지구 나를 내어쫓을려는구나。

난 도마에오른고기다。 내밑에 계집애 하나라도 있다든 이 학매는 안받었을게다。 애는 운동에 방해가된다구수술을 해서 너는 나를 불구자를 만드렀지。 너는 시골에 큰아들도있고 딸새기도있으니까。 웅。 그리구는 나는 병신을맨들고 첩으로떼며트리고 애새기 하나 안부쳐주고 지금와서는 나가달라구。

어디 말좀해봐。 무슨 큰운동을 지금 하고있나。 어째 나와 속이고는 아이맛내려 시골은단였나。 내가 비러질해온돈으로 나몰래 학비는 왜보냈는가。 너이집은 아직 천석은한다드라。 그 머리깔이빠질 영감쟁이는 아들도 모로나。 내가 너이돈 한납이나 쓴줄아니。

이놈 네피를 뽑아 풀어봐라。 그피가 무었으로 뛰고있는가。 누구때문에 아직도 피가 네몸에 돌고있는가。 누가 너를 옥중에서 구해냈노。 네가 감옥에있는동안 육년이란 허구긴날 너는 그때도 전보질을해서 나를부로드구나。 차입두 날보구시키드구나。

네집에선 그때 돈한푼 보태줄아나。 영감두 할미두 네 본게집두 그때만은 아른척도 안하드구나。 친정에서、 친구들헌테서、 별별 굴욕을 겪어가며 네에게 옷을대고 밥을대고 책을대는동안 네영감은 아들이옥에간건 그몹슬년탓이라구 물을떠놓고 빌드라드라。 어서 그년이죽어야 아들이 화를면한다구。 그때두 그런소리두 내겐 내겐 우수웠다。 난너를구해낼려구 뼈가 가루가되도록 미친년같이 헤매였다。 그때는 지금와서 그보수로 나는 너헌테헌신작같이 버림을받어야 하느냐。

너헌테 십년동안 뼈가 가루되도록 [illegible]해바친게 죄가돼서。이년소리를듯구 떠러운욕을 먹어야되니。 입이미꾸멍에가 붙어두 그런말는 못하는법이다。 입이 열깨매두 그런수작은 못하는법이다。

감옥에서 나왔너두 벌서 삼년이되것만 네가 쌀한말을 사왔나。 네게집 속옷하라구 옹한자를사왔나。

웅 허창즈(許昌照)이。 그렇다。 허변호사 그놈이 미친놈이다。 너를 여래것 먹여오는 그놈이 미친놈이다。 아니 너는세상에서뭐라구 하는지 나 알구있니。 허변호사는 영리한놈이라 차남수가 옛날엔 ○○게거두니까 돈이나 주어 병정오로 쓰구 제 사회적지위나 높일려구한다는 소문이나 너는 알구있니。 또 차남수는 자기가이 ◆

되는줄알면서. 그것을 꺼우루이용하야 생활비를 짜낸다는 소문을 너는 외구나있니。 그래 그게청렴한 사람의소위
첨이뭇문이냐。

「응 그놈 허창호이놈 내오늘이야 이말을한다。 너는 그집이가서 구구한말 한마디하기두 싫여서 돈판게엔 눈나
를 빠쎄운걸알 고있지。 잊히지 도않는 작년 가을 김장때이다。」

아 나는 이말만은 안할려고했다。 그대로 잊어버리려고했다。 그러나。 아 아。 가을비가 마른오동나무잎을 울리든
것이 아직도 내의귀에새롭다。 나는 열린창밖으로 불빛이 쏘다저서 그빛가운데 빗발이실빨같이 반두거리는것을보
면서 허변호사가 나오는걸기대리구 있었다。 너두잘알고있을 허창호이의 응접실이다。 나는 이십분은 기대렸다。 그
때로 와버릴가 하고도 생각해봤다。 더러운놈들、 돈몇푼 갖이고 사람을 골릴작정인가 하구 분한마음도 생겼으나
돈은急해구 또 어쩌오늘 사편사람두 아니구 저편에서 와달라고 사람을 보낸이라 나는 분을 눌르고 기대렸
다。 응접실문을 벌꺽 열드니 넝쿨넝쿨웃드라、 얼굴이 벌건게 술을 처먹었드라。 쓱드러서서 문을닫고 다시 칭문
있는쪽으로 갈때에 그의몸에서 술썩은 냄새가 콱 코를 찌르드라。 문을 닫고 창장을 내려덮은뒤에 그놈이하는
말이 삐오시는데 무슨 용무가 게십니까 그러면서 헤ー불 마존쪽에는 의자도있고 저편에는 쏘파ー도있것만 그
놈은 오술 오술 내옆으로 닥어들드라。 내가 비닭이같은 처녀라면 모르거니와 나두 천군만마의속을 겪어온년이
그놈의 눈알이 붉애진것과 씨근거리는 숨결과 그말하는투로 그지더구하는 몸가짐으로 그놈의속이 무엇을 탐내
고있는지야 모를겐가。 이리같이 덤벼들면 나는 사자와같이 대항하야 그놈을 갈리갈리 찢어버릴만한 기운은있었
다。 그러나 나는 모른척했다。 애써 그놈의 변해진태도를 모른척해서 효과를내일가 했다。 그는 다시 말하드라。
무슨 의논허실 용무가게시느냐구。 그의목소리가 떨리고 내의불따기에 술썩은 뜨거운입김이 홱 쏘처가면서 나는갈
구리같은 손이 내의 젓통을 부여뜻는것을 느꼈다。 내의손은 번개같이 그놈의 빰을갈겼다。 그 찰칵하는소리。 그
것은 그놈에게두 의외였고 내의귀에도 뜻밖인듯했다。 나는 의자를 옮겨 길을막으며 문있는쪽으로 종종거름을쳤
다。 그러나 한참동인 그놈은 벙벙하야 어쩔줄을 모르고 그자리에 서있드라、 그 짧은순간 변호사허창호이도 그
가 한행동에대하야 반성했을게구 현관으로 뛰어 나오며 나도 내가 당하고 또 행동한것에대하야 생각했었다。
나는 술깼다。 눈물이 염검어 불편으로 쏘다저흘렀다。

나는 때렸건만 맞은때보다도 분하였다。 나는 신을어떻게 신었는지모른다。 나는 비를 맞으며 오동나무와 노가
지나무와 젓나무새이를지나 대문있는 쪽으로 거러갔다。 정숙씨 정숙씨 하고 불르는 소리가 등뒤에서 나드라。
물론허창호이가 뒤쫓아오는것이다。 그는 나무닢이구 나무줄이구 풀숲이고 분간없이 비나리거시작하는 뜰안을뛰어
오드라。 그리고 나를 부뜰드니 털석 그앞에 업데여 죽을죄로 용서해달라고 빌드라。 나는 발길로 찰가했다。 그

러나 잠간 그것을 내려다보다가 그대로 그를 비껴서 대문을 향하야 거렀다。그는 다시 쫓어와서 봉투를 내밀드라 내가 뿌리치매 그는 내에게 꽂드시 내던지고 총총히 뛰어가 버리드라。나는 올면서 한참 그자리에서 있었다。비는 더 세게 내렸다。그때 그봉투를 어떻게 했는지는 네가 잘알게다。배추를사고 무를사고 고추를사고 소금을샀다。아니 마늘도사고 미나리도사고 굴도샀다。젓국도샀다。오늘저녁 짠김치는 너도먹었고 나도먹었다

아 아。이것이 네의친구다。십년 아니이십년이나。너를 돌보아주는 애비보다 에미보다 낫다는 네의친구다。

말좀해봐。왜 아무소리도없나 너는 지금 나를보고 부르짖어야한다。이것을 여태동안감추고 네앞에 티끌만치도 그런빛을 뵈이지 않은것두 내가 허창훈이와 치정관계가 있어서이냐。

말해봐라 이것은 산보한걸 속인것보다두 결코 적지않은일일게다。

또 네가 사나이라면 이 즉시로 칼을들고 허창훈이를 쫓어가라。그에게 돈을 던지고 그의가슴에 칼을꽂어라

그놈이 돈을낸다구 출판사를하겠다구。출판사를하야 문화사업을 한다구。너두 양심이있는놈이면 잡지책이나내구 신문소설이나 시나부랭이를 출판하면서 그것이 다른장사보다 양심적이라는 말은 안나올게다。새로난법률이무섭지 직업이필요했지。그따위장사를 할려면 왜 여태것 눈이말뚱말뚱해 앉었었나。작년에하지。아니 재작년에하지 문화사업。이름은좋다。우정이두터운 봉사심이많은 허창훈이를 패트론으로 해가지구 문화사업에 착수한다。

흥 사회주의 이름은 좋다。○○게의 수령이라구。그헐없는것들이 웅게 중게 모여들어 선생선생하니 그게그리 신이나던가 우쭐해서 갈팡질팡 드럽다。드러워。제여편네 젓통만지는건 모르구 눈앞에내놓는 지폐장만보이나。징역이나 처든게 장한줄아는가 거지에게 돈한푼준게 십년뒤에두 적선인줄 아는가。

왜 때려。왜 때려。이놈이 내게 손을걸어。이놈。이도적놈。이놈아。이놈아。날죽여라。이도적놈。날죽여라。

네가 뭘잘했기에 내에게손을거니。이놈아。날죽여라。죽여라。자。이걸로 날 찔러라。응 이놈아。

야 사회주의자 참훌륭허구나 이십년간 사회주의나햇기에 그모양인줄안다。

질투심 시기심。파벌심리。허영심。굴욕 허세 비겁。인쩌끼。뿌록커—네몸을 흐르는 혈관속에 민중을 위하는피가 한방울이래도 남어서 흘러있다면 내목을 바치리라。

정치답이나 하구다니면 사회주인가。시국담이나 지꺼리고 다니면 사회주인가 백년이 하루같이 밥한술못벌고십여년동안 몸을바친 제여편네나 때리야 사상간가。세월이좋와서 부는바람에 우쭐대며 현수작이나지껄이다가 감옥에단녀온게 하눌갈애서 백년가두 그걸루 행세꺼릴삼어야 사회주의자든가。

그런사회주인 나두했다。난 남의은혜를 주먹으로 갚지만못했다。애낳는것까지 두려워 수술을해가면서두 오늘이끝당하게 될생각만 못갖었다。미련한이년은 십년이 하루모양으로 남편을 하눌같이 앎고 비방과피빡속에서 더울세라 치울세라 남편만을 섬겨것만 그게 뒷날 첩으로되어 쪼껴나게 될줄만 몰랐다。두를곳 못두르구 먹을걸못먹으면서도 남편에게 의식걱정시켜서는 않된다는 미련한마음만을 먹을줄알었다。남편에게 불만이있고 가정안에울화가있어도 그걸눌르고 참을줄만 알었지 어디대고 한번 떳떳하게 분푸리할줄은 몰랐다。그게죄가돼서 오늘네에게 매를맞고 주머구찜을 당하야하는구나。

왜。왜나가니。왜옷밖으루 도망허니。헐말두 많을게구 갈길힘두 많을게구나。좀 더 때리고가지 응 응

호욱 호욱 호욱—ㄴ

二、

힘없이 그는 쓰러진다。아직도 귀밖에서 처의우름소리가 들리건만 그의머리는 연기로 가득찼다。연기는 묵어운 쇠떵어리로변하고 다시 물추긴해면같이 영켜돌다간 구름같이 괴어서 와사모양으로 꽉찬다。아래로 물렸든피가얼굴로 올러온다。얼굴빛이 점점붉어지고 머리깔속에서 비듬이 차곰차곰 간지렵다。곤자노리를 뭉치가두드린다

푸 한숨도 제대로안나온다。남수는 담배도 않피우며 그대로 장관우에 번또시자빠졌다。십촉전등이 물끄럼이그를 내려다보고있다。눈을감어도 천장에 얼골이나타난다。안경끼고 코수염난 점잖은 신사의얼골。남수는 위선생각한다

—허창훈군。네가 내안해를 어떻게했나。내안해의정조를 도적하고 그다음 너는 내안해를 어떻게 할작정이였나그젊순간도아니오 그다음순간도아니오 바로 그순간만 너는 내안해를 약탈할생각이였나。

네가 내안해의정조를 약탈하고 내안해의 볼따기에 술썩은 더운김을 끼언고 떨리는 목소리로 무슨의논할말이있느냐고 무르면서 너는 내안해와 진심으로 무엇을 의논하고 싶었는가。

정숙이는 내안해다。내애인이다。내동지다。창훈이。누구보다 네가 그건 잘알게다。너는 내애인과 무엇을 의논하고 싶었는가。

나는 정숙이가 고백하는 이상의일이 그날이나 또는 내가 이세상에없고 내안해가 혼자있든날이나 아니 그뒤에도 어느때에도 너와 정숙이 사이에 있었다고는 밀지않는다。나는 않밀으련다。그이상의일이 있은것을 가령서

상사람이 모두알고 세상사람이 수군거리고 비웃드라도 나는 그것만은 믿지않으련다. 믿지않어야 나는 구할수있다. 그것을 믿게되는날 나는 무엇이되느냐. 이드러운 년놈들하고 나는 칼을 들어 마치 어떤 치정극에나오는놈상한 주인공모양으로 너이들을 질투와 의분에 불타는칼로 찔러버려야 할것이다. 너이들은 나에게 그런연극을시킬작정이냐. 창훈이. 너는 네가 여태것 내에게 베푸런 수많은 은혜의보수로 내칼을 받어야 할것이냐.

옳다. 나는 너도 또한사람이든것을 잊었다. 계집에게서 매력을 느낄때에 그것이 자기에게 어떤관계에서는계집인줄을잊고 성적충동과 흥분을느끼게되는 동물적인, 아니 진실로 인간적인 한개의 사람이란것을 잊어버리고있었다. 혹은 자기와피를 가치 노눈 누이, 피를 가치노눈형이나 동생의안해, 혹은 삼촌댁, 혹은 조카며누리, 아니 제애비의 젊은첩, 다시말하면 자기의쇠보다 - 엷게입은 옷속으로 여태것 생각도않했든 볼룩한 젓가슴을 처음 볼때보두루한 솜털속으로 힌살이 등곬으로 흐른것을 멀거니 볼때, 물기품은 짝갈은입술이 쭝긋쭝긋 웃고있는것을눈앞에 직면하야 볼때, 자고깨나서 기지개를 하는순간 흘려내린치마허리로 힌살이 슬적 눈에띄일때, 커다란 못갈은 두눈이 이글이글 타고있는것을 숨결로 느낄때, 아 이때에 그 누구드냐, 누가 감히 그순간 그것이 자기자신을 동물로 환원해 버리는것을 느끼지않을소냐.

하물며 제동지도 아니요 이러저러한친구의 마누라가 합처 뭐냐. 친구의 마누라쯤이 대체뭐냐.

그런일은 나도 있었다. 너도있었다. 아니 세상의모든 사나이에게 모두있었다.

내 안해에게서 그것을 느낀놈이 비단 허창호이 하나뿐이랴. 준호도 그걸느꼈으리라. 「아니 준호에게 내 안해가 느꼈는지도 모르나 이건 마찬가지다. 아니 그전 옛날 처년회관에 출입하든 모든 남자, 그중에서도 정숙이를 먹울려고하든 몇사람의남자. 그들은 밤마다 생각하고 틈있을때마다 그것을 느꼈으리라.

내가 없는동안 남자들이 정숙이에게 어떻게 굴었고 또 정숙이가 사나이들에게서 무엇을 느꼈으며 이것을눌르기에 얼마나 힘을썼는지는 이자리에 누가 감히 보증할수있을 것이냐.

그러나 옥중에있는동안 참으로 말할수있다만 나는 그것을생각해보고 안타까워하며 몸이달어한적은 한번도 없었다. 그런데 이것이 웬일이냐. 나는 오히려 세상에나와서 안해를내옆에 놓고 가끔 그것을느끼니 이것이 대체어찌된일이냐. 오히려 내가 없었을때 일까지를 상상하고 나는 때때로 몸이달어한다. 안해는 그전과 조끔도 다름없이 굴것만 아니 그전보다도 더 얌전하게 집안에만 들어있건만 나는 그전파는 판이하게 그것을 느낀다.

나는 의처병(疑妻病)에 걸렸을가。

물론 이런것은 나도안다。 안해가 내에게 불만을갖이고 있다는것 이건、벌서부터 내가 잘 알고있다。 그것은 오늘밤 방금 정숙이가 한말로 증명할수있지않으냐。 사실 나는 그에게 불만이있다는것을 느낀적은 퍽오래전부터이다。 그러나 나에대한 그의 불만이 이렇게 그의 전몸뚱이에 혈관같이 퍼저있는줄은 몰랐었다。 그가 말하는모든 불만、그가 내게 매들며 상아매질을 허드시 들씨우는 모든 불평이란것들이 하나도 거즛은없고 그것전부가사실이라할지라도 그러고 나역시 그것을 히미하게나마 생각하고 있었다 할지라도 나는 그것이 정숙이의몸에 그렇게 뿌리깊게 적어도 그런한형태로 퍼저있는 줄은 상상하지 못하였었다。 어디서 옛날의 정숙의면모를 찾을수있느냐。 그의생각 그의관찰 그의비판—모든관점이 다른 염집 부인네보다 못허문 못허지 조금도 나을것이없다。 나는 울고싶었다。 나는 때리고 싶었다。 그래서 나는 생전처음 그를 갈겼다。 내주먹은 몇번 주저하고 또몇번은 스스로 억제할수도 있었으나 드디어 나는 그를갈겼다。 나는 아모말도 못하면서 그를갈겼다。 아 그것은 내자신을 때리는것이었다。

참곰아。 너는 지금말하여라。 너는 지금도 내안해를 낚우고저 나를시켜 출판사를 맨드느냐。 너는 내가 없을때마다 정숙이를 찾어와서 돈을갖이고 내안해를 압박할려느냐。 또 것통을 부르릇고 그의 얼골에 더운김을 내뿜을 터이냐。 그리고 뻔이 뭣하려 온줄을 알면서 넝글 넝글우스며 무슨용무가 게십니까 하고 내안해의 옆으로 닥어돌러어냐。 이것을 알면서도 나는 너와 함께 주식회사를 조직하여야 하느냐。

오나 그런것을 알면서도 나는할것이다。 네가 나에게 정책적으로 논다면 나는 너헌테지지는 않을게다。 어떻게했든 나는 눈을감고 이번에 오만원은 출재시키고 말겠다。 네가 눈가리고 아웅하면 나두한다。 네가 내안해에게 그런행동을한 이튿날나는 너와맛냈다。 그때너는 천연스럽드구나。 너는 고민도 않하였니。 네가 정숙이에게서 느낀것은 애정이 아니고 성욕이냐。 성욕도 애정도 마찬가진줄은안다。 그러나 그 어느것이냐。

아 이런건 다 쓸데없는 질문이다。 최정숙이는 내의안해다。 그러기에 나는 그를 때렸다。 그도 울면서 내에게

때드렸다。 지금 그는 아모말도 않하고 웃방에 엎드러저있다。 그는 제가 방금 무슨말을 하였는지를 비로소생각할수있을게다。 그는 자기가 한말에 스스로 놀래일것이다。 내가 때린 주먹자리를 지금 만저볼는지 모른다。 멍울이졌겠지。 그러나 그도 자기 볼따기를때리고 머리를 묻질은것이 자기자신인것을 깨달을것이다。 그 증거로 그는 지금 웃방에서 자지도 않으나 울지도않고 그대로 조용하다。 부숙 부숙 부은눈은 지금 말뚱말뚱 무엇을 뚫어지게 바락보고 있을것이다。

김준호。 나는 네에게도 말할것이있다。 너는 좋은청년이다。

처음 나는 너를 내처에게 총명한청년이라고 말했드니 처는 나를비웃으며 김준호는 경박한 청년이락고 완강히 나에게 반대했다。 글쎄 그만둬요 무슨 김준혼지 뭔지 당신은 어째 그리 감격하길 잘허우 사람이란 첫인상만보구 어찌 그티 내막을 알수있수 하고 나를 톡쏘아부쳤다。

그러나 너도알다싶이 지금은 너를싫여 하지않는다。 너와 저녁을먹고 너와산보할때에 내처는 행복을 느낀다고 말하였다。 내처는 네에게 반했다고말했다。 이렇게 말하는 내의안해가 진심으로 네에게 애정을느끼고 참말로 반했는지 그것은 좀더생각해볼여지가 있을것이다。 감정이 격한나머지에 일종의반발로 약을올릴령으로 그럴수도있으니까。 그러나 너와 산보할때 행복을 느낀다는말이 전혀 근거가 없는말이라고는 나도 생각할수없다。 내의 처는 드디어 이렇게까지 질문하지 않었느냐。 준호에게있는것이 당신에게있수。

그렇다。 나는 지금 내에게는없고 준호—네에게만 있는것을 생각해본다。 너는 과연 내에게없는 어떠한것을 갖이고 있느냐。 천박하다고 경멸하고 냉소하면서도 너를맛내면 기뻐고 너와가치 걷을때 행복과흥분을 갖이게되는 어떠한것이 네에게는있느냐。 경박, 그자체가 너의매력이냐。 그렇지않으면 여자를 압두하고 그들을 뇌살해버릴만한 두살난표범같은 억센 정렬이냐。

나는 지금 내가 너를처음맞내고 또 출판주식회사의 계획을 함께하는동안 네에게서느낀 솔직한감상을 분석해볼흥미를 갖이고 싶지않다。 그것보다도 나는 지금 뚜렷하게 너와 내의안해인 정숙이와의관계를 추궁해보고싶다

처는 아까와같이 남편에게 불만을갖이고 있었다。 세속적인불만외에 여러가지 불만이 함께 엉클러저있었다。 그

것을 그는 명확하게는 인식하지 못하였고 또 그렇게 되는것을 두려워하고있었다。그러나 그의몸에는 이봄만이 훔벅젖어서 구석구석까지 침윤되어있었든것을 지금 깨다릃수있다。

너는 그런때에 우리들앞에 나타났다。찰란하나 포착할수없고 경쾌하나 것삽을수없고 편협한듯하면서 자기행동에는 지극히판대하고 무겁지않으나 어디로 흐르는지 알수없는 굳신자재한성격―이것이 정숙이의눈에 강렬한자극을준것이 사실이다。그러므로 당장에 그는 반발하였다。그까짓 경솔하고 천박한자식 신문기자란부랑자가 아닌가 이렇게 그는 입으로 공언하고 자기내심에도 타일렀다。그러므도 그는 너의말에 내가 찬성하야 허창훈이와 기타 호남지방에있는 돈있는이들을 움직이어 출판사와 인쇄소의 주식회사를 만들려는것을 속으론 비우섰을것이다。그런놈하고 무슨사업이냐。

그러나 그는 경멸하고 기피하고 증오하면서도 아니 그러기때문에 더욱더욱 네에게서오는 자극을 일층강렬하게 받었다。

나는 지금 내자신에대하야 끝까지 잔인하면서 이것을 추궁해본다。이렇게하는것은 내자신에대한 모욕이다。나는 그것을 느낀다。제 여편네가 나이어린 젊은 녀석에게서 제서방에게없는 매력을 느껴 그것에 끌리워들어가는것을 냉혹하게 관찰해나가는 과정은 준호야 네게는 아모것도 아닐지모르나 나에게는 큰고통이다。준호야 너는 아마 다른계집을 대하는드시 내안해에도 대하였을것이다。사실네가 내안해의어느곳에 매력을 느꼈을는지는 또저혀 상상할수없기때문이다。그러나 나는 네가 여자에게대하야 취하는 태도를알고있다。그것은 의식하건 안하건 여자에대한 네의비결이다。너는 그것을 아모여자에게도 사용한다。여급 기생 처녀 남의부인―더구나 권태기에 빠저있는 중년부인에게는 상당히 강렬한자극이된다。

언듯보면 여자에게 흥미를갖이고 호의를느끼는드시 보이면서 또 그렇지도 않게보이는것、다른사람높은 낮을붉히고 부자연한태도를 갖이고야 말할수있는것을 대번에 싱글싱글 우서가며 참말같이 또는 농말도같이 말해버리는것―이런것이 여자에게 흥미를 던저준다。어떤때는 사랑하는 남자같이 행동하나 또 어떤때는 전혀 딴사람같이 대해준다。누가 자기의 애정을 고백하면 너는 여지없이 그를 환멸의심연으로 떠러트린다。그러나 그가완전히단념해버리도록 거절도않하고 어디에든 아릿하게 한줄기의 실오리를 붙여둔다。너는 거침없이 표범과같이 날쌔게 그들의 눈앞에서 정력을 휘두른다。

네가 그이상 숨어서 이러한여성들에게 어떤행동을취하는지는 나는알수없다。네가 네앞에나타나는 성적대상에 대하야 생활과같이 대하지는않는다고 하야도 적어도 비류한은 트릭을써가지고 그들을농락하지 않는것만은 사실일것같다。

나와의 십여년동안의 생활에서 자극을잃고 권태에 빠저있는 네의안해 최정숙이가 네에게서 찾을수없든 포착할수있는 매력을 네에게서 느끼기시작한것은 결코이상한 일은 아니다。나는 퍽 전에 이것을 느꼈다。무엇보다도 정숙이의 지나치게 심한 네에대한 과소평가에서 나는 헌듯 그것을 느꼈다。하루는 정숙이가 저텍턱혜종로를 단녀으드니 이렇게 나보고말하드라。

백화점에서 나오다가 바로 문옆에서 준호씨를맛났는데웬 양장한여자와 웃고지꺼리드니 내가 들고넘이 서서보는것을 눈치채곤그대로 인사하고 갈려지자 안겠수 그래 여자와갈러지드니 시침을떼고 내게두오길래 풍경이야롬답구려했드니 홍홍하고 코우슴을치며 둘이 한번 그린 풍경 맨들어볼가요 하겠지。그래 내가 어린것이 그게무슨 버릇없는 소리냐고 했드니 그럼 죄지었으니 차래도 어디서 먹우시다。그리군 어딘가 낮에는 차팔고밤에는 술판따는 무슨 빠ー엔가를 앞서서갑되다。가면서 하는말이 이재 그게 영화배운데 젓통크기두 유명허우하면서 싱긋싱긋 나를보는구려 그 허는수작이 너무 천하구 품위가없어서 욕이래두 해줄가했으나 원체 비줄까지모양으루 바람이모라치면 부러질사람이유。그런데 또찻집에 들어가서 하는짓이 장끈이죠。당신여답이 난자하니 활량인데 이런 럭 옆에다 앉히드니 자 내가 하나 무르니 대답하면 내가 한턱내구 지면은 네의제일 귀한걸내게 바처야한다。또 나두 제일귀한걸 바치라면 그걸 걸어두좋지。이러구는 그앞에있는 네모난 힌종이를 싹늘드니자 이게무슨그림인가 여급이 아모리보야 백지밖에。처들고보아도 않보이고 숫처보아도 안보이니 그여자의 대답도 걸작이지。허는말이 바람을 그렸다바람온 눈에않보이니까 준호는고개를 쭝긋쭝긋하며 그말도비슷하나 가작이지 걸작일수는없다。내해석은 이렇다。이그림은 토끼가 거북이를 따라가는 그림이다。거북은 앞서서 이미 이조이밖으로 다라가고 토끼는 늦어서 아직 조이까지 오지못했다 게집애도 좋와라고 손벽을 치니 준호하는말이 너두낙제는 아니니 키쓰쯤으루 용서한다고 막야단이겠지 그래레디ー를 앞에앉히고 그게 무슨 쌍쓰러운작난이요。당신들무 참 훌륭합디다。그게 망난이지 뭡니까。배라먹을놈。

이말을 싱긋싱글 우스며듯고 있든나는 마즈막말이 나올때 헌듯 느꼈다。정숙이자신이 준호에게 외식적으로반발하고있다는것을 그때에 눈치채인때문이다。의식적으로 애써 그를 미러처버릴려는 노력—그것은 허면 헐사룩더욱더욱 그속으로 밀리워들어가기만한다。

그리구는 매일에 한두번은 반다시 내처가 네욕을한다。까분다。부랑자다。행실머리없다。이럴때마다 나는 속으로 지금쩌가 저자신과싸우고 있구나하고 생각했다。

오늘밤 싸음만해두 물론 이렇게될일이 아니었다。정숙이가 속인것에서 시기심을 느꼈때든가 녀이들이 산보할때무엇을했을가하는것을 쓸데없이 상상하고 질투를 느끼고 트집을 건것은 아니다。내가 롱말비슷하게 이야기를 걸었드니 갑자기 낯이해쓱해지며 쓸데없이 바빠한다。나는 그때만은 가슴이 찌르르했다。이것은 분석해보면 질툰지모른다。몇마디 오고。가고하는동안 쓸데없는 싸음인줄 알면서도 것잡을수없게되었다。

자 준호군 어찌되었든 나는 군을믿고 일을계속하세。군이 내안해를 어떻게 했겠는가。내마누라는 감춘것을군은 스스로 고발하지。않었는가 또 그이상의일이。있다해도 나는 그것에대해선 생각지 않으려네。세상사람의우숨꺼리가 되어도

어째든 최정숙은 내안해다。오늘밤 한말은 안해로써 할만한 말은 아니었으나 그가 불만을과장해서 지적하고 나에게 대든것은 내에게는 좋은약이되겠지 지금은 처가 저렇게 흥분하고 있으나 끝본정신으로 돌아갈것이다。

여하튼 출판사는해야 만한다。결심한이상 꼭해놓고야 말것이다。사업이 아니라면 장사라고 불러도좋다。주식회사가 되기까지는 허창훈이도 필요하고 김준호도 절대로필요하다。허창훈—너는 돈을갖있고 김준호—나는

네의 기술이필요하다。자본가를 끌기위하야는 김준호―네가 꼭 있어야한다。

야。나는 마누라와 밤을새워 치정싸음을 일삼게되었구나。

그러나 참흔아 준호야 아니 누구보다도 정숙아。나는 너이들과함께 출판사를 하련다。아니 장사를하련다。」

일곱시가 되여 햇발이 영창에 퍼졌을때에 아렛방에서자든 정숙이는 이러나서 거울을보았다。눈알이 충혈이되어 핏줄이 퉁줄고 퍼런 눈알에 실우리같이 엉키었다。두어번 눈을 서먹서먹 해보고 얼골을 밧삭 유리에다델때이니 갑자기 안계가 캄캄해지고 머리가 아찔하다。그는 손으로 머리를 짚고 탁 업데었다。코가 근질근질하야 손가락을 코구멍속에 넣어보니 피다。종이를 부비어 꽂고 그는 부엌으로 내려갔다。

새벽녘에 피로에 지처서 간신히 드렀든잠을 웃방에 누었든 남수도 문소리때문에 깨어버렸다。머리가 앞으다 그러나 눈이떠지자 그는 벌떡 이러났다。그는 어제밤일을 생각지않으려한다。아니 자기가 혼자서 생각하든끝에 얻은 결론만을 회상하려고한다。

안해가 부엌으로가서 덜걱거리는것을 보니 그도 그가한말과 남수에게서 맞은것에 대하야는 생각지않고 그가 울다남은 끝에 도달한 건강한 결론만을 지금 마음에 갖고저하는것이 분명하다고 남수는 생각한다。

이방이왔는 집채와 안대문 하나로 새이를둔 회사원네집에서는 아이들이 벌서 참새와같이 재깔댄다。아버지와 함께 라디오에마추어 체조를 하려고 모두 이러나서 자리를개는 모양이다。

남수도 그들과같이 체조를 할가하였다。그러나 명랑한 결론만을 생각하고 라디오체조를 할만큼 단순할수는없었다。무엇보다도 그의 명랑해지려는 노력은 밤을 지으려고 부엌에간줄알었든 안해가 금시에 아렛방으로돌아와서 펄석앉으며 땅이 꺼지라고 깊게깊은 긴 한숨에 부드처서 깨어지고 마렀다。

역시 안해는 어제일을 깨끗히 잊어버릴수는없는 모양이다。그는 자기의입으로 쏘다진말에 대하야 생각하고있는가 그렇지 않으면 남편에게서 맞은것을 분하게 회상하고있는가。

한숨―그것은 분할때보다도 후회할때 흔히 나오는 물건이라고 남수는 생각해본다。그렇다면 그는 자기가 쏟아논말에 새삼스런 두려움을 이르키고 땅에 흐터진물을 다시 주어담을수 없는자의 궁지를 헤매고 있는것이나 아닐가。

남수는 취은한마음이 생겼다。안해의괴로움이 남수자신의뼈에 사모치는것같애서 안해가 불상해졌다。렇 자기는 그만것을 이해하고 용서해줄만한 포용성과 관대한마음은 갖이고있건만—이렇게 생각하고 그는아뎃방으로 내려가서 안해의등을 두덕뚜덕 두드려주며 그를 위로해주고싶은 충동을 느낀다。

그러나 새ㅅ문을 여관저칠용기는나지 않는다。

그때에 조간신문이왔다。마루우에 대문틈으로 드려치는 소리가 싸르르하드니 덕한다。그는 미다지 여는소리를 내이고 마루로나가 신문을집었다。신문을 왈가닥소리를 일부러내이며 이리뒤치고 저리뒤치고 한다。

안해는 지금 남편이 이러나서 어느날과 다름없이 기지개를하고 신문을 뒤적어리는것을 아렀을것이다。어제밤 전에없든 싸움이 버러졌건만 남편은 아모렇게도 생각지않는다。—이런것을 남수는 정숙이에게 보여주고싶었다。

남수는 신문을 드려트리고 뜰로내려갔다。태양을 향하야 깡하고 기지개를 한뒤에 칫솔질을하고 세수를 하였다。

정숙이도 다시 부엌으로 나온다。세수를하노라고 꾸부리고서서 다리짬으로 남수는 정숙이의 모양을 슬쩍본다 뽀루퉁한듯도하나 얼골은 무표정에 가깝다。늘 하는버릇으로 낯을씻기전에 얼골을 크림으로 닦은모양이다。

이저는 되었다。이해는성립되고 화해가되었다—남수는 방안에 쭈그리고 앉어서 다시 신문을본다。정숙이는 부엌에서 왔다갔다한다。

「우당선생 기침하셨읍니까」

준호의 목소리다。대문밖에서 이소리가 날때에 일순간 가슴이 덜컥내려앉고 바빠서 들었든것을 떠러트릴뻔한것은 남수뿐만이 아니었다。부엌에서 솥을가시든 정숙이도 혈액순환이 정지된사람모양으로 한참이나 어째된셈인지를 몰랐다。

준호—모든것의 원인을지은 장본인이 지금 찾어온것이다。

목소리는 다시금 안대문밖에서 들려온다。

「우당선생 아직 주므시우」

뜰로뛰어나간것은 남수나 정숙이나 동시였다。그러나 남수는 마루우에서
「네 나갑니다」
하고 대답만하고 문은 정숙이가 여렀다。허리를 꾸푸리고 대문을 들어서드니
「단잠을 깨처서 미안합니다」
하고 두사람을 번가라본다。
「지금이 몇신데 여적 잘라구」
남수는 손을내민다。그에게 악수를 청하는것이다。이것으로 모든 문제는 해결되는듯이 내심에도 기뻤다。그들은
손을쥐고 흔드렀다。손을놓고나서 얼골을 돌리고 옆에서 뻔하게 보고 섰는 정숙을 보드니
「몇일동안에 상하신것같습니다。머 몸이편찬습니까」
한다。정숙은 불시에 얼골을 만저보고
「뭘 상하긴 그렇거니하니까 그렇죠 또 나는 봄을타서」
하고 간신히 우서뵈엿다。
「네 봄을타서요。좋으십니다。봄을타는건 대단히 좋은일입니다」
준호는 싱겁게 껄껄웃는다。
「망측해 봄을타는게 좋긴 머이」
「그런데 광대뼈 옆에 퍼런건 무업니까」
준호가 쳐다보는바람에 정숙이는 얼골이붉어지는것을 느끼며 손으로 멍울진곳을 만저보았다。아직도 좀아프다
그러나 그는 아픈것을 참어가며 또번 그것을 손으로 꾹꾹눌르고
「어넝거 이거 여기 뭐있어 아모렇지두 않은걸요 아마 버즘인게죠」
하며 얼골을 좀 돌렸다。
「자 어서 올러오슈 이렇게 뜰안에서 이럴게아니라」
웃방에 둘이 마조앉어서 담배를 부처무렀다。뭘하려 이렇게 어쩌커녁에도 맛난사람이 오늘새벽에 또찾어왔는
가 하고 궁금도했으나 어쨌던 그가찾어준것은 안해와의 화해를 위하야 좋은 기회가되었다고 남수는기뻐하였다

한참 담배를 태우면서도 준호는 용건될만한말은 꺼내지않고 잡담만한다。그래서 남수는 말이 좀끊어졌을때에

「그런데 오늘은 머 누가 돈을 새로내겠다는 사람이나 생겼수 미상불 좋은소식을 갖인것같은데」

하고 준호의 눈치를보았다。

「머 용건없이 놀러는 못올집이요」

하고 준호는 싱긋이 웃더니 천천히 담배불을 끄고 얼굴을 정색한다。

「다른게 아니라―」

이러면서 준호가 이야기한것은 다음과같다。

준호는 남수들에게는 비밀히 어느신문사에 취직운동을 하고있었는데 오늘아침에 그것이 결정이나게 되었다는 것이다。그러므로 출판회사조직에는 금후에도 조력은 아끼지 않겠으나 직접관게는 끊어야 할것이며 이삼일후부터는 출근을하게 될판이므로 자기가 나서서 뭉아놓은 것을 인게 해주겠다는 말이다。

「어차피 하급사원으로 재본밑에서 봉급생활을 할바엔 신문기자를 못해 좀 더 해보려고합니다。그리구 이번엔 사회부로가서 총독부출입을 하라고하므로 조건도 좀 좋고 또 여러가지로 배울것도 있을것같애서―」

원수와마조대하야 앉어서도 불쾌한낯을 나타내이지않을만한 사교적재련은 치려왔건만 이때만은 남수도 웃는낯으로 장래를 축복한다고 기쁨을 표시할수는 없었다。소현데 몰렸다는말이 속담에 있거니와 남수는 이어린것한테 한밥 잘먹히고만것이 되고마렀다。

남수는 말이 잘 나오지 않었다。속이 꺼르르하고 물끓듯이 가슴이 부글부글끓어 오른다。

내 마누라를 농락한놈이 이놈이다―하는 생각이 새삼스럽게 생겨나며 이놈이 나를 농락하고 마렀구나―하는 분개한 마음이 끓어오른다。

제가 먼저 제안하고 제가 선두에서서 일을 꾸며놓고는 그뒤에숨어서 그는 취직운동을하였다。그리고 일이막 되어가려고 할지음에 돌연히 뱀장어묘양으로 빠져나가는것이 무슨행동이냐。

「또 종이값이 좀 내릴것같드니 오늘시세도 그만인걸요 앞으로 내릴가망은 없는모양이구료」

준호는 출판사경영앞에 암초까지를 암시하고 마치 남의일을 비방하듯한다。

남수는 주먹을 부르쥐고 그의 볼따기를 후려갈길가했다。

그러나 냉정히 주먹을 굳게쥐고 생각해보면 처가 미련한놈이었다。 그는 아모것도 모르고 부엌에서 밥을짓고 있는 처를 갈기고 싶었다。

「이년 이런놈하고 산보할때 너는 행복을 느끼느냐」

이렇게 처를 뚜드리고 싶었다。 그러나 그 때리고 싶은마음은 결국 처자신에게로 돌아오는 불상한심리였다。

준호는 호주머니에서 문서를 꺼내서 우물거리고있다。 남수는 아모것도 눈부처보지않으며 창문있는쪽을 멍하니 바라보고있다。

래디오체조의 호령소리가 갑자기 그의귀에 어지럽다。

—(丁丑五月十一日)—

第二回懸賞募集

一、小說 戲曲 詩

一、期日 七月末日

注意 懸賞作品이라朱書할일

朝鮮文學社編輯局 白

長篇小說

處女地 (全載)

姜鷺鄕

一

밤길이었다。

골목에는 전등불이 드물었다。 올려다보니 꽃향기에 흐린 봄하늘이다。 지금이라도 곧 그무엇이 한바탕 쏟아질듯 질듯 하면서도 벌써 두시간채 평온을 유지해온 봄밤의 흐린하늘이었다。

소설가 윤청민은 허전한 공허를 가슴에안고 지향없이 발가는대로 거름을 옮길뿐이었다。 그의 마음도 흐린 봄하늘같이 애끓는 우름을 먹음었것만 지금 곧 느물이 쏟아져 나올듯 나올듯 하면서도 솟처럼 우러지지 않었다。 육신은 천근인듯 무거웠고 창백한 얼굴에 깃드른 애수는 더 높고 음울을 조상하는것같았다。 불행한 밤이었다。 청민의 힘으로서는 쉽사리 물리칠수없는 악마의밤이었다。

청민은 오날밤 영실을 잃어버렸다。 그다지도 아끼고아끼든 영실을 멀—리하지않으면 안되였다。

영실은 순정의 여자였다。 그의 순정은 보통여자보다 몇배나 강하였다。 그러므로 영실은 청민의 품안에서 떠나지 않을수없었다。 영실은 지난날 청민과 매저지기전에 어떤 남자에게서 받은 육체의 생채기를 청민에게 이이상 더 숨겨갈수는없었다。 일년이란 세월을 두고 지금까지청민을 속여온것만해도 그에게는 다시없는 괴로운 짐이었다 여지로 참아나갈려면 못참을것도 아니지만 장래 그부슨 기회에 그비밀이 탄로되는 경우엔거기에서받는 쓸아린 상처는 형용할수없이 처참할것이고 또 그것은 틀림없이 불행한 결과를 가저 올것이다。 이러고보니 차라리 지금 헤여지는것이 같은 불행중에도 장래의 그것보다는 약간 덜 심각할것 같았다。

영실은 이대로 내처 숨겨나가다가는 장래에 필연코 그심각한 비극이 닥처올것만 같아서 생각만해도 옷삭하

그 등어리에 찬서리가 흘렀다。

이렇게 영실은 만일의 경우를 무엇보다도 두려워한것이다。 누구보다도 순정한 영실이기에 그리고 누구보다도 처녀성을 존중하고 역시 영실이못지않게 순정을 가진 성민이기에 이대로 현상유지를 해나가는것이 그만침 장래에대한 비극의위험성을 더 농후하게할뿐이다。

영실의 순정은 량심을 채죽질 했다。 더 이상 더숨길수는 없었다。 일절의 비밀을 성민에게 고백하고 그에게서 멀—리 떠나는것이 그얼마나 시원스러운 일일까! 벌서 몇일전붙어 고백할 결심을 굳게 하면서도 좀처럼 실행할수 없었든 영실인데! 어쩨아츰 고향에서 날려온 아버지의 변사를알니는 부전을 받고 우울한끝에 모—든 문제를 하루바삐 해결지울려고 한것이였다。 확실이 영실이에게 새로운 인생의 한 게단이 놓여졌다。 영실은 그 새게단을 밟고 올라갈려는것이다。

영실의 아버지는 소위 항자였다。 이전에는 베ㅅ첨이나 하고 현금도 칠팔천원가량 가지고 있었는데 그것도 거이 주색잡기에 소모해버리고 근자에와서는 기우려진 가운을 바로잡어보자는 엄청난 생각으로 엉뚱하게도 금광에다 손을 내 렀든것인데 그것도 뜻과같이 되지를 않고 날마다 느려가는 것은 절망뿐이어서 드듸어 은독자살을 해버렸다。

영실은 평상때 이상하게도 아버지의 이런 최후를 예기하고있었다。 남과같이 고요한 운명은 못하리라고 예상은 하면서도 그래도 혈육이라은 육친인만큼 될수만있으면 오래 사라주기를 원하기도하였다。 그러든것이 예상이 드려마저 어쩨아츰 이런 끔찍한 부전이 날러드러왔다。 영실은 일시에 눈앞이 어질어질해지며 천지가 한가지로 암담해지는것 같았다。 모—든것이 귀찮었다。 일절의 사물을 포기하고 먼—사막 라도 거닐다가 회호리바람이 가져오는 열사에 무쳐 거츠른 최후를 마추고싶었다。

이러한 심경은 성민에게대한 례의고백을 한층 더 채죽질하게 되었다

여기에 또오날오후 다섯시쯤해서 봉투편지한장이 날러드렸다。 고향의 옵바에게서 온 편지었다。

영실의고향은 경남 하동이다。 고향에는 옵바네가족이 살고있을뿐 어머니는 삼년전에 돌아가시고 그외에 육친이라곤 없었다。

편지의 내용은 아버지의 장례가 끝나면 곧 북만으로 생활을 옮길예정이라고한다.

고향에서 약 오십호가량이 당국의 알선아래 북만으로 이민을 하는데 자기는 이민감독으로 뽑피였다고 하며 이기회에 가족을거느리고 생활을 한번 새로운 처녀지에 옮겨놓을 작정이라고 한다。그리고 끝으로 아버지의 죽엄에 대한 자세한 설명이 기록 되어있고 장사는 삼사일내로 지낼터이니 곧 나려와달라는것으로 끝을 막었다。

영실은 그편지를 다ー 읽고나서

「북만!」

하고 한번 중얼거려보았다。잠간동안 그의 눈앞에는 아직 보지못한 북만의 환영이 얼른거렸다。황량한 광야를 씩씩하게 개척해나가는 이민단의 활약이 한줄기의 감격을 그의 가슴에 가져왔다。

「나두 북만주두 갈까……」

영실은 재처 중얼거리면서 청민에게 곧 좀와다라고 속달을 썼다。그러지않어도 오날이 일요일인만치 청민은 커피때쯤해서 놀러올것이나 그때도 혹시 무슨일이생겨 못오는날이면…하고 속달을 보낸것이다。

소설가 청민은 어듸 출근은 하지않지마는 낮에는 도서관단이기에 여념이 없었고 영실은 어떤상사회사서무과에 밤늦드록 출근을 하는관계로 자연 일요일외에는 서로 한가히 만날수가 없었다。그래 일요일이오면 의례이 청민이 영실을 방문하여 사랑의한때를 즐기는 것이였다。

오날도 마침 일요일이었다。그러나 우울한 일요일이었다。

밤을 기다려 영실은 가난한 십촉전등에다 푸른 카바ー를 씨웠다。

희미한 전등그늘밑에서 영실은 멀ー리 손풍금의 선율을 드렀다。그누가 뿌리는 선율인지는 모르나 밤마다 애연한 멜로듸ー를 보내주는것이였다。하숙집 어린아이들도 오날따아 어듸로 놀러나갔는지 그렇게 떠들석하든 집안이 몹시도 고요하였다。영실은 초조한 정적속에서 머지않어 닥처올 한장면을 눈앞에 그리며 서른 몇줄기의 눈물이 벌서불어 흘러내렸다。

청민은 찾어왔다。

언제보아도 미소를 흘리는 영실이었으나 오날밤만은 우름이 앞을 섰다。그리운 사람을 대하는 심정과 그리고 오날밤을 마즈막으로 사랑하는사람의 곁을 영원이 떠나가는 서름이 한데 얼키여서 그의 이성의힘으로는 홍

분된 감정을 억제할수 없었다。

성민도 평상때와는 너무나 다른 영실의 태도에 일종의 불길한 예감을 느끼며 초조한 가운데 영실의 말만 기다릴뿐이었다。

「성민씨! 아버지가 돌아가셨세요…」

영실은 성민을 대하는즉시 다짜고짜 레의고백을 먼저 할려고 마음먹었었으나 이렇게 턱 마조대하고보니 참아 그소리가 먼저 안나와서 위선 아버지의 죽엄붙어 먼저 알리었다。

「뭐? 아버지가 돌아가셨서?…」

성민은 깜짝 놀라며 오날밤 영실의얼골에 넘처흐르는 우수와 눈물도 아버지지의 죽엄에 기인된것이라고 단정하였다。

「네 자살을 하셨답니다。독약을 마시고……」

여기까지 간신이 말한 영실은 앞뒤도 헤아릴길없이 책상에 엎디려 오열을 터트려놓았다。성민은 가늘게 몸떨치는 영실의 억개에 한손을 얹고 자기자신으로도 조리를 알수없는 말로 이리저리 달래보았으나 그래도 영실의우름은 긋칠줄을 몰랐다。

한참만에야 영실은 얼골을 드렀다。옷고름으로 눈물을 씨스며 인케 그 향기롭지못한 고백을 하게되는 자기자신을 슯으게 뇌였다。

영실은 창밖의 어둠으로 밤이 얼마쯤 깊었는가를 짐작하며 성민의 얼골을 시름없이 정시하였다。

「성민씨 옴바네는 이민단과함께 북만주로 이사를 간대요…」

「웅— 북만주루…」

하고 성민은 다음순간 피투성이의 상처를지닌 세기의 체구를 머리ㅅ속에 그리지않을수 없었다。멸망에서 멸망으로 흘러가는 인류의 몰락을 눈앞에 드르며 그는 유연한 그무엇을 아니느낄수 없었다。기우러저가는 가운을 바로잡으려고 금광에 손을 대어 실패를 한나머지 드디어 자기의 생애를 음독자살로서 청산한 영실의 아버지는 이 세기의일면을 죽엄으로서 설명하는 한개의 전형적 인간이었으며 그리고 머지않어 북만으로 흘러간다는 영실의옴바네도 앞으로 또 그무슨 비참한 운명에 봉착할지 그누가 알것인가? 생활에 쫓기여 고향을 뛰여나가는 그들일선대 벌서불어 불행을 억개에 메고있는것은 너무나 역연한 사실이 아닐까! 그리하야 그들은 행복을찾어 산넘어 하늘 멀—리 북만의 광야로 흘러가는것이다。 그런다고 반듯이 그끝에 행복이 있다고 그누가 단언할수있을것인가? 그러면 현재 그들과 못지않게 가난에 쪼들리면서도 전생명을 걸고 문학의길을 닦그며 광명의날을 기대하고 있는 나는——하고 자기자신으로 돌아온 성민은 암담한 불안에 떨며 도리여 마음의 위안소를 사랑하는 영실에게서 찾을려고 하였다。

「성민씨 나두 옴바를따라 북만으로나 가볼까해요…」

영실의 말끝은 조꿈 흐리고 떨렸으나 그의표정은 무서우리만치 진실성을 띄고있었다。

「뭐? 북만으루 가다니 글세 왜 그런소리를 한단말이요!」

성민은 영실을 약간 책망하는 어조로 음성을 높이고 그무슨 아지못할 비극의 기척을 가늡게 느꼈다。

「…………」

영실은 갑작이 한참동안 숨찬 침묵을 직히드니

「성민씨! 용서하세요 용서하세요!」

하고 다시 책상에 업드려서 우름을 우렀다。

「글세 왜그래요 응 얘기를 해봐요! 응!」

성민은 가슴을 휘저어놓는 불덩이같은 초조에 어쩔줄을 몰랐다。 사태가 이만침 된 이상 이제 영실의 입을 새여나올 그무슨 이야기가 확실이 성민에게 불길한것임을 인간의상식으로 능히 판단할수있을것이다, 더구나 감수성이 많은 소설가 성민에게 있어서랴。

「성민씨 저는 성민씨곁을 영원이 떠나야 되겠어요 하로바삐 떠나야 되겠어요。 앞으로 하로라두 더있으면 그만치 저는 성민씨에게 죄를 더짓는 것이니까요…」

「여보 글세 그게 갑작이 무슨소리요? 나는 뭐이 먼지 알수가 없구려!」

「성민씨 저는 지금껏 성민씨를 속여왔어요。 저는 처녀가 아닙니다。 더런년이에요 더런년이에요……」

영실이야 울든 말든 현재의 성민에겐 영실의 고백에서 받은 정신적타격이 너무나 컷다。 그는 오직 아연할뿐이였다。

한 여자의 처녀성을 그렇게도 귀중이넉이고 신성시하든 성민이다。그러므로 그는 지금껏 영실의 육체를 침범치 않었고 두사람의 영혼과 육신이 한가지로 결합되는 일생을 통하야 단 한번밖에 없다는「아름다운날」에 희망을 부치고 오직 깨끗한 교제를 계속하고 싶었을뿐이었다。그러든 성민에게 뜻하지않은 영실의 고백이 부디친것이다。

아연한 가운데 묵묵이 허공을 노리고있든 성민은 울컥하고 치미러오르는 서름과분격을 느끼고 영실의 하숙방을 뛰여나오고 만것이다。

영실은 창문을 열고 골목 저편으로 사라저가는 성민의 뒷ㅅ등을 눈물어린, 두눈으로 시름없이 배웅하였다。

「기—어코 마즈막날이 오고마렀어 아아……」

영실은 흑근하고 몰려오는 부드러운 게절의 감각에 묵직이 유폐되었든 마음의문을 여러제치며 연방 옷고름으로 눈물을 씻섰다。

二

열한시가 좀 지나서 성민은 동대문밖 영도사정내의 하숙으로 돌아왔다。문안에있는것보다 문밖 이런 조용한 사찰등지에 자리를삼고 있는편이 건강에도 좋을뿐더러 원고집필에도 여러가지로 효과적이어서 성민은 작년여름 단이든 K잡지사를 사정에의하야 사임하고 끝 이 영도사하숙으로 거처를 옴긴것이였다。

성민은 모자를 버서 저편 구석으로 내동댕이치고 양복을 입은채 자리에 쓰러졌다。무엇이 무언지 이 세상이 지금 어떻게 굴러가고있는지 그리고 지금 자기는 대체 어떤길을 밟고나가고, 있는지 그길이 또 광명하고 정당한 길인지 도모지 갈피를 삭을수가 없었다。연기같이 혼탁한 머리ㅅ속을 차근차근 하나씩 정리해줄사람은 역시 처녀성을 잃지않은 영실뿐이다。그러나 그런영실은 기적이면 모르되 인제는 이현실에는 존재할수없었다。

성민은 영실을 잃는동시에 언제 불러도 실치않은 「아리랑」과「자장가」의 선율까지 잃어버리고 마렀다, 천애의 고아인 성민은 누구보다도 아리랑과자장가를 사랑하였다。그는 짧은 반생에있어 아리랑에 굶주렸고 자장가에 허기젔다。칠팔년간의 이국의 방랑생활에 그는 고향그리운 향수에 그얼마나 시름저웠으며 일즉이 부모와사별하고 애정의 자장가가 그얼마나 부러웠든가!

자난날 청민은 영실을 만나기만하면 의례이 아리랑과자장가를 영실의 고흔 목청을 통하야 고이 고이 드렀다。영실만해도 모—든 정열을다하야 그 두개의노래를 청민에게 들려주었다。사랑하는사람의 입을 통하야 듣을수있는 그 감격의 멜로디—가 고독한 청민에게는 너무나 지나친 행복이 아닐수없었다。

그러나 지금은 영실도 가고 아리랑도 가고 자장가도 가버렸다。허무러진 옛청터의 정적을 호올로 직히는것과도같은 고독과 공허속에서 청민은 손곱작란 일곱살때와 내고향「무뎀이」벌판에 버려졌든 웅장한 풍년제의 풍경이 하나하나 추억속에 우러나기도 하였다。

숨거웠든 영실과의 한시절은 일부러 생각지않으리라고 바득바득 힘을 쓰면서도 저도모르는사이에 가저오는 그리운 환영에는 괴로움을 지나 눈시울이 뜨거워졌다。

밤도 깊을때로 깊었건만 옆에방에 하숙하고있는 카톨릭교신자 혜순은 아직도 잠을 이루지 못했는지 간혹가다 괴로운 마른기침을 하였다。혜순은 제산기에 드러선 폐병환자였다。벽하나를 사이에 두고 여기에도 구원받지못할 한개의 생명이 죽엄앞에서 떨고있는것이다。

우울한 밤。

청민은 뜰앞에 진 살구꽃의 화변을 조상하는 철느진 봄비의 흐느낌을 드렀다。

「청민씨!……」

멀—리 바람결에 들려오는 풍경소리와함께 확실이 청민의 두귀에 드려온 여자의 목소리가 있었다。

청민은 신경을 모아 소리난쪽으로 귀를 기우렸다。

「청민씨!……」

틀림없는 영실의 목소리였다。

——웬일일까?……

청민은 불이나케 미다지를 열었다。방안의 전등불이 미다지사이를 흘러 밝앗으로 새어나갔다。문도 울타리도 없는 밝았뜰 배나무밑에서 영실이 청민을 부르고있는것이다。

「오오 영실이!……」

청민은 황급히 구두를 끌고 뜰로 나갔다。그러나 영실인 웬일인지 배나무밑을 떠나 절간 앞마당쪽으로 따르질러 가는것이다. 그실 영실도 이렇게 비오는밤길을 거려서 청민의 하숙까지 오기는 왔으나 청민을 턱 불러놓고 보니 말문이 딱혀버렸다。

청민은 헐레벌떡 영실의 뒤를 쫓아갔다。

영실은 발을 멈추지 않었다。홍살문을지나、참도를 벗어나서 조고만 또랑을 건느고 포도원옆의 좁은길로 드러섯다。그제야 영실도 숨이 갑벗는지 다리를 멈추고 후유— 한숨을 쉬였다。눈물이 쫙 쏟아진다。

뒤쫓차온 청민은 영실의 옆에 밧삭 대어서며

「영실이 웬일이요? 이렇게 밤늦게……」

영실은 청민의 그말에는 대답도 주지않고 훌쩍훌쩍 느끼면서 큰길쪽으로 거려갔다。청민도 하는수없이 잠묵을 직히며 영실을 따라가지 않을수 없었다。

비오는 「안감내」다리에 왔을때 영실은 비로소 입을 열었다。

「청민씨! 미안합니다。주무시지도 못하고…마지막으로 한번 더 뵈려고 왔에요。저는 내일 아츰차로 떠나겠에요。위선 고향으로 내려가서 아버지장례나 지내놓고 울바네와함께 북만주로 가겠에요…」

영실은 여기서 말을 끊고 청민의말을 기다렸으나 청민의 입은 꽉 다므려저있었다。

「그러면 안녕이 게세요 청민씨의 성공을 빕니다!……」

청민은 정마잡았 전차길쪽으로 힘없이 거려가는 영실의 뒷모양을 묵묵이 배웅하며 편협하다면 편협하다고 할수있을 자기자신을 꾸지저보기도 하였으나 그렇다고 현재의 영실을 용인하지않는 순정의행동에 반역할수는 없었다。가사 지금 그의 시야에서 점점 머러저가는 한사람의 여인 영실을 최대급의 아량으로 다시금 청민의 품안에 다스로이 포옹한다고하자。그러나 그것은 인간 청민으로서는 너무나 부자연한 행동일것이며 영원성을 잃은 기형적 아량일것이다。

영실의 뒷모양이 어둠과 봄비속에 흐려지자 청민은 비에저진 란간에 기대여서 먼— 남쪽하늘을 바라보았다。저하늘끝에 영실의 고향이있다。그래도 영실은 아직 고향을 잃지않었다。열살때 부모와 고향을 잃은 자기보다는 영실은 몇갑절 행복된 인생일지도 모른다고 느껴지자 그는 새삼스럽게육친의 손길이 그리워졌다。

그는 문득 물소리를 들었다。다리아래를 흘러내리는 개천물소리다。동족과동족을 불러 합처가지고 양양한 대하로 행하진하는 행복된 풍경이었다。

성민은 울컥하고 커다란 서름이 복바처올랐다。벌거버슨 자기의 인생이 너무나 초라하고 애닯었다。

성민은 청신에 붙힌 부모의 환영과 가버린 영실과 그리운 멜로디—를 가슴속에 부르며 란간에 기댄채 봄비속에서 엉엉 소리처 울기시작하였다。

三

끝없이 푸른 하늘。

끝없이 넓은 드을。

마지막 희망은 저멀—리 아득한 지평선에 깃드렸고 긴— 이민단의 행렬이 거름을 재촉한다。

선조대대로 물려받은 고향의꿈은 하염없는 추억에나 찾어보자。

여기는 거츠른 북만의 광야。

말잔등에 언친 짐은 가난한 생활을 이야기하고 아리랑곡조의 휘파람이 두세군데 들린다。인류의 려명을 가슴에 마지할날이 과연 그언제일까? 행복을 캐려온 그들에게 행복은 좀더 멀—고 좀더 멀—고…。

성민의 꿈은 여기서 깨여졌다。영실을 보내놓고 벌서 몇일째 내리꾸는 북만의 꿈이었다。

성민은 두팔을 벌려 기지개를 켜고 자리에서 이러났다。그는 세수를하려 수건과 비누와 양치소곰을 가지고 뒤ㅅ개울로 나갔다。앞산을 바라보니 해가 두어발쯤 기여올랐다。지기시작한 진달내와 개나리꽃들이 아침해ㅅ살에 마조막 풍정을 보이고있었다。아직 빨래ㅅ군의 침범을 받지않은 아침의 개울은 수정같이 맑었다。성민은 가슴을 벌리고 심호흡을 두어번 하였다。

「오날은 저보다 늦으셋구만요 호호…」

다른때는 성민보다 의레이 늦게이러나든 혜순이 오날아츰은 유달리 먼저이러나서 그도 세수를 하려 이개울에 나와있었다。

「오오 웬일이십니까 오날은 나보다 일죽 이러나섰으니 하하…」

성민도 혜순에게 미소를 보냈다。혜순은 하이얀 낫수건을 억개에 걸치고 진달내 꽃닢을 만지작거렸다。

「호호 저라구 일즉 못이 떠날까봐 호호……」

이윽고 혜순은 맑은 개울물에다 손을 담궜다。맑아케 세수를 하고 수건으로 얼굴을 닦고나니 노랑꽃이 피었든 혜순의 얼굴에 마찰기운으로 말미아마 엷은홍조가 돌았다。

성민도 세수를 마치고 진달내꽃을 두세닢 개울물에 띄웠다。머리우에서 산듯한 물오리나무 잎새가 신선한초록빛을 발휘하며 개울가의 풍경을 직히고 있다。

혜순은 옆에 있는 바위ㅅ돌우에 올라앉더니 낮으막하게 성가를 불렀다。

해가 서너발이나 더 올랐다。물소리는 여전이 졸졸 혜순의 얼굴에는 홍조가 사라지고 도루 샛놀해졌다。

「오날두 날이 퍽 좋은데요」

성민은 하늘을 우러러보았다。새파라케 쾌청한 늦은봄의 아츰하늘이다。

「네— 오날은 어제보다 더 새파란것같에요 하늘이——」

하고 혜순도 하늘을 처다보았다。

성민은 혜순의 앞으로 가까이 가서

「참 요샌 건강이 좀 어떻습니까?」

하고 갑작이 생각난듯이 화제를 돌렸다。

「그저 그래요。이러다간 저두 얼마 못살것같에요……」

혜순은 쓸쓸한 표정을 지었다。

「아이구 별말슴을 다—하시네 하하」

「이까짓몸 죽으면 죽었지 뭐 조곰두 아까울건 없에요…」

「…………」

한참만에 혜순은

「윤선생 저 새파란 하늘을 보세요」

하고 남쪽하늘을 가르쳤다。성민은 시선을 그쪽으로 옮겼다。

「저기 저 하늘 저—편에 천국이 보이는것같이 않어요? 윤선생!」

「글쎄요……」

「아마 윤선생의 눈에는 안보일겝니다。그러치만 제눈에는 똑똑이 보이는것같에요 제육신이 땅에 파뭇치드래도 제영혼만은 저곳으로 날러간답니다! 천국으로요!」

혜순은 흥분과 감격속에서 천국의 모양을 눈앞에 그리고 있었다。보드러운 미풍이 물오리나므잎새를 스치고 진달내꽃 개나리꽃을 가볍게 흔들드니 뒤이어 진달내꽃 두서ㅅ 꽃으에 진다。쫌드 이름가이 저믄 모양대다。

四

저무는 숲속에 안식이 깃드렸다。탑스럽게 쭉쭉 뻗친 소나무가지마다 회색빛황혼이 스며고 영도사 종각에서 흘러오는 만종소리는 어둠을 손질해 들렸다。

성민은 지금 황혼의 숲속을 거닐고 있다。그리고 옆에는 그와 억개를 나란이하야 혜순이 거닐고있다。이렇게 두사람이 억개를 나란이하고 저무는 숲속을 거니며보기는 이번이 처음이다。동무가드물고 드물기때문에 몸시도 사람이 그리워지는 이런 한적한 틈ㅅ간에서는 한하숙에 있는 혜순이 성민에게는 으직 단하나의 말동무였다。그러고 혜순도 역시 마찬가지였다。

성민은 도서관을 안가는날이면 의례이 혜순에게 말을 건네며 이야기를 주고받었으며 성민이 도서관에 가고 없는날에면 혜순은 고요한 성가와 기도로서 마음의 적막을 잊었다。

두사람이 지금껏 허다한 이야기를 주고받었지만은 자기네의 과거만은 이야기하기를 꺼리였다。그러나 성민은 몇달전 하숙집 안마당에서 혜순과 첫인사를 나누었을때 그 첫인상으로 미루워 이여자의반생도 그리 화려하지는 못했으리라고 추측한바가 있었다。

「윤선생 저는 아까 석양때두 변소에가서 각혈을 했에요。이대루 나가다간 앞으로 제목숨도 그리 길지는 못할것같애요…」

혜순의 그 끔찍한 보고에

「네? 또 각혈을?…」

하고 성민은 좀 흐들갑스럽게 놀랜 표정을 지었으나 다음순간 무엇을 깨닫고 표정을 고처 동정의 빛을 띠

우며

「그래두 너무 상심치마십시요。 그렇다구 설마 사람목숨이 그리쉽게 끊어질라구……」

하고 위안의 말을 건네였다。

「글쎄요 어떨른지……」

「그럴스록 마음을 단단이 가지시구 예수님께 조용이 기도를 올리십시요……」

성민은 혜순의 삶에대한 절망을 덜기위하야 이런말도 해보았다。

「네— 고맙습니다……」

혜순은 잠자코 무었을 잠시간 생각하고 있더니

「뭐 시방 죽어두 한될건 없에요。 저헌테 부모형제가 있는것두 아니구 남편과 자식이 있는것두 아니구… 뭐 이세상에 하나도 거칠것이 없어야죠……」

성민은 혜순의 그말에

「아—니 밝았어룬더 안게시다니……」

하고 의아한듯이 혜순의 다음말을 기다려보았다。

「네— 저 남편은 결혼한지 이년만에 죽었세요。 벌서 십년이 넘습니다。 제남편두 퍽 쓸쓸하게 자라난 사람이었에요。 어릴때부터 사방으로 방랑해단이다가 어떻게어떻게해서 돈만이나 작어가지구 이것두 이연이라할지 우연한 기회에 서로 알게되어 결혼을 했에요……」

「네— 그렀읍니까」

「남편이 죽으니까 웬일인지 까닭없이 속이 상하드만요。 그때마츰 어떤 카톨릭교신자의 권유로 비로소 신앙생활에 드러갔죠…」

「네—…」

「아닌게아니라 이렇게 몸쓸병이 들고나니 고만 삶이 괴로워지기도 해요…」

「…………」

「저한텐 꼭 한사람의 육친이 있읍니다。 그사람은 제 조카에요。 지금 황해도 해주읍에 살구있읍니다。 제가 죽으면 제육신을 땅에 과무덤줄사람은 해주있는 조카밖에는 없을겁니다……」

광혼이 한겸 진해지고 밤이 살살 엿보고있다。성민은 무덤같이 고요한 숲속한구석에서 소름끼치는 죽엄의가척이 가볍게 들리는상싶었다。

혜순은 말을 계속하였다。

「윤선생 저는 마즈막으로 윤선생께 한가지 권고할께 있에요。드러주실나는죠?」

하고 혜순은 캑캑 마른기침을 하였다。

「권고라니 무슨 권끈지 드를만한것이면 물론 드려드리죠」

「제게 그다지 못드르실것도 아닙니다…」

「하여간 말슴해주십시요」

「저― 다른게아니구요 윤선생두 성교를 믿으시란 말입니다! 제가 이세상에 남기는 최후의 전도입니다。드러주십시요!」

성민은 무었이라고 대답을 해야좋을지 몰라 그저 기계적으로 그리고 자기자신도 그대답의 본질을 인식할수없이 애매하게 「네! 네!」하고 머리를 몇번 굽실거릴뿐이였다。혜순은 성민의 몽롱한 태도가 마음에 섭섭하였다。그래 똑똑이 다짐을 받을양으로

「윤선생! 죽어가는 혜순의 마즈막 권곱니다。간곡한 부탁입니다。꼭 성교를 믿어주세요 네 윤선생!」

성민은 혜순의 얼굴에서 강열한 흥분을 발견하자 그러한 현상이 혜순의 건강에 자못 해로운것을 알고 그의마음에다 평정을 부어주기위하야

「네― 믿지요! 꼭 믿지요!…」

하고 믿음성있게 대답을 하였다。

「정말이예요? 네 윤선생! 정말이조? 네? 윤선생! 정말이조? 네?」

혜순의 얼굴에 화기가 돌며 한사람의 선자를 획득한 기쁨에 그는 저도모르는 사이에 성민의 손을 반갑게 쥐였다。순간 성민은 어름ㅅ장과또같은 차듸찬 그손의 감촉을 느끼고

――아아 이여자의 생명도 앞으루 얼마 안남었군…

「윤선생 진정의 말씀이죠? 네?」

「암! 진정이구 말구요!」

「고맙습니다!」

하고 혜순은 손에다 불끈 힘을 주고

「그러면 제가 죽은뒤에 제영혼을 위해서 예수님께 기도라도 한번 올려주세요 네 윤선생!」

「네 해디리죠。 그러치만 그기도는 아마 지금부터 한 백년후에나 올리게 될걸요…」

「왜요?」

「왜요라니?」

「전 암만해두 그뜻을 몰으겠에요」

「몰으실것도 없지요」

「하여간에 그 백년후란 뭘을의미하는것인죠?」

「즉 다시말하면 적어두 백년후에야 돌아가실테니까 그때가서 그 기도를 올린다는 말입니다。 적두 앞으루 일백오십은 더 살게 될테니까요、하하……」

「윤선생 농담은 마세요」

혜순은 얼골빛을 엄숙이 가졌다。

「지가 앞으루 백년을 더 사다니…그건 도무지 말이 되질 않어요」

「그럼 칠십년후에——」

「칠십년?——그것두 말이 안됩니다」

「그럼 오십년후에——」

「아니에요 그것두 아니에요!」

「그럼 삼십년 후일까요?」

「글쎄 그런 농담은 그만 두시라니까요! 제—발그만 두세요!」

「…………」

「제목숨은 정말이지 실낫같에요。 그것은 지가 잘 알구있에요。 바람만 좀 세게 부러두 그만 끊어저버리구 말겝니다。 그런 목숨을가지구 백년이니 칠십년이니 하시니…」

「……………」

「제목숨은 앞으로 실컨 남어야 석달 그러찬흐면 한달 그저 요것밖에 안될겝니다……」

「그럴까요?……」

너무 잠잫고 있는것두 무엇하고해서 성민은 이런말을 한마디 끼웠드니

「네— 그래요。 밝한 피를 토할적엔 그만 천지가 뒤밖귀는것같구 숨이 꼭 너머갈것같애요。 그런일이 매일같이 있으니 어디 사람이 살수있을라구……。 그순간을 생각만해두 피가 꼭 너머올것같애요。 아이 끔찍끔찍해……」

혜순은 바르르 몸서리를 치드니 갑작이 속이 답답한듯이 주먹으로 가슴을 탁탁 쳤다。 숨결이 가빠지며입술은 가늘게 경련을 한다。 뒤니어 혜순은 마른기침과함께 으왁하고 붉은 피를 토했다。 그 붉은 피는 성민의 앙가슴을 적시였다。 하얀 와이샤쓰는 밝아케 피를 받었다。

혜순은 고민을 하며 그리고 그 고민에서 벗어날려고 구원의손길을 더듬는듯이 한팔로 허공을 두어번 더듬더니 앞뒤도 헤아리지않고 성민의 앙가슴을 파고 드렀다 순간 성민도 무의식중에 혜순의 상반신을 불끈 끄러않었다。

무의식중의 포옹。 저녁숲은 잠들고 인적은 끊어젔다。 색색어리는 혜순의 숨결소리가 파도처럼 높아간다。

멀—리서 두견새의 우름소리가 고요이 흘러오며 혜순은 점점 새정신을 찾었다。

혜순은 성민의 가슴에서 얼굴을들었다。 피흔적이 한두점 그의 얼굴에 아롱을 지였다。

「아이구 피가! 피가!……」

혜순은 성민의 와이샤쓰를 적신 붉은피를 그제야 의식하고, 거의 비명에 가까운 소리를 질렀다。

성민도 혜순을 안었든 팔을 풀고 조용이 저녁숲 저편언덕을 바라보았다。 약간의 흥분을 신정식일려고 함이다。

「윤선생 미안합니다! 미안해요! 미안해요! 용서하세요 네! 네!」

혜순은 울상을 하고 성민의 감정을 삶였다。 그러나 성민의 두귀에는 혜순의 그런소리가 일천 드러오지않었

다。 성민의 마음은 저녁숲사이로 보이는 구만리장천 저편으로 떠가고있었든 것이다。 성민은 지금 자기앞에 버려진 현실이 뭐인지 도모지 것삼을수 없었다。 그무슨 신화(神話)의 숲속에서 한장면의 비극을 연출하는것과도 같은 신비롭고도 처참한 분위기를 느끼며 총마진 산비들기의 고민과 흡사한 정적속의 초조에 마음이 또한 납덩어리같이 담답하기도 하였다。

성민은 두눈을 내리감고 「죽엄」이란것을 생각해보았다。 이 고요하고 초조러운 이 저녁 이숲속 이시간에 거든 죽엄이 닥처온다면 조끔도 서슴치않고 자기한몸을 죽엄에게 맛기고싶다고 생각하였다。 형용할수없는 이저녁 이숲속 이시간의 분위기를 한아름 안고 죽는것이 그얼마나 신비스럽고 아름답고 그리고 그얼마나 안식따운안식이냐。 평상때는 그렇게도 죽엄을 무서워하든 성민에게있어 그것은 너무나 엄청난 생각이였다。

「윤선생! 용서하세요 네! 윤선생!…」

성민의 침묵에 혜순자신도 앎수없는 서름이 울컥하고 치미러오르며 마춤내 두줄기의 눈물이 창백한 얼굴에 주루루 선을 긋는다。

「윤선생 용서하세요! 용서하세요! 네! 네!…」

뚝떼인 오열에 혜순의 두억개가 물결치고 그제야 비로소 성민도 펀득하고 본정신으로 돌아갔다。

「윤선생 실례했읍니다! 용서하세요! 용서하세요!…」

「아이구 별말슴을! 실례는 무슨 실례!…」

성민은 가볍게 미소를 흘려보였다。

혜순은 소매에서 하얀 손수건을 꺼내가지고 눈물을 닦것다。 눈물을 다— 닦고나서 또 기미나쁜 기침과함께 붉은 피를 토했다。 혜순은 손수건으로 피무든 입술을 따독어린다음 피에 아롱진 손수건을 접어서 힘없이 내던저버렸다。

「자아、 인젠 들어가서 좀 들어누시지요…」

성민은 싸늘한 그의 손을 잡고 귀로에 들었다。

성민은 혜순을 부축하야 그의 방에까지 같이드러갔다。 성민은 전등불을 켜고 손소 혜순의 요까지 깔라주었다。 혜순은 성민의 까라논 요우에 몸을 힘없이 가로뉘우고 피로한듯이 눈을 사르르 감었다。 성민도 피로틀느

깨고 자기방에 돌아갈려고 조용이 이려서자 혜순은 번개같이 눈을 떴다。

「윤선생 가시지마세요 지가 잠들거든 가세요 네 윤선생!……」

청민은 아직도 식지않은 혜순의 감정을 해치지 않을요량으로 그만 도루 주저앉었다。

「아 그려구 참 윤선생 미안합니다만 저 양치물 한사발만 떠다주세요 네!」

하고 혜순은 문득 생각난듯이 이런 부탁을 하였다。

「네 끝 떠오겠읍니다」

청민은 안으로 드려가서 찬물을 한사발 떠다주었다。

혜순은 찬물로 굴렁굴렁 양치질을 하고 옆에있는 요강을 끄려댕겨 양치물을 배았었다。

이윽고 혜순은 도두 눈을 사르르 감고 수면을 불렀다。

청민은 눈감은 혜순의 얼골을 묵묵이내려다보았다。시드른 가운데도 청춘을 잃기는듯, 연한 입술은 그리운옛날을 부루는상싶었다 꿈꾸는듯한 두눈은 앞날의 운명을 명상하는것같았다。

「윤선생 지가 잠들때까지 꼭 계세요 네!……」

혜순은 눈을 감은채 또한번 이렇게 중얼거렸다。

「네― 그러지요」

담담한 더위를 참지못해 청민은 미다지를 방싯이 여렀다。탐스러운 불도화꽃송이가 달빛에 창백하고 스며드는 야기가 제법 서늘하였다。

청민은 서양신화속에서 읽은 일이 있었던 어떤 여신의 고요한 최후를 머리ㅅ속에 그려보았다。

그러한 공상도 지나고 다시금 현실로 돌아왔을때 그는 혜순의 창백한 얼골에서 소리없이 약동하는 배암같은 삼십대의 정열을 역역이 발견할수가 있었다。

――이여자는 나에게 애정을 느끼고있는것이 아닐까……

문득 청민의 가슴에 이런 해석이 우려난 순간 청민자신도 가느다란 흥분을 느끼었다。

――나도 이여자를 사랑하고 있지나안나? 나자신도 모르게……

청민은 머리를 절네절네 흔들며 모―든 잡념을 떨어버릴려고 애썼다。

혜순은 잠이 든 모양인지 몸하나 까딱안하고 숨소리만 가쁘게 색색어린다。

성민은 갑자기 혜순이 측은해졌다。어차피 길지못할 목숨이나、오날밤 저대로 잠이 든채 평상 혜순이 아름답게 꿈꾸든 천국으로의 영원한 재생이 실현된다면 그것은 어떤의미에서 혜순에겐 오히려 행복된 운명일지도 몰을것이다。

성민은 살며시 이려나서 잘든 혜순의 몸우에 이불을 덮어주었다。그순간 그는 가까워오는 죽엄의 기척을 어렴풋이 느끼고 한번 부두룩 몸서리를 쳤다。

五

먼-산의 그림자가 제법 뚜렷하고 멀-리 삼각산의 하늘이 유난이 드높다。뜰앞 국화꽃송이에 석양이 아름답고 단풍든 뺏나무 닙새가 산들바람에 떤다。새게절로 접어들면서부터 절ㅅ간 풍경소리가 어지간이 요란하다 구월——가을이왔다。

도서관에서 책장을 뒤적어리다가 돌아온 성민은 피로를 느끼고 불끼없는 차디찬 방바닥에 팔벼개를하고 드러누었다。바로 그때

「윤선생 계십니까?」

하고 미다지밖에서 사나이의 목소리가들렸다。미다지를 여러보니 수월시님이 미소를 띠우고 있었다。

「오오 어서오십시요。오날은 한가하십니까?」

성민은 마두로 나가 앉었다 가을석양이 어지간이 따겁다。

「그런데 윤선생 오날 좀 섭섭한 얘기를 엿주려왔읍니다」

수월시님의 표정은 점점 어두워간다。미소가 사라지고 침울한 빛이 얼굴을 덮었다。

「섭섭한 얘기라니요?」

성민은 의아한듯이 반문을 하고 그에게로 한무릅 닥어앉었다。

「사실은 오날 제가 이절을 떠나게되었읍니다……」

「아니 왜 그리 갑작이……」

청민은 말끝은 흐리며 머리에 백발이 희끗희끗석긴 수월시님의 적막한 그림자를 유심이 바라보았다。

「어디 사러나갈수가 있어야죠。시주는하나식 주러들고 달리 돈벌구녕은 없고 거기다 옘병할 물가는 작구올라가지요 아 어러니 수다식구를 거느리구 어떻게 사러나갈수 있어요……」

「옹——…」

「그래 윤선생께 떠나는 인사를 하려왔읍니다。허허…」

「그럼 어디루 가실 예정입니까?」

「충청도 충주땅으로 가겠읍니다。거기 계숙부님이 계시는데 위선 잠시동안 거기가서 의지를 하고 있어야겠어요……」

「옹ㅡ…」

「일곱시반차로 떠나겠읍니다。그러니 지금이 다섯시반가량 되었으니까 한 두어시간 남었지요。자아 그럼 우리 술이나 한잔씩 합시다。지금 가면 언제 또 뵙게될른지 모르는데 허허…」

청민과 수월시님은 아해ㅅ마을 선술집으로 내려갓다。

「인제 두고보십시요。아마 금년도 채못가서 영도사승려들 가운데 걸며나는사람이 상당이 많을께니…」

다섯잔이나 거우린 수월시님은 얼근한김에 작고 이야기를 느러놓았다。

「지금 따ㅡ 말슴아니에요。이전과 달러서 불공디리려오는사람도 아주 적어지고 그렇다구 이전과같이 유흥객들에게 밥을팔수도 없고…밥이라두 파랐으면 어떻게 어떻게 그것으로 연명해나갈수도 있겠지만 당국에서 그것도 금지를 하니 어디 뭘 사러나갈 도리가 있어야죠。이전에는 중은 절로 기여드러가야 제살도리가 있다했지만 지금은 도리여 중이 속계로 내려가야만 입에 풀칠이라도 하게되었어요。허허 나 원 참 기가 맥혀서 허허…」

하고 수월시님은 술잔을 드렀다。

「어째ㅅ밤에도 영경사주 메누리가 봇짐을 싸들고 어디루 따라나버렸읍니다」

「허——」

하고 청민은 수월시님의 이야기에 흥미를 가지며

「네— 그런일이 있었읍니까。 초문인데요……」
「앞으루 그런일이 작구 생길겝니다。 글쎄 생활은 점점 어려워가고 별 신통한일은 없고 하니 어디 젊은것이 불어있을려구 해요 허허…」
「그것도 그렇지만…」
하고、청민은 쓴 입맛을 다시었다。 한계급의 몰락을 바로 목전에 보고 거기에 동반하는 가지가지의 비극을 연상하였기 때문이다。
「어어 취하는걸 그럼 올라가볼까 에이 비러먹을것 암만 뻣대야 소용없어 그저 되는대루 사라나가는수밖에」
수월시님은 혼자말비슷이 중얼거리며 지갑속에서 일원짜리를 끄집어 낸다。
「수월시님 그건 넣어두시요。 술값은 제가 내지요」
하고 청민은 불이나케 일원짜리하나를 지갑에서 꺼내가지고 술집주인을 내여주었다。
「원 별말슴을 그러면 되나 아니 윤선생 제가 내겠읍니다…」
수월시님은 청민의 만류도 듣지 않고 부득부득 일원짜리를 술집주인에게 가져갈려고 하였다。
「아니올시다 벌서 제가 무렀읍니다。 이것보시요 거스름까지 받지않었어요。 하하하…」
하고 청민은 술집주인에게 거슬려받은 십전짜리 두세닢을 수월시님에게 보이기까지 하였다。 그제야 수월시님도 돌아서며
「허어 이거 미안해서 원…」
하고 뒤ㅅ통수를 썩썩 긁었다。

六

청민은 충주로 이사가는 수월시님네를 영도사어구의 포도밭근처까지 배웅해주었다。
「부디 안녕이 가시요」
「네— 고맙습니다。 안녕이 게십시요 윤선생!……」
「가서 편지라두 해주시요」

「네ー 허구말구요。자아 그럼 어서 들어 가십시요 예까지 나와주세서 참 고맙습니다」

수월시님은 손수건으로 눈물을 씻으셨다。동성종본이라고 여러가지로 호의를 브혀주는 수월시님이다。생활의터를 바꾸는 오날에 어쩌 한줄기의 감개가 없을것이냐 청민은 모시고 거느리고 멀ー리 걸며나가는 수월시님의 쓸쓸한 뒤ㅅ모양에 눈시울이 뜨거워졌다。

「잘보고 계시오?」

어떤 손길이 등뒤에서 청민의 어깨에 가볍게 닿는다。휘끈 돌아다보니 역시 영도사경내에 사는 철학박사 P씨다。P씨는 현재 S전문에서 교편을 잡고 있다。독일유학 육년에 건강을 좀 해쳐서 지금은 한약으로 몸을 보하고 있는중이다。S전문과 영도사와는 바로 낮으막한 산하나를 사이에 두고있을뿐이어서 학교출근에는 비교적 편리하였고 시내보다 공기가 훨신맑어서 건강에도 매단 좋았다。이런 견지에서 P씨는 영도사경내에 집한채를 구해가지고 작년사월에 이사를 온것이다。

「요샌 왜 놀러 않오십니까…」

P씨는 미소를 흘리며 안경넘으로 침울한 청민의 표정을 살핀다。

「네ー 좀 바빠서…」

「윤형도 요새 좀 피로해보이는데 어디 편찮으십니까?」

「네ー 뭐 괜찮습니다。그런데 참 요새 건강은 좀 어떻습니까?」

「네ー 좀 낳어진것갓기두 합니다만 하하…」

「어디 가시는길입니까?」

「아니올시다 심심해서 산보나왔읍니다。자아 우리 이 포도원에 들어가서 포도나 몇개 사먹읍시다 자아…」

P씨는 청민을 재촉하며 앞장을 선다。자주ㅅ빛 포도들이. 지금이라도 물 흘러내릴드시 익어 느러진 신선한 포도열매들이 두사람의 입에다 신침을 이르켰다。

서ㅅ쪽 산기슭에 자리를 잡은 이 포도원은 영도사경내보다 해가 일쭉 저무렀다。

해ㅅ살이 포도넝쿨에서 빛을 거두고 황혼이 자주빛 포도열매에 가을의 정서를 또돈다。

씨는 포도 이십전어치를 사가지고 포도원뺀취에 걸터앉어서 청민에게 포도를 권하였다。

청민은 포도한개를 씹어보고

「부인은 돌아오셨읍니까?」

「아직 안돌아왔읍니다。한 삼사일 더 있어야 올껄요… 오래간만에 친정에 가드니 자미를 단단이 부친 모양인지 하하…」

「어서 돌아오셔야지 P선생이 쓸쓸하실텐데 하하…」

하고 건네는 청민의 반농담에

「뭘……」

하고 P씨는 미소로서 가볍게 받어 흘렸다。

P씨는 입에 무렀든 포도씨 몇개를 후루루 배았고나서

「안해고 뭐고 그런건 다— 한가한 문젭니다。요새같애선 몸도 몸이지만 점점 심각해가는 일상 생활의불안을 어떻게 해소해야 좋을지 모르겠는데요。우리의 기대에 맞는 그무슨 완전한것은 그만두고라도 먼— 빛이나마 우리앞에 빛이여 주었으면 좋으련만 그것좇아 기대할수가 없구려。이대루 나가다간 절망뿐입니다。우리는 문화인의 앞길은 점점 어두워가는것같습니다。어때요? 윤형은 그런 느낌이 없은니까?」

「동감입니다!……」

무거운 침묵을 지키며 청민과 P씨는 포도원을나와서 영도사 참도로 드러섰다。

청민은 P씨를 먼저 보내고 자기는 산으로 올라갔다。산정에는 석양이 아직 남었다。청민은 경성시가를 조망하며 주먹으로 답답한 가슴을 서너번 쳤다。청민은 시선을 돌려 바로 눈앞에 소사있는 핑장한 백아관을 내려다보았다。S전문이였다。하학후라 교사는 텡 빈 모양이다。조고만 개색기 한마리가 운동장을 이리저리 달리고 있었다。

——절망을 질머진 지식계급군!……

불안과 초조에 허덕이는 그들에게 먼— 빛이나마 던저질때가 과연 그언제일까? 저 교사안에서 명일의꿈을 그리며 학업에 정진하는 그들학생들도 장배에는 더욱 심각해질 이 세기의 불안을 지금의 선배보다 몇갑절 더 느낄것이냐 그렇지 않으면 찬연한 광명을 질머지고 영광의날을 마지할것이냐?

물을 잃이었다。생각하면 생각할수록 머리속이 어지러워지고 눈앞이 캄캄하였다。청민은 그문제에는 저촉하지 않을려고 피로운드시 머리를 절레절레 내흔들었다。

산을 내려 하숙으로 돌아오는길에 청민은 뗑빈줄 아랐든 수월시님의 옛집에 사람소리가 와자지껄 이러남을 똑똑이 드렀다。가까이 가서 보니 지금 각 어디서 실허온 이사ㅅ짐을 디려놓고 있는중이다。이집 새주인으로 드러앉인상싶은 어떤 양복쟁이의 채림채림과 문앞에 느러논 이사ㅅ짐으로 미루워 중류계급의 속인이라고 판단을 내리고나니 충주로 길떠난 수월시님네가 불현듯 그리워졌다。

소위 산간의 영역도 지금 세상엔 존재할수 없었다。승여들이 장삼 가사와 목탁 염주를 내던지고 속게로 생활의길을 찾지않으면 안될 오날이라면 속인들도 역시 속게에서 몸부칠곳을 찾다찾다 못하야 이런 사찰동지의 동떠러진 지역에까지 굴러드러오는것이다。

청민은 모순에서 모순으로 일관된 이기형적시대상을 저주하며 발길을 돌려 하숙으로 돌아갔다。

저녁을 먹고 나니 어떤 젊은 여자가 찾어왔다。어스름 황혼으로 밖앗에선 얼핏 아러보기가 힘드렀지만 그래도 자세이 보니 이젠 성북동하숙집의 딸이었다。청민은 삼년전 그집에서 한 두어달가량 유하고있었다。그시절에 그집딸하고 서로 앎게된것이다。그여자의 일흠은 복희라고 불렀다。풍문에 들으니 복희는 C여고를 졸업하고 동경으로 건너갔다고 했는데 오날저녁 뜻밖에 그의 래방을 받게되었다。청민은 반가웠다。방으로 드러 안치며 방석을 권했다。

전등불밑에 핀 복희의 얼골은 그렇게 야윈편은 아니었으나 약간 창백미를 띤것이 어딘지모르게 피로해보이기도 하였다。

「그동안 안녕하셨읍니까?」

고개를 다소곳하고 부끄러운드시 첨묵을 지키고 있는 복희에게 청민은 그동안의 안부를 무렀다。

「네ー 별고없었에요。선생님은…」

하고 복희는 말끝을 흐린다。

「네ー 염녀해주신 덕택으로 나도 무고했읍니다。그런데 내가 여기있는줄 어떻게 아렀읍니까?」

「저ー 신문사 학예부로 무러봤에요…」

「네— 참 그동안 동경 가게셋드라구요」

「네— C여고를 졸업하고 곧 메지로 여자대학에 드러갔었죠…」

「또 언제 건너가십니까?」

「글쎄요 이번 하기방학에 나와서 집형편을 보니 여러가지로 딱한 사정이 많은것 같아서 학교도 그만두기로 했읍니다…」

「그거 안됐는데요。이왕 다니든거니 마저 단였으면 좋을겐데…」

「그렇지만 집사정이 딱해서 그도저도 할수가 있어야죠。인젠 그만 공부두 아주 단염했에요…」

「그럼 결혼을 하시지요」

「결혼———」

복희는 좀 머뭇하더니

「저는 아직 결혼문제는 생각조차 해본일이 없세요。요새 가만 보니 집에선 어디 맛당한 혼처나 없나하고 이리저리 구해보는 눈치가 간혹 있지만 저는 결혼에 대해선 아직 무관심합니다。벌서부터 그렇게 빨리 서둘러야 할 아무런 이유를 느끼지 않해요!」

「음—…」

「요새 저는 학업을 내던지고 나니 어쩐지 인생의 목표를 잃은것같은 일종의 허무감을 느끼고 있세요。지금까지 정당하다고 인정하며 씩씩하게 거러나가고 있든길을 그무슨 새캄한 어둠이 가로막은것같아서 이 이상 더 행신을 못하고 그저 중도에서 우둑허니 저립해있는 셈입니다。그 어둠속에서 무슨 광명이라도 한줄기 빛어졌으면 그것을 목표삼고 다시 거러나가 보겠는데 어쩐지 요새는 앞길이 아주 새캄한 암흑입니다。갑작이 「사회」란것에 직면하고보니 어떻게해야좋을지 갈팡질팡입니다。선생님! 어떻게 해야 좋겠읍니까。무슨좋은 다개책이 없겠읍니까? 이렇게 선생님을 뵈려온 동기도 여기에 있읍니다……」

복희는 성민의 교시에서 새빛을 찾을려고 하였다。그러나 현재 성민자신도 그러한 불안과 초조에 헤매고 있는것이 아닌가…。

성민은 팔장을 끼고 아무말이 없었다。오직 무덤같은 침묵속에서 그는 마음속으로 날카롭게 부두지즐뿐이었다。

——아아、광명! 광명! 광명은 멀—다! 너무나 멀—다!…

七

동소문까지 복회를 바래다주고 청민은 되돌아 종로로 나갔다。청민은 조용한 휴게소를 찾었다。거리의 다방마다 문을열어보았으나 담배연기만 자욱한 그안에 감히 발을 디밀어볼용기가 나지않었다。피로를 풀기위하야들여갔다가 도리여 피로를 더 질머지고 올것같았다。

청민은 발길을 돌려 부청앞으로 나갔다。그 근처에 있는 다방 『락랑』에라도 들려면 행여 어떤 지기라도 만나 잡담이나 나누며 피로를 잊어볼까함이었다。다른집보다 문단인의 출입이 비교적 잦은 다방 락랑의 문을 열고 드리선 순간 과연 청민은 한사람의 지기를 발견할수있었다。구석진 곳에 자리를 잡고 테이불에 턱을 고인채 지금 무엇을 사색하고있는 T씨가 먼저 눈에 띄인것이다。

「T형!」

청민은 테이블 가까이가서 T씨를 불렀다。T씨는 고개를 들었다。

「오오 윤형! 참 잘만났오。그러지않어도 이삼일중에 내가 한번 나갈려고 벼루고있는터인데 하하…」

T씨는 청민에게 의자를 권했다。T씨앞에는 빈 커피잔이 놓여있었다。

「용담은 천천이 허거루하고 뭘 자시겠오 나 차한잔 내지요。코코아? 홍차?…」

「글세요 코코아나 한잔 마실까요」

T씨는 뽀이에게 코코아를 주문하였다。

「요번엔 윤형이 아주 단단이 수고를 좀 해주서야 될텐데…」

하고 C잡지를 편즙하고 있는 T씨는 정색을 하였다。

「대관절 무슨일입니까? 말슴하시지요…」

「다른게아니구 윤형두 아시다싶이 벌써 두달전부터 우리잡지에서 현상작품모집을 하지않했읍니까」

「네—…」

「그것이 지금 산맥이같이 밀렸단말입니다。하하…」

「바루시겠는데요」

「누가아니래요! 하하 그래 윤형이 그것을 좀 고선해주셨으면 감사하겠는데요…」

「글쎄 지가 뭘 아러야죠…」

「아니올시다。그런말슴은 하지마시고 정말이지 수고를 좀 해주셨으면 감사하겠읍니다!…」

T씨는 머리를 숙여가며 간곡이 부탁하였다。항상 여러가지로 T씨에게 많은 호의를 받고있는 성민은 좀 괴롭기는 하지만은 이 작품고선의 부탁을 물리칠수없었다。

「전부 몇편이나 들어왔읍니까?」

「시 소설 실화 동속을 합해서 전부 한 삼백여편 잘됩니다。그런데 그중에서 시는 하나도 쓸만한것이 없고 우선 예선으로 소설 수무편과 실화 다섯편을 뽑아놨읍니다。이것들을 한번 잘 읽어보시고 그중에서 소설 실화 각한편씩 당선작을 뽑아주십시요」

「글쎄요。T형의 말슴이니 제청의껏 해보기는 하겠읍니다만 제가 뭘 아러야지요 하하…」

「원 별말슴을…」

마츰 뽀이가 코코아를 가져왔다。

성민은 김이 떠여오르는 코코아를 두어목음 마시고나서

「참 C잡지도 벌서 일주년기념호가 가까워옵니다 그려…」

「네 십일월이 일주년입니다…」

하고 T씨의가슴엔 감개가 우러났다。

「이번 현상작품모집도 일주년기념으로 한것입니다。어디 윤형의 기대에 드러마질 작품이 있을련지 하하…」

「하여간 성의껏 뽑아보지요。그러면 급사를 시켜 이삼일내로 원고들을 보내주십시요」

「네— 모래쯤해서 보내드리겠읍니다。그러면 오날이 십팔일이니까 늦어도 삼십일까지는 고선을 끝내주서야 되겠읍니다!…」

「네— 그렇게해보지요」

얼마후 전기축음기에서 흘러나오는 유장한 아베마리아의 멜로듸—를 뒤에 남기고 청민과 T씨는 「락랑」을 나섰다。두사람은 광화문통에서 갈라졌다。T씨는 효자정행의 전차를 잡어탓고 청민은 동대문행에 올랐다。동대문서 청량리행으로 가라타고 안암정정유장에서 내렸을때는 밤도 어지간이 깊었다。

영도사로 향해 컴컴한 지름길을 거닐면서 청민은 빛을 잃고 어둠에 직면한 복희의모양을 눈앞에 그려보았다。순간 청민은복희의 기대에 반하야 그에게 길을 명시해주지못한 자기자신이 너무나 빈약해보였고 너무나한스러워보였다。

八

청민은 ○잡지사 현상작품의 고선을 시작한지 일주일째 되는 이저녁에야 겨우 당선작을 결정할수있었다。소설과 실화를 각한편씩 뽑아 놓고나니 역개가 한결 가벼워지는것같고 긴장이 풀리면서 속이 후련하였다。예선에 드른 소설 이십편중 그취재에있어 농촌문제를 취급한것이 태반이었고 그외에 공장물 해외물등이 몇편식 석겨있었으나 모다 그예술적가치에 있어서는 그리 높이 평가할것이 못되었다。그러나 고선자로서의 청민은 그 현상작품들의 하나하나에 명일을 파악할려는 젊은 정열을 간과할수는 없었다。거기에는 무서우리만치 격렬한 투지가 있었다。영광의날을 마지하려 괴로운 짐을 지고도 수난의 문학수업에 정진하는 젊은 문학도의 꿋꿋한숨결이 있었다。청민은 서늘한 미소로서 그 작품들을 하나식 대해갔다。「바위」——드디어 어떤 문둥병환자를 취급한 이「바위」라는 소설을 당선작으로 결정하고 실화에 있어서는 어떤 여성의 반생을 그린 애연한 이야기한편을 당선작으로 결정한것이었다。

이 두 신인들이 머지않어 당선통지를 받고 그들의 젊은 화폭에다 그무슨 아름다운 꿈을 그릴것인가?——그장면을 상상해보니 청민은 저도모르게 미소가 돌았다。

저녁상을 물리고 나니 석간이 들어왔다。정치면에서 사회면으로 시선을 옮긴순간 청민은 삼단으로 내리갈긴 어떤 신여성의 음독사건을 취급한 기사의제목에 시선이 갔다。청민은 그 기사를 읽어가는 도중「청북정십오번지 입복희」라는 이 음독의 주인공의 주소성명을 발견하고 경악하지 않을수없었다。청북정십오번지면 이전청민이 유하든 그하숙임에 틀림없었다 그집에 사는 임복희라면 그도 역시 열흘전에 찾어왔든 임복희임에 틀림없을것이다。

「……그는 일쪽이 일본 내지 여자대학에까지 학적을 둔일이있든 인테리여성인데 이번에 무슨일로 세상을 비관하고 지난 이십칠일밤 열시경에 자기집에서 남몰래 다량의 「크로카로민」와 「칼모틴」을 먹었다…」고 하였고 끝으로 또가서 「…이십팔일 새벽네시쯤되여 비로소 그집안사람이 발견하고 곧 그부근의 Y병원 제이호실에 입원 응급수당을 하고있는중이나 생명이 위독하다」고 씌여있었다。

성민은 이 엄연한 사실을 알고 곧 하숙을 뛰여나왔다。초조한 마음으로 안암정 정유장에서 전차를 타고 Y병원으로 향하였다。

Y병원은 동소문 뻐스정유장근처에 있었다。성민은 뻐스를 내려 곧 Y병원의 유리문을 여렀다。안으로 드러가니 약냄새가 씽하고 코를 찌른다。간호부의 안내를 받어 불빛조차 희미한 이층으로 올라갔다。

이호실의 또어를 조용이 녹크하니 오십가량 된 여인이 문을 여러준다。복희의 어머니였다。

「오래간만에 뵙겠습니다」

성민은 공순이 머리를 숙여 인사를 하였다。복희어머니는 성민을 얼른 아러보지못하고

「…누구신지요?…」

사건이 사건인만치 어딘지모르게 침착을 잃고 성민의 채림채림을 유심이 살펴보는 복희어머니에겐 상대자를 경계하는 눈치가 보였다。

「저ー 이전에 댁에 유숙하고있든 윤성민입니다…」

「아 윤선생이십니까 아이구 하두 오래되서 몰라보았구만요 어서 이리 들오십시요」

복희어머니는 반가운 빛을 띠우며 성민을 실내로 안내하였다。

하이한 베드우에 드러누어 괴로운 신음을 하고있는 복희의 모양이 먼저 성민의 시선을 끌었다。

「방금 신문을 보고 달려온길입니다。이번엔 퍽 놀래셨겠읍니다…」

「고맙습니다…」

복희어머니는 간신이 이말 한마디를하고 손수건으로 눈물을 닦것다。

「과히 상심치마십시요。생명은 넉넉이 건질수 있을테니…」

「글쎄요。다시살아난다면 춤이라도 추겠읍니다만 아까 의사말을 들으면 암만해두 어려울것같구만요…」

「…설마 그럴리야 있겠읍니까…」

「어디 알수가있읍니까 하기야 저렇게 죽는것두 제운이지만…」

「그런데 무슨일루 저렇게 되었읍니까?」

「몰으겠어요。도무지 알수가 없어요…」

「그때두 집작이라두 가실텐데…」

「도무지 알수가 없어요。동경서 돌아와선 별두 말두 않어구 얼굴에 화기가 없드만요…。혼자서 뭘 생각하는 모양갓기두허구…。언젠가 한번 결혼을 하는것이 어떠냐구 물어보니까 、만 딸딱뛰며 죽으라구 싫여하겠지요 그뒤붙언 결혼이야기두 끄집어내지않었읍니다。요 한 맷새전에 혼자말같이 예수나 믿어볼까하드니 그만 저지경이 되었읍니다…」

「올—…」

침묵이 왔다。복희의 신음소리가 애처러이도 떨린다。우중충한 입원실에 복희의 몸을 뉘인 빼드만이 유난이 또 희다。

「복희씨!……」

청민은 빼드옆으로 가서 복희를 불렀다。그러나 신음소리만 계속할뿐 대답은없었다。내리감은 복희의 두눈은 좀처럼 뜨일것갓지가 않었다。

「복희씨!……」

여전이 대답은 없었다。

청민은 복희의 손을 고요이 쥐어보며 어디선지 가늘게 흘러오는 실솔의우름을 들었다。

——가을이로구나…

「윤선생 생각엔 어떻읍니까? 사러날것갓습니까?」

초조한 나머지 의사아닌 문학도에게까지도 한줄기의 희망을 부처 소생의요행을 바래보는 복희어머니였다。

「네! 염려마십시요。머지않어 건강한 복희씨로 돌아갈테니까요!……」

사실 이대로 죽이기는 싫였다。이제 겨우 제복을 버슨 복희를 잔학한 세가의 제단우에 올리기는 너무나 빠저린 일이었다。그의 독의 원인이 세상에 흔이 있는 애정의 파탄에서 온것도 아니고 오직 한길로 쭉 빠친 빛을 획득치못한 고민끝에서 온 비관이라고 단정을 내리자 청민은 복희의 생명이 한층더 고귀스러웠다。

——살아라! 살아라! 죽으면 안된다!…

여듧시쯤해서 병원을 하직하고 하숙에돌아와보니 청종 한되를 곁에 놓고 H군이 눈이빠지게 기따리고 있었다。

「자네 요새 왜 그리 난봉이 났나?…」

못맛당한 얼굴로 H는 이렇게 빈정거렸다。

「미안하이! 누가 퍽 위독하다길래 거기좀 갔다오는길이네…」

「여보게 다신 그런 한가한 짓은 허지말게! 죽을놈은 어서 죽고 청헌놈은 더부지게 살어야 되느니!」

「하하 이사람 오늘은 단단이 골이 났군… 하하…」

「아닌게 아니라 지금 속이 막달어올라서 죽을 지경이네!」

하고 H는 청종병을 청민앞으로 옴겨놓는다。

「이거나 좀 딱끈하게 데어오락하게…」

「이건 또 웬술인가?…」

「응 오늘 좀 기맥힌 일이 있어서 화ㅅ김에 한잔 할려구 가져왔어! 술장사를 하는 어떤 친구에게 외상을 얻었지…」

「그래 기맥힌 일이 있었다니 대체 무슨 일인가?」

「말말게 회가 나서 정 죽겠네 어서 술이나 데오게 한잔 하면서 천천이 이야기 하지…」

청민은 안주인을 불러서 술을 내어주고 술상을 부탁하였다。

술상이 나올때까지 H는 잠자코 담배만 피우고 있었다。비로소 그의 앞에 술을 딸어놓니까 H도

「어디 그럼 한잔 할까…」

하고 쭉 마시었다。

「자아 한잔 하게」

H는 성민에게 잔을 내어주었다。

「글쎄 성민! 내말 좀 들어보게。내 본업이 신문기잔가? 소설간가?…」

정간처분중에있는 ××일보사 사회부기자이며 소설가인 H는 술민 한잔 기우리고나면 이런 질문을 입버릇같이 말하였다

「글쎄 뭐라고 해야 올을지…」

성민도 딱근한놈을 한잔 쭉 하였다。

「내생각같아선 암만해도 나는 소설을 본업으로 삼네! 그런데 성민 우습지. 안나봐 글쎄 본업으론 입에 풀칠을 못하고 오히려 신문기자란 부업으로 풀칠을하게되니 이런 기형적현상이 어느나라에있단말인가? 하하 나원 기가 맥혀서 막 악이라두 쓰고싶다니까…」

「옹 동감이야!」

「아마 이런 현상은 조선사회에서만 볼수있는 일이야! 그래도 조선의 문학도들은 문학을 포기하지않는다! 위대한 광영의길을 걷고있다! 나는 그길을 믿고 의심치않는다! 문학에대한 사회의반역(反逆)이 있어도 좋다! 그래도 나는 굴치않는다! 굴치않는다…」

술기운의 책동인지 H는 연설구조로 한바탕 떠들었다。그리고나서 자작자배로 거퍼 석잔을 디리켰다。

「성민 오날 우리××일보사 사원들은 신문사에서 막 소리쳐 울었네。신뢰할만한 편에서 들으니 오날로 신문이 해금이 된다거든…。그래 우리들은 하로종일 사에서 기뿐소식만 기다려봤지! 그랬더니 따- 헛탕이야! 기뿐소식은커니 전화하나 거러주는사람도 없데…」

「아아 그랬던가…」

「오늘일만 생각해봐도 우리조선문인들의생활권은 그놈의「부업」이 움켜쥐고 있다는것을 불행이도 절실이 느꼈다말이야。「부업」이 아니면 당장에 굶어죽거든…。신문이 노니 월급이 제대로 나올리 만무하고 거기에다 맥물가는 비퍼먹게 작구 올라가는지 나 원 우울해서…」

잠간동안 두사람은 말이 없었다。따만 술잔만 왔다갔다 할뿐이다。

「아 참 자네 아직 몰으지 커— 기훈군이 죽었다네…」

「뭐? 기훈군이?…」

청민은 H의 그 말은 보고에 경악의 도를 지나 쓰디쓴 그무엇을 아니느낄수없었다。

「대관절 언제 죽었나?」

「어제ㅅ밤 아홉시에 광주 어떤 절간에서 죽었대…」

「그래 시체는 어떻게 했나?」

「아마 오날쯤 화장에 부쳤을껄…」

「응—…거—어허 죽구야말었군…」

작가 기훈과 청민의 사이는 인간적으로 그리 친하지는 않었지만은 서로 경의만은 가지고 있든터이었다。 그러든 기훈이 폐병으로 죽고말었다。 청민은 암연한 가운데 작가기훈의 천재를 애석히녁였다。

「죽은 사람이 또하나 있어…。 시인 상춘군말이야…」

「뭐? 상춘군도?」

「응 동경서 죽었어 역시 폐병이야! 아 이거 내가 미쳣나 작구 사람죽은이야기만 하니 하기야 고인이 그립기도 하거든…。 기훈과상춘도 돈만 좀 있었던들 넉넉히 건졌을겐데……생각하면 생각할수록 우울해지거든…에잇 비러먹을것 청민 자아 어서 술을 빨게 술을먹어야 되! 술을……」

「그래 마셔어! 오날밤은 한번 흠뻑 취해보세!」

「아—무렴!…」

마츰 그때 옆에ㅅ방에서 헤순의 각혈하는 소리가 기미나뿌게 들려왔다。 청민은 그쪽으로 귀를 기우리며 옷삭하고 한기가 들었다。 청민은좀가볼까 하다가 문득 닭의목아지를 잡어비트러보고도싶은 그무슨 잔학한 충동이 이러났다。 —— 그렇다 죽을놈은 어서 죽어라! 일부러 제목숨을 끊는 사람도 있거든 저만치라도 생명을 유지해온 헤순은 아직도 행복이다! 아아 죽을 놈은 어서 죽어라! 청한 놈도 허덕이는 이판이다! 아아 아아 아아 몰으겠다! 몰으겠다!

청민은 머리를 후루루 내흔들며

「에잇 술이다! 술이다! 실컷 먹고 한번 취해 느러저보자!……」

보통때는 다섯잔만 먹으면 취하는 청민임에도 불구하고 벌서 십여잔을 먹었건만 웬일인지 오날밤만는 취해지지가 않었다。청민은 안타가운듯이 머리를 쥐어뜻다가 문득 마조났는 벽을 바라보았다。거기에도 취해지지않는얼굴이 있었다。

이튿날새벽 혜순은 천국으로의 영원한재생을 꿈꾸며 세상을 떠낫다。비오는 새벽이었다。

九

「여기 윤청민씨라고 게십니까?」

방안에서 도서관에 갈 차비를 하고있는청민의 귀에 들어온 목소리다。얼른 미다지를 열어보니 스므살쯤 되어보이는 어떤 낫몰을 청년이 서있었다。

「어디서 오셨읍니까?」

「저는 철원서온 사람인데 여기 윤청민씨란분이 안게시는지요?」

거믄 학생복을 입은 그 청년은 재처물었다。

「네— 제가 윤청민입니다」

그청년은 반가운듯이

「네! 윤선생이십니까 처음 뵙겠읍니다 저는 한영수라고 합니다。앞으로 많은 지도를 바랍니다。그런데 윤선생 저— 한영식이란사람을 잘 아시겠지요」

「네— 잘 아다뿐이겠읍니까 그동무허군 친형제처럼 지내는 사인데…」

「네— 고맙습니다。저는 바로 그의 아우되는 사람입니다—…」

「네— 그렇읍니까 아 이거 참 반갑습니다……」

청민은 영수를 방으로 안내하였다。

「그런데 백씨도 안녕하신지요?」

청민이 영식의 안부를 뭇자 영수는 웬일인지 고개를 숙이고 말이 없었다。얼마후에 다시들어진 영수의 얼골에는 눈물이 있었다.

「윤선생 형님은 돌아가셨읍니다…」

「뭐? 죽었어?…」

암만해도 믿어지지않는 말이었다. 요 십오일전 까지도 건강과 청춘을 자랑하는 편지를 보낸 영식이다. 성민은 눈앞이 앗질해지며 가슴이 덜컥 내려앉었다.

「네 시월십사일날 밤에 돌아가셨읍니다… 그러니까 한 길주일전이지요…」

「대관절 무슨병으로 죽었읍니까? 어쩐지 꿈갓구려… 좀 자세한 이야기를 해주시오…」

성민은 휴유—하고 한숨이 나왔다.

「심장마비로 돌아가셨읍니다. 그날 친구들허구 술을 좀 자신모양이드만요…」

「네—…」

「저두 꼭 꿈같애요 그렇게 건강하든 분이…」

하고 영수는 눈물을 먹음었다.

「장사는 지냈읍니까?」

「네— 끝 지내버렸읍니다…」

성민은 영식의 요절이 너무나 의외였기때문에 눈물도 나오지않었다. 성민과 영식은 사년전 서울인사동 하숙에서 우정이 매저젔다. 문학연구라고까지는 할수없으나 그래도 어느정도까지 문학을 이해하고 조선문인의 처지를 동정하든 인간 영식이였다. 성민과영식의 우정은 날로 누터워갔다. 영식의집안은 베ㅅ천이나 하는 지주층이였다. 영식은 지금까지 근 삼년동안을 한달도빼지않고 성민에게 생활비를 보조해 내려온것이다. 그러든 영식이 궐원향제에서 급사를 하였다. 그의 급사로말미아마 성민의 생활은 밑바닥까지 흔들리게 되었다. 성민은 암연한 가운데 오직 한숨만 연달려 나올뿐이었다.

「그런데 윤선생 어디 전세집 한채 깨끗한거 얻을수없겠읍니까」

「그건 왜그러십니까」

「형님의 죽엄을 어머니가 너무 슲어하시는 모양같아서 이기회에 서울구경도할겸 생활을 이삼년간 서울로 옴저보는게 어떻겠느냐고 아버지께서 말슴이 게시길래 저도 거기에 동의를 했지요。형님이 돌아가시고나니 어쩐지 저도 고향에 처백혀있기가 싫여졌어요…」

「그럼 어디 집을 한채 얻어볼가요…」

「네— 좀 그래주십시요…。집만 얻으면 끝 철원으로 전보를 칠 예정입니다。끝 올라오라고…」

점심때가 좀 지나서 성민과영수는 집을 얻어보려 밖으로 나갔다。

＋

복덕방노인을 압세우고 이집 저집 전세집을 구해보았으나 맛당한것이 없었다。사흘째되는날 저녁 돈화문근처 어떤 아담한 기와집을 팔백원에 전세를 얻고 계약금으로 우선 이백원을 먼저 걸어놓았다。

영수는 그날저녁으로 고향의 아버지에게 전보를 쳤다。

이틀만에 철원서 전보회답이 왔다。——가족들을 데리고 이십칠일밤 열시경에 경성역도착예정이라고——。

그날 성민과영수는 도착시간을 약 이십분가량 앞두고 역에 마중을 나가보았드니 사고가 생겨서 그 기차는 약 한시간가량 연착이 되겠다고 써부쳐놓았다。

두사람은 쉬그러운 대합실의 혼잡을 피하야 역전 어떤 다방으로 들어갔다。차를 한잔식 앞에 놓고 도착시간을 다방에서 기다리기로 하였다。영수는 앞으로 버러질 서울생활의 설게를 마음속으로 하며 가운다—옆에놓인 전기축음기에서 흘러나오는 멜로디—를 귀담어들을만한 여유가 있었으나 성민은 초조한 마음으로 우울을 부채질할뿐이었다。이 앞으로의 자기생활을 생각해보니 기가 딱 맥혔다。매달 영식에게서 오는 삼십원돈과 몇푼 않되나마 그때도 얼마씩들어오는 원고료로 지금까지 생활을 유지해온 성민이다。영식에게서 오는 월액 삼십원 돈은 가난한 성민에게있어 그의생활을 유지하는 일대지주였다。성민도 그 삼십원이란 보조가 매월 있었기때문에 지금껏 한시름을 잊고 도서관같은데라도 단이며 문학수업에 매진하고 있었든것이 아닌가…。그렇나 이 앞으로는 그 삼십원돈이 한닢도 들어오지않는다。성민은 자기몸을 무며뜨드며 몸부림이라도 치고싶었다。앞으로 닥처올 생활의파멸을 무엇으로 방지해야좋을지 몰랐기때문이다。

얼마후에 두사람은 다방을 나섰다。역에가보니 아직도 도착시가까지는 십여분을 남기었다。

열시오십분에야 기다리든 기차는 경성역에 도착하였다。청민과영수는 개찰구앞에서서 역구내로 시선을 몰으고 있었다。쏘다저나오는 하차객들틈에서 부모와동생의 자태를 물색해내려고 영수는 거의 청민의 존재를 잃어버린 듯이 그쪽으로만 눈이 팔렸다。한편 청민은 청민대로 어쩐지 죽은 영식이 지금 곧 역구내의 군중틈에서 청민!하고 자기의 일홈을 부르며 뛰어나올것만같었다。그러나 그뒤에 오는것은 쌀쌀한 환멸과함께 가슴속을 뒤떨는 눈물져운 적막뿐이였다。

청민은 아직 영식의 유족들과는 면식이 없었다。쏘다저나오는 그 수많은 하차객중에 끼어있을 낫서른 영식의유족을 찾는 자기자신이 싱거워보여서 청민은 시선을 밤거리로 옴겨버렸다。

「아버지! 아버지!……」

돌연 옆에섰든 영수가 개찰구쪽으로 나오고있는 조선두루맥이 입은사람에게 목소리를 보냈다。그의 아버지였다。아버지뒤에는 어머니와동생이 따러오고 있었다。

「오오 너 나왔구나…」

아버지는 영수에게로 미소를 보냈다。청민도 시선을 그쪽으로 돌리고 지금막 개찰구를 나오는 영식의 유족들을 하나식 바라보았다。

영수는 아버지에게서커다란 추렁크를 받어들고 어머니의 손을 잡었다。

청민은 영수의 소개로 영수아버지와 첫인사를 나누고 간단한 위안의말을 몇마디 꺼부쳤다。

생활도구를 새로작만할셈인지 가지고온 짐이라고는 커다란 추렁크두개와 이부자리 두어채밖에 없었다。청민은 자동차두대를 불러서 돈화문 전세집으로 그들을 태워보낸뒤 곧 동대문행전차에 올랐다。

안암정정유장에서 영도사까지는 피곤한 밤길이었다。

영도사 경내에 다었을때 연못가에서 한가한 아리랑노래가 청민의 귀에 들려왔다。그쪽을 자세히 바라보니, 역시 한경내에 사는 바보 태평이 목청을 빼고있는것이다。

「노래 잘하는걸… 왜 입때껏 안자나?」

청민은 그쪽으로 소리를 보냈으나 태평은 아른척도 안하고, 여전이 아리랑을 부르고 있었다。

——참 행복스런 인간이다! 바보태평에게 무슨 걱정이 있을가……

성민은 발길을 돌려 하숙으로들어갔다。

불을 끄고 잠자리에 들어누었으나 잠은 조곰도 오지않었다。 내리 두어시간을 이리저리 뒤치다가 그는 벌떡 자리에서 이러났다。 머리ㅅ속이 쑤시고 무거웠다。

그는 바람을 쏘이려 밖으로 나갔다。 뜰앞에는 스무날달이 휘영창하였다。 그는 무심이 발을 놀렸다。

어느새 청민은 뒤ㅅ개울로 나갔다。 개울가 숲사이에 창백한 달빛이 흘는다。 바람이 불때마다 우수수 나무닢이 진다。 봄과여름철에는 그렇게도 기세 좋던 개울물소리도 가을이 지려지면서부터 점점 가늘어간다。 성민은 머리와 억개에 낙엽을 받으며 머머저가는 계절의 마즈막소리를 들었다。

그는 느트나무에 기대어서 앞으로의 생활을 생각해보았다。 먹물같이 암담한 생활면이다。 주림에 허덕이는 초라한 자기의 모양이 눈앞에 얼른거린다。

청민의 눈에서는 눈물이 주루루 흘렀다。 아무것도 없는 허전한 주위에 다스러운 사람의 애정이 그리웠다。 청산에 묻힌 부모가 그리웠고 북만주로 흘러갔을 영실이 그리웠다。 그리고 충주로 떠나간 수월시님도 우독의 빈사상태에서 다시 소생한 복희도 천국으로의 영원한 재생을 꿈꾸며 이세상을 떠난 혜순도 광주절간에서 외로이 운명한 작가기훈도 동경객창에서 스러진 시인상춘도 고향의 묘지에서 잠자는 영식도 지난날 영실이 불러주든 아리랑과자장가까지도 이밤 이시간에는 너무나 너무나 그리워진다。

그는 문득 자기의 숨소리가 유난이도 굵움을 깨달을수있었다。

——오냐! 아직도 내생명은 부러있다!……

청민은 팔하나를 거더올려보았다。 거세인 맥박이 달빛에 생기롭다。 순간 그는 고난과 싸워가며 수준이하의 참담한 생활면에 옷뚝서가지고 이욱히 문화의 대도를 바라보는 한개의 웅자(雄姿)를 눈앞에 그렸다。 그 웅자는 지금 수준이하의 암담한 생활에서 아직 개척하지못한 인생의 「처녀지」를 탐구할려고 하는것이다。

——그 웅자는 나다!

——작가는 「생활」에게 저서는 안된다!

——작가는 「생활」을 지배해야 된다!

암담한 생활속에서 한개의 진리를 얻은 젊은작가 청민。 그는 점점 밝어오는 마음의 새벽을 보았다。 그마음의 새벽에서 한개의 큰악한 영혼의 움즉임을 새삼스렵게 느끼는 작가 청민이었다。 (完) 丁丑四月廿四日作—

아들 (二)

李北鳴

四

그믐날 석양이였다。

아들을 나무껍질뜯으러보낸후 부엌에나려가서 가마안을 가시느라니까 배가잘라지는드시 아퍼나면서 뒤가마려워났다。 변소에갔으나 아모것도 나오지를않었다。 배안에서는 태아가슬술돌면서 아래ㅅ배로내려오는듯한 태동이생겼다。

갑돌어머니는 올날이왔나보다하고 생각하면서 헛간에가서 간직하여두었든짚 두단을 디려다가 부엌에깔았다。 배는 점점 더아프고 아래는더마려웠다。 갑돌어머니는 부엌문을잠겄다。 속곳을거더올리고 선땀을 흘리면서 부엌을 빙빙돌았다。

「아구배야 내죽소。 갑돌애비 갑돌애비」

갑돌어머니는 미친사람 처럼선소리를 치면서 매감조감한다。 짚을 한춤 쥐어 막부비어보기도하고 가마속을 허비어보기도한다。 그것은몇분후에 올 기쁨에 대한 조물주의지나치는 종벌이였다。 단말마적 고민같기도하다。

한십분동안 숨이막히게 뭐드니 담홍색「양수」가쏘다졌다。

「아구아구 으으으—。」

갑돌어머니는 씨큼이나할드시 두손으로 부엌이마들 팍붙잡고 업디어서 천천히힘을주었다。 아! 새ㅅ깜안머리가내밀었다。

「으으으—。 에구 갑돌애비」

갑돌어머니는 눈물을 작작흘리면서 아래로아래로힘을준다。

일초 이초 삼초…………크다란 의문을감춘 아이머리가 조곰식미끄러저나왔다。

「빨리빨리 으으으—。」

머리가나오고 어깨가 나왔다。 어깨가다나왔을때 마치배안에서누가 아이를미는드시 슬술 아이가 미끄러저나왔다。

갑돌어머니가 두더라를더굽흐려가자고 거이앉으랴고할때 찰삭하고아이가 짚우에떨어졌다。

갑돌어머니는 후—하고한숨을 내쉬면서 돌아앉었다。 부드러운 고무호—스같은 태ㅅ줄이 어머니의 아래와아이 배ㅅ복사이를연결한채 몽기몽기 김을 올리고있다。 어머니는 숨이차서 하—하—하면서 만저 어린애의살을 보았다。

아—거게는 방금쪽떠러진 고초만한자지가달려있지를않는가!

순간어머니는 강열한모성애에 거이미칠드시 태ㅅ줄을 이로 지근지근 씹어끊었다。 입가에는 생갈비를뜯어 먹은사람처럼 피가 떠덕떠덕묻었다。 어머니는저고리고름을 째어서 끊은태를단단히매고 자기치마로 아이를 씻서주었다。 그리고 저고리를버서서 아이를쌌다。

「흥 주기는주겠군」

어머니는 이렇게 코우숨을 치면서 또힘을준다。 한십분후에 흐들흐들한 고기덩어리 즉태가 물컥튀어나왔다。

어머니는 아이를 가마목에 폭싸서 누이고 부엌을 어지간이 거두고나서 어린애결에누었다。

「애—애 애—애」

조금있드니 어린것은울었다。 그것은 나도 사회의일원으로서 참가할수있는 인간이되였다는 선언이였다。

「아가 어서젖먹어」

어머니는 아이에게 젖을물렸다。 젖척은할수없는것인지 어린아이는 젖꼭지를 꽤!한차게 쭐쭐빤다。 집안에는 피비린냄새가 고약하게 떠돈다。

지금 어머니의 앞에서는 황금과 부귀 그리고 영화라는것은 묻고누었는 어린애의 머리털한오리만도 못하였다。

저녁가마에 장작을 집혀놓고 비슬비슬건너오든 개똥어멈은 갑돌네집에서 갓낳은아이 우름소리가나자 뛰어오들듯이놀라면서 부엌문을 단겼다。 그러나 부엌문은 단단히 잠겨서 열어지지않었다。 개똥어멈은 돌애채어 떨어지면서 웃방문을열고 들어서면서 먼저어떤아인가하고 물었다。

「낳아문스나(사나이)를낳지 간나두낳소」

갑돌어머니는 개똥어멈은 본숭만숭 어린애를 내려다보면서 빙정댄다。

「앙이 어째문 됐음메 됐음메」

개똥어멈은 황급하게 문을차고나갔다。 나가서일분도 못되여 서울댁어머니가 웃방문을 살금이 열고들어왔다。

「아이구 이거 큰일나겠다。이렇게 찬구들에서…………아이를잘덮어주게」

서울댁 어머니는 부엌에 내려가서 쌀항아리로부터 간장항아리 들통이………이렇게 차례 차례로열어본다。그러나어느것이고 풍족하게 있는것은 없었다。

개똥어멈이 장작한아름을안고 비틀거리면서 들어왔다。

「얼른가서 쌀한되하고 미역세ㅅ꽉지하고 간장한그릇을가저와」

서울댁어머니는 손소 부엌아궁이앞에 무릎을세우고 앉아서 장작에다불을부친다。 갑돌어머니는 좋다나 궂다나 도모지 말이없다。 그냥그대로 누어서 젓빠는 어린애만 나려다본다。

「어데아프지않나?」

「모르겠소。」

갑돌어머니는 들락 날락 하면서 자기시중을하는 서울댁식구들이 반갑지않었다。

개똥어멈은 물을한동이 너어다가 쌀을일어 큰 가마에안치고 미역을 술아서 적은가마에놓고 물을 알마춤이붓고는 서울댁어머니의대신으로 부엌에 앉었다。

서울댁어머니는 자기집에가서 따거운 물한바게쯔를 들고와서 어린애를 씨처주고 싫다고 몸을 내흔드는 갑돌어머니의아래를 깨끗이씨처주었다。 자기딸이아이를낳을때이상으로 정성을 다하야 차근차근하게 시중을하여준다。 서울댁어머니는 아래옷방문 걸쇠를 단단히잡그고는 개똥어멈의귀에다입을대고 누가무르면 게집애를낳았다고 하라고 다시다시 당부하였다。

해가 넘어갈임시하야 갑돌 을돌 정돌 순덕의사남매는 어머니가 아이낳은줄도모르고 나무껍질을 담은바구니를 손바닥우에 받들어들고「여이사!」「여이사!」하고 소리를 마추면서돌아왔다。

밖에서 아이새끼들의 짖거리는 소리가들리자 서울댁어머니는 얼른나가서 아이들을다리고 자기집대문으로들어갔다。

「너에미 간나를놓다。오늘밤은 여게서먹구 여게서자야한다。」

아이들은 무슨영문인지 모르겠다는드시 서로얼골을 처다보면서 밥을먹고 시키는대로 뒤ㅅ방에들어가서누었다。

이적같으면 집에서 십진곡을치면서 정신이휘황하게 떠들어내면데 집도 낮설고 또 서울댁어머니의 째둥 째둥한 목소리가무서워서 숨을 죽이고 누어서 눈만멀뚱 멀뚱 하다가 하나식잠이들었다。

서울댁어머니는 아이들을 재워놓고 미리작만하여두었든 부사견 포대기를 가지고 갑돌네집으로 건너갔다。

「아이를 여게다차게」

서울댁어머니는 어머니품에서 아이를 빼앗으랴고한다。

「일없우다。그만두시오」

갑돌어머니는 서울댁어머니의 손을밀었다。

「글쎄이리루보내 내가 어련히잘할나구」

서울댁어머니의 손톱끝까지 내핀욕심과 야심의피ㅅ기운은 갑돌어머니의 짜릿 짜릿해 하는 마음을 여지없이차버리였다。

아이를 부사견포대기에 조심히차서 어머니곁에 누혀놓고난 서울댁어머니는 권연을한대피어물었다。아이를 똑바로 내려다보고 앉었는 서울댁어머니의 두눈은 난사를 앞에놓고 어떻게처리하면 좋을가하고 이궁리 저궁리하는 사람의 무거운한숨과 압박에검줅게흐려진 얼골표정과도같으였다。갑돌어머니는 아모말없이 눈을감고누었다。어린것은 이 긴장된 공기를호흡하면서 숨소리도곱게 자고있다。서울댁어머니는 팔둑시게를 디려다본다。몇시오픈전이다。

「갑돌어미」

서울댁어머니는 긴 침묵후에 낮으나마 서리ㅅ발인듯한말로 산모를 불렀다。

「…………」

갑돌어머니는 자는지 아모대답이없다。

「갑돌어미」

서울댁어머니는 감정과증오를 담은목소리로 두번째불렀다。

「어째 그렇오」

마지못해 겨우 배를눌러서내는 목소리다。

「전번 우리방에서 한이야기를 잊어버리지않었겠지?」

「그러니 어마이두 생각해보시우。참아 어떻게 그렇게하겠우」

갑돌어머니는 이불섶에다 눈물을씻었다。

「갑돌어미 좁마음을 크게가지란말이야。사람이라는거는 남정이나 게집이나 앞에 올일을 생각해야하는거야 그야일시는 애석하지않할수있나。그렇지만 아이하나때문에 한평생을 먹을걱정 입을걱정 없이 잘살수있다면 누가 생각해보아도 아이를주고 팔자를 곤치자구할게지 또 사람이라는게 남의은혜를 알아주어야하는거야 길게말할것없이 밤도깊었으니 이만 저말대로하여주게」

「그러나 제새끼를 어떻게 남을주겠소。」

「이런 답답한게집이라고있나 일평생 먹을일이걱정없단말이야 한집안으로 기나잔 말이야 몇천번말해야 알아듣겠나。전자리에서 죽은셈치고 이리로보내게」

「…………」

갑돌어머니는 어린것을 꽉껴안은채 흑흑느껴운다。

「글쎄 이미련한게집아 울기는 웨울어 그래 종시자네는 들어오는 복을차던지고 내청을 못듣겠단말이지 아서내속두좀알아주게」

「그렇다 우리집(주인)이 알믄 어마이두 재미없구 나두죽소」

갑돌어머니의 마음은 아이와돈을저울질하여보았다。돈쪽이좀무거웠다。이 산모의말을 서울댁어머니가 반승락의표현으로 인정한때에는 조금도 곡해가없을것이다。

「그건 염여말나니까 뒤ㅅ일은내가 깜족같이 처리할게」

서울댁어머니는 처음으로 빙그레우스면서 부엌문을살금이열고나갔다。

갑돌어머니는 머리가터지게 이궁리저궁리하여보았다。 그러나 그 가지가지의생각은 하나도 결론에도달하지못하고 아니결론으로 향하는 길을잃어버리고 도중에서 갈팡질팡하였다。

갑돌어머니는 모든생각을 버리자는듯이 머리를내흔들었다。생각할수록 가슴이 보글 보글끓어번졌다。——모르겠다기와라 이렇게된거 죽은애를 나서내버린심치구 줘버리지 우리갑돌에비는 좃단애를잘만드니까 더일없어。잘먹구잘살다가 이담에 또 스나(사나이)를 낳믄그만이지——……모든것을 앞날의희망에 맡기고보니 갑돌어머니의 아질 아질하든마음은 점점식어저갔다。

그러나 눈구석으로는 뜨거운 눈물이 쉴사이없이 흘러 벼개우에떨어졌다。

갑돌어머니는 자기로서도 모르게 자는 자기아들을 힘껏 품안에껴안었다。 그리고 와들 와들 몸을떨었다。

서울댁어머니가 포대기에 싼것을 조심이안고 들어왔다。

「이아이를밥게」

서울댁어머니는 자기딸의 아이를 갑돌어머니의 젓가슴우에놓았다。 그리고 세상없이자는 갑돌어머니의 아이를 들어안었다。

「어마이 나는 참아 못그려겠우다。」

갑돌어머니는 따라일어나면서 서울댁어머니의 팔목을 잡았다。

「또 이머나 아이구 참미련한 계집도있다。 귀에 길이나도록 들려주어도 상금알지못하겠나」

서울댁어머니는 으둥으둥 아이를 빼앗는다。

「어마이 참아나는………」

갑돌어머니는 눈물을 짝짝 흘리면서 아이를 빼앗기지말자고 애를 빠둥 빠둥쓴다。 풀로맨든 인형같은아이는 빼―빼하고 자지러지게운다。 갑돌어머니는 가슴아퍼서 포대기를 쥐었든손을 느추었다 순간………

「이게집아 이리로보내게」

서울댁어머니가 와락채치는바람에 산모는 아이를빼앗겼다。

「얼나야 얼나야」

갑돌어머니는 이불을 둘러쓰고 벼개를 주먹으로치면서 언제까지든지 흑흑느껴운다。

「갑돌애비 갑돌애비 어째 빨리오지않었읍메」

곁에서는 춘애의 어린애가 누가피집아주는지 쌕울. 울운다。 깊은밤 고요한집안에서는 언제까지든지 갑돌어머니의 애끊는가슴을 쥐어뜯으면서 우는슬픈우름소리가 흘러나왔다。

어느때나 되였는지 갑돌어머니가 가진맷진하야 눈물을씻고 머리를 들었을때에는 자기아들은 간데없고 울다가 기운이지쳐 할닥 할닥하는 계집애와 쪼그리고앉어서 권연을피는 서울댁어머니뿐이였다。

「어마이 내아들을 어쨌오。」

갑돌어머니는 미친여자처럼 서울댁어머니의 저고리섶을 쥐어뜯는다。 아—이렇게도 가엽슨정경이 또 어디있으랴

「글쎄 웨이러나 지나간일이라고 잊어버리라니까。 갑돌어미 팔을놓고 나만믿고살게」

서울댁어머니는 그구수하고 능글 능글하고 유창한말솜씨로 새벽녁까지 갑돌어머니의 줄기 줄기 메어진 쓰라린가슴을 달래어주었다。 갑돌어머니는 서울댁어머니의 말을듣는사이에 점점마음의 냉정을얻었다。

「그럼 어마이의 마음을믿고 이간나를 내새끼처럼양하겠오。」

갑돌어머니는 얼굴에 남은눈물자리를 깨끗이 닦가버렸다。 그리고나서 처음으로 계집애입에다 자기젓꼭지를 물렸다。 물리기는하면서도 갑돌어머니는 아이를보기가 무서운드시 외면을한다。 갑돌어머니는 계집애가 울때마다 젓꼭지를 물렸다。 그러나 그것을 솔직하게말하자면 아이가 귀여워서나 또는 우는것이 가슴 아퍼서라기보다도 그 우름소리가 듣기싫고 자기아이생각이 문득 문득 치밀기때문이였다。

「또 아들하나 맨들문되지…………」

이렇게 네그머운 생각을하면서 계집애를 자기딸로 인식하라고 몇번 다시 다시 생각하여보았다。 그러나 생각하면생각할수록 씹은콩 씹은 사람의상통처럼 얼굴을찡그렸다。

「아모 걱정말구 먹구싶은게있거든 개똥어멈에게말하게。 오늘부터는 자네는내딸이야。」

아츰해가 치밀일시하야 서울댁어머니는 갑돌어머니 곁을일어섰다。

부엌문앞에 나서자 서울댁어머니는 동쪽 붉은하늘을 쳐다보면서 빙그레우섰다。

(계속)

北國의 女人 (完)

池奉文

끝까지 버르며 보랴든 나는 별안간 주춤하고 일어서자 아모런 생각도없이 남편의 옷자락을 잡아다리엿읍니다。아모런 생각도 없이라고는 말하엿읍니다마는사실은 잠깐이라도 좀더 시간을 느리어 앉어주기를 바랫으며 따뜻한 포옹이라도 한번더있어 주기를 바라엿든것입니다。그러나 그는 조곰도 더시간을 주지않엇읍니다。예전과같이 나를 대하며 주지도 않엇읍니다。

「이게 무슨약한짓이냐?」

도리혀 남편은 소리첫읍니다。

그리고 휘도라서며 조곰도 사정이 없어보이는 주먹으로 나의 앙가슴을 내어질르는것이엿읍니다。

그때 내가 정신없이 땅바닥으로 나곤두러질순간탕하는 한방의 총소리를 들은듯 하엿으며 번쩍하고 사러지는 불을 본듯하였지만 그뒤일은 지금도 어찌된 것인지를 모르는것입니다。

一四

며칠은 내가 어떻게 무엇을하고 지내왔는지를 몰랐읍니다。

「가끔 이게 웨이래 밋친체—해보라고!꿈작도 말구 죽은드시 있어!」

하는 알수없는 사나이의 소리를 드를수있었고 해골빛가태와같은 네모진벽으로 뒤를 도라보면 가로모로없어 맨 높은 쇠살장이 있는것을 볼수가 있엇읍니다。

「예가 어디인가?누가 날더러 밋친체 한다고 하는가?」

그리고 두다리를 빼들라치면 갑작이도 요란한 쇠사실소리가 나면서 그쇠사실끝에 달린 쇠고리가 나의발목을 움켜쥐며 복사뼈를 파먹는드시 아프게 하는것이엿읍니다。

「익크!예가 지옥인가보다。넋이 아직도 떠나지못한송장이 옷칠한널속에 담어 있는것이 아닌가」

나는 아직 온전한정신으로 도라가지 못한때 이렇게까지 생각하여 보았읍니다。

선불마진 호랑이 모양으로 가로세로 날뛰여도 보았고 소리를 지르다가 맥이진하면 푼염으로 드러가서 울으라치면 또 무엇이 덜미를 잡드시 나를 내려눌으는것이였읍니다。

그래도 나는 계속하야 발악을하면 또무엇이 살에딱딱마치이며 살에마치이는 그물건이 단단한 나무때기도 같고 착착감기는 가죽채도 같은것이 펄펄뛰는듯 하였읍니다。한참 무엇에 시달리고나면 온몸이 느른해저서 다시 정신을 잃게됩니다。

하달하고도 보름이 지난듯 하였읍니다。그동안 나는 좁은 옥방에서 사려온것을 알게 되였읍니다。그러나 무엇때문에 내가 이옥방에를 오게된것인가를 무르면대답할 나이가 없읍니다。그때도 무슨 까닭이 있겠거니 생각하면

「내남편이 ××이니까 대신하야 온것이겠지」

할뿐이였읍니다。

이렇게 생각하면 나는 남편을 위하는 몸이거니 무엇이라도 달게 받으리라고 우서보일때도 있었지만 너는살인자이다。살인한자에게는 사형을 받을것으로 세상을 단염하라는 말에는 놀라지 않을수가 없었읍니다。

「내가 누구를 죽었을까!」

내가 지내온 일을 생각하면 그기억이 너무도 어수선해저서 파다른 사람의 경력을 듣고있는듯 하지만아직까지 쥐한마리도 해처 보지못한 나에게 살인자라고 하는것은 알수없는 일이였읍니다。

또한 가장 마음괴롭게 녁기는것은 그뒤남편의 일이였읍니다。그날밤 탈출하라든 남편은 무사히 목적지까지 가게되였을까 무사히 목적지에 까지 갔다고하면 그동안 아모런 봉변도 당하지 아니하고 뜻한바 일에열중하고 있는지 그후 소식을 돌지못한 나로서는 궁금증이 뼈속까지 숨여들드시 날마다 그생각에 또한 괴로웠읍니다。(中略)

일종의 수수겨기 같은일이였읍니다。

나의 재판에대한 모든 서류가 맨마지막검사를 맞우는날이였다고 합니다。

나는 처음 법정으로 끌려가는 줄만 알었드니 벌서 맨마지막 검사를 맞우는 날이라고 그동안에 여러번심리가 있었다는것은 틀림없는 일이였읍니다。그러면 나는 무엇이라 대답하였으며 저들은 나에게 무엇이라고 무렀을까 하나도 기억에 남어있지 않었읍니다。

몇몇법정인지는 몰라도 생살여탈의 권을가진 그네들이 하라는대로 뒤를 따라드러서게 되였읍니다。

염나대왕이 장차 무슨 명령을내리일지 모르고 사자의뒤를따라 드러가는 가륵한 마음……죽어도 좋다고 장담은 하며서도 포로로 떨리였읍니다。남이 내얼굴을 처다보았다면 몸시도 푸들둥하다 하였을 것입니다 이때나 저때나 가랑이 밑으로 세상을 내어다 보는듯한 관검사가 나타나기를 기다려도 좀처럼 나오지 아니하고 뒤에 느려선 바처객들의 수구대는 소리만이 나

를 비웃는것 처럼 들여왔읍니다。그들이 웃고 욕하는 것은 저들의 자유이니까 무엇이라고 억압 할것까지는 권리가 없지만 어쨌든 부끄럽기가 가지없으며 한번땅 방울같이 소리처브고도 싶었읍니다。그러나 그러한생각은 조곰 마음이 노일때였지만 과연 나는 사람을죽였을까 죽였으면 맛당이 그벌을 받어야 하겠지만 아모리 생각하여도 나는 누구의 털끝하나도 건드려본 일이 없는데…오늘 이판결은 무엇이라고 나리실까…… 또다시 정신은 갈피를 잡지못하고 가슴은 가죽쪽기를 잃인드시 조여드는 것이였읍니다。

검사 서기 재판장 차례로 나와서 착석하는데 정내는 갑작이 침울하여 졌읍니다。

「내오날은 처음부터 뚝뚝이 드르리라」

나는 몇번이나 정신을 가다듬고 두눈을 동동그라니해서 그들의 얼굴만 처다브고 있었읍니다。검사 서기재판장 각각 서류를 펼처놓은다음 재판장은 오례 한번식 못고야 견디일 원적과 주소 청명을 물었읍니다。그리고 두눈을 딱감고 한참이나 무엇을 생각하는듯 하드니 별안간 이러서며 한마디 무죄라 선언하고 무엇에 쫓김이나 당하는드시 어디로인지 사라처 버렸읍니다。

무죄!그소리를 듣는 순간 나는 또한 몽농한의식에서 꿈이아닌가 하였읍니다。아니 또렷한 정신을 내가 가젔다 하드래도 그렇게 반가운 언도는 아니였읍니다 차라리 유죄로서 사형을 받는지 그렇지않으면 편안히 음침한 세상에서 지내고 싶은마음이 광명한 대지를찾는 마음보다 갑절더한 탓이였읍니다。그리유를 못지않어도 내가 세상을 싫여하게 된것임을 누구나 다잘아는일이겠지요 한갓 내가 그곳을 버서나올라고 바래였다면 억울한 죄명을 씨서버릴 욕심에서 있었겠고 또한세상이 아니고서는 남편의 소식을 들을수없다는 것으로나 바라였을것입니다。방청객들이 하나둘식 모여서서떠드는 소리로 정내는 새로 어수선 하였읍니다。어떤사람은 달려와서 손목이라도 잡으라는듯 하였으나상대자가 여자이니까 그대로 주춤 하고 서는 분도한둘 있었읍니다。

내가 한동안숨을 돌리어서 고개를 뒤로돌였을때 별서 죄다 퇴정을 하고 오직한사나이만이 벽을안고 또라서서 느끼가며 울고있는것을 보았읍니다。그는 틀림없는 종린이였읍니다。

종린이!그는 우리를 K촌으로 소개한 사나이였읍니다。그는 정오가 빠르다는것은 오빠도 몇해 이웃해살었으니까 잘아시겠지요 그가 왜 오늘 이법정에 와서 저렇게 설게울까요。나를 진정 친구의 안해이라고 생각하였다면 내가 사경을 너머서 다시사라나오게 되는이 마당에 나를반가히 맞어주어야만 도리가 될터인데 웬일일까요 하여간 나는 그조간을 캐여 알어내자는것

보다도 불원천리하고 예까지 와준 그의성의를 깊이사
례하고자 하였읍니다。
그는 술퍼시 도라섰읍니다。
「얼마나 고생하시였나요 어서 나갑시다。」
아직도 그의눈 가장자리에는 눈물이 돌고 있었읍니다
나는 그의 뒤를따라서 담장이 높은 얄구진집 대문을
나왔읍니다。종린이 하나뿐인줄 알었드니 문밖에는 백
호장(村長)외 칠팔명의 친구가 기다리고 있는 것이니
였읍니다。그들은 모다 나의 친구가 아니라 남편의친
구이며 같은 한마을에 살고있는 사람들이 였읍니다。
모다 반가운 얼굴로 나를 대해주는것이였읍니다。
나는 더욱 의혹을끝게 되였읍니다。이것이 무슨문제
이기에 이처럼 풀기가 어려운가하고 나는 또지내온일
을 생각해 보았읍니다。또모지 내혼자서는 해득해내일
문제가 아니임을 느끼게 되였읍니다。

一五

그날저녁에 다른분들은 죄다 도라가고 나와 종린
이와 백호장 셋이만이 여관에서 쉬게된것이였읍니다。
내가 그두분을 붓들고 앉어서 내가 어찌된일이냐
고 몇번이나 무렀지만 종차 알것이냐 오날은 그대로
편히쉬이라고만하지 종시 이야기를 하지않으랴는것이
였읍니다。나종에는 있는 악을다쓰며 개돼지만도 못한
놈들이라고까지 욕을 하면서 두사람의 멱살을 쥐고느
러나가까지 하여도 이렇게 흥분하셔서는 때 이야기를
못하여 드리겠다는 것이였읍니다。그렇다고 나는 내고
집을 그대로 짓눌며 버릴수는 없었읍니다。가위눌리드
시 그 갑갑함을 견디지 못하였고 방금 간이라도 뒤집
읠것만 같았으니 절로 궁둥이는 방아를 찧고 머리는
땅땅벽바지를 하게되였읍니다。두손으로 자리를 북북긁
어드든고 가며가는 때구루 몸부림을 치게되였읍니다。
그럴때마다 그들은 달려들어 두손을 붓잡고 그러지마
세요。정신이 상합니다。어떻게 위로를해야 옳을순서를
잊고 하는듯 하였읍니다。그래도 종시 내가 듣고자하
는 말을내어 놓지않었읍니다。그러자니 밤이 꽤오래된
듯 싶었읍니다。헐어진 머리를 쓰다듬어 올리고 두무
릅을 착꿇고 나서는 다시 천연스럽게 앉어서 애원하
니까 그렇게 괴로우시다면 이야기 해드리지만 이야기
가 끝나기전에 졸도 하실염려가 있는데요 하며 또한
참이나 있겠지요。저ㅡ그렇지만……저ㅡ그렇지만……하는
소리만이 몇번 계속되드니 억지로하는 이야기가 당신의
남편은 지주왕가(王哥)에게 피살을 당하고 왕가가 무
고하되 당신이 남편을 죽이게 되였다는것으로 경관에
게 끌이여서 지금 그옥방으로 가게되였다는 것이였읍
니다。이러한 말을 듣는순간 하도 어처구니가 없었음
인지 의아한 정신으로 그들을뚜러지라고 눈을 쏘고처
다 봤뿐이였읍니다。왕가가 내남편을 죽이게까지 되윈

인은 간단하였읍니다。남의 농토를 빌여농사를 지었으면 맛당이 그농토를 빌린세로 도지를 밭쳐야 할뇌무가있는것이고 남에게 일년이나 꾸어먹은 양식은리자를 붙쳐서 갚아주어야 오르지 공을 아는사람일진데 농사는 짓는답시고 묵밥을 맨들고 따라 도지도 안해주며 제입으로 처먹고 배따지를 불리어 생명을 보존해온일년이나 내처 갔다먹은 양식은 이자를 첨부해서 주기는컨영 본전도 주지않으며 도리여 요사이는 무슨바람이드렀는지 은인을 농멸하고 조소함이 그는 마치물에 빠진놈을 건저주니까 보따리찾어 달라는 종유의 사람이라 그대로 둘수없었다는 것이였읍니다。그뿐이 아니라 어디서 들었는지 그는 ××에 속한사람이라 어느때든지 자기를 해롭게 할것을 두려워 하든차 그가어느날쯤은 아조 산으로 간다는 말을 듣고 그날밤을새워가며 기어히 그를죽여야만 자기가 안심하고 살수있다는 것으로 그가 나올때를 기다리고 있다가 막문을 열고 나올때 그때 내가씨러지든 그순간 번개같이 번쩍하든 불과 탕하고 들리든 총소리가 바로 남편을향하야 쏜것이라고 그들은 말하였읍니다。

그러고난뒤 나를 자기집 골방에다 가두어 두었다가 그이튼날 경찰에 고하기를 남편을 살해한 영독한 여자라고 하야 아주미처괭이가된 나를 끌여가게 하였다는 것입니다。그사실을 종린이와 맛 백효장이 잘알고 나를 지금이렇게 구해 내기까지도 두사람의 노력이었섰다 합니다。

살인하고 아니한 충분한 증거를 모으고 진정서류를 꾸며서 백여동민에게 도장을 받고 심관청으로 드나다니며 술먹일때 술먹이고 선물을 할때 선물을 받치고 하기싫은 교제도하며 겨우양해를 얻어서 빼나게되였다는것입니다。

아ー누가 우리를 이렇게 맨들었으며 무엇이 우리를 이렇게 유린하였을가요 아들은 무엇이 잡어가고 남편은 누가 사로삽았을까요 그는 모다 사람의 짓이련만 나는 단순이 정(情)적인 사람의 마음으로써 그렇게까지 하였다고는 해석할수가 없읍니다。그는 사람도 아니요 즘생도 아닌 유형무형의 알수없는 무엇이 그렇게한것이 아닐까 합니다。

그후 왕가(王哥)는 진범으로 잡히였답니다。 그러나 그는 돈으로 별충하고 나왔다는 소리를 들었읍니다。그소리를 들은 나는 열번 수부번 실패하며 그를찾어다니였읍니다。일편단심으로 원수를 갚고난뒤 나는후회하였읍니다。그사람의 죄가아니였거나 이것은 단지하늘을 보고 질러야 할일이였는데 하고나는 내잘못?을 책하였읍니다。그리고 나는 다시끝없이 넓은대지를 밟고 한없이 높은 하늘을 향하야·보이지도아니하는 공기를 양편으로 갈래헤치고 나아가야 할것을 느끼였읍니다。

오빠! 이것으로 나의 짧막한 일생의 너절한 보고를끝이였읍니다。 결국 이렇게 이야기를 해봐야 쾌감을느끼지못합니다。 그러나 비통한감적은 무엇을 키워주는것만은 사실이외다。

오빠 또한 나를 오해하였든것이니 사실을 알리고난뒤에 그통쾌하는 마음이 나는 퍽이나 의문가 되옵니다。

자—그러면 안녕히 계신시요。 그리고 나를 못잊지는마러주세요。 나는 할일이 아직도 첩첩히 쌓여있는것을 잘알고 있는 사람이나 내가 사라있는 동안에는 몸을 받처야 합니다。 이러한 일을 하는것으로 죽는날까지즐겨야 할사람입니다。 그뿐아니라 죽은뒤라도 나는내몸을 그대로 땅에뭇치고자 하지는 않읍니다。 세상에서무엇에 자료가 된다면 그에받치고 말것인니다。

보고싶다고 나를 찾지도 마세요。 그저 어제밤아무때에 ××나다났다는것을 소문으로드르시거든 그속에나도끼여 있었으리라는것만 믿어 주십시요。 그러면 나는갑니다。 내내 강영하서서……많이……주심만바랍니다。

愛人

李光洙

임에게는 아까운것이없이
무엇이나 바치고싶은 이 마음
거기서 나는 布施를 배왔노라

임께 보이자고 애써
깨끗이 단장하는 이 마음
거기서 나는 持戒를 배왔노라

임이 주시는것이면
따림이나 꾸지람이나 기쁘게 받는 이마음
거기서 나는 忍辱을 배왔노라

천하 하고많은 사람이 오직
임만을 사모하는 이 마음
거기서 나는 禪定을 배왔노라

자나 깨나 쉬일새 없이
임을 그리워하고 임 곁으로만 도는 이마음
거기서 나는 精進을 배왔노라

내가 임의 품에 안길 때에

기쁨도 슬픔도 임과 나의 存在도
잊을 때에 나는 薩婆君을 배왔노라

인제 알았노라 임은
이몸께 波羅蜜을 가르치라고
짐짓 愛人의 몸을 나툰 부처시라고

六月밭

毛 允 淑

새ㅅ파란 볕이구은다
나무香氣 흙에차고
손등에 살찬 바람이 간다
늙은나무숲에서
구름한덩이는 조을고있다
하늘엔 說敎色이지나고
무러도 對答없는 喜悅의조롱이구은다

심장이 춤다
더운모래ㅅ벌이 문득 그리워
들건너 다카박휘를 기다린다

百姓이한가한데 어인철둑은 커리우느뇨?
파초닢그늘에 한숨두숨
탄식은 꺼졌다 피였다하고
조음을 먹 은 치마주름에
어린행복을 담어본다
미풍이 머리카락을 잠시유희한다

季節의靑春

綠陰·芳草

李 燦

날세 하도 표양하야 윌러를 쉬버리고
꽃기는듯 쫓는듯 내 여기 왔네
민머리 노―라이 노―스멕거로
옛성밑 오솔길을 구비구비 감도라
수양버들 실실이 느려진 내ㅅ뚝을 지나
지금 가쁜숨을 가다듬어 담배한대 피여물고
뫼ㅅ두던에 올러앉어 사면을 살피노니
오오 滿野에 무르녹은 綠蔭이여 芳草여
오 실노 청신한 자태
오 실노 상양한 향기
[illegible]월의 꽃이여 머리를 숙이라

구시월의 단풍도 머리를 숙이라
여기ㄴ 철없는 항락이없고
여기ㄴ 값싼 락망이없고
오죽 보다더 성장하려는 열정
그리고 아름다운 열매맺으려는 의기만이 불타고있나니

오 青春 季節의青春
그렇다 나는 참된 人生의青春을 여기서 본다
매마른 내가슴에 생기가 돋고
잠자든 일만가지 욕망이 꼬리치고 일어나누나

오오 사랑스럽다 사랑스럽다
綠蔭·芳草여!

江邊

楊雲閒

해쓱한 黃昏에 호족허니 젖은 바람은
江心에 풀어진 寥寂을 갈피 갈피 뒤적이고
江건너 나두ㅅ사 안개에 寥沈한 오리나무 우엔
卵黃色 太陽이 고무風船처럼 뱅글 뱅글 倦怠롭다
黃昏은 끌고
靜思는 실고
寥寥히 江물을 거슬러 올라가는 帆船

새벽꽃

白菊喜

時間이 안윽이 돛폭에 안기여
未來의 한끝을 잘근 잘근 反芻하나니……
沙工이여 아아 나의 사랑하는 뮤―즈여!
月光이 알알이 바서지는 바다가 그립다

날 새자 부서진 봄꿈
하늘로 열어제친 花窓에 어려
떨며 길못찾어 하노니

가만히 와서 감기는 바람아
너마저 날 속이려는가

흰 그림자 속에
가벼히 날리는 치마ㅅ자락
어제! 그벗의 자취는 없고……
향기떠히 삽가는 마음

—丁丑四月十四日—

종달새 보다도 재바르게
물먹은 두어 잎파리
오늘을 퉁겨본다
푸른 自由의 흐터진 미소!
꽃으로 꽃을 삽자

晩禱

活葉

당신은 太陽같은 光明을가지시고
저의 낮의 령혼우에 오서서 감찰하십니다
당신은 별같은 많은 눈을가지시고
저의밤의 령혼우에 오서서 감찰하십니다
밤낮오서서 감찰하심을기뻐합니다

× ×

아침해빛 당신의宮闕로불어 올때면
우리노래는 金빛구름타고 하늘에오릅니다
당신의목에 念珠인 별들을 헤노라면
고요한安息이 우리에게 이슬같이 나립니다
이밤에 님이여 저령혼의 거문고우에도 어서오-

喜悅의 노래

天堂을 노래하든자도 갔고

地獄을 두려하든자도 갔건만
天堂에 기쁨있어않오는가
地獄에 自由없어 못오는가
흘러가는 물들아 노래하라
바다에가면 다시는못오나니

마코—

越波

마코——!나는 너의沈默을 사랑한다
나는 너의 憂愁를 귀애한다
華麗한衣裝에 쌓인 너의心臟은
날카롭게 갈쿠진 너의 주둥이는
모단男女의 豪華로운 꿈을 비웃오며
재잴거리는 世上의節操를 비웃는듯
말없이 蒼穹만 바라보나니
마코——!멀리 지나간꿈길을 더듬느냐
아득할 옛날을 窮理하느냐?

× ×

마코——!鄕愁에 가득찬 너의눈은
鐵網을 넘어보는 너의눈은
아—나를 울리나니———
마코——!내벗인 마코—여!
쇠·그를 틀고뚫는 네맘을
악이나 못견디는 네맘을
내어이 모르리— 내어이 모르리—

—서울動物園에서—

春題

朴 榮 濬

이때를 봄이라 일커른다。

動物園의울타리속에서나마 봄이라고 짖고까부는 원숭이를 聯想할수있고 어려서나 봄맛을 알수있으렸만 興에 못이이며 코로 눈으로 따리로 봄을차저단이는 探春隊들이行商처럼 길에 너저분한것을 볼수있다。

반듯이 봄에는 기쁨을맛보아야한다는 原理가 엔싸이크로페치아에 적혀있지않드래도 봄은 즐거움을준다는것이 常識으로되여 있는것같다。

그러나 金裕貞氏 李箱氏(그들을 나와 一面識도없지만)들은 不歸의 客이되여 靑春을 아깝게도 잃어버리였다。

多才한그들—같은 靑春이요 같이 文學에서 살것다는 그들이 그렇게도 쉽사리 더욱이 꽃다운봄철을 告하고있을 이때에 요절當했다는것은 남의일같지않게 不安을준다。

生活이 窮할때면 무슨이야기나 주고받을수있는동모 거도 요사이에는무슨病인지 알수없으나마 肺가 붓었다는 醫師의宣言을받고 一週日채外出을 禁하고있다。

죽으래야 죽지않을 사람이나마 나와동갑이요 나와親하다는생각에 그에對한걱정도 적지않다。

文學을 서로 이야기하며 마음속을 꺼리김없이 터려놓을수있는 다만 하나의벗 C도 心臟이 붓었다는理由로 담배와술을 끊으라는 말을듣고 시골로 나려간지 數旬이지났다。C란 놈팽이는 眞實에對한 가장奢想하지 못할卑怯쟁이다。

세상에서 가지각색의 經驗을맛보고 지금은 서울한구석에서 울지도 웃지도 않으며 살어가는 내가 가장欽慕하는 謙그는 아버지없이자라낭었고依支할때없이 살어나가는 어린족하의 不治病을 돈없이 고칠생각도못함을 설어워한다。보담 人間的인 어진마음인줄알고 더偉敬하게되나 袖手傍觀아니 할수없는 내마음이 또한설다。

무슨病인지 내妻도 요사이는 며칠채 먹지를못하며 입맛을잃고 누어있다。

病院에 다리고가서 診斷이라도말
고싶으나 무었보다도 醫師의말이어
떻게 떠러질지가 무서워 끝낫것지
하는 慰勞의말로 그의마음을 속이
고있다。

이제 世上에나온지 一個年半도못
된 어린아들도 눈에 눈따락지가생기
여 그런지 집안에 앉어있기만하면
참아 드를수없게 깽깽하며 보챈다

나自身—이것도 보담生理的인 危
險을 가지고있다。危險性이라기보다
그것의 抑迫性을느낀다。病들고 괴로
워하는 사람들이란 무었에나 努力
을하고 거기에 才質을 發揮식히려
한 때문이다。生理的인 要求를떠난
어떠한努力이 그들의肺를 썩히고膽
汁을 짜아낸다。그것을 부래워하기
前 너무나 生理的인生活을 움직일
수없는 너무나 平凡한現實이 나를
抑鬱시킨다。

봄은 즐겁다말하나 陰散하다。
世上이 었지돌아가는지 政治記事
도 三面記事도 읽기가싫다。

白白敎徒들의 凶惡한擧事를 新聞
號外에서보나 미다시만을읽고 暴笑
해버리고싶다。決코 이봄은 나에게
愉快하지않다。

그러나 나의얼골에는 살이 줄지
않는다。물오르는 봄이되여 그런지
화색이도는 얼골빛은 前보다 보기
좋아졌다。

萬若에 내머리속에 머무르는 事
件全體에對해서 괴로워하고 눈물흘
린다면 내얼골이 그렇게 되지못할
것이다。

내半生이 그리길지는 못했을망정
客觀的으로보아 幸福스러윗다는 記
憶을 한번도가질수없는 그生活에서
못견디리만큼 괴롬에 젔다면 이때
及生存해있었을넌지가 疑問일것이다

괴롬을 의였다고는 말을못하나괴
롬을 속이거나 잊어버리려고했다。

이봄에 나를싸고도는 錯雜한憂鬱
도 내마음과씨름을한다면 어찌될가
經驗을 느낌으로 寶貨를삼는것보
다 智識으로 싸두는것이 나에게는
가장영리한 手段인것같다。

哲學을硏究함으로써 한課題를案出
하느니보다 모든經驗을 스크랩뿍에
옷드하여 두었다가 그것을 體系化
시킴이어떨가? 아모리 演繹的方法
의 必要하다 할지라도 여기에는歸
納的方法이必要치 않을넌지?

卒業한뒤 永登浦에서 敎育事業을
해볼決心으로 어떤小學校를 제손으
로 設立하고 제힘으로 校舍까지建
築해논 B君을거리에서 맞낫을때自
근집으로 찾어와달라는 約束을 맺
어주었다。

바로어제가 約束했든 날이였기때

문에 나는 돈얼마를 변통해가지고 京仁鐵道를 빼스로 내몰았다。

單二三十分의 自動車旅行이였오나 나는 旅行이나 떠나는것같은 氣分을 일부러보려했다。

氣分이明朗치못할때는 이때로나마 旅行을가고 싶어하는 마음의 要求를 언제나 가지고있다。 同窓生인 B君은 반가히마지 해주었다。

家庭도圓滿할뿐아니라 셋집살림하는 나의生活보다 그의生活은 훨신 文化的이였다。

그래서 그런지그의親切은 모든것을 잊어버릴수있으리만큼 愉快했다

明快한 그의婦人의말소리ㅣ適快하고 精神이 펏적들듯한 그의書齋。

그에게는 愛慾을 體驗할상싶지도 않었다。 라디오가있고 蓄音機가있고 具備할것은 全部가진듯하다。

나는 어린애처럼 또는 내몰건인것처럼 마음대로 무엇에나 손을대보기도했으며 그에게 說明을 要求하기도했다。

그의生活이 부럽다느니보다 그의마음을 慰安해줄수있는 物件이 完備되였다는 點에서 나는 그만그의 滿足한마음에 同化해버리였다。

그러나 다시 내집을 찾어가지않으면안될 運命이 나에게있었다。

집ㅣ컴컴한문을열자 거기에는 病든妻가 누은채 힘없는눈으로 내게 SOS를 求하고있으며 老母는어데를 갔다가 그렇게 늦게오느냐는꾸중을하시였다。

어린애는 어데갔다올때마다 충추듯이 반가워했것만 네얼굴을보고도 그냥 찡찡대고 엉석을부린다。

물어보니 밖에 나가고싶어울기만 한다고한다。

그놈도 陰鬱한 좁은房안이 싫어것으며 시언한外氣를 그리워하는모양이였다。

연겊어 밖으로 손끄락질을하며발버둥을친다。

나는 勝烈(아들)이를 녕큼안었다

그가 呼吸하고싶다는 外氣를 흠뻑마시게하고 싶었기때문에!

그리고 混雜한室內空氣를 피하겠다는 瞬時的要求를가지고ㅣ

勝이는 요새 거름거리를배호노라고 안기여있는것을 줄기지않는다。 뱃틀거리는 거름을가지고도 제발로 거러보겠다는 그에게있어서는 가장 큰喜悅이요 滿足을가지고싶다。

나는 길가에나와서 발버둥치는勝이를 나려놓고 그의손목을잡은다음 길案內를했다。

좋아라고 알수도없는 제소리를합부로지설대며 넓은길을 자기의世界처럼 빗틀거리는 그모양!

나는 웃지않을수없었다。여기에아비된者로 에고이즘을發揮하지않을수없는 場面이다。

손목을 떼놓고 땟밝자욱앓셔서엉거주춤하 않은다음 손벽을치며 혼자거름으로 발리내게 오너라하는意味에서 손을 흔들거리였다。

勝이는 나를 뚤라인으로 분주히 옷어가며 다라온다。너머질듯한 危險性도 있으나 다만 나에게까지 到達하것다는 眞劍한誠意만이 나에게는 즐거움이였다。

그는 無事히 내품에안기여 기쁨하나 밖에없는 웃음을 웃었다。

나는 다시 그를 넝큼안어 수고했다는 뜻으로 그의볼기를 가비엽게 두둘기고 사람이지나다니는그길우에서 얼굴을 부비여주었다。

이瞬間내幸福感이 어떠했으리라는것은 누구나 짐작하리오。

나는 다시 어린것을 걸리우며길가 상점으로 드러갔다。

주머니속에는 五十餘錢이 남어있었다。그의손꼬락이 가는대로色紙로 包裝한 미루꾸 한갑을사서 그의적은손에 쥐여주고 나는 다시시금치 조개오징어等을 아르것먹지못하는 내妻를爲해샀다。

제몸하나도 건사못하는 勝이가 그래도 아빠손에 쥐여진물건을 자기가들고 가겠다고 조른다。

나는 그에게 自由를 주었다。

萬若 그에게 自由를주어 그以上더없는 滿足을느끼게하고 그것을내가혼자 享樂할수있다면 아버지로써의 너무나 野卑 權利라고 말할가—었것든 勝이는 滿足했다。

나도 즐거움을 맛보았다。

집에들어가면 妻도自己를 爲하야내가 誠意를 表했다고 微笑를 떠우리라。

가개에서 집까지 드러가는 그길이. 勝이때문에 時間的으로 延長이되였으나 하로밤새것 걸을수있는길이라면—그길우에서 볼다은 快感을좀더 오래느끼였으리라。

그러나 이봄에도 나에게는 勝이가 있음을 깃버하려한다。

모든동모의 病苦를 잊어버리고또는 君의 幸福도 부러워하지않고。

—四月二十八日—

崑崙의詩集 「大地」를읽고

李 燦

나는 아직 崑崙과 一面識도없다。 그와의 書面上親近도 그의 이번詩集「大地」의風貌과 이에對한 나의 一葉謝狀으로붙어 비롯하였을뿐이다。 그러나 내가그의이름을 記憶한지는 이무 數年前일이다。

기억도새로운 카프末葉우리들몇이「悲哀의城舍」로부터婆娑의첫날을맞이하든 구준비나리는 늣가을밤 非全州旅行의 唯一한벗 世永兄과 隔久한 彼此의 궁궁을풀다 隅然히 그와나의 다음같은 問答에依해서였다。

「그새 그때 새로나오친구는많은가요」

「뭐 별노…………그러나 詩쓰는 崑崙이란동무가있는데 매우 有望하지」

爾來 오늘에이르도록 나는 그의作品을 注意깊이읽어오고있다。

崑崙! 나는 率直히告白하거니와 不過몇分間으로서足할「大地」의讀破에 凡三四日밤을 提供하였다。例에없는 精讀으로말미암음이아니다。 그렇다고 勿論「讀むに堪えない」해서도아니다。四退勤後殘夜의 젊음도젊음이려니와 무어라 형용몰할 야릇한感情이 북바처 올랐든冊을 놓군놓군하였으므로였다。 구지캐여一言으로하면 부끄럼!事實나는얼마나 스스로의 부끄럼에낯을 달구었든것인가。

네自身을 도라보랴! 내良心상 絕叫하였라。' 네自身을도라보다! 내現在는낯번이나 이부르지즘을 되풀리하였다。

崑崙! 그렇다 그는 아즉까지도「오고야말것을한시라도 쉬게 걷어잡고싶은말못할渴望」에 불타고있다。「地上의 온갖것을 겨울의품으로부터 빼았고 香氣로운봄의품에다 덤석 안겨주기」위하야「自髮을모르는久遠아青春 그무었에게도 屈從치않는 不屈의氣魂」을제것으로하려한다。

그리고 그는 두손을 높이드러 흐르는歲月에 哀惜은커녕 채죽질한다。

가거라「눈한번 깜박일찹에 億千萬里 달어난다 二蔑嘆한 옛詩人의哀愁여」하고

그는 未來를確信하고있다 거게따르는 偉大한 情熱을 불래우고있다。

나는 모른다。 이땅에現存한詩人으로 이와比한 態度의 그떤어詩人이있으믈!

林은 哲學的混昧의森林속을 逍遙하기시작하였다。 芽枝는 客窓秋月에 달큼한鄕愁를 짜낸다。 權煥 은「あつさり」붓에먹을빼여장궤안필동속에 집어넣어버리고 世永은 두이름갖인아이의죽엄에 前例없는[illegible]痛을뵈이고있다。海剛 亦 古今이如一로 거리를쏘대며 훌눈흥겨워 무었인가 드높은옴청으로우조리고있다…………

崑崙! 그는 카프의最後

(一〇四에)

短評·直言·感想·隨感

詩를찾는마음

李 孝 石

부지럽시 리알리즘이나 現實이나 生活이나를부르짖고 찾는동안에 現代人은 詩를잊은저오래이다。生活이없는곳에 詩가있느냐고 눈을부름뜨지만말고 生活이主라하니까 도리혀 詩를 찾을수있고 찾어야함을 생각하라。 피를뿌린 싸흠의詩를 론흥으나 가볍고 맑은한편의 景物詩나 抒情詩가足히 마음을 시쳐주는때가많다。나는요새 散文보다 詩를읽는날이많어졌고 詩에失望하고 散文家가되려고하는 젊은이에게 詩에精進하기를 勸하군한다。무엇을슬겨반다시 어려운詩 奇怪한何等試驗하랴 다음의단순한 몇首의詩가 도리혀 나의마음을 잡는것이다。 詩를잊은現代人이여 나와 함께다유한조각을 맛보라。 平凡한詩라고 비웃으랴거든 詩를모르는그대의 마음을嘆息하고 아예 詩讀는 단념하랴。

「그옛날 날 길러준 먼 서쪽나라 내 잘아는 못가에 白楊나무 느러서 떨니노나…

文人과戰爭

李 鍾 洙

「저 사람들은 지금 戰爭을 呼吸하고 있다!」나는 日前 진고개 丸善商店에 들려서 新刊書籍을 골라보다가 이렇게 생각하였다。洋書가운데 特히눈에 띠우는것이 西班牙國內戰爭에 關한것。戰爭의殘忍한것을그린것、지금各國間 또는 國內의그것이 戰爭이라는것等 戰爭에關한書籍이 特別한注意를 끌고있었다。

나는지금이 世界的危機非常時라고하는것을 五六年前부터 드른것이아니고 지금各國이戰爭準備에 눈코를뜰새가없다는 新聞의 報道를 每日같이 못보는 것이아니지만은 나는 이러한書籍을 눈앞에보고「지금戰爭이눈앞에있구나!」하는 感을禁할수없었다。同時에지난大戰을 經驗한洋人들이 戰爭에 銳敏 고 그것이 얼마나殘忍하고 무서운것인가를알고 이를避할여고 애쓰고있는反面에 우리는 도리여戰爭을 바라고있는 사람도 있다? 이는 戰爭이무서운것을 모르기때문이다。朝鮮文人은果然 戰爭을 어떻게생각하고 있는가!

「나그네」의한場面

李 民 村

近日 明治座에서 映寫하는 토-키「나그네」가좋다는말을듣고 나도 그것을 보려고 구경을갔었다。내가 朝鮮映畵를본지는 퍽여러해前이요 그것도 不過 한두個이였지만내가본것으로는 하나도 感心할것이없었다。 그런데 이번본「나그네」는 내가 지금까지 蔑視하든것과는 딴판으로 可謂刮目相對하랴할만치長足의進步를한데 은근히놀래였다。

全體的으로보아서는多少어색한곳은 없지않으나 大體로無理가없는데다가 달착지근한戀愛만 되무리하지않고 深刻한生活鬪爭을 보여준것이고마웁다。더구나 玉姬가姻父의被殺後로「沙工」노릇을代身하는中에 行人을건너주려간동안에 幼兒가火덕앞에혼자있다가 나무를불속에던저서 마침내 불이이러나서 어린애가불속에들고 그래서玉姬는 火光을보고 노를急히저어쫓어오는場面은 더말할수없이좋았다。

中國人들의생활을尊敬한다

주 요 섭

北平서 이른 아츰이나 어슬한夕陽에 散步를나가면 새도롱을들고 어슬렁어슬렁거니는많은 사람들을 맞난다。도롱속 새에게 길가庭園안에서자라는 自由로운 새들의노래를 가르처 주기爲해서 도롱채놓고 나와서 새노래를 싫것들려주는것이라고한다。오작보작하는商街를거닐다가도 淸新한 새노래한곡조를 믇득 듣고 발을멈추고 店頭에 내걸린새도롱을 치어다 보는일은 아마도中國以外에 다른 곳에서는 있을수없는 일일것이다。 남들은「짱꼬로」라고 辱하는 이中國人들의생활을 나는 尊敬한다。

英雄·凡人·愚夫

金 武 吉

正義와義俠을 爲하여 殉하는者는 英雄이요 一身의私利에만 사로잡히는者는 凡人이며 남의利用物로 平生을마치는者를 일러서愚夫라하겠다。 世上에는 웬 愚夫가그리도많든고!。

죽 음

金 東 里

죽음도 저 眞實한作家들의 죽음은 그냥 죽음만이 않이라 죽음 그 自體가역시 一種의 文學的現象이않일가。 그런다면 朝鮮文壇이 最近數個月 동안 같이 戰慄할 큰損失과 同時에嚴肅한 遺産(文學的)을함께 갖어 본적은 일즉이 없었을것이다。

文章一語

李 泰 俊

「春香抄」의長點은 그文章에있다。그런데「春香抄」의 나쁜點도 또文章에있고니 그[illegible]詩體는 [illegible]的인點이다 余辭에富한 點에는 長한反面에 말들이 槪念化되지않을수가 없어서末梢的인 感覺性을

短評·直言·斷想·隨感

잃어버리는것이다。 그래서端的으로 具體的이게 무엇을描寫해놓지못한다。 普通散文이면 모르거니와 小說이나戲曲에 있어선 아모해도 文語體는不適當한줄느껴진다。 우리文章에있어서도 공연히 聽覺에만좋은 번지르르한 文章에 끄을려선 안될것이라생각된다。

文壇과社交

李軒求

文壇社交 라고하면 듣기에多少 明朗性도 느끼지만 事實아적도 社交라는 對他的生活感情이 우리에게는 매우幼稚하고도 不自然스럽게 생각되고 따라서 輕蔑도 하여질만큼 低級하다。 거리에서 아는사람한사람을 맞나주고받는말 그表情 그行動 또는茶房이나 公衆席上에서 서로人事하고會話하는것 그런 雰圍氣가 어쩐지어색하고 格에안맞고 倦怠로웁게 느껴진다아약이 가日常的이되면 너무平凡하고多少論理的이 되면 곧 얼골을 붉히고 이리하야우리는 하나의對人的行動 社交에있어서 落伍者이다。 그리고 社交라고 불려지는그것은 잘생각해보면 阿諛狡計에서 떠나지못한 嫌惡性을띤것이다。

이런點을 우리는朝鮮의所謂文學雜誌 新聞의記事作品에서도느낀다 어딘지모르게無智스럽고 無味스럽고 甚하면自我妄想痴疾性까지도 느껴진다。 제自身이 處하야질그位置를 잡지못하고 帝王의地位에서부터 貧賤의窮地까지 헤매인다。 좀더社交性 禮儀를 아는人間이 될수는없는 것일까?

(一〇一頁에서繼續)

를 火花같이 裝飾한 熱血의詩人! 所謂 新浪漫의旗幟를 하늘높이 치들고나가는 唯一한 바이오니어! 그머나 이같이 厖大華麗한命名은 이를能事로하는 評家諸氏의 興味의圈內로돌니고나는 나즉히 한없는感激을가지고속삭이고싶다。

嗚呼! 그대 만일 좀더말에留意하고含蓄을위한簡潔을 그대것으로하고 눈을衝頭로볼어 實生活의深奧에 [illegible]入한다면 그대는 실노 유일한「이땅의 젊은벗」이되리라고――。

現代朝鮮詩人叢書第一輯
京城慶雲町九六鳳林社版
「大地」一冊 五〇

評論

作家의『눈』과 文學의 世界

—『남매』의 作者에게보내는 便紙을대신하야—

林 和

文學의 世界란 作家의「눈」을 通하야 讀者앞에展開된 現實世界 그것이다。

그럼으로 우리는 現實世界 그곳에서와가치 作品가운데서 自己의生活을 發見한다。文學을가르처 하나의 小宇宙라함은 이때문인가한다。

그러나 實在한 大宇宙가운데 일부러 作爲된小宇宙를 創造함은 또한개理由가있다。

作者의「눈」이 平板의硝子가 아니다。하나의「렌즈」인點에 文學의世界가 現實世界로부터 獨立되는 意義가있다。

實로 이「렌즈인눈」에서부터 文學은 始作되며 또文學은 限定된다。

그럼으로 文學의 價値는 바로 이「눈」의 優劣에依存한다。

決코 文學은 손(手)의 技術이아니라 作家의唯一한「눈」을 通하였다는 意味에서 비로소 藝術인것이다

作家의「눈」이란 果然如何한「렌즈」인가?

「肖像畵는 그모델에 비슷한만큼 作者自身을 닮엇다

고 누구가 말한일이있다。

바로 作家의「눈」이란 作品우에 現實世界를 反映할뿐아니라 作家自身의 姿態를 投影하는「렌즈」다。

作品가운데는 우리의 生活이있을뿐아니라。作家自身의 生活이있다。

우리가 作品世界가운데서 共感하고 反撥함은 우리와 作家가 一致하고 撞着하는 그것에 不過하다。

어느때를 勿論하고 作家는 作品가운데 하나의 世界像을 보혀주나 그世界像은 作家의獨特한 血色으로 恒常濃厚하게 着色되어있는것이다。

이되는 實狀은 大端히多樣한 것으로 어느때는 現實世界를 一層鮮明히 多彩하게 自己의 世界像가운데 再構成하는수도 있으며 때로는 이와反對로 混濁한血講으로 現實世界의 偉觀과 內容을 더럽혀버리는 수도있다。

作家的「렌즈」의 物理學的質이란 실상 이作家의「피」라는 化學的內容으로 加工된물건이다。

作家는 自己의「피」가될 營養物을 專혀 現實生活이란 土壤에서 攝取하는수밖에 없는것이라。作家的血液의 原素란 恒常作家가 生活하고있는 社會의 原素임을 免치못한다。

그럼으로 作家의 社會的 本質이란 곧 作家的「눈」과 物理化學的內容이되는 것이다。

따라서 모든「눈」이 偉大한 藝術的 世界像을 創造하지 못함은 自明한노릇이다。

그러나 같은 文學作品가운데서도 比較的作家의「피」가 熱度를높여 흐르고있는 作品가운데서 보다强한感興을느낀다는 現象은 藝術的世界像의 優劣과는 別個의 것이다。

우리가 作品가운데 表示된 作家의自己에 對하야熱烈한 同感을 느낄때도 누를수없는 反感을이르킬때도 거위 비슷한 興奮을느낌은이때문이다。

「떼스토에프스키」를 읽을때도 「꼬르키」를 읽을때도 비슷하게 느끼는 激烈한心魂의 動搖를生覺할것이다。

그럼으로「레아리즘」은 文學의 不拔한基礎이면서도 作家의 熱烈한 精神의 火焰으로 燃燒되지않는 限、低調한 文學으로 떼러지는것이다。

더욱이 今日과같이 激烈한葛藤으로 性格化되어있는 現實을 反映하는「레아리즘」文學이 平凡한 觀望者임에 始終하는것은 그自身「레아리즘」의 精神과矛盾하는 것이다。

「레아리즘」은 確固하게 現實가운데 뿌리를박고있으면서 同時에 現實에 對하야 날카롭게 對立하는 文學의 精神이다。

不幸히 오래인동안 進步的文學의 傳統가운데 成長한「레아리즘」文學은 現實우에 섰다는것만을 意識할따름이고 現實을 批判하고 克服할나는 意志도 現實과對立하는 高次의現實性을 忘却해가고있는 듯십다。

이러한 半端의「레아리즘」은 現實로부터 逃避할나는 傾向이나 現實의矛盾을 幻想的인 方法으로 超剋할나는 傾向等과 確然히 손길을 난흘수없는 境地에 떠러지는 것이다。

社會主義的「레아리즘」을 輸入한 우리文學의 特長이 이곳에 있음은 痛嘆할일이나 그것은 임의 우리文學의 現狀이아닌가?

뜻있은 作家들이 이低調와 惰氣에찬卒氣를 떨고現實과 對立하고 現實과 格鬪함으로써 現實에密着할나는 熱情으로 自己의「눈」을 鍊磨코자함은 確實히意義있는 일이다。

거금「男妹」(朝鮮文學三月號所載)라는 족으만 小說을 일부러 詳釋코자함은 조흔낫부든 그가운데빛나는 作家의 산「눈」을 發見한때문이다。

따라서 作者의「눈」의 構成內容 卽 現實世界와文學的世界像의 媒介者로서 作者의「눈」이 어떤價値와 意義를갖엇는가를 밝혀봄은 決코 한개作家의 問題일분아니라 우리自身의 課題이기도하다。

×

爲先 小說의構成이 한개의 焦點을 向하야 有機的으로 形成되어있는데 作者의「눈」은 強烈한렌즈의作用을하고있다。

이小說가운데 活躍하고있는 人物들 展開되는 事件이 모두다 金鳳根이란 少年의 無修한受難이란 一點을 集中되어있어 그의가슴에 永遠히먹구워지지 못할 구녕을 뚜러버림으로 끝이났다。

勿論 이焦點은 主人公少年의 가슴을뚫음과 同時에 讀者의 가슴을 꾀뚫는데 그意義가있다。

精巧한「렌즈」는, 恒常단 하나의 焦點밖에 안갖는 것이다。

이단한개의 焦點에서 光彩는 一層밝아지고 熱度는 一層뜨거워져 비로소 불을이르키고 適確한 구녕을뚫는것이다。

「렌즈」面에 接觸된線을 한가닥도 놋치지않고 한點우에 集中시키는「눈」은 分明하 優秀한「눈」이다。

萬一「렌즈」面에 到着한 光線의 一部를 그대로反射시켜버린다면 그「렌즈」面은 흠이있는것이고 焦點以外의 方向으로 屈折시켜버린대도 그「렌즈」는 不正確한것이다。

하물며 한焦點以外에 다른 몇개焦點을 남긴다면은 더욱 그「렌즈」의 價値는 여튼것이다。

이點에서「男妹」의 作家의「눈」은 分明히 正確한「렌즈」이엇다。

「男妹」의 世界像은 그人物이 現實的으로 生活하는

廣漠한 世界에 比하면 分明히 壓縮된 小世界이리라。

그러나 創作家로서의 「눈」은 다시 作品의 內的構成을 하나의 中心 唯一의 焦點을 向하야 또는 그 一點에서 構造하는데 成功해야 한다。

이것이 作品世界의 內的論理로서 하나의 圓은 한개의 中心밖에 가질수없다는 法則이 貫徹됨을 要한다。

먼저 이作品의 內的構造를 풀어보면 焦點은 小說最後에있다。

―「진호꽁 매부 몇이든지?하다쓰、두다쓰」하곤 넝큼넝큼 뛰어간다。

봉근이는 恒常듯는 이말이 지금같이 모욕적으로자기를 충격한것을 경험한적이 없었다。―(中略)―。

―봉근이는 더참을수가 없었다。와락두주먹을쥐고 모자도 책보도 길우에 집어던지고 뒤를쫓어갔다。先生의 아들은 어느때와는 딴글봉근이를보고 겁이나서 다름박질을 치는데 봉근이는 길이고 밭이고없옥이고 분간없이 지금따락 가고있는것이 누구인지도 잊어버리고 두주먹을 쥔채 죽기를한하고 자꾸만 쫓어간다。―――

少年鳳根이가 쫓어가는것이 여기에서 놀 그를 놀니든 先生의 아들一人이 아님은 作者가 말하는바와 같거니와 그러면 惡學友全體인가하면 그럴것도 같으면서 또 그렇지도않다。

왜그러냐하면 鳳根으로하야금 무엇인지 모를 울阿하야 限死코 突擊케함은 學友들의「嘲弄그것하나만、아님으로이다。

어느때도 學友들은「鳳根` 매부 한다쓰 두다쓰」하고놀닌것이 아닌가?

그러나 오늘날에 새삼스러히 鳳根의쪽으만 心魂을 激衝한것은「이만큼 자라기까지 경험한 가지가지의 더럽고 추한것들이 함께뭉쳐저 덩지가되어 그의 얼골에 떠러지는것같었든」때문이다。

그原因 鳳根의 悲劇的忍耐를 드듸어 破壞한動因은 一般的으로는 作者가 말하듯 그의 열에까지의 生涯를 通하야 累積된 諸事實이거니와 直接으로는 鳳根이가 길엇든 唯一의 結帶인 누이桂香의 背叛이다。

「봉근이는 아버지한테 맞고 어머니 한테할키우면서도 구차한윤재수와 조아하며 종시 다른 남자에게 몸을허하지안는 桂香이를 볼때 무슨 숭고하고 신청한것을 發見하는것같이 누이가 우러러뵈었다」

왜그러나 하면「平壤가서 女學校에 다니다가 放學때마다 돌아오는 누구누구의 評判놓은 處女들도 이렇게 신성하고 마음이깨끗할것갗이 않었든」때문이다。

이곳에 임의 貧困의 慘酷한 손밑에 人間으로서의 第一의 權利最初의 自尊心을 粉碎當한 悲劇的運命의 숨은눈물이 大河처럼 흐르고있다。

이 抑壓된 可憐한 人間들의 숨은눈물이소리나지안는 嗚咽을 感知하지 못하는 心臟은 一年生 生活이란것을 해보지못한 頭腦만가진人間」(떠스토엡스키)의淺薄이리라。

「알겠읍니까?당신은 알겠읍니까? 이어떻게도 할수없다는 말의意味를―아마당신은 아즉모를것입니다」―「罪와罰」의「마르메라또프」가 非生活人의 淺薄에對하야 던지는 痛烈한 非難을 少年鳳根의 마음이 우리에게 속삭인다。

그럼으로 學校동무들이「김호공 매부한다―쓰?두다쓰?」하고 嘲弄할때도 그裕福한 處女들이 사랑도쥐뿔도없으면서도 돈때문에 명예때문에 개기름흐르는사나이들의첩으로 시집을가는」唾棄할 事實을 그는잘알고있었다。

萬一 그들이 自己의 누이와같이 돈으로 公然히左右되어야할 妓生의身分이 된다면 桂香이보다도 몇倍혹한 野獸가 될것이아닌가?

桂香은 狂亂하는 暴風雨가운데서도 아즉一點의燈火를 굳건히 살니고 있지않은가?

鳳根은 人間으로서 最後의權利 最後의名譽의아름다운美點을 桂香의가슴에 보고있는 것이다。

이것은 그누이의 寶物이면서 또한 鳳根自身의 寶物임을 그는 無意識的으로 느끼고있다。

그의悲劇的忍耐란 實로 이 넘우나 微弱한結帶로맺작어 매여져 있었다。

이때문에 鳳根의어린가슴은 可憎한 그現實의 生涯를 집밟는 現實에 대한 憤激을 가만히 간직하고있었다。

그러나 이한줄기 結帶는 누이自身의손으로 끝어지고 말었다。

지난밤 어머니와 싸호고나와 그의사랑을爲한 或은 동생을爲한 苦難한 獨行의 第一步라 生覺하였든 한밤은 그것을 破壞한 一夜가된것이다。

적어도 鳳根이에게는 그리生覺되고 그리뵈였다。

桂香은、그가 송충이처럼 서로 싫어하든 禁食料品店主人에게 一夜를판것이다。

이直接의 動機가 무엇인가는 이小說에서 큰意義가없다。보다도 그를 或은 그들 男妹를 이러한 破滅의 深淵中에 빠트린原因은 딴곳 큰現實가운데있었다。

그들을 出家케한 原因도、그들을 妓生과 妓生의동생을만든 原因도、그의家庭의 現實로부터 由來하였다。

桂香이가 아홉살 鳳根이가 두살때 그의生父金日九는 죽고 그들의 어머니는 二十六歲의 靑裳寡婦가되였다。

그러나 年少한 婦人이 두子息을데리고 一家族의苦難한 運命을開拓하기에 現實은 두말할것없이 冷酷하였다。

그들의 삶는 及其也 어느鑛山에일을보는 金神燮 現在男便「에게로 改嫁하야「돈수」라는 아들까지를나하 오늘까지 살아온것이다。

그려나 鑛山이廢鑛된뒤 神燮의收入도 없어지고 改嫁도 根本的으로 그들 三母子를 貧窮에서 救하지는 않었다。 結局 딸은「原姬」라는 普通學校生徒로서의그리고 原根의 누이로서의 이름을 버리고 桂香이라는 妓名을얻어 오늘날까지 그들 一家는 몇집의悲慘事속에서 겨우 지탕해온것이다。

이것은 그들의 歷史이거니와 이못애비 애비달은子息들 그中間의 어머니 이렇게 無理한 矛盾우에 結合된 家族이 決코 自然한 狀態가운데 끝나리라고는 生覺지 못할것이다。

事實오래인 葛藤과不安은 어제 하룻낮 보잘것없는 機會에 드디어 爆發하고 만것이다。

小說은 어제낮부터 그이튿날아츰까지의 事件으로構成되어있다。

이 壓縮性이「男妹」로하야금「드라마티칼」한 緊張가운데 始終시킨것이다。

正히 小說은 社會的 不合理의 한개「티되칼」한場面을 우리앞에 展開하였다。

直接으로는 어제저녁, 어머니와 桂香과의 口論으로 桂香과 原根은 鬪爭하것이나 그口論은 오래蓄積된葛藤과 矛盾의 衝突, 爆發이었다는데 意義가있다。

勿論 外出은 그날의 日常的行事로부터 出發하였다。 낮부터 義父神燮은 와집판書房과가치 附近朝川이란 내로 고기를낚그러갔었다。

原根이도 義父의눈총을 마저가며 따라갔다가저녁때 한짐을잔뜩낚아가지고 돌아왔다。

그런데 事件은 고기를 잡아가지고와서 그것을・끌너가자는 義父들의 意志와 그것을 가지고 맛있게저녁반찬을 하자든 桂香이들의 期待의 相剋으로 부터 시작한다。

原根이게는 그것이 돈이된다거나 반찬이된다기보다도하로 종일 낚어온 한짐의어린애다운 즐기옴을깨트는것이 無限히 스러졌다。

桂香이의 마음이 原根의 이 懇切한 心情을 모를리가 없었다。

그럼으로 鶴燮等이 고기를 둘너메이고 팔려가난뒤 남은 問題는 이破壞된 無辜한 少年의心情을 어떻게 하였느냐에 있음은 勿論이었다。

實로 全能한 神일지다도 貧寒하고 無辜한 少年의 心願을 아프게하며 迫害하는것을 어떤 露西亞作家는 拒否하지 않었는가?

어린아이의 悲劇은 悲劇中의 悲劇이다。

原根이는 房속에 드러가 엎으러저울어버렸다。 어떠

한 代價도 어린아이의 가슴에서 喪失된즐거움을 補充하지는 못하는것이다。

언江우에 寒風도 義父의 눈총도 묵어운억개의짐도 그저 고기를 만히잡어가지고 어머니 누이에게로도라간다는 한개 덧없는즐거움때문에 이저버렸든것이다。

그러나 이즐거움이 잃어졌을때 모든 悲劇的事實는 어린 마음가운데 暴風雨같이 이러나는 것이다。

桂香은 一돈을주어 달넜다。 그러나 鳳根은 돈을집어던지고 울었다。 桂香은 그만 鳳根의뺨을갈겨버렸다。

鳳根의우름은 드디어 하늘을 찌를듯이 높하지고땅을뚜를듯이 슯음은 깊어젔다。

이우름이 自己를때린 누이에對한 원망으로부터 發한것이 아님은 누구나 잘알것이다。

그럼 무었을 스러하고 우는것일가?

피라든 꽃도 어린아이의 슯음에 북맛치는 우름앞에는 스러지고 말것이다。

이우름소리를듯는 누이의 마음은 어떻겠는가?

그가 동생을 미워서 때리지 않었음은 重言할必要가없다。

그러면 웨 누구를 따렸을까?

부엌에서 잠잠이 밥을짓고 있뜬 그들의 어머니가 딸이동생을때린 손벽의 앏음을 自己의 마음의 앏음으로 늣겻움은 當然한 일이다。

不幸한 어머니는 딸이때린것은 鳳根이가 아니며自己인것 또한 鳳根을 때린것이 딸桂香의 손이아니다어미 自己의 손이라고 生覺된것이다。

드디여 싸홈은、桂香과、어머니와의사이에버러졌다。

그러나 注意할것은 그들이 決코 미워하는 사이가아닌것 그들의 根源을캐면 같은生活의 悲慘한犧牲者서로 불상이역이는 人間들이란점이다。

즉 그들의싸홈은 無辜한 어린心魂의 受難앞에서로 손을마조잡고 慟哭하는 一形式에 不過하다。

오늘날 우리는 貧民들이 家庭에서 이런種類의싸홈을 類없이 發見할수가있다。

그들은 실상 서로 싸호는게아니라 彼此의無力을 하지못할 苦難의製造者앞에서 慟哭하고있는 것이다。

桂香의 이어머니가 生覺하듯 그가 善惡間 出嫁치않고 두子息과 自己의生命을길을 아무만方途도없었다。

이點은 桂香이도잘안다。 그러나 桂香이가말하듯、의붓애비술갑、집안살님사리를 몸을팔아 할거다하고 틈틈이 내조흔 서방을 즐기는것을 나무랠수도 없지않은가?

어머니의 마음속을 파고들어가본다면 딸자식를 남과같이 工夫시켜 조은 男便얻어 멕이지못한 깊은슯음이 둘뿐일것이다。

이것은 자식에對한 限없이 未安하고 罪스러운 生覺으로서 언제나 그들悲哀가운데 잠기게하는것이다。

자식을 사랑하는 어버이의 슲음?

그가 무엇때문에 桂香의 조그만 즐거움을 미워할것인가?

그러나 貪窮이란 무서운 現實을 이愛情實現되지못하는 肉親愛를 그들自身間의 쓸데없는 心的葛藤으로 곳쳐버리는것이다。

即 딸는 隱然中 어머니가 改嫁하였다고 어머니는 딸이 自己의 좋은男子를 좇진다고 싸호는 것이다。

이葛藤에는 그들의 生活과 愛情을 破壞한 客觀的原因으로서의 貪窮以外에 그들아 眞心으로 對立하고 相爭할 一點의 理由도없는 것이다。

間卿와같이 桂香이가 妓生이된것도 그의어머니가 改嫁하였기때문이 아니었으며 그의어머니가 改嫁한것도 그들三母子의 生命을 維持해야될切迫한 必要에因함이 아니었든가?

비록 改嫁가 그들의 家族的不幸의 一原因일수있다 假定하고 그들의 生父金日九가 生存하야 改嫁치않었다하드래도 그들一家의 生活을지금보다 幸福되게 했으리라는 保障은 아모 곳에도 來할수없지 않은가:

金鉉 그들이 改嫁를하고 妓生이되고 或은안되었든 間에 그들의生活이 不幸했으리라는것은 여러가지 事實로보아 避치못할 事實이라볼것이며 同時에 그들의 不幸은 보이지안는 運命이되어 그들의 머리우에떠러지는 社會的原因가운데 既存한것이다。

오즉 貪窮과 無知로 말미암아 그들에게 不幸을마련해주는 眞正한 原因이 發見되지 아니하였을때 딸은 어머니를 원망하게도되고 어머니는 딸을원망하게도되는것이다。

그러나 이렇게 無効하고 妥當치안는 葛藤은 그들의 不幸을 一層深刻히하고 뼈앞으게할 다름이다。

客觀的으로 觀察할때 이理由없는 肉親싸홈이란、富裕한家族間에 흔히볼수있는 財產中心의 醜惡한 骨肉戰에比하야 悲劇的으로 아름다운 것이다。

그들의싸홈은、不幸의共通한 對象을 克服할수없는、絕望의嗚咽이며、自己들의 無力을慟哭하는 넘우나 뼈앞은 一形式에不過하다。

「이년아쉬나가거라!」

「그래 나가리다!」

이런簡單한말 根據도없는 感情의 衝突로 그들은往往 서로 손질을 난호는것이다。

그들이 나간다고 내보낸다고 조금도 더 幸福되느냐하면 大部分의 境遇에있어 그反對의 結果를나흠이 通例이다。

無知가 보다큰 不幸을 낫는것을 有閑한世人은 人間心理의 美妙한點이라 붙은다。

이곳에서 이小說을 一貫하는 心理的葛藤의 明確한 本質을 讀者는 理解할수있을것이다。

그럼으로 桂香이가 동생을데리고 出家한것도 決코 어머니가 미워서가 아니며 桂香男妹를 憤김에 나가라고 소래친것도 어머니의 마음의 眞正한 소리가아니엇다。

그들이 나간뒤 밤새도록 흐른 不幸한 어머니의눈물을 우리는 이小說가운데 씨워지지 않은 部分에서 想像할수잇지 않은가?

그러나 그들을 내쫓은 第三의 原因은 義父鶴墜이나하면 現象的으로는 그리뵈이면 서도 그實은 그렇지않다。

勿論 義父는 그들母子의 싸홈場面에있지도 않었고 一言의 거친말도 서로 건늬지 않었으나 母女싸홈에 보히지 안는 動因이된것만은 事實이다。

그럼으로 이對說의 母女間葛藤은 現實味를띄고 充分히 산個性間의 葛藤으로 形象化되었다。

그러나 그들母女를 갈나노흔 眞正한葛藤의 母體는 그들뒤에 무서운 눈알을굴니고있어 그의어머니를 改嫁치 아니할수 없게만든 貧窮이란 現實의커다란 暗影이다。

鳳根이가 고기를질머지고 黃昏의江岸을 거러올제등뒤에 커다란 그림자가 暮雨峯의 巨大한 體軀가 그들의 어둔運命의 象徵이아니엇든가?

이暗影은 또한 그들의 義父를 술이나 먹게하고妓生에비노릇이나 하게한것이며 桂香으로 하야금 自己의 最後의 자랑까지를 拋棄케한 그것이다。

同時에 鳳根이의 마음으로부터 믿든最後의 結帶를 그것은 끝었고 어린心魂가운데 永遠히 메꾸지 못할 傷處를 뚜른것이다。

實로 暮雨峯의 巨大한 暗影은 그들 全家族의 머리우를 덥고있는것이다。

小說「男妹」의 出發點은 바로 이人間의 生活과心魂을 無慘히짓밟는 社會的暗影이란데서 出發한것이다

그리하야 義父、母、桂香、其他人物들의 生活과 心理를 怒濤와같은힘으로 貫流하면서 少年鳳根의 無辜한 心魂을 짧어 버리는 곳에 集中된것이다。

生活的不幸에對한 가장低抗力없는 한人間우에 그것들은 集中됨으로서 그殘忍性늘 最高度도 發揮한셈이다。

그럼으로 悲劇은絕頂에오르는 同時에끝난것이다。

이方法을 讀者의 感銘을 高調하는데 가장効果的인 方法의하나이며 이小說을 가르처 내가 띄라마티칼한 作品이라 봄으는 理由로 이高度의 悲劇性에있다。

또한 이곳에 우리는 조흔 悲劇에서 보는 醇化된 그 抒味를 發見하는때문이다。

要컨대 一短篇으로서「男妹」는 시작할곳으로부터出發하야 終을 내릴곳에와서 끗난것이다。

「男妹」는 最近發表된 누구의 作品보다도 文學을通하야 讀者의 面前에 人間苦의 根源을 告發할나는高邁한 精神으로 볼라고 있는作品이다。

×

이것은 모든 純良한 藝術作品에 不可缺한 作品의 內面的眞實性이거니와 남은 問題는 作者가 摘發한惡의 本質과 橫寫된 生活環境의 價値如何이다。

爲先、「男妹」를 通讀하고 나서 우리들의 가슴을 흔드는 基本觀念은 貧窮이란것이나희이 많은흔사람으로부터 無辜한 少年에 이르기까지 또는 一家族全體를 가장無慘한 運命下에 때려누인다는것인데 疑心할것도 없이 이觀念의 價値는 高貴한것이다。

그러나 惡으로서의 貧窮이 어느곳에서 原因하얏는가의 問題는 充分히 提起되지 않었다。

勿論 短篇이란 形式가운데 이浩翰한 大問題를 展開할수는없는 것이다 적어도 얼망큼 暗示되어야할것은 아닌가?

이小說이 砲身이되어 發射하는 彈丸과같은 深刻한 迫力을가지고 우리의 가슴을치는 少年鳳根의悲劇的運命의 將來가 暗膽한 一色만을 傳하는것같은 理由가 이곳에있다。

即 鳳根의 運命이 그感銘의 强度에 比하야 現實的內容性이 不足한것이다。

그럼으로 멋든最後의 一線을끈키고모든 屈辱의集合된 衝擊에서 뛰어나가는 鳳根의 行爲는 絕望의飛翔처럼 늣겨젔다。

책보 누이어머니 學校一切를 버리고 내닷는 鳳根의앞길에는 아즉아무것도 보히지안는 虛無이아닐가 그點은 小說로서의 効果를 높인點은 認定할수있으나 明確한目標、對象을向하야 肉體와 精神의힘을 統合하야 前進하는 文學의 精神으로선 한개缺點이다。

그렇다고 나는 少年鳳根이 이러한 現實內容을 認識하고 貧窮人으로서의 自覺을 엇지못하였다거나、또는 小說의 結尾가 貧窮에對한 鬪士金鳳根의 出發로 歸結되지 않었다고 不滿을말함은 아니다。

少年鳳根에게는 아즉 그런것을 明確히 認識하고自覺할能力도 成熟치 못하였스며 그를 鬪士로 出發시키는것은 똥키호테의 出鄕처럼 우수운 것이리라。

그러나 나의非難은 一觀念感情의 傳達뿐이아니라 그것이 作品現實이란 한世界像을 通하야 具體化된다는것 딸아서 文學의 世界像이란 客觀的價値를 保持해야함을 强調할나는데있다。

「男妹」의 作者가 創造해내인 世界像은 果然今日의 산現實과 全一한, 或은 그것을 集約할만한 높이에到達하였느냐하면 그렇다고 肯定해버리기에 困難한點이 있다。

「男妹」의 作品現實에서는 作者가企圖한 精神的告發이란 目的아래, 顯著히 不歪曲된現實의 痕跡을發見할수가있다。

作者에있어 貧窮이란 社會的一般性이 때와경우, 人物의差異에 따아恣意에가까운 多樣性을 가졌다는 事實이 적지않이 注意되지 못하였다。

近한例로 鳳根一家에對하야 重大한 影響을준 두人物, 稅務署「윤재수」와 某食料品店主人을 들어보라。

爲先「윤재수란人物은」全혀 個性으로서도 性格로서도또는「타입」으로서도 形象化되여 있지않다。

오즉 누이와 동생의 運命을 側面에서 조종하는한 그림자로서 빛어있었고 그의實體는 通俗戀愛悲劇에登場하는「메로뜨다마티칼」한 人物에서처럼 安易化되어 있다。

이點은 稅務署下級吏員으로서의「윤재수」의 性格을 摘出치못하였을뿐더러 桂香과의 戀愛事件 그곳에서까지 現實性을 削減하였다。

「메로뜨라마」로表現된 桂香과 그와의 戀愛事件은이 小說中 가장現實味없는 弱點이다。

鳳根의 悲劇을 만들기爲한 한개 人爲的操作에不過하지않을까?

食料品店主人이란人物도 이윤재수와 全혀同一한役割을하기 爲하야 招致된듯한 弱點을가지고있다。

이처럼 現實性이적고 充分히 形象化되지않은 人物과 事件으로 作中人物의 重大한變局을 支配시킴은作者의커다란 不注意가 아니면 아니된다。

이두人物과 그들과의 關係를通하야 作者는 鳳根一家가 外界와 맺고있는 關聯을 提示할수있었을뿐 아니라 社會生活가운데 노혀진 一家族의位置를 어느程度까지 作者는 表示할수 있었을것이다。

貧窮과 富裕를 體現한것도 各個의 산人物이며 그것을 만드러내는 原因도 그들人物의 生活的關係라는것을 作者는 덜注意하였다。

한사람 한家族의貧窮, 不幸이 緣故없이 이뤄나지않음을 作者는 熟知하지 않는가?

그밖에 義父狎戀을 通하야서도 作者는 一家와 社會와의 通路를 어떠한形式으로이고 設定할것이었다。

그가鑛山일꾼이었다가 廢鑛으로 말미아마 妓生애비가되였다는 述懷쯤으로는 이目的은 達成되지않는다。

그의 또는 그家族의 歷史에는 時代的變遷, 或은社會生活의 推移라는 커다란背景이 暮雨峰과같이 가로노혀있지 않은가?

그럼으로 이小說을 一括하면 作者는 家族內部葛相當히 現實的으로 그리고 形象化하기에 成功한反面家族과 外界와를 聯結하는 事件描寫있어서나 人物의形象化에있어나 모두 덜現實的이였고 成功치못하였다。

그런때문에 鳳根一家란 一個 封鎖된「모나―드」와같은 印象을 준것이며 一家族의 不幸, 그不幸의 擔當者鳳根의 悲劇을 支配한 原因은 天來의宿命과같은 感을 준것이다。

이作品의 主要한 色調인 尤甚한 孤獨感도 實로이 封鎖性, 隔離性에서 온것이다。

그러나 좀더 注意깊게읽으면 小說上半約三分의一과 後半約三分의二의 그가 서로다른 氣分이 支配하고있음을 알수가있다。

鳳根이가 이웃「옥섬」의 집에온 面書記의 自轉車를 작란하는데로부터, 고기를 잡으려간데까지 作者의 붓은 영롱한「레알리티」우를달니였다。

그場面의「옥섬」面書記 桂香은 다 生鮮처럼 산人物이였고 桂香과 面書記와의 會話는, 지내치게 正確할만치 現實的이였다。

더욱이 義父와車書房이 고기잡는데서 鳳根이가 體驗하는 事實心理의 描寫는稱讚하야 남음이있다。

그러나 人爲的人物과 事件이 役割을 演하는 下半에와서 作者의붓은 現實을쫓는이보다 더많이 精神을 많은것이 아닐가 作者와 더부러 記憶하고 싶은것은 高次의「레알리즘」이 現實과 對立하고 그것과 格鬪한다는것은 우리들의 主觀的精神에서가 아니라 現實그것을가지고對立하고 格鬪한다는것을 理解하라는것이다。

우리들의 精神이 高次의 現實을 創造함은 그것이 現實의 集中된反映인때문이며 現實의內的進行力그것으로 意志化된때문이다。

그럼으로 우리의 精神은 現實로 말미아마서만 意志化된다면 우리의意志는 永遠히 正確한現實을 要求한다。

이要求의 實現에서만 우리의精神은 眞正한 精神일수있는 것이다。

너무 駄言을 長懷히弄하야 未安하나 作者가, 이小說의 續篇을 쓸듯한 意圖를 갖었다기에 일부러 詳細에 亘하야 이야기한 것이다。

그런데 나自身코 이作品을 읽은 讀者와더부러 金鳳根의 後日譚을 期待하는것이나 鳳根의 그뒤이야기를 쓰는데는 한개 陷이 노혀있음을 미리 一言하고싶다 作者는「罪와罰」의 作者가 그後日譚을 쓰시않은事實을 記憶할必要가있다。

「라스코리니코」의 西伯利亞流刑記가 萬一씨워젔다면 죽음의집의 記錄과같은 大藝術이아니였을 것이다。

讀者란 恒常主人公이 펀한 豫想된 길을가면 하품을하는 법이다。探偵小說이나 通俗小說의 作者는讀者의 이心理를 利用하고 있으나 決코 나는「男妹」의 作者에게 이길을 勸함은 아니다。

오죽 讀者가「응! 그저그런건!」하고 一笑할 甘美하고 安逸한「코-스」를 열지말나는것이다。

그가 또해뒤 生活戰線上에서 여러가지 苦楚를격는 事實도 勿論價値있고 興味있는 일이다。

그러나 强하게 發射된強丸을 猛烈하게 爆發한다는 强道力學의 法則을 記憶해야한다。

「男妹」의 砲口를나온 鳳根의 絶望的飛翔은 早晩向着陸點을 發見할것이다。

着陸點에서 그는 朦朦한 黑煙과 轟轟한 音響을發하고 爆發할것은 豫想할수가있다。

그러나 爆發할때까지 이悲劇의 彈丸이 반듯이 體驗할 非常한 좀혀 非常한 經路를 나는 그後日譚에서 期待하고싶다。 이것은 그의 爆發을 一層힘있게 多彩하게 裝飾할것이다。그는벌서 非常한길을 거름만한 充分한理由를 그의非常한 出發에서 질머지고 나스지않었는가? 그의 다음길은 아마도 普通世上의 貧家少年이것는그러한 平坦한 一條의 路線은 아닐것이다。

그것은 좋은 一篇의 小說이 되기에 充分할것이다

—(三月十日)—

社告

지난五月號編輯期日에늦어서함께紹介하야드리지못한 執筆者寫眞을今號로 繼續하야紹介하라든것이事情에依하야 다음號로미루오니 讀者와아울너執筆者諸氏의諒解를求하옵니다

文藝時感

批評의 貧血救助辯

安 含 光

評家와作家의反目! 이는 어제나 오늘에始發된問題가 아니라 相當히 오래前——即 評家의專用武器이든—主題의積極性—이란 棍棒으로 作家의대구리를 亂打하든時節부터의 所產이다。 이때에있어 作家의不平은 勿論 思想偏重的이든 批評基準의 公式的固陋性에있었다。

하나 지금에있어서의 評家와 作家의反目은 作家의 이러한不平 不滿에 原因되여있는것이아니라 오히려 批評의 無基準的「亂倫에」對한 不信任으로부터 始作되여있는듯하다。

「이야기」에는 話術이라는것이 있는거와 마찬가지로 創作에는 亦是 技術이라고하는것이있다。 하나「이야기」의話術이라고하는것은 이야기하고저하는 意慾과 그이야기를 어떠한方向으로 어떻게運轉하며 이리하야 終局에있어서 相對方에게 어떠한影響을 傳達하리라는 思考의過程을떠나서는 理解될수없는거와 마찬가지로 創作의技術이라고 하는것도 決코 作者의思考過程—思想을 떠나서는 理解될수없을게다。

한때、 現今에있어의批評壇은 何等의健實한 批評精神을 體[illegible]함이없이 오히려 作品의社會的意義라든가 思想的考究過程을侮戱하고 또 文藝批評의冒瀆이라 일컷는 印象主義批評만이 支配的인 大勢인지라 作家가 批評家에게對하야 不信任案을提出하고 反對의氣勢를높임도 또한 當

然한일이다。

하나 생각컨댄 作家의不平 不滿은 벌서 한개의 漫性으로 化해버린듯하다。 이러하야 그不平 不滿에는 興奮이 帶同되여있지못하다。 興奮이없다는것 이는自己의主觀을 社會的紐帶關係에서 濾過 成長시키고저하는 意慾이없다는것을 意味하는것이나아닐가? 그리고 이意慾이란것은 다름아닌 冷徹한科學的批評의 前提條件일수있다는것이 儼然한事實이라 할진댄 벌서 하개의漫性으로化해버린作家의 不平 不滿이란것은 冷徹한科學的批評을 代身하야 弛緩된 置之度外의 觀念에依하야 彩色되여저 있다는것도否認치 못할事實일게다。

그는 新聞 學藝欄이라든가 其他 諸文藝誌에 每月一回式 週期的으로 揭載되는 創作批評이란것에對한 作家들의態度에서 歷歷한實證을 엳을수있다。

制限된紙面을갖고 多量의 그달 創作을取扱하게되는 關係도있겠지만은 그創作批評이란 擧皆 極히 外皮的이거나 作品追隨主義的이거나 甚한것에 이르러서는 오히려紙白의 制限을奇貨로 當該作品에對한 不足한知識과 무단觀察을 펌질함에 몇개의 饒舌로서虛張盛勢의文章的彌縫에 끈지는境遇까지도 目睹하지는않었던가?

그러함에도不拘하고 近來에있어 作家側으로부터 이러한批評에對한 論理的인 反駁의화살을 放射했다는 말을 듣지못했다。

勿論 個中에는 東洋人的嫌讓의所致도있겠고 좀더 樂觀的인解釋으로서는 時間을 創作에 利用하려는 內意가 論戰을 忌避하는所致도 있겠지만은 現今批評에對한 作家들의不信任的斷片語가傳하는 雰圍氣를 推察해볼때 그는 決코 前記한바와같은 面에서 緣由되여지는것이아니라 그와는 反對로 漫性化한不平 不滿이 마츰내 現今批評에對하야 한개의 無關的인 포—즈로 變하여진것이라고 解釋하는편이 가장 正當하리라고 確信한다。

「어딧개(犬)가와 짓(吼)노」? 「달이 뜻으니 저개가 또 짖는가보지」……

이런程度로까지 無關한態度로서 冷然히 見而不視해버리는것이 現今批評에對한 作家들의態度일게다。

이얼마나 人情味없는 殺風景한表情이냐? 이런種類의 殺風景한表情이 蹉跌에對한暗默의支持로 結果되여 批評壇의貧血을 더욱甚하게할 充分한可能性이있다는것을 그누가否認하랴?

이러하야 오늘이라는 오늘은「批評에對한批評」이 最大限度의 切迫性같고 強要되는時期다。

論戰을通해서의 相互意見의交換에서만 各自의 機能을 그의萬全에서 發揮할 素地를 發見할것이나아닐가?

眞實한孤高主義 東洋人的嫌讓 卑怯한「事勿主義」……等을脫却하야 自己의所信이 客觀的眞理를 基準으로한 批評에서 얼마나한程度의 堪忍의能力을 가젔는가를 試驗해보지않어서는아니될時期이리라고 생각한다。

때와 處所를 莫論하고 批評家와 作家의反目이 文壇에보는 膳物이라고 하는것은 한개의索漠한 貧血風景以外의 그아모것도아닐것이기때문에——

× ×

吾人은 앞에서 作品批評에對한 作家側의積極的關心을 喚起함에依하야 批評의貧血에對한 一의活素劑를提供코저하는心算、있으나 이야기를 批評家自身에게로 돌린다고하면 現今의批評家들은 그視野를 좀더 넓은 地平線우에로 展開시켜나가지않어서는 아니되겠다는것이다。

「一視野의廣汎」? 이는 非但 批評家에게있어서만 必要한것이아니라 그部門의如何를 莫論하고 原則的으로 强要되는 한개의 最良의態度이지만 이곳에서 쓸스름게 이런말을 뇌이고있는理由는 根本的인問題로서 批評家의生活態度——現實面에의積極的意慾等에關해서 이야기하고저하는 意味로서가아니라 批評的實踐이 取扱하는바 對象의一面性이 한개의慣習으로 化해버리고 마렀다는것을 指摘하기위해서이다。

每달같이 出刊되는 數三文藝誌에는 그量에있어서 決코 貧弱치않은 短篇 戱曲 詩篇等이 어깨를 가즈런히하고 나타난다。

그러나 近來에있어 — 이른바創作批評이 對像으로한것은 大槪가、小說이나 戱曲에限해있지않었던가? 文學가운데에서도 가장 補豁일러인 詩는마치 繼父子息과같은 푸待接을받고 있지는않는가?

勿論 紙面의制限으로부터오는 한개의 不可避的事情이었다고도解釋할수있겠으나 그렇다 할지라도 創作批評이 「하나」에서「열」까지 詩를 그圈內에編入할것을 頑强히 拒否해왔다고하는것은 要컨댄 散文精神에依하야 蹂躪되는 詩文學의再建이란努力에서는 至極히 怠慢하여왔다는것을 意味하는것이리라고 생각한다。

우리는 種種 詩人自身으로부터 蔑視當하는詩에對하야 憂鬱해하고 悲憤해하는表情에接하거니와 이는 決코 詩人自身만의 問題는아닐게다。

이리하야 創作月評의評筆은 좀더橫으로 擴大되여질必要가있다고생각한다。

(吾人은 追後 別個로 詩壇에關한 具體的論稿를가지겠기로 이곳에서 다만 抽象的으로나마 이問題에對한關心을 刺戟하는程度에 끈처둔다는것을 말하여둔다。

둘재로 最近 作家들의 創作的實踐은 漸次 根底가깊으고 範圍가넓어짐에反하야 批評家의 批評的實踐은 依然히 狹小하고 安易的이라는것을指摘하지않을수는없다。

李箕永氏의 力作「故鄕」을 筆頭로 長篇小說全集이數回재 世上에나왔으며 昨年掉尾를裝飾한 詩集「浪漫」과 接踵하야 今年에드러서는 李無影氏의「醉香」 毛允淑氏

의「멘의哀歌」等이 出刊되였을뿐外라 民村의 「人間修業」과 尹崑崗氏의詩集「大地」도 刊行되였다。

그러함에도不拘하고 批評家들은依然히 그달그달의몇개의短篇을中心으로한 時評類에 自足하지는않었든가!

勿論 時評類의短評이全然 必要하지않다는것을 意味하지는 않는다。

그와同時에 前記한바와같은 新刊文藝書籍에對한 具体的論評——더욱이 人間生活을 보다廣汎히 捕捉한長篇小說을 全面的으로 批判하야 새로운課題를 그앞에設定해나간다고 하는것이 그얼마나 必要한것일가。

이러한意味에 있어 金南天氏가 中央時報紙上에서 民村作「故鄕」批評의序論을 試한것은 참으로 時宜에 適合한意義깊은 快事가아닐수없다。

그러나 接踵刊行되는 長篇의數에比하야 그에對한本格的인批評은 拂底에가까운 索漠한現象에있다는것을 否認하지는 못할게다。

이点에있어서도 젊은批評家의自省이 要求된지 이미 時久한일이아닐가!

셋재로 一定한作家의社會的基礎 創作實踐의 具体的面貌 創作路線의 系統的提示等에關한 批評文을가지지 못했다고 하는것은 이얼마나 朝鮮批評壇의 貧血症을 말하고있는 것이랴。

十年以上의作家修業 또는 年祖는 몇을망정 훌륭히 一家의格을이룬 決코 적지않은作家를 가지고있으면서도 아직까지 이렇다할 作家論하나를 所有하지못했다고하는것은 이얼마나 不快한事實이냐!

作家論! 우리는 그를通해서 現今에 시끄럽게 이야기되는 휴매니티-의問題 創作上에있어서의 個性의問題 形象의問題……等 實로 많은 懸案이 가장 活潑的으로 解決되여질것이라 믿는다。

아직까지自身의處所이든 狹路에서 解脫하야 批評家도 좀더 크-다란 스케일로서臨할때 批評의貧血은 그救助의한가지 方途를發見할수있을것이다。

(五月九日)

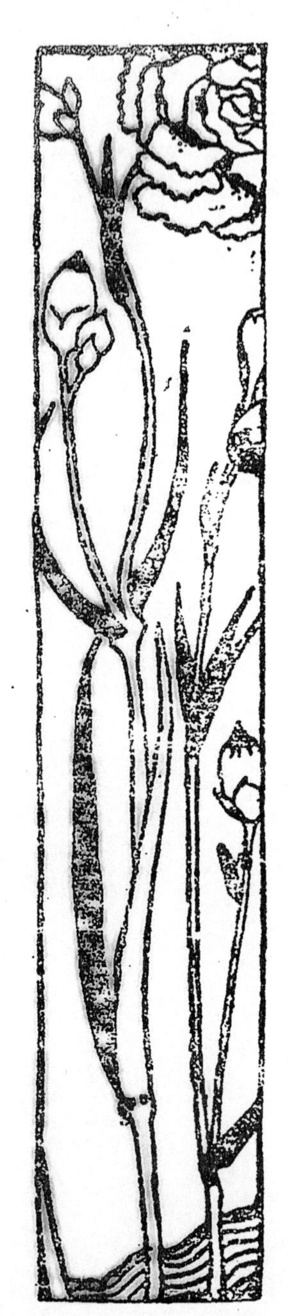

文學의 朝鮮的傳統 (上)

金台俊

이 一文은 白鐵君의「文化의조선的限界性」(四海公論。今年三月號) 同君의「東洋人間과 風流性…朝鮮文學傳統의一考」(朝光。今年五月號)를 읽은바 나의感想이다。이두論文에는 여러가지問題가 提起되여있으나 나는 文學의 조선的傳統의 限界의 究明과 조선史의 世界史的一環에서 볼 一般性을 文學에서 求하야 風流性에 傍及하면서 本稿를 마지려한다。特히 말하는것은 君이 壇君文化 또는 箕子文化云云한데 이르러서는 果然히 失色할뿐으로 다만 同君에게 나의「壇君」論稿 또는 箕子辯 (中央雜誌昨年×月號)의 參照乃至批判을 바라고 저긔서는 그에言及하지않을터이다。君이여 君조차 壇君 文化箕子文化를 云云하고 있는가……。李殷相氏編「歌謠와 六堂編 朝鮮歷史와 小倉氏著 鄕歌硏究만이 君의 唯一한 參考材料인것같으나 우선 材料의 吟味와 批判을 加하지않은 引用처럼 危險한것은 없다。

生存하기前에 人間이있을수가 없고 따라서 人間精神이있을수가 없다。生活의 歷史를 考察함이 없이 한갓純粹한 人間을 探究하며 그精神을 尋訪한다할지라도 그것은 徒勞에 始終할것이다。무릇人間의 精神은 各時代

의 現實的 生活關係에 依存한것으로 이 精神的 遺產인 모든 文化도 各各 그時代의 下部構造에 依하야 規定할것이다。모든 文化속에도 文學은 記錄되여있는 藝術인지라 가장 또렷하게 그자취를 나타내는것이니 우리들의 文學的 傳統이란것은 完全히 生活意識의 反映으로서 取하지않으면 않될것이다。

다시 말하면 文學에 나타난 手法과 意識의 「로칼」카라ー는 文化意識의 部分的 或은 全體的 具現으로서 그나라의 社會的 經濟的 政治的 諸條件이 이것을規定하는것이다。人類社會의 永遠한 進化의 歷史的 法則은 거위 共通한 方向으로 나가고 있다고 할지라도 各各 그地方 그民族의 自然的 環境에 依하야 各個의地方的 性格을 이루고 있는것도 無視할수없으니 世界民族發展의 一般的 道程과 이道程에 瀕하야나온 各個民族의特殊性과를 一은 世界性으로 一은 民族性으로 限界를지어가면서 究明하지 않으면 않될것이다。

그러나 萬一 조선에있어서 世界史와 區別되는 무었을 찾는다면 그것은 亞細亞的 生產形態가 던저준바 文化의 畸形的 發展에있다고 할것이다。特히 北虜南×의 外敵의 侵入때문에 생기는 中央專制政權의 必要山嶽丘陵의多 灌漑政策같은 自然的 條件은 이나라 이民族을 半島의 巨大國에 묶어두고 亞細亞的인 生產樣式에 封鎖하여 두었었다。

(註) 亞細亞的 樣式이야기는 여기서는 詳述치않으려한다。

그러나 조선에는 原始社會의 處女膜을 깨트려준 重要한한개의 原因이 보담 高度의 漢代의 鐵器文明의 侵入이였고 그후 唐宋文化같은것도 끊지않고 輸入되여 絕大한 寄與를 준것도 否認할수없는 事實이다。

(註) 이것을 箕子文化라고 命名하는것은 큰妄發이다。

우선 箕子朝鮮에 對한史的辨證이 必要하다。

朝鮮에는 原始社會의遺物이 巨石 貝塚밖에없고 여기서 그時代의 文化的樣姿를 바라본다면。그것은 아마 다른나라의 原始文化와 區別되는것을 찾기는 困難할것이다。하나 極東一帶에 퍼저있는「샤마니즘」이 거위 民族社會에서부터 發芽되여 그것이 奴隸國家「新羅」의 建設에들어서는 本質을 變해버리고 奴隸를 統制하는 團體「花郎」一徒의 結成에까지 이르렀다。

新羅建國以前의 民族酋長이 同時에 샤만的 呪術者였다는것은 新羅에서 님금을 次次雄 또는 慈充스승이라는 무당의 稱號와 混同한것으로도 알수있지만 中國에서 高級宗教 儒佛仙等이 輸入된 후로는 宗教的 意義는 去勢되고 多數한 奴隸를 統御하기爲한 權力團體인 貴族子弟로 組織된 花郎들은 一旦 外敵과 交戰하게되면 多數한 奴隸兵을 統率하고 戰場에 나아가 奇襲으로써 偏歌를 부르고 不然이면 壯烈한 最後를 마치는 만치

在鄕軍人團과도 같지만 平常時에는 時間的으로나 物質的으로나 매우 閑暇로운 團體였든만큼 金剛山、구경도 하고 東海까에 避暑도 하는 風流的인 社交的 娛樂團體나 登山俱樂部처럼 되였으나 登山과 音樂 같은것이 그團體의 本義는아니였든것이다。

(註) 新興九號 拙稿「新羅花郞制度」의 意義參照

白鐵君의文에 ……그와같은 新羅의 豐富한 風流性 그것이 新羅의 花郞制度를 낳였다고 생각된다。그리고 또한 新羅의 風流性이 가장 典型的으로 表現된것도 그花郞制度였다」라고 新羅의 花郞制度의 本質을 理解함이없이 이制度를 論하면 그結果가從來의 國粹的 精神으로 花郞道를 한개의 朝鮮魂으로 創作하려는 頑固老人들과 半羊句趣이리요、그와같은 風流性이야 어느 貴族社會에 流行되지 않었스랴 다만 極端의 克己禁慾과 繁文縟禮를 主하든 「카토릭」이나 李朝末의 儒學者가 아니고서야 花郞道가 아니라도 高麗社會에 流行되는 高麗歌詞가 君의例擧한 新羅鄕歌七八首보담 좀더 朝鮮情趣를담고있고 風流性을 가지고 있지않은가。君이여 거기例擧한 七八首의 鄕歌가 도로혀 三國統一後、花郞制度같은것이 깨여질때의 遺物이라는것을 아는가 이것은 旣往에도 論한바있었으므로 여기서는 省略한다。

今日에 文獻에남아있는 新羅鄕歌는 當時의 民謠라기보담 좀더貴族社會에 昂揚된노래다。그大部分이 貴族子弟로된 花郞徒와 僧侶들의 呪文이거나 風流歌인것이다。그런點은 慶州에 남아있는古蹟이―그燦爛하다고 자랑하는藝術이 强古乃未(皇龍寺鍾지은사람―三國遺事) 率居(畵家) 金生(筆客)같은 一連의奴隷群의 制作이라는것과 다를것이다。勿論 男女의 戀歌같은것은 本來民間의童謠였든것이 貴族들사이에 昂揚된것도 있겠지만 彫刻藝術이 많은境遇에「라오콘」의 沈痛을보는듯한 一面에 歌謠는 좀더 明朗性이있고 自由롭고 悠悠히 餘裕가있는것같다。그런點에서보면 慶州遺蹟이나 樂浪古蹟이나 高麗磁器보담 못지않게 이나라의 新羅鄕歌、百濟歌 高麗歌詞도 높게 評價를바더야 할것이다。外國人은 조선 古代의 彫刻文明같은것을 鑑賞하고 感嘆할줄을 알으되 이나라 古代語로씨여 있는 古代歌謠의 藝術的價值를 알길이없다。그들은 헌것 語學的으로 考察하되 韻律的으로 想考할수는없다。

三國時代에는「샤마니즘」은 오즉 그形態로서 呪術的要素만 남어있고 支配的 이데오로기로서 佛敎가 登場되고 貴族의 道德律로서 支×者哲學으로서 儒敎가 代置되였다。貴族들 사이에는 儒佛에 對한 盲目的 信賴가 좀더 컷섰다。이中國의 儒佛思想이 壓倒的으로 이나라의 原始思想에 代置되였다고도 할수있지만 차라리 이세가지가 骨肉이되고 皮膚가되며 잘融合、調和되여있다。勿論 때로는 矛盾속에 苦悶하는 적도 있었다。數多한鄕歌속에서、많은 呪歌를 읽어보면 顯著히 샤마니즘的呪歌의 特徵을갖고 있지만 嚴莊 廣德妻歌같은것은 儒佛道識의 交叉點에 놓여있섰다。

다만 新羅시절에 그처럼 絕大한 勢力을가젔든 佛敎의 宣傳또는 그의讚美를 爲하야 均如가읊은 鄕歌같은것이있스나 羅末 薛聰을 中心으로하고 漢文의 讀法을 좀더 容易하게 習得할수있게된後로는 이나라의 統治者들과 宗敎家들은 完全히 漢文만을 尊主하야 도로혀 吏讀文學의 發展을 妨害시킨 느낌이있다。그러나 吏讀라는 音標文字를 빌어서 이나라의 歌謠를 記錄하는것은 高麗때까지 계속하였다。차라리 漢文學과 吏讀文學을 거위平行的으로 使用하야 歌謠같은것은 吏讀로 敍述한것이다。漢文으로 記錄된 모든文學이 王者의 墳墓石扁碑 等等과같이 特權層의 威嚴、宗敎의宣傳、誇張、阿諛를 是事한것이라면 俗文學—歌謠—에는 몇마디宗敎詩(均如歌)와 呪文詩를 除한外에 純粹美의 具體化로서 洗練된韻律的 快樂의 源泉으로서 吟詠된 情懋의노래같은것이 많다。다 같은宗敎詩속에도 新羅의것은 花郞들의 呪文이많고 高麗의것은 宗敎的인것이 많은것은 封建主義의 成長에依한 宗敎의 漸進的繁榮에 依함이많다。事實 新羅때의 僧侶는 一面으花郞이여서 所謂「世俗五戒」같은데도 그 두思想이 混合되여있다。그러나 高麗의 僧侶는 完全히「부처」님을 내세우고 모든權患을 主恣行한「三藏歌」의 主人公이였다。花郞들은 男色을 主하기때문에 得烏谷慕郞歌같은것도 있섰지만 그들의 볼따는 男女間의 情熱은 忌憚없이 自由奔放하게 歌謠에 나타났었다。處容歌、滿殿春、西京別曲、等等 어느 것이 그렇지않으랴!이것이 李朝라는 中央集權的 官僚社會에 이르러서는 完全히 踪跡을 감추어버렸다。成宗같은 님금은 履霜曲、西京別曲、處容歌같은것이 男女 情事라고 해서 樂府에서 除籍해버렸다。儒家의 禮儀的桎梏은 一層甚하여지고 이와步調를같이 해서 中央權力은 集中되고 絕對化되였다。君主의 偉力을謳歌한 長篇敍事詩「龍飛御天歌」와 宗敎詩「月印千江曲」는 모다 李朝初 世宗때부터의 產物이다。

한글의制定 이것은 俗文學發達의 한는도음이 되였을 것이다。中國文物의 全的崇拜와 儒學 또는漢文學의 尊主는 도로혀 俗文學의 自然的成長을 妨害하였다。男女의 情歌같은것은 漢詩로서는 읊어도 조선 노래로서는 드를수가 없고 몇千몇萬首의 道德歌 勸善懲惡歌같은것이 늘었다。文章形式은 이나라言語의 韻律關係도 있겠지만 高麗의 靑山別曲같은것을 볼수없고 四四調의 單調로운 鑄型속에 틀어박었다。

이四四調를 基本으로 하고「時調」하고 부르는 短歌

形이 貴族들사이에 固定化되었다。勿論 漢文學의 最高의 發展期었든 宣祖(穆陵盛世)前後는 그에 比例해서 俗文學의 隆盛도 보지못한것은 아니다。벌서 俗文學은宮廷婦女 農民 中人 以下의 娛樂의 具이였고 따라서 歌謠小說等의 形式에 一形의 前進을 볼수도 없었든것이다。

그래도 時調만은 氣品이높고 悠長한것이 그題材로한「江山風月」과 함께 讀者에게 閑寂한 風味를 提供한다。李朝에 있어 漢文을 理解할수있는 階級은 그많은 境遇에는 漢文詩와 한글詩(時調等)를 並用하였다。儒家最大의 偉人이라고 하는 李退溪、李栗谷도 모다 陶山十二曲 石潭九曲같은것이 있지않은가。그詩趣는 魏晋六朝의 淸談風이아니면 唐宋의 道德詩로서 中 文學의 延長인듯한 느낌이있다。

차라리 그들의 지은 漢文詩의 翻譯과도 같은느낌을 준다。小說에있어서는 더一層 顯著해서 晋唐傳奇의 번역이아니면 明淸小說의 延長인듯한 千篇一律의 軍談이 많으다。그러나 李朝末의 市民層의 擡頭는 確實히새로운 形式의 娛樂物을 要求하였다。小說은 歌劇 로까지 敷衍되고 거기에는 조선的인 情調를 多分히 加味하였다。沈淸、興夫傳、兎生員 쨍기、甚至於 春香傳까지라도 그러한 說話으 어느나라에든지 있지만 主人公들의 對話排列되는 事物、風景、어는것이 朝鮮의「므랄、카라」가 아니라。比喩、諷刺、諧謔어는것이 當時의 時代色이아니였는바!

(續)

講演

故李箱의藝術

崔載瑞

나는 李箱의小說을 大端히 좋와합니다。따라서 그의小說에 關하야 親舊와이야기 하거나 글을쓰는것도 나에게있어선 한 즐거운일이올시다。그러나 그이야기를 이追悼會席上에서 하게되었다는것은 千萬뜻밖에일인同時에 大端히거북하고 슬픈일이올시다。

나는변변치못한 몇마디말로서 故人에對한 敬愛와追悼의뜻을 表하고저합니다。

나는 李箱을알기前에 그의小說을 읽었읍니다。그리고 이것은 一種의實驗的小說이라고 생각하였읍니다。나는 文壇常識과는 大端히距離가 먼 이小說에놀내면서도 그藝術的實驗을 어느程度까지 信用해야할른지 多少의疑心을 품고있었읍니다。即 이作家는 이렇듯 怪常한 테크니크를 쓰지않고서는 自己의內部生活을 表現할수없는 무슨切實한 必然性이 있었든가 或은 그저讀者의好奇心을끄을기爲한 單純한 손작란이였든가—이런點에關하야 多少의疑問이없지 않었읍니다。

그리다가 金起林氏의「氣象圖」出版記念會가 있었든날 會가끝난뒤에 나는 처음으로 이作家와맞날 機會

를얻었읍니다。 그때에 永保그릴에서 麥酒를나누든愉快한 記憶은 지금도 李軒求 鄭芝溶 金起林 金珖燮 崔貞姬 吳희秉諸君의 가슴가운데 사라있오리라고믿습니다。

처음보는 李箱의 보헤미안 타잎의 風貌와 씨니칼한 우숨과 機智煥發한 스피―치에 나는 또다시 한번놀나지 않을수없었읍니다。 나는 이 모든것이 決코人爲的인 포―즈가 아니라는것을 알수있었읍니다。 이以上더 그사람의 過去와現在의 內部生活로 드러갈수는 없었지만 何如튼 그와이야기하고있는中에 그가우리들의 溫良한生活은 벌서 떼前에 卒業하였다는것 뿐아서 그는 常識에실증이 났었다는것 그리고 決코順坦스러워보이지않는 生活가운데서도 文學的 에수프리―를 잃지않고 있다는것等을 나는 알아낼수가 있었읍니다。 午前두시以後의 宗路一帶에關한 體驗만하야도 나에겐 놀나운데 더군다나 그씨니칼한 우숨엔 눈알등그렇게 뜰일이였읍니다。

結局 李箱이 實驗的인 헤크니크로써 奇怪한人物을 그렸다는것은 單純한知的遊戲거나 不純한 人氣策이아니라 그의高度로 發達된 知的生活에서 소사나는 必至의所産이였다는것 뿐아서 그의藝術的實驗은 그의氣맥힌 生活이 가추고나설 表現形式을 探求하는努力의 結果라는것을 나는安心하고 結論할수 있었읍니다。

그러면 李箱의小說은 어떤點에있어서 實驗的이냐?

簡單히所感을 말하야 보겠읍니다。우선

(一) 그의小說은 小說의傳統的要素를 가지고있지않습니다。우리가 小說이라면 依例히 要求하는 性格描寫라든가 무릇드같은것을 그의小說은 全然가지고있지않습니다。「날개」의 主人公에 特色이있다면 無性格이特色이겠고 또 그小說엔 讀者의 興味를 끄을고갈만한 이야기거리가 없읍니다。그가「날개」나「童骸」나或은「終生記」에서 쓰려고한것은 外部에나타난 行動과 生活이아니라 一個人의 心理의動態였읍니다。그의小說에 非常한 物件과事件이 나타나긴하지만 그것들은 人物의心理를 表示하기爲한 暗號나 呪文에지나지않고 傳統的小說에 있어서와 마찬가지로 그物件이나事件 그自體에 意味와興味가 있는것은 아니올시다。

(二) 둘째로 그렇다면 그의小說은 너무도主觀的이아니냐하는 疑問이생기겠지만 果然그렀읍니다。그는다만 主觀的일뿐만아니라 實로 主觀과客觀의 區別을가

리지 않는곳이 많이있읍니다。例를든다면「날개」主人公의 을빼이와같은 生活이라든가 或은「童骸」에있어서의 非論理的인 時間觀念이라든가—이모든것은 꿈과現實의 混同이라고밖에는 볼수없읍니다。그는「童骸」에서 다음같이 告白을하였읍니다。

「나는 울창한森林속을 진종일 헤매이고 끝끝내한나무의印象을 훔처오지못한 幻覺의人이다。無數한表情의말뚝이 共同墓地처럼 내게는 뚝같이보이기만하니 맡노 이奔走한 焦燥를 어떻게 점잔을빼서 救하느냐」

(三) 그러나 이렇다고해서 李箱에게 現實과꿈을 識別하는 能力이없었다고 말한다면 그것은 웃을일이올시다。그는 現實을 認識치 못한것이아니라 도리혀너무도밝낱이 認識하였기때문에 그價値를 적어도 그의藝術에있어선 대소롭게알지 않었든것입니다。「날개」에있어서 金錢과當識과 道德을 거지반 侮辱하다싶이 諷刺한것을보면 그의藝術의 모-티프가 那邊에있는가를 짐작할수있을것입니다。우리는 李箱의 藝術을 말할때이모-티프를 떠나서는 말할수없고 딿아서 이根本精神을 念頭에두지않는다면 그의小說은 드디여 어린애의말작란이거나 그렇지않으면 미친사람의 헛소리로밖에는 들리지않을 것입니다。

나는 여기서 슈 르、레아리즘의 理論을빌려서 李箱의 小說의 一面을 發明하고싶은 欲求를느낌니다。

그러나 그가 슈-르、레아리즘을 어떻게 理解하고 또어느程度까지 意識的으로 그것을 應用하였는지를 모르는 나로서는 무어라고 斷定할수 없읍니다。

(四) 最後로 그의作品에 小說이라는 名稱을許可하야도 좋으냐하는 質問이 當然히 提出될것입니다。

그리고 質問者는 반듯이 그의小說이 小說이라기보다는 도리혀詩에 가찹다는點을 指摘할것입니다。事實上 詩와小說을 結合하였다는것은 李箱의 小說의가장特異한點이며 또 그의實驗中 가장重要한 點이라고생각합니다。우리는 그의小說을 읽어가다가 다만 있다금식몇줄의詩를 發見할뿐만은 아님니다。그作品을 創作한에스프리-그自體가 벌서 散文的이라기보다는 詩的이올시다。그리고 그의文學的 에스프리-는 늘 現實의些末한 束縛을 버서나서 自由에 世界로 날라가랴는姿勢를 보이고 있읍니다。

「童骸」가운데 다음같은 一節이있읍니다。

「나는 바른대로 말하면 愛情같은것은 希望하지도

않는다。 그러니까 내가 結婚한 어느날 新婦를 더러고 外出했다가 多幸이 길에서 그新婦를 잊어버렸다고하자。 내가 그럼밤잠을 못자고 찾을가?

그때假令 이런 엄청난 글발이 드러왔다고 나는은근히 希望한다。

「小生이 某月某日 길에서주슨바 少女는 貴下의新婦임이 確實한듯하기에 通知하오니 찾어가시요。

「그때도 나는 고집을부리고 않간다。발이있으면 오겠지。나의念頭에는 그저 茫洋한自由가있을 뿐이다」

나의 念頭에는 그저 茫洋한 自由가 있을뿐이다·

이한마디詩를 아모躊躇없이 叫할만한 作家가 現代文學界에 몇사람이나될가? 나는 묻고싶습니다。그아나코로니스틱한 理念에 있어서가 아니라 그傍若無人한 大膽性에 있어서 말입니다。

이리해서 그의小說은 小說이아니라 詩라고한대도 無妨할듯합니다。그러나 小說이 傳統的形式을 깨트리려고 모든 實驗을거듭하고있는 現代에있어 李箱의作品에 小說의 名稱을 拒絶할 理由도 發見키 어렵지않은가 생각합니다。

李箱의 藝術은 未完成입니다。이未完成이라는데는두가지 意味가있읍니다。即 그의藝術은 性質그自體부터 未完成的이라는 意味와 또그는일을 中판들고 이世上을 떠나버렸다는 두가지 意味가있읍니다。

그는 어떤完成된 形式안에다가 自己의、體驗이나主張을집어넣라는 傳統的作家가 아니라 現代文明에 破壞되야 普通으론 到底히收拾할수없는 個性의破片破片을 추려다가 거기에 될수있는대로 리아리티―를 주려고해서 여러가지로 헤크니크스實驗을하야본 作家오시다。그의作品이 이런라입의 小說로서 어느程度까지 完成한다치드래도 傳統的小說概念을 가지고본다면 그것은 언제든지 未完成的이고 또幼稚하야 보일것입니다。그나마도 그는 그實驗을 더發展시키지못하고 또 外部의 充分한 批判을받은 일이없이 이世上을 떠나고말었읍니다。그의 藝術이 未完成이라는것은 어느點으로보나 避치못할 運命이라 하겠읍니다。

그렇다고해서 우리는 그가 남기고간 일에서 價値를 看過할수는 없읍니다。時代의 非難과 嘲笑를 받는 인테리―의 個性崩壞에 表現을주었다는것은 一個의時代的記錄으로서 價値가있을뿐만 아니라 이艱難한 時代에 있어서 知識人이 살어나갈 方途에對하야 間接的이나마 暗示와 敎訓을주는배 또한적지않다고 생각합니다。

둘재로 자칫하면 常識과 低調에 빠지기쉬운 우리文壇에 비록 어그러진 形式에있어서 나마 知的關心을 喚起하였다는것은 그가 남기고간 커다란 功績의 또하나이라고 생각합니다。 그의小說이 讀者에게 구수한興味를 주지못하는것은 事實이지만 우리는 文學에서 興味만을 要求하는것은 아닙니다。

우리가 敬愛하고 囑望하든 作家李箱은 멀리 客裡에서 쓸쓸이 이世上을 떠낫읍니다。 비록 量으로는 적으나마 그가 남기고간 藝術의眞意를 解明하고 또 그정신을 살려가는것은 우리가 마땅이 할일이라고생각합니다。

이點에 關聯해서 나는 그의遺族과 또 그와親交가 있었든 文壇諸氏에게 波瀾많은 그의生活의 記錄을하로바삐 우리에게 보여주시기를 切望하는바이 올시다

끝으로 故人李箱의 遺稿을 가리가리비옵나이다。

附記—府民館에서열린 故編者金裕貞、李箱追悼、會에서 講演한 그대로실린것임니다。

『朝鮮文學』次號內容

創作

其他讀物滿載！夏期臨時特輯號로 六月中旬에 나오게된다。

一個月	三十二錢
三個月	九十錢
六個月	一圓七十錢
一個年	三圓三十錢

注文方法

★注文은 반듯이先金
★振替로
★郵票一割增

昭和十二年六月四日印刷
昭和十二年六月六日發行

編輯兼發行人 鄭英澤 京城府仁義町二

印刷人 金德壽 京城府林町八二

印刷所 鮮明印刷所 京城府仁義町二

發行所 朝鮮文學社

電話光③二一六四番
振替京城二四六八八番

朝鮮文學

第十四輯（八月号）

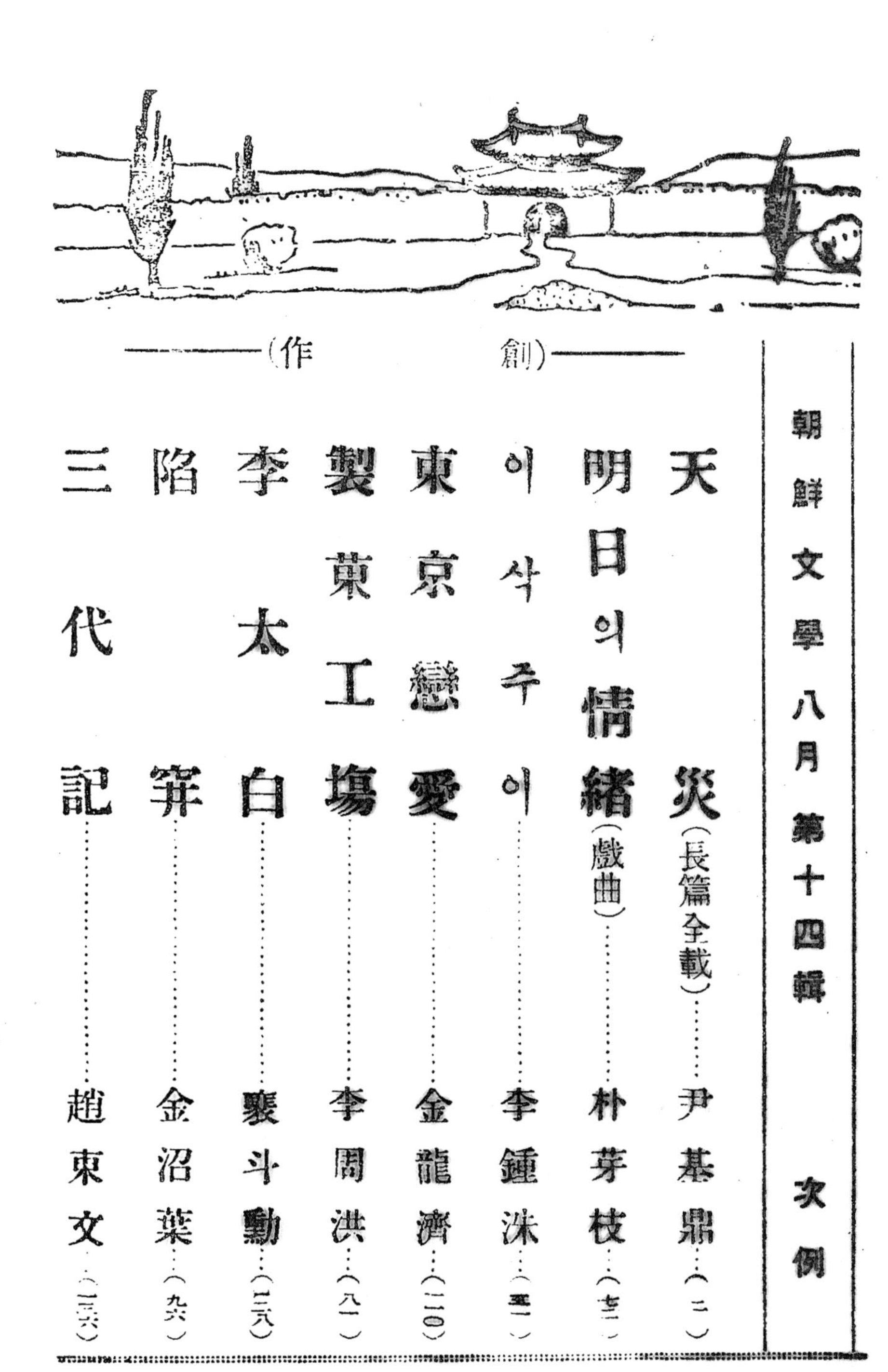

朝鮮文學 八月 第十四輯

次例

(創 作)

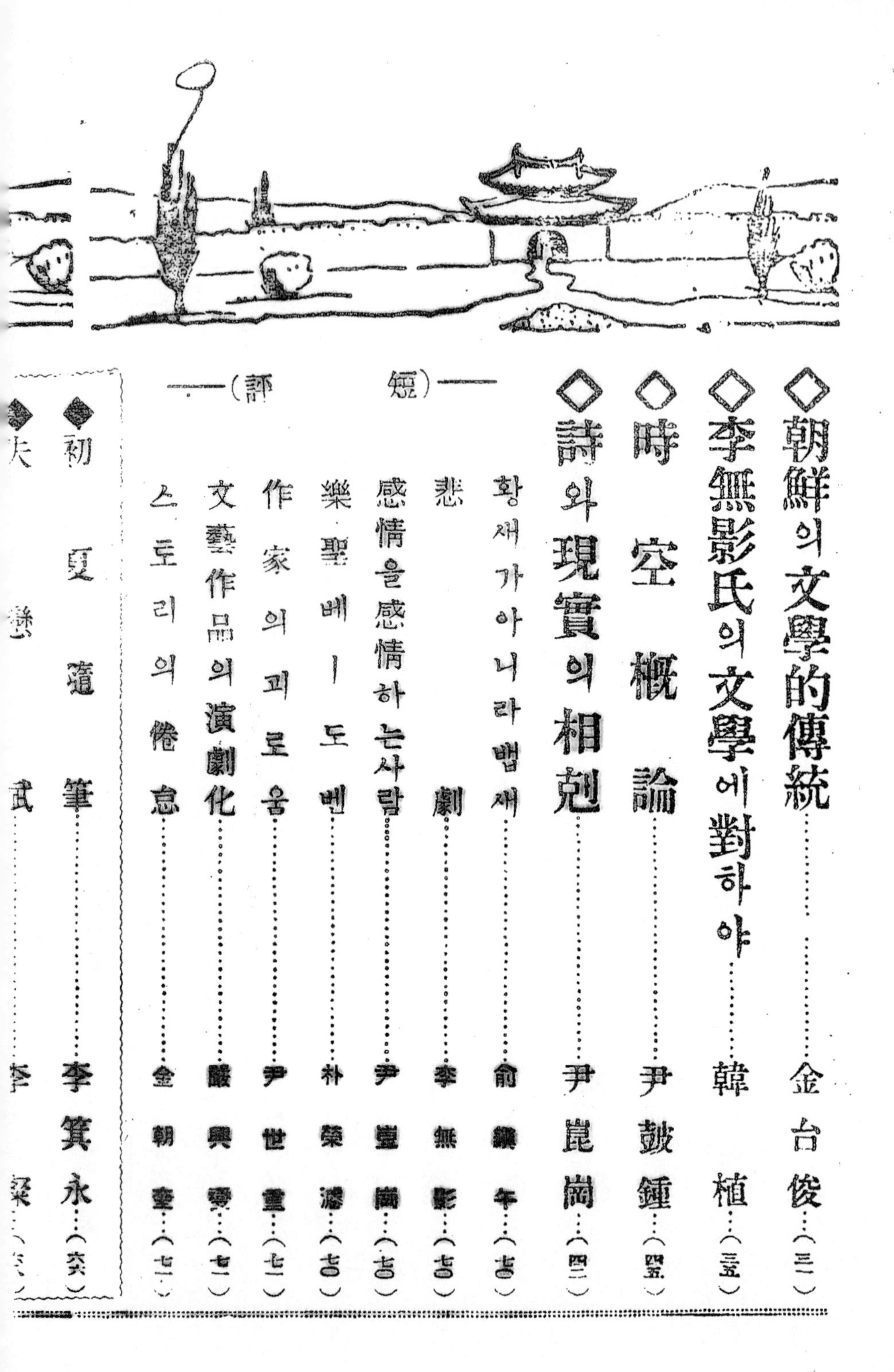

——(短評)——

朝鮮文學

第十四輯

天災

尹基鼎

一

가들에 비를 기다리는 농군의 마음이란 비할데없이 안타깝고 눈물겨운 일이다。

솔개미 그림자만 지지리란 땅우로 스칠나치면 행여나 구름장인가? 하는 무슨 기적이 않이면 요행수를 바라는듯한 반갑고도 일변 조마조마한 생각에걸려 문사람은 재빠르게 허공만 헛되히 치어다들본다。

다른해같으면 거운 두벌김이나 나갔을터인데 금변엔 어찌나 가므든지 초록이 가까워도 재법 모한포기 표자보지못한 이근처 마을사람들은 불안에 싸혀있다。

생전 비라고는 않올듯한 날새가 거듭할수록 군데 군데서 이러나는 몰싸음만이 더욱 소란해질뿐이다。

오늘도 봉례네집에서는 이른아침밥이 끝난다음 그의 아버지는 활둥같이 굽은 등에다가 가레를 둘러메고 개울로 나갔고 그의 어머니는 겨우내눈이라곤 오지 않은데다가 지독한 강추위로해서 다얼어죽다싶이된 잘보리를 다른식구들은 생각지도않고 거들떠 보지도 않지만댁이에 하도궁하니까 그래도 좀 건저 먹을게 있을까 하고서 낫을 들고 보리 발으로 나갔고 봉례의 남편인 갑룡이는 용두레질을 하다 바로 자기가부치는 논두렁옆 웅뎅이로 나간다음 봉례는 밥먹은 설거지와 여기저기 귀설머리적게 벌여놓인 군지럭이을 거더치는동안 울봄에 겨우 백날지낸 아들놈이 일곱살나는 제누이에게 안겨서 젖달라고 보채다못해 나중에는 악와듯 우는바람에 치우든것을 건성건정 보살피고는 자지러지게우는 어린애를 딸년 금순이 에게서 받어가지고 마루끝에 걸터앉어 젖꼭지를 어린애입에다 물었다。

구름한점없이 내리쪼이는 이글 이글한 해볕이 온마당으로 하나 가득차 뜨거운김이 말이 불화로를 갖가히 갔다 대는듯 확확 끼쳐올은다。 더운기운에 숨이 컥컥 맥힐지경이다。

봉례는 어린것을 다시 금순이에게 업혀놓고 장독대앞에 놓인 물동이를 집어 이고서 움물로 향해 나갔다。

바로 홰나무아래있는 움물 두멍에는 크고 적은 동이와 방구리와 생철통들이 즐비하게 수없이 그러나 차례차례로 간지런히 놓여있다。 먼저온 사람들은 물을 쩌느라고 움물속을 드려다들 보고 있으며 아직 차례가 닥쳐오지않은 사람들은 움불 언저리에서 버젓대고 서서들있다。

봉례도 머리에였을 그리크지않은 동이를 내려서 맨꽁문에다 갖다놓고 이동리에서 가장친하게 지내는 자기나이와 어금 지금한 성복이 어머니 앞으로 갔가히 닥아섰다。

「이렇게 비가 안오다가는 농사는커냥 먹을물도 없어 말러죽지들 않겠수 성복어머니?」

봉례가 먼저 이렇게 말을 건넷다。

「누가 아니라우。 사람들이 그처럼 이악하고 극성스럽더니 하누님도 미워서 인제야 베 남직할거없이 다죽이시려나보……。 참 이우물이 이렇게 말러보기는 내가 이리로 시집온뒤 아마 처음 되나봐……。 가만있거라、저—— 바로 열다섯에 이곳으로 왔으니까 벌서 여덟해가 되는구료。 헌데 그동안엔 한번도 이런꼴을 본적이 없수。 금순어머니는 여기서 자라났으니까 잘 알겠구료。 그래 그전에도 더러 이런 물난리가 있었수?」

「웬걸 나도 철난뒤로는 이우물이 이처럼 말렀든생각은 안나는데그러우……어디 이렇게 물난리가 났다구」

「어쨋든 지독한 가믈이요。 인제는 군데 군데 흡이적어려논 웅뎅이조차 고나마 아주 말렀다는구료。 아모리 가래질들을해서 도랑을 짚이 파도 본바닥에 물이있어야 말이지。 참 기맥히고 딱한일들이요。 인제는 못자리에 간신히 물을대든것도 고나마 먼지가 나겠구료。 오죽해 관청에서도 비만오거든 줄모고 뭐고 그만 내버려두고 막교저나가라구 했답더다。 참 아까 어더갔다오다보니까 금순아버지도 웅뎅이에 고이는물이 신신치 않어서 용두레자루만 쥐고 어이없이 멀거니 서서 게십되다」

「어제도 온종일 용두레하고 씨름만했지 논박으론 물을 불과 얼마 대지못했다고 그랬는데 오늘은 더군다나 안그렇겠수 이러다가는 말뚝모를 내다싶이하 노루꼬리만한것 고나마 베하를 구경 못하려나보。 품만 공연히 아였지……」

「우리애 아버지도 사흘째 내리두고 가래질만 죽도록 했다뿐이지 실상 멜물이 있어야 하지않겠소。 그리고 도망을 팔수룩 물이나서 논바닥으로 작구 물을 대야만 헙은드러도 신이날렌데 그렇지 못하니까 가래질들은 하다말고서 내논 남의논 할거없이 쩍쩍 갈러지는 논바닥과 노랗꽃이핀 모포기를 어안이 벙벙해 바라다 보고만 서서들 있읍듸다。 정말 큰일들났수 내남직할거 없이 빚은 태산같이 질머지고 농사는 외때틀처면……」

성복어머니는 이렇게 말을 하고난다음 저윽히 불안한 기색을 얼골에 나타낸다。 그가 가래질 이야기를 하는 동안에 봉례는 제대로 딴생각을하고 있었다。 개울바닥으로 가래질을나간 자기아버지 생각이 불현듯 머리에 떠올라 물뚤채메도 아직멀었고해서

「성복어머니! 내 저건너 개천에 좀 갔다 올이다」

「개천엔 별안간 왜 가려구 그리우?」

「집에 아버지도 가래질을 나가셨는데 었지 됐는지 궁금하구료」

「가보기는 가보마는 거기도 별로 신통치 않으리다」

「아뭏든 잠간 단여 오겠수」

봉례는 머리에 썼든 수건을 다시 곤처 매면서 움물쭉을 등지고 천천히 거러간다。

二

「어―허! 하누님두 야속도 하시다」

물이 아주 졸아붙은 개울바닥에 드러서서 한가운데를 움옥하게파 도랑을 내느라고 가래질을 맥이고서뜬 봉례의 아버지는 구름한점없이 말숙하게 개인 생전 비라곤 한방울 안올듯한 하눌을 처어다 보다가 자기도 모르는 사이에 제절로 이런말이 입밖으로 슴여나왔다。 그의 말에 뒤를다라 가래줄을 잡아댕기든 두젊은사람도 하든일을 잠깐 멈추고 별이 쨍쨍히 내리쪼이는 하눌을 눈부신듯이 처어다 보면서

「비 내리시는걸 아주 이저 버리신게조」

한젊은이가 이렇게 말을하니 또한사람이 맞장구를 친다。

「오다 가다 소낙이도 안와……참 하누님도 맞녕이 나서서 비 주시는걸 이즈신게야。 정말이지 사람이 이렇

다면·썸이라도할게야」

「그러게 말일세。가물에는 산ㅅ돌림도 없는가봐……있나금식 한소낙이 콱─콱─했으면 그래도 날랜데」

봉례 아버지는 이런말을 하고나서 쉬었든 가래ㅅ자루를 다시 내민다。

두줄은이도 거기맞어 느지러졌든줄을 또다시 잡아다린다。그래 깊이가 한자나실히되게 파내려가는 움욱한 도랑에서 모래석긴 지적한흙을 련해 그러 올리고들 있다。허나 물은 바닥에 말려서 인제는 솟이는 물조차 신신치않어 자작 자작하게 겨우 시늉만 흐르다。

어제보다도 안이 아까보다도 흐르는물은 깊이 파면 깊이 팔수록 점점 줄뿐이다。갈수록 기막힐 노릇이지만 그들은 한방울없이 조라붙을때까지 파보겠다는듯이 잠시한때 게을러하지도 않으며 그렇게 쉬지도 않고 부지런히 가래질을 하고있다。

봉례가

「아버지!」하고 부르며 달겨든다。

그의 아버지는 가래질을 멕이면서 고개만 딸에게로 돌려

「네 웬 일이냐?」

하고 묻는다。

「안애요。그저 왔에요」

「그저 왔더냐? 그게 무슨 소리야」

「물을 길러왔는데요 물꾼이 하두많어서 한참 기대려겠게 그저 설설 왔에요……어머나! 이렇게 깊이 팠는데두 요게무슨 물이야 애개」

움숙하게 파진 도랑을 어이없다는듯이 드려다본다。

「얘 말 마라 비 안온품 봐서는 이것도 곰작하지 뭐」

「요까진물을 대가지고도 논바닥이 말으지 않을 까요?」

「말으는데는 말으고 젖는덴 저질테지」

「아버지! 논에도 물 난리지만 우물에도 물 난리야요」

「논도 논이지만 미상불 먹을물도 저정이다」

부녀가 이야기를 주고 받고 하는동안에 어디선지 별안간 고함을 질러 우는 여인네의 우름소리가 이러난다。

가래질하든 사람이나 봉례나 할거없이 일제히 고개를 이리저리 두리번거리며 우름소리 나는곳을 찾는다。

비가 오기만하면 당장에라도 모를 내려고 쟁기로 논바닥의 마른흙을 울퉁 불퉁하게 뒤집어논 크고 적은논뱀이 사이로 건너다 보히이는 좀동떠러진 저쪽 어느못자리 건처에서 기맥히여우는 목메인 우름소리가 끈임없이 들려온다。

봉례가 자세히 바라보니 그 모ㅅ자리는 만복이네 모ㅅ자리며 우는 사람은 만복 어머니다。

만복 아버지는 작년 겨울에 몇해째 내리두고앓든 해소ㅅ병으로 고만 죽고 말었다。 그리하야 사십줄에 드러 과부가된 만복어머니는 죽은남편으로붙어 물려받은거라고는 아홉살을 맨 우로한 만복이와 그아래로 두어린것과또는 알느라고진 이천양이나 갈가운빛과 그리고 겨우 남의논 열닷마지기 붙이는것뿐이었다。 참 칠순을 바라보는 시어머니가 또 한분 있다。

만복 어머니는 하루에도 몇차레ㅅ식 자기가 붙이는 논으로나와 매일같이 조라붙는 모ㅅ자리들를 여이없이 바라보곤 하였다。 숨통이 피로울만치 기가 매혔다。

오늘도 만복어머니가 자기의 모자ㅅ를 나와보니 다른데도 그렇지만 인제는 아주 노랗다못해 갈잎처럼 바삭바삭 떠는 모포기와 말으다못해 쩍쩍 갈러진 모ㅅ자리를 얼마ㅅ동안 넋을 잃고서서 내려다만 보고있다가 하도 기가 맥혀 별이 불뎅이처럼 내려쪼이는 논두렁옿에 그대로 펄석 주저앉이면서 참고 참든 울음보가 한꺼번에 터저나와 그만 고함을 내놓은것이다。 그리하야 한번 꺼낸 울음끝이 울면 울사록 용소슴치고 또는 가삼속에뭉치고 서렸든 여러가지 설음조차 한데 터저나와 실마리 풀리듯 하는 모양이다。

봉례가 멀거니서서 이광경을 건너다보고 있으려니까 끝일줄 모르고우는 그처량한 울음소리에 겼무며 남이면저 울기를 기대리기나 했든거처럼 이쪽 저쪽 먼데 갈가운데서 혹은 사내의 우름소리 혹은 여자의 우름소리가처음에는 하나 하나 나더니 인제는 여럾이 우는소리로 변해가지고 한데 어울어진 안타까운 곡성이 바람결에다 타죽인 모포기를 스치고 사면으로 홑어진다。

혹은 멀고 혹은 갈가운곳 군데군데서 들려오는 가늘고 굵고 높고 낮은 처참한 울음소리가 말이 한식날이나 추석날 같은때 성묘하라 산소에나 온듯싶다。

봉례는 맨드러세운사람처럼 딱 붙어선채 두눈만 굴려가지고 여기 저기를 두루 바라보니 어떠한사람은 모ㅅ자리에 드러선채 「에구! 에구!」하고 울며 어떤늙은이는 노랗게 말러 비트러진 모를 쥐어뜨드면서 「하누님맙시사!」하고 느끼 울며 어떤여자는 논두렁옿에 퍼더버리고 앉어서 「애고! 애고」하는 소리를 내어 울며、어면사람은 모ㅅ자리에 주저앉어서 복장을 두손으로 두드리며 「어이! 어이!」하고 운다。가래ㅅ군들도 넋을잃고서서 우름소리를 듣는다。

말이 초상난집처럼 제각기 목을놓고 편해 울고있는 이광경을 봉례로서는 더서서 귀로 참아 드를수도 없으며 눈으로 참아 볼수도 없어 그만 홱—도라서 치마끈을 집어다 눈물어린 두눈에다 비비며 아버지에게는 간다 온단말도 않고 그만 아까오든 우물길로 발길을 돌쳤다。

끈임없이 들리는 뭇사람들의 처량한 우름소리를 귀로 드르면서 거러가는동안 모두가 남의 일갈지않어 자기눈에서도 더운 눈물이 그러 슲은줄도 모르겠는데 엄편일인지 것잡을수없이 샘솟듯 쏘다저 작구 앞을 가림으로 것는거름좇아 맘대로 아절련다。

三

기때리고 바라든 비는 그뒤 며칠이 지나도 종시 오지않고 그저 가물기만했다。인제는 고나며 조금식 군데군데 냇든 모조차 다 말라죽고 모ㅅ자리에 피친모는 선채 고대로 모조리 타죽고 말었다。그때 어제불어 면소에서는 메물종자를 난워줄테니 가저가라는 통지를 발했다。베 못심은 논에다 그대신 메물이나 심어 먹으라는서글은 노릇이다。허나 그냥 묵히느니 보다는 낟다고들 생각하고서 면소로 가을에 갚어야할 메물씨를 얻으러 여러사람의 행렬이 길에 줄닿다。

봉례아버지도 낮겨직해서 동저고리 바람에 농립모 하나만 쓰고 면소로 메물씨를 얻으라 자기집을 떠났다。처음에는 사위더러 좀 단여오라고 하드니만 어제 몽창 비여온 보리를 날이 가므러 그리 말릴것도 없고해서 그냥 도리ㅅ개질을 하고 있으니까 일하는 사람을 가라기가 뭘해 그랬든지 자기가 단여오겠노라고 하고서 마두 한구석에 트러박인 껌엉게거른 부대를 집어가지고 밖으로 나갔다。

혼자 도리ㅅ개질을 한참 신이나서 하는판에 울넘에서 인기척이 나더니

「갑룡이 있나?」

하고 건너 말 돌쇠가 마당으로 드러선다。갑용이는 하든 도리ㅅ개질을 잠간 멈추고서 웃는 낯으로

「돌선가 어서오게……고까짓데 건너오게 저렇게 땀이 비우듯하나?」

「안얘。도래ㅅ말까지 갔다오는 길이얘。그런데 거 뭐 떨리는게 좀 있나?」

「웬걸 까스텡이와 쭉정이 투성이지 낟알은 별로 없어……참 거기 담배 있으니 앉어서 한대 피우게나 그

령。땀도 되릴검」

「피우지……그런데 참정말 큰일을 났서。네 남직할거 없이 보리조차 흉변이 드러서 당신은 벌서불어 떠러지고 이제는 년사조차 아주 글렀으니 가뜩이나 세상인심이 갈수록 강박한데다가 그나마 갈에가서 받음먹이있어야 당식이건 돈량이건간에 꾸어주든 빗을 주든 하지 않게나……흥 기왕 큰빛도 한해 더묵을생각을 하고 벌서불어 배들을 알을걸 그래」

돌쇠는 자기 허리춤에서 곰방대를 꺼내들고서 마루끝에가 걸터앉이며 옆에놓인 회연봉지속에다 담배ㅅ통을쿡찔어 넣 가지고 한대 듬북담어 성냥을 드ㅡ윽 거서 보기좋게 빽빽 빤다。

잡통이는 다시 도리ㅅ개질을 하면서 말 댓구를 한다。

「제기 없는놈은 꽉 굶어죽었지 별수없이 꽉 굶어죽었어 우리네란 농사만 외패를치면 무슨 용때는 재간이있어야 말이지」

「설마 산입에 거미줄 칠나구」

「설마가 사람 죽인다네。하눌이 뚫어저두 소사나울 구녕이야 있다고 하지만 굶어 죽지 않고 살려니 그고생이 오죽 한가」

「참 자네 벌불어 나하고같이 일가지 않으려나?」

「무슨일인데? 어떠야?」

잡통이는 일째리가 있다는 바람에 귀가 번쩍 띄어 한창 신이나서 내리쳐든 도리ㅅ개질조차 멈칫했다。

「헌데 품 값이 좀 적어서 나도 갈까 말까하고 망사리는 판일세만……저 동산골 큰내 있지않은가 거기철로다리를 다시 놓는다는데 인부를 퍽많이 쓴대。허지만 변사가 아주 글러지니까 사람들이 암치며가티에 개미 탬비듯 엄청나게 몰려와서 하루에 겨우 삼십오전식빡에! 더안준대」

「그래도 놀고 먹느니 보다는 낫지 뭐야 단돈십전이라도 버는거니까……그러나 날마다 일이 차례에 도라오기나 할까」

「그것은 념려 없을듯하이」

「어째서?」

「도래ㅅ말 이서방있지않은가 바루 그사람이 감독아래 도십장으로 있다니까 가기만하면 일이야 걱정없이 하게 되겠지」

「그러면 별붙어 같이 가보기로 하세。집에서 편농 편둥 놀고만있으면 뭘하나」
「어듸 노는 셈잡고 며칠 단여 볼까」
「같이 단여 보세나 그려」
「그럼 그러세……여기서 삼십리길이 꽉되니까 낼 새벽 일직염처 우리집으로 오게」
「꼭 가지── 아니 그런데 웨 벌서 이러서? 담배나 한대 며피지않구」
「그만 가봐야겠네。콩발도 각궈야겠구……」
「그럼 내일 또 맞나세。살펴 건너가게」
돌쇠가 간지 얼마 안돼서 물동이인 복례가 앞을 서고 그뒤에는 그의 어머니가 따라 드러온다。
「그래도 웬 좀 청러나?」
장모가 도리ㅅ개질을 편방하고섯는 사위를 바라보면서 말을 건늬인다。
「웬걸입쇼。아주 센치 안올걸요。도제 염으렀에야 말이조」
갑룡이는 그만 도리ㅅ개질를 쉬고서 한옆에 놓인 갈퀴를 집어가지고 이리 저리 허터진 집북덕이、쭉쟁이、까스렝이、그리고는 약간의 염우낟알을 한데 글거 몽이기 시작하였다。
「장인께서는 어듸 가섯나?」
복례 어머니는 비를 가지고 한구퉁이에서붙어 쓰러드려온다。
「면소에 메물씨 가질러 가셨에요。절더러 단여 오라구 하시드니만 지가 이것을하니까 아마 대신가셨나 봐요」
「잘됐네。자네는 이것을 맞어 놓고서 점심이나 좀 떠먹고 고초 밭을 매주게」
「네 그러조」
둘이서 이렇게 이야기를 주고 받으며 헛트어진것을 부지런히 한군데로 모아논다。
복례는 또다시 빈동이를 이고서 마당을 지나며
「어ー이 복덕이 천지지 어디 낟알이라곤 벤벤 하우 어머니!」
하고 싸리ㅅ문밖으로 살아진다。

四

갑룡이는 돌쇠와함께 한열흘째 내리두고 채 밝기도전 어둑컴컴한때 집을 떠나 동산골 공사장으로 일을 단였다。아동리에서도 그들뿐만이 아니라 만춘이、끝쇠、또순아버지、그리고 곰보칠성이 이렇게 도합 여섯 사람이매일같이 새벽밥을 해먹고 이십리 길이나 딱되는 곳을 사실 데려품값도 못되는 삯을 바드라 그나마 버리랍시구 열심히들 단였다。

다른해같으면 김 매기에도 바뻐 집집마다 있는사람들도 째는 판일텐데 올에는 김을 매긴커녕 논뱀이엔푸른빛이라곤 강아지풀 하나、청개고리 한마리 차저볼수 없이되였다。

그들은 이런 처참한 논바닥을 밝은날 두렸이 보기는 싫다는듯이 컴컴한 새벽역에 이마을을떠나 저녁 어두어둑한때에야 도라들온다。

오늘도 갑룡이가 세상모르고 곤히 잠을 자다가 무었에 놀란거처럼 소스라처 깨었다。

처음에는 사지가 느른하다가 차차 왼몸동아리가 욱신욱신 쑤신다。여러날째 내려두고 변변히 먹지도 못한데다가 고된일에 시달려 골른줄 모르게 곯고、내왕육십리길을 걷기에 지처서 나날이 원기가 떠러질뿐이다。

본시 실한편은 못되지만 그렇다고 아주 약질도아니다。기운이 있고 독심이 있어서 약하지않더느니 보다도강적이 있다。어렸을적불어 남의집사리와 이내눌려 이리 저리 굴러단이는 머슴사리로 일이 아주 골쇄 배서 손가의일은 그라 무섭고 두려울게 별로 없다가 매일같이 먼길을 것고、힘불이는 등짐을 연일 내리저서 새벽역일허로 갈려고 이러나며면 몸이 천근같고 안앏우데가 별로 없어 방바닥을 떠러지기가 죽기보다 싫었다。헌데 오늘은 어쩐일인지 유난스럽게 한층 더하다。그렇다고 지금 점안형편으로 봐서는 하루라도 쉴게재가 못된다。고나따 버리랍시구 없었드면 또 어찌했을는지 모르지만 요새같애서는 매일 살어나가는데 고나마 한보탬이락됐다

갑룡이는 몸이 앓으고 뼈가 쑤시는것을 억지로 참고서 이를 악물고 간신히 이러나 채 밝지않은 밖앗을내다 보았다。이바람에 결어서 코를 골며 세상모르고 곤히 자든 안해가 눈을 번적 뜨면서

『에구머니! 내가 잠을 지 잣나베。벌서 가실때가 됐수?』

『새ㅅ별이 떳는걸』

하고 밖으로 나간다。

봉례도 것무더 이러나서 마당으로 내려와가지고 군데군데 욱으러진 허술한 생철대야에다 세수ㅅ물을 떠다놓고서 다시 부엌으로 드러가 밥을 체려는 모양인지 무었을 덜그럭어린다。

갑용이는 두손을 대야에다 잠근채 부엌편짝을 바라보며

『뭐 남은 밥이 좀 있나?』

「한뎅이쯤 되요。참 어떻게 허우 오늘은 가주 가실게 없어서」

「그냥가지 할수 있나, 없는걸 어째……」

「정 시장하거든 술이나 한잔 받어 자시구료」

「아무려나 허지」

갑룡이는 얼골을 부지런히 씻는다。

봉례는 상을 봐가지고 부엌에서 나와 마루에다 갔다 놓고 어린애가 깨서 킹킹거리니까 방안으로 도루 드러갔다。

어느때는 안먹은게 아니지만 몸이 불편해 그런지 오늘당해서 유난히 꽁보리밥이 첫술붙어 씹는대로 속으로 드러갈편보다 되넘어올편이 많다。입안에서만 깔그럽게 왔다 갔다한다。그러나 삼십리길을 거러갈것과 험든일을 하지않으면 안될생각을 하니 아니먹을수도 없는노릇이다。반찬이라곤 날고추장 한가지박에 없는거로 반사발박네 않되는밥을 겨우 반박에 못하고 이러섰다。

어느 틈에 깨었는지 안방에서 마루를 내다보고 앉었든 장모가

「아니 고까진걸 못다먹고 와 병기나?」한다。

「어쩐 일인지 안드러갑니다그려」

「웨 어디가 앓은가?」

드러누었다가 이러앉이면서 다정스럽게 장인이 묻는다

「몸이 좀 찌부드드해서요」

「거 안됐네그려。그럼 오늘 하루 쉬지」

「과히 앓으진 않으니깐요 가서 꿈적어리면 낫겠조」

「고집 부리지말구 하루 쉬게 쉬여」

「아버지 념려마세요, 단여 오겠으니」

하고 아직 채 밝지않어 어둑컴컴한 마당으로 내려와 헛간 한편벽에 기대선 발채얹친 지게를 동여다 걸치고 밖으로 나갔다。

갑용이는 장인 장모를 불을때면 장모님이라든가 장인님이라고 불으는 대신에 반다시 「어머니!」「아버지!」 하고 불렀다。

입으로만 건성 그러는게 아니라 마음속에서 진정으로 우러나왔다。 사실 친부모와같이 역이고 지성것섬겨왔다 어려서 양친을 죄다 여윈 그로서는 그럴법도한 노릇이다。 세살먹어서 아버지를 여히고、 열한살 나든해ㅅ봄에어머니마저 도라가고보니 그의 갈곳이라곤 오즉 하나밖에없는 시집간 누이의 집뿐이었다。 그래 할수없이 그곳으로 가든날붙어 산에올라가 나무 해오기와 새끼꼬기와 잔심부름하기와 여름이면 소 몰고단이며 꼴 맥이기와또는 해를 거듭함에 따라 논과 밭에 드러서서 꾀부리지 않고 남보다 부지런히 일하기를 좋아하였다。

이렇게 누이의집에서 다섯해를있는동안 엄할땐 엄해도 애끼고 옹심잖은 아버지의 그윽한 사랑을 받는대신에불민소리와 시시로 부라리는 매부의 도끼눈을 맞어가며 또는 끗없이 자애로운 어머니의 귀염과 사랑을 받는대신에 아모리 동기라해도 시집가기전 말이지 제남편 제자식이 생겨 암만해도 한겹가린 누이의 술미지근한겸사랑을 받어가며 어려서 철모를제 또라간 날조차 모르는 아버지 보다도 갈도라간 어머니의 그리운생각이 어린가삼에 서리고매처、 어버이의사랑이 뼈에 사모치도록 간절하야 이구석 저구석에서 남몰래 소리없이 울기도여러번하였다。 또는 밤에 자다 간혹 흉악한꿈에 가위를 눌려 허덕이다가 간신히 깨어 천갈레 만갈레의 생각과여러가지 궁리에 다시 잠못니루고 고생 고생 할때나 봄날 아지랑이낀 먼산을 바라보고 울긋 불긋하게 꽃이핀 동산을 지나갈적이나 문버레 처량스럽게 우는 가을밤 구름한점없이 말숙하게 개인 지극히 높다랗게 보이는 새파란 하눌에 두렷이 소슨달을 치어다볼때 어린몸엔 가당치도않고 걸맞지도않는 긴-한숨이 땅이께질듯하게 흘러나왔다 그는 이렇게 다섯해 동안을 신신치않은 매부네집에서 살다가 그나마 복에맞지 않든지 누이마저 우연히 병드러 죽고마니 그만 그집를 뒤처나오고말었다。 더머물러 있지못했든 까닭은 첫재 자기깐에는 지극히 정드렀든누이라 이구석 저구석에서 살었든때 그의모습이 선-하게 눈에 밟히고 그래도 정답든 음성이 귀에 징-하야견딜수 없었고 또는 누이대신 드러온 새댁이 공연히 싫여하는 눈치라 그래서 그얂 매부의집을 그해로뛰어나왔든 것이다。

그리하야 그뒤로는 이리、저리 떠도라단이면서 날품도 팔어보왔고 또는 어려다고 처음엔 반사경주는것을 받고 이삼변 지낸뒤붙어는 웬사경을 받으며 칠팔년동안 머슴사리를 하다가 바로 지금살고있는 너머ㅅ마을 그곳에선 그중부자라는 오생원댁에서 삼변을 내려두고 머슴을 사는데 그의 참하고 부지런한품과 며할가워없이 유순한 까닭에 자식이라곤 딸둘밖에 나치못한 봉례의 아버지가 데릴사위로 삼은것이다。

그래 외롭든 갑룡이도 이집으로 온뒤붙어 장인 장모를 극진히 대하였고 숭굴숭굴하게 생긴 안해를 지극히사랑하였다。 어느누가 제자식을 귀애하지 않으라만은 자기자신이 아버지의 사랑을 받어보지못하고 자랐느니만치 짧은놈으론 걸맞지않게 남들이 숭까지보게스러 어린것들을 혹은 은근히 혹은 드러나게 남류달리 살뜰이도 사랑해왔다。

이래서 처가사리를 하는동안에 여간 힘드는일이 있을지라도 힘드는줄 모르고 다만 질겁고 기뿌게만 역이면서 게름을 피거나 꾀를 부리지않고 모든것을 살빡어 부지런히 일하여왔다。

五

한나절이되어 태양이 불같이 인정사정없이 내리쪼이는데 동산골 공사장 언저리에 허옇게널린 일군들은 이편짝 저편짝 두군데로 난호여 쉬지않고 일을하고있다。개천속에서 둔덕의로 올라갈적에는 축축하게 물이 약간섞긴 으스름한 진흙을 발채버틴 지게에다 한짐잔득지고 언덕을 올라가서 한편쪽 웅뎅이에 쏟아놓고 다시 내려올때에는 끝은 좀무디게 뻬쭉하고 머리ㅅ게는 네모진 제법큰 돌멩이를 두세개식 한짐 잔뜩되게 질머지고 내려들온다。

한편짝에 거운 백명식이나 가까히되는 일꾼들이 오르락 내리락하는양을 좀 떠러진 먼데서 바라볼나치면 말이 개미거둥하는게처럼 보인다。

갑룡이는 새벽에 먹은밥이 아예 못먹게스러 실죽해 그랬든지 그만 또라저서 점심때가되어 다른사람들은 뿔뿔이 헤여저 점심들을 먹고 있었으나 갑룡이만은 술한잔 떡한개 안사먹고 그대로 어느 그늘진데가서 드러누었다가 남들이 다들 일을 시작하니까 그도 죽기보다 싫은것을 간신히 이러나 꿈을거렸다。

이따금식 다리가 허정에가 놓이는거같이 허청허청하고 약간 현기증도 이러난다。그런것을 억지로 참고서 다시 일을 시작한후 몇번을 간신히 오르 내렸다。반나절이 넘었으니 그대로 도라갈수도 없고 해서 죽을힘을 다해가지고 돌멩이를 또한짐 지고내려와 한옆에 부려놓고 부삽을 집어드러 흙을 지게우에다 퍼담었다。

앒서보다는 적으면 적었지 많지는 못한데 지고 이러서니 아까보다 무척 묵업다。하지만 다시 내려서 덜수도 없는 노릇이라 그대로 앒선사람의 꽁문이를 따라 언덕을 향하고 거렀다。

아마 언덕 중턱쯤 올라왔을때다 별안간 정신이 앗질하드니 두눈이 캄캄해지며 등에진 지게도 버서버릴 새없이 그대로 그만 그자리에 지게작대기를 가삼에 걸친채 폭 곡구라지고 말었다。하마트면 바로 그뒤미처 올라가든 사람도 엎두러진 갑룡이에게 걸려 넘어진 그위를 덮어누를번 할것을 간신히 모면했다。

이모양을본 여러사람은 왔작 달겨들어 일번 지게를 벳기며 한편으로는 흙을 헤치이는둥……이렇게 한참 법석을 한주 그들 이르켜 안치려고 했으나 깜으러처서 인사 정신 모르는 모양이다。

얼골에서는 새ㅅ발간피가 흘는다。끊으러지는 바람에 이마와 코를 글켜 미기도했지만 그보다도 코피가 나는 모양이며 입살도 으스러진듯하다。

이편짝에서 같이 일하든 돌쇠가 두눈이 휘둥그래가지고 달려오고 그뒤미처 칠성이가 뛰어왔다。그리고 도십장인 이서방도 달겨 들어서 누구는 물수건으로 피흝은 얼골을 닦기도하고 누구는 물을 이마에다 적시기도하고 어떤사람은 연해연방 부채질을 하기도한다。

이런야단법석을 치든지 얼마ㅅ만에야 까므러첬든 갑룡이는 간신히 피어나 눈시울이 빳빳한듯이 두눈을 거러비혀 실눈을뜬다。

이모양을 내려다본 돌쇠는 죽었든 사람이 다시 사러난거처럼 기뻐하며 그의 곁으로 갓가히 가서

「정신 좀 채리게 갑룡이!」

「으ㅡ응」

「이 물을 좀 마셔……그리고 정신을 차리게」

하고 물고뿌을 집어다 갑룡이 입에다 대어준다。갑룡이는 두어목음이나 벌떡 벌떡 드리킨다。

「인젠 살었네 살었어……어디 몹시 아픈데는 없나?」

「어떤지 모르겠어……가슴이 좀 뻑은하긴 하구먼두」

「지게 작대기를 안끄서 엎드러젔다니까 가슴을 다친게지」

「그래 그런지 가슴이 째 앞으걸」

하고 다시 척 느러진다。

이것을 바라본 여러사람들은 갑룡이를 떠미다싶이 해가지고 한편짝에다 갖다 눕혔다。

다른 사람들은 무슨일이、언제 생겻느냐는듯이 등에다가 제작지 한짐식 잔뜩지고서 여전히 언덕을 오르 내린다。

해가 뉘였 뉘였 서산을 넘을무렵에야 겨우 정신놓채린 갑룡이는 돌쇠이하 같은동네사는 여러사람한때 번가러가며 부축되어 가지고 간신히 자기집으로 도라왔다。

그리하야 갑룡이는 그날붙어 병드러 재리보전하고 눕게되었다。

六

농가에서 제일치는 추석 명절도 금년엔 매우 쓸쓸하게 지나쳤다。농군들의 일년한때 맘놓고 질질 팔월가위를 그처럼 서글으게 지내고난거와 마찬가지로 한창 추수ㅅ머리가 닥쳐와도 다른해 같으면 태질소리、풍구질소리、베ㅅ단 세는소리로 온동내를 떠들석하게 맨들텐데 마당질하는집 하나없고 낫가리 쌓이는곳 한군데없이 이마을 저마을 사람들의 마음은 오죽 허순하고 서글으고 그러고 온동리안은 낙엽을 우수수 떠러트리는 가을바람처럼 쓸쓸만 할뿐이다。

안되는놈은 자빠져도 코가 깨진다는 격으로 올드러서 농사ㅅ군들은 어느누가 심사나 노는듯이 죽어라! 죽어라! 하는판이였다。지독하게 줄데다가 눈조차오지않어 보리는 흉년지고 베는 가물로해서 모ㅅ자리에 선채 모가모 말여죽여 종자조차 못건지고 메물이나 심으면 먹을까하고 씨앗을 얻어다가 심은것이 이번에는 가므든끝에 장마가져서 가므든 올스로 비가 하도 많이와 메물조차 시뻘건대만 섯슬뿐이지 여믄거라곤 도제없다。이렇게올농사는 야릇하게도 깡그리 안팍곱사등이번으로 외패를 치고 말었다。

초가을잡아드러서붙어 점심은 제레하였지만 저녁조차 안먹고 자고난 봉레의 속이라 어련것이 젖안난다고 찡얼거리며 하도몹시 버채는 바람에 갈득이나 가삼을 앓고 드러누었는 남편의 마음을 상해줄까봐 그만 우는어린걸 휘드러처 없고서 대문밖으로 나왔다。

흉년이드러 살수없는무리들! 이동리를 방금떠나가는 가엾은 일행이 매마침 집앞을 지나간다。

남부여대 라드니만! 과시 문자 그대로 여인네는 보찜을이고 남정네는 봇다리진 그우에 인명하나식을 더 덧부처기 했으니 여자의등에는 젓먹이 어련것이 엡히고 남자가 질머진 봇다리우에는 세살박에 안돼 보히는 아이가 말이나 탄거처럼 꺼불 꺼불 달려가고 칠팔세 됨직해 보히는 사내녀석 하나이 한손은 자기아버지의손목을잡고 또한손으론 무슨 병같은것을 들고서 어슬렁 어슬렁 따러간다。그들의 거름거리는 모조리풀끼가 하나도 없어 보힌다。

이광경을 바라보고섯는 봉레의 가삼은 무거운 납덩어리나 내리눌리는거처럼 뭉클하고 빡은하다

오늘의 남의일이 내일의 자기일이란 말마따나 진정으로 남의일 갈지않게 보힌다。지금 당장 자기 형편으로 말하드라도 남편만 병드러 눕지 않었다면 그들이 정든고향을 등지고 떠나가드시 자기네도 벌서 이고장을 떠나、서울로나 그렇지않으면 다른곧으로―― 그래도 이고장보다 낳은 딴곧을 차저가고야 말었을것이라고 생자킨다

알는 남편을 껄고 어더로 가자니 난처한일이요 그렇다고 이대로 머물러있자니 장차 먹고 살어갈일이 낭

감하다。이런 안타까운 생각을 하매 금시로 두눈이 컴컴해진다。

봉례의 아버지는 벌서 한달전에 서울로 올라갔다。흉년이 드렀으니 본전은 못갑드라도 이자만은 내다고 물이못나게 악따든 좇으는바람에 성화같은 빗독촉도 성이가시지만 이판에 한식구라도 더는편이 낫다고 하시며 서울사는 아버지의 사촌집으로 올나가셨다。염체없지만 밥은 얻어먹고 무슨 버리가생겨 돈을벌면 다소간 얼마식이라도 집으로 붙처주마고 헛더운말놓하며 노자만 간신히 변통해가지고 집을 떠났다。

떠날때 서울가서 버리를하든 못하든 간에 겨울이나 나서 내년봄 농사질때에나 내려 오겠노라고하고 떠난다음 그뒤미처 보롬이 채못되어 그의어머니 마저 여기서 한팔십리길이나 떠러저있는 살림형편이 좀 견딜만한 큰달네집으로 금순이까지 데리고 말하자면얻어 먹으라 간셈이다。

그의 어머니가 떠날때 돈냥이나 얻어볼 마고 잣담하듬 말하더니 간지 닷쇄만에 과시 돈삼원이 우편으로왔다。그돈으로 좁쌀과 다른잡곡 석거 좀 팔어놓고는 남어지돈은 밀린 약값을 머려 갚혔다。

봉례는 자기남편이 알어누은동안 하루라도 속히 낳도록할양으로 입에 풀칠하는것 보다도 약쓸 걱정이 몇배더하였다。그래 여기 저기 별별 소리를 다하고 외상으로 약을 지어온것이 적지않다。

젊으나 젊은편이 참아 못당할 무안도 하두당해서 인제는 아모런소리를 드러도 예사지만 더안주겠다고 버틔는데는 딱질색이다。정말이지 인제는 그냥가서 약을 외상으로 더달랠수는 없는형편이다。

이처럼 막다란골을 당한 봉례는 알어누은 남편을 대하기도 딱한노릇이고 양식조차 떠러저 한두끼 굶고보니 젖이않나 보채는 어린것의 가여운몰골을 참아 눈으로 볼수없어 그럴적마다 죽고싶은 생각이 무뚝 무뚝 나서 밖으로 나온것이 또한 정처없이 길떠나는 기매힌꼴을 보았을뿐이다。

어느틈엔제 등에업혀 쩡얼거리든 어린것이 잠드렀는지 아무소리가 없음으로 봉례는 다시 발길을 도리쳐 안으로 드러와 방에다 뉘메고 방문을 열고 드러서니 아뭇록족에 눈을 감고 반드시 드러누었든 남편이 눈을뜨면서

「어련거 자나?」

「아마 자나보」

「거 젖이 않나서 그렇게 칭얼 대지?」

「젖이 아주 띠껍데긴데 뭐」

등에 업였든. 어린애를 가만히 내려서 재리에 눕인다。

「엇저녁도 않먹고 잣으니 안그렇겠우」

하고 떳든눈을 다시 슬으르 감으며 잼처 알는소리를 한다。

남편의 알는소리를 듣고앉었는 봉례의가슴도 앞으다못해 제리다。몇달을 앓ㅛ 드러누어 두눈이 푹—꺼지고뼈만 앙상하게남은 남편의얼골을 드려다보매 가엾고 처근한 생각이 슬며시드러 눈물이 핑돈다。

「여보! 될께 안될께는 모르겠오만 내생각같애서는 그전에 함께있었든 정려로 봐서라도 한번쯤은 드려줄뜻하니 너머ㅅ말 오생원댁에 가서 마님뵙고 내가 이처럼 몸저누어 알른단말을하고 생원님께 엇쩌 돈오원만언어주시면 약을 제먹고 병이 나어서 이러나는대로 무슨 짓을 해서든지 곧 갑흡께니 죽는사람 하나 살리시는셈치고 꼭좀 얻어 줍시사고 엿줘보」

갈룽이는 양식조차 한톨없는 아주 딱다란꼴을 당하다싶이한 군색한지경을 엇떻게 모면하나하고 곰곰 생각한끝에 그전 머슴사리하든 오생원댁에가 돈을 좀 돌려오라고 안해에게 일으고나서 머리마레놓인 물그릇을집어 두어목음 마신다。

「나도 벌써붙어 그런생각이 있었오만 하도 구두쇠니까 말품만 팔릴까봐 엄두를 못냈었우 이제 말이지만」

「아무튼지 가서 마님께 간청이나 좀 해보구료」

「가보기는 가보려다마는 줄사람이 질겨야지、그 말못할 딱정떼가 애걸하는 본으로 돈을 꾸어줄까 싶지않우」

「되든 않되든 허행하는 셈만잡고 한번 가보구료。모처럼 청이니까 마님은 되도록 힘 쓰시리다」

「그럼 어디 허설수루 가나볼까」

하고 않었든 자리에서 이러난다。

「어린애 깨기전에 얼핏 단여오」

「네! 끝오지 뭘하러 오래 있겠오」

七

봉례는 너머ㅅ말 오생원집을 향하야 좀 밥분 거름거리로 발을 재게옴겨 놓았다。울룽 붉룽한 논틀 밧틀을거러가면서 또는 소나무가 바람결에 쏴—하고 들이며 락엽진 가랑잎이 이리 저리 뒹구는 중간고개를 넘으며 가리를 잡을수없는 여러가지 생각에 봉례의 머리ㅅ속은 뒤숭숭 하여졌다。

——오원만 손에 드러오면 위선 두군데 약값을 더러만이라도 갚ㅛ나면 또 약을 지어올수있다는 기뿐생각과 그리고 남은 돈으론 양식을 팔되 단 다곱이라도 입쌀을 팔러 오래간만에 흰죽이나 멈을 맨드러 입맛없어하

는 남편을 떽이리라, 마음 먹었다。

이러다가 뒤퉁수를 치고 그만 빈손들고서 도라서면 어쩌나?하는 생각에 약간 불안을 느꼈다。

이처럼 먼저는 희망을 품고 혼자 못내 깃버하다가도 어느듯 가삼이 조이는 끝없는 불안이 번가러 떠올은 다。조바심나는 초조한생각과 안타까운 마음으로 실상은 그리 머지도 않은데를 퍽멀고 지루한 생각으로 거러 온것이 오생원댁 대문앞이었다。어쩐일인지 시골집으론 어지간히 큰대문두짝이 꽉 닫처있다。

대문을 물끄레미 바라보든 봉례는 속으로「대낮에 문이 꽉 닫였으니 엇전일일까? 올치 하두 인색한 집이 니까 거지나 중 같은것이 와서 성가시게 구러 이루말대꾸 하기가 싫여 아주 문을 다더두는게로구나」하고 얼 핏생각하였다。

이렇게 마음먹고 보니 지금의 자기 자신도 비령뱅이나 동냥오는 중과 뭣이 달으랴? 문청 오원때문에 어드 라오니까 생원님으로 봐서는 오히려 더하다。

그대로 도라가고 싶은 생각이 불현듯난다。그래 발길을 돌치려고 하다가「되든 않되든 말이나 해보」하든남 편의 음성이 귀에 징―해서 먹었든마음을 다시 돌려 대문앞으로 가까히 거러가서 다천문을 지긋이 미러보았 다。끔작도 안하는품이 안으로 단단히 다더진 모양이다。그래 또다시 힘껏 절레 절레 잡아흔들며 보았다。그래 도 안에서는 아무 인기척이없다。

「아무두 안게서요?」

이번에는 소리를 좀높이질으면서 문을 더욱 힘껏흔드렀다。그래도 안에서는 여전히 아무 댓구도없고 쥐죽 은듯이 고요만 할뿐이다。

「거 누구요?」

바른편 사랑에서 서투르지않은 음성이 들린다。

별안간에 목소리나는 그쪽으로 고개를 도리킨 봉례는 도적질이나 하려다가 들킨사람처럼 깜작놀나 가삼이 두 근 두근 하여진다。

그목소리는 틀림없이 이집주인 오생원의 음성이었다。봉례가 약간 주저 주저하고、섯으려니까 사랑일자대문안 에서 한오십 남짓한 좀 교활하게생긴 오생원이 감투바람으로 나오면서

「난 누구라구 갑퉁이 처로구면」

「네 저애요。생원님 그동안 안녕하셨읍니까?」

「어ー 그동안 무고 했나?」

「말슴 말쇼。무고가 다 멈니까。철로人다린지 뭔지 놋는데로 버러를 가드니만 가슴을 다처가지고 왔읍조、그래 그빌미로 지금 죽도록 알는답니다」

「응 그런소문 내 드렀지……퍽 걱정으로 지내겠구면 그래」

「도령 사는게 사는거 갈지 안써와요。참! 마님께선 안게신가요 댁마님을 좀 뵈라 오는길인데요」

이렇게 이야기하는 동안 봉례는 자기도 모르게 차즘 차즘 거러서 사랑채 일각대문앞까지 이르러 이제는 오생원과 가차히 서게되였다。

「저 배대럿댁 혼인잔치가 돼서 거기 좀다 가섰어……그런데 마님뵙고 무슨 말슴을 여쭈려구?」

봉례가 자기의 묻는말댓구는 하지않고 엇전일인지 좀 주저주저하는 기색을 바라보고있든 생원은 다시 입을열어

「뭔데 그래? 마님께 였줄말이면 내게 못할게 뭐람?」

「실상은 어려운 말슴을 좀 여쭈라 왔읍조……생각다 못해」

생원은 일각대문안으로 발을 드려노트니만 사랑마당을 어슬렁 어슬렁 겄고있다。

봉례도 아모생각없이 그의뒤를 따라드러갔다。봉례의 생각에는 자기의 한말이 벌서 비위에 거슬려서 더이쌓을 어울러지않고 그만 안으로 드러가는줄 짐작했기때문에 사랑 마루 앞까지 생원의 뒤를 따렀다。

「저ー말슴 사투긴 황송하조만 돈 한오원만 돌려주실수 없읍니까? 병은 위중한데다가 요지막은 약하나 변변히 못쓰고 게다가 양식조차 떠러저서요 밈한목음 못쒸줄판이니 인명하나 살려주시는 셈치고 좀 꾸어주시면 변롱하는대로 곳 갚다 갑겠읍니다」

「오원? 내 그런말 나올줄 알었지。어디돈이 있나 보구」

아주 시원스럽게 말을 하면서 말쑥하게바른 사랑방안으로 드러가더니만 마루기둥에 기대선 봉례의 눈에는 보이지않으나 벽장문 여는소리 열쇠꾸레미 꺼내는소리 그다음에는 잠을쇠 여는소리가 번가러난다。잼처 덜그럭하고 궤짝문을 여러제치는 소리가 유난히 크게난다。

생원의 모습이 다시 날아나는데 그의손에는 지전한장이 쥐어저 있었다

이것을 바라보고 섯든 봉례의 생각은 일변기뿌면서도 인색하기로 소문난 오생원이 자기의말 떠러지기가 무섭게 이처럼 선선히 돈을 가지고 나오는데는 한편으론 의심 쩍은 생각이든다。또한편으론 아모리 구무쇠로 유명한 오생원이지만 자기가 수삼년 부리든 사람이 죽게 됐다니까 그래도 사람이라 인정이 아주 없지않어 서슴쳐않고

돈을 돌려주나보다하고. 진정으로 감사하였다。 그리고 아까 길에 울적부터 진정할수없이 불안하고 초조하든 마음이 금시에 선하고 춤이라도 출거같이 엇떻게 깃분지 모르겠다。 몇배번이라도 오생원님께 절을 하고싶다。

방에서 돈을 가지고나온 생원은 마루바닥에가 도사리고 앉이며 자기앞에다 오원짜리 한장을 솜씨있게 깍ㅡ펴놓드니만 곁눈질로 봉례의 얼골을 흘낏 치어다 본다。

봉례는 생원의 시선을 마주 받어드릴나위도없이 검으스름하고 프른 지전장에만 눈이 끌렸다。 지전은 생전처음 구경하는 사람처럼 돈만 누러 질듯이 한참 쏘아보고 서서있다。

오생원이 봉례의 얼골을 이번에는 똑바로 치어다보며 빙그래 웃는다。

봉례는 생원이 가지고나온돈을 끝 자기에게 주지않고 앞에논채 머뭇머뭇하는 까닭은 무슨 증서라도 써야겠다고 말을꺼낼텐데 그게 좀 거북해서 저러나 보다고 마음 먹었다。 그때 생원의 말떠러지가만 고대하였다。 그러고 어서 저돈을 자기손에 쥐어보고 싶었다。

「저— 아무도 없어。 나 혼자 뿐이야」

봉례는 생원의 하는말이 무슨 의미인지 자세 몰라서

「네— 뭡쇼?」

하는 말이 떠러지자 마자 어느 겨를엔지 봉례의 간엷인 손목은 생원의 억세인 손아귀에 드렀다。

「잠간만 방안으로 드러가……」

생원의 말소리는 약간 떨렸고 모라쉬는 숨소리는 뚜렸이 거치러젓다。

「이어른이 망녕이 나섯나 웨 이러셔」

봉례는 이제야 오생원의 모든 흉게를 아러채렸다。 그래 잡힌손목을 힘껏 뿌리치려고 애썼다。

생원은 더욱 단단히 쥐며

「그러지 말구 내말만 드러。 해로울건 없을테니」

이말에 봉례의 두눈은 또다시 마루바닥에 놓인 지전우로 쏠렸다。 그때 손목을 잡힌채 망사렸다。

——한때 욕을보고 돈을 얻어서 당정 옹색한것을 펼것이냐? 그렇지않고 돈때문에 몸을 더렵히고 여자로서 몸을땅처 내내 더러운변이 되고 말것이냐?

「엇떻게 할까?」하고

주저하는 동안 어느 겨를엔지 문득 알어드러누었는 몹시 수척해 신융만남은 남편의몰골이 눈앞에 떠울나

어른거린다。아까 집에서 나올때「………죽는 사람 살려시는 셈치고 꼭좀 얻읍시사구………」

이렇게 애걸하다싶이 말하는 남편의 음성이 지금 당장 귀ㅅ속으로 드러오는거 같고 젖않난다고 징얼때는 어린애의 안타까운 우름소리가 창자를 홀터내는듯하게 또는 뼈가 재리도록 귀에 징ㅡ하게 들린다。

봉례는 자기도 모르게 두눈에 눈물이 서린다。생원의 하는말을 듯지않으면 마침내 빈손쥐고 도라가지 않이치 못할것을 생각하니 기맥혔다。그래 한참동안 이럴까 저럴까하고 망사리다가 얼마ㅅ만에야 전신을 부들부들떨며 눈물을 먹음으면서 한가지 올치못한 결심을 하고말었다。

× × ×

한참만에 봉례가 좀 어푸수수해진 머리를 왼손으로 쓰담으며 사랑방 미다지를 열고 조심성스럽게 나올때에는 벌서 그의 바른손엔 오원한장이 쥐어저 있었다。

바로 등뒤에서

「옹색 하거든 또 오게」

하는 얄굳고도 밉살머리스런 오생원의 음충마진 말엔 대ㅅ구도 않고 다만 속으로

「죽으면 죽었지 또 다시야」

하고 굳게 마음 먹으며 뒤도 안도라다보고 빨리 마당을 지나 사랑ㅅ대문을 나설때 두손은 또다시 머리옹로 올라가 두세번 쓰다듬었다。그리고 무었을 거리는듯이 사면을 두리번 거리며 둘러본다。

봉례가 자기집을 향하고 거러오는동안 그의 마음은 저항할수없이 무척 괴로워 견델수 없다。땅이래도 파고서 드러가고싶은 생각이 연거퍼 이러난다。간혹 지나가는 사람과 마조칠나치면 조금전에 자기가 저즈른일을다 아는거만같애 거름조차 잘 안걸린다。그래 자기도 모르는사이에 부끄러운 생각이드러 외면을 하고만다。

사람은 고사하고 심지어 산천 초목 또는 미물의 즘생까지라도 지금 자기가 저질으고오는 여자로서 참아 못할짓을 거리ㅅ김없이 한것은 다 아는것만 같애 고개를 못들만치 붓그럽다。또는 자기를 여지없이 비웃는것만 같고 모욕하는건만 같애 얼골이 홧홧해질뿐이다。

「애 아버지 낯을 엇떻게 대하나?」

봉례는 이런소리를 몇번인지 모르게 안타까운 마음으로 불으지젔다。기맥힌 눈물을 먹음으면서 또는 손등으로 씨스면서………。

八

상강이 지나고 입동조차지나 된서리가오고 모진 하네바람이 부러오기 시작해 이제는 먼산、갓가운 뫼갈에운굿 불긋 물드렸든 단풍마저 다 떠러젔고 마을앞 군데 군데 느러섰는 뽀푸라나무잎새는 누렇게 단풍젔다가 휘모라치는 매서운 바람에 못견더어 다 떠러지고 이제는 빼만앙상하게남어 이겨울을 엇떻게 나나하고 떠는듯이 쓸쓸스럽게 보힌다。

어쩌 이마을의 자연만이 장차 닥처올 추위를 두려워서 웅숭그련채 떨고 있을까 보냐?

올 가을에는 실험 잘된 베이삭이 고개를 축ㅣ축ㅣ 느러트리고있는 황금빛으로 물드련 벌판을 바라보지못하였고 입에도 담끼에 소름이 끼치는「홍변」을 거예 당하고야만 땅한군데에 목숨을매단 농군들은 참으로 이겨울을 살어나갈일이 낭감하고 아마득하야 제마다 두려운마음에 떨고있고 서그프고 지향할수없는 미친생자이 그들을 죽엄보다 더 괴롭게 들복는다。

낫겨지해서 봉례는 어련애를엽고 넘어말 오생원택엘 갔다가 도라오는길에 바람에 떠러진 솔방울을 줍고 얕은나무의 삭장기를 떡고 열손까락을 갈퀴처럼 벤드러가지고 락엽을 글거 몽으면서 밤에 이고개를 또 넘어오지않으면 않될생각을 있따금식 무뜩무뜩 하게되었다 오생원을 갖나라 병드러몸저누은 사내를 속이고서……

허나 한편으로는 병든그를 엇떻게든지해서 살려보겠다는 안타까운 심정으로 본마음 본뜻않인 개운 실성한짓을 눈물 먹어가며 마자마자 하면서도 부지중 계속해내려오는 것이다。

물에다 부모와 처자를 떠내려보내고서 침 뱉고 눈 흘기며 도라섯다가도 그물을 또다시 먹는거와 마찬가지로 봉례도 처음에는

「죽으면 죽었지 두번 다시야………」

하고 혀를 깨물며 굳게 결심했으나 배가곺아 견델수없고 약값에 졸리는 딱따란 골목을 가끔 당하게되니 흉년진 이마을에선 속절없는 일이따 생자하고 또생자하며 이렇게 거듭 생자다못해 할수 할수없이 한번 허는일이라 또 개가죽을 뒤집어쓰고 얼골에서 취가 나는짓을 감히 하지 않이치 못하게된것이다。

봉례가 두번째 생원을 차저가기도 대낫이였다。그때는 마냄을 다리놓아 이원만 돌려달라고 하였으나 생원은 대번에 쾌쾌히 딱잘아떼고 사랑으로 그만 나가버린다。그때 하는수없이 사랑으로쫓어나가 사정사정하며 애걸복걸 했으나 존쇄로 이두 안듯더니만 돈은 여전히 안주면서 별안간 목소리를 나처가지고 넌젓이

「이스따가 밤중에 저넘어 육모정 있는 우리 정자 알지? 그리로 와……네먼저 가서 기대릴때」

하고 빙긋 웃는다。

…르히이 그날부터 오생원과 은근히 맞나려면 …나 돈선가가 절박하면 그날밤에 미리 오생원집에 무슨 핑게를 해서라도 자기의몸을 나타낸다.

밥을 얻으라 가든가 쌀을 꾸라 가든가 그렇지 않으면 꾸어든쌀을 엇쨋게 변통해서라도 도루 갑흐라 가든가……

이렇게 무슨 구실을 삼어서라도 낮에 그집엘 들르면 그날밤에는 빤듯이 욕모정있는 바로아래 따로 떠러진 외딴채 좀 으슥한 방에서 단둘이 넌짓이 맞낫고 점점한 그방을 나올때에는 손바닥에 일원재리 한장이나 두장이 영낌없이 쥐어져 있었다.

그래 이제와서 몇일에 한번식 오생원집에 봉례가 납아나는것은 오생원과 밤에 넌짓이 맞나자는 서로 말없는 가운데 은근한 군호가 되고 말었다.

오늘도 봉례는 요전번 꾸어갔든 좁쌀두되(그나마 생복이 집에서 꾼거)를 오생원집에다 갑고 도라오는길이다 한참동안 글프 따고 주는것을 한메 몽으니까 꽤 많다. 그때 치마 앞에다 한아름 잔득되게 안꼬서 집을향하야 좀 비탈진 언덕길을 이리 저리 아루 색여가며 천천히 거러 내려갔다.

九

그날 밤이다.

갑룡이는 어렴풋이 드렀든 잠이 어느름엔지 다시 깨였다.

그믐께라 달조차 없어 컴컴한 밝앗은 사면이 쥐죽은듯 무덤속처럼 괴괴 할뿐이다. 있다금식 소리처부는 바람소리만이 깊어가는 고요한 초겨울밤의 끗없는 적막을 깨치며 그바람이 미다지를 후려갈기고 문풍지를 발으르 떨게한다.

바람소리、문풍지소리、곁에서 오드만히 혼자누어 자고있는 어린것의 쌕—쌕—하고 내쉬는 간열핀 숨소리、이세가지 소리외에는 더 다른소리가 갑룡이귀에 드러오지 않었다. 끝없이 쓸쓸스럽고도 서글픈 밤이다.

「그저 않노라 왔구면 나간지가 한참된 모양인데 뭘하게 않도라와」

이렇게 입속으로 웅얼거리는 판에 밖에서 인기척이 나더니 마당을 거러드러오는 발자죽소리가 자박 자박 하고 완연허 그러나 가만가만이 들린다.

「올치 인제야 도라오나 보다」

하고 마음 먹었을때

「금순 어머니 게슈?」

하고 밖에서 여자의음성이 들린다。갑룡이의 가삼은 어쩐일인지 별안간 선뜻해지며 무었이 내려 안는 같다。

그소리는 틀림없이 성복어머니의 목소리다。

(아까 안해가 나갈적에 성복이네집 좀 단여오겠다고 분명히 말하지안었는가 그런데 이제 성복어머니가 차저 왔음 서에는 그의집에 안간것이 확실하니 그러면 어델 갔을까? 성복이집 이외에 별로 갈만한집이 없는데 왼일일까?)

이렇게 의심이 벌떡 드러서

「성복 어머니 아니세요?」

하고 물었다。

「네! 저애요。그런데 아이 어머니는 안 게서요?」

(떡에 말 간다구 나갔는데 외 못 맞나 셨나요?)

하고 이렇게 물어 보며다가 삽시간에 생각을 돌려 그말 대신에

「건너 동네로 말 간게애요」

하고 조금도 어색지 않게 말 대시구를 하였다。

「네! 그래요……저ㅡ어 집이 애아버지가 먹고 싶대서 감주를 했게 맛은 없으나마 좀 잡서보시라구 가저 왔에요」

하면서 미다지를 드욱열고 뚜껑덮은 뚝배이 같은것을 방안 문턱옆에다 드려놓고서 다시 미다지를 닫는다。

「고맙습니다。그건 뭐라구 다 갖다주세요。먹기는 잘 먹겠읍니다만 염체없어서」

「온 별말슴을 다 하시네。맛은 없지만두 좀 잡서 보세요」

「먹구 말구요。잘 먹겠습니다 가끔이렇게 신세를저서……」

「안녕히 주무세요。감니다」

「네ㅡ살펴 가세요」

그가 도라간뒤 갑룡이의 마음은 부지할수없이 군성거리기 시작하였고 머리ㅅ속에는 가닥 가닥의 뒤숭숭한 생각으로 하나 가득 차게되었다。

(나들 속일리가없을 헨데……알수있나? 옌길 물속은 알어두 한길 사람의 속은 모른다는데。 며군다나 여자의 마음을 엇뗗게 믿어? 친구는 백년 친구요 제집은 조둑 모실이라구 누가 제집년의 속을 알어?)

이렇게 마음 먹다가도

(이세상에서 남을 못믿는거처럼 큰죄는 다시 없는데 내가 의이러 죄를 짓나……병들기 전에도 그렇지만 몸져놓은 뒤에는 더욱 더욱 진정에서 울어나와 추룩같이 정성을 다하고 모든걸 극진히 해온 지성스럽고 정숙스런 안해를 내 어째서 못믿는거야……은혜를 입으면서 원수로 갚으려나。 내가 의이때? 미쳤나? 오거면 무려보면 끝 알게될걸 외 의심을 하나……。아마 처음 나갈적엔 성복이집엘 가려고 맘먹었다가 나가서 딴집으로 말 갈생각이 든게지……그렇다면 누구네 집일까? 건는말 점순네집? 웃말 옹주네집? 아랫말 정숙이집? 에 또 웨 이러나。 오거들랑 물어보면 다 알게될걸……)

이처럼 여러가지 생각이 머리ㅅ속에서 쉴새없이 뒤재주 친다。

한시간이나 실히 지났을때쯤해서 기다리든 안해는 도라왔다。

봉례가 방으로 드러오든 말에

「어데 갔다오?」

하고 드러누흔채 그를 처어다보며 묻는바람에 그전에는 안그러드니만 별안간 어디간것은 외뭇나? 하는 생각에 봉례는 잠간 머뭇 머뭇 하다가 남편의 얼골을 참아 바루는 볼수없어 그의 시선을 피하며

「어데 어듸애요。 성복이네집 갔다 오지」

하고 얼떨결에 대답 하였다。

안해의 이와같은 의외의 말대답이 어느 누구를 지목해 낼수는 없지만

「간부—」이런 생각이 머리에 번개처럼 번뜻 떠올다 온몸은 짜릿해지며 가삼은 날카라운 가시에나 찔리는 거처럼 따금함을 느꼈다。

오늘날까지 털끝만치도 의심함이 없이 믿— 믿어온 안해의 대답이 이처럼 속이는 말쪼로 나오고보니 금시에 하눌이나 문어지는거처럼 생각킨다。 하도 기가맥히고 분통이터저 말한목음 나오지 않고 다만 앞으든 가삼만이 더한층 쑤시는거같애 정말 견딀수 없다。

지금 생각하고보니 요지막와서 약이 끈이지 않는거라든지 그리고도 약값 걱정이 멀해진것이라든지 낀이를 그리 건너뛰지않고 내려왔든것이 모두가 이상하고 야릇하다 느니보다 안해의 그른행실에서 나온것이 분명하다고 딱

잘려 생각하였다。 틀림없이 그렇구나하고 의심할나위없이 마음 먹으매 당장 이러나 능지가 되도록 막 때주고 싶다。 허나 기운도 부치지만 마음을 너그러히 돌려먹으며 억지로 참느라고 애를 썼다。

암만해도 이상한 눈치가 뵈는 남편의 거동을 슬슬 살피고 있든 봉례는 자기가 지금 당장 저질으고온 노릇이 있는지라 좀어색한 짓으로 마지못해 엉너리를부리며 아까 성복어머니가 드려놓고간 뚝백이뚜경을열면서

「이건 뭐유?」

하고 무러본다。 그러나 아무대ㅅ구가 없다。 그래 더욱 무안해서 속으로 굽어 잡아다러는듯한 말써로

「난 뭐라구 감추로구먼……어듸서 났우?」

남편은 여전히 두눈을 감은채 이렇다 저렇다 말 대답이 없다。

이때에 봉례의、머리ㅅ속에는 문득 한가지 생각이 번개처럼 번뜻하고 떠올으는게 있었다。그것은 혹시 이물건이 성복이네 집에서 가저온거나 않인가하는 두려운 생각이다。

――올치 내가 아까 집을 나갈때 성복네집 말 간다고 하지 않었나……그랬는데 이것을 성복이집에서 가저왔다면 내가 그집에 안간걸 이이가 않모양이야 그래서 도제 말대ㅅ구도 않고 눈치가 이상한게야……않이 조금 아까「어딀 갔다오?」하고 묻는데도 속은 뜨끔했지만 입으로는 서슴찌도 않고 성복이집이라구 대답하지 않었나……아하 이노릇을 어쩌나? 이것은 성복아버지나 성복어머니가 가저온게 틀리지 않는다。내가 외 성복이네집말을 내고 갔을까 그말한게 잘못이야……。

이렇게 생각하고난 봉례는 자기의몸둘곳조차 알수없으며 이제는 뭐라구 더 말을 꺼낼 용기가 나지않는다。다만 얼골에 모닥불을 퍼붓는듯이 홧홧하고 정신이 아득 아득 해질뿐이다。

곁에서 무슨짓을하든 무슨소리를하든 전혀 상관않고 두눈을 꽉감은채 드러누어 있는 갑룡이는 몸도 앓으지만 당장엔 몸앓은것보다도 설혼마음! 처량한 생각이 더한층 부지할수없이 자기를 괴롭게한다。

어느 겨울엔지 그의 두눈귀에는 이슬방울같은 눈물이 매천다。있다금식 코훌쩍이는 소리가 바눌하나 떠러저도 들릴만치 곳없이 고요한 밧안의 끝없는 적막을 깨친다。얼마안가서 억개조차 들먹으리가 시작하었다。

이리하야 그는 마침내 소리처 늑겨 울면서 자기의 외로운 신세! 기구한 팔자를 속으로 한탄 하였다。

――남의집 머슴사리로 가진고생을 다하다가 늦게야 안해를얻어 아들딸낳고 이제야 겨우 재미있게 살어보겠더니 원수의 가물로해서 한창 김 밀때 꿈에도 생각지않든 날숨피리를 하게맨드러 마침내 병드러 눕히고、안해마저 자기를 배반하고 딴사내품안에 안기는 생각을하니 안해가 무한히 밉고 원망 스럽더가도 다시 능처서

생각하니 모두가 자기의 운명이 기박하야 팔자소관인듯 싶다。

남을 원망해 뭘하나 내 팔자 기박하야 부모를 일찍여히고 남파같이 살지못해 지겨운 고생사리를 하루도면치 못하다가 이제는 병조차들어 성치못한몸 게다가 계집조차 믿을수없이되었으니 죽는게 맛당하지 더 살어 뭣하리。

여기까지 생각하고보니 서그픈 마음이 더욱 간절하야 더한층 소리를 높여 엉! 엉! 울었다。 사내주제에걸맞이 않게스리........。

봉례는 봉례 제대로 제무안에취해 한편구석에 가서 되는대로 꼭쓰러저 가지고 흑흑 늑겨가며 처량스럽게 운다。

봉례는 오늘날까지 단 한번일지라도 본마음 본뜻은 않이였지만 그때도 남편을 속여가며 여러채레 그런 불의의짓을 감히 해온것이 비길데없이 붓그럽고 뼈에 사모치도록 뉘우처재서 참다 참다못해 그만 울음보가 터지고 만것이다。

둘이서 그처럼 소리처 우는바람에 자든 어린것 마저 깨여서 맘없이 울기들만하는 이런기막힌 우름판에 철모르는 어린애 울음도 한목보게되었다。 봉례는 우는어린거에겐 젖을 물릴생각은 꿈에도 않고 그저 설게 울기만 할뿐이다。

이렇게 봉례의집 단간방에는 셋의울음소리가 얼마ㅅ동안 한데어울어저 높았다 나젔다하는데 눈을 날리려는지 싸락눈을 뿌리려는지 냉냉한 바람이 휘모라칠뿐이다。 처참한흉년이 지나간 이마을의 초겨울밤은 점점짙어만간다

✝

그날밤 이후로 갑룡이의병은 더욱 더처서 나날이 위중해 만갔다。

오늘은 새벽부터 병중세가 심상치않어 자칫하면 오늘해를 넘길거 같지않다。 그때 매일같이 하루에 한두번식은 꼭 문병오는 돌쇠가 오늘도 아침나절 차저 왔을때 봉례는 그를 붓드러 안첬다.

사실은 돌쇠도 드러누은 갑룡이의 모양이 시시로 글러가는것을보고 그대로 떼치고 도라갈생각은 없었든것이다。

자기가 다처준것은 않이지만 제 설레로해서 일하라 갔다가 닷첬음으로 그동안에 항상 불안한 마음이 떠나지 않든차에 이제는 아주 짐이 기울어저 어제와도 달으고 그제와도달러 시각을 다투는양을 보고있는 돌쇠의가삼도 어지간히 조바심이난다。 멀정하든사람을 자기가 죽이는것만같애 뼈끝이 제려도록 괴로움을 맛보며 죽어가는 갑룡이의 몰골을 긴장한표정으로 드려다보고 앉어있게 되었다。

어느듯 한나절이 되었다。

돌쇠가 막 온때부터 가래가 약간 끓키 시작한것이 점점 심하다가 다시 차차 가라안저 이제는 아주 간열핀 소리를 내며 마침내 헉조차 까불기 시작한다。이렇게 얼마 지난다음 눈을 흡뜨기 여러차례 하더니 유언한마디없이 그만 숨이 멀커넘어가 사람의 일생이란 이런가 할만치 싱겁게 운명하고 말었다。

「그만 저러 가시조……어쩔수 없이 일당했옵니다」

돌쇠는 옆에 얼빠진 사람처럼 멀거니 앉었는 봉례더러 나직히 말했다。

이소리를 듯든 봉례는 하도 기가맥혀 눈물 한목음 않나오고 다만 눈이 캄캄해질뿐이다。

아주 삽시간이다。봉례의 머리속에는 한가지 생각이 번개처럼 떠올랐으니 그것은 단지를 해서라도 죽은 남편을 다시 살려보고싶은 참으로 정성된 마음을 먹은것이다。그래 손까락을 입으로 가저가려다가 문득 또한가지 생각이 머리에 떠올랐으니 그것은 지금의 자기 몸이 죽는 남편을 위하야 단지를 해가지고 죽엄을 소생식힐 만치 깨끗지 못하다는것이다。

(이미 더럽힌몸이 단지를해 피를 흘려넛는데야 무슨 효험이 있을나구? 지성이라야 감천이라는데 더러운몸의 몸둥아리에서 나온피가 뭐시 지성스런 피가될까?)하고 잠간 주저하였다。

이경우를 당하고보니 더한층 자기가 이미 저질은 노릇이 천하에 용납지못할 크나큰죄를 전거만같에 무시 무시 하게 두렵고 가삼을 비수로 어이는듯이 쓰라려 당장에 자기몸을 어듸다 부듸저 죽고싶은 생각이 끄려올은다。

(효험이 있든없든 어디 한번 해나볼까……뭐 내논맘으로 그런노릇이 않이니까 신명께서는 굽어살펴실테지)

봉례는 이렇게 다시 자신있게 마음을 돌려먹고는 더 생각해볼 나위도없이 왼손 넷재손꾸락을 입안에 넣고서 눈을 딱감으며 아짝 깨무렀다。그래 선지피가 줄으르 흘으는것을 운명한 남편의 입에다 흘려 넣기 시작하였다。

이처럼 뜻하지 않이한 갸륵한 광경을 옆에서 바라보고있는 돌쇠는 마침내 갑룡이가 운명하고서 죽어누은것보다 더욱 놀래지 않을수 없다。

「아! 열녀다」

돌쇠는 자기도 모르게 입안으로 이렇게 불우지졌다。이광경이 하도 감격해서 아까부터 눈물어린 두눈엔 먼저번과 아주다른 새로운 눈물이 핑그를 도랐다。

「이건 참 지금세상에선 듬은 일인걸!」

주체할수없는 더운눈물을 옷깃으로 씻스며 바르르 떨리는 간열핀 손꾸락 끝에서 새빩안 선지피가 뚝뚝 떳는 것을 노려보매 갑룡이가 죽어누흔것도 꿈속갈고 갑룡이처가 단지를 해가지고 피를 흘려놓고 앉었는것도 꿈속갈다。아모리 정신을 채려려도 생시갈지않게 생각든다。그래 눈을 좀더 크게떠서 바라보았다。그리고는 손꾸락으로 자기의 범적다리를 힘껏 꼬집어도 보았다。앏은 생각이 완연히 할적엔 틀림없는 생시의일이다。

돌쇠는 이만치 그광경에 정신이 얼떨떨 했든것이다。황홀했든 것이다。

十一

단지를한 피의 효험이 있어 그랬든지 속절없이 죽었든 갑룡이는 얼마ㅅ만에 다시 피어났든것이다。

그러나 피어난지 있흘만에 그는 다시 아주 죽고 말었다。허나 이마을은 물론이고 벌서 며나면 다른동리에까지 봉례의 단지한 소문이 무척굉장하게 퍼젔다。그래 듣는사람마다

「열녀!」

라고 칭찬 안하는 사람이 없이되였다。

이렇게 모두들 「열여!」라고 떠들지만 네머ㅅ마을 오생원만은

「흥 열여?」

하고 코웃음 치며 비웃고 있었다。

열여딸을 두게된 서울갈든 봉례의 아버지도 사위죽었다는 편지를 받고서 즉시 내려왔고 큰딸에집으로 얻어먹으라갔든 그의어머니도 사위가 죽었다는바람에 손녀를 데리고 기급을해 도라왔다。

어쨋든 열녀인 봉례로말미아마 여기저기서 부주가 패많이 드러와 초상 치르기엔 그리군색한줄 모르고지낸다

발인 날이다。

이세상에 열녀인 안해를 남겨논 갑룡이의 시체는 여러사람 억개에 언처서 새로 무덤과 논뙈까지 이르렀다。

아침붙어 면화송이처럼 펴붓는 함박눈이 먼산、갔가운 벌판을 뒤덮는데 시체를 떠내보낸 초상집과 무덤자리를잡은 산상에는 열녀인 봉례로해서 그런지 유난히 따르는 사람이 많어 패 지런지런 하였다。

갑룡이를 땅속에 파뭇고 쏘다지는 눈을 마지며 이미 와서 싸인 눈을 밟으며 도라오는 그들은 내언제 사람을 파뭇고 오느냐는드시 제각기

「어! 눈참잘오신다。내년에는 갈테없이 풍년 드렀네 풍년 드렀어」

「두말 할거없네 보리붙어 풍년일세」
이렇게들 떠드러댄다。

× × ×

그뒤 열녀인 봉래의 가삼에는 형용할수없는 그늘이 둑없게지기 시작하였다。

날이 갈수록 그의 괴로움은 더 커갔다。 남들이 열녀라구 떠드러대는것이 참으로 듣기싫었다。 세상사람들이 자기의 행실부정한것을 다 알고서 일부러 빈정거리고 비웃는것만 같앴다。

그보라도 이세상을 떠나 이미 망인이된 남편이 어느 구석에서

「더러운년!」

하고 꾸짓는듯만 싶다。

태산같이 믿고 살어오든 남편이 죽고보니 싫은생각도 것잡을수 없는데다가 열녀는커냥 환냥년인 자기를 가르처 열녀니 뭐니하고 뒤떠드는데는 사실 기가맥였다。 어이가 없다。 그리고 부끄러워 견딜수없다。

그래 몇일동안 밤도 않먹고 울기만 하였다。 밤에도 모진잠만을 견디다못해 잠간 졸고나서는 도제 자지못하였다

이럴수록 속모르는 남들은 참, 드문열녀라고 소문만 점점 높이내고 있었다。

이와반대로 봉래의 마음은 더욱 더욱 불안하고 초조해만 갔을뿐이다。 한번 행실부정했든것은 이세상에서 다시 씨스려고 암만 애를 써도 도저히 씨슬수없는 노릇이다。 헌데 속모르는 남들이 열녀라고 뒤떠드는데는 진정으로 기가 맥혔다。 쓸데없이 열녀라고들 입에 침이없이 칭찬 하는데는 뻬끝마다 제리고 살점마다 떨렸다。

잠룡이가 아주 죽은지 일헤되든날밤 아마 삼경는 되였으리라。

처음엔 어린걸 그대로두고 나가려다가 다시 마음을 도리켜먹고서 어린걸 등에다 업은채 사면이 죽은듯이 괴괴하고 쓸쓸한 길을 거러 자기집거처 움물두령까지 와서 잠간 망사리다가 그대로 움물속으로 빠저 버렸다。

이러하야 그잇흔날 모자의 시체가 동리사람들손에 건저진뒤에는

「먹지도 않고 죽은사내만 생각하더니 바루 남편죽은지 일헤만에 죽은이 뒤를 거에 따라 간것이라」고 참으로 열녀라는 소문이 더한층 굉장하게 높아젔다。

그렇나 오생원만은 때때로 입버릇처럼

「흥 열녀? 열녀는 무슨 기급을할 열녀야」

하고 미친사람처럼 혼자 웅얼거리며 혼자서 빙그레 우슬뿐이었다。

— 끝 —

朝鮮의 文學的傳統 (下)

金台俊

朝鮮의古代文學에 있어서 一貫되는傳統的情調는 무었일가? 그것은 極東에있어서 中國·日本內地等의古典의 그것과 어떻게區別되는것일가?

대처東洋的趣味를 常識的으로말하는者 禪味에求한다。果然 唐 王維 晋 陶潛의詩趣는 이나라의 貴族文學·時調같은데서 또렷하게 볼수도있거니와 日本內地의 芭蕉一茶 等의名句가 모다 그러하다。이것은 東方文化가 모다 靜的 消極的 否定的인것이 그主流를일웟다는點에서 歐洲의그것과 區別되지않는가한다。歐洲에서도 封建文化의形態가 東方의그것과 共通하는點도 없음은아니나 亞細亞의 特有한專制主義下의 生產樣式밑에 建築된이나라의文化들이 비록서로交通된 關係도있지만 모다共通한情調를 담고있다는것도 偶然이 아닐뜻하다。

日本文學을 云謂하는者가 日本古代文學의 特色을「物のあはれ」에求하는것도 이 禪味의一表現이아닌가한다。單純히「物のあはれ」이번역하기어려운 이 文句하나로써 日本古典文學의特徵을 一括할수없으나 그렇다고 中國은 中國 日本은日本의特色이 있는것을 否認함은아니다。또한가지로 이땅의 文學의特有한香氣도 무어라 一括해서 말하기어려우나 그것을 否定할수는없다。筆者와같이 蹶

術的 味覺이 不足한者로는 到底히 무어라고 指摘하기 어려우나마 「源氏物語、枕草子」와 「春香傳」「西廂記」等에서 各個의다른 感興을얻을수있다는것도 拒否하기어렵다。

(註) 그地方의 固有한鄕土色을가라처서 그나라文化라고는 할수있은지언정 이것이 天照大神さま文化、壇君文化、箕子 三皇五帝文化라고 할수는없다。

우리의 古代文學의底流를 흐으는 그무엇(Something)의 正當한評價는 우리의今後의課題다。小說 演劇 時調 古歌等 여러部門에있어서 우리는 이땅의自然에의生活에서 함까지로反映되여온 매우 薰微한臭味로서의 Something을 捕捉할수있으리라。그것은「아푸러오리」的인것이아니요 거워 運命的性格이라고나할 共通된環境下의 所産인것이다

그러나 甲午開化以後 菊初李人稙、李海朝氏의 新小說이 流行되고 그뒤를니여 現存한旣成文壇作家들의 作品에이르러서 그年代가 나려울소록 그러한臭味가 매우稀薄해졌었다。그것은 當時에急激한 歐洲文學의 直譯的輸入에서 生硬한國際性만들어나고 이나라의 文學的遺產이 이땅의 젊은이들에게 잘繼承되지못함으로써 였으리라고 믿어진다。

◇ ◇

文學도 그렇거니와 文化一般에있어서도 이點에있어서는 마찬가지다。나는「壇君을 위주한神道」란 그무었인지 正體를몰은다。壇君이란 神格 또는人格의批判만 얻으면 이런 無謀한用語는 捏造치아니할것이며 더구나「壇君을 위주한神道」云云하는 鬼語狐話를 連發하지않었을것이다 이것은 옛날에 金敎獻、羅喆 崔南善 諸氏가壇君敎(大宗敎)를 세울적에 日本內地의 神道를 흉내내서 臨時로 맨들어쓰든 陳腐한用語로서 歷史學에 A·B·C·만 아는사람이면 이런말은 쓰지아니할것이다。

나는文化에있어서 太白山的인것과 非太白山的인것이라는뜻을몰은다。그러나 文化의全歷史우에굳게 혹은 가늘게 흐르는 朝鮮的――國際的인것과 區別되는――性格을 是認하며 外來文化의 特勝한流入을 文獻에依해서 肯定하려는者다。그러나 그 兩者는 어느사이에 融合되여서 물과 기름 처럼 選別할수있었든것은 아니다。「全朝鮮의 文化史는 中國文化의 影響史以外의 아무것도 아님이아니」라는見解는 政治的으로 中國의侍下에 살아온 事大史에 비춰어 當然하다고하나 그렇다고 그限界性의規定에 조금도 悲觀할必要는없다。

이를테면 우에말한 文學에있어서의 어떤芳香과 定形時調의「三四三四 三四三四 三五四三」調 이야기책의固定한輪廓과 民謠의四四調等속에는 잘發揮되지못했으나마 多分히 朝鮮的인것을 보여주고있다。

朝鮮사람이 獨創한「測雨器 飛車 龜船其他 測雨法 占星術」「慶州의佛像」等이 具體的으로 列擧할수있는 朝鮮

的限界性이리라고 하지만 獨創的인것만이 朝鮮的이라고도 할수없고 朝鮮的인것은 獨創的인것의全體라고 할수도없다。

「無力한事大에서 생긴 依賴精神 거기서 派生한 頹廢에갓가운 樂天性 自信을버리고 運命觀에떠러진 無力性은 朝鮮文化에 뚜렷한 傳統性을 갖게하지못하고 또한 그文化에 獨創的인것을 保持하지못하였다」는것은 숨길수없는 事實이다。

萬一 偉大한 文化批評家가있어서 어느文化를 評할적에「樂天性」이 몇%「運命觀」이 몇%「無力性」(?)이 몇%……이렇게云云하면 聽者는 곧 그것은 朝鮮文化가 아니냐고 할는지몰은다。長久한時日동안에 서로融合된 文化意識은 맛치「地方色、地方的氣質、地方的性格」이 어느程度까지 共通되는바와같이 共通할수있고 그所産은 그性格을 具現할수있는것이다。

◇ ◇

한개의地方色도 能히 그地方의鄕土色을 構成할수있는것과같이 한民族國家의 文化的光芒도 그外來的 要素가 아무리 컷다고할지라도 儼然히 存在한것이다。元來 民族文化란 獨自히 構成되는것이아니요 隣近部族 또는民族의 文化의交流에서 融合되여(?)存在한것으로 어떤一面만을들어 이것은 이나라의特殊性이라고 高調한다면 그것은 自家文化의特殊性을 盲目的으로 자랑하는 從來學者와 다름이없는誤謬 乃至 反動에빠질憂慮가 있으리라고 생각한다。

그럼으로 나는 敢히提言한다 朝鮮의古代文化가「固有의壇君的인 精神을 가지고 外來의箕子的인 一切의文化를 하나씩 消牧吸收하는데 自己의文化를 만들지못하고 도리혀 外來의文化에게 自己固有의것을 屈從식혀간것이 있었든것이다」라고할것이 아니고 文化는文化로서 우선 自家의것이 構成되였었다고

그러나 同君의 걱정하는 文化의危機는 어듸까지든지 이나라의 特殊한 環境의産物이지 옛날의文化의 罪過가 아니라는것이다。

君은「지금까지의 文化의發展이——非傳統的이고 依賴的이고 또그意味에서 近世의文化가 危機以前에 畏縮해버린現象은 우리들文化人이 너무過去의 朝鮮文化의發達經路가 그 限界性을 無視한곳에 있는듯하다」하였지만 君의말하는 文化란 大體 어떠한槪念을 가진것일가?政治、藝術、思想等等 上部建築 以外의것인가? 나는近世文化의 危機到來가 文化의非傳統的 依賴的인데 있는것이아니라 當時의歷史的情勢로 推察하드라도 그것은 確實히 이땅의自然的環境의 決定하여준 선물이리라고 한다。果然「우리들 文化人이 너무過去의 朝鮮文化의發達經路와 그限界性을 無視한」點도있스나 文化의 危機에處할수록 國際的文化의連絡을 希求할것이지 復古的인文

化精神에서 低迷한다면 그所得이 무엇일가? 차라리 文學遺産 乃至 文化一般의 攝取와 繼承을 論議하였다면 몰으되

◇ ◇

「壇君箕子文化」「太白山、非太白山文化」「壇君을위주한神道에서 흘러나온精神」等等의 語句의 過誤를指摘하라는것이 아니라 同君의 글쓴精神은

「今日의 依賴事大의 情勢下에서도 오히려……인文化를擁護할수있고 또키워갈수있을까? 여기의한 地方의文化의前途를 생각한일이있다。또한 現代의文化의 擁護의길로서 朝鮮的인特殊性이 있다」

要約하면 文化의危機에 直面하야「주위의정세가 事大的으로되여 있는것과 모든것이 依賴的으로 되여있는現實은 昔今이 同一」한것을 發見하고 이危機文化의 擁護策으로서 文化의朝鮮的 特殊性을 高調한다는것이다。

古代文化가 外來的인것(箕子文化)을 生硬하게吸收하다가 沒落된것과같이、近世(現今까지)의文化가 또한歐米文學을 吸收해서 잘消化식히지못하는데서 危機에 빠젔다는議論은 敬聽할수가없다。

朝鮮의傳統的文學 乃至 文化는 決코生硬하게 存在한것이 아니였다。朝鮮의政治的××은 完全히 그文化의罪가 아니였다。文化란스사로 同傳統的인것만으로서 되는것이아니라 그의繼承과 外來的인것의 吸收와의 調和에서 建設되는것이다。

우리의文壇에는 世界的인 思潮와 傳統的인 그것이恒常 別個의것으로 別個의사람들에 依하야 論議되여있는것도 事實인듯하다 그러나 讀書層에는 讀書와敎養을通하야 土語 部分的으로 融合되여나가려라고 생각한다。(敎育未備로 다른나라와같이는못하나)

다만 問題는 文學乃至文化遺産의 繼承問題다。ユイテオロギー的發展의 闡明은 經濟史家 또는 文化思想史家의 史的闡明을 기다릴뿐이다。이以外에「神道」또는 무엇무엇「文化精神」을 高調하였다면 그것은 脫線이오妄發이다。

◇ ◇

玄海저편에서「日本的なもの」를 떠든다고 곧 이곳에그것을 輸入하는것은 賢明한 傳統文學의 擁護策이아니다。獨逸에서 獨逸의것만을찾고 非獨逸的인것을 排斥하든것도 昨今의일이다。日本內地에서 어떤種類의 人間들에게 무슨必要로써「日本的のもの」가 提唱되고 있는지잘알고있다。우선「日本的なもの」가 떠들게되는 社會的根據를 明白히 보여주고 그것의 朝鮮에의輸入이 얼마나 無意味한 戱筆일이라는것을 反省하기를 바란다。

× × × ×

李無影氏의文學에對하야

—「醉香」讀後感想—

韓 植

나는 이作品集이 이作者에있어서 얼마만한位置에있으며 또氏의다른數多한作品과의 聯關이어떠한것인가도 잘모른다。得聞한바에依하면 氏의作品數는 이미百篇以上으로 算한다고한다。그러면 그百篇以上되는作品中에서 아모러 그의代表作이라고 할지라도 單只五六篇만을끄집어내가지고 그의全文學을論한다는것은 大段한冒險이안일수가없다。그러므로 나는 여게서 그의今春에發刊한創作集「醉香」한卷만을通讀함으로써 그에날아난作者의面貌의若干을 찾어볼여고하는바이다。

이作品集을읽은後의 나의蒼卒한感想의結句는 亦是다른사람도 말한바이지마는 即 이作者는所謂人生派라하기에는 너무나 藝術的琢磨가 빛나고있으며 所謂藝術派 或은스타일리스트라고 하기에는 너무나 人生의파ㅣ스펙팁한理想과이데ㅣ를 가지고있다는것이다。勿論하고 이와같은 境地는——그의兩者의統一은 將來의 우리들의 文學分野에있어서 當然히 獲得하지안으면 안될 길임에는틀림없으며 그와같은것의 훌륭한산품을 벌서 이作者에서 우리는볼수가있지않은가생각한다。다시말하면 作品의모ㅣ립의發展에있어서 그素材의리알•안리알을不問하고 作品의푸리미팁하나 健康한모랄은 그의 아름다운 藝術的形

象과 完全히 타이압하고 있는것을볼수가있으니 이때까지의 우리들의待望은 번저 이와같은곳에있어든것을말할수가있다。作者는 이作品集中의 各各의테ー마에있어서무었을말하고저 함임을 容易히 악수가있으며 또그와같은이데ー가 그의卓越한藝術的 스타일로하여곰 우리들讀者에게 깊은感動을 이르켜주는것이다。

昨年여름에 作者로부터 直接우리말에對한客觀的情勢와作家로써의 우리말에對한覺悟 決意등을 強調하는말을듣은일이있었는데 지금 이作者의 作品集을읽은後에야 더욱 그와같은 作家로써의實踐을 몸소 敢行하고있는것을보는同時에名實相伴한 우리朝鮮的現實을 들메진 作家로써의 말의選手를許諾할수가있겠다고생각한다。

最初의「나는보아잘안다」를읽어보면 氏가如何히 그훌륭한藝術的形象을 가다듬으면서 同時에 깊은휴ー만한意慾을發顯식히고있는가함을 볼수가있다。事實 이곳저곳에서 喧嘩히떠드는 휴ー마니즘의文學이야말로 이作者가별서 實踐하고있는것이라고하겠다。그의「醉香」中의全部을通하야 作者의휴ー만、도큐멘트로써 表現되지안한것은 하나도없을것이다。그리고 作者의熱情과感覺的으로도 높이싸인人物의描寫는、「일」의犧牲이되여서 墓地에 드러간어떤男便의現實感은 — 오히려그男子가墓地속에 업때여있는것이안이고·現在다른곳 或時別莊같은곳에 있는것을생각하여도좋다ー더욱날카롭게하는것이다。卑劣한嫉妬로 自己가、이世上에남겨놓고온그妻와그男子의 親友와의親和關係를蔑視하는대신에 따뜻한同情과 깊은理解로써 ── 그것은반다시「내가죽어 墓地에있다는」限界性으로부터 나오는意識的諦觀이안이고 도로혀 最後의一行「몸이 지쳤고나네게는이것으로끝을막고 이제로부터 나는 나의어린후게자ー어린것들에게 편지를 쓰겠다。이것으로나는나의이후의 일을삼으려는것이다」에서보는바와같은 果然「일」에犧牲당한사람에 맛당한一貫한態度와透徹한將來性의展望을보여주는것이다。作者가 이作品中에있어서의 所謂新女性에對한感觸은 아모러한 높은새로운타입에達한것은안이로되過渡期의우리社會에서 흔이보는그와같은存在에對하야 槪念이라든가判決같은 冷酷한心情으로써가 안이고 現實生活의大海가운데서 起伏하며 허덕이는一波를그의生命의躍動으로써 그물결의 모든 주름을如實히描寫하고있는것은참으로驚嘆할만한手腕이안이라고할수가없다。더욱 그描寫의흐름에따라 그未亡人에게 充分한同情을던지면서도 그흐르는愛情의 波濤에빠지지않으며 恒常客觀하려는努力은非凡한個性的描寫의뒤에서 잠자고있지안음을保証하는것이다。新女性에 對하야燥急한理解나 或은反撥的憎惡가안이고生活苦라는現實的條件에서 삶을爲하야 여러가지로허덕이는態度에對하야 넓고深刻한心情을表示함으로써 讀者로하여곰、조곰한反感도없이 愛憎하게만드는것이라고하겠다。이와같은態度은 作中의「내」라는男子 ── 即作者를聯想케하는人物描寫로서도 同一하게되여있으니 作者는어느人物을그림에도偏見을가지고 그를自己의理想한타입과 카메고리의公式에 여어서耽愛하며 人物을鑄出하는것이안이라 그어느人物도 그人物自體로써 생생하게움지기게하는情熱과

사랑을바치면서도 그사랑에빠지지안은우에서 말한것같은 客觀하려는努力으로써 作品은가장리아리스틱한構成으로되여 그素材의如何를勿論하고 讀者로하여곰 깊은感動을이르키게하는것이다。

「醉香」에있어서도 또한大略 이와같은말을할수가있는것이다。 翠香이라는可憐하고純情스러운妓生의一生을 이만한短篇으로 이以上더 그릴수없으리만큼 完璧하게그려고있다。泥中之玉으로써의 翠香의깨끗한 一生의스토리ㅡ는그냥그대로는 한로만틱한氣運을이르켜주는것이없지않다고할지라도그의스토리ㅡ의女主人公의心理를 그와같이運搬하면서그와같은性格을助成한 時代의主人公「최성환」이라는客觀的條在와며부러 無限한哀愁를고울게하면서도 더욱悲悽한생각을우리들에게 복바처주는것이다。우리들은 翠香이라는妓生이封建的社會의微弱한犧牲者라는點에서 그를同情하는것뿐이안이라 하로저녁만의男便에게 숨어있든純情을끝까지받지었다는때뿐이안이라 오히려 우리들의時代에서흔이보는社會的鬪士와 그鬪士의茫漠한生活에서도 그를기어코 기다리고있는 數多한女性을聯想케하며 그女性들의끝없는울음과 복받친서름과怨恨을單純히풀널수없는情勢의限界性을 더욱鮮明히보여주는까닭이라고하겠다。勿論하고翠香같이絶望하는社會아래서도 또絶望하는生活을하고있는無智하나純情을 어느가슴속에 피뭇치고있든가장賤待받고있는女性으로써 가장힘세고不屈한男子에게 對한本能的사랑의信任이야말로 우리時代의가장살고있는部分이며 가장悲慘한리얄이라고하겠다。우리는 이이야기를읽은後에 긴한숨과같이 입술을깨물러이며 絶壁에부닥치는우리들의周圍에서도 틈틈의壁土사이로 사라나오는 淸楚한百合같은翠香의無限한愛情을바라볼수가있지안을가。우리는 이「醉香」에서 빼ㅡ떼의「헬만과도로ㅡ테아」와 휘ㅡ틀의諸作을彷彿케하는 女主人公 翠香을 맞나게된것을 作者에게感謝하여야할것이다。 그러하야 「헬만도로ㅡ떼아」가 빼ㅡ떼의 叙事詩로써作中의人物에게 生命을賦與하야 一箇의산타입을만드러 인제와서는 그의作者를忘却할수있는이만치偉大한感銘을가지는것처럼翠香도 인제는作者無影을 이저버려도 우리들頭腦에或은心臟에生生하게 그楚楚하고可憐한存在를뚜렸하게 날아벌수있는人物이되요말것이다 하여도 過言이안일것이다。또이作者는 휘ㅡ틀처럼 이와같은時代에서 뒤떠러저있는저욱한妓生을描寫하면서 다른華麗한外裝으로 뽐내는作家들이敢히 接觸치안었든 朝鮮舊現實中의 한細少한것中으로부터 그아름다운 情緖를빼풀어주는것이다。果然 이와은作家의態度와 文學作品에서야말로 觀念的으로構成한어느사람의小說보담 몇倍以上의휴ㅡ마니즘의흐름을發見하지않을수가없는것이다。그러나 나는여게서 한가지疑問이없지않다 作者의意圖는 훌릉히다하였으며 요만한短篇中에서 그以上더그릴수가없다하여도또그러가爲하여서 그作의 포ㅡ카스되는翠香에게全力을다할수밖에없었으며短篇中의構成의必要로 다른人物의水深가열였다고하야 그는어절수없었다고하여도、「翠香」의 相對者되는男子ㅡㅡ所謂루사라는人物은 너머나輕便하고 너머나 그림자밖에안되였다고생각되는일이다。勿論하고作中의

곳곳에서 그人物의性格과行動의一面이表現되고는있지마는 그는다만暗示의翠香의人物은 發展식히기爲해서의 한허수애비에밖에안된것같은 印象을받은것은果然 나혼자뿐일까。翠香의人物과生活을 더욱 리알하게하는데에서 반다시그行動을끄을고가고 그와같은翠香의心理를形成하고生產케하는 그투사의더욱리알한 性格이表現되였으면하는感이없지안는것이다。이作品에흐르는로맨틱한要素가 이긴것은即이와같은 투사로된人物의 描寫가 너무나 輕便한까닭으로된 때문이라고 나는생각된다。우리가翠香에게 無限한同情과 아름다운자태를 直感하는것은 그男子의強力한라입作者가暗示한社會的正義를爲한存在이며 그러한存在와 역매이고 또너그러진翠香의一生의悲話에있는것임으로 그의背後의힘으로의 그를좀더힘있게뵈아주는것을要求하는것은다만得隴望蜀이라고하지못할것이다。萬若 그와反對로생각하야 그男子가 社會的투사가안이며 다만한賭博군에不過하야浮浪한一身을避身함으로써翠香을計畫的으로 속히였다면 우리는글로말미아마 자아나오는翠香의스토러이ㅣ에그의純潔에 한폭의同情을할수는있으되全幅的의感動을 떨처가질수는없기때문이다。

그러나 그와같은생각을하면서도 나는이作品을읽고感動을마지못한것은무슨까닭일가 過渡期의混沌한분위기가운데에서 헤매이는 우리들의新女性보담못하지안는ㅣ即모ㅣ든犧牲을 二重三重으로 질머지면서도 어쩌지를 모르는한라입ㅣ이女主人公의性格ㅣ作者는或時ㅣ의翠香의 行動의한部分을가지고 所謂新女性이란것에 對하諷刺를생각하였는지도모르겠으나──그러하야 오히려 이와같은女主人公은보라! 이렇게말하고싶엇는지도모르겠다。何如間 그렇트잖이 作者의 가장苦惱에싸인者의 가장아름다운心情의鼓動을傳播하며 가장어두옹가운데 가장빛을찾으려는휴ㅣ마니티의發露를 展望할수가있는것이다。우리도亦是이翠香의쓴술잔을 드러마시며「내냐、어듸、쓸모가있어야지」라고하면서「나술한잔、더주슈」라고할때의 그를 마치 아도나스의피(血)에서생긴아름다운 아베모네의꽃처럼 이暗澹한時代의짓밟핀荒無地에서 한폭의시드른꽃같은 소니아는發見할수가있는同時에 그야말로이世紀의舊女性의서름찬心情의피나레ㅣ가되며 새로운타입의新女性의鼓動을傳하는곱쎄인푸레류ㅣ드가되기를 期待하지안할수가없는것이다。

「乳母」를읽은後의 나의感動은 以上의나의感想을더욱衝動식히는것이다。病든自己의兒孩에게 메기는젖을 生活困難으로 팔지않으면안될乳母의心理葛藤을그린珠玉같은名篇이다 그乳母와 女主人과그主人男子등사이의 떼리케!트한心理描寫 그어느便에도偏見치안으면서 어느人物도그유니ㅣ크한타입을 가장리알하게 그細細한性格과生活로부터자아나오는유니안스 이러한것이 가장生生하게 우리를感動식히는것이다。作者의乳母에對한눈(眼)은確實히 따뜻한同情으로빛나는것이며 모든人物의心理와性格을그自體로써追求하면서 어떠한先入觀念도없는 푸레씨비리티한場面을뵈와주는것이다。作者의눈(眼)은젓말로 義眼도안이며 作者의心情은決코大理石같이차겻과는 全然히因緣이없으리만큼되여있으면서도 가장날카로운눈을가지며 가장尖銳한洞察

을具備하고있는것을볼수가있다。 音樂에對한素養이없는 곳으로부터 飛行機의墜落의몇파ー센트가생겨나는것을判斷하는날카로운批判家와같이 이作者는身邊에 갓뜩차고있는日常茶飯事의하나로부터 하나式둘式그의心理를探索하며그러하야發掘한性格을 다시 自己의따뜻한 숨(息)으로 마치암닭이 병아리를까는것처럼、生命있는人間과生活들을 우리들앞에躍動하는것처럼 再生하여보이는것이다。 가장重要한것은作者가사랑하는人物이라도 或은가장憎惡할만한人物이라도 모다自己의體溫으로더띄여가지고 生活의感覺은 그神經에까지이를만큼 傀儡가안이고가장삶을切實히느끼는理解로부터描寫를始作하는것이다。 더욱重要한것은 그러하야自己품안에서 따뜻한自己의입김으로 덮이고있든人間들은、創造할때에 그는다시 그들人物들을 령령自己와는딴판으로 自己의생각한바가처음부터없는것처럼 그人物自體로써發動하게그리는것이다。 우에서말한바와같이 作者의냄새가조곰없고 그作者가누구인지 全然히忘却할수있는瞬間과限界에까지 到達할만치이作者는 諸人物들을活寫하여보인다。이곳에서、나는作者의가장높은 作家的素質을發見하는것이다。 다시重複하여말하것같으면 이作者는모든人物들을 自己의품안으로부터 산병아리를 까는格式으로 自己가描寫하는人物自體가되는心境에까지達하면서도 紙面에날아난人物들을볼진대 그에서 우리는作者의그림자도볼수없는이만치作中人物들이 各己스스로 날뛰고있는模樣을볼수가있으니이一見파라독스같은秘密을 作者는이미實踐한지오랬다고하는것은 참으로驚嘆할만한일이다。 그러하야 쩌른스토리ー가운데서 三人의心理를 서로〳〵가장그렁더싶이 우리들에게感觸케하며 印象의鮮明으로 떠오른깊은感動을맛보게할수가있는것이다。 또그以上에 그들한部分에서 스타일스트라고하느니만치 作者의 藝術的表現의알마즘을相伴하여이短篇에한分의間隙도없으리만큼 作品으로만드려노은것이다。 더말할것없이이作家의 新鮮한形容詞、適確한表現스타일 하나도冗漫한것이없는言句의渾然한이메ー지를感覺식혀는寫實의手腕 이와같은것이그內容과附合한곳으로 자라나오는藝術的芳郁을우리는배부르게 鑑賞할수가있는것이다。

「乳母」의最後의「푸ー나는연기를내뿜었다 문구멍으로새어든햇살은 마치빨래줄처럼방을 가로질러마즌편벽에못박히였다。자주빛담배연기는 물ㅅ살 이루듯햇살을칭칭감고돌아간다。」같은句節을 數多히引用할수가있으니 이와같은가장鮮明한描寫는 모ー팟쌍의短篇에서 흔이보는것과같은가장높은 藝術的疊句의表現으로써 그아름다운潤氣를結實하며着色하여주는것이다。 이와같은 푸렛슈한形容詞와印象이鮮明하게날아나는 하나하나式 疊迫하는語句의用法은마치一種의映畵의몬타ー쥬의 그것과같이 우리들에게印象깊은活寫를뵈여주며 또이와같은다이나믹크한文章은 이作者의유니ー크한바가안일가하며 따라서作者의自負와 우리말의豐富한發展을 企圖하는한사람으로써많은暗示를가르처주는것이다。

「두訓示」는 이創作集中의短篇가운데서 가장最後에位置되는것이라고 나는생각한다。 여게있어서도作者一流의휴만떼이소스는 依然히滲出하고있으며 作品의緻密도그度數를

높이하고있으며 따라飢餓를 가장實感的으로正確히描寫는하였으나 作品全體의 레ー마의結構即「두訓示」라고題한作者의意圖로써는 너무나全體의弱調가「상철」이의즙은때의描寫의迫力에反比例하야逆效果로 날아난것처럼 나에게는印象된다。以上의베펜의作品을두線으로나누어본다면 나는、醉香으로連絡되는「두訓示」의線을낫은카ー부로 그리려할것같으면一나는보와잘안다」로부터「乳母」의線을맨드러 높은向上線을그려보고저하는者이다。 이에關하야서는 若干한說明이必要하나 인제는 너무나 長過하게되였음으로 最後의「地軸을돌니는사람들」과 (이것은中篇이라할것이나)이作者의다른中篇長篇과를 함게讀了하는때에 合하야批評하여볼가생각한다。

다시생각하여보면 現代文學에있어서는 意向과表現이때때로不均衡하는 狀態에 떠러저있는것은 가리을수없는事實이다。 그리하야 인제는 意向을具象化하는데있어서作者의藝術的技巧의問題가、가장重大한것으로 생각되여오는것도어쩔수없는 必然한일이라고하겠다。 그後者인藝術的表現을떠나서는藝術의어떠한內容도 云謂못하려만한緊急한狀態야말로 우리들의文學藝術을前進식히는때이라고하겠으나 그것의過分은또도로혀 過不足은如同一인것처럼 藝術的素材를호리우게하는罪過로變할것이니 그사이의데리케ー트한心事는 如干큰것이안이라고하겠다。

그런대 이作者의第一큰特徵은 對象에直面하는 方法이반드시完全히消化한것으로써 다사린다는것에 있을것이다即對象을吞下하야 가진後에래야 그의素質的의凝集을作品우에나라낸다는것이다。 이와같은心理의 機密은極히平凡한것처럼뵈우나 大段히困難하다고할것이다 많은作家들이事實과素材에壓倒당하면서 或은素朴한리아리즘에반하고있을때에 이作者는훌융하게素材를完全히肉體化하며 作者自身의心臟을거추리고나오게하며 自己自身의熔鑛爐가운데서感覺의頂點으로燃燒식힌것으로써만 비로소客觀化식히는데에그의文學藝術의藝術的薰香이 높은點이있지않은가고생각한다。그는그의心情에서醱酵치안은것은 如何히雄大한素材라도 돌보지않고 興味도가지지안는것처럼보인다。 그리하야이作者에있어서의素材作者의感情과藝術的描寫는 마치寫眞에있어서의 距里、타임 시보리」等의「氣合」이 딱드러마질때의그것과같이 露出의過不足이없이 正確한文學을生産케하는것이다。勿論하고 作家는무었을쓰지않으면안되겠다는制限이없을것이며 現代와같은疾風怒濤의時代的雰圍氣가운데에서는 事實素材등心情을馳驅하는것이 數多하지만은그러하야 그것으로부터소설의雄大한長篇도많이待望되어야하겠지만은ー그와같은物情으로 緊急히藝術化할수없는處地가있음을누구보담먼저 自覺하는것도어김없이 그의稟質에따라賢明한處置라고도할것이다。 그리하야 이作者와같이 時代의큰波瀾로부터港邊에몰여나온 건데기같은身邊雜事에서도 넉넉히 그의藝術的의눈을깨울여가면서 人間社會의眞實과複雜한陰影을 어김없이、샃샃둘처 말할전댄消極으로부터의積極을 企圖할수있는例를볼수가있는것이다。「나는보아잘안다」의어떤兒孩에對한後繼者로써의 待望、醉香」에있어서의醉香의、가장 날근것이면서도 無意識中에도가장 새로운것을 바라는全身的의模索,「乳母」에 있어서細小한感情의起伏을背後에折疊하면서 現實生活의가엽슨 風景과쓰라린社會의한 予盾에對한휴ㅣ마니티의發露 그作中에서「이렇게 생각하자 나는 유모를 나물할용기가다시는않났다。그때유모에게대한나의감정이라면 동정이있다。마음속에서 울어난정의감이었다。」라고말한作者의柔軟性있는感觸의如實한자래에依하야 우리들이周圍에放置된枯渴한風景에서 다시한번細心의配慮로心情을불태울수가있는것이다。

생각건대 無影氏가人間的立場은 아마 이세넷의短篇으로만보와도 이現實世界의추접한常識과 억울한習俗ㅣ一見새롭게뵈우는것이라든가因襲가운데서 그를反駁하는人間本來의良識과휴마니티를探求하며 그를確信하며 그를助成할여하는데에있을것같이보인다。더말할것없시 그것등이 가장危機에싸였으며 모든것을그正當한位置에서 識別하기가매우困難한이만치얼크러진가운데서 헤그러진실오리를 하나식하나식 푸러나가려는細心한方法으로現實의一部分으로부터래도 더욱有効하게格鬪하려는것이라고말할수가있다。모름지기文學에는 文學의方法이있으며 作家에는 그들의能特한手法이있을것이다。인제야비로소今日의文學은 自己自身을救援하며 起死回生하는意味에있어서도 頭腦로써부터보담은 心臟을通하여 그의鼓勵을더욱傳하지안이치못할것을 누구보담도 이作者는 더욱自覺하고있는것이다。그러하야無影氏의小說(더욱그의短篇에있어서)에 흐르는人間本來의아름다운 휴ㅣ만한感情은새로운 後繼者를(「내」에있어서) 期待하며 無智한心臟이有智한頭腦보담 나은때가있으며(「醉香」) 그러하야 時代의모든十字架를등너매인犧牲者들로하여곰 限없는憤怒와一掬의哀愁의情을기처주면서 世上의歪曲된風景과習俗과生活의 惡鬼같은醜貌가운데서도새싹으로의眞珠을發見하지안이치못할만큼 높고아름다운그의휴ㅣ만 도큐멘트를創作하면서 새로운世代에向하려는눈물겨운記錄을자아내는것이라고하겠다。

—(끝)—

詩와現實의相剋

——素描·趙碧岩——

尹 崑 崗

이땅이가진 젊은詩人의 한사람일 趙氏를 이야기하야 보려는것이 이素描를 草하는 나의 本意이다。

그러나 인간的으로 一面識이없는 그의詩를 이야기하는것은 多小 여색한冒險인것을 自認못하는바도 아니다。나보다도 더많이 그를 알고 나보다도 그의詩를 더잘 아는 사람이 있으리라는것을 믿는 까닭이다——그의人間될까지를 아는사람이면 그의詩를 이야기하는데 좋은 도음이 될것을 아는 까닭이다。

그러나 나는 不幸히 그와 相面할 機會를 갖지못한채 지금에 이르렀으매 그러므로 나의 여기에서 取할바 態度는 오—즉 그에詩에만 局限하자는것이다。 그것만이라면 나도 安心을하고 여어들 覇氣를 가질수있는 까닭이다。

나의「定規」가 비록 바르고 고르지 못하야 엇가는일이 있을지라도 나는 나의「定規」로써 나의對象을 測量하기를 嗜好하는 까닭이다。

× ×

나의「定規」의 「푸리숨」을 通하야 採擇된 詩人으로서의 趙氏는 確實히「憎惡와復讐」型의 詩人은 아니다。

그는 攻擊代身에 自嘲와 自責으로써 그것을 代行하

는 詩人이다。

그렇다고 그가 또한 때를 따라 敵烈하게 敵을 노리며 對立하는것을 默過할수는 없다。다―만 그는 客觀的으로 分析된 自我의 敵을 敵으로써 終局까지 追跡하는것을 斷念하는것이다。

그의詩의 血管을 貫流하는 한줄기 歡歡한 光彩는 敵에對한 憎惡에 對하야 具體的形相을 가추지못한채 夕照처럼 재를 넘어버린다。그러하야 그것은 마침내 自我를 鬱化하고 自我의 意識까지를 自責하는 情感의 反撥로 變質되어‥ 心魂의 밑바닥에 沈澱되어버린다。

그러하야 베일을 뒤집어쓴 理念의深底에 가로누은 堅固한 核心을 探索할만한「理知의칼」을 힘차게 휘둘으지못한채 流星처럼 瞬間의 「火花」를 發散하고 永劫의 어둠속에 自滅을 告할따름이다。

지금 나의 書齋에 꼽힌 月刊誌中에서 그의詩를 골라 몇개 적어본다면 다음과 같다。

「試金石」「樵夫의안해」「黎光을찾어오느나」「씀바귀」「斷章」「安東茶寮」「秋情」「除夜」「鄕愁」……等이다。勿論 이밖에도 그의詩는 發表된것이 않음을 記憶하나 方今 手中에 그것들이 具備되어있지 못한 탓으로 全部 列擧할수는없다。

기름내음새 풍기는 旅舍의 除夜는
석캐처럼 질근질근 鄕愁를 간지르고
寒燈은 깃궂게 古典의햇믜를 부러노니
追憶의放浪속에 哀嘆이나 맡겨보자
어둠마자 洞窟같이 깃드린 窓모슬에
客心은 凄然히 孱弱한 孤獨을 쥐여짜고
明日의乳香속에 退色한옛을 묻으라고
晩鍾의沈淪처럼 밤새도록 우러나보자

―「除夜」―

이것은 그의詩中에서 골라낸 하나의 標本이다。그리고 보는바와가치 이詩속에는「鄕愁」가 旅舍에서 除夜하는 그에게 석캐처럼 질근질근 간지르고 追憶의放浪이 그를 哀嘆식힌다。그를 爲하야 찾어든것은 끝까지 어둠의洞窟이요「니힐」의 굴레를쓴 心魂의 褪色된 沈淪뿐이다「니힐」은 거머리처럼 그를 빨고 그는「니힐」의 澁酒에 失魂되어 凄然한 孤獨에 흐늑이며 운다 이것은바로 그와 現實의 相剋에서 빚어지는 悲劇이다! 여름날 파리떼처럼 졸졸 따라대서는「니힐」의 妖精은 그로하여금 透明한 理念의 구렁에까지 誘惑하는것이다 現實과 相剋되는 自我의 資質을 救出하는 聰明한 理知의칼날과 용감스러운飛躍의 날개를 그에게서 찾어보려는것은 거운 虛望에 가까운일이다。

바로 피비린내나는 飛躍이있을때 그의詩는 燦爛한때光을 發할것을 마음속에 構圖해보는것은 나만이 가지고있는 老婆心일가?

이와같이 이詩人은 自我의 밟어온 詩의行程우에 明快하고 억세고 深邃한 呼吸을 보여주는代身에 歡小하고 둔하고 暗憺하고 蒼白한 起伏만을 보여준다。

勿論、上論한바와같이 그가 대때로 突發하는 飛躍의 燐光을 無視할수는 없으리라。暗憺한 現實에서 自嘲와 倦怠와 憎惡를 發하야 抗爭의 潜在意識을 가질때 그는 強烈한 이메지ー를 把觸하려한다。그러나 다음瞬間 苛酷한 現實이 그內面에 숨기고있는 온갖矛盾을 赤裸裸하게 드러내밀때 그의理念은 다시 뒤ㅅ자리로 退却하게되고 그곳에는 依前의 空虛가 새끼를 치는것이다

그의詩는 大槪가 이러한情感에서 빚어나오는 蒼白한 인테리的苦惱의 發露이요 바로 그까닭으로하야 그의詩는 피를 吐하는것같이 悲慘한 哀調를 띠우고 울려나오는 것이다。

그가 처음 詩의世界를向하야 未熟한 거름의 첫발을 드려놓든「試金石」時代에는 지금의 그의詩와는 相反되는 資質이 있었다。그當時의 그의詩는 現實不關하는素朴한 理念과 情熱이 充滿하였었다。비록 그것은 詩라고 이름을 부치기가 거북한 程度의것이기는 하였지만

그러나 그것을 벗돋어나갈 資質의 所有者가 되지못할 運命的宿題는 그로하여금 肉體와 精神을 重壓하는 自嘲的理念의 洞窟속으로 그를 逐放하고야 말았으니、이 詩人에게는 오ー죽 疲勞와「니힐」만이 唯一의 贈物이되고 詩的表現의 才能만이 紙筆에게 手苦를 입히게된것이다。

그리하야 詩人과 現實의 피비린내나는 相爭! 이것이 이詩人을 焦點으로하야 뚜렸하게 낳다남을 우리는 目擊한다。뼈저리게 푸득이는 暗鬱의날개는 悽慘한 悲鳴과함께 落日을 맞으려는듯이……。

背後에 切迫한 暗鬱이 強度될때、酷烈한 危機는 항상 머리를 들고 그를 侵略한다! 氣濫한 疑懷와 絶色한 自嘲와 自責이 이詩人에게 있어서는 둘도없는「어머니」가 되어 詩形의 修硏을 손짓하야 부른다。

지금 그에게 남어진것은 自嘲・니힐의 情感을 걸어차고 現實과 酷烈한 싸움을 다시 展開하는데 있음을울나는 믿는다。그때 그에게는 다시 詩의靑春이 찾어들것이다。

우리는 그때 그와 現實과의 참다운 격鬪가 시작되는 거짓없는「라임」을 眺望하며 두손뼉을 치고 그를呼歡할것이다。自我의 야수꺼운習性과 앙탈을 毒어버리는 苦惱! 그리고 自我의 精神과 肉體를 相合식히는 무서운 싸움! 呻吟하는 詩魂과 汜濫하는「니힐」을 抑壓하는 불붙는 意志! 痛哭하며 썰그러진 詩形의 改造! 苦汗은 바로 여기에서 바다처럼 넘쳐흘을것이다。

어것은 이詩人에게만 이야기될 常識은 아니다! 우리들 젊은 인테리詩人들의 곰팡내나는 詩文學을 바숴버리기 爲한 한개의 強烈한 意欲이다 ー丁丑・初夏ー

「부루-스트」의 時空槪念

尹 皷 鍾

新心理主義文學의 双壁의한사람이라고하는「부루-스트」의作品을 읽을때 그文學素材의怪異性과 作者가갖인時空槪念의 特異性에놀라지않을수없다。 그러나「부루-스트」의文學素材의怪異는 全혀 그의時空槪念의特異性에서 由來한것임을 안다면은 新心理主義文學에 關心하고 그에對하야 正當한認識을 意慾하는사람으로서는 當然時空槪念은 問題삼지않을수없다。 時間과 空間의問題가 文學作品을 通하야 作家認識의要諦가된것은 아마 新心理主義文學이처음일것으로 生覺된다。 그만큼問題에當面하는우리는多分의好奇를늦기게되는것이다。 그보담도 純粹文學의 模範과같이 認定하든 新心理主義文學도 그것이 思惟性에서 全然訣別하지못한點이 있어서 以前의諸文學과軌를同一히한것에 注意할必要가있다。

怪異하게도 旣成文學의一部에있어서 文學에서 어떠한思惟性이든 拒否하는것을 正道와같이 思料하는일이流行性을띄는 이때 무엇보담도思惟性에서 迂遠하여야할新心理主義文學의双壁인「부루-스트」의作品이時空槪念에있어서 우리의思惟를誘發하는것부텀 奇妙한일이다。

「부루-스트」의作品을 읽는다면은 누구든지 이作家가「벨그송」의 哲學學說과付合하는 素材認識의길을所持하고있는것을알게된다。「벨그송」의 모든事物을「持續의相」에서보는「純粹持續」說과握手하고 나아가서는 「리비-도」의學

說을提唱한 「쯔로이드」博士의潛在意識과 一脈相通한點을 所持한것을 認知하게되는것이다。

結局에있어서 作家의「純粹한想念」보담도 作家의圍繞한 時代社會의 人間思惟의大潮에 制約바듬을 免치못한것을 「부루ㅣ스트」自身이 肉體的으로表示하고있는것이다。

그러나 이와같은 思惟性의制約보담도 우리의興味를誘發하고 우리에게 作家 부루ㅣ스트」의 爾餘의畸型的文學態度를由來하는 因由의根源을알게하는것은 그의時間과空間에對한混淆한槪念性이라고할수있다。

「부루ㅣ스트」의 文章의特異性도이곳에서 原因한것이였고 그素材構成의奇妙도 이것이由來하였고 그獨特한叙述形式도 이것이左右하였다。

「부루ㅣ스트」에게이러한重要性을띤時空의 問題는어떠한일인지 當人인 「부루ㅣ스트」에게있어서는 一次도意識化한일이 없었든것이 또한奇妙하다。 그의文學素材와 함께無意識의意識下的世界에 이問題가 問題化하지않고 潛伏하고있었든것이다 그러나 「부루ㅣ스트」自身이 意識하고意識하지않음에 關係함이없이 그의作品의 主要한點은依然이空間과時間의그槪念이支配하였다。 그럼으로 부루ㅣ스트」에게있어서는 時間과空間은 事物의特異性을 捨象하고 一般的인 共通性을抽象하여야 비로소成立할수있는明確한槪念같은것이라고하기보담도 한개의 本能的인 生物學的存在의 關係를그에게 가지고있었든것이다。

그러한만큼 이것은「부루ㅣ스트」의 作家的實踐에 强靭한因緣을갖게하고 一種의宿命的인關係를持續하였다。 여기에서도 우리는 本能理知에迂遠한 自然的要素의 潛勢力의可恐할威力을痛切히認識하게되는것이다。

그러나 問題는 時空의特異한槪念性의潛在에있는것이아니다。 重要한點은 「부루ㅣ스트」의作家的實踐이어떻게 이것의制約支配를 받었는가하는데있다 그리고 그것은 왜그와같이 作家「부루ㅣ스트」와같은 宿命的關係를맺었는가하는것을 究明하는것이必要하다。 不幸히時間과環境의諸種의拘束으로因하야 「부루ㅣ스트」의作品에 表象된時間과空間의片影으로서 그의時間과 空間에對한本能的인態度를窺知할수있을뿐이다。

由來時間은 常識的으로三大面을갖이고있다고본다。過去現在 未來의三面이 現在를中心하야繼起될때에 비로소具體的인時間이存立한다고 生覺되는것이다。 그러므로 時間은 前後의繼起를이루운 不斷한流轉이라고보는것이 近代哲學의主된思惟이다。 그리고 時間은 客觀認識에있어서不可分의範疇의하나로본다。 그러나 이와같은 時間現象의規定은 「부루ㅣ스트」에있어서의 時間性에何等의繫線도갖임이없고 또한 「부루ㅣ스트」自體도이와같은 此岸的인時間槪念의彼岸에超脫(?)하고있는것이다。 그에게있어서는 現在를中心한過去와未來의 不斷한流轉은 一種의混淆한渦紋以上으로 把握되지않었고 過現未의繼起的現象은 羅列的이고 流轉的인前後秩序를整備치못하고 一種의錯雜과混沌未分의 狀態를呈하고있다 甚함에이르러서는 時間의前後가轉倒되야 過現未의明確한區分을 把握할수없을뿐아니라一大無政府的時間性의錯亂에빠어진것을 目睹할수있는것이다「부루ー스트」의 主된作品「喪失한때를찾어서」가 新心理主義文學作品의 最高的地步를占함에도不拘하고 讀者를갖임이적은것은 全然이와같은 時間에對한 것잡을수없는混溺裡에讀者를陷入식히여 健全한時間概念을갖인많은 頭腦를괴롭히게 한때문이라고하여도 過言은아닐줄로안다。

이와같은 時間에있어서의 混沌은그空間에對한「부루ー스트」의同一한幻想에依하야 一層알수없는 不可解의存在化하고말었다「부루ー스트」에게있어서는 時間이 前後의繼續的인秩序없는 混沌인것과같이 空間도 存在할수없는混亂된 無意味에概念化하고있는것이다 그것은 概念이라고 하기보담 一種의夢遊病者의佚言이 라고 말하는것이보담 簡單한通評이라고 할수있다。그럼으로「부루ー스트」의作品에서 그것이一種의恣意的文學遊戲가아니면은 異常頭腦所有者의囈語임에 適當할뿐인文句를發見한다면은 몰라도「부루ー스트」의描寫한空間을 똑똑히 把握하려는것은나무에서 고기를잡으려는것과달음이없다。一種의꿈나라에서나 어더볼수있는 異樣한空間의混沌이 「부루ー스트」를 支配하고있는것이다。

元來空間은 立體的인것이다。縱橫高의 三大 要素를갖이였고 遠近、高低廣狹高短 厚薄等의諸多屬性을內包하고있다。異樣하게도「부루ー스트」에게는遠近概念도없고 高低의關係도없다 文學에는可能性과 必然性의純然한區分이現實世界에있어서와같이 峻別되지는 않치않은多少의順序가있고 展開如何를 制約하는作品自體의 正常性이 必要하다。「부루ー스트」에게는 이러한 作品이갖이는 그自體의秩序가없고 다만不可解의空間과空間의 相互矛盾된 錯雜한堆積이있을뿐이다。作品에있을前後事實의繼線이 없을뿐아니라。一定한時間內에있어서의 空間中의遠近의區分이없다。어떠한 場面에있어서는空間의上下가 轉到되고 어떠한時間에있어서는 遠近一體가된다。그것은맛치 中世紀의 鍊金術者의奇術과갓기도하고 또한 刺魔敎의生贄의不可思議的手段과갓다。

이와같은 空間의錯亂은 前述한그의時間性의混沌에 依하야 救濟할수없는 深淵에陷入하고만것이다。現實的이여야하고 보담 具體的現實認識者가되여야할뿐아니라 그것의忠實한具象的再現者될 藝術家에게있어서 時間과空間의秩序는——그것의正常한 認識은諸他의 基本的인要素보담第一먼저 要請되는일이다 그것이多少의混沌을갖일때에는作家的活動의健全과 그作品의共通된 理解를一般에게 期待할수없는것이다。讀者라고하는 自己以外의理解者의層을絶對的前提로하는 作家에게있어서는 萬人에게 理解될作家的意識과現實認識의 健全한感性이必要한것이다「스탄다ー루」의말과가치 死後數十年後일지라도 早晩作家에게는自己를읽어주는사람이 絶對必要한것이다。그들에게 理解됨에는 여러가지ー그야말로 形言할수없고 規定할수없는過程이있다。

그러나 숨길수없는根本的인事實은 作家의認識하고 構成한藝術的感性이作家以外의他人의 共通된感性과附合하고그것의感興을衝發하는일 일것이다。

長久한時日동안 時間과空間에對하야 凡常한 普遍的인

認識能力과感性의陶冶를받어온 一般人에게있어서는 內容의深大가아닌 形式의畸型과方法의嶄新 및認識의錯雜은아모리한偉徹도 關心도얻을수는없는것이다 이것은 藝術史를繙讀하면은 了解할수있다。

새로운 藝術的勞力이 時代와社會에 그存在性을 主張할수있는것은오로지 一般의感性과常識性에 隨應할때뿐이다 讀者라는 自己以外의理解者 鑑賞者를前提하는 文學일사록 그內容한藝術的感性이 社會的普遍性을所有할 必要가있는것이다。더욱히言語機能의모든 委曲을다하야 驅使하는過程의 巧妙한陰影과 感覺을應用함이 많은文學은 讀者의 이에對한感應力을 念頭에두지않을수 없다。아모리奧妙한藝術的感性이包含되였다치드라도 作家以外의 第三者가 이를感知할수없다면은 어떠한意味도없다 作家가 恒時自己가가진 藝術的感興의客觀化를念頭에두고 어떠한露感의馳驅도 이를適當하게 制禦하지않을수없는것은 이때문이다 近代文學에있어 表現의問題가擡頭하야 作家의技量과主要한成素의한나이된것도 이와같은 客觀化— 感性의傳達이 얼마나 必要한가하는 所以를 말하는것이라고 하겠다。

그런데 새로히 二十世紀에出現한 「부루ー스트」의新心理主義文學은 이와같은 客觀化的努力과 關心을喪失함으로 因하야 그存在性과 永續性에一의疑問符를가지지않을수없든것이다 作者의世界가 享受者인讀者의 世界感覺에 어떠한 觸媒的存在도되지않고 讀者의머리를 惑亂식히는 存在以上이되지아니하였다 新心理主義文學作品을 읽은뒤以前의作品과가치 讀者의머리에 藝術的感興이衝發되였다고하는 소리는 오늘까지있은일이없다。그와같은 藝術的感興代身에讀者는 理解할수없는疑惑을 하나더품게되였을뿐인것이다 即이것도文學인가하는 가장素朴한疑惑을新心理主義의驍長이라고하는「부루ー스트」를作品에먼지게되는것이 必至의事實이다。

이와같은疑惑은 新心理主義文學이 그內容한感性에있어—그時空兩概念에있어서 一般性을考慮하지않는 瞬間까지讀者에게서 사라질수없는 그것이다。

讀者의一般的感性이 隨應하지않은限 아모리 表皮的人間에 對置되는 內面的人間을 그리려는文學이 께이가高貴한것이드래도 理解받을수없다。무엇보담도 文學은 그것이 모든一般的感性에 隨應傳達할수있는 認識的內容과秩序를 所有할必要가있는것이다 內容과 秩序없는文學이란 그것은文學이라는 稱呼의僭稱者를指示한말이라고 하겠다

新心理主義文學을 오늘까지 現象化된바에依하야 斷定할때 이와같은文學이라는이름을 僭稱하는 似而非文學으로밖에 보히지않는것이다。아모리 新心理主義文學作品이 「부루ー스트」等의 높은文學精神과 幽深한哲學的教養우에 動機를두었다고 한들 그것이 客觀的第三者에 認識理解되는 感性을所有하지안는限 우리는 眞正한 文學的條件의 喪失者以上으로볼수없다。 그러나 新心理主義文學에있어서 이와같은 客觀的感性을 要請하고 現在以上의文學的內容의 平易化를期待함은 그야말로 山에가서 물고기를求하는일과같은일이다。新心理主義文學의 生命과 眞骨

의不可理解性에있고 그時空의惑亂에있는以上 그것을指摘하고 正常性에回歸하려고 要求하는것은 그文學의死滅을要求하는것이된다 그文學的特異性을指摘하고 第三者에對한傳達的感性을所有함에는 그들은 自己의 文學的生命을指摘할수밖에없고 그것을 指摘하는瞬間 長久한時日동안싸히은許多한努力은 한개의 水沫以上이되지못하고 마는것이다。 그들에게 있어서 多幸이라고할수있으려만큼 그들의文學은 아직 第三者에要求의 對象化하지를못하고있다。 間或 好事家와 文學現象의研究家 또는 新機軸을爲해精進하는 作家에게 參考的對象化될뿐 廣汎한一般에게는 그存在마저 알려지지를 않고있다 때로는 그이름이알려저 그의存在나마 明確히되여젓을뿐 그文學的作品의具體的性格은 알려지지를않고있다 아마 그들의 作品이時間과 空間의惑亂과認識感性의 超絶性을 抛棄하지안는以上 그것은 永久히 讀者라는 觀照者를所有하지못하고말른지도몰은다 그러지않어도 한때 「벨그송」의哲學思想과아울러 西歐와 世界를風靡하다싶이하든「부루ー스트」流의新心理主義文學은 그熾烈한流行性을 일허버린形便이다。

有名한 「떠스트엡프시키ー」의 「心理的寫實主義」의一層의發展과가치 云云되는 「喪失한때를찾어서」에對한 純文學者의推仰도 漸次 衰退되여가고 말었든것이다 지나친自意識의 過剩이 純文學의雅淡한 文學的雰圍氣를 推奬하는 文學者에게있어서조차 무거운苦痛의 桎梏化하고만것이다。 時空의惑亂과 感性의不可傳達性은 아모리 「길이」(?)를 崇尙하는 純文學者일지라도 머리의 平常機能의安定을保持하고는 理解할수없었든것이다。

어떠한角度로 보든지 新心理主義文學의嶄新(?)한 文學方法은 사람의理解的範圍에서 超絶(?)하고있는것이다即客觀的存在와 時間的棲存에 必要한 感官的客觀的 可解性을喪失하고 한낮 自意識이 救濟할수없는 深淵의暗黑뿐이 所持한것이 없는것이다。

그래도 「부루ー스트」는 佛蘭西乃至西歐의 旣成文學의最高의到達地ー文學의 하나밖에없는 精粹한表徵이라고하야 世界純文學者의 寵愛 寵嘆(?)을 獨차지하다싶이하고있다 「부루ー스트」에게 對한 이와같은寵愛는 理由없는일은아닐것으로 生覺한다 비록 「부루ー스트」가쓴「喪失한때를찾어서」 自然主義浪漫主義等의 文學的潮流에訓練받은 오늘의純文學徒의 正常한 認識感官範圍外에 超絶하고있어 理解가困難하다 손치드라도 그것이 客觀에對한——存在에對한 基本的槪念에 둥울들리고 自意識의잠은못속(池底)에 파뭇치여 意識의破片을 玩弄하는點에있어서는 그들은 무었보담도 發展된自己를 그곳에 發見할수있는것이다。 그들이 「부루ー스트」의偉大에 瞠目하고 그의文學的形式에 賞讚을악기지안는 所以도 여기에있다 보담어린 年少한 純文學徒가 그文學的明日을 爲하야 目標를 「부루ー스트」와 「조이스」에게 두고 그研

究에 沒頭하고있는것을 理由없는일이아니다。所謂老大家가「부루ㅣ스트」에게 對하야 沈默에갓가운 無關心을所持하고있는反面 젊은 聖된 文學의使徒가 이主義的作家에게 魂을잃고있는것은 우리들이 最近年 흔히 目睹한事實인것이다。事實에있어 「부루ㅣ스트」와 「조이스」旣成文學의平面的敍述에 厭症이난 旣成文學의 新人에게 있어서는둘도 없는 珍味임에 틀림이없다。

中途半端的인 心境과 身邊의 瑣事를 뒤적어리는것밖에 能事를 發見하지못하는 所謂旣成文學보담 徹底한究極을걸고있는「부루ㅣ스트」와 「조이스」의 文學은 한개의極限點에 到達하고있다고 할수있는것이다。그러지 않어도 文學의 客觀的歷史的型態를 文學自體에 限度를두고 究明하지 않고 存在한時代의 歷史的性格과 聯關식혀 解明하려는 文學史家에게 있어서는 이와같은「부루ㅣ스트」의 文學은 一定한社會의 反映態로서의 最高의發展的「포인트」에 立脚한 文學인同時에 그以上의길을 喪失한文學일것이 把握되고있다 事實,부루ㅣ스트」는文學的으로 그以上發展할수없는 一定한 極限狀況에 到達하고있다고 할것이다。潛在意識의 暗黑世界意識片片의 累集많이있는 無明의主觀世界에 耽入한點에있어서主觀主義의 究極에 到達하였을뿐아니라 그表現的手法이嶄新한文體를 創始함에있어서도 旣成文學의 한개의絕頂에到達한文學이라고 할수있는것이다。그럼으로 發展的明日이없고 發展의힘은 喪失한 그瞬間부터 모든 事物은벌서 歷史的存在——過去의 單純한事實化한것을 意味한다면「부루ㅣ스트」流의 新心理主義文學은 그것이 發展의極限에到達한 意味에있어 벌서 한개의歷史的存在化하고있다고 할수있는것이다。그러나 그것은 歷史的存在치고도悲慘한 歷史的存在以上이되지못한 歷史的存在인것을 짐定못할것이다。歷史的 存在로서 그것이 後世에 어떠한積極的要素를 傳承식힐수없는 點에있어서 新心理主義는한낱一時의 現象以上의 意義를갖일수없는것이다。

그것은 무엇보담도 新心理主義文學이 아모리 主觀主義의 深淵에들어가서 그가온데에있는 幽深한 氣分을賞玩한다고한들 그들이 前後와 上下와 今日과 昨日을混同하는次元의混亂을 거듭하는限 그不可理解性을 因하야어떠한 客觀的存在性을 主張할수없는것을 보아도 理解할수있는일이다。이意味에있어 新心理主義文學者「부루ㅣ스트」의 時間과 空間의 槪念의 樣相은 그文學的運命과 存在의歷史的性格을 무엇보담도 直截的으로 表示하고있는 樣相이라고 할수있을것으로 生覺한다。

이삭주이

英國・에이이취・이・베이트스 作

李 鍾 洙 譯

原作者紹介——여기에 번역紹介하는「베이트스」(H・E・Bates)氏의作「이삭주이」(The Gleaner)는 短篇小說家「오부러앙」(Obrien)氏가 編纂한「一九三四年度英米短篇傑作集」에 揭載된것으로 이短篇集中에서 가장 優秀한것의 하나로 好評을받는作이다。「베이트스」氏는 자세한紹介를 揭載한 文獻이 손에 없기때문에 자세한經歷은 알수없으나 英國文學雜誌 북맨(Book Man)란든・머ー큐리ー」誌하고 倂合된것) 誌에 紹介된것을보면 英國短篇作家의 한사람으로 前記「오부러앙」「에이・씨ー・마ー샬」等과같이 雜誌「新小說」의 編纂委員이고 著作으로도 小說集이「두男妹」外四五卷이 있고 여기번역하는作品도 여러批評家의 好評을받는 것으로보면 氏는 英國 新進作家中 有望한 分子인듯하다。

「이삭주이」는 늙은 할머니가 大自然속에서 이삭을 줏고있는것을 그린것인데 번역으로는 原文의 리즘과 語音의 交錯에서 나오는音響을 나타내기가 困難하야 原作의 重要한 長點을 살리지못한點이 不無하니 讀者는 이點을 諒解해주기바란다。(譯者)

× ×

나무 꼬치 같이 마르고 꼬부라진 늙고 힘없는 할머니가 있다。해는 하늘 중천 고개를 겨우 넘었을 때。할머니는 읍(邑)을 나와서 더운 흰(白) 산비탈 길을 누구가 먼저와서 이삭을 줍고있지나 않나 하는 조마조마한 만음으로 사면을 휘돌아보면서 이상히 긴장된 초조한 거름으로 반(半)은 다름질을 하다시피 올라왔다。이삭줏는 사람은 한사람도 없었다。멀리 바라보이는곳은 눈얼게 말은 쥼사이에 아직도 팔헌 꽃을 달고 있는「칙코리•스타—즈」와 같이 뉴난히 빛나는 하늘에 가득한 가울 했빛새상은 뎅비인것같었다。가울 볕이 홍수와 같이 그러나 고요히 내려쪼이고 나무의 푸른기운을 빼라가는 맑은 했볕이 충만한 산우에 할머니는 고적하게 홀로있었다。

산우에는 그많은 양(羊)한마리도없고 공중에 새도없고 고요하다。할머니를 놀래게하고 혼란하게하고 그와경쟁을 할사람은 하나도 없었다。그러나 그는 무었을 두려워하는것과같이 그 초조한 거름을 멈출줄을 모르고 보리밭이 눈앞에 나타날때까지 마음을 놓지못했다。보리 그루만 남은 경사된 보리밭에도 황금과같이 빛나는 가울 볕이 홍수와같이 내려쪼일뿐이였다。

그는 발문을 열고 쏙들어가면서 찌직 문을 닫고 자루를 꺼내놓고 한번 의심스러운 눈으로 보리 밭을 둘러보고는 허리를 꾸불였다。할머니는 보리그루 우로 엉거주춤하고 걸어가면서 달아나는 생쥐와 같이 빨리 손을 놀리면서 이삭을 줍기 시작하였다。

이삭을 줍기 시작한 할머니에게는 인제는 불새도 들을새도 쉴새도 없다。해가 기우러지기전에 그밭을 다돌아 이삭을줍고 자루를 채우는것 밖에는 아무 생각이 없다。옛날 한세긔(世紀)전 나이 어렸을때에도 그는 역시 지금과 같이 이발에 일팡이 가득찬 고요한 오후(午後)에 영원하고 변치않는 한가지 목적을 위하야 올라왔었다。그러나 그때는 혼자가아니고 온 집앓이 다 같이 혹은 온동리사람이 떼를 지어가지고 한바퀴 손구루마를 밀고 두바퀴 손구루마를 끌고 이른 아츰 붙어 늦은 저녁까지 이밭에서 저밭으로 이삭을 줍고 다녔다。

이삭줍는일을 하지않으면 않된다。곡식은 생명인 까닭에 이것은 시간(時間)과 같이 오래된 법측이다——그들은 쉬지않고 축을 힘을 다하야 이삭을 주었다。한이삭이라도 벌판에 그냥 내어버려두면 안된다。그는 어렸은때에 이삭을 속히 줍지못한다고 잔등을 쥐어박든 어머니의 주먹을 생각하고 다시 자기 아들 딸을 꾸짖든 생각을 하였다——날이 어듭기 전에 얼른 주어서 벌판에 보리이삭을 하나라도 남겨놓지 말라고。

그는 빨리 달구지지나간 자리에서 부스러진 이삭을 줍고 발머리에 있는 문에서부서 발가운데로 분주히 주어들어갈다。그려고 산길을 걸어올때와 같은 초조한 마음과 일종의 공포를 가지고 보통은 상상도 할수 없으리만치 손과 몸을 빨리 놀렸다。이할머니가 깜헌 치마와 저고리에 몸을 감고 조고만 힌 머리를 항상 땅에

실내고 있는 양은 한마리 검주린맵은「스탈링」(椋鳥)이 정신없이 열심히 무었을 쪼아먹고 있는것 같다. 그의걷은 소매속에 보이는 가는 팔에는 피끼가 없이 시들어지고 시뻘헌 뙤때줄이 새고 손목은 나무 옹재와같이 빼무숭이다. 그러처 만은 보리이삭을 줍고있는 할머니의 손은 고목의 높은나무 순파같이 생생하고 기민하고 얼굴에 보이는 열심에 가득찬 그러나 또한 안온한빛은 영원에 통하는 무었이 있는것 같다. 책은 깨끗한 얼굴은 쭉말라서 주름 투성이고 빰과 입 눈의 부드러운 살거리는 구멍과같이 때워서 없어지고 그대신 뺨과 여이마의 빼는 나무 매디와같이 쑥나왔다. 오랜 나무가 저절로 넘어저있는 참혹한 꼴과 같었다.

해마다 같은 가을 볕에 타서 살빛은 부드럽게 빛나는 보리빛과 같다. 그의 몽롱한 푸른눈에도 이 보리빛갈의 색갈——연령(年令)의 빛, 가을의 빛, 죽어가는 아니 죽엄 그것에 가까운 빛——의 희미한 흔적이 있었다.

날은 몹시 더웠다. 밭 오랑을 타고 이러왔다 저리왔다 이리 굽실 저리굽실하면서 이삭을 줍고 있는 할머니의 잔등과 온몸에는 광(光)과 열(熱)이 가을 각도(角度)에서 한결같이 떠부었다. 할머니는 충동적으로 움지기며 아무방법도 없이 되는대로 눈에 보이는 이삭을 줍고 있다. 그는 본능적으로 오래고 오랜 천성 타고난 방법대로 무의식적으로 하는것이 새(鳥)보다도 더 정확하였다. 그는 한이삭도 놓치지않는다. 쉴새없이 움지기고 피곤한 태도 없었다.

때때로 그는 허리를 들어 별판 넘어 하늘을 바라보고는 아지못할 일종의 불안을 느꼈다. 그러나 세상은 비어있었다. 이삭을 줍는사람은 이세상에 그밖에는 한사람도 없는것 같었다. 그는 다만 혼자이였을 뿐아니라이세상의 마즈막 이삭주이로 옛 종족의 남아 있는 마즈막 사람이다. 그러치마는 이 할머니가 청아한 가을 햇빛 아메서 보리 이삭을 볼새 없이 빨리 줍고 자루를 보리그루우로 끌고다니면서 흔드는것을 볼때에 무슨영원(永遠)한 존재를 생각하게된다. 그는 이세상에 시간(時間)이 있는 그의시초부터 된일을 하고 있으면서도 그것을 인식하지 못하였다. 관심(關心)은 오직 보리이삭과 보리집과 그러고 보리그루의 기리, 또는 돌아 길에있을뿐이다. 추수하는 사람의 손에 미치지 않고 이랑사이에 남아 있는 여러가지 풀과 꽃——「패리윙클」과「스피ㅣ드웰」의 조그만 회색점백인풀, 「냅위ㅣ드」(菊種)의 자주빛 관(冠), 우유빛(牛乳色)과 분홍빛 파랄꽃(旋花)「스카비오우스」(山蘿蔔)의 피기 시작하는 진자주빛꽃 봉아리, 여기 저기 조꼼식 흐터저있는「캐모밀(加安爾列)——이러한 풀과 꽃도 눈에 띄우지 않었다. 때때로 대스럽지 않은 일에——가령 오망밖에 보리그루가 나가 있거나 또는 범가세(薊)나「팔츠홋」(蕗)이 오랑에 하나 갈득찬것을 보아도 참을수없이 마음이 조급하고 불쾌하였다. 근래는 단(束)묶는 사람이 보리집을 길게되는 대로 흘리기가 일수고 추수후에 밭을 너어 가는 사람도 없지마는 이삭을 줍는 사람도 없고 방해하는 아무것도 없었다。곡식은 흉년이저서 나달은 고름지를 못하다。그는 가는보리집과 아직도 퍼렇게 성한 잡보리가 있는 황폐한 땅을 당해서도 허리를 펴지못하고 쉬지않고 그의 검엉게 타진 손을 빨리 놀리면서 이삭을 찾지마는 이삭이 없다。

그러나 한참후에 주머니에 이삭이 차고 오후젓에 태양 광렬이 일층 강렬할때 할머니는 말이 어떤아픔이 까히 놀고난후에 느끼는것과 같은 일종의 권태를 저윽이 느끼고 자긔도 모르게 손놀리는 것이 느려졌다。그는 그 벌판을 다 돌아 단니지는 못할것같었다。가마귀 한두마리와 자긔 밖에 없는 벌에서 보리그루를 따라서 이리왔다 저리왔다하는 할머니는 점점 작아뵈고 그의 주위에 있는 벌은 점점 커저지는것 같었다。

마츰내 할머니는 허리를폈다 피로한증거다。그러나 할머니는 그것이 피로했다는 것이 아닌것같이 가을하눌과 읍안으로 내리간 경사진길을 바라보았다。부두러운 가을빛이 온 세상을 빛이우고 많은 나무에는 굴현 술과같이 빛나는 광채가 흐르고 그아레는 비둘기 빛 저웅이 잇고 가까히 가마귀떼가 보리그루에서 확일어나서 공중을 날고는 저편작에 다시 내려와 앉는다。

할머니는 다시 허리를 꾸부리고 이삭을 줍기시작한다。허나 얼마안되니 허리를 들고 하눌을 처다보고 그러고 또다시 이삭을 줍는다。엄가쇄가 손을 찌른다。그러면 그는 도리어 그것을 요행으로 알고 발은 피ㅅ 한손으로 가쇄를 빼고 가는 입술로 그것을빤다。

그의 앞에는「호ー손」나무 생나무 바주와 멈은 딸기나무가 잇고 그옆에 커다란 떡갈나무 뗏나무가 우산같이 큰 그림자를 발에던지고 잇다。그는 그 그늘속으로 들어갈다。그늘은 찬랭수와 같이 또는 깨끗이 시천한「시ー츠」(敷布)와같이 서늘하엿다。할머니는 다시 기운이 나서 쉬지않고 한참동안 이삭을 주었다。

그러나 그는다시 얼마안 있어서 나무바주밑을 따르게 되였다。보리집이 바람에 날아서「호ー손」나무와 딸기나무 혹은 철선련(鐵線蓮)、코스모스같은데 걸린것을 일어나서 이삭을 골라주어 담었다。서서 일하기는 퍽쉬었다。

그는 익어가는「블랙・베리ー」와말라가는 나무잎 냄새를 맡아보고 다시 가다가 발을 멈추고「듀ー베리ー」(딸기)를 따서맙고 먹어도 보고 허바닥에 대고 포도알을 눌러 허치폿이 허처서 맛을보고 또 한발나가서는「코스모스」의 자록(紫綠)빛 꽃을 따서 손가락으로 비벼보기도 한다。

나무바주에는 보리이삭이 많이 걸려있다。그는 무거운 이삭자루를 끌고 그냥이삭을 주으러 다니면서 왜! 그만자루를 매고가게 되지않는가를 의심한다。그러나 아자못할 무손힘이 그를 억매고 한이삭도 노치지 않을때고 그냥 이삭을 줍게 하였다。

햇볕이 약해지기를 시작할때에 그는 집으로 갈생각을 하면서도 이삭자루를 팔에 끼기도하고 가슴에 안고 이삭을 줍기도하고 때때로 자루는 자루대로 놓아두고 이삭을 주어담었다。그많이 이삭을 주었으면 집으로 돌아가도 좋을 때지마는 할머니는 타구난무슨 아지못할 충동(衝動)에 이기지못하야 그냥 이삭을 줍고때때로 누구가 오지나 않나하는 옛날부터있는 공포를 느끼기도 하였다。

그는 문(門)가까이로 가면서 이삭을줍고 다가서는 자루를놓고 한참동안쉬었다。낮은 저물기 시작하고「스탈링」(椋鳥)의 떼은 때는 나무사이로 웅성웅성 모여들어서 오후의 고요한 정막을 깨치고 있다。집으로 돌아갈려면 이삭자루를 들어메여야 하고 만번에 들어메일수가 없으면 한번 그것을 들어서 문우에다 놓고 다시 그아래잔등을 대고 저야만한다。여하간 무거운 그자루를 들어올리야 하지마는 그는 너무 피곤하여서 그것을 그때로 나무아레 내버려두었다가 이튼날와서 가저 갈수 밖에 없었다。그러나 그는 자기의 생명이 그자루에 달렸다는듯이 갑작이 있는 힘을 다하야 이삭자루를 처들어서 문우에 올려놓을려고 하였다。

그의 힘은 모잘랐다。무거운 자루는 할머니를 뒤로 떼밀치고 절반만치 떠러젔다。할머니는 그순간에 다시 힘을 내서 빗들어 천천히 올릴려고 하나 아지못할 눈물이 늙고 약한 할머니 눈에 핑돈다。

그러나 다음 순간에는 그는 눈물도 잊어버리고 있는힘을 다하야 자루를 들었다。마츰내 성공하였다。

그는 자루를 잔등에 메고 무거운 자루의 끝을 손으로 감아메고 허둥지둥 걸어 내려갔다。눈물은 먹었으나 그는그것을 싯을 생각도 하지않였다。눈물은 석양을 향해가는 그에 억만살 주름을 흘러서임으로 들어갔다。할머니가 무거운 자루를 메고 쉬임 없이 걸어가는양은 그가 메고가는 무한이 오래고 원시적인 그 고식보다도 더 영원한 지상(地上)의 존재와 같었다。

거름을 재촉 함을 따라 날도 점으러지고 어느듯 서편 하늘에는 다만 어두운 동잔 불과 같은 붉어지가 떠 있었을뿐이다。가을공기는차고 조용 했다。눈물은 뺨에 말나붙고 늙은 할머니는때때로 그의 입술에서 짠맛 그몸뚱이의 짠맛 이땅의 짠맛을맛보았다。

無所求

李光洙

나는 그대를 사랑하노라
하고싶어 하는 사랑이매
그대에게 구하는바 없노라。

나는 내 모두를 그대에게 주노라
주고싶어 주는것이며
그대에게 바라는바 없노라。

그대 만일 나를 사랑하면
기뻐게 받겠노라 그러나
나는 그대에게 진실로 구하는바 없노라。

老松

柳致環

아득한 記憶의 年輪을 넘어서 여기

三角窓

金朝奎

즘생같이 地殼을 뚫고 隆隆이 자랐나니
古老하야 樹身은 龍鱗을 입고
巍巍히 虛空에 向하야 天籟를 부르고
世紀의 季節풍에 오히려 亭亭히 푸르러
轉輾히 漂泊하는 孤獨한 地表의 一邊에
치어든 이 不死의 想念을 알라!
오오 이는 아예 소나무가 아니 어니——

가난한 나의들窓은 三角이다
밤이면 나의三角窓은 외로운 노래에 젖는다

풀은 露臺도 없고
美麗한 風景의 展望도 없고
저녁이면 서그픈 그림자들이 헌염쳤다……살어젔다
燈불도 뿌ㅣ영게
나의 三角琉璃窓은 疲勞한 나그네의 心思가 넘처흘은다
그리운것은 구두소리 무겁게 돌아간 銳利한 휘파람소리

立體로 錯覺하든 硝子板의 過去는 平面이엿다。
(날어간 候鳥를 哭하리、나를 傷하리)
부드런 내마음보다도 豊滿한 네의肉體보다도
나는 내心臟을 파먹으며 한퍼센트의 快味를 享樂햇노니
약빨은 自尊이여 叱棄할 知性이여

아아 오늘밤도 나의三角窓엔 슲은影子가 어른거린다
그러면 에리자 三角이 六角으로 六角이 多角으로
언제나 나의들窓은 華麗한 圓窓으로 뵈일수있을까

(丁丑春)

書齋

趙靈出

말없는 畵幅이 혼자 幸福을 차지한
지난 季節의香내를 진인 書齋――

아담 이부의 숨결이 그저남아있는 이곳
때로 傳說의女人들이 간엷흔 울음소리를보내다。

燭불이 다아 타벌인 그 幻滅의瞬間이요
默想은 詩人의마음에서 황급히 燈불을 들고

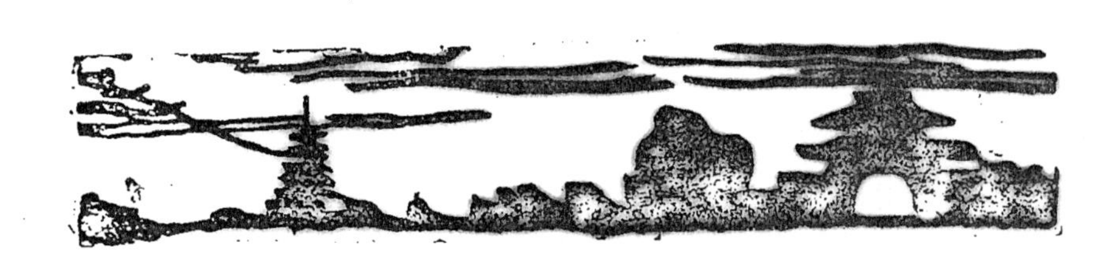

내 누 이

鄭 昊 昇

輝煌한불빛이 追憶의祭壇에로 몰려슬때
밤은崇高한 旋律을 이끌어・검은喪服을 떨치다。
花甁에 꽂힌 머ㄴ 異國의 꽃가지。
新婦도없이 조용히 꽃닢을 만지는 憂鬱。
호랑나비도 없는 이 수척한 꽃품속에는
萬卷書籍이 풍기는 내음새가 花香처럼 스미고
턱을 괴이고 앉은 詩人의 닫은가슴은
오롯이 흘린날의 음산한 窓門같으니………
幸福이여 畫幅안에 숨어간 너여。오오。
이곳 浪漫의故鄕은 언제불어 愛人을 잃었나보。

一

뛰— 뛰뛰—
뛰— 뛰뛰—

아츰 다섰時 실工場 고동이 운다
고놈은 잠도 안자고 時計만보고있나

너도 소스라처 단잠은 깻구나
이제는 눈깝 뜯기도 익숙 해젔다구
粉이와 맞나면 좋알대더니

뒷집 粉이 아벅지도 ××대신
스므날만에 그적게 오고
사람처기로 일읎난 山순검 곰보가
황둥이 껌둥이 암캐 숫캐
자즈라지게 짖기고
쇠돌아버지 끌고간지도 어제지만
석전 댓바람부터 나무가 없어 쩔쩔매는 네의 꼴을 보고
오늘도 나무 안잘수없다

개ㅅ둑에 올라서서 두손을 내젔다
내 자게진 모습이 재너머로 사라지면
신장로로 거려가는 네모습이 쓸쓸할깨지

한발 네는 工場으로
한뼘 나는 山으로
空間으로 흐르는 男妹의 넋만이얼켜

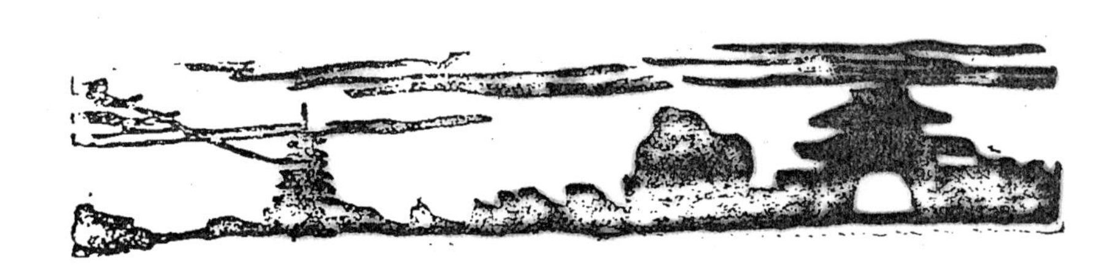

病苦의 呻吟하시는 어머니머리속에
왼終日 어른거릴게다

二

뛰— 뛰뛰—
뛰— 뛰뛰—
여섯時間을 두고 낮질에 잊었든 배움성인듯 반가운 消息이
피피리의 노래를 깨트리고 山골작이에 부드치면
점심바가지를 끄러다 보리밥덩이에서 쏫은 情이
집으로 너에게로 粉이를 그리여보고 쇠돌이게로—

이제 앞으로 석달
夜學방先生님 쇠돌이가 나오면
나도 너도 粉이도
가갸 거겨 고교 구규
나냐 너녀 노뇨 누뉴

나역 하로 못본 粉이가 그리운때
해를 두고 애타우는 너의 가슴이야
오작이나 앞으겠니 쓰라리겠니

너의 얼골에 흐르는 눈물속에서
가끔 쇠돌이를 훔처보고

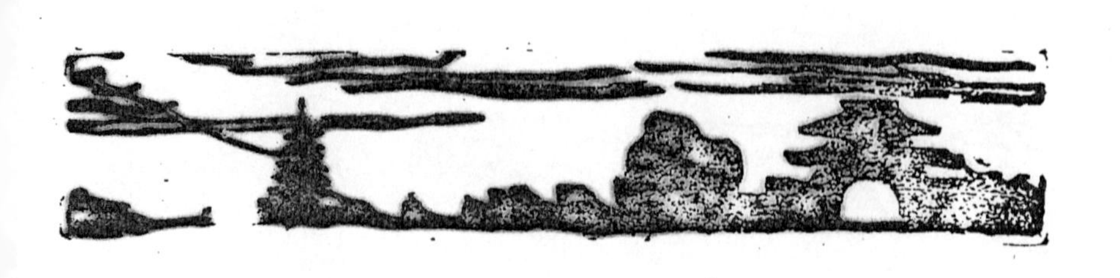

粉이가 염낭을 지어 나를주면
너의 웃는 表情이 쓸쓸해짐을 나는봤다

어젔께도 쇠돌아범 끌어갔단 말을듣고
밤을때서 울면너는 지금도이따금
후닥닥 곰보의 무지한주먹이 베오빠를잡기여
소름치는 가슴이 거듭거듭 뛸게다

——풀무고개에서——

네거리에서

趙 虛 林

거리에서 거리로 얼없이 헤매이다
지친 발길이 멈춘다
騷亂한 네거리에서

와 포ー드群이 呼角을 불며 줄다름치고 文明의 選手처럼
힌둥이 깜둥이 암놈 숫놈 어데들 가는지
수없이 왔다 갔다
못생긴 「네로」 끄스・텁의 샷관도 덩달려 붉으락 푸르락

오날도 라디오의 찌저진 목청은 자즈러지고
고래모양 人魚族을 삼켰다 吐하는 삘딩의 長城이여
太陽이 없는 舖道의 가슴우로
嘔吐할 文明의 挽歌가 엉기고 흐른다

언제나 개일겐고 虛榮과 肺菌이 가득찬 灰色空氣
사람색기면 모조리 神秘한 五色 假面을 쓰고
食虫처럼 웃고 울며 陰謀와 殺氣만 등등
生地獄의 바람이 街路樹의 팔다리를 물어뜯는다

屈辱의 때쩌른 紙幣가 이곳의 마리아!
盛粧한 看板떼가 아양을 떨고 賣笑婦처럼
美醜도 善惡도 한斤 두斤 저울에 다러서 막 판단다
落胎와같이 共同便所에 내버린 良心이여

여기가 원숭이後裔들의 날고 뛰며 싸우는 舞台
썩은 뙤가 지렁이처럼 꿈틀거리는 魔都의 心臟
頭腦의 排泄物로 恍惚하게 꾸며논 十字路

죽도록 그립은 自由의새 한마리 純情의 꽃 한포기 없고나
黃金의 짜스에 醉하야 狂舞하는 이거리의 殺風景을 깨끗이 쓰러내고
다시 풀밭을 맨드러 自然의 품속에 羊과같이 살겠다
꿈꾸는 마음아! 좀먹은 妄想의 破片아!

차라리 차라리 눈감고 지나자
病든 世紀의 (醜惡한) 꽃들이 한창 욱어진 네거리를 어서 떠나자
끝없는 流浪의 뒤따러 無人島 찾어……

──舊稿에서──

瞬間

李高麗

한푼 銀錢을 다투고
도라와 홀로 가슴을 두다리며 혀끝을 챈다
스스로 꾸짖음이더냐
그러나 보리 밥에 풋감치뿐인 내 食卓의 貧窮。

南區에 洪水가 낫다는고나
수많은 겨레가 주림에서 彷徨한다는 고나
──입든 옷을 잡혀 쌀값을 작만해 쥐고
寥寂한 친구에게 한잔 술값을 拒絶한 後에
외로이 왈츠를 휘파람에 맡였다 주먹은 눈물을 담으며 無能을 깨닷는다。

모든 벗이 나를 떠난것만 같고
무릇 家族이 나를 멀리 함만 같고
또한 원갓 知己가 나와 등진것같은
덧없이 서성대며 이 不安이여。
내게는 차라리 보임없는 暗黑을 다고!

蒼空을 우르러 喊聲을 질러야 할것같고
무쇠ㅅ덩어리를 질겅 질겅 씹어야 할것같고
이냥 피를 吐하고 없어저 無絶될것만 같고
어느 强한 힘이여 너는 나를 바린것만 같다。 바린것만 같다。

불러도 대답지 않고
찾어도 찾어도 오직 홀로 헤매임만 같다。
아、다시금 가슴을 치고 머리ㅅ털을 웅켜잡았나니
無限인 空虛에 휩싸여、다만 沈默이 죽엄같이 숨쉰다。

병자、팔월、열이틀

初夏隨筆

民村生

五月도 오늘로써 마지막날이 되고보니 本格的여름이 來日부터 始作하란다。

해마다 當하는 철수라 하겠지만 나는 또 이여름을 어떻게 넘길는지벌서부터 그것이怯이난다。

무슨 주제에避暑를 못가서 恨이랴? 어느듯 서울살림이 十年이넘어서 우물속같은 都會의 밑바닥에 蟄居하고 보니 문득 시원한 田園이 그리웁다 都會의 畓畓한 生活은 오히려 寞寞한 感이없지않다

昨年여름에 나는 馬山浦로 가서 한여름을 잘노렀다。하긴 가든날이 장날이라고 내려가든날 부터 비가 와서 因해月餘를 장마속에보냈었지마는 그래도 異鄕情調는 나의生活에 新鮮味를 가저오게 하였다。

馬山은 내가 열여덟살먹는 해에 봄에 집을 逃亡해서 처음가 본곳이 였다 나는 二十餘年만에 다시 馬山浦를對해보니 옛일이 새로운듯 實로 感舊之懷가 없지않다。

그때 同輩이든 H君이 舊馬山에 있었다 나는 그때 H君을찾어갔었다。馬山에서 이틀밤을잤다 나는生前처음으로 멀니車도 타보았거니와 바다를 구경하기도 그때가 처음이였다 山峽에서 자라나든 나는 그야말로 井底蛙가 大洋을보고 놀내듯이 나도 그때 自然의 神秘함에 瞠目하였다。

二十年後에 다시 가보는 馬山은 그동안에 面目이 一新하였다 그러나 湖水와 같은 바다와 그사이로 靑山이 重疊한푸른 물결은 예나 이제나 마찬 가지의 風光을띄고 있다。그때 나를 案內하든H君아! 나는 只今 다시 네있든 곳을찾어왔는데 네는 只今 어듸가 있느냐 나는 생각하는 마음이 懇切하였다、

그러나 그것도 瞬間의 想念이였다。산사람은 죽은 이를 슲어함에도 功利的이다 다시 말하면 自己

標準이란말이다 나는 故友를 생각하는 것보다도 明媚한 自然의 風光에 흘려었다 집에서 떠날때는 제법 長篇의 原稿하나를 써올 뜻이 뽑내고 간것이 나는 날마다 낙시질하기에 精神이 팔렸었다。

나는 山村에서 자란만큼 낙시질할機會를 갖지못했었다。 그래도 川獵에 남에 뒤지지않게 興味를 가졌기때문에 어려서 돌개울을 둘너막고 붕어와 피라미를 손으로훔쳐잡기는 곳잘했다。 그러치안으면 장마뒤에 통발을 놓거나웅뎀이를 바가지로 퍼서잔고기를 잡었을 뿐이다

내가 낙시질을 처음해보기는 丹陽竹嶺밑 石潭에서 酒幕主人 영감과 쏘가리를 낚어본것이라할가。 그러나 그때는 낙시질 보다도 一種千金의 重石鑛일이 어찌 될는지몰나서 憂鬱한남어지에 경황이없이지냈다。

그런데 처음으로 埠頭에서 낙시질은 해보니 그것은 川魚와도 달너서 新奇한 興味가여간이 아니었다。나는 善手들틈에 끼여서 서투른낙시질을 해보았다。

나는 낙시질꾼과 같이 하루는 漁船을잡어타고 바다 건너 섬앞으로 갔다濁酒를 한桶싫고 고추장을準備하였다 가재미 皿시라기 께 망태 뱀장어 그外에도 姓名不知가 있는데 第一많이 잡히기는 감생이색기였다 그것은 黑도미의 一種같은데 마치 논皿에 송사리처럼 물밑으로 깔니였다。

배에서 고기를 낚는 때로 그놈을膾를 처서 술안주를 하는것이 都會人인 나의 興致를여간 도두지않었다。

바위너덜에 둘너앉인 釣魚軍 그中에도 젊은 女子들도 끼여앉어서 風景에 또한 異彩를 띠워있다 潮水가 출넹이는 海邊에는 굴을 따는 少女가 때때로 모래둡을 기여다닌다。

나는 그날하루를 無我夢中으로잡노렸다 거기서 좀떠멀니 돗섬밖으로 水路三十里를 나가면 大海가 展開되는데 그만큼 고기도 굵어서 숭어 갈치같은 큰고기가 물리고 뼘가옷색되는 도미도 잘 물린다한다。

그래서 다음 機會에 한번 파遠獵을 하자고 마첬었는데 天候가허조치 못해서 마침 내 實現을 못하고 그대로 올나 온것이 遺感이다

올나올때는 올여름으로 미루고그분들도 또 한 勸했지만 하긴을에도가고 싶으나 나는 좀 처럼그런 餘裕를 주지안는때。

그대신 나는 此明夏를 回憶하며 이여름은 都會에서 蒸著해 볼까한다。

(了)

—丁丑六月十一日—

失戀賦

李 燦

이날이 이러쉬이 올줄은 몰나섰소。참말 이날이 이러쉬이 올줄은 몰나섰소。

順아! 나는 종말 오늘까지 며츨밤을 쪽한잠 못이루오。말못할적무에 몸은 솜같이 피로해있으면도 깜어야 눈속엔 그대영자뿐、끊어가는밤마저 좋으름을 불너도 구지그대생각만 짓드릴뿐이요。

일즉이 나는 손목에 사슬을달고 세상이 생지옥이라는 그속에서 몇봄몇가을을 보낸일이있었소。봄마다 피는꽃 가을마다 지는닢도 그러나 이처럼 내마음을 서렙게는 못하였었소。또 내 가산이가우려 이역만리 외로운에사에서 말을두고「비지죽」을 할튼일도있었소。그러나 그때도 이같이 내마음을 피롭게는못하였었소。

오오 얼마나 큰서러움이 얼마나 큰괴로움이 그리운 그리운 그대생각과 아울녀 지금 내가슴을 들복고있는것인가!

사실 이런날이 오지않으려라 믿고있는 것은아니였소。나찬 그대 함홍으로 이사간다는 그대집 마음온 오지말나 오지말나 손비비어 빌면도 마처 가마귀 제홍에겨워 우려도 무슨 홍조가 설네는 나라일혼 백성들의 심사같이 해용 멀어들는 소식에서도 혹시나하는 겨정이 사러질날없었다우。그러나 너무나 일죽이 너므나 일죽이……順이!참말 나는 뜻밖이였소。오 그리된 그대소식전하는「구범」이의귀행을 나는 얼마나 저주했는지。나는 무슨 그연석의탓이나되는듯 주선해주려든 취직은 고사코 점심한그릇 맥이지않고 냉대했었소 그도 내기분을 취측하는듯후일을기약하고 총총히 떠나버렸소。

順이! 그러나 그러나 나는 조곰도 그대를 원망하지는않소「언제까지나 언제까지나 당신을 기다리겠서요」당신을위하얀어면 희생이라도 하겠서요」하든그대 비록 아쉬허도 그약속을 저버렸단들 저버렸단들。이는 애초불어 내가 귀담어둘은 말이아니였으므로요。결코 내게대한 그대의애정을 믿지못해서가아니라 사나이 삼십에도 맘대로못하는 가정을 연약한그대 열여돌의계집으론 애초불어 한개 달콤한공상에 마므를뿐이요 차라리 그길이 행복의길이라면 그가 진정으로 그대를 사랑하고 사랑할줄알고 그대 또한 그가 그다지 싫은 무류의인간이아니냐면 나는도래 그대의오늘을 애끈는 눈물속에도 축복하야마지않소。

오 길이 행복하오 順이! 길이 행복하는 順이!

그러고 順이 그대는 조곰도 나

물워하야 맘괴롭힐건없소。비록 지금 내가 이처럼 서러워하고 괴로워한때도 이제 몇을만더지내면 나는 모든것을 이저버릴수있을게우。사실 나는 이저버리는때 명수요。이저버린다는것 그것은 약한자의「명약」이믈 나는 누구보다도 잘알고있고 또 이것이 나의 눈물의 반생을통하야 삼지사방을 더듬어얻은 나의유일인「처세처방천」이요。오내 만일 이때까지의 모든 비애와고통을 이「이즘」으로서 다스리지않었다면 나는 벌서 불망산하의 한줌흙이된지 오래였을게우。

順이! 나는 아무런 원망도없이 다만 새삼스러 내환경을 저주할때름이요。내환경을 저주한다느니보다 저주스런환경을 쉬이 뜯어끚지지못하는 연약한내마음을 한결 뉘우슬뿐이요。

그러나 이모든것을 익히알면서도 비록 한때이나마 나를 그처럼 사랑해준그대! 그럼으로 내사랑도지극하였고 그대의 남꺼리는 모든과거가 도리어 그대의「짚이」로서 한층 안타가허 사랑스러웠든것이요。

사실 언젠가의 그대말같이「비록 애안해가 한없이 가없대도 애정없는산념은 도려 그에게도 무덤이저요」「쇄상이야무어라는 우리가 영원히 함게 지낼수만있다면 그만이지요」

오오 그러나 악착스런운명은 그만한 시간의여우조차 남겨주지않었구료! 우리가맞나서 불과일개월! 이것은 내가 옴겨노을 짐의묵어움에비하야 너므나 촉박한시간이였소

「잘가오!」順이 나는 지금 그대께의 마즈막 고별과아울너 남은내청춘에도 최후의 고별을짓소。나는 두번다시 그대같이 나를리해하고나를생각해주는이를 맞나볼수없을게고 비록 천행이 맞나진대도 나는 다시 그에게 손끝하나 건드릴염두안두겠소。쌍말노 화약을지고 불노뛰여드는 어리석음을 내웨 또 저즐느겠소。찬어도 나는 괴로운사람이오。마음따러먹고 리상등진괴로움도 괴로움이려니와 눈꼽만한수입 나흘줄모르는친환 또무엇무어로 참우슴이란잊은지오랜사람이오。여게 또한개 새로운 괴로움이 앎으로 또한번 뒤덮인다면 중말「이즘」도 나를 자살에서 구할수는없을게요。

오오 順이! 그대는 시드러진내 청춘의 가을뜰을 장식한 떨기꽃! 아니 내일생의 음산한 골방속을 오죽 한번 비춰준 따스한 햇볕! 참말 나는 오늘까지 그대이외에 사랑하는누구여하고 부를여인을 갖어본일이없었소。열세ㅅ불에 장가라고 든후 소위「처대」라는 관염에 억눌니울도 있었겠지만 우동생다툼의 중학시대, 그무엇에실취하야 여렬없든 허구한그후 이어 영오의살님、밤을낮으로있는격무……

아아 삭막한 내청춘의날이 화화같이 빛난 그대를 처음겸마즈막으로 막을닺이오。

아 쪼들어진 내가슴에 정열의불꽃을록그어주고 우울에찌든 내얼골에 생의명낭을 불너 이르켜주든 順이! 그대마저 여영 가버리려는구료!

거기 도도한 압록강은 유장한때ㅅ노래를 싫고 오늘도 그때나 다름없이 흐르고 있을게요。앞으로도 영원히 영원히 흐르고있슬게요。

그러나 그대와는" 이로써 마즈막 이로써 마즈막……

오호 順이! 順이!

(於、北齋)

直言·短評·隨想·隨感

황새가아니라뱁새

玄 民

自身에 對한 辯明(?)을 한만더 쓰게해주십시오 벌서 一年以上創作을 發表치안는데 對해서 나를아는 분한테는 勿論몰으는 분한테서도 여러가지로 鞭韃을 많이받는데 이렁게오래 沈默을직히게 된것은 時勢라든가 나自身의「行き詰り」라든가하는것도 原因이되엇지만 그보다도 作家로서의 野心이분수에 넘게컷든것이第一큰原因이엇읍니다。沈默一年有半에 얻은것은 나는배가 생각하듯이 황새가아니라 뱁새에지나지안엇다는 自覺뿐입니다 요새몸이좀不便한 덕택으로 餘暇를 얻어泰西巨匠들의 作品을 몇개읽고 이런感想은 더욱깊게했읍니다 인제부터는 도로 내분수에맞는 作品을 써나가겠읍니다。

悲劇

李 無 影

日前K君이 라디오를 가저와서 無心코 듣자니까「春香傳」에 電報가나오고 使令들이 時計를보고 李道令이 飛行機를 타는等웃으운 場面이 많이나온다。 그러나 다듣고나서는나도 惡意없이 웃고말엇다。 그네들이 말하자면「유모어」를 目標로 作成된「春香傳」이라는것을 알앗기때문이다 그런데最近 나는이「春香傳」보다도더 甚한小說을본다。「朝鮮」이라는 땅이 世界地圖에는 하나뿐인데 競馬場에서 해를지우고 밤에는 땐쓰홀에서 춤을추는等의 事實이나오는 小說이 잇다。前記「春香傳」의 脚色者는 그러한 企圖에서 처음부터 出發한것이지만 後記小說의 作者는 그것조차 認識치못하는데 놀란다。 이것은 確實히 悲劇이다。

感情을感情하는사람

尹 崑 崗

낡은詩의 나라에있어서는 人間의 感情의文字化가 곧 詩가될수있었다 그러나、때는 바뀌였다——人間의 單純한感情은 한개의 感情에 不過한까닭이다。詩는 人間의 感情의感情한것의 表現이요、그러므로 詩人은「感情을 感情하는 人間」이다。

그것은 무엇보다도、人間은 感情만으로 生活하지않고 理性이라는다른한개의「生活素」를 갖인까닭이며 오늘날의 우리에게 있어서는 理性이 感情(本能)에 對하야 덮어놓고 손잡기를 싫여하는 까닭이다。

그러므로 우리들 새로운 世代의 詩人들에게 남어진일은 感情을있는그대로 그리는 일이아니라「感情을 感情하는 일이다——그것은 다만우리가 갖이고있는 感情과理性의 强烈한 統一밑에서만 敢行할수있는 일이다

뮤—즈여! 素朴한感情을 棄揚하라!

樂聖베—도벤

朴 榮 濬

映畵「樂聖베—도벤」을 본일이있다 베—도벤의 最後臨終時「아——죽고싶지않다」는 한마디의말로 베—도벤의 全部를 認識할수있으리만큼 그는生에對한 野心과 藝術에對한 野心이 컸슴을 알수있었다

老軀이고 귀먹어리였으나 그는自己의 苦憫을 解決치못한채 죽을것을 괴로워햇다。

情熱—野心—이는 藝術家가 죽은

뮈에 까치도 가지여야하고資産이다 「神과빼ㅣ도벨만을 말는다」이는빼ㅣ도벨에게 들려워주어도 좋을말이다。그는 偉大한 藝術家였다。

스토리의 倦怠

金 朝 奎

映畵의 括目할進出은 文學藝術特히小說의 領域을 廣範圍로侵略하였다。이제大衆的興味나 그時間的迅速性에있어 映畵의 그것을 따를수없고 토ㅣ키의發達은 對話의妙마저凌駕하였다。그러하면 文學이 文學獨自의境地가 있어야할것이라면 只今그領域을 巨大하게 侵蝕當한 現代에小說이 한個危機에 直面하였다고생 하는것은 나의 獵奇的把握일까?

이런 意味에서 나는 小說을어데까지든지 深奧한 人間心理의 流動的記錄으로써 實驗한 쬬이쓰 푸르ㅣ스트의 所謂新心理主義文學에서一面의 首肯點을본다。甚至於 슈르레알리즘에게 까지도 事實에있어 平凡한 市井事의 未熟한記錄엔 倦怠다小說에있어서 事件을 無視하는것ㅡㅡ이것은 나한사람의 破産된 性格으로 들리고 말것인가?

作家의 괴로움

尹 世 重

무었을쓸고! 結局問題는 여기에있다。나는내가 무었을쓸가를잘안다 허나 그것은 實現이안된다 하고싶은 말을온전히 一般에 내놓지못하는現實의괴로움! 내가 만일훌륭한志士의 資格을 갖었다면 나는벌서배를갈르고 自殺했을것이다。

自殺은 結局敗北이다。나는이것을眞理라고 믿기때문에 그自殺을 中止하고있다 허나原稿紙의 펠건 은여전히 무서웁다。

가난하고 딱하고 모순투성인現實의 實寫! 구태나는 이것을 文學에에서 얻을여고 안한다。이것은우리가日常보고 듯는것으로도지나치도록알고있다。文學이란 常識物助長의副屬物이 안이니까! 親愛하는 作家諸兄이여 意欲을 뵈여다오그들의動態를 보여다오가난하고 딱한우리들은 었자면 좋나? 어떤感情을자래우야 되나? 答를주는게 文學者가안일가! 적어도 現代의 文學者라면ㅡㅡ이것은 멘드는것이안이다。그發見이다 歷史의 原則이니까! 그것을發見할수 없게들낭 거젓말을해도좋다。盲人은 보고서 그길인줄아는게 안이라 그길이니라 믿고거려간는이렇게 低調된文壇이거들낭 盲人作家라도 나왔으면 한다。(끝)

文藝作品의演劇化

嚴 興 燮

最近「中央無臺」에서 民村의「故鄕」을 脚色上演하리라한다。

文藝作品의 演劇化는 이번이 처음이아니지만 이만큼스케일이 浩大한「故鄕」의 原作을 演劇化하는것은過去에있어드문例였다。

朝鮮의 演劇界도 이만하면 거이本格的인 向上에들어섯다고보여지는同時演劇팬의 敎養水準이 漸次高揚되여가는 傾向을엿드며 볼수있음은實로 기뿐일이다。

앞으로 文壇과劇壇이 좀더密接한連絡을取한다면 現在에서 보담훨신놀날만한 成果와意氣가클것이다。

明日의情緒

(全二幕四場)

朴芽枝

人物

白雲

그의아버지　貸金業者

그의어머니

金寶　貸金業事務室의小使

立粉

立粉어머니

洞里婦人

洞里處女들

李　製絲女工募集員으로가장한者

區長

料亭의뽀이

沈　專門學校先生

溫泉旅館뽀ㅣ이

第一幕

第一場

立粉의집　쓰러저가는　오막사리草家　한간마루　右手後方으로　안房에通하는門　左手로건너房으로　헛간으로　쓰는모양　左手前方으로　조곰떠러저서　수수깡울타리에　亦是수수깡으로　엮은門이있다　헛간으로쓰는　건너房앞으로절구가놓여있고　마루에는　둥구미와　석유상자로만든　옷궤짝이있다　봄날의午後。

우물가에　수양버들
가ㅣ지가ㅣ지(枝枝)　봄뜻이나
봄을맞는　이내가삼!
가지가지(色色)　시름일세。

노래中에幕이열리면　마루中央에　立粉이홀로앉어　인조견옷을　깃고있다가　손에바눌을든채　멀거니　머ㅣㄴ山을하염없이　바라보며　수심에잠겼다。農村에서는　드물게보는　十七八才의　아름다운處女　다시나직하게　노래를　계속한다。

시냇가에 버들띠미
불며불며 가든雲아
꿈에꿈길 더듬어서
하마한번 맞나주렴。

(노래가 끝나자 옷감을 마루에 내던지고 벌떡일어서 훤훤히 갔다왔다하며)

立粉「아이 어머니는 어듸가셔서 이때안오시여? 나도 서울가면 혹시나 맞나볼는지도 몰라—」

白雲(十六七才의순진한少年 中學校의 制服을입고 수수깡문밖에서 머뭇머뭇하다가 쑥 들어서며)

「立粉아—」

立粉「아이! 雲아! 이게웬일이냐? 언제왔늬?」

(반색을하며 마루아래로나려선다 雲이 뛰여서 마루아래로 들어올제立粉이는 너머반가워서 두손을 내밀고 雲의손을잡으려한다 雲이도 반가워서 손을잡으려할제 立粉이는 갑작이 멈춧하고 머리를 숙이고 얼굴을 붉히며 손을감춘다 雲이도 無色해서 손을떠러트리며 한참침묵)

立粉(다시 생글생글우스며)

「이리좀 앉어라 참반갑구나 언제왔늬?」

雲(마루에걸터앉으며)

「어제 저녁차로왔다 그래 그동안 잘있었늬? 아버지와 어머니는 어듸가셨늬?」

立粉「어머니는 이웃에 잠간나가셨다 그리고 아버지는 일본에가셨단다」(역시마루에 걸터앉는다)

雲「일본에? 언제? 무얼하러?」

立粉「벌서 석달이나된다」(수연한 낯빛으로 가늘게한숨쉰다)

雲「석달? 무얼하러가셨길래 그렇게 오래계시냐? 인제는 밭갈때가되었는데 농사는 어찌하시려고?」

立粉「얘는 농사가 다무엇이냐 작년그수재에 농사라고는 하나없이 쓰러가고 겨으내 헐벗고 굶으며 고생고생하시다가 할수없이 강마름집에서 돈三十圓을 빗얻어가지고 일본대판에 벌이하러가셨단다」

雲「거—참 드르니 끔찍하고나 그래너도 고생무척했겠구나 그런데 아버지 벌려는 잘된다늬?」

立粉「글세—당최 가시드니 소식이 전혀없단다 얘! 그강마름집에서는 아버지 가셔서 두달만벌면 그돈을곧부처주마드니 어째서 소식이없느냐고 벌서부터 야단야단이란다」

雲「거—참 너의집두 걱정이구나」

立粉「걱정뿐이냐? 그강마름집에서는 돈을못내면 나를다려다가 팔어먹는다구 어머니보고 야단을치드라는구나 글세— 내참 기가막혀——」

雲「그거야 해보는소리겠지」

立粉「얘는 해보리가 다무에냐? 그래서 나는 저—」

雲「저ㅣ어쨋단말이냐?」

(立粉이 대답을못하고 머뭇머뭇한다 雲이 마루를 두루두루살이다가 인조견옷감을보고 넌줏이집어들고 빙그레우스며)

「이게 웬비단옷감이냐? 너 그럼시집을 가나보구나」

立粉(옷감을 홱빼서 던지며)

「얘 그런숭한 소리하지말어라 듣기싫다」

雲「성내지말어라 잘못했다。미안하다……그런데 立粉아 얘! 너는 나를 친한동무로아니?」

立粉「아니 그건또 새삼스레 무슨소리냐?」

雲「나를 정말다정한 동무로 아느냐말이다」

立粉「그럼 언제는 아니랬니?」

雲「그러면 말이다 너내말을 꽉한마듸만 대답하겠니」

立粉「무슨말인데?」

雲「글세말이야」

立粉「할만한 대답이면 하다뿐이냐」

雲「할만한대답이면하고 못할만한 대답이면 아니하고」

立粉「그야 물론이지」

雲「그럼 너 나를 다정한동무로 아는게무에냐?」

立粉「아무러 다정한동무라도 할만한말이있고 못할만한 말이 있지않으냐?」

雲「정말 다정한동무이라면 할말 못할말이 어듸있니? 너는 나보다 더다정한동무가 따루있나보구나 그렇겠지ㅣ 나같은동무야ㅣ」(섭섭한듯이 술며시 일어선다)

立粉(당황하게 소매를 잡어앉치며)

「얘ㅣ 오해하지말어라 내가무슨 너보다 다정한 동무가 따루있다니? 남의속은 알지두 못하고――내가얼마나 너를 그리워했는지 알기나하니? 무슨말인데? 내 꽉 대답할께 응」

雲「그럼 꽉대답해야한다 너 아까 내가 들어오기전에 말이다――나도 서울가면 혹시나 맞나볼는지도 몰라 그랬지? 응? 그랬지?」

(立粉이 대답은못하고 얼굴을붉히며 머리만깟딱깟딱)

「그게 누구냐 말이다」

立粉「너ㅣ」(얼굴을 더욱붉히며 머리를 수구린다)

雲「너 정말 그렇게 나를 좋와하니?」

立粉「그렇단다」

雲「그런데 너 서울은 어떻게 간단말이냐?」

立粉「얘ㅣ 넌 다시 서울가지안니?」

雲「왜? 일주일만있으면 개학한다 그때면 곧가란다」

立粉「응 그럼 나두 갈테다」

雲「너두 공부하러가니?」

立粉「얘는 그런신세면 작이나 좋겠니?」

雲「그럼?」

立粉「아까말하든 그강마름집에서말이다 돈뚝속이 어쩌나 심한지――아주죽을 지경이란다。그러구 또 요동

안은 꺼니도 제때루 못고려구 어머니께서 아주도라
가실지경이란다 그런데말야 마츰 서울실켜는곳장에서
여자직공을 모집한다나 그래서 몇일전에 웬사람이왔
는데 나두 거기뽑혀가기루했지」

雲「실켜는공장에?」

立粉「응 그런데 선금육십원을 주었어ㅡ그걸루 강마름
집 돈두갚고 어머니 잡수실 쌀말이나 팔어놓구 또
옷이나 한벌식여입구 그리구 내일 떠나기루 했단다」

雲「내일?」

立粉「응 내일 그사람이 다리려온다구했어ㅡ그래서 어
머니는 조곰마음을 노셨단다 그리구 삭전은 하루에
사십전인데 일만잘하면 작구올려준대」

(雲은 눈을 깜박깜박하며 듣고만앉었다 이때에멀리서
동리처녀들의 노래소리들려온다)

나물따러 가자
나물따러 가자
나물도 따고 님도딸겸
나물따러 가자
나물은 따거든 바구니에 담고
님일랑 따거든 품에나 품자

(노래소리 점점 가까워오며 三四人의 처녀가 立粉의
집문간에와서)

처녀들「얘! 立粉아! 나물캐러안가늬?」

立粉「오늘은 안간다」(처녀들 문틈으로 엿보고 수군수
군하며 退場)
「아이 계집애들도 어듸서 저따위 숭한노래만 배워가
지고다니며 지랄이야 저노래는 강마름집 유성기에서
배웠다나 뭐ㅡ」

雲「立粉아! 너 그래서 서울가면 나를 맞나볼줄알었
고나」

立粉「그렇단다」

雲「너 정말 그렇게 나를 좋와하늬?」

立粉(머리를 숙이며)
「한때도 너를 잊어본적은 없단다」
(갑작이 머리를들고 명랑해지며)
「너 참 그때일이 생각나늬、」

雲「어느때?」

立粉「가만있자 그게내가 육학년때니까 너는 오학년때
인가보다。그때도 이맘때 아니 이보담은 조곰늦었었
기에 진달레꽃은 거의다 지구 풀잎들이 파릇파릇하
였지ㅡㅡ그때우리학교에서 오륙학년이 대홍사 절로원
족을 가지않었늬?」

雲「그래 참갔지 그날 참 자미있었지 절앞에개울에서
물작난을치다가 순복이는 옷을 홈신버리구 또 풀싹
을뜯어서 풀쌈을하다가 너의육학년에서 세가지나 모
자라서 지니까 약이막올라서 죽겠다구했지 그리구또

일남이가 까치둥이를 헐고알을 꺼냈다가 늙은중한테 말을듣구」

立粉「그날 뒷솔밭에서 벤또들,먹는데 애들리 과일껍질 파자봉지 그런걸 너저분하게 느러논걸 복순이하구 나하구 둘이서 말끔이 주어버렸드니 선생님이무척 칭찬하셨지」

雲「그리구 잔듸밭에서 정주하는데 내가 일등을 했지」

立粉「그리구 또 유히창가를하는데 쇠돌어머니가 날더러 잘한다구 미루꾸한갑을 주시고――」

雲「참 그날은 자미있었어」

立粉―그날도 자미있었지만는 그날밤늦게 우리둘이서만 해남산 기슭을 도라오든생각이나늬?」

雲(부끄러운듯이 머리를숙이며)

「참말 그때 어떻게 무서웠든지 지금생각만 해두 소름이 끼친다」

立粉「그생각 뿐이냐?」

雲「그럼 뭐― 얘는 괘니 지나간이야기를 끄집어내」

立粉「너 그때 내품에 기여들든 생각이나늬?」

雲(얼골을 붉히고 머리를 숙이며)

「얘 그게 지금생각하니 산괭이든가봐 으스름 달밤인데 고놈이 홱지나가는데 어떻게 놀라고 질겁을 했든지 접결에 네품속에 뛰여들었지 뭐― 너는 나보담 더컸으니까 그렇지 뭐―」

立粉「나두 무척놀랐단다 그러나 네가 와락나를 껴안고 내품에 머리를 숨길때에 나도 접결에 너를 막껴안었지 그리구는 무섭든생각은 간데없고 우리둘이 그자리에서 껴안은채 당장죽어두 괜찮을것만같드라 우리둘이 같이죽는다면――그렇게 그때우리들은 퍽도정다웠지 참」

雲「얘 그런소리는 인제 그만두자」

立粉「아니다 얘 나는 지금두 무뜩무뜩 그때생각을하면 가슴이떨리고 이상하다」

雲「그날밤 마을앞가지와서는 너는 나를바래다 준다거니 나는 너를 바래다 준다거니하고 한참이나 다투었었지」

立粉「가끔 그때생각을하고는 네가 어떻게 그리운지몰랐단다 너그때처럼 나를한번 껴안어주지안늬?」

(농처럼우스며 말하다가 그만 머리를 숙여버린다)

雲「얘 숭한소리하지마라 우리반 반장이 그러는데말야 남의집 여자하고 가깝게지내는건 나쁜일이라고 동무끼리 、이야기하드라」

立粉「너 그럼 어째서 나를 찾어왔늬?」

雲「너야 어려서부터 다정한동무니까 그렇지」

立粉「너는 나를 다정한 동무로만 생각하늬? 그밖에 다른생각은 하여본적이없늬?」

雲「무슨생각?」

立粉「글세말야」
雲「난 너를 다정한동무로만 생각하지 그밖에 다른생
각은 조곰도 없단다」
立粉「고맙다 너는 아직 철이안났나보구나」
雲「철이 무에냐?」
立粉「그런대말야 너 저 새들은 어째서울고 꽃은 어
째서 피는지 아늬?」
雲「그건 또 무슨소리냐? 새들은 울고싶으니까 울고
꽃은 필때가되니까 피겠지!」
立粉(가만히머리를 숙이고 가늘게 한숨울지며)
「그렇다 새들은 울고싶어울고 꽃은 필때가 되여서핀
다 나는 울고싶은새란다 필때가된 꽃이란다 그런데
너의울고 싶은때는 언제이며 너의필때는 언제나되늬」
雲「그게 무슨소리냐? 그런데 웨우늬?」
立粉「울기는 누가 울어?」
(때에 立粉어머니 수수방문을열고 들어온다 五十이
넘은 허수룩한차림 둘이다 일어선다 雲이 허리를굽
인다)
어머니「아니 이게 누구냐? 雲이아니냐?너 언제왔늬
그래 공부나 잘하늬? 몰라보게컸구나?」
雲「어제밤차로 왔읍니다」
어머니「그래 서울물이 좋기는하구나 아주 환하여졌구
나 그래도 어린때동무라고 立粉이를 찾어왔구나 그
렇게 정답게 지냈으니 그렇겠지 어서올앉어라」
(立粉이와 어머니는 마루에 올라앉고 雲은 그자리에
걸터앉으며)
雲「立粉아버지는 일본에가셨다지요」
어머니(그말에는 대답도않고 立粉이를 도라보며)
「그런데 또 걱정이하나 생겼다」
立粉(말없이 어머니를 처다본다)
어머니「이웃집 귀동어머니 그러는데 실켜는 공장에서
다려간다면 어째서 한두사람만 다려갈리가 있느냐고
그래 그러구 또 실켜는공장에서 무슨선금 육십원식
이나주고 또 노자까지 대여줄리가 있느냐고——그러
니까 암만해도 수상하다고 남들이모다 수군거린다는
구나글세 이일을 어쩌면 좋으냐?」
立粉(갑짝이 얼골이흐리며 머리를 푹숙으린다)
雲「수상하다니요?」
어머니「공장에서 다려간다고 속이고는 다려다가 팔어
먹는수도 있다는구나 글세—」
立粉「그러기에 잘알어보구서 돈을받으시래니까 어머니
는, 괘니 급하게만 구시드니— 벌서 그돈이 한푼안
남었으니 어쩨해요」(옷고름으로 눈물을씻는다)
洞里婦人(황황히들어오며)
「立粉어머니——아이 이게누구냐? 오—雲이로구나 너
언제왔늬?」

立粉母女「어서오세요」

洞里婦人「立粉어머니 그말이 참말이라는구려 그놈이區長하구 같이술먹으러다니며 아주수군수군하드라는구려」

어머니「글세 이일을 어쩌면 좋우?」

婦人「어쩌다니요? 몰으면 할수없지마는 알고서야 어떻게 그런곳에 자식을 보내우」

어머니「그러기에말이오 그런데 그돈은벌서 한푼없이다 썼으니 어쩌하오」

婦人「아이 저를 어쩌나?」

李（양복에 안경을 버티고 점은가방을끼고 점잔을빼며 들어서드네）

「어떻게 준비나 거이되였읍니까? 내일이 떠나는날인데요」（아무도 대답을 못하고 서로얼골들만 처다보고 있다 이상한눈치를채린 그는 아주 더점잔은 말씨로）

李「아니 무슨사정이 있어서 못가신다면 그만두서도상관이 없읍니다 억지로 가자는건 아니니까요」

어머니「나리님 참……그래 가지않어도 상관없겠읍니까」

李「여ㅣ그야 못갈자정이생겨서 가지못한다면 할수없는일이지마는……승낙서에 戶主의도장까지받고 또 선금까지 되렸으니까 잘생각해보아야 할일이지요 그리고 정못가신다면 그돈만 도로내노신다면――」（이말에는 아무도 대답을 못한다）

李「절게 말할게없읍니다 내일아츰일직 올터이니까 가신다면 떠날준비를하고 기다리시고 못가신다면 그돈이나 준비해노십시오 같이 바뿐사람이니까 지체나말도록 하십시오 하루만 지체하드라도 손해가 막대하니까 가부간 딱작정을짓고 내일아츰 기달려주십시오」（뒤도 안도라보고 나가버린다）

어머니「아이고 이를 어쩌면 좋우」（立粉이는 어머니께 쓰러지며운다）

婦人「참 딱해라 저를 어쩌나?」

雲「돈을 도루주고 안가면그만이지 무얼그러걱정하서요」

婦人「이애좀보게 도로줄돈이 있으면야 걱정이무슨걱정이냐?」（혀를차며 退場한다）

雲「立粉어머니 너머걱정마세요 그래도 무슨수가 있겠지요」

어머니「수가 무슨수냐? 아이 이를어쩌나? 이애울지나마라 속상해죽겠다 이게무슨팔자냐? 딸자식하나뿐인걸 이모양을――에이 주인인지 무엔지는 한번가드니 뒤여젔는지 도무지 소식도없으니――그구장인지 무엔가 능글능글한놈이 구수하게주어섬기드니 급기야 이모양이로구나 글세 그놈한테나가서 자세좀 물어봐야겠다」

區長（얼건이 취해서 들어오며 잡젓자가소리는 못드른듯이）

「立粉어머니있수? 그래떠날준비나 다되였수?」

어머니「아이구 오셨수 그래잔어두 갈까하는때유――저

낮들이 그러는데유 실커는 공장에 다려간다고 속이구서는 갖다가 팔어먹는수도있다니 그런수도 있수? 난참 기가막혀— 어쩌문좋우? 그래區長어른이나 그렇지않다구 장담이나하면 맘놓구보내겠수」

區長「허—그야 낸들 장담이야할수있수? 제사공장이라니 그런줄만 알었지—그런데 누가 그런말을 합듸까」

어머니「동리사람들이 죄다 그러든데유」

구장「글세 그렇다면야 안보내면그만이지 별일있수」

어머니「안보내다니 안보내면 그돈을 도루내노라니 그걸 어떻게 해놓수—번연히 아시다싶이 그돈으루강마름집빗을 구장어룬이 갚다갚지않었수?」

구장「어떻게 해놓다니 그럼 보내지도않고 그돈도 못내놓구—그런말이 어듸있수 나는상관이 없지마는 댁사정이 하두 딱하니까 주선한일인데 이제는 도루나를 원망하시니 내참 기가막 혀—」

어머니「원망이야 무슨원망이유 사정이 하딱하니까 하는말이지유」

구장(은근한말씨로)

「그럼 저— 立粉어머니 좋은수가 하나있수」

어머니「무슨?」

구장「마름영감 셋재첩이 도망가지않었수」

어머니「그런데?」

구장「그런데 말요—저—」(한참주저주저하다가)

「이러 잠간 나오세요」(구장 문밖에나간다 어머니따라나간다)

立粉(고요히 일어나앉어 가늘게한숨지며)

「얘 雲아! 난 어쩌문 좋으냐?」

雲「글세말이다 그런데 무슨이야기하기에 가만히 나가서하느냐?」

立粉「난벌서 알었다 그게 그조건인가보다」(눈물을 씻는다)

雲「그조건이 무에냐?」

立粉「저 마름인가 그영감쟁이말이라 셋재첩년이 도망을갔다나 그런데 그늙은 영감쟁이가 도첩 하나 얻는다는구나 그래서 벌서 작년가을부터 저구장인가뭔가를 사이에놓고 우리아버지를 졸르드라는구나 글세 내참기가막혀—죽으면 그냥죽지 그영감쟁이한구 어떻게 같이사녀?」

雪(한참무얼생각하드니 결심한듯이 머리를들며)

「얘 입분아! 울지마러라 그래두무슨수가 있겠지」

立粉「수가 무슨수냐? 난 꽉 죽는것밖에없다」

雪「그런생각은 하지말고 너 꽉 내말을 들을테냐?」

立粉「무슨말?」

雲「글세말야」

立粉「글세 무슨말?」

雲「내가 그돈을 만들어올테니 아무도몰래 받을테냐」

立粉 (말없이머리만 설레설레흔든다)

雲「왜? 네가 정말 나를 다정한동무로 안다면 네동무가 너를위해서 그돈을 가저오는데 못받을게뭐냐」

立粉「네맘은 고맙다 그러나 네가무슨수로 그렇게많은 돈을 만드느냐?」

雲「글세 난 그런수가 있으니까말이다 그대신 네가아무와도 그런말만 안한다면 ―」

立粉「아니 아니 난싫다 나때문에 네가 무슨큰야단 이나 맞나면 어떻거니?」

雲「글세 그런 걱정은말어라 난벌서 동무를위해서 그렇게하기루 꽉결심했다 너도 동무의정을 받어주어야 하지안늬?」

立粉「난싫다 난싫다 나때문에 네가 큰야단을 만날건 뻔한일아니냐? 난싫다 난싫다」

雲「넌 나를 동무로 알지안는구나?」

立粉「아니다 난 참말너를 정다운동무로 믿는다 그러니까 더구나 난싫다 나때문에 네가―」

雲「걱정말어 내가얼는 다녀올께」(나간다)

立粉 (황황히따라나가며)

「雲아 난싫다 난싫다」(立粉이 문까지갔을때에 舞臺暗轉)

製菓工場

李周洪

一

날마다 보고지나든 집이였만 대문을 드려서니 몸이 얼떨떨해진다。

이ㅡ○、이ㅡ○ 우루루루。

모ㅡ터소리 절구소리에 원집안이 떨넌다。

소란한 긔게소리에 여간 필요한일이아니면 큰소리를질러 말하기가 성가신모양이라 사람들은 입을 다물고견되는데에 무척 달연되여 보인다。

캡을 돌여쓰고 수건으로 코를싸맨 멀숙한 사나이하나가 제분실(製粉室)내서나와 창고를향해 거러온다。

부뚤고 무러나볼까 기웃기웃거리는사이에 그는 급한거럼으로 건조장(乾燥場)층게를 밟는다。

유리창넘어로 야끼바(燒場)가 보인다。

열두개나되는 커다란 분구(焚口)에는 두터운 석탄불이 용광노처럼 일고있다。

분구마다 한사람씩 차지하고서서 「아라레」를 굽노라고 째스하듯 몸을 움죽이고섰다。

내게도 저일이 맛겨질것인가 생각하면 긔술앞에직면한 미숙련공(未熟練工) 특유의 공포관염이 몸에 숨여든다。

맛나볼것없이 그만」「나가버릴까도시펏다。

한사람도 샤쓰를 입은사람은 없다。

란봉그에 「훈도시」 뿐이다。
시꺼먼 팔다리에는 번질번질 땀이차서 금속(金屬)처럼 번쩍인다。
고개를 도리키니 어느새 기리바(切場)사람들이 내다보고 있는것이다。
대부분 여공들인데다 힐끔힐끔 바라보는눈팔이 많이 긔분에 거슬렸다。
물을먹으러오는지 살푸대를날느든사람이 갈코리를든채 철관쪽으로 거러온다。
「다나까상 오란 데쓰까?」
섯부른말씨에다 오늘은 유달니도 더욱 어색해진다。
「다나까상?」
「하 다나까 간또꾸상 데쓰」
수도꼭지를 틀더니만 낯을 하늘로치켜들고 소처럼 꿀꺽꿀꺽 한결 물을들러켜고나서 소매짜락으로 입을 씩훔
친다음。
「당신 조선사람이지요?」한다。
얼골빛은 누리고 뒤꼭지가 멀숙한 품이 아모래도 이곳사람같지는 않든다음이라 이쪽도 많이 반가워서。
「아이그 예ㅣ。다나까상은 우리이웃에 있어서 그사람 나하구 잘아는 사람인데 공장에들여주겠다고 오늘 와
보라구해서」
「네 그렀읍니까 잠간 기다러세요」
그사람이 딱 도라서라할즈음에 거센소리로 「난다 난다」하고 나오는사람은 몰라볼만큼 날근아쓰시(厚司)를입은
다나까감독이였다。
「응 오땅에까?」
이런데서는 위엄을뽐내야 된다는셈인지 뗑시와는 갈쯤게 불친절한 어조였다。
사무실에 드러가서 무어라고 짓거리고나오더니 드러가보라고한다。
오쟝인 사무원이 제제금 무엇을쓰고앉었으면서 다 안다는듯이 눈도 거듭떠보지않더니 이웃고 한사람이 담배
를 빼물면서 허리를 편다。
「성명이 무엔가?」
「강성주 올시다」

「어되서 사니?」

「야마데마께 삽니다」

「이곳엔 언제왔니 말도 제법하는구나」

「원 천만에요」

「지금까지 무슨일을 했는가?」

「김치공장에 단였어요 잘아시겠죠만 김치공장은 한여름밖에는 일이없는까닭에 지금부터는 놀게됩니다」

「그럼 내년여름이되면 다시 그리로 가겠단말이지?」

「아닙니다。한군데서 있을작정입니다」

「그래 삭은 얼마씩이나 받었는가?」

「바뿔때는 밤일이 많어서 하로 이원버러는 됐읍니다만 날삭은 일원삼십전이였읍니다」

「후ㅡ으」

귀특하다는듯이 그는 의자에다 몸을 재키면서 안경속으로 한카취넣어 무엇인지 닥거낸다。

일급 일원씩으로 작정이된 성주는 감독의뒤를 따라 건조부 이층에로 올라갔다。

기리바에서 써러둔 떡을 이층 삼층으로 날느는것이다。

실내는 잠실(蠶室)처럼 몇층게나 다락이 되여있었다。

대발(竹筵)우에다 떡을부어놓면 수십명 여공들이 양사방 도라다니면서 바람을 쏘이는것이다。

남녀직공 오십여명중에 조선사람이 십여명되였다。그들은 전부 스미꼬미(住込)였다。

밖앖에서 보기보다는 폐 넓온 공작이다。

주장 아라메가 중심인데 양과부(洋菓部)도있고 제분부 정미부까지 있다。

그뿐인가하면 길까쪽으로 커다란 쌀가개가있고 무시바(蒸場)뒤에론 오십여명되는 양계장(養鷄場)이 있어서 두루두루손을 보아야한다。

「고되잔소 천천이날으시구료」

같은 건조부에서 일하는 호왈 긴상이라고 불르는젊은 친구가 눈찟을 했다。

얼골이 행맑고 귀염성이있는 미소년이었다。

아닌게아니라 왼종일 무거운 목판을 날느고보니 억개가쑤시고 정갱이뼈가 물러나는듯했다。

일꼽시가되여 모ㅣ터는 그쳤것만 사람들은 옷을 갈어입지않고 노래들을 부르면서 양계장에로 내려간다。

닭똥을 치고 조개껍질을 뿌았고 풀을 안어다가 삭도질을하는데 이것은 아마 시간외의 써ㅣ비쓰인모양이었다

보통학교를 한해쯤 단여본 경험이있는 성주는 이렇게 여러사람몰여서 떠드는것이 공장이람보담도 차라리 학교의 실습시간같은 생각도드러서 마음이 어쩐지 상쾌한 구석이있다。

스미끄미직공들이 식당으로 몰여갈동안까지 성주는 목간벽에 기대서서 감독을 기다렸다。

「어대 할만하던?」

같이거러나오면서 감독은 성주를 바라보았다。

「네 그까짓 일쯤이야」

성주는 일부러 뒷길을도라서 감독의집앞까지 동행을 하였다。

그것은 마치 지위높은사람과 무관하게 사피는듯한 무슨 행복을 느끼게도 하는것이다。

二

사무실앞에선 자그만 은행나무가 날마다 날마다 달러젔다。

밑에서부터 차차로 노래지더니 또 어느새에 한잎두잎 떠러지기 시작했다。

성주가 드러온지도 발서 한달이지냈다。

속칭 조ㅣ센마찌라고 불니우는 바다스가 적겐나가야(十間長屋)의 조금사이뜬곳에 감독의집이 있음으로 성주와 감독과는 오래전부터 아는사이였다。

마사장이라는 그집애를 물에서한번 건저준것이 인연이라고나할까 성주는 그집에서 여러번 폐를끼인일이있다。

자긔네들 밭에서 땃다는 오이도 몇번가저오고 추석설때로는 모찌도 갖다주었다。

객지에와서 고생하는게、불상타고 그의 안해는 몇번인가 날근 유까다 하오리 같은것을 갖다주면서 아이들 옷을 지어입히라고 했다。

혹 그집앞을 지나치게되면 감독의 안해는 공손히꾸러앉어서 차를 내놓는일이 많었다。

「돈부리 마니 하시오」

감독은 자긔도 십년전엔가 충청도어느고올에서 장사를 해본일이 있다면서 흔히 조선말로 농을하는일이 있었다。

「다다까상 내 다니든공장에 일이떠러졌는데 과자공장에 말좀해주시면 어떻겠소?」

예사삼어 해본말이 감독은 정말 아모날 공장으로 와보라는것이었다。

미력같은 몸집에 비해서는 깨여진 생철같이 쇄쇄 나근목소리였으나 벗겨진 이마며 가지볼이 속처진 용모가 어덴지없이 걸걸하고 호인다운인상을 주는것이었다。

몸집 뚱뚱한것만보고 그러는지 공장안에서는 고약한별명으로 오나가나 직공들의 눈총맞는것을 보고 그저짬하고 처음에는 이상하게 생각하였으나 차차있어볼사록 그는정말 밖에서보든 그와는 너머도 딴판인 직 괴팍하고 신경질의성격인데에 놀라지 않을수없었다。

말하자면 기분이좋을때엔 퍽 좋은 사람이오 조금만 기색이좋지못하면 가까허가기도 주저스러운 터이었다。

평시에「아나다」라고하든것이 공장에 드러왔다고해서「오마에」라할 리유가 어듸있는것일까 생각하면 따는 그렇게 말함즉도했다。 그러나 성주는 그럴사록 그와 접근하기를 힘써 혹 직공들의하는일이 마음에 못맞당해서 투계(鬪鷄)처럼 목을 불툭어리고 있는것을 볼때면 은근한표정으로 그에게 동의하는 기색을 보였다。

감독과 사이가 가까워야만 자긔의 직(職)에대한 모든조건이 유리하고 안전할것 같었다。

「어듸 이놈들 보자꾸」

아모없이 성나면 못할소리없것만 그럴사록 성주는 나만은 빼어줄서사는 내심으로 그의집에도 자조 놀러가고 십부렴함직한것을 일부러 작만키도 하였다。

옷에 몬지를떤다 밴또를 드러다준다 혹은 오래도록 기다려서 그와 동행하기를 약속처럼 실행하고있는것을볼때 견조부 긴상은 언제면지 농담삼어 일이였다。

「곤덕 보겠쉬다 교상」

성주로서는 그것이 일편 부끄러운 생각도드나 또 한편으로는 나의배경이 이렇다는것을 뵈여주고싶은 일종 우월감적시위도되여 때로는 말할수없는 자랑을 느끼게도 하는것이었다。

그렇게되니 그들과의 관계는 자연 성글게되였다。

성주는 일부러 그들과 접근하지않기를 힘썼다。

대체또보아서 첬재 그들은 감독의눈에 안드는모양이니 언제 어떠한 운명이 씨워질친구들인지도 모르는것이오 설사 그렇게까지는 안된다치드라도 점찍은 그자들과 사이를 가까히·해보인다는것은 결국 자긔에게도 그만큼이나한 불행이 난호여지고야 말것이라는것을 깨다른까닭이었다。

점심시간에 수박장수가 드러왔다。

「자 이사람들아 가부시끼해서 수박데리하자—」

어떤자가 춤을추면서 떠드러댄다。

음지쪽에서 기세루 잔채를 하고있든 조선직공늙은 우—하고 떨고일어섰다。

「자— 모두 지갑 털어라」

「교—상도 돈 내오—」

「가진돈이 없소」

그냥 앉어있든 성주는 손바닥에 털어놓은 밤배풀에 다시 기세루파지만 갖다눌렀다。

「내게 돈있소 꿔어드리리다」

한사람이 성주를 잡어 이르킨다。

「그만두시구료 수박먹을 돈있으면 낮에로 벤또반찬이나 사겠소」

팔을 잡었든 손을놓면서 무안한듯이 그사람은 성주의얼굴만 나려다보았다。

섭적해놓고보니 성주는 자긔로도 숭거운대답을했구나 시펐다。

한쪽 갔다주는것도 사양하고 건조부로 올려갔다。

「망할 자식」

도라앉어서 담배를 먹을라니 게단밑에서 욕하는소리가 솔래 울려왔다。

후룩 후룩하고 수박을 빠는소리며 푸푸하고 씨뱉는소리가 부산하게 들렸다。

「흥 뭐라구해도 돈모는놈이 제일이니라」

배까짓놈들 부릅잖다는듯이 성주는 속으로 예언자적 자위(自慰)를 느꼈다。

무슨짓을 해서라도 재작치를 제가 하는것만갈지못하다고 생각했다。

사실 성주는 돈만모으면, 그만이타구 생각했다。 칠니 팔니 고향을버리고 올때는 무슨 배포라도 있어야될것이 아닌가。

그는 부모처자를 떼두고 드러와서도 떠령하게 전중대는 나가야 자유의 몇몇 난봉군의 얼골을 그때보았다。

밤낮 죽도록 벌어가지고는 도박 술바지하는것으로 자랑을 삼는사람이 태반이다。

이웃 한바(飯場)에는 소위 장군이라고 불니우는 스리도 몇사람있다。

그들은 남의물건을 팔어다가 술집과 유곽에다 흩어버린다。

그들은 쓸개도없고 아모 주무도 없는인간이다。돈을 알면서도 돈을모르는 짝자뜻이다。

성주는 다시 남의집 머슴사리로 백석군이되었다는 고향의 박영감을 생각했다。

조그만 수제(手製) 과게하나로 센베이를 굽든주인이 지금 이처럼 큰 공장을 갖게되였다는 갈득의말을 생각했다。

성주는 이를 앙물었다。

「참 여문 사람이다」

누구던지 성주를두고 하는말이다。

객지에서 해를보내는게 섭섭하다고 나가야의 조선사람들은 해마다 망년회를하는 풍속이있다。

그러나 한번도 망년회따위에 참석한 성주가 아니다。

누가 병이났다 누가 죽었다 해도 귀부금한푼 낸일이 없다。

「참 지독한놈이다」

이런소리를 드를적엔 더 쾌감을느끼는 성미다。

여문들이 추켜올니는바람에 죽을줄도 모르고 점점 깊은물속을 헤치는 어린아이와도같이 무슨짓을 해서라도 더 지독하고 더 무섭다는 말이 듣고 싶었다。

그것이 욕인동시에 또 충찬으로도 들여지는것이다。

그 즐기는 술도 일체로 금해버렸고 담배만은 끊을수없어서 사전짜리 나데시꼬 하나로 연출색 짝짝 대여먹는것이다。

그러나 한번은 딱한경우를 당했다。

아라레부의 사이상이 모친의 상보(喪報)를 받고 조선엘 도라가게 되는데 노비가 모자라서 직공간에 귀부금을 거두는것이였다。

귀부금 안주는쯤에 새삼스레 고롱할 성주는아니였것만 그것을 청하는 긴상의말을 거절하기가 좀 쑥스러운것이다。

명시로도 마음속으로는 그를 좋아하는 터전이오 또 같은 전조부일을보게되니 얼골대하기가 굶이 난처한것이다。

보롱학교나마 학교출신이라 글하는사람이란 점으로서의 존경도 존경이렸만 어쩌면 그는 누구에나없이 귀염을 받었다。

성주는 처음 그와도 접근하기를 꺼리었으나 마치 도박을 자게(自戒)하든 사나이가 도리혀 그 도박이란놈의 강열한 유혹속에로 빠저드러 가듯이 점점 그 사나이가 마음에 당겼다。

그 맑은눈빛과 어린애같은 연한 입술을 바라볼때면 동성애적(同性愛的) 인못도한 이상한 애착까지 느끼게되는것이다。

『글쎄요』

성명과 금액을 긔록한 조그만 종이쪽지를 들고 연필을 입으로 갖어가면서 긴상이 성주의 턱밑만 바라보고 있을때 성주는 긔어코 어물어물해버렸다。

『말니 타역에와서 서로 동정이없으면 거 인정이라 하겠소 교상』

『글쎄요 다른분한테나 몬저 가보시지오』

상처(喪妻)한 사람처럼 우두머니 목만빼고앉어서 성주는 담배만 뻐굴뻐굴 빨았다。

『참는게 모으는게다』

돈을써야 할경우를 직면할때마다 그는 속으로 이주문(呪文)부터 외이는것이 버릇으로 되여있다。

아닌게아니라 이 주문은 비상한힘으로 신효(神效)를 주는것이다。

아들 경세를다리고 야시구경을 나갈때가 흔하다。

『아부지 저거하나만 사줘요』

작난감이나 먹을것을보고 어쩌 어린것이 그냥 있으랴。

『가만있어 그런것하면 쌍놈이야』

사들니고 싶은맘은 불같이 타면서도 아랫배에 힘을주어 눈직근감고 지나쳐버린다。

오십원에 가까워오는 저금통장이 간질간질 그의 공상을 녹이는것이다。

그날밤 열시차로떠난 사아상을 전송해주고 도라오는길에 양과부 윤식이가 우동을 한턱 냈다。

혼자 몬저가겠다고 그에 사양하는것도 불고하고 전송객일행은 긔여코 성주를 식당으로 이끌었다。

그들이 제작금 사이상에대한 섭섭한 이얘기들을 주고받고할때에 성주는 자긔는 참견할자격이 없는듯한 마치 무슨깊은 구렁에 떠러저 나린듯한 말할수없는 외로움과 자멸(自蔑)을 느꼈다。

쿼-ㄱ 하고 정거장쪽에서 긔적소리가 들닐적엔 성주는 까닭모를 슬음이 들았다。

三

공장에 구름이 떳다。구름이 구름아니라 람탁꾼은 말성꺼리가 생겼다。

제분실에 쌀가마니를날느든 복상이 길바닥에 쌀을많이 흘엿다는것이 말시초가되여서 예종엔 밖앖사람이 알만큼까지 시끄러워졌다。

양계장 닭똥을치고 도라오니 긴상은 이상한눈찟으로 나종 목간에는 같이 드러가자고 했다。

앞서 드러간사람들이 나오는것을 기두려 성주는 벤노를챙겨놓고 목간쪽으로 거러갔다。

아모래도 심상치않은 긔색이여서 성주는 몇번이고 감독의눈을 경계하야 뒤를 도라보면서 목간문을 열었다。

평시론 많이드러가야 칠팔인밖에 안드러가는 목간에 오날은 웬일인지 배나 드러찼다。

양과부 가끼하라 퉁소잘분다는 키다리요 꼬야마까지 끼여있어서 그들은 물작난을치고 음탕한 농담으로 시끄러 덤벙했다。

「오—끼이나아 기미 우—ㅇ」

평생 농담할줄모르든 요꼬야마가 오날은 유달니도 홍겨운 표정으로 성주의 옷벗는것을보고 놀렸다。

이욱고 밖앖인적긔들 경계하는 빛이 보이더니 긴상은 타올을억개에 걸치면서 내미는듯 여러사람을 바라보았다

「여렀이 모인김에 우리 의논좀 해봅시다—」

소 닭바라보듯 요꼬야마 가끼하라는 눈만 멀뚱멀뚱했다。

「오호 요놈들이 앞서부터 눈을 맟어둔게로구나」

필시 감독에대한 의논일것을 성수는 직각하였다。

「하로이틀일이 아니고……」

역시 긴상이 말을 끄집어 냈다。모다들 입이바쁘게 짓그렸다。얼마를 지나서 긴상은 다지는듯이 바라보았다

「교상 잘알어 드러섰겠지요?」

모이를 따르는 병아리처럼 일동의 시선도전부 성주에게로 향했다。

「남대도록 하지요」할수없는일이라 대답은 시엏게 했어도 속으로는 자긔만이 빠질수있는 천행을 꿈꾸었다。

창넘어서 감독이 자긔의 뒤꼭지를 쏘아 보는듯도했다。

「일만 잘 해라 나도 딴 생각이있다」어느때인가 감독이 자긔에게 격려해주든말이 머리에 떠올랐다。

성주는 어떻게나 쓱스러운지 몰랐다。

지난일은 이미지난일이오 제각금 조십만해 나가면 그만일텐데 무엇때문에 이렇게까지 서둘르는지가 몰랐다。

벤또를 가질러가다가 성주는 식당옆에서 윤식이를 맞났다。

「절때비밀을」「절때비밀을」하고 자긔를 무슨 저이들같은 악인멤버인듯이 취급하는꼴이 몹이 불쾌하였다。

성주는 등이가렵고 얼골에 열이 치미는듯했다。그날밤도 감독과 동행으로 도라갔는데 비러먹을것 그말을 그에게 로설해버릴까도 싶을만치 몹이도 우울해졌다。

「사무실에서는 오늘밤에 회답하기로 했으니 어쨋면 긔어코 자오를 합시다」

자긔없는동안에 무엇을 어쨋는지 잍은날아침 떡목관을메고 올라가니 긴상이 여공들과 무슨이얘기를 하다가 성주옆에 붙어섰다。

「네 남매도록 하지요」

성주는 지는때로 대답하고 나려왔다。

「성가신 자식이다」

몇일전 편지한번 어데쓴것까지가 빛(債)진것처럼 후회가 됐다。

말하기가 구찮어서 긴상이 올라갈때면 자긔는 나려오고 또 그가 나려올때쯤해서 자긔는 올려갔다。

비가 쏘다졌다。함석집웅이 콩볶는소리를 했다。

「가사오 야로까?」

시간이 파하고나서 철아플 비ㅅ방울을 헤이고 섰으라니까 감독이 우산을 갖다주었다。

직공들에게 눈인사만 남기고 성주는 다러나는듯이 공장문을 나섰다。누어서 잠이들라니까 마사쨩이 때밀러왔다。붐안한 심정으로 성주는 회중전등에 춤추는 마사쨩의뒷 그림자를 밟으면서 발사이길을 거렀다。

비속에 빈지는 마찌의불빛 혼도―리(本通リ)쪽 하늘은 유난히도 붉것다。

「드러오게 비오는날 술맛은 대작(對酌)이 제격이야」

감독은 팔을 내밀면서 반긴다。눈이축축하고 두볼에 기름ㅅ기가 번적이는것을보면 술이제법 취해있었다。

「자 한잔 하게」감독은 잔을 내밀었다。

성주는 황송해서 잔을 든다음 감독에게 돌였다。

「아나다、오까아이 나이노?」

잔이 거듭할사록 도꾸리를든 안해는 걱정된다는듯이 남편을 바라보았다。

「바가。몽꾸 이데루나요 오라 곤방 이꾸라데모 노메루소」 그는 입가에로 술을 철철흘리면서 너털우슴을 첬다。

「조오생와 벳빈가 오오이네。네에기미?」

「하」 성주도 약간 술끼가 도라서 감독의 노는냥이 재미났다。

「오레가 이다 도나티뇌 수투지비가 았단다가네 아노온나가 젓사이 기데이닷다。오라 아노지봉 숙가리 호레다폰다요 아 하 하 하」

「아나다 손나고도 모 오요시나사이요」 안해는 남편의 무릎을 꼬집으면서 우섰다。

「오호호호 마다까。오이 오마에와 아찌있데이로!」

그의안해가 건너방으로 넘어가는것을보고 성주도 따러우섰다。

「성주 너 이번에 월급좀 올려줄텐데어때?」

「고맙습니다」

성주는 의외의 소식에 놀랄만치 반가웠다。

「얼는 돈모와가지고 고향엘 나가야지옹?」

「네 고맙습니다」

「서까시 아노야로다찌 젓사이 고마루네에」 감독은 다시 성주앞에다 술을 따루었다。

「그까진 말슴은해 뭘하십니까 그저」

말은 해놓고도 짐짓 성주는 자긔도 그놈들과 한동ㅅ살에 어울려있는것을 감독은 지금 알고서 하는수작이아닌가 싶어서 억개넘어로 긴땀이 확근나도록 겁이 났다。

성주는 일부러 태연한 표정을 꾸미노라고 수ー하고 천정을향해서 담배연긔를 뿜었다。머리가 어질어질해졌다。앞에앉은 사람이 부처만큼 커뵈기도하고 또 어찌보면 인형만큼 적게뵈기도했다。단스(簞笥)가 넘어질듯도하고 축처진 전등이 춤을추는듯도 했다。

바람ㅅ결에 쌔여오는 해조음(海潮音)처럼 세면긔에 쏘다지는 첨아비소리가 간간이 귀속은 적신다。

만만한 자리같으면 얼사둥둥깨안고 노래라도 부르고 싶을만치 성주는 취흥에 잦었다。

여름장마처럼 비는 그치지않었다。잉 잉하고 목매친소리를 흘리든 전차소리도 죽었다。

자정이 넘었다。거진 두시가 가까워서야 성주는 나왔다。

「요ー씨 이마녀 미로!」

「이마녀 미로!」

철벅철벅 발고랑길을 비틀거리면서 성주는 제법소리를내여 그의말을 흉내냈다。 취흥의 남어지 성주는 목간에서 보고드른것을 감독에게 전부 짓그려버린것이다。 그뒤에 변동이라곤 긴상이 나가고 가끼하라와 요고야마가 대판 본점으로 옴겨갔을뿐이다。 신입공이 대신드러오게될때는 창밖으로 낙화(落花)같은 눈송이가 펄펄 날렸다。

四

귀밑까지 나려오도록 머리가 텁숙하고 눈섭이없고 눈뜨부리가붓고 코가낮고 코 밑이 멀고 입이길고 얼굴빛이누런 키 땅달막한 사나이가 빵꾸난 골덴바지에 피스통처럼 종갱이를들내면서 아라예아미를 흔들고 있다。 그것이 성주다。 아라레부에 영전하기로된 그는 쉬는시간을 타서 몇일째 연습을 하는것이다。 밖앗날은 차다。 점심시간이 라서 직공들은 남녀없이 기리바에서 쉬고있다。 혼자 과자굽는데만 전심하든 성주는 왁자지쿨 웃고 떠드는 소리에 고개를 들었다。 바른편 유리창넘으로 기리바 사람들 노는것이 활동사진처럼 보인다。

밤낮 격점잘한다고 제자랑잘하든 태준이와도정미부에 있는 종연이가 막대기를 들고서 격검작난을 하는것이다 태준이는 지난번의 신입공으로서「까부러」라고 별명듯는 몺이 달랑거리는 아이였다。 성주도 태준이는 좋지않다。 중학교 삼년 단였노라고 말끝마다 제자랑인 그거만도 눈꼴사납지만은 드러오든길로 감독과 친해서 구는양이 몺이 마음에 거슬닌다。 사실로 그놈이 달려붙어 날뛰는바람에 성주는 감독과의 사이가 얼마끔 소홀해지는듯했고 벤노속에 과자부시럭지 넣어간것이 그놈의눈에 발각되여서 성주는 한번 감독한테 되게 망한일도 있었다。

그차에 조그만여석이 버릇없게 걸핏하면 격검하자고 역개를 치고 머리를 따리면서 엉겨드는것이 작난같잖게 딱 질색이다。 망할자식 제까전자식은 왜 죽지도않고 살어있더란 말인가 자긔일 자긔대로만 적당하게 해나가면 그만일텐데 남한테 붙어서 아첨하는 꼴이란 침이라도 뱉고십도록 더러웠다。

「자식 한번 골려줄까부다」

드러온지도 얼마않된 여석이 제가 감독이나 한체로 이러라 저러라고 창견을 할적엔 성주는 여럿이 의논해서 한개 먹여주고도 싶었다。 그러나 자긔는 몺이 외로운 인간인것을 깨달었다。 자긔역시 태준이나 다름없는인간이였든것을 의식할때 새삼스레 옛사람들의 얼꼴이 처다 보엿다。 사람들은 죽 둘러서서 웃고들 야단이다。 따루마처럼 하오리소매속에다 두손을 옴추려넣고 주인도 이후비개를 비뚜름이 물고서 그옆에 섰다。

사람들이 우슬사록 숙! 숙!하고 종열이와 태준이는 더욱 긔세를 올닌다。사실 저쪽놈은 적점깨나 하는셈인지 종열이는 여러번 허리와 억개를 마졌다。그럴적마다「소ㅡ라 소ㅡ라」하고 주인은 우섰다。

딱! 딱! 막대기 다듣니는 소리가 함석집웅에 차게 반향(反響)된다。

「아 하하하 못도 못도!」

날큰 벨트를 울려멘 감독도 흥미있는 농담으로 지내간다。위ㅡㅇ하고 바람이 키큰 포푸라를 흔든다。

성주는 혼자 아미를 흔들면서도 사람들이 태준이를 미워할줄모르고 불만하게 서서들기는 심사가 없이 불쾌하였다。와ㅡ하고 다시 큰우슴이 터지기에 성주는 다시 고개를 들었다。딱!하고 이번엔 태준이가 한개 멋지게 머리를 어더마졌다。별안간 코가 실룩실룩하기에 저게 우슬작정인가 했더니 여석은 약을 밧작올려가지고선 정말로 무작정하고 막대기를 내두르기 시작한다。

「요쉐! 요쉐!」

웃든사람들은 갑작이 긴장한 얼골로 태준이를 부뜰었다。종열이는 창고쪽으로 다러난다。

태준이는 시퍼른낯으로 달여간다。

「저런 망할자식이!」성주는 떨었다。

창고 벽에 쓰러진놈을 허리 억개할것없이 막대기짬질을 막우시킨다。

「아 저런 망할자식이!」

성주는 목안이 꽉 맥히고 몸이 우들우들 떨린다。주먹이 긔게처럼 불끈불끈 쥐여졌다。

모르는새에 눈앞에서 연긔가 물컹물컹 올러오고 코끝에 파자、눕(焦)는 냄새가 느껴질까말까 할순간에 딱! 하고 별안간 귀때기가 날러가는듯 했다。

도라서랴 할즈음에「빠가ㅡ」하고 눈도 거듭뜰새없이 또한개 올라붙이기에

「나녀가 빠가ㅡ?」누구냐 할것없이 성주는 무의식중에 악을 밧작쓰고보니 난데없는 감독이었다。

「나녀? 고노메 고레메모 메가 미에나이또 유노까!」더욱 큰소리에 놀래 성주는 아미를 집어던지다가 불이 벌겋게 달은 분구(焚口)에 펄석 주저앉는동시에 양짝 손바닥과 궁둥이에는 빨건 석탄이 달러붙었다。

「아이고ㅡ」고래갈이 아우성을 치면서 피리에 불붙은 생쥐처럼 수도(水道)를향해서 쏜살거름을 치다가 성주는 철관에 머리를 드러박고 그넘어 수채구멍으로 떠러졌다。

「오ㅡ이!」기티바쪽을 향해 감독은 소리를 쳤다。

물난집처럼 후다닥 사람들이 달여갔을때는 발서 머리를깨고 오물(汚物)속에다 붙근것을 쓸고있었다。

「누가 나려가거라!」

「헌겁을 가저 오나라」

「의사를 불러라!」

「눈코 뚤새없이 서두는새에 누구인지 성주를 펏닥 끄러없고서 병원쪽으로 종알거름을 쳤다。

샤쓰바람으로 십여인이나 쫓어간다。

나믄직공들은 대문깐에서 정신을 잃고섰다。

길가든 사람들도 발을 멈추었다。

자전거에다 짐을 싫고가든 소년은 한쪽발을 따우에다 고우고서 멍-하게 바라보았다。

길바닥에는 찬바람이 일었다。

전신주에붙은 광고종이가 빠르르하고 떨렸다。

그력저력 텐락선의 두시고둥이 우-O하고 바람결에 흔들렸다。

석탄산수 냄새인듯 멘끼 냄새인듯 병원독특의 약냄새에 성주는 간신히 눈을떳다。

천정은 희고 실내는 고요하였다。

머리가 무겁고 두손엔 붕대가 감겨있었다。

성주는 손을 들어보았다。 물건같이 감각이 없었다。

「가만 있어요!」

시꺼믄손이 나려와서 자긔의손을 눌렀다。 눈알을 돌렸다。

좌우로 무수한 얼골들이 보였다。

「교-상!」

「교-상!」

귀ㅅ가에 낯익은 소리가 들였다。

「네에 다이죠-부?」

가슴에 나려앉는 가벼운 손의 감촉을 느꼈다。

성주는 물그럼이 요시교의 얼골을 처다보았다。 기러바 여공도 한사람 발견되었다。

입에다 보얀 마스크를쓴 의사는 핀셋트끝에다 탈지면을 감고 섰다。가위인둥 메쓰인둥 뭐라서 탁자우에 금속(金屬)떠러지는 소리가 소스라치도록 고막을 자극했다。성주는 차차로 정신이 도라오는것을 깨달었다。

현상액(現象液)속에든 인화지(印畵紙)처럼 눈앞에는 물체가 또룻이 낯아났다。중커스도ー프의 미적지근한 기온(氣溫)이 가슴을 무겁게 하였다。

「하야꾸 구룬다요?」의사와 무어라고 이얘기를 하고섰든 감독은 이편짝을 도라보면서 나갔다。

「성주!」양과부 윤식이가 뻬트에다 팔을 기대고서 성주를 나려다 보았다。

「정신좀 도라왔소?」그러나 성주는 입이 열여지지 않었다。

종열이。메이상。복상。하이상들의얼골。어쩌 이다지도 미메운 얼골들이 어떤가。그들은 자긔의 위급을 구원할 의무가 있는것일까。그들의 등에 괴롬없이 업혀질 자긔의 체면일수 있었든가。

사이상의 꾀부굠을 거절하고 솔솔 눈만피하든 자긔의 모습이 눈앞에 나타났다。

「말너 타역에와서 서로 동정이 없으면 거 인정이라 하겠소?」

긴상의 하든말 하얀 이ㅅ샷이 눈앞에 움축이는듯했다。이들의 얼골속에 긴상의 얼골이 빠진것은 말할수 없는 적막을 주었다。치도판으로 흘러간 긴상。그는 갑작이 긴상이 보고싶었다。

비오든날밤 감독과 술먹으면서 긴상의 소행을 고해받인 자긔의 흉물스런 모습이 유명처럼 울속였다。

「쥐?」그는 무서운것에 나며 놀렸다。

성주는 그들의 얼골들을 둘러보다가 눈물에흐린 시선이 공간에서 꺽저버렸다。돈모으는향락 그것보담은 한결 다른 꿈을 그들의 얼골속에서 발견하였다。자긔의 생활에서는 한번도 대질려보지못한 새로운 세계 아ー 사람이란 돈만 가지고도 살수없이 그 무슨 유구하고도 깊은 리상(理想)을 가지고있음에 틀림없었다。

자긔의 고적을 인식할때 그는 꺽꺽 울고 싶었다。

「지독한 인간」그보다는 좀더 높은 인간의향긔가 지금 코끝에 슴여드는것이 아닌가。

「미안 하오」성주는 미친듯이 붕대감은 손으로 윤식의 손을 덥석 쥐었다。귀밑으로는 굵은 눈물이 타내렸다

「성주!」ー성주!」

「정신 차려요!」

모다들 놀랜얼골로 성주의 손을 눌러앉었다。

「조용 하서야 됩니다」의사가 뻬트쪽으로 거러왔다。

—(끝)—

陷穽

金沼葉

一

옥점이는 자기집 뒷동산 밤나무 그늘에 혼자 앉어서 아까부터 자수(刺繡)를 놓고 있었다。 서늘한 들바람에 섞여오는 芙芙한 기운이、 이따금 코밑으로 수며들어 가슴을 답답하게 하는때가 있기는 했으나、 눈을 들어 주위를 둘러보면 그는 어느듯 이 아름다운 신록(新綠)의 천지에 황홀에 가까운 유혹을 느끼는듯、 정신 빠진사람처럼 멍―하니 푸른들과 그곳에 흘러내려가는 시냇물에 마음을 담뿍 빼앗기곤 했다。 살구꽃 복사꽃 진달네꽃 이런 아름다운 꽃들이 피여있든 때보다도 그뒤를 이어오는 신록의 세계가 좀더 그에게는 다정하고 반가웠다。 연록의 부드러운 빛갈로 왼천지를 물드린 신록의 오월! 어여뿐 젊은 날새들이 가지마다 소사나서 푸른 하늘을 향해 손짓하는 첫여름은 확실히 사랑스러운 기절이 아닐수 없었다。

아름다운것은 산、들、시내、하늘、나무뿐이 아니였다。 지금 옥점이가 앉어있는 풀밭도 가만히 듸려다보면 여러가지로 자미있는 것을발견할수 있었다。 무데이로 피여 있지는 않으나 풀숲사이에는 여기 저기、좁쌀알같은 수많은 꽃다발을 가진 이름 몰을 하―얀 꽃들이 피여、높은 하눌을 처다보며 저이끼리 무슨 얘기를 속삭이고 있는것 같고、또 발밑에서는 개똥버레처럼 생겼으나 입에 집게가 달린 조고만 버레 두놈이 저이끼리 씨름을 하는지、또는 싸우는지 맞붙어서 엎치락 뒤치락 작난치고 있다。 갑작이 귀밑에서 위―ㅇ소리가 나며 따라티벌 한놈이、무엇에 놀랐는지 눈앞을 시처 저쪽 앵두울타리쪽으로 빵손이처 날아가버렸다。 가만히 보면 모든 만물이 하나도 죽은듯이 가만히 있지는 않었다。 뿐만아니라 그 숨지짐속에는 삶에 대한 기꺼운 열락

(悅樂)과 허망이 있었다。

옥점이는 수 좋은것도 잊고 한참이나 이런것들에 마음을 빼았기고 있었으나, 어느듯 제 정신으로 돌아왔을 때 그는 자기도 몰으게 한숨을 푹 내쉬였다。 아래로 향하였든 고개를 고즈넉이 들어 하늘을 잠간쳐다보다가 그는 끝 그것도 귀찮은지 다시 수틀을 집어들었다。 그러나 이순간 그는 참을수 없는 서름때문에 그냥 그수틀우에 고개를 파묻고 울어버렸다。

물론 이렇게 고개를 파묻고 운다고 자기의 이답답한 가슴이 조곰이라도 시원해 질러는 만무하였다。 시원해지기는커냥, 어쩌면 무거워 질는지도 알수없다, 그러나 이런것은 생각할 여지가 없었다。 그는 그저 울고 싶었다 마음껏 울어보고 싶었다。

우름주머니는 마치 보(洑)뚝과 같은것이였다。 한번 터지기만 하면 오랬동안 갓처있든 눈물이 보뚝을 넘어스는 물처럼 맹열히 쏟처나왔다。 참었든 눈물이였다。 옥점이에게는 참으로 참고 참어온 눈물 이였다。

그래 그는 마치 이눈물이 다 말라 없어질때를 기다리는것처럼, 또는 이 눈물에 어느듯 제자신을 말긴것처럼 두 어깨를 떨면서 한참이나 울었다。 얼마쯤 울다가 그는 눈물을 씻고 혹여 누가 지기의 이런꼴을 보지나 안나하고 주위를 삺여 보았다。 물론 거기에는 아모도 없었다。 나무 잎새를 새여오는 햇볕을 받아 유난히 아름다워 보이는 연록의 풀들, 그리고 그우에서 꽃을 찾아 웅웅거리고 돌아다니는 벌, 앵두울타리에서 재재거리는 참새떼, 이런것들만 보이고 들리고 하였다。

그리자 그는 마치 울다가 작난감을 본 어린애처럼 눈물을 멈우고, 어느듯 이런것에 모든 의식을 빼았기는 것이였다。 그러나 그것도 오래 계속되지 않었다。 눈으로 보기만 할뿐아니라, 거기에서 다시 무엇을 생각하게될 때 어느듯 그의 가슴에는 가라앉었든 고민이 다시 눈을 뜨기 시작하고, 이것때문에 이 새로운 서름때문에 그는 또 울지않을수없었다 비록 보잘것없는 미물의 곤충에게도 한때의봄, 젊음이 있다。 산에도, 들에도 초새에도 흙에도……온갖것에……。

그러나 옥점이는 이 가장 좋은때, 가장 좋은곳에 앉어 있으면서도 그의 가슴엔 즐거움이 없었다。 기쁨이없었다。 오히려 있다면 그것은 머리를 쥐여뜯는 무거운 고민과 우울과 한숨뿐이였다。

솔직히 말하면 지금의 옥점이에겐 이 아름다운 자연(自然)이 도리혀 귀찮었다。 그의마음을 위로해 주기는커냥 가슴속의 고민을 한층괴롭게 불질러줌에 지나지 않었다。 주위가아름다우면 아름다울수록 마음에 받는 고통은더하였다。 자연이란 그것을 아름답게 향낙할수있는 인간에게는 필요한 낙원이요 꽃동산이지 그렇지 못한 사탐에겐 도리혀 보기싫은 한개의 거치른 그림쪼각에 지나지않었다。
하기는 옥점이도 이 아름다운 자연아래서 이 모든것을 즐기고 사랑하든때가 있기는했다。
하눌우에 수없이 빤작어리는 별처럼、따우에핀 아름다운 꽃처럼、제자신을 이 대자연의 아롬다운 별과 꽃으로 생각하든 행북된 시절이 있기는 했다。처녀시절에만 가질수 있는 그 아름다운 공상과 화려한 굼은 그의마음을 그렇게도 부질없이 행북스럽게 해주었든것이다。
「아ー 그 시절、그 시절!」
옥점이는 이렇게 소리치고 다시 풀밭에 엎드려 울었다。

二

옥점이의 고민은 결코 오눌 이자리에서 시작된것이 아니였다。벌서 한달전부터 그는 이문제때문에 고민해왔다。그의 볼그레한 도화색이 도는 두볼은 어느듯 할쑥하게 여위여 제빛을 잃었다、영롱하게 빛나면 그의눈도 이제는 자칫하면 정신나간 사람처럼 허공에만 매달려는때가 많었다。
처음에는 고민하였다。고민하면서 이문제를 해결해 보려고 초조했다。그러나 아까운 절망이 그의마음은 끝없이 젠치하게 만들었다。
「아ー내가 웨 그것을 승낙 했을가?」
그는 자다가도 꿈속에서 이것을 후회하였다。그리고는 가장 무서운일을 저질르기나 한듯이원몸을 떨었다。
옥점이는 마츰내 두달전에 자기의입으로 박이라는 청년에게 약혼을 승낙하였고、그 가장 뚜렷한 표적으로그의 이름ㅅ자를 색인 반지까지 받었든것이다。

×

사랑을 상징한 하ー트우에 박의 이름ㅅ자를 색인 그 어여쁜 반지를 처음 손까락에 끼워봤을때 그는 어련애처럼 기쁨을 참지 못하였다。이 기쁨때문에 옥점이는 그날밤 잠을 이루지못하고、울렁거리는 가슴을 몇번이나 어루만지며 이리저리 몸을뒤쳤다。
어느듯 옥점이의 소문은 동리사람들과 동무들에게 알리워졌다。
「얘、어듸 반지 구경좀 하자.」
「너는 기뿌겠다。어쩌면 그런 좋은 남편을 얻었니?」

동무들은 놀러오면 으레히 이런말을 하고 옥점이를 놀려줬다。그럴때마다 옥점이는 부끄러워 얼굴을 붉히면서도、속으로는 저들이 부러워서 그러려니 하고는 도리혀 만족과 긍지를 느꼈다。그리고 그는 동무에게서 이런 조롱비슷한 축하를 받을때마다、으레히 자기의 박을 생각해보고、그러고는 마음속으로 혼자 미소하였다。

언제인가 한번은 경숙이라는 동무가 와서 말말끝에

「너두 고만 결혼의 빙하(氷河)에 떠러지고 말었구나、결혼은 사랑의 무덤이란 말이있지 안니? 너무 기뻐만 하지말구 잘생각해 봐라!」

하고 바루 선배연하게 일러주었다。

물론 그는 결혼은 커냥연애도 못해본 숫처녀이며 또 강경한 독신주의자였다。

옥점이는 그때 어쩐지 이말이 고깝게 들려서

「얘。그렇지만 그것은 불행한 결혼을두고 한말이 아니냐、불행할지 안할지는 두고봐야 알께지……」

하고 오금을 박었다。그리고 그는 끝 경숙이가 이렇게 결혼을 반대하고 독신주의를 주장하는 속뜻을、그 얼굴에서 캐보려고나 하는것처럼 동무의 얼굴은 똑바루 바라보았다。순간 옥점이의 입가에는 고소에 가까운 미소가 떠올랐다。

그는 경숙의 그 남성적인 얼굴、그 검으레하구도 푸른빛이 도는듯한 못생긴 얼굴에서 순수근저 그의 독신주의 철학을 충분히 리해할수 있었든 것이다。옥점이는 경멸과 동정과 련민이 섞인 눈으로 경숙의 얼굴을 쫄며 무렴하도록 바라보았다。

박은 어떤 상업학교를 졸업하고 ㅍ은행 사무원으로 있는 청년이었다。그는 일즉이 학생시대에 축구선수로 이름이 있었든만큼、체격이 좋고、그리고 얼굴도 남자다웁게 환——하게 생겼을뿐 아니라、성격까지도 쾌활달한 편이였다。더욱 그의집은 큰부자라고는 할수없어도 벗백이나 추수를 드려먹는 중류이상의 가정이었다。

이런 모든점은 옥점이 보다도 먼저 어머니의 마음을 달뜨게 했든것이다。어머니는 옥점이를 볼때마다

「가문 좋겠다 부자겠다 인물 잘났겠다 이런 훌륭한 자리를 어떻게 만나겠니。참 우리에겐 너무도 과남하지 모두가 네복 인게다………」

이렇게 박을 추켜올리고 딸의 머리를 쓰다듬어 주었다。그리고 이것은 어머니뿐이 아니였다。남들도 동무들도 모두 같은말을하고 부러워들 하였다。

옥점이는 어느듯 자기도 몰으는사이에 박에게 마음이 끌리고 말었다。매파가 와서 박이 자기의 사진을 보

겠다고 청했을때에도 그는 별로 주저하는빛이 없이 사진을 내주었고, 다음 이번에는 그가 좀 놀러 오겠다고 전갈을 했을때에도 옥점이는 무언으로 이를 승낙해 주었을뿐 아니라 내심 기뿐마음을 억제할수 없었다。누가 옥점이더러 너는 그의 어떤점을 그다지도 좋아하느냐고 묻는다면, 사실 그는 선뜻 대답하기가 힘들것이다그렇게도 막연한——참으로 막연한——거의 맹목적이라 할 일종의 친밀감이 괜이 그의마음을 흥분시켜 주었다고 할수밖에 없다。

그날밤 과연 박은 옥점이의 집을 찾어와서 늦도록 놀고갔다。그에게서 정식으로 약혼반지를 받은것은 그후 연흘이나 지난뒤이였다。박은 더욱 자조 놀러왔다。그가 올때면 으레 어머니는 이 두 젊은이를 위하야 자리를 피해줄것을 잊지 않었다。그래서 그들은 비교적 조용한 자리에서 놀수가있었다, 달포가 지났다。

그것은 바람끼 조차 없는 한없이 포근하고 그윽한 봄밤이였다。보름이 가까운 둥그런달은 중천에 떠있었으나 엷은 구름에가리여 마치 무슨 불투명한 보자기에 한꺼풀을 가린것처럼 몽롱한 빛밖에 던지지 못했다。동리앞 미나리논에서는 잦나온 개구리들이 무질서한 합창을 꾸준히계속하고 있었다。

그날밤 어머니는 마침 이모네 혼사잔치에 가고, 옥점이 혼자 집에 남어 버선코를깁고 있었다。그런데 박이 왔다。지금도 옥점이는 그때일을 생각하면 가슴이 울렁거리고 얼골이 붉어 질만치, 그밤은 실로 무엇으로도형언할수 없는 부끄럽고도 두려운 밤이였다。그밤 한개의 성숙한 파일은 마침내 가지에서 떠러지고 말었다。

三

대체 이런 막연한 불안과 회의(懷疑)가 언제 부터 그의가슴 한구통이에 깃들기 시작 했는지는 옥점이 자신도 확실히 알수없는 일이였다。

하여튼 박과 맞나는 기회가 자저지면 자저 질수록 그의가슴엔 이런생각이 점점 깊이뿌리를 뻗기 시작했다

(저 사람이 나의 장래를 얼마나 행복하게 또는 불행하게 끌고 갈가?)

물론 이런것을 지금부터 생각한다는것은 부지럽슨일 일는지도 알수없다。따라 어찌 생각하면 이런 생각을 벌서 갖게된 옥점이 자신부터가 임이 딴사람보다 불행한구멍을 파고있다는 것을 의미할는지도 알수 없었다。

그리고 이런 생각이 잦차 그의 가슴을 얼마나 괴롭게 물어뜯을지도 알수없었다。하여간 그는 박이라는 사내에게 대하야 일종의 권태를 느끼기 시작하면서, 이런 회의와 불안 때문에 혼자 마음을 태우게 되였다。아니 먼저 회의와 불안의 마음을 갖기 때문에, 그에게 권태를 느끼게 되였는지도 알수없다。어때한 과정을 어

땡게 밟어서 옥점이가 박에게 권태를 갖게 됐는지는 옥점이 자신도 똑똑이 알수없었다。

그렇다고 그것은 한개의 물건을 오래 가지고 있을때 거기에서 필연적으로 느끼게되는 권태 그런것도 아니였다。그들의 사이는 아직 이런것을 느낄만한 시기에 도달치 못했든것이 사실이였다。결혼은 커녕 아직 약혼이란 도정에 있는 사람들이였다。

물론 박 자신도 이런 눈치는 한번도 옥점이에게서 찾어내지 못했다。그가 올때마다 옥점이는 여전히 그를반기여 주었고 박도 변치 않은 애정을 옥점이에게 꽂고 있었다。

「여보、옥점이、달도 밝고하니 우리 만월대라두 올라갑시다」

「싫여요………」

「왜? 옳지、누가 보면 창피하단 말이지」

「안야요、좀 골치가 아퍼서………」

「패ㅡ니、날 속일려구、골치가 아프면 더욱 좋지 안소。자ㅡ 어서 나갑시다。」

박은 한번 말만내면 어떻게 하던지 옥점이를 끌고 나갔다。달빛에 젖인 좁다란 오라리길로 나란히 걸어가는、사위와 딸의 뒷모양을 바라보는 어머니의 입가엔 만족의 미소가 떠오르곤 했다。

곁으로 볼때、그들 두 젊은이는 참으로 행복스러운 일생의봄을 향낙하고 있는듯싶었다。참으로 그렇게 보였다

그러나ㅡ 옥점이는 박이 돌아간후면 여전히암담한 우울속에서 떨고있는 제자신의 가엾은 혼을 볼뿐이였다。공허한 적막이 밀물처럼 시시각각으로 그의 가슴을 파고 들었다。그는 확실히 박에게 권태를 느끼고 있는것이였다。

옥점이는 차차 박에 대한 이따분한감정이 어데서 출발한것인지、무엇을 뜻 함인지 깨다를수 있었다。박이라는 인간이 의외에도 참말 의외에도、한개의 지극히 무가치한 평범한 사내라는것을 깨닯게 되였을때 지금까지 그의 가슴속에 잠재해 있던 개성(個性)의눈이 맹렬히 눈을 뜨기 시작했다。그리고 그는 어느듯 자기의 장래라는 커다란 문제에 정면으로 충돌하고 있는 제자신의 위기(危機)를 자각할수 있었다。

(참말 그는 나의 장래를 어떻게 끌고 갈것인가?)

이런 문제가 어느듯 그의가슴을 무겁게 나려눌렀다。이 위압아래서 옥점이는 고민하였다。

박은 올때면 의례히 새로운 푸레센트들 사가지고와서 옥점이앞에 놓아 주었다。거기에는 알범도 있었다。화장품도 있었다。

그리고 옥점이가 좋아하는 초콜레잍과 사과도 있었다。그는 또 때로 옥점이를 이끌어 극장으로 키네마나 연극같은것은 보러가자 하였다。그는 참으로 옥점이를 사랑하는 모양이였다。

그러나 이상한 일이였다。그가 이렇게 옥점이를 사랑하면 사랑할수록옥점이는 도리혀 박의 이런 행동이 무의미하게만 생각되였다。뿐만아니라 그런것이 더욱 옥점이에게 권태의마음을 자아내였다。그리고 그는 박의 이러한 애정이 자기의 일생을 지배할 영구의 것이 아니라、일시적인 극히 야비한것에 지나지 않으리라는 것을 예감하지 않을수 없었다。

어떤날 옥점이는 박에게 모팟상의「여자의일생」을 한권 사다달라고 부탁했든일이 있었다。어렸을때부터 남달리 문학을 즐겨해온 그는 소설이라면 밤을 새워가며 읽든 시절이 있었다。다정다감한 소녀시절을 그는 대부분 이 문학의 동산에서 보냈다。누구에게도 호소할수 없는 가슴속의 고민을 지금 옥점이는 이 한권의 소설에서 조고마한 위안이나마 얻어 보려 했든것이다。

그러나 박은 약속한 날자가 몇일이나 지나도록 그책을 사오지 않었다。혹여 부탁하것을 잊었나하는 생각에 그리유를 물어봤을때 그는 서슴지 않고

「그까짓 소설 같은것은 읽어 뭘에 쓰는거요。아예 그런것은 읽지 말도록 하시오」

하고 말하였다。옥점이는 처음에 그가 혹여자기의 마음을 넘겨집고 이런말을 하는것이나 아닌가하고 얼골이 확붉어졌으나

「소설이란 퍽 해로운 책이요、그런것은 일없는 사람이 낮잠 대신 읽는것이지 결코 온전한 사람은 읽을것이 못되오 그것은 허황한 얘기를 꾸며넣어 사람의 마음을 어지럽히고 속여 먹는책이란 말이요……」

그의 이런말을 듣고야 옥점이는 비로소 그것이 별다른 의미에서 한말이 아니라는 것을 깨닫고 안심은 하하였으나、그와동시에 그는 박의 이 몰상식한 말이 너무도 유치하게 들려서 불쾌난 정도를 지나 증오의 감정을 느꼈다。

옥점이는 당장 그의말을 반박해주고 한판싸움이라도 하고싶었으나、그럴필요가 없는것을 깨닫고는 도리혀 침묵하였다。그만치 그의마음은 우울했든것이다。박은 박대로 좀더 그일류의 문학무용론(文學無用論)을 설명하다가 제풀에 떨어지고 말었다。그리고 이것은 좀더 나종에야 안일이지만、박은 본래 독서(讀書)를 싫여하여 그의방에는 문학에 대한것은 고사하고 아모런 만서적 한권도 놓여있지않다고 한다。사람이 살어가는데 한권의 서적은 한조각의 꾸드러진 떡보다도 필요없는 무가치한 것으로 생각하고 있는지도 알수없었다。

그들은 어느 좁다란 거리를 걷고 있었다。봄날이였다。길 양쪽에는 약속이나 한듯이 꼭같이 생긴 꽃파·는집이 쭉―붙어있였다。거기에는 보기에도 화려한 여러가지 울긋불긋한 꽃들이 피여있고、그 화분에는 모두조고만 쪽지가 달려있어 얼마라는 정가가 써워 있었다。이집저집 돌아다니는 사이에 옥점이는 어느듯 그 강열한 꽃향기에 취하야 술먹은 사람처럼 빗딱거리기 시작했다。

얼마쯤 가다가 그는 한떨기의 카―네―슌앞에서 발을 멈추었다。그는 문뜩 그꽃이 사고 싶었으나 주머니에 돈이 없었다。그래 박에게 쳐다보았다。

「여보、저 카―네―슌하나 삽시다 참 아리따운 꽃이요!」

「……………」

「왜 대답이 없소?」

「……………」

그러다가 옆을 보니 방금 옆에 있든 박이 보이지 않었다。옥점이는 문뜩 그를찾어 더뵜다 그러나 그의얼골은 보이지 않고、가는곳마다 아름다운 꽃다발이 그의 앞길을 막었다。옥점이는 길에 앉어 엉엉 울었다。남들이 모두 자기를 손구락질 하는 모양 이였다。

얼마쯤 지난뒤――누가 옥점이의 어깨를 흔들었다。박이였다。처음에 옥점이는 그가 손에 가지고 있는것이 카―네―슌인줄 알었으나 자세보니 그것은 꽃이 아니라、한개의 과자곽이였다。그런데 이 과자곽보다는 그의 얼굴이 더욱 미웠다。그얼골은 마치 자기를 무슨 작난감처럼 조롱하고 있지 않은가。

「가거라、보기싫다!」

옥점이는 박에게 악을쓰며 울었다。그러다가 깨보니 꿈이였다。

그날 옥점이는 일기(日記)에 이런것을 썼다。

그에겐 명일에대한 아모런 히망도 꿈도 계획도 있을리 만무하다。그는 대다수의 인간들이 그러한것과 같이역시 막연한 삶을 살아가고 있는 한개의 평범한 사내에 지나지 못할는지도 알수없다。만약 그에게 어떤 히망이 있다면 그것은 제자신의 안일과 행복을 위한것 뿐일것이다。이런것이 나에겐 견딜수 없는 평범한일이요、무의미한 삶을 의미할뿐이다。왜 그는 좀더 삶의 의이(意義)를 파악해 보려고 애쓰지 않을가? 나의 마음이 또 괴로워진다。

×

「여보 옥점이 나는 당신의 마음을 즐겁게하는것이라면 어떤 고통이라도 대신 받겠소 내기 당신을 사랑하는만치 당신이 나를 생각해준다면 우리는 얼마나 행복 스럽겠소」

「우리 결혼하구 어되로 신혼여행을 할가? 참 P온천이 좋다드군……당신은 어되가 좋소?」

박은 좀 기분이 좋거나 흥분이 되면 으레이런말을 옥점이에게 중얼거렸다. 그리고 그는 자기의 사랑의힘이 얼마나 큰가를 보라는듯이 힘껏 옥점이를 껴안어 주었다. 그러나 이런때면 옥점이는 진정한「사랑」과「행복」이란 대체 무엇을 가르처 하는말일지 알수없어 골피를 찡그리는 것이다.

「아마 우리 옥점이처럼 이쁜 여자도 드물께야! 요전 당신과 극장구경 갔을때 말이요. 아무리 부인석을 처다봐도 그많은 사람가운데 당신만한 얼골이 없읍데다그려! 참나는 행복자야!」

또 어떤때는

「여자는 얼골이 생명이야 얼골만 이쁘면딴것은 아모래도 상관 없거던……저 피아니스트로 유명한 M양은 보구료 그가아무리 피아노를 잘치더래도 얼골이 그만치 반반하지 못했다면 어째 T부호아들에게로 싀집을갔겠소?」

그는 말하였다.

그말은 결국 너도 얼골이 이쁘니까, 나와같은 훌륭한 남편을 맞나게 됐다는것을 암시하는것 같었다. 박의사랑은 진정한 사랑이아닐지도 몰은다. 그는 결국 옥점이의 얼골이 어여쁘고, 젊은 살덩이가 탐스럽기 때문에사랑하고 있는지도 알수없였다. 그만치 박은 옥점이에게 신선미와 흥미도 줄수없는 퇴색(褪色)한 인간에 지나지 못하였다.

그렇다고 그는 결코 바보나 치인이 아니였다. 도리혀 남들이 말하는 가장 똑똑한 인간에 속할는지도 알수없었다. 그는 사람의 마음을 더욱 여자의마음을 어떻게 나꾸어야 할것인지를 가장 영리하게 알고 있는것같었다. 옥점이는 간혹 그날밤의일을 혼자 생각해 볼때가 있었다. 그 달무리가 지고 개구리가 울던 봄밤의 일을……。

옥점이는 온몸에 몸서리를 쳤다. 확실히 불쾌한 추억이였다. 분한 일이였다.

이런때면 그는마치 제자신이 곧 미처버리고 말것만 같었다.

(아ㅡ아 나는 왜 그렇게 경솔 했을가 앞뒤도 생각을 못해 봤을가?)

그러나 별수 없는 일이였다. 한번 따우에떨어저 짓밟혀 버린 과일이 다시 옛가지에 돌아갈수없는 일이였다 도저히 있을수없는 일이였다. 더구나 약혼반지란 무형의 쇠사슬은 날이갈수록 그의 온몸을 무섭게 얽어매였다 결국 옥점이는 이미 그르처논 엄연한사실을 부인해 버리려고 하는데, 남몰을깊은 고민과 한숨이 있었다 이 고민은 자일각 그의 원몸을 무섭게 물어뜯고 있었다。 피로운 일이였다。 그는이불쾌한기억을 어떻게 물리처야 할지, 그리고 이피로운 고민속에서 어떻게 버서나야할지 알수가 없었다。

이 악마(惡魔)와 같은 무서운 환각은 꿈속에서까지 그를 피롭히였다。 꿈속에 나오는 박의얼골은 결코 인간의 만골이 아니였다。 그것은 마치 굶주린 야수(野獸)와도 같은 험상궂인 무서운 얼골이였고 그얼골은 언제나 충혈한 두눈만이 점점 크게 확대되면서 옥점이쪽으로 달려들고 있었다。 그가 고만「악!」소리를 치고 뒤로 물러스려고 할때이면 이상한 일이다。

그 두개의 눈방울은 어느사이엔가 수많은반지로 변해버리고 마는것이였다。 그런데 더욱 기어한것은 그몇천몇만개가 될지 이루 헤아릴수 없는 반지들은 자세히 듸려다보면 모두가 박의 이름ㅅ자가 삭여저있는 옥점이의 약혼반지들 이였다。

그럼으로 옥점이는 언제나 이 무서운 악몽에서 완전히 깨여나지를 못하고, 밤새도록 그 약혼반지속에서 현실에서 생각하고 고민하던 문제를 되푸리 하는것이였다。 그가 이 지루한 꿈에서 깨일때에는 언제나 그의 원몸은 식은땀에 저저있었다。 그런데 이런꿈이 밤마다 찾어오는것이였다。

四

옥점이는 우름을 끄치고 손수건으로 눈물을 훔쳤다。 눈물을 훔치고나니 새삼스러히 지금까지의 자기꼴이 우수워졌다。 수틀은 눈물에 저저 얼룩이가 진것이 더욱 보기에 숭하였다。 그러나 옥점이는 무슨 급한 불일이나 생긴것처럼끝 집으로나려와서 찬물에 얼골을 씻고 근부랴부랴 의복을 가라입었다。

「얘야 어듸를 그리 급히 가니? 그이(박)가 끝 올지도 알수없는데……」

「목욕 좀 하고 오겠어요」

옥점이는 이렇게 대답하고는 다음 어머니의말은 들은척도 안하고 집을 나섰다。

그는 그길로 끝 옥히의 집을 찾어갔다。

그러나 기실은 옥히보다도 그의 오빠인 상호를 맞나러 가는것이였당。 옥점이의 집이작변가을 이곳으로 이사오기전 까지는 옥히와 한동리 한이웃에 살었다。 그럼으로 그는 옥히와도 친했지만 그의오빠인 상호를 친오빠이상으로 딸았다。옥점이에겐 오빠가 없었다는것도 한 리유가 되겠지만 그보다도 그는 상호의 인격과 지식、모든점을 마음으로 숭앙하고 있었든것이다。만약그가 일직 결혼을 하지않고 안해와 자식이 없었다면 혹여 옥점이는 지금쯤 그의사랑하는 안해가 되여있을지도 알수없는 일이였다。

그러나 이것은 쓸데없는 말이고 옥점이는 상호를 친오빠이상으로 딸았고 그도 역시 옥점이를 자기의 누이와 꼭같이 사랑해주었다 옥점이는 지금자기의 이피로 운 심경을 마지막으로 옥히의 오빠에게나 호소해 보려고 결심한것이다。물론 이런마음이야 벌서 있었지만 박과의 약혼을 미리 의논한번도 못해보고 독단적으로 결정해 버렸다는 사실이 양심에 찔려서 감히 그를 찾어갈마음이 내키지 않었든것이다。

그러든 그가 오늘 상호를 찾어간다는 것은 그야말로 최후적 결심(?)에서 나온 강경한 마음에서였다。

옥히의 집에는 옥히도 있었고 마침 그의 오빠도 있었다。

「원、어쩌면 그렇게도 지독히 안오니?」

「오늘은 무슨바람이 불었길레 네가 우리집엘 다오냐?」

뜰에서 화초에 물을 주고이던 옥히가 먼저 옥점이를 반기자 닫처있든 사랑 방문이 열리며 상호까지 나와서 그를 반갑게 맞어주었다。

「그래 그새에 좋은 혼처가 생겨서 좋은데로 시집을 가게 됐다니 반갑다、그런데 웬일이냐? 얼골이 못됐으니?」

이것은 옥히 어머니의 첫인사이였다。

옥점이는 옥히어머니의 이 나종말이 웬일인지 가슴을 콱 찔러 갑작이 얼골이 상기되는것을 느꼈으나、머리를 다소곳하고 옥히의방으로 뛰여 들어갔다。

옥점이는 한참동안이나 쓸데없는 단이야기만 하며 자기의 찾어온 내색을 숨기려고 애를 썼으나 그러면 그럴수록 가슴은 더욱 울렁거렸다。마치 무슨 중대한 일을 눈앞에 두고도、고것을 보지않으려고 하는때처럼 그의 가슴은 말할수없이 괴롭고 묵어웠다。자칫하면 우름보가 터질듯도 했다。조용이 좀 의논할게 있으니 밖으로 나가자고 상호를 다려고 뒷뜰로 나온것은 거이 한석경이나 지난뒤였다。

장독대를 지나 방송나무가 서있는 호젓한 우물가 잔듸밭에 그들은 나란히 앉었다。

옥점이는 박과 자기와의 관계를 처음부터 이야기하고、또한 지금 자기의 얼마나 괴로운 함정에 빠져 고민하고 있는가를 전부 토파하였다。물론 이렇게 끝까지 이야기하기에는 옥점이로서는 실로 커다란 인내력이 필요하였다。 그러나——

「오빠、내이 여윈 얼골은 봐요、이대로 몇일만 더 가면 나는꼭 미친년이 되여 거리로 뛰여나갈것만……」

하고 말을 채끄치기도 전에 옥점이는 고만 상호의 무릎에 얼골을 파묻고 흐느껴 울었다。

「옥점아! 이게 무슨짓이냐?」

상호는 다소 당황한 어조로 옥점이를 달래었다。

「나는 네마음을 잘알고있다。 네 고민이 무엇을 뜻함인지、그리고 그것이 얼마나 심각히 네의가슴을 물어뜯고 있는지도 잘알고있다。 그러나 별수없지 않으나、너는이미 박의 약혼자요 안해인것을 어쩌 하겠니 모든고민에서 떠나 깨끗이 그의 안해가 돼다우……」

「……?」

옥점이는 어느듯 고개를 들어 원망이 섞인 눈초리로 상호를 처다보았다。 그대로 결혼을 하라는말이 옥점이에게는 너무도 의외였다。

「물론 이렇게 말하는 나를 너는 원망할줄안다、그러나 지금 너의 이 가장큰 위기(危機)를 타개할 방도는 오직 한가지의길이 있을뿐이다。 어서 결혼을해라、하루라도 속히 그와결혼해 버리는것이 가장옳고빠른길이다。」

「결혼! 오빠까지 나를 놀리는게유?」

옥점이는 거이 울듯한 얼골로 이렇게 부르짖었다。

「천만에 그럴리가 있니 내가 언제 네게 그른말을 한적이 있니? 결국 말하면 네가 아직 박이란 인간을 충분히 리해못하고 사괴지못한 탓이다。 너는 이미박이란 사람에게 염오와 권태를 느끼고 있으나 나는 그것이 너무 딴사람들보다 일즉이 네게왔다고 생각할 따름이다」

상호의말소리는 퍽으나침착하고 부드러웠으나、또한그속엔 일종의위엄과 저력이담겨있었다。 그는다시말을이었다。

「두사람이 도저히 한사람은 될수없는 일이다。 두 몸둥이가 각각 다른 두개의 몸둥이 인거와같이 두개의 의지(意志)란 어듸까지나 두개지、한개로는 합병되지 안는다。 이 두개를 무리로라도 한개로합해 보려는데 지금 옥점이 네가 경험하고있는 비극을 연출하게 되는것이란 말이다。 물론 이것은 누구나 대개 한번식은 빠치지 않을수없는 띄렘마인것이 사실이나 이런때 이 함정을 가장 영리하게 교묘하게 피하거나 뛰여넘는 사람이 가장 똑똑한 인간이라 할게다。 옥점아 나의말을 알어들었니?」

「……、……」

「그런데 주 네가 지금 그 함정에 빠져있단말이다그러니 어찌이캄캄한 무서운 함정속에서 가만히 있겠니 가진애를 다쓰며 나오려고 발버둥칠게 아니냐 그런데 이런때 외곬수로 옹졸한 마음만 먹게되면 다시 뛰여나올 생각은 못하고 성급하게 자신을 제손으로 자결해버린단말이다 물론 그것은 얼마나 어리석은 것이겠니 옥점아 너도 어서 이 함정에서 뛰여나오도록 해봐라 그러고 박과 어서 결혼을 해라。」

「웨요?」

「결혼을 해버리면 마음이 가라앉이니까 깨끗이 모든것을 단렴하게되고 따라「함정」에 빠질 위엄성이 적어지지、딴사람은 제처놓고 이 오빠를 보렴、한때 안해를 그렇게 사갈(蛇蝎)같이 미워하든 나도 이제는 제법충실한 남편이되고 아버지가 되지 않었니。사람이란 결국 이론(理論)이나 의지로만 사는게 아니란다。원체 입에 맞는떡이 어듸있겠니 세월이가면 맛없든떡이 도리혀 맛있게될지 뉘아니? 하여튼속히 결혼이나해봐라!」

「…………………」

「왜 대답이 없니?」

「고만 둬요 듣기 싫여요!」

옥점이는 갑작이이렇게 히스테리칼하게 부르짖고는 마치무슨무서운 그림자에쫓기는사람처럼 저리로달어나버렸다

상호는 넋없이 그의 뒷모양을 바라보다가 나죽한 한숨을 푹 내쉬고는 주머니에서 담배를 끄집어냈다。

五

일주일쯤 지난 어느날아침——상호가 막 세수를 하고 방에들어가 얼굴을 훔치고 있노라니까

「오빠한데 편지 왔수」

하고 부엌에서 설거지를 하고있든 옥히가 행주치마를 두른채 편지 한장을 들고와서 책상우에 놓고나간다。

「어듸서 왔든?」

상호는 늘상하는 버릇으로 편지는 보기도 전에 먼저 옥히에게 물었다。

「나도 잘 몰으겠수 발신인의 이름이 쓰이지 안어서………」

옥히는 이렇게 한마듸 말하고 바뿐듯이 나가버렸다。상호는 ·무심히 편지를 들어 발신인을 보았으나 거기에는 아모것도 써있지않었다。낯익은 글씨인데 똑똑이 알수가 없다고 생각하면서 그는 봉투를 찢었다。

「존경하는 오빠………」

그는 매번얼굴빛이 변했다。 천만뜻밖에 그것은옥점이의 글씨였다。 그는이상한흥분을 느끼면서편지를읽기시작했다

「존경하는 오빠!

일전엔 참으로 실례 했읍니다。 그러나 늘 이 동생을 사랑해 주시면 마음으로 너그러히 용서해 주십시요。 저 역시 오빠에게 얼마나 죄송하고 미안한지 알수없읍니다。 다음날 저는 다시 오빠를 찾어가서 어제人일을 사과하려고도생각했읍니다。 그러나 종래 오빠를 찾어뵙지 못하고 떠나오게되여 섭섭합니다。

그처럼 늘 저의장래를 위하야 진심으로 애를 써주신 오빠에게 이런말슴을 올리는것이 잘못인줄은 알면서도 믿고 존경하는 옵바이니만큼 숭허물 없이 고백하겠읍니다。 그날후로 저는 하루도 편안한 잠을 이뤄보지 못했읍니다。 도리혀더욱 고롱과 번민의 날을 보냈읍니다。 참으로 저는 저의 일생을 두고 이처럼죽기보다도 어려운 깊은고민속에 빠져본적이 없읍니다。 솔직이말하면 저의고민은그날이후 더욱심각해 졌읍니다。 지금저의두볼은 쭉빠저마처 오랜중병을 겪고난사람같습니다 사실몹쓸열병을 앓고난사람도 저의얼골보다 못하지는않겠어요。

존경하는 오빠、 저는 오빠의 말슴과 같이 그와 결혼해 버리려고도 생각해 본적이 있었읍니다。

내 개성을 죽이고 이성(理性)을 짓눌러 버리고라도 결혼해 버리자! 이런과감한 결심을 해보기도 했읍니다

그리고 때로는……비웃지 마십시요、 이것저것도 고만두고 내손으로 내 목숨을 끊어버리려고도 생각 했읍니다。 결국이 두가지의 갈례길에서 저는 무한고 민했든것입니다。 무서운! 실로 무서운이 함정에서 버서날길은 오직 돌중에 한길이 있을뿐입니다。 이러한 고민의날이 일주일이나 계속 되였읍니다。 지금생각해도 몸서리가처집니다。 어머니는 어머니대로 저를 들복기 시작했읍니다。 저의눈치를 챗든것입니다。 그뿐입니까? 박이란자는 더욱 추근추근히 저를 찾어오고 있었읍니다。 마침내 저는 도마우에 오른 고기이 마지막 순간을 생각 했읍니다。 차라리 미처 버리고나 말면 좋은것을……이런때 사람을 미치지 않게 한것은 어느 잔인한 신(神)의 벌인지몰으겠어요。 존경하는 오빠、 그러나 저는 마침내 새로운 길을 찾인것입니다。 우에 말한 두갈래의 길에서 한없이 방황하고 고민하던 저는 위선 새로운길을 발견하자 그리로 뛰여든것입니다。 도피! 그렀읍니다。

저는 지금 이길을 걸어갈수밖에없읍니다。 어머니를 피하고、 박을 피하고、 내 무서운 함정을 피할 길은 지금에 있어 오직 이길이 있을뿐입니다。 제가 언제 다시 어머니나 박을 맞나보게 될는지는 제 자신도 알수없읍니다。 내일 다시 맞나보게 될지、 모레 다시 맞나보게될지 혹은 일생을 두고도 못맞나게 될지、 그것은 서역시 알수없입니다。 좌우간 저는 멀리가고 있읍니다。 존경하는 오빠、 그럼 다시 뵈올때까지 부대 안녕히 게서요。 옥희동생도……。 집을나온、 동생 옥점상서

東京戀愛

「新しき友愛」의 改題朝鮮篇

金龍濟

一

동경과는 불과 세시간 이내의 기차선로로 연락된 우도궁시 교외의 기온은 한난계의 수은줄기를 오륙도나 멀이 떠러트린다。동경서는 보지못할 함박눈이 쌔자 이상이나 눈이쌓인다。그리하야 영하 십오도의 몹쓸 치위는 불행한 사람들의 뼈와살을 제멋대로 얼이운다。

이를 악물고 뙤곤한 언몸을 어름장 같은 엷은 한장의 이불속에서 멀멀 떨리는 자래 같이 목줄기를 감추고 기름끼 없는 사지를 옹송거리며 고생을 니즐 즐거운 꿈을 맛보고저 애돌쓰나 무정한 겨울밤은 편안한 잠을 도모지 주지 안는다。

그러한 겨울을 학수는 이곳에서 네번이나 격지 않으면 안될 운명에 잡히여있었다。

그러나 이나라의 자연은 「춘래불사춘」이란 한시의 풍경은 아니였다。삼월이 중순쯤 지내자 쓸쓸한 거츤 눈보라가 휘불든 관동평야의 북쪽벌판에도 초목의 새싹이 누릇 무릇 타올너오기 시작하였다。

따듯한 햇발 샛파란 하날에는 처녀의 젓퉁이를 떼여 던진듯한 하얀 구름송이가 부드럽게 품고서 있는듯 없는듯한 동풍에 가볍게 흘러간다。넓은 탐넘어로 꺼을

실린 머리만 보이키는 제사공장의 양회굴둑은 맛치나 기생때의 신호와 같이 검은 연기를 얇은 서쪽하날로 내뿜고있다。 종달새들의 즐거운 봄노래는 보굼자리 지을 보리밭이 욱어지기를 재촉하듯이 들여온다。

학수는 좁고 높은 창에 발도듬을 하면서 밖앗 뜰을 팡홀히 내다보고섰다。 봇봉오리 갈이 뾰로롱한 오동나무 싹이자색빛으로 띄기 시작한다。 그가지 우에서는 암놈을 쫏는 참새떼가 함부로 재재거린다。 아침 서리가 녹어 젖은 땅김이 몰신몰신 가볍게 떠오르는 거문흙우에는 쌍쌍의 비둘기가 사랑스러운 붉은두발로 단풍닢 같은 발자옥을 박으면서 옴짓좀짓한 야릇한 표정으로 꾀를 찾으며 산보를한다。

「아 벌서 봄이 왔고나!」

학수는 그같이 느끼였다。

「그러나 얼마나 눈이 빠지게 기다린 올봄일가?」

그는 오년만에야 세상바람을 맛볼 만기의 날을 세고있었다。 봉로지끼에 검붉게 얼어 터진 손가락을 꼽아보았다。

희망의 그날이 하로식 가까워 올수록 할우의 길이가 사십팔시간이 되고 백시간이 되고 십년이 되는듯 하였다。 과정의 일은 손에 붙지않고 세상의 꿈에만 마음을 조급히 태우고 있었었다。

그러하야 마츰내 돌아온 최후의 맘은 그는 한숨도 눈을붙이지 못하고 뻔하게 새우고만 말었다。

× × ×

학수는 일은날 아침에 일측이 뛰여 잃어났다。 따뜻이 개인 봄날이였다。 아침햇발이 빩앟게 솟는 동정쪽 하늘을 바라 보며

「내가 오날이야 저곳으로 간다!」

하는 확근하고 불같이 타오르는 미소를 띠우웠다。

지금껏 생명을 끄러온 최후의 검은 보리밥을 기차변도를 달게 먹으랴고 한술도 뜨지않었다。 그의 심장은자유러운 봄바람에 터질듯 하였다。 일분 일초가 견디지못한 조바슴이다。 자물쇠 걸린 문이 열니기만 고대하였다。 밖앗 쇠문을 날듯이 뛰여나선 학수의 가슴속에는 슲음의 연기가 일시에 살어지고 깨뿜의 물결이 뛰놀 때우는 감격을 느끼였다。

태양을 보지못하든 학수의 이마는 일광부족과 영양불양과 과도의 로동으로서 머리카락이 적잖이 빠저 대머리가 버서저 버렸다。 그머리 우에 봄볕이 애무하듯이 반가여 내려쪼인다。 일광에 눈이 부시고 대지의 흙냄새

는 코를찌른다。일광산맥의 높은 등줄기는 아직도 백설이 빛나고 부사산 비슷한 남체산은 그봉우리가 푸른하늘을 은합과 같이 뚫고 솟아섰다。

그러나 겨울을 보낸 넓은 벌판 우에는 푸른 빛갈이자옥한 아지랑이 모기장안에 잠자는 듯이 멀니 뻐저서있다。우도궁 시외 거리에는 인가는 드물고 눈물이 녹어고인 논밭사이를 정거장가는 길이 하얗게 닦기여있다。길가에는 사구라나무가 않고 가지으에는 봉오리가 멀지않어 터지랴하고있다。

학수는 그곳서 갈이나와 동경까지 동행 하게된 처음 보는 두친구와 같이 우도궁다음인 일광선 적은역 까지 땅에 떠돌고 허덕이는 다리로 빨리 거러갔다。이두친구는 이번이 처음이 아닌 경흠을 말하듯기 이곳 변장의 식사가 조치못하고 진저리나는 박표지만 먹이는것이 원수갈다고 욕설을한다。

열한시 사십분차는 이십분이나 대합실에서 기대리지 아니치 못하였다。

학수는 함부로 산 담배의 향기와 과실의 꿀맛을 동행친구들에게 난호워 주웠다。그러고 동경에 돌아가면무엇들을 할예종이냐고 물어 보았다。

「우리들에게 무슨일이 기대려 줄가요。그저 세상과 저곳을 왔다 갔다 하는것이 우리의 인생의길이지요 머」

다른 친구가 중대갱이 머리를 비비면서 말을 받는다。그는 국여진 여름양복을 입고있다。

「재미없는 세상인데 짧고 굴께 사는수밖에 있나요」

하면서 형락적으로 담배연기를 들여마셨다가 후ㅡ하고 오모련 입술로 내분다。

「솟팝 때만치 벌어온 상예금으로 래일엔 굶더래도 오날저녁에는 술한병으로 목때를 벗기고 요시하라의 싼계집을 오래간만에 안고 자랴는 것이 오날의 유일의 희망이며 인생철학 입니다」

「우리는 그것을 올타고도 그르다고도 보지 않습니다。할수없는 일이 아닙니까」

학수는 잠잔히 들고만 있었다。그러나 무엇이 그들을 저같이 타락식혔나 하는 동정을 금치는 못하었다。

살통차에 자리를 잡자 있는 대로의 동경신문을 사들었다。

진한 잉키냄새와 굵은 활자의 불으지춤은 산산회의 공기를 마시라는 학수의 눈을 놀나올 뉴스로 현확식힌다。

오날의 동경사회는 군대의 반란사건으로 내각은 문허진 채이고 시내에는 게엄령이 패여있는것이다。그혼란한 동경으로 활살같이·희망을 실고가는、학수는 다소의 불안한 홍분을 느끼지 아니치 못하였다。

「그냥 이길로: 경성으로 귀국해버릴가?」

그는 이러한 생각이 번듯 나기도 하였다. 그러나 그는 자기의 뺨을 자기손으로 때리는듯이 되집어 생각하였다.

제이의 고향인 그리운 동경!

그곳에는 일이있고 동무들이있다. 오래동안 음신이 끄친 일본 여승인 애인이 있을것이다.

그가지금 가는곳은 시외에 사는 선배인 저술가 강상씨 댁이였다. 강상씨는 친척없는 학수가 입소한이때 넘치는 동정으로 보호인이 되여 준것이였다. 작년사월에도 일부러 멀니 우도궁까지 면회를하러 와준것이였다.

이번에도 꼭 마지하러 올예증이였으나 오십이되여서 처음어떤 장녀를 출산한후 아직 반달도 못되며 난산인 부인의 근강이 회복치 못하였음으로 못간다는 편지가 있었든것이다. 학수는 강상씨가 신조하야 보내준 봄철화복을 감사하게 입고 오는것이였다.

기차는 움직이였다. 관동평야를 동남쪽으로 달기 시작하였다.

학수는 오날의 사회 사정이 옛날과 딴판、달내진것을 하루신문에서 대강 짐작할수가 있었다.

그러나 어떠한 풍파와 고난에도 오날들은 긴장한 마음으로 살어가라고 생각하였다.

二

봄물에 불은 학천의 철교를 건느자 이편 언덕은 벌서 대동경의 지역이다.

학수가 꿈많은 소년시대로 부터 생활한 동경은 그에게는 즐겁고 쓰라린 제이의 고향이다. 수물두살이 되든 여름까지의 륙년간 생활을 겪거온 이도회로 만사년만에야 다시 돌아 온것이였다. 그는 초기에 신문배달 같은 로동을 하면서 모사립 대학에 고학을 하였다. 일즉 부터 문화운동에 몸을 던지고 정치적으로도 관계하게 되였、었다. 그래서 그는 그렇게 된것이였다.

적우역에서 성선전차에 갈어타고 신숙역에서 다시 중앙선에 갈어탓다. 목적지인 길성사역에 내련때는 오후세시가 지나고 있었다.

그는 빨리 동경에 가랴는 욕심으로 우도궁에서 리발도 할여유가 없었다. 귀밑 머리가 거북하게 자라고 대머리가 넓어진 머리에는 모자도 쓰지않고 여행을하야 본것이였다. 모자는 있었지만은 다른 의봄과 함께 그곳 창고에서 곰팽이가 묘이쉲고 구겨저서 쓸수가없음으로 내버리고 온것이다.

역앞에서 머리를 깍고 새모자를 사서썼다. 그래도 두달 동안을 특별히 갈너왔음으로 중대가리는 면하였으나

리발관에서

「갈너 붙이겠음니까?」

하는 질문에는 뱃살이 앞으도록 쓴우슴을 하였다. 하이카라로 단장하기에는 넘어도 살풋경한 머리칼 이였음으로이다.

왼편손에 조고만 봇다리를 들고 바른손에는 과실 광주리를 사들었다. 강상씨댁에 드리라는 마음먹은 가난한 선물이다.

옛날에 자조단인 그익은길은 찾기가 매우 어색하다. 그전의 공지에는 문화주택이 붙고 아파-트멘트가 새로 많이 세워진 탓이다.

강상씨댁 현관 밖에는 전과 달음없는 문패가 큼직한 글자를 묵색으로 물드리고 달여있다. 이곳에 일시 발행소를 두웠든 문학단체의 부기관지 든 「문학신문」의 조희 간판이 없을 뿐이다. 전에 있든 캐드란 검정개는 없어졌는지 오래간 만에 오는 낯이즌 손을 짖지안는다.

학수는 새삼스러히 현관문을 열지않ㅡ 낯익은 정원을 왼편으로 돌아가서

「선생님 지금 막 돌아왔음니다」

그는 어느듯 옛날에 쓰지않은 선생님이라는 층호로 불렀든것이다.

강상씨 부처는 자기의 아들을 마지하듯이 반가워 한다.

「어서 올너오게. 그런데 얼마나 고생을격고 왔나?」

「매우 낙천적으로 살고 왔슴니다」

「그데이니까 그야 그렇겠지마는……」

「고생하신 표가 이마에 적혔넌데요. 머리칼이 저다지 빠지도록……」

부인은 산후에 살이 빠진 갸름한 얼굴에 미소를 띠우며 말한다.

학수는 퇴마루 우로 게다를 벗서놓고 올나섰다.

강상씨는 손수 의자를 권해주면서 무엇을 들여줄가 무엇을 이약이 들을가 하는듯이 학수의 창백한 얼굴을 바라본다.

「아! 따님을 나섰다지요. 매우 정사합니다」

학수는 먼저 부인을 보고 다음에 강상씨를 보면서 축하의 의미를 들이었다.

「응 딸자식이나마 오십이 되여서 어드니까 웃잔지 자기의 생명이 헐신 더늘어간듯한 기분이 해야오네」 허허」
「그러시고 마시고」
「벌서 딸자랑 입니다。 오시는 분마다 십전식 내고 보라는 말이 문단 표실까지 되였답니다。 호호……」
부인은 홍차에 우유를 느면서 행복스럽게 웃는다。
「저도 십전 드릴게 애기를 보여 주십시요」
학수는 다음방 침대우에서 매우 탐스러운 얼굴에 조고만코를 달사거리며 잠자는 곁에 가보았다。
「선생님 얼굴을 닮었구면요」
학수는 빙그레 우스면서 부인에게 말하야보았다。
「여러분이 다들 그래시는데 커서도 그러면 어되로 시집을 갈수가 있어야지요……」
산후에야 처음둔 여중(女中)을 독촉하야 읽은저녁을 식히였다。
「기름끼 없는 뱃속에 함부로 미식을하면 근강을 되려여 깨트림으로 맛없는 것부터 점차 맛있는 것을 잡수서야 합니다。 그래서 오날 저녁에는 아모런 반찬도 없음니다」
부인이 겸손하는 식탁우에는 양식접시가 두개고 붉은 도미가 머려채 요리되여있고 고기국이 흰기완애 김을 뙤우고있다。
식후에 학수가 사온 선물의 파실을 벗기면서 그후의 문화운동의 기우러진 역사를 이약이 하야
「재작년에 문화연맹을 비롯하야 수많은문화단체가 해산한후 일부분의 류행작가는 저네리즘에 목을팔고 다른 좀원기가 있다는 젊은분자는 동인잡지를 정명하고 있는 형편이다 그의 량에비하야 질적으로는 보잘것 없는 심일세。 일방 정치운동은 있는지 없는지 표면엔 나타나지 안는 현살이라네」
학수에게는 넘어도 놀냄을 지난 룡곡할 소식이였다。
「그대와 같이 들어가면 여나문이나되는 네들은 모다 미결에서 나와서 일시는 전향작가 문제가 문단에말성거리 든이 지금은 숨이죽은 모양여」
학수는 처음듯는 말이였다。 그들도 다형을 받었을줄만 알고있었다。
「끝끝내 고생을 맛치고 나온분은 당신한 분입니다。 구라하라상이 북해도에 있을뿐이고……」
부인의 말에 응하야
「이 그렇습니까?」

학수는 칭찬을 받었다니보다 한숨같은 말소리를 내였다。

그날밤에는 일즉이 오년만에 부드러운 다다미방우에서 따스한 이불을 덥고 단잠을 잤다。

학수는 조석의 산보는 정지두공원까지 갈적도있고 여자대학을 한박휘 담밖으로 돌아오기도 하였다。 그외에 뜸뚜로 목간물 길는것과 화단의 흙주물느는 즐거운 작업으로 운동을하였다。 그리고 일과를 중하여 강상서 서재들 자유로 리용하야 뒤떠러진 공부의 보충을 하야갔다。

나날이 얼골 빛갈이 좋아지고 몸무게가 나무에 봄물이 오르듯이 불어온다。

그는 원기는 젊은 얼골에 버서진 이마로서 놀내이면서 옛날 동무와 선배들을 맞났다。

「춘자는 지금 어떻게 하고 있는가?」

그들은 학수가 뭇고저하는 그의 애인의 소식을 질문 당한적이 한두번이 아니였다。

그러나 그들은 전과같은 회야까시의 어조는 없고 맞치나 공연한 부부에 대하는 례로서 뭇는것이였다。

——그것은 벌서 오년전의 꿈같은 이약이이다。

三

춘자는 학수보다도 늦게 문학단체에 들어온 젊은시인이였다。 그는 구원회 출신 이였다。

학수와 춘자는 일때문에 밤낮 맞나든 사이에 어는듯 연애관게에 빠진것이였다。

학수가 문학단체의 서기국 일을보게 되여 사무소에 주소를 두게되매 춘자도 살몃이 그근처로 이충을 빌너여 이사를 하야왔다。

학수는 분주한일이 한끝나면 춘자의 이충을 반듯이 찾어갔다。 밤낮없이 복적대는 사무소에서는 원고를 쓸수가 없음으로 자기의 글을 쓸적에는 의례히 춘자어충에 가서 일하는 것이였다。 그러나 춘자가 없을적에 학수가 혼자 원고를 쓰고있을 적에는 심심키가 짝이없고 마음이 통빈듯이 쓸쓸하였다。 조고만 석유론로에 코휘를 끄리고 차탁우의 꽃을 보면서 식빵을 돌이 먹을적에는 한마디의 속삭임이 없어도 무한히 즐거웠다。

어떤날 춘자는 자기 이충에 동무민자가같이 살아 보고자 하는데 어떨가하는 의론을 학수에게 건적이있었다。 민자는 역시 그들단체의 녀류시인이며 평론가인 형의 집에있었으나 형수와 사이가 자연 갈이게 됨으로 춘자와 같이 동거하고 싶어하는 것이였다。

춘자는 아직 학수의 개인적 비밀이외에는 문학단체일 이외에 다른 비밀을 필요할 일에는 참가하고있지 않았었다。

「방도 협착하니가 숭쳐만 마즈며 같이살면 공부에도 편리 하지않을가 생각합니다」

「아니여요 제가 근심하는 것은 학수씨가 지금과 같이 자유롭게 놀려 오실지가……」

춘자는 말끝을 흐려치며 웃었다。

「아 그분이면 지금 보다 배나 더놀러 오겠읍니다。두분에게 공평하게……」

학수는 조곰 작난스럽게 말하였다。춘자는 잠잠고 눈을 흘겨 보였다。학수의 진심은 거낙할수 없는 순자의 생활비가 집세를 반식 갈너무는 점에서 조곰이라도 가벼워 질것을 짐작 한고로 찬성한 것이였다。

그러나 민자가 온축 얼마안되여 학수와 춘자의 관계가 풍평에 올으게 되였다。

그러나 그의 원인은 민자의 입으로 나왔다는이 보다 춘자자신이 잠자리에서 토로한것을 민자가 자기귀에만 담어두자 않은 것일줄 학수는 짐작 하였다。

민자는 반달 쯤 동거한후 고향의 모친의 간병을 하러 관서로 떠나갔었다。그후로 맟처 학수는 문학단체이외의 일에 춘자의 힘을 빌이게되였다。춘자는 열심으로 참가하였다。

그러한 생활을하야 가든중에 춘자는 맹장염이 악화하야 잠절어 안일수가 없게 되였다。그래서 선대인 고향에 가서 수술치료를 하지않으면 안되게 되였다。

「일을 버리고 홀로 시골에 가는 것은 미안한데 참말 어찌할가요?」

하고 학수에게 물었다。

「일은 언제라도 할수있으며 더욱이 일을 위하야서도 몸을튼튼이 하야야 되지않습니까。그런 염여는 마시고 빨리 곳처오시요」

학수는 격려하였다。

「뿐만 아니라 이번에 가면 조곰 생활자금을 어더 올가하는 생각도 있음니다。그래서 제몸을 조곰 빌여주시면 단여 올가 합니다」

「몸도 곤치고 돈도 얻고하면 일거양득이 안입니다」

「돈이래야 몇푼되지 않지만요。제차지로 어머니가 저금해 주신게있어요。결혼준비금이란 명목하에……우습옵니까 저도 그러한 어머니가 있음니다」

「고마운 모친 매우 부럽습니다。그러면 누구하고 결혼하실 예중 임니다그려 하하……」

학수는 무슨 자신이있는듯이 우섰다。

「글세요。제가 조화하는 어느분이 동의만 한다면……」

「어느분이란 이름이 있읍니까?」

「이름이 없어도 아실분이 어느분 이지요 머」

그들은 더 말하지않고 침묵하였다。

「그런데 결혼하야도 생활에 장애가 안될가요。남승보다도 여승의 립장에서는?」

「결혼은 생활이 안입니까?」

「뻔한 의미를 조롱만 하시는 구면요」

춘자는 또 애교있는 눈을 흘겼다。

「그런 결혼술 개밥통에 던지면 알마즘니다」

그러면 안심이지만……」

「좌우간 맹장염이 더 배부럽 하기전에 끈쳐 오십시요」

「네」

사흘뒤에 춘자는 발정하게 되였다。

그날은 일요일이였다。학수는 기차시간을 오후 여섯시로 하도록 하고 축지소극장에 걸인 연극을 갈이 가볼 약속을 하였다。

춘자가 지은 얇은 점심을 갈이먹었다。식후에 춘자는 빨이 단여온다고 하며 왜표수전과 화장구를 가지고목간을갔다。

학수는「그대를 보내면서 부며 잘단여오라」는 짧은시를 빨리 써서 춘자의 봄코―트 속주머니에 감추워넜다。

목간서 돌아온 춘자는 상기한 얼꼴살결에 가벼운 화장을 알맞게하고 다비버선을 버슨 발등이 복사빛같었다。

학수는 목후의 춘자가 아름답다는이 보다도 더 감정적인 어여뿌다는 표현을 실감하였다。

춘자는 잠간 실예한다고 말하며 양장 의구를 것처가지고 장지를 열고 랑하로 나갔다。양장으로 가라입은춘자는 다시 들라와 의자에 걸치며

「그러면 가볼가요」

「글쎄요」

하면서 학수는 조곰더 이약이 하고싶다는 듯이 담배에 불을 부쳤다。

「학수씨와 동경을 하직하고 당분간이라도 시골을 가라니까 웃잔지 매우 서글푼 생각이 않을 습니다」

춘자는 조곰 고개를 숙으리면서 말하였다。

「또 그런 약한 소리를 합니까?」

그렇게 말하는 학수의 가삼도 섭섭하였다。

「웃잔지 이번이 영원히 학수씨와 리별되는듯한 생각이 갑작히 납니다。저의 센티멘탈 이겠지만은……」

「영원히………?」

「그것이 우리의 운명이 안일가요?」

「운명 이란요?」

「일이 일이니까 언제 어떤일이 있울지 모르지 않음니까?」

그들은 의문부분은 말만을 서로 바꾸웠었다。

「그런것은 현실의 길이지 운명이란 말을 좀 묵은 표현입니다」

「내용은 다같지 않음니까?」

「걱정마시요!」

학수는 두팔을 벌여서 활개같이 흔들어 보였다。그리고 그벌인 가슴속으로 춘자의 사랑스러운 몸을 면저술가하는 정열을 것잡을수없었다。

「……………………」

잠잫고있는 춘자 앞에 학수는 바른손을 내밀면서 일어섰다。

「자! 악수합서다。재회할 악수를!」

춘자는 소녀와 같은 하얀손을 들어 학수의 손과 맛잡였다。

순간 학수는 왼팔로 춘자의 양장한 억개를 싸안었다。

문밖에 나서자 첬여름 태양이 눈부시게 내려 쪼인다。춘자의 코등에는 땀이 조곰 솟아 보인다。

축지소극장을 구경하고 나온 그들은 바로 삿야역을 향하야 탁시를 잡아 탓다。

아직도 십오분쯤 남었스나 학수는 동무와 다른곳에서 맞날날 시간이 닥처 온다。학수는 역안에서 카스텔한

계를 사고 미리 준비하야온 신간 서적을 싼 책보조차 춘자에게 주웠다。

「기차까지 못 보내드리니 용서하시요。부대 잘단여오시요」

학수는 춘자를 하직하고 시내전차에 바삐 올러탔다。

그후 삼주일 동안 동경과 선대사이에는 사람의 편지가 사오차 왕복하였다。춘자의 수술경과가 매우 양호함으로 최근에 귀경한다는 소식을 듯고 학수는 매우 반가워 하였다。

그러나! 그소식을 들은 일은날 새벽에 사무소 이불속에서 같이간후 오변간이나 춘자와는 맞나지 못 : 것이였다。

四

구 무학단체의 동무들이 사십여명 모여서 학수의 환영회를 신숙 백십자에서 개최하였다。

그석상에서 학수는 감개무량한 답사를 하였다。

회가 끝인후에 민자는 학수에게 춘자의 소식을 들이여 주웠다。

기후특춘자는 몸이 매우 상하야 집행중지로 나와 선대 어떤병원에서 입원치료중이였으나 자기의 입장을끄리여서 옛날 동무들에도 도모지 소식을 전하지않고 문학적 작품의 발표도 하지를 않었든 것이다。

그런데 오변에야 오래간만에 민자에게 편지를 보낸것이다。그의 동기는 학수의 출소이며 그의 요진은 학수의 주소를 알녀 달나는것이였다 한다。

「가엾은 동무입니다。위로의 편지를하야 주십시요。제가 끝 주소는 알었으니까 학수씨에게로 편지 드리겠지많은 사정이 매우 복잡한 모냥이여요」

민자는 그편지를 봉도채로 학수에게 맞기며 말한다。

「고맙읍니다。이병원엘 오래잇는지요?」

「네 이변간이나………」

그들은 도정의 표정으로 놀내였다。

「그런데 조고만 허물이 과거에 있였다 하드라도 춘자동무를 용서하야 주시겠지요 학수씨는?」

「허물이야요 사상문제인가요? 개인적문제 인가요?」

학수와 민자는 닭은 차점에 와서 이같은 말을 하고있었다。

「자서한 사정은 모릅니다만은 학수씨에 대하야는 아마도 그 두가지가 다 그러한 모냥입니다 그편지에 의하면은……」

「구체적으로 모르면 힛얘기가 안입니까」

「다만 구체적인것은 춘자동무가 지금도 학수씨를 사랑하고 있다는 사실입니다」

민자는 학수의 눈을 마조본다。

「두가지가 다라나……하나는 짐작 합니다 만은 개인적문제는 짐작치 못하겠는데요」

「학수씨가 전과 같은 사이로 용서하실는지 안으실지는 모르겠읍니다만은 학수씨가 안게시게된 후에 달은남자와 연애관계가 있었다 하면은 어떻게 생각하십니까?」

「그런 사전이 있었단 말슴입니까?」

학수는 말기를 갑작히 삽키였다。

「동정할 동무 춘자를 믿기로 저를 겨울에 달어 보시란 말슴입니까?」

「그남자와는 지금은 원수와같은 사이가 되여버렸다 합니다。저의 예비지식도 그편지이상은 못됩니다만은……

그러나 학수는 그편지를 그곳서 펴보기에는 견딜수없는 매옥감을 어찌할수없었다。

「그런 무서운 사람이 되였읍니까? 그전 춘자가! 사랑하든 사람과 원수같이 된다는 것도 그대로는 무서운 사실입니다。원수를 자고로 사랑을한다!」

「무엇을 오해하시는지요。흥분하시지 마시요。환영회의 권위가 떠려집니다」

「그남자의 이름은 무엇이라며 대관절 누구입니까?」

「이름은 안알녔으나 학수씨도 아실분이라하는 분변입니다」

학수는 식은 코휘를 한숨에 마시고 쓴입맛을 다섰다。

「값싼 동정과 눈물겨운 인정주워는 늘비극을 더한층 참혹하게 하는법입니다」

학수는 민자정도의 동정을 춘자에 대하야 하지안는것은 물논 안이였으나 덕없는 분푸리를 민자에게 한셈이다。말일스록 싸음은 더커가는 도리이다。

그일은날 오후에 학수는 묵직한 춘자의편지를 받었다。

존경하는 학수씨!

몇해만에 이런편지를 올리는지 아마도 한세기는 지낸듯 합니다.
학수씨가 안영히 나오셨는것은 어떤 잡지에서 작품을 읽고 알었읍니다.
그러나 오래동안 참으로 고생많이 하시고 오셨읍니다. 저의 지금 격고있는 육체적 정신적 고통이야 그의 만분의 한아도 못될줄 믿습니다.
저는 모든것을 학수씨 앞에 참괴하고저합니다.
학수씨가 그륙한 고생을 겨끄실 동안에 저는 붓그러울 허물을 많이 짓고야 말었읍니다. 지금의 정신적 병마적 고통은 그로서 인한 당연한 천벌로 생각하고 있음니다.
그러나 저의 최후의 목소래를 맡어주시압소서. 저의 조곰 남은 양심의 불꽃은 아직 찬재로는 변하지 않었읍니다. 근강도 차차 좋아 감니다.
일시라도 빨리 동경가서 학수씨를 뵈옵고 저의 짧은 과거의 묵어운 허물을 고백하고 용서를 비올가 생자하고 있읍니다. 그러나 아직 기차에 견딜 기력이 없읍니다.
환영회는 성대하였겠지요. 가드러지 못한것을 슳어합니다. 기렴사진을 한장 보내 주시면 감사하겠읍니다.
매우 꺼러운 말삼이나 저는 그뒤에 한 연애사건이 있었읍니다. 그러나 학수씨의 사랑을 배반한 따른 사랑은 이 땅우에 있을수가 없었읍니다. 그것은 연애란 말에 갈이 되지못할 단순한 동기로 맺게된 동서생활이였읍니다. 저는 후회에 느끼는 눈물로서 병상에서 쓰는 이편지를 분치키여 드렴파나이다.
저도 예전에는 학수씨 고향이신 조선나가서 살고싶은 생각을 꿈갈이 그런적이 있었읍니다. 그러고 아직도 그꿈을 버리고는 십지않읍니다.
단순한 동기로 그런짓을 해버렸다는 사실은 마음과 같읍니다. 당시 폐신할이 없어서 몸을 부락한 남자동무집에 있을동안 그는 저에게 사랑을 구하는말과 동서에 제몸을 꺽어놓넜읍니다. 저는 본능적으로 저항은하야보았으나 끝끝내 물리치고 원밤중에 뿌왕도로 뛰여나갈 자유는 없었읍니다. 그러하야 동서생활이 사개월쯤 게속되였읍니다. 저는 그를 마음으로서 사랑할수는 없었으나 그다지 실치도 않은 평범한 사이였읍니다.
삼개월쯤되야 즈들은 그집에서 살어지게 되였읍니다. 그렇게 될저음에는 가정생활이 좀불안 한것을 느끼든중이였음으로 그러한 바람이 없었드래도 영속치 못하였을가 합니다.
그러나 그남자의 이름은 저의 허물전 비밀을 숨기라는 마음으로가 아니라 이편지를 더더럽이지 않고저하야 쓰지않읍니다. 그의 이름을 드르시면 학수씨는 더놀내실것입니다. 저를 더경멸하실것입니다.

제가 몸을 상하야 가지고 이곳 병원으로 옮긴후에 그는 저에게 대하는 절연장을 안에서 내붙졌읍니다。 좌우간 저는 놀내였읍니다。 시집간 누의는 일부러 동겨까지 그를 면회하려가서 그의 리유를 물으며 교섭을 하야 주엇읍니다。 저는 청하지도 말하지도 안하든것입니다。 그러나 그는 영무않은 저의 여러가지의 흠집을 집어내여서 누의를 매욕하였다합니다。

누의는 승을내고 몰아와서 제가 남자에 대하야 소전이였다고 꾸지짐을 받었읍니다。 소위 그런일한 남자에 그런사람은 본적이없다고말하지 않읍니까。 저는 울었읍니다。 누의의 무릅을 않고울었읍니다。 「그런 남자에게 베틈을 드럼이는가!」 누의는 끝까지 노하였읍니다。

그는 시골지주의 둘재 아들이라합니다 제가 그의 절연장을 무조건으로 승낙치 안는것은 그 명예롭지 못할 재산에 탐이 난것이라고 방언하였다합니다。 그가 전날까지 끄려오든 재산과게를 그말이 말하게 그는 되여있든것입니다。 저와의 사이를 청산함이 아마도 그가 자유럽게될 어떠한 조건이었겠지요。

그는 지금 동경서 주색의 혁락생활을 하며 어떤 뙈쇼단체에 관계하고있다합니다。 저는 그를 경멸하고 미워한다느니 보다는 저자신을 경멸하고 증오하고 있읍니다。 저의 고민과 자숙의 생활은 언제나 끝절지 모르겠읍니다。

저는 학수씨의 전갈은 사랑을 더럽인 허물의 몸으로 요구할 도리가 없읍니다。 저의 그림자는 넘어도 불상한 엷은 낙엽의 그림자 존재입니다。

마음이 앓어서 더 쓰지 못하겠읍니다。 간호부가 체온을 살펴보고 갑작히 놀나며나갔읍니다。 저는 감췄든 편지를 다시내였스나 더쓸 기력이 없어젔읍니다。

저를 꾸짓고 동정하시는 편지를 주시압소서。 그룩하신 지도로서 저의 새로운 굿활을 가라처 주시압소서。

학수는 위안과 문병의 답장을 곳보내였다。 그러나 감정 문제에 관해서는 한자도 쓰지않었다。

五

학수는 환영회를 기회로 새러운 사회생활을 시작하였다。

한달동안 호우의 신세를받은 강상씨댁을 하직하고 근처인 아파ー트로 이사하였다。 아파ー트 뜰에는 사구라가 만발하야 그가 빌인 이층 십호실에는 창안까지 꽃가지가 들어와 향기를 피워준다。 그러자 어떤 작가가 사재를 기우려가며 경영하는 문학잡지사에 편집원으로 일을보게 되였다。 길성사로서 온좌까지 매일 통근하였다。 일방 작가구락부와 시인구락부에 가입하였다。

동경있는 조선극단을 중심으로 동경조선 문화인들이 제이의 환영회를 열어준석상에서 학수는 그들 극단문예부 책임자의 지위로 권고 받음을 쾌락하였다。

여자대학 문학부에 단이는 분이 청소한 조선복으로 참가한것은 학수의 눈에는 이색이였다。

그는 움즉이는 일과함께 쓰는일에도 게을름을 부리지 못하였다。그는 옛날같은 정열로 생활이 긴장하야왔다。

그래서 귀국도 자연 못하게되고 춘자를 방문할 기회도 없었든것이다。

춘자는 륙월부터 최후의 보양을 해변인 온정장에서 하게되였다。그는 신변소식과 자연의 풍경을 연실쓰는긴 편지에 그려서 학수에게 보내는것이였다。편지는 점점자기의 고적의 슲음과 사랑의 고백이람 보다도 요구인정열로 타게되였다。학수는 우리들의 사이는 과거의 연애를 떠난 동무의 우애에 멈추는자 소극적 태도를 직히였다。그러나 될수만 있으면 춘자를 다시 사랑하고싶었다。

춘자는 원망하듯이 사상적으로도 생리적으로도 근강하고 순결하고 아름답고 상약한 녀성을 부인으로 맞으라는 말을 써보내기도 하는것이였다。그것은 춘자의 가장 적극적인 구애의 태도였든것이다。

춘자는 또한 자기의 누의로서의 지금으로는 동전을세는 경제적 군색을 면치못함으로 학수의 소개로서 어떤잡지에 팔아봐달나고 수필원고도 보내는것이였다。학수는 원고료를 받었다는 그젓말로써 넉넉지못한 주면이에서 삼원식 오원식의 의문금을 보내주었다。

그러한 다소의 물질적 동정과는 반대로 춘자에 대하는 사랑의 감정은 전의 남자가 과학단체에있든 ××라는 사실을 안적부터 점점 더엷여지는것을 맛보지 아이치못하였다。

「과거는 과거다!」

춘자의 금후의 생활이 문제이다。그렇게 생각하라는 학수의 가슴에는 점점 어색한 듬이 트기시작하였다。

볼같은 여름이지나고 아침저녁으로 선선한 바람이 부는 첬가을이 오기시작하였다。그런데 조선극단에는 난데없는 선풍이 불어왔다。학수는 반연만에 번대뜨기는 구련살임을 다시 격게되였다。

연말이 갑가워 눈보라치는날 오래비였든 쓸쓸한 아파ㅡ트로 돌아왔다。

그사이에 춘자는 몸이 쾌차하야 동경에와있었다。기간공판이있었고 결과는 예상과 같이 삼연간 집행유예로언도를 받었다한다。

사흘째 되든날 그런소식을 들은 학수는 춘자의 하숙을 찾어 갔다。

물론 춘자는 학수가 올줄은 생각지 못하였든것이다。

춘리가 나는 회복을입은 춘자는 단발의 기억밖에 없는 뒷머리를 목우에 다실여 매고있다。그의 얼골 빛갈은 학수가 생각한이 보다는 헐신 근강하야 보였다。

춘자는 현관에 이은랑하 마루에 나와써 학수를 보자 멈춧 놀내면서 다시달여와 바른손을 내여 반겨 맞이한다。학수는 청하는대로 악수를 한후 말없이 안내하는 춘자의 방으로 들어갔다

「아참! 그런데 또고생하셨다지요。언제 나오셨읍니까 몸은 어떻읍니까?」

「아모렴도 않습니다。벌서 오변 안이 끝 륙년만에 뵙니다 그려」

그들은 밤열한시 까지 이약이 하였다。

그런데 학수는 춘자가 학수에대하는 사랑의 감정은 매우열렬하나 사회생활에 대하는 열의는 보잘것이 없는 것을 발견하고 실방하였다。

「사랑의 복활! 그의미를 잘생각 해봅시다。사실에 있어서 나는 배반의 상처를 받었읍니다。그것은 재처놋는다하드라도 전날의 사랑이라든것이 어떤 승질의 것이였든가? 복활인 이상 그승질의 사랑이 아니고는 의미가 없지 않습니까?」

춘자는 두눈에 흐르는 눈물을 손수건으로 닥고있다。

춘자는 병원에서 이변동안 적은 일기장과 수십편의 시원고를 보여준다。그작품은 모다가 그전에 쓴 춘자의 것과는 딴사람이 쓴듯한 감상의 군소리이며 문학소녀의 손작난 같은것 뿐이였다。

「전의 쓴것과는 아조 달으지 않습니까?」

「저도 그것을 잘알고있옵니다。그러나 저는 그당시의 속임없는 감정을 표현해본것입니다。그밖에 머 내용없는 가엾은 생활이였읍니다」

「나는 이에보이는 문학적 경향에 대하야 하는말입니다」

「지금 이시대적으로도 제자신상으로도 무기력한것은 속일수없는 사실입니다。저그곳으로서 부터 재출발 할수밖에 없읍니다」

춘자는 변명하는 듯이말한다。

「그러나 재출발인 이상 목적지가 있어야하지 않을가요?」

「리론으로만은 잘알겠읍니다」

춘자가 로론에 지지않으랴는 승격만은 전과 틀님없었다。그렁도록 학수는 승이난다。

「그러면 내말은 소위 공식적 기게톤 이로구면요!」

춘자는 근강제로 사용하는 포도주를 곱부에 따러 설탕을 많이느며 권한다。그가 술을 하지못하는 것을 춘자는 잘압고있었든것이다。

학수는 포도주를 한입 마시자 두제목이 모다 실생활이인 연애담과 문학담은 결론을 어찌못하고 일어섰다。

다음 일요일 오전에 춘자로서 전화가왔다。아파――트전화실에 내려갔다。

「오날 쉬시고 집에게십니까。놀너가뵈올가 하는데 어떠실까요?」

「네 고맙습니다。기다리겠으니 부대와주십시요」

한시간쯤하야 춘자는 카네ㅣ숑 꽃묵게를 파라핀조희에 싸들고 놋크를 하였다。

「잘오셨읍니다。드러오십쇼」

학수는 문을 열면서 안내하였다。

인사가 끋난후 춘자는 용기를 내듯이

「저는 학수씨를 부저럽게 사랑드릴 값이 되지 못하는점을 잘 자기반성하였읍니다」

「좋은의미로 그렇게 생각하셨읍니까?」

「학수씨에게 좋으실의미로! 오날은 하직인사를 드러러 왔읍니다」

「굴쎄올시다。사랑은 상업이 아이니까 싸니 빗싸니할 문제는 아닙니다。피차에 행복의 자신이없는 연애와 결혼은 위레합니다。우리들은 동무로서의 우애의 길을 다시 나가십시다」

「그러신 말슴을 예기하고 왔읍니다」

춘자의 의기는 매우 승난듯하다。

「……………」

「이쩍지 많은 신세를 끼쳤음으로 감사의 뜻을 표하고저 꽃을사가지고 왔읍니다。물이처저 않으시겠지요?말슴하시는 우애의 의미로!」

「물론 받을뿐입니까。감사합니다」

밖앗날은 매우칩다。유리창이 바람에 덜거댄다。학수는 창막을치고 화루의숯불을활활피우며 차물을 끄렸다。

「그런데 하직을 하러 오셨다니 그런말슴이 있읍니까?」

「동경서시살수가없고 살어갈 희망이없으니、할수있읍니까。그저고향에가서 상안칭술을 흙속에색히고저 할뿐입니다」

춘자는 고향에서 홀로 보양을할적에는 그의 편지와같이 동경에 많은 희망을 가젔든것이다。그러나 동경의삼개월생활은 그의 남은 양심적 열의의 용기를 더한층꺽어만 주었든것이다。학수의 사랑의 부활을 잊은것은말하자면 치명적이였다。그러나 동경서 어뜬 이같은 자포갑가운 실망으로서 시골로 도라가면 그의앞길은 더한층암담할것이 아닐가? 그것이 학수의 책임같은 근심이였다。

「그러나 시골가시면 좋을가요? 문학을 하시랴면 역시 동경서 싸워가는것이 좋지 않습니가?」

「물론 동경서 살수만있으면 살고싶읍니다。그러나 역시 빵문제가 저를 쫓으랴합니다。누의도 동경서 자활할길이없으면 끝들아 오라고 재촉을 하고있읍니다。그래서 할수가 없음으로……」

「그러면 어떠한 직업을 찾어 보면은……?」

「그것이 어듸 있을가요? 전에 알든 명사들을 찾어가서 의뢰하기도 제면적고하야서……」

「무슨 직업적 기술은 있섰든가요?」 학수는 열심껏 물었다。

「아시는 바와같이 아모것도 없읍니다」 학수는 차를 따루며서

「잡지사 같은곳은 어떨가요? 경험도 있고하니까……」

「그런일이면 하고도 싶으나 어듸있을가요?」

학수는 아는사람을 통해서 찾어보겠다고 약속을 하였다。

좀 원기가 난춘자를 역까지 마중해 보냈다。

다행이 학수의 진력으로 어떤 주간 부인 신문사에 춘자를 취직식혀 주웠나。

일에불는 일주일되는 일요일에 춘자는민자와 함긔 학수를 찾어왔다。

요건은 사에서 화복은 사무에 불편함으로 양장을 하고 오라는 명영을 받었다한다。그러나 갑작이 할도리가없어서 학수에게 상맘하려 온것이라고 한다。

「글쎄올시다 자신은 없으나 저의 원고료를 먼저 빌녀 볼가합니다」

「되기만하면 그렇게 봐주십시요」 춘자와 민자는 함께말하며 얼골을 서로보며 미소하였다。

「좌우간 취직 축하를 하야드립시다」 민자가 그같이 제안하였다。

학수는 조숙말로 쓰는 원고를 집어치우고 화복을 양복으로 갈아입었다。

그들은 신숙을 향하야 성선을 탔다。민자는 무하에 관한 이야기를 열심껏 끄내기 시작하였다。

전차 창밖에는 봄정치가 달어난다。

(三 月)

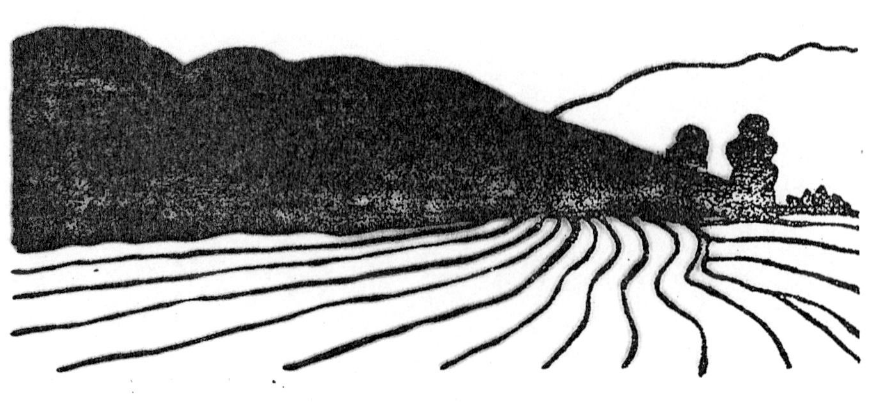

李太白

裵斗勳

이태백의 제자(弟子)란 말을듣기는 요몇달전부터다.

요컨대 이태백의제자라면 글을잘지어서 그런것도안이요 그와같이 락관주의([illegible]觀主義)래서 그런것도아니다. 그러면 웨 친구들은 나에게 이태백의제자라고 [illegible]르는지? 이태백은 술을 두서너말쯤은 밥먹기보다 더쉽게 먹는다는데 자기 많이먹는대야 정종 한돼가명이나먹는다. 정종한되나마 먹을줄 모르는 사람에게 비하면 성적이 낳은편이나마 태백에게 비하면 하늘과 땅사이다.

이래도 입마는 고상해서 정종이나삐루외는 만술이라곤 먹을줄모른다. 이렇[illegible] 말하면 자식고얀놈이로군 술먹는놈이 아무술이든지먹는게지 못먹는 술이어[illegible]나. 하겠지만 사실 정종과삐루외는 먹을줄모른다.

술을배운지는 작년겨울부터인대 처음에는 친구들에게 끌니여서 억지로 [illegible]는바람에 오뎅집에서 곱뿌로 정종석잔 먹은것이 탈이되여 집으로 도라오[illegible]로해버리고 이틀동안이나 톡톡하게 욕을보고 그뒤로부터는 술을다시 안먹겠[illegible]고 결심까지하고 친구들이 술먹으러가자면 머리가 앞우다는둥 기분이좋치못[illegible]다는둥, 배가앞으다는둥 살알살알 피하였으나 웬걸요. 요지음다시 먹기사작했[illegible]그동기는 따름이아니라 바루두달전일인데.

산보겸 원정통을 한바퀴 돌고 집으로 도라오는길인데

「이거 얼마만인가」

하고 내손을잡는 중학교때 동창생인 만수군을 우연이 맞내가지고 이야기도 [illegible]겸 카페라는데로간것이 다시 술을먹기시작한동기다. 나이삼십이다되여가나 식[illegible]원 요리집같은데는 가보었으나 카페라고는 이것이 처음인데·식도원같은때를가

면 기생을 불너다놓고 시조 육자배기 노래가락등을 듣는데 카페따는곳은 놀기가 퍽싱거운곳이다。 붐을불 노랑물 별별불이 다있는데 그것이 「ネオン」이라는거라나요。 젠장 네온이라는것이 웨그렇게 눈을부시는지。 안으로 썩들어서니 뽀이며석이

「기요꼬상 고신기요」한다。

구석한자리를잡아 앉자마자 키가날신한 여급이오드니

「오시보리 나조」

하고 의치드니 나를보고

「뭘가져올까요 술잡수시렵니까」

서루른 경서로 묻는다。

「여보 바다물이넘소 웨그렇게 급하게노오」

한마디 던지니

「호호……」

웃는다。 웃는상이 꽤입쁘다。 고입술이라도 쩔근 쩔근 깨물구싶두록 귀엽다。

「여보게 뭘먹을가」

만수군이 묻는다。

「아무거라도 좋네」

「삐루」

하고 만수군이 말하니 기요꼬가 다시 뽀이에게 명드하니 이육고 삐루두병파 콩을 가지고왔다 술잔이 왔다 갔다 하는동안에 벌서 여섯병째다。 자꾸술을 주문식히니까 요세 일본말로 나까무라로 알었는지 오꾸무라로 알었는지、 여급년이 쌀쌀 게붓는다。 눈이 애쁘다는둥 코가 날신하게 생겨 잘생겼다는둥 누구를 비행기를 태우는지 따는아양을부린다。

얼그니 몽롱하게 되면 될수록 여급년에 상판이 어여뿌게젤뵌다。 고만기요꼬한테 녹었는지 집엘가기가싫다。

그후로부터는 매일밤 무슨회사에나 출근하다싶이 아니가고는 못배기게되고、 기요꼬에게 쫄딱녹아 떨어졌다。 녹아 떨졌다니 내혼자만 녹아떨어진것이 아니라。 기요꼬도 나에게 떨어진모양이다。

매일밤 출근하다싶이 출입하였으니 백만장자아닌 네가 돈에빈궁을 아니받을수 있을손양 그까짓것 있자 이

저하고 몇분이나 부르지겠스나 좀처럼 이저지질않는다。하로가 지나고 이틀이지나고하니 온몸이 간지러운듯이 발악이난다。편이 잠잘고있는 안해에게 트집을한다。그리자 기요꼬한테서 편지가 매일같이 날너들어온다。어디가 아퍼서않이오시는지。사무가바뻐서아니오시는지 답답하여 못살겠으니 어서 편지답이래도 하여달나는말이다。

그리는동안에 기요꼬는 잇었는데 또한가지 문제가생겼다。술이다。술。

처음엔 약먹기보담 싫든 술생각이 부시시난다。그래서 술을벌만한친구들에게 찾어가서 술한잔 내라면 기분좋게 벌친구도없지만 술받어술친구도드뭅다。내가 기요꼬한테 다닐땐 싫도록 술을받어주었는데 이젠 젠장 한놈두 술낼놈이없다。

친구란 소용없다。소용없다。할머니가 일상말슴하시는것이 여기서붙어 하는말인가싶다。

망할친구들이 술은안낼망정 엉뚱 별명을 짓고말었다。그다음부터는 나에게 이태백의제자 라고 부른다。길가에서맞내면 이런창피한꼴이 또어디있나

「이태백씨 이태백제자」

하고 부른다。그까짓걸듣고 갈버서 시비도못하겠지만 술도한잔 못어더먹구 원통한꼴을 당하는구나고 생각하니 부애가 난다。

二

오래간만에 신문사에있는 박군을맞내가지고 오뎅집에가서 얼그나취해서 집으로도라오니 안해가 배가앞우다고하며 발악을한다。아이를낳을달이 후ㅅ달인데 간혹가다가 아플때도있다고 말한뒤 누어서 잘나니 방바닥에 덩구면서 배가아푸다고하며 신음한다。

「여보 못살겠소 배가 웨이레아푸오」

「번디 그렁다오」

젠장 모처럼 먹은술에 기분좋게 좀자볼라하니 신음하는소리에 잠을이루지 못하겠다。두손으로 배를대안고 방바닥에 덩구면서

「아이구 못살겠어요」한다。

「아기를 낳을달이 가차워오면 번시그렁다깐그레」

짜칭을냈다。배가 아픈것은 사실인가싶다。

「아이구 이게무웬이야 여보 배안에서 머가굼짓거려요」

「참말이요」

「정말이야요」

먹었든술이갑짝이깨인다。이게웬일인양。 애기를낳을달은 다음달인데배안에서 무었이굼실거린다니。안해는배를꼭껴안고

「내가죽는가부」하고 「아야야」고 연발한다。

「아모래도 애기를 낳을듯해요 산파를 좀불너다주세요」

하고선 죽는다고 고함을 지르면서 방바닥에 딩군다。밤도깊었는데 산파한테 갈수도없고 그렇다구 집안사람이나있나하면 분가를한 덕택으로 집안사람도없다。가차이 있는처가집에나 가볼까하야 급기야 옷을주서입고 나갈냐니

「여보 아무대도 가지말어요」하고 꼭붓든다。

「어머니를불너올터이니 잠간만 기두려요」

간신이 떼놓고선 불랴 불랴 처가집엘가 대문을 두다렸다。이윽고 장모가 빗장을 열고나왔다。

「밤중에 웬일인가」

「집엘 좀가십시다……」장모를 다려구집엘오니

「아이구 어머니 내죽는가부」안해는 어미를 꼭붓들고 신음한다。

「아이를 낳을때는 다그렇단다。제아이를 낳어봐야 부모공을안다고」장모는 안해에 배를 만지락 거린다。

「아이구내죽는다」안해는 연달어 가음을질은다。

「옳다 힘을좀써라써」

「아이구 죽겠어요 산파를 좀불너줘요」

「그까짓 산파없어도 낳는다。격정말구 힘이나써라ㅣ써」

내온삼십평생에 이런꼴은 처음당한다。장모가 안해에 손을 좀 쥐고있으라하기에 쥐였드니만 내손을 깨문다。

「아야야!」소리를 질너도 물고는 놋치않는다。

「아이구내죽는가부 내죽는가부」하고는 힘을몇분 쓰더니 치마밑에서

「으앵으앵……」애기소리가났다。옳다 이젠나왔나부다。

「이런 부랄이나 찻스면 좋을텐데」

장모가 나를처다보면서 빙그레 웃는다。계집애다。그까짓건 뭐래두좋다。안해는 힘없이 느러졌다。

그러자 웃방에서 삼돌이할머니 점이 어머니동이나와 물을끓인다는등 전쟁이나 났는듯이 바뿌게 설친다。 아닌게 아니라 기쁘기는 기쁘다。삼십평생에 계집애라두낳고보니? 점이어미가

「이왕이면 분홍치마락구 붙알이나찬놈을 낳었으문 좋을텐대」하니깐 삼돌이 할머니가 받어서

「아이구여보 첫딸은 살님밑천이라오」

「살림밑천이란말두 옛날말이요 지금은 어더 계집애들이 옛날모양으로 집안일이나 하는줄아우 모두학교에나가지」

하고 말끝을 흐려고만다。닭이 꼬끼요 세번운다。이젠날이 밝는모양이다。

三

날이훤하게 밝어왔다。면동에 터온다。

젠장 애는 낳기는낳었는데 위선 동두지기라도 만들어 입폐야될터인데 어더돈이있나。후ㅅ달인줄만알고 아무준비도 하지않었는데 갑작이 소낙비오드시 낳고보니 기가맥힐지경이다。날수를잘못 헤알인것이안이라 틀림없이 아홉달만에나왔다。하로라도 밖에세상을 먼저보려고나왔는지。

일는크게 벌려졌다。미역도사서 국을끓여안해를 먹이야되겠고 생각하니 아마득한꿈같다。잔돈푼있는것은 어제밤에 술받어먹고 생각하면 생각할수록 기가매킬지경이다。보통일같으면 될대로 되여라구 배ㅅ짱이라도 내밀겠지만 배ㅅ짱을 내밀라야내밀자리가 그렇다고 애를낳은날부터 돈을 빌려줄 가지도 못하겠고 우둑커니 딱꺼시운 돌부체 모양으로 고개를 수구리고 밖구석에앉어있기도 거북해서 갈곳이라곤 없지마는 모자를푹눌러쓰고 밖으로 나오니 쌀가가에서 집서방이 빙그레의미있게 나를보고 웃는다。그까짓것 본체만체하고 이곳 저곳을 할일없이 돌다가 도서관엘 들어가 신간잡지를 뒤젓거리다가 뗑뗑뗑 세번치는것을듣고 밖으로나왔다。빈주 니로 집엘들어가기도 면망하고 그렇다고 아니들어 갈수도없고 집엘 갈까말가 망서리다가 아직됫덩어리 같은 애나마 고것이 보고싶길레 집엘가니 장모가 부엌에서 저녁을짓다가

「어다갔다가 이제들어오는가」

한다。들은체 만체하고 방안에들어오니 안해와애는 정신없이 자고있다。모자를벗어 못에다걸고 애얼굴을 들여다보고있으니 저녁밥상을가지고 장모가들어온다。시장한집에 밥이라도 한그릇 배속에 넣어볼까하야 밥상을보니 미역국이놓여있다。

「웬미역국이에요」

장모에게 물으니 어머니가 오셔서 미역과 애옷감을 사놓고 가셨다고 말한다。 저녁밥을 막치우고나니깐 누님이 소식을 들었는지 왔다。 누님은 방안에들어와서

「이이고 고것참애쁘다」 애가 귀여워 못살겠다는듯이 요모 조모를 살펴본다。 한참살펴 보드니 누님은

「산모를 무었이든지 사와서 보신을 식혀야지」 하고는 내얼골을본다。

「어디 돈이 있어야지」 천장을 치여다보면서 혼자말 비슷하게 말하니

「부로카니 참말부로카니 돈다어째고」 한다。 젠장언제는 자기가 돈을나에게 준것같이 말한다。 하도어이가없어가만이 있으니깐 손에끼친 가락지를 빼드니

「이젠때나 잡혀써라 삼십원은 줄게다」

하고 금가락지를 내민다。 이게웬떡인야 구두쇠같은 누님이 금가락지를 내노니 아니놀낼라야 아니놀낼수있나 금전문제에 있어서는 일전한닢을 가지고 다루는 누님이 금가락지를 내놀때는 아마 부루카는가도십었다。 사실세상에 누님이니 아우니하고 정이있게 지내는사람도있지마는 우리형제간만칠 정없이 지내는형제는 드믈것이다。 그런 누님이 금가락지를 잡혀쓰라고 내여놀때는 아마내일아침에 해가 서쪽에서 떠올내오자나 않을까하는 생각이든다 좌우간 궁한판에 잡혀쓰라니 아니잡혀쓸수있나

「고맙다 고맙다」

연달어 말하고난뒤 모자를 집어쓰고 밖으로나왔다 나오기는 나왔는데 어느전당포에갈까하는것이 문제다。 아직정당포에는 가본적이없다。 될수있는대로 사람들에 왕내가더먼길 정당포를 찾다가 어느 어숙어숙한골목 정당포에들어가니 두말안하고 달나는 삼십원을 준다。

四

돈을받어 주머니속에넣고는 혹시잊을까하야 가다가 가다가도 만지락거리면서 걸어가니깐

「여보게 이태백씨」 뒤에서 누가부른다。

「누군가」 뒤로 획도라다보니 모두술친구다 어디서 한잔했는지 얼골들이 붉다。

「망할친구들 이태백이가 뭐야」 짜정을내니

「이사람아 짜증낼것이야 있나 하하하……」

「그런데 어디가는길이야」

「한잔하루가네」박군이말한다。이군이나를보고

「자네도 한잔하려 가는길인가」하고 묻는다。

「한잔은 무슨한잔」

「그러지말구 한잔하러가세」정군이 말한다。

「돈이없네」

「팬이 그라지말고 한잔하러가세」

「바뻐서 가야겠네」

「매일먹구 펑펑 노는친구가 술받어 내라하니깐 가겠단말인가」

「그런게 아널세 안해가 애를낳은때문에 그……」

「자네 이세가났네그려 하 하하」

「그리면 더욱좋네 축가로한잔하세」

아무리 생각하여봐도 어떻게해서 빠저나올수없다。쇠친구들은 자칭 이태백이란 감판을 가지고있는 주당들이다。이주당들에게 발견된것이 탈이지 발을뺄라야 뺄수없게되였다。아닌게 아니라 나두술은 먹고싶다。그리고 오래동안 한번보도못한 기요亚에 생각이 아니나는것도 아니고 계집에 얼골이 새삼스레이 보고싶은 충동이 부시시 이러난다。

비러먹을것 먹고나보자 결국은 죽이나든지 백이나든지 나오겠지하고 생각하였으나 집에 일이걱정되나 술먹을 기분도 안난다。

그렇다고 술받어내라면 아니내고는 못배일 친구들에게 걸였으니 큰마음을안가지고선 해결될 문제도아니다。젠장마시고보자고 마음을 단단이먹고

「그럼가세」하니깐 주당일파들 신명이 나는모양이다。

「어디로 갈까」

「기요亚 한뻬로 가세」

「또 기요亚한뻬로 간다말인가」

박군이 싫은듯이 말한다。젠장 싫으면 싫었지 술내는바에야 어디루 가든지 내자유거든。운수불길하다고 새각

하면서 기요꼬에있는 빠ㅡㅡ까지 왔기는왔는데 생각하니 기가맥힐지경이다。울면서 게자먹듯이 장체로 술삐는판이다。문을밀고 썩들어서니 기요꼬가 나를보고선 우는고나 멋없이 두줄애 눈물이 기요꼬에 뺨으로부터 흐런다 우는상을보니 가련도하고 나도 울듯 울듯하다。위선 앉을자리에가서 앉어 주는수건으로 손을닦고있으니 기요꼬는 뚜러질듯이 내얼골만 자꾸 자꾸 살펴보고있지안나 누지러면 터질듯한 기요꼬에 얼골을보니 좋은기분이야 날택이있나。오래간만에오니 그럴테지 아니다。몇번이나온 편지를 답한장못했으니 나도 무정남이된 셈이다。빠안은 한가하다。한가해서 그런지 오늘은 오루써비쓰를하는셈인지 여급이 서넛이나와서앉는다。

우리일당 네명과여급네명과 어쩌 어쩌 마시다가보니 빈병이 수두룩하다。삐루를 먹기는먹는데 술맛도 쓰지만 내속도쓰라린다。술기운이 온몸에 퍼지고나니 얼그니 몽롱하게되고 정든몰이 희미하게된다。이런때는 그까짓 소위무엇무엇하는인간이고 영웅이고뭐고 다귀치않고 천지가 내천지것다。그러나 집에일을 생각하니 기가맥킨다。남의속도 모르는 친구들은 마시고는 짜는듯한 목소리로 노래를부른다。비러먹을것 내일은내일이고 이밤이나마 자미있게 노라보자고 기요꼬를품에안고 신명없는 노래를부르다가보니 땡땡 벽시계가 두시를친다。어느새 두시가된 모양이다。빠도 문다칠시간이되었구마는 술에녹아떨어젓는지 계집에게 쫄딱녹아떠러젓는지 친구들은 도라갈생각두 않고 떠든다。

「어앵 어앵앵………」갑작이 이칭에서 어린애 우는소리가 들린다。

「누구애가울어」

기요꼬에게 물으니 하루미란 여급에 애라한다。애우는소리를 들으니 내딸생각이 갑작이난다。그러나 내일아침안해에게 무어라고 꾸며대일가하는 생각을하니 먹었든 술이깨는듯하다。위자에서 몸을이러켜

「이태백이는 이태백이로군 하하하하……」

나는 혼차중얼거리고선 십원짜리 석장을 기요꼬에 손에 쥐여주고 불현듯 혼자 문을밀고 밖으로 나왔다。

三代記

趙東文

一

「그시절에는 우리도 남부럽지않게 살었다。소가 세마리 도야지가 일곱마리 그리
고 닭도 몰많였고 머슴도 두사람이나 있었다。가을에 타작을하면 일년량식을 떼놓
고서도 행용 삐 삼사십석은 떠러졌다。그래서 그것을 팔기도하고 장리쌀로 주기도
하였다。해주 무남팔 일판에서는 그만하면 부자라고 손곱는 것이였다。
그래서 동리의 모든사람들은 대개가 우리집사람들에게 굽실거리였다。식구는 쌔식
구밖에 안되는데서 할아버지가 돌아가신후로는 아버지와 나 단두식구뿐이였다。할
아버지가 게실때에도 그렇기는 했으나 할아버지가 돌아가서자 아버지의 란봉은 한
층더 심하여졌다。
엿방맹이로해서 몇일식 밤을새시는것은 늘버릇이되여서 그리렴려도 허지않었으나、
색주가가 생긴후로 술파는계집과 정분이난 다음 붙어는나는 처음에 엿방맹이를 시
작하시든때 보다도 한층더 잠을 못자고 울었다。몇일만에 집이라고 찾어들어 오시
면 술이 잔뜩 취하셔서 공연히 소리나 지르고 화를내시면서 그이튿날 아침이되여
취한 술이 깨일만하면 조반도 안잡숫고 그대로 또 나가버리시었다。색주가계집은돌
이였다。그두편이 다! 아버지한테 반하였다고서 아버지를 쫓아다니는 건달내석들은
부러운듯이 아버지의 사내다운 늠름한 풍채를 칭찬하는 모양이였다。
어느날인가——그때는 봄이였다。
베 형되는 선춘이가 떡을까불르는때도 돌아보시질않고서 계집년들을 다리고 노러

를 버리셨었다。 지금살었다면 스물네살이되였지만 그때 그애가 세살쩍이니까 이십년전이구나 그때서나는 어쩌도 분하고 원통한지 대문밖에를 잘안나가든 내가두주먹을 붉근쥐고 머슴녀석을 다리고 그노리터로 찾어갔었다。

가을봄으로 활을쏘기위하야 만드러논 육모정에는 그술집게집년 둘과 아버지의 친구되는 건달때머석둘과 아버지는 약주가 건하하게 취하셔서 장구를치며 흥이겨워 춤을추고들 있었다。

술장수도 있었다。 나종에 알고보니까 그날하로 술을팔지 못한 손해를 모두 물어주었다고 하였다。 나는 그꼴을보고서 분함에 못익여서 나무그늘에서 울고만있었다。 머슴녀석이 아버지에게 성춘이가 죽게되였다는것을 말하였으나 아버지는 드른체 만체하였다。

나는 집에서 나올때는 아버지의 멱살이라도 잡아끌고 오라고 하였었으나 사내들이 많이 있는 그곳에서 그렇게할수도없어서 그대로 집으로 돌아왔다。 첫재는 성춘이가 궁금하여서!

집에돌아와보니 성춘이는 사촌누이의 손에 안기여서 죽고말었었다。 그래서 나는 기가막혀서 마루바닥을치며밤새도록 울었다。

그이튼날 낮이나되여서 아버지는 돌아오셨다。 그때에는 아버지도 자기의 잘못을 뉘우친것같였다。 내가 아모리 소리를치고 야단을해도 잠잫고 듣고만계시였다。 다시는 란봉을 피우지 않을것과도 같이 —— 그러나 성춘이 장사를지나고나서 몇일이 못가서 또다시 그게집의 술집에 다니시기를 시작하시였다。

그러시드니 그여히 그두년중에 키가좀크고 얼굴이 개름하고 말라빠저서 똑 거우 영장같은년을 빼여다가 살림을 배치하시고는 집에는 도모지 오시지를 않었다。 한달에 한번도 소를팔고 도야지를 팔기위해서 오시는 분이였다。

시앗을보게된나는 몇번이나 죽을려고도해보았다。 그러나 죽을수는 없었다。 아마도 팔자때문인가 하였다。 그모욕 그 비람。 동리의 여편네들은 나를 비웃었다。 그중에는 나를가엾이 여이는 사람도 많었으나 그러나 그들의 말소리도 내귀에는 모두가 빈정대는것으로 밖에는 안들렸다。

여편네가 시앗을 본다는것은 불행중에도 제일큰 불행이다。 나는 날마다 한숨과 눈물로서 날을보냈다。 그때에사촌누이(지금은 간곳도모르나)가 나를 위로 해주지 않었드면 그여히 죽었을는지도모른다。

나는 어떤날 밤중에 그집을찾어간일이있었다。 들창밖에서 거름을 멈추고 혹시 누가볼가봐서 두근거리는 가슴을 웁조이며 방에서 흘러나오는 말소리를 엿들었다。 다행히 금음밤이였고 그때는 어뚭기만하면 사람도 그리다니지를않고 마실군들이 가끔 지나다닐뿐이였음으로 아모에게도 들키지를 않었다。

「글세다 그게 걱정인걸 아모래도 건넌말것을 팔어야겠는데—」

「겠는데가아니라 어쩔내요 어느잡년이 남에첩노릇을하면서 이고생야」

나는 이런말소리들 듣고서는 집으로 줄다름질쳤다。그때 땅문서는 내가 번연히 그런줄알고서 작은아버지집에 맡겨 두었었기때문에 안심은하고 그것만 안주면 그년이 내떨것이라고 마음한편으로는 기뻤든것이다。

그러나 그것도 소용없었다。게집에게 엎드러지면사나이는 눈이뒤집히는지 아버지는 그냄새를 알고서 작은아버지에게가서 땅문서를내라고서 하로는 싸움이 일어났다。

작은아버지는 별로히 말슴도 크게하시지를 안는양반이였고 그래서 아버지의 란봇피우는것도 말슴한마듸 묵묵히 못하시였든것이다。

「내것을 내가 내라는게 머가 글러」

「글쎄 좀 생각해보세요」

「생각이 이놈아 너가 알일이야」

아버지는 주먹다짐을 하였다。

「형수가 가없소 참말 나는 형수가 주라기 전에는 못주겠소」

작은아버지는 절양이 급하니까 내게로 밀었다。

「게집년이 제일야 이 녀석아 나보다 더챙해」

「이것을 없애면 집안이 망해요 정신좀나오 색주개 한테빗처서 집안을 망친단 말요」

「망치든 말든 이놈 너는 내차지 가겠으면 그만이지 무슨 참견야」

「글세 어쩔셈을 말해보오」

「나를 어린애로 아니? 흥청망청써도 속심은 다있어 사람이란 돈을몸으기만해도못써, 그것은다—어따쓸게 죽으면 그만야」

아버지는 술이취하기는 했으나 그런말을 하시는것은 너무 동생에게까지 얏보이는말이였다。그렇게 몇일을싸우든끝에 기어코 땅문서를 빼서다가 모조리까불려고나서야 복통을하시였다。

죽으면 그만이지 좋아서는 무엇하느냐고 하시든 그도 색주개가 실증을내고 도망질한뒤에는 겨우 집하나 남은것을 의지하고 아버지는 남의집 품파리들하시였다。

동리사람들의 욕하는소리는 귀가앏을금 짓떠들었다。그러나 아버지는 조금도 그런소리에는 귀를들이시지않고서 닥치는대로 일을하였다。 그래서、나는 전보다도 물질로는 풍족지못하였으나 어째도 행복스러웠는지。

그이듬해가 바로 임진년이였다。 그때봄에 너를낳고서 그가을이되였을때 그것이바로 지금생각하기에도 끔찍끔찍한 임진년란리였다。

이곳저곳에서 병란이일어나 인심이소요하고 집집마다 대문을 처닫고 피란하기에 눈이붉엇으며 그통에 사람께나 상했다。

아버지는 허무하게 비참한 희생을한 한사람 이시였다。 아버지는 너를 살리시랴고서 뒷결발포동이에다가 옴을퍼시다가 그만 총알이 날러와서 아버지의 머리를 뚫었단다。 그날밤에 나는 너를 업고서 아버지의 신체를 거두지도 못하고서 피란군에섞여서 서울로 올라왔다。 그때서울은 다른곳보다 조용하고 또 마음이노이는곳이라고하여서 모다들 서울로 왔었다。

어머니께서는 나의게이러한 과거의 삶은 추억을말슴해주신일이있다。 그것은 내가 열아홉살이 되였을때 그러고 어머니가 돌아가시기 한해전이였다」 그후에 지난일은 어머니께서 말슴하시지않어도 나는 잘안다。 내가 어렸을때 일은 모르겠으나 여섯살때일도 나는 잘 기억한다。

그때 의붓아버지가있었다。 그의붓아버지라는 것을 어머니가 아르켜 주시기전까지는 친아버지인줄만 알었다。

웬일인지 그아버지는 나를 몹시굴었다。 툭하면 때려였다。 그는 술이심하였다。 그가 하는일은 목수였다。 그때서 돈을 끔많이벌었으나 술이심하여서 버는대로마시였다。 어머니께서는 팔자한탄의 한숨이 끈일사이가 없었다。

그러나 그로하야서 우리모자(母子)는 살어왔다、내가 서당에를 다닐수도 있었든것이다。

아버지라고서 대하게되면 나는 무서워서 벌벌떨었다。 그이는 내가자기에게 잘붙지를 안는다는것이 불쾌하게한다고했다。 그러나나는 웬일인지겁이났다。 얼골이 검고 우락부락하게 생긴그이를대하면 무서웠다。

어느날은 글을읽지안는다는 것으로해서 그는 방맹이로 나의 허리를때리였다。 그때나는 죽는줄 알었다、 그러나 죽지를않었다。 그는 약국으로다리고가서 침도 마치고 약도 먹여주었다。 그러나 지금도 이렇게 허리앓은중이 있는것은 그때의 영향이다。

어머니도 그때에 손가락을 접질니셔서 인해 바른편 엄지손이 뼈정손까락이 된시였다。

나는 내가앓은것보다도 어머니가 손까락에 치자떡을해부치시고 앓어하시는것이 안타까웠다。

어머니도 역시그러 신모양으로 어머니는 그앓은 손으로도 나의 허리를 주물러주셨다。

내가 열네살이되였을때 그아버지는 죽었다。 그래서 어머니와나는 또다시 두사람만남었었다。

「팔자사난변이되여서 두번째 과부가 되였구나」 어머니는 나를 눈물어린 눈으로 바라보시면서 입속으로 중얼거리시였다。

그이듬해 어떻게어떻게 해서 뒤불려간곳이 석실이라는 서울서 팔십리가량되는 시골이였다。

그곳에는 전일에 황해도에서 피란해온 사람들이있다는 것을 한편의락삼아 간것이였다。

그러나 아는 사람이라고는 아모도없었다。 그래서 하로밤을 남에집 담못뒝이에서 잠을잤다。

그이튿날 사람살곳은 곳곳마다있다고 그동리 재상의집 청직이인 박삼오란 사람의 주선으로서 그집머슴이될수가 있었고 그집소유인 빈집 하나를얻어서 우리는 그집에서 살수가있게 되였다。

그때 나는 착실이 일을하여서 재상의 눈에도들고 동리사람들에게도 칭찬을 받었다。 그래서 그이듬해 열여섯살때에 그때 열한살인 이웃집색시와 결혼을 하였더。

석실이란곳은 나에게있어서 더욱이 어머님에게도그랬으나 가장평화스러운 마을이였다。

어머니는 며누리까지 보시고 그리애를 쓰시지 않어도 하로 세끼는 어렵지않었든것이다。 그래서삼년동안을 그곳에서 단락하게 살었다。

二

윤재상의 집에서 삼년동안 머슴사리를 하는동안에 나는 재상에게 착실히보려서 그의 주선으로 대궐에 무관으로 구실을얻게되였다。 그래서 섭섭은하나마 상투를깎어버리고서 관속으로 다니게되였다。 그래서 우리는 또다시서울로 올라왔다。

처음에는 윤재상의 처가집인 잿골로왔다가 몇달지낸후에 신개골(白狗洞)로 집을사왔다。 그것도 빗을얻을 수가 있었기 때문이였다。 월급은 처음에 십원식이였든것이 승급이되여서 십이원이 되였기는했지만 서울와서 새로 살림장만을하느라고 돈이물렸음으로 빗을얻어서 삼십원짜리 집을산것이였다。 그시절에는 쌀한되에 십오륙전에 불과하든때이다。 삼십원짜리 집이래도 안밧건는방 바루 부엌 게다가 광까지있고 문깐이 넓적한 훌륭한 집이였다。 지금도 있다。 효자동 ××번지가 바로 그전에 우리집이다。

집을사게된지 그이듬해봄에 큰길이를낫다。 그삼년되든해 정님을낳고 그해에 큰길이는 감기로죽고 그다음에 정님이도 마마를하다가 죽었다。

자식이죽을때마다 사람은 제일 슬픔을 맛보는 것이다。 나는몇일식 구실을들어가지않었다。 로래하신 어머니의슬

어하시는모양은 참아볼수없었다。
안해는 몇일식 밥을먹지도 않고서 울기만 하였다。 그래서 당식에 걱정은없으나마 집안에 쓸쓸한 느낌이 일상떠돌았다。
그다음해에 춘식이를 나었다。
춘식이의 출생은 우리가정에 또다시 기쁨에 꽃을피우게하였다。 그야말로 애지중지받들며 더욱이 손자를 귀해하시는 나의어머니는 춘식이를 한시도 땅에다 놓으시지를않고 업어주시고 안어주시고 하며 엽고있는동안이 그리워서 등에다 엽지를못하시고 옆에다업으시고는 그얼골을 드려다 보시는것이였다。 안해도 그랬을것이지만 나도 그랬다。
대궐에 있어서도 그자식이보고싶어서 퇴청시간이늦게 돌아 오는것을 원망하였으며 파하기만하면 집으로 달음질을쳤다。
집을산 빗도다ー갚고 세사람이 살기에도 넉넉하였다。 대궐후젓에는 밤나무가 많이있었다。 나는 가을이면 날마다 아람돌이를 변도로하나식 주어다가는 춘식이에게 주었다。
「아버지 밤」
하고 내가집에 돌아오면 두손을버리고 덤벼드는 자식을바라볼때 나는 그우에없는 행복을느끼였다。 그것도 사년동안이였다。
직원정리。 그때도 대궐에는 불경기가 닥쳐온모양이였다。 실상나는 대궐에서도 별로히하는일이 없었다。 자금마당이나쓸고 동관끼리 둘러앉어 이야기하는뿐이였다 그쓸데없는 사람들을 사직식히는것이였다。 그틈에끼여 구실이떠러지니 그후붙어는 살길이막연하였다。
어린자식과안해 그리고 병드신 모친 그때어머님은 긴병에누으셔서 이배 그해 가을이짙어서 하날에 서리빨이보일때에 돌아가셨다。
「춘식이가 열살먹는것만 보고 죽었드라면 좋을걸」
이것이나의어머니의 최후의 말슴이였다。
그때나 이때나 관청에다니다 나온사람으로서는 아모것도할것이 없었다。 지게는 전일에 저본일이있었으나 지게로는 벌것이없고 그래서 할수없이위생소 쌔러기통치는것을 다니게되였다。
처음에는 여간 창피하고 남이부끄러운 일이아니였으나 익어나가니까 그렇지도 않었다。

대궐에다널때입든 와이샤쓰는 땀을받어내기위한둥거리가되고 갑반은 감발이되였다。

씨러기통을치는것이남보기에는 쉬운듯도하나 실상은 퍽힘이들었다。잔등에는 소금적이일고 얼골에는 흙과 몬지가떵게로앉인 틈에서 땀방울이 샘소사났다。전등이켜저서 일손을떼고 집에돌아올때는 팔이따로놀고 다리가휘청윤되었다。

그래도나는 사람값을하는것같엤다。집에돌아오면 안해가 밥상을앞에놓고기다리며 춘식이가 재롱을부리는까닭에——

그러나 나는 역시 고생을더해야만 하는 운명을타고난사람이였다。춘식이가 학교에 삼학년이 되였을때 그리고 정애와 춘돌이가 낳은후이다。

구십전씩주든 위생소곡가는 칠십전이되였고 쌀값은 한되에 팔십전이나 되였다。그것이아마 세계대전이일어난조금뒤였든것이였다。

그래서 나는 그것을 그만두고서 미쟁이노릇을 하게되였다。미쟁이는하로에 일원오십전식은 벌수가있는까닭에。그러나 그것은 뜨내기버리였음으로 역시 집안이 점점비틀며가고 안해가 바누질품파는것도 부족하여서 직조회사에도 다니고 양말코도 꼬매였다。

어린애들은 집을지키고있으면서 전기불켜질때만 한종일기다리는것이였다。

「전기불이 들왔네 어머니가오시네 아버지가오시네」

어린쇄아이가 문간에 나와서서 이러한말을 노래하고 섯는것을 멀리바라보면 나는눈물이눈을가리웠다。전기불이켜지면일손을떼는까닭에。

「엄마 압바 언제오오」

하고 어린애들이 무르면

「전기불이 켜지면 오마」

이렇게 대답을 하였든것이다。나는 갓가운데서 일을하였거니와 안해가다니는 직조공장은 퍽멀었다。그래서 아츰도 젓을먹는 춘돌이가 있음으로 안해는 부른젓을 손으로받처잡고서는 북악산을 바라보고 줄다름박질을 하는것이였다。전등불켜진것이 얼마나되였나하고 생각을하면서——。

그렇게해서 나는자식들을 길렀다。안해에게 일상에 미안한맘을가지고 그의 성실한 노력을 감사하였다。그러나 그고생이 마땅한 부모된 의무이며 그때문에눌사람이란 행복스러운지도 모르겠다。자식들이 무럭무럭커가는 것을볼때 나와 내머털이시여가는것도 잊고서 그저 돈을벌어서 자식들을 잘먹이고 잘입히고 싶었다。

그러나 자식들은 부모의 마음을받어주지를 못한다。 어려서는 사실 먹고서 놀거나잘하면 그만이다。 잠이나 잘자고 병에나나지않으면 부모는 만족하다。 그러나 나이 이십여세가되면 자식은 자식으로서의 마땅히 해야할의무가 또 한있을것이다。 부모를 봉양해야 할것이고 또는 장가를들어서 손을 너워야할것이다。 나는 나이가 오십을바라보게되니 그마음이 한층더 용소슴쳤다。 며누리가 보고싶고 손자가 어쩌도 안어보고싶은지 몰은다。 그러나나는 원체 팔자가사나운 인간이니까 이제는 모두 단렴했다。

내가 교훈을잘못한탓이지 에미가글러그런지 내자식은 모든것을 제고집대로만하고 스물세살이되였으면서도 장가를들라면 싫다고한다。

「돈을좀 뫃아가지고서야 장가를 가겠읍니다」

이것이 자식의 말이다。 그래서 나는

「그러면 돈없는 사람은 평생 여편네도 없니」

하고 물었드니 비웃는듯한 말소리로

「없지는 않겠지만 모두 아버지 같은사람이죠」

이렇게 말하였다。 그러면 자식은 이애비를 퍽불행한 인간으로 생각하는 모양이다。

「자식아 들어바라 이애비가불상타고 생각컨대 좀 행복스럽게 해줄 도리는 없느냐? 능력이없느냐?」

이런말은 한댓자 효과가 없을터임으로 그말을 입밖에내 놓지는 않었다。 직업이라고서 인쇄소에다니든 것도 그만두고 나와서 삼년째나 번들거리그 놀면서 말댓구나하는 그자식에게 그말을한다한들 귀들기우려드 틀리없는것이다。

나는 그자식은 벌서 내희망에서 접어노았다。 내가 여생에 재미라고 마음붙지든것은 정애다。 춘돌이는 이제연예살이니까 장가래도 드는것을 보고죽을지 모르는 일이니 바라지도 안는다。

정애는 참 얌전하고도 영리한게집애다。 부모에게도 공손하고 어린동생도 퍽 귀여워하는 그러나몸이좀 약한것이 큰걱정이다。 그애는왜 그리 일상 힘이없어보이는지모른다。 아마 지금은 봄이니까 봄붙타는 정애를 맥풀인몸을바라보는까닭인지도 모르겠다。

나는 정애가 시집을가서 자식을낳고 사는것을보면 그만이다。 그것이 나의 남어지 희망의 전부이다。 그런다음에는 죽는다하드라도 아모여한이 없겠다。 그러나 안해는 그래도 그자식에게 희망을둔 모양이다。 일상 무넛을꾸짖기도하고 타일느기도하며 한다。 나는 그러기도싫다 그자식이 먹여주면 먹고 안주면 굶고、가만이 있을작정이!

다. 그러나 그자식의 밥을 얻어 먹어본것도 벌서 삼변전 일이다. 지금에는 정애가 벌어오는 것으로 연명을해 나가는 형편이다.

정애는 전매국에 다니는지가 삼변째된다. 지금에는 공수(工手)가되여서 힘도 그리들지안는 다고한다. 월급도 이십원이나 된다.

× × ×

나는 이글을써서 누구에게 특별히 보히라고 하는것은아니다. 일상에 소설책을 신소설이나 구소설이나 질겨서 읽은까닭에 아마 그영향이있어서, 이것을쓰게되엿는지도모른다. 소설책을 보는것은 인제는 실증이났다. 그래서 나는 소설을하나써볼가 하고서 나의 일생을 써볼가하는 마음도들었으나 아모리생각을해도 내재주로는 어림도 없을것과 같기에 그만두었다.

나는 자식을 대할때마다 화가치민다 그자식은 나를 반역한자와같이 미웁게 보인다. 그러나 저로서는 그다지 불효라는것을 깨닫지도 안는모양이다. 나는 그를 큰 불효라고 생각하는데.

또는 내가 이허리앏은 증이 덧치지를않었드면 이런것을쓰지도 않었을것이고 또 자식을 원망도 하지않었을는지도 모른다. 나는이제 마흔다섯이니까 아즉도 근력은 남었다. 내가 벌어서 자식들을 먹일수있다면 그렇게하겠다. 그러나 활동력을 잃고 일상누어있는 나는 집안이 넉넉하지못한데다가 자식이 벌지를 못하니까 짜증만나고 모든것이 불쾌하게보인다.

이글을쓰는것도 나는 나의 마음이 너무헛된듯 한까닭이다. 내가 만약 지금 죽는다면 너무도 나의 일생은허무하지 않은가? 하는것이 요즘에나의 머리를 앏으게하는 병중이다.

며누리를보지못한(가망도 없음으로)것의 불만한맘 내자신의 병으로해서 활동력을 잃은것 더욱이 집안이 넉넉지못하야 배도 곯으며니와 첫째는 남이 부끄러운것 정애가 힘이하나도없이 공장에다니는것 모두를 생각하면 점점나는 쓸쓸한 감정에 쫓겨서 늙은눈동자에 눈물이어리며 나의 과거의 조각조각이 주마등같이 머리에 번득이는까닭에 생각나는대로 쓴것이 이글이다.

내가 죽은후에 누가 이글을 볼는지 그것은알수없는일이다. 자식들이 돌아앉어 읽을는지 그대로 휴지통으로들어갈는지.

그러나 나는 이것을써 노음으로서 행결 맘이가라앉는다. 누가읽든말든 나는 나의일생의 생각나는조각을 원고지에다 써노았다는 의식이 죽는순간에 나의머리에 있을것이나 내가 몇해나더살는지 장차 앞으로돌아오는 일도 좀 써보겠다。

三

「로인의 음독자살」

늦게눈뜬 인생철학에 번민하든로인 마츰내 음독하다。

이것이 춘식이의 부친이 갈모친을 마시고 자살을하였을때의 신문의 미다시(見出し)였다。

춘식이는 부친이 자살을한후 그원인이 무엇인가 심이 궁금하야 아모리 생각 해보았으나 다만 비관자살이기에는 오십갓가히된 로인이 그렇게 까지도할것갈지가않고해서 의문중에있다가 두달가량이된 오늘에야 비로소 아버지가 쓰든 책궤속에서 소설책 갈피에끼여있는 두뭉치의 글쓴것을 발견한것이였다。

그한뭉치를 읽고난 춘식은 혼이빠진것처럼 큰죄를 진것처럼 그의신경은 우들우들떨리였다。

또한뭉치 그것을보기에는 가슴이메이는 듯하였다。생전의 그아버지의 환영、노한얼골、슲어하는얼골 그중에 도기뻐서웃는얼골 이모ㅡ든것이 눈앞에 어런거릴때 그는 머리가 어지럽고 눈물이 뺨을적시는것이다。

나는 너에게 유언을할말은 아모것도없다。그러나 너무도 원통한생각에서 이것을써놓는다。

정애는 기어코 죽었다。애비를 잘못만난탓이다。그리고 오래비를 잘못만난탓이다。너가 버리라도하여서 밥걱정이없었든들 그애가 페병이발생하지않었을것이다。험부치는일、독한담배냄새 그것이정애를 극도로 피로케했고 페를상한사람에게 휴양은커냥 먹을것조차 변변치못하여서 영양부족이라는 비참한경우에달하였으니 그애가 어찌 살수있으랴！그애는 다섯달동안이나 앓지를 않었느냐 두달동안을 몸이앓으다면서도 식구를 먹여 살리랴고서 그 가기싫은 저승길같은 공장에를 다니였다。그러다가 병이심하여서 촌보를거를수가 없게된후로는 자리에누은채 죽을때까지 일어나지를못했다。그동안에 우리식구들은 몇번이나 밥대신에 술찌게기를 끄려먹었느냐 그리고 굶었느냐

「아！우리는 언제나남과같이 살어보나」

다ㅡ죽어가는 정애가 힘이하나도없는 겨우알어들을만한 목소리로 말하는것을 너도 들었지！

그때에 정애의 말러빠저서 눈만이커다란 동자속에 눈물이팍차고 입술이 부들부들떨리는것을 너도 보았을것이다

「시게는 나가겠네」

하고 팔둑시게 잡힌것이 한이되었다는것을 죽는 순간까지 정신이 말장한 그애는 기억하고있었다。그러나 너는 그시게조차 떠내보내였다。

모든것이 너때문이라고 한면 너는

「아버지는 할노릇을 다하셨소?」하고 말할나 그말이 듣기싫여서 나는 죽는다。

나는 너를 바라고 살지는 않었다。 늬가 어떻게될것이라는 것은 잘알고있기때문이다。 이렇게말하면 악담이라고 말할바만은 너는 어느때든지 복통을하고 몸부림을처죽을것이다。 나도 그런팔자이기때문에 미리 편안히 죽으련다 자살하는사람이 편히죽는다는것은 이상하게 들일것이다만은 모든것을각오하고서 결심을한죽슨 몸부림을 치다죽는 것보다는 편하단말이다。

「희망이없는 생애는 뿌리말은 나무와같다」이런말이있다。 뿌리말은나무가 서있은들무엇하랴 파릇파릇한 잎도괴지않으며 꽃도안피우고 바람이부러도 우두둑소리만나니 우중충하게 보기에숭헐뿐이다。 정애가죽은것은 나를어서죽으라는재촉이다 내가 죽으면 너이어머니가 불상하다 나를맞나게된것이 가엾다。 그고생을하고서도 늙어서도자식의 효를 못보고 밥을굶고있고나 가여워못견듸겠지만 어쩔수도없다。 그위인은 너를그때도 믿는다。

늬가잘되는것이 싫여서하는말은아니다。 너의앞길이하도 캄캄하기에 말이다

채상은이라는 성악가가 네육촌인 것이잘못이다。 그때문에너는 노래에 밋치고말었다。

노래라는것이 어떤것인지 나는 자세히는 몰은다。 그러나 그것으로 밥을 벌어먹는다는것은 도저히 될수없는 일이다 만일밥을벌어먹을랴면 장타령을배우는것이 제일낳을것이다。

너는 예술을말한다。 그러나 예술이라는것도 환경에따라서는그길을달려 해야한다 집안식구가 굶어죽어도 예술이냐? 그렇다면 예술이란 한시밥비없어저야할물건이다。 그들은 먹을것이있으니까 배가부르니까 소리를지르지 너같은석녀이할일은못된다。 너도 경험했으려라 배가곪아서 입으로 헷짐이나고 노래를하라고하면 아마 창자가 켕기고 호흡이안되는때를 나는 배가곪았을때 써러기 삼태기를 들고 일어서서 그것을 경험했다「사람은 밥만먹고사는것이 아닙니다」

이것이 되지못한 너의말이였다 그러나 배가곪아서 호떡집 진열장앞에서 발거름이 멈춘때가 없었느냐고 나는 묻는다。

너는 아직 예술이라는것을 나만큼도 몰으는모양이다。 너는 갈팡질팡 피도없이떠돈다。 방황한다 연극단에서 노래도불렀다。 너는 그것을 예술이라고믿고 너자신이 예술가라고 믿는모양이다。

늬가만일 맨주먹으로라도 일본이든지 서양으로 뛰여가서 성악전공을한다면 나는 너를 난놈이라고하며 예술가라고하였을는지도 모른다。 그러고 내가 돈이없어서 너의예술을 살리지못하는것을 탄식했을는지도 몰은다 그만한

절단성과 성의가 있다면 그래도 장래가바라보이는까닭이다。

그러나 너는 그렇치도않다。무대를 장란터로역이는 홍행극단에서 잡된 사랑가와 홍타령을 멋에 절때서 노래하였다。어느때인가 너는입장권을 얻어다주었다。그래서 나는 연극구경을 간것이아니라 너를보러갔었다。네노락를 듣기위함이아니고 너무 리상、희망 그것이 어느정도의것인가를보러갔었다。

너의목소리는 파연소질이있는 선천적 아름다운 목소리라고 생각하였다。어데서붙어도 학교성적표에 갑을받은것은 창가뿐이였다。

관중들은 박수를첬다。그 대부분은 인쇄직공이나 그렇치않으면 길거리에서 빙수장사를하는 상식이없는 사람들같았다 기생 그리고 머리를 덕신어 대강이모양으로 산발을한 여급나브랭이 들이였다。

너는 이층 부인석을 바라보고 노락를하면서도 자금웃었다。아마도 여자라도 있는모양이였다。그날나는 너의일상에 행동을 해석할수 있었다。내생자이 틀렸는지도모르나 들어바라。

집에서는 밥을편이 굶으면서 사십여원짜리 양복은 신주위하듯하며 입고다니였다。

극단에서는 여배우 카페-에서는 여급 그들은너를 좋와했을 것이며 그때문에 너는 그양복이 필요했을것이고 노래를한다는것도 첫재는 그러한여자들이 있기때문이였을것이다。

어느날인가 나는 도러는아니나 너의게온 편지를 뜯어본일이있다。

「사랑하는 순식씨우리들의레너- 내일일곱시빤아미에서 맞나주세요 우리는 순식씨를 위하야서 픽크닉크를 개최할작정입니다。상세는 상면후。파라다이쓰의세아가씨」

이편지를보아도 너는 얼만큼 여자들의 환심을고는가를 알겠다。그여자들은 너를위해 픽크닉크는 해도 너의집안식구 밥이없는것은 무관심하였다。그것도 무리는아니다 너는 밥을굶는티를하지않었고 의연히 좋은양복을 입고다녔고 씨러저가는 대문이챙피해서 집이어듸라는것도 그들에게아르켜주지를않었다。그래서 편지도 삼촌집으로 돌아서야 우리집으로왔다。만일에 헌누덕이를 입은 애비나 어미가 그여자들과함께있는곳에를 갔드때면

「저것은 우리집 하인이요」

이렇게 말했을나。

너는 이글을 다보지도않고서 찌저버릴는지도 모르겠다。그러나 당실에 이르는말이니 곰곰히 생각을해보람。

「너는 조수가밀려나간 바닷가에서 맨손으로 게를 잡으려는 어부와같다。」

사면에 늘비한것이 게뿐이다 이놈을잡을가 저놈을잡을가 하고 헤매지만 하나도 잡을수는 없다。손이다훑만한

곳에는 모다 구녕으로달아나고 뻰이보는 사면에는 여전히 늘비하다。이리옮겨가면 저편에늘비하고 저리쫓아가면 이편에늘비하다。왼종일 조차다니다가 해가지고 조수가밀려들면 그때야 할수없이 빈털털이로 쫓겨나오는 어티석은 어부。그동안에 그물을치고, 낙시때라도 물에잠그고 있었드면 송사리 한마리라도 잡었을것이다。

너는 몇번인가 극단을 조직하기도하였으며 음악회를 조직하여서 발표회를하기도 하였다。

그때마다 너는 똑같은 말을했다。

「이번에는 돈이좀 많이 생길것입니다。」

그러나 돈은한푼도 집에서 써보지를못했다。아마도 겨우 경비를빼지않었으면 빚은진모양이였다。

「아무개는 극단을해서 십만원재산은 모았답니다 또누구는음악회를 한번만하면 이천원이생기고 라디오에서 삼십분 동안연주를하면 삼십원이랍니다。」

이것이 행용 너의말이였다。그것이 소위예술가의 말이니 기막힌현상이다。조선의 예술가들이 모다이모양이라면 형법에 또한조문이늘어야할일이다 예술을떠드는자는 처벌한다는것이 필요할것이다。

가치도 없는 예술을 팔어서 돈을벌겠다는 생각을하는 진실한 예술의 모독자! 해충!

너같은 예술가들이 얼마나 많은가? 그러나 다행이도 형법의 조문이 늘지안는것을보면 조선에도 참된 예술이있고 예술가들이 있는모양이다 나는 상식이없다。책은 남만큼읽어보라고 애를썼으나 원체 배움이없는나는 어려운책은 읽을수가없었다 그러나 번역해논 너가얻어온 톨스토이의 예술론을 떠듬떠듬 뜯어서라도 볼수있는것은 어렸을때 김진사댁에 한문공부를 패한덕이요 무관으로다닐때 할일이없으니까 일어를 공부한 까닭이다。

나의 일생이라는것이 이렇게도 허무한것을 일즉이 알었든들 공부도 그렇게 열심이하지않었을것이고 자식을키우라고 고생도하지않었을것이다。

일즉안치 죽어버렸을것이다。그러나 나는 모든것에 속아서 살어왔다 얼마만있어서 변한세계가 있겠지 하는것이 나를 오십잣가히 살게하였다。

그러나 이제는 그재료가 끊어졌다。바랄것은 아모것도없다。내가 죽는것으로해서 내자식의 구름을잡으려는 헛된마음이 바로잡혀서 진실한생활을하게된다면 그것이오히려 애비된 의무이겠다。

그러나 생각하면 나는 진실한으로편살어왔으나 결국은 자살을하게쯤되였으니 그것을자식에게 되푸리 식히고싶지도 않다。

나의아버지의 금일주의(今日主義)인생관도 찬성할수없고 나의 진실하다는 단조로운 생활도 나의말로를 보아 좋다고할수없다。 그렇다고 내자식의 허무한 공상도 그대로 방관할수도없다。 어떻게해야 좋다는것을 말할수도없다。
그럼으로나는 모든 괄처않은것을 죽엄으로 해결하랴는 의단자(異端者)가 되고마는 그뿐이다。

四

술! 술! 술이다。
성악도 희망도 모든것이 폐허의옛자최로 나를조롱만할뿐이다。
순식은 포부도 희망도 지금에는 사태가나는 천변모양으로 머리가앞을뿐이였다。
미친듯이 살란한머리속에는 아모거리낌없이 끈었든 담배과 술을 찾는 우락부락한 감정만이 뻐저나온듯이 번득이였다。
「왜그러우?」
하는 구로리아의 무름에도
「실연을했나?」
하는 형구의말에도 그는 아모대답도 않고서
「술을좀 실컨먹게해다오」
하면서 삐―루를 두병이나마시고 웍카를 다섯잔이나 마시였다。
「구로리야 너가 나를사랑한다면 오날저녁에 술을좀실컨먹여다우」
빠―에리샤。 새로 한시나갓가히되여서 손님도 그리없고 영업시간도 몇분안남었으나 순식은 술이 취해 가지고 여전히 술을찾고있었다。
구로리아는 그러한 순식이의 태도가 퍽도렴려되고 그리유을 알고싶었다。
그여자는 순식이를 진심으로 사랑하였다。 그러나 이이상 더술을 줄수는없었다 돈이없는것은 아니다。 외상으로라도 얼마든지 먹일수가있다。 그러나 순식을사랑함으로서 그를 렴려함으로써 더주지를않었다。
「왜 안주니? 나를더괴롭힐터이냐? 공부를식혀줄생자말고 술을다우」
구로리야는 놀라지않을수가없었다。 전일에는 상양하고 말써도고흔그가 별안간 이런말을 진정으로하는지?
그여자는 미친듯한 그얼골이 무섭게보혀서뒤로 좀물러섰다。 그리고 기가막혀서 아모말도 할수가없었다。
순식이와 구로리야가 알게된것은 작년봄이였다。 순식이가 음악회를 조직해가지고 작쓰와무용의 밤을 개최하고서 그날밤친구들과 에리샤에서 축하회를하였든것이다。

구로리야도 구경을갔었다。그래서 그밴드의 지휘자이며 아름다운 메너ㅣ의 소유자인 춘식이에게 호감을 갖게 되었었음으로 그가 자기가있는 에리샤에서 축하회를 하게된것은 아지못할연분이라고 까지 생각하여서 그에게친절이상의 써ㅣ비스를 한것이였다。

「당신은 참 귀엽게생겼구려 맛치인형같이。 개름한얼골에 동그란눈 옷둑한코 입술은 비리며부같고 단발한것이 떠아올리는걸」

이것은 춘식의 말이였다。

「샛빨간 택시ㅣ트를입으시고 실코했트를 벗었다썼다하시면서 콘댁터ㅣ하시며 노래를부르시는 모양이 똑따몬노바로ㅣ와도 같았어요」

이것은 구로리야의 말이였다。

그밤이후로 두사람의 사이는 점점갓가워졌고 어느듯 사랑이란말이 그들의 입에오르게되였다。

「고등녀학교를맞이고서 왜 여급이 되드란말이요」

「생활란에 쪼기면 무슨일이든지 해야지요、아버지의 골드랏슈열이 나를 이모양을 맨드렀지요」

「아버지께서 금광판에 쪼차다니시요?」

「아쥬 정신없이 미치셨답니다」

그들이 사귄지 얼마안되여서 이러한 대화도하게하였고。

「긴상도동경같은데가서 연구를 좀더하시지않으시고」

「돈이 있어야지요 동경은커냥 이대러에도가고 싶은맘은 이를데가 없전만」

「내가 힘이된다면 좋겠읍니다만 역시ㅡㅡ그러나 노력해볼테이예요 돌아오는 봄에는 출발해보시도록」

「말만드려도 고맙소」

이러한 대화를 한때도있었다。그후로 구로리야는 도라오는그봄이라는 칠팔개월동안에 이때에만모아도 일본까지갈수가있고 그다음에는 하달에삼십원씩만 보내주면 되겠다는 춘식의말을 생각하며 돈을 모으기 시작했다。

극장구경도 끊었고 철철히 가라입는 옷도 해두었든것으로 그럭저럭 참었다。

그럴사록 춘식에게대한 사랑은 열렬했고 행복스러왔다。불행한 운명이라고 하숨쉬든것도 잊어졌다。그러나한가지 걱정은있었다。

「만일에 나를 버리면 어떻게하나? 흔이있는일이다」

그러나 춘식의 자기에게대한 친절과 변함없는 사랑 그리 밧탕하지 도않고 온순한 성격 이모든것이 그여자의 마음을 안심시켰다。

「설마?」

하고는 도로혀 자기의 어리석은 상상을 꾸지젔다。

그래서 드되여 그 봄이 돌아온것이다。구로리아는 자기의 모험적 장거를 즐겁게 그리고 행복스럽게역이면서 대담한 실행을하랴고하는 지금이다。그럼으로 춘식이의 이 돌변한 태도는 그여자의 간담을 서늘케하였고 여멀달동안 안고있는 포부와 의혐심을 여지없이 짓밟는듯 했다。

「그이가 왜그럴가요?」

춘식이가 술이고주가되여서 횡설수설 아지도 못할말을 짓거리며 친구에게 이끌이여 돌아간뒤에 구로리 야는 형구에게 물었다 형구는 그의친구이며 에리샤ㅣ의 경영주이였다。

「몰라 도무지 말을않으니까」

구로리야는 집에돌아오는길에나 집에와서나 춘식의돌변한태도를 해석하느라고 머리는산란하였다。그여자의 눈에는 눈물까지도 어리였다。

× × ×

「나돌아 다니면서 내는때 잘먹는 모양이로구나」

그이튿날아츰이다。술이깨니 머리가몹시 무겁고몸이 찌부드ㅣ한데다가 어머니의 이런말을들으니 한층더 괴로웠다

「집에서는 엇저녁도 못끄렸다。어쩔나고 이러니그으에 식구를 모조리 굶겨죽일 테이냐」

밥을굶은 그어머니는 술이취해서 들어왔든 춘식이가 뮈으나 원망스러웠든 모양이다。

춘식은 아모대답도 할수가없었다。그는 잠잫고 세수를하고는 밖으로나왔다。

「어듸를가볼가?」

그는 돈을좀 돌리려고 이리생각 저리생각하며 돌려줄만한 친구를 생각해보았다。

「여보게 얼마든지좋으니 좀 돌려주게」

그는마츰내 유성이라는 백화점을하는 친구를찾어와서 사정이야기를하고 하기싫은 말을끄내였다。

「지금은 나도 어떻게할도리가 없는걸」

유성이란 친구는 이렇게말을하면서 담배를하나끄내여주었다。

·춘식은 할수없이힘없는 발을 돌려노았다。 같이성악을 연구하러 동경으로가려고 약속을한때도있었고 서로 옷을 버서 잡히여가지고 악기(끼—타)를 산때도있었든 그동무가 지금에는 아버지의 대를물려서 상점도 경영하며 돈도맘대로 쓸수있는 그로서 거절을하는것은 너무 무정하다 원망치 않을수가 없었다。

「친구도 소용없다。 제맘대로 돈을쓰지못하고 남봉을부린다고서 겨우담배값밖에 못얻어쓰든 그시절에는 서로살을 비여먹일듯하드니 지금에는 돈푼이나 만저본다고 지금은 어떻게할도리가없는걸! 고약한놈이다。아모러기로서니 그렇게 돌릴길이 없어!」

이렇게 소리처보았다. 소용없는 일이였다。 그래서 할일없이집으로 어슬넝어슬넝돌아왔다。

구로리야에게 말해볼가 하였으나 남자로서는 참아 얼골이 간즈러워서 단렴해버렸다。

그러고는 할수없이 신추위하듯하든 양복을 버섰다 처음에 지을때에는 사십삼원이들은 회색스물취다。그러나두해동안이나 입었음으로 겉으로 보기에는 말정한것같으나 아루빠는 너멀너멀해진것을 피매였고 소매나 바지뿌리는 낡어서 전당을 잡히니 겨우 사원밖에는 안주었다。

그러나 사원이라고해도 지금형편으로서는 큰돈이다。세식구가 보름동안이나 먹을수가있다。

그래서 한벌밖에없는 양복을벗고서 비누가없어서 빨지도못한 겹바지 저고리를 입고 청성스럽게 방구석에서 몇달지난 잡지와 헌 신문지를 뒤적어리고 있었다。

사흘동안이나 방속에갗어있으면서 그는 여러가지로 생각하였다。

지금까지의 자기의태도가 새삼스럽게 돌아간 아버지에게 미안스러웠다。실상은 여자들에게 숭배를받었음으로 성악가행세를하며 기뻐했든것을 뉘우치지 않을수가없었다 그리고 밥을굶으면서 바로 돈푼이나 있는사람모양으로 행세를했든 거짓생활이 가증스러웠다。

「에이、이제는 챙피스럽다는 마음을 버리자」

이렇게 중얼거리기도하였다。그러나 성악가로서 성공을 하겠다는 희망은 그래도 마음한편에 깊이박혀있다。

「아버지의 말슴과 같이 나는、진실한 예술가가되자」

이러한 생각을하면서 그는 아모것이나 닥치는대로 일을해가지고 차비나 되면은 동경으로 건너가서 고학을해서출등한 성악가가 되겠다는 것을 결심하였다。남들이 하는말과같이 신문배달이나 우편배달을해가면서 공부를하면은 되리라고 밑었다。더욱이 어제붙어 그어머니는 일본집 빨래를 하러다니게되였고 동생은 약방에 봉지붙치는 일을하게되였음으로 첫재는 그렇게 해서라도 한삼년만 지내면 그동안에 자기는 넉넉히 음악공부를 맞일수 있으리라고 믿었든 것이다。

아랫방에 세들들은 젊은사나이가 도로공사장에다니었음으로 그에게 부탁을하여서、춘식는 쉽게일을 하러다닐수가 있었다。

아모리 결심을하였고 지난날의생활을떠나서 챙피를가리지 않고 일을하겠다고 하기는했으나 다비를신고서 전에는 기름을반질하게 바르든 머리를 수건으로 동여매고 땅을파는것은 여간한챙피가 아니고 붓그럽지않었다。그러나 다행이도 하수도를놋느라고 땅을다섯자나 판곳에서 일을하였음으로 남들이보지를안는것이 큰 도움이되였다。

그가 일을다니는지 일주일이된날이였다。일을 맞이고서 흙탕발에다 얼골에는 땀과 흙으로 앙괭이를 그리고집으로 돌아오니 문앞에 구로리야가 서성거리고 서있었다。

그는 이세상에서 다시없는 챙피를 느끼면서 발을멈추고는 급히 숨으랴고 하였으나 그만 구로리야에게 발견이되고 말었다。

「아유 인제오세요 왜 얼골을 찡그리 세요」

구로리야는 퍽반가워하였다。조금도천대하는 기색이 보이지를않었다。그래서춘식은 얼마간챙피한마음이 가라앉어서

「어떻게 알고 왔소」하고 쓸쓸한것이나마 우슴을 띄어보였다。

「참말 당신은진실한청년이세요 나는그러한 사람이좋와요。알궂게속없이 모양이나내고빤들거리고노는사람보다도」

구로리야는 춘식이가 혹시 챙피해할가보아서 이렇게 말하였다。뿐만아니라 춘식의 그 꼴을 볼때 자기도모르게 그의 행동을 존경하고 싶은생각이났다。한편으로는 그러한사람을 좋와하는 자기도 역시 보통여 자와달러서 리해가있기 때문이아닌가하는 자만심도 없지 않었다。

일주일동안이나 만나지를 못하고 더욱이 소식도없어서 구로리야는 이사람 저사람에게 물어가지고 춘식이 의형편도알었고 또는 그가로동을하러다닌다는것도 알었다。그러나 락망하지는 않었다。오히려 그렇게하는것이 마땅히 사람다운일이라고——그래 춘식이가 한층더믿、성있게 생각되였다。

「집은 더러웁지 만 좀들어오」

춘식은 이왕 이렇게된바에야 이제는 감출것도없고 챙피한것도없었다。그를 자기방으로 안내를하고는 세수를하고 발을씻고나서 의복의 몬지를털고 방으로 들어갔다。춘식어머니는 저녁을지어놓고는 또 일본집으로 갔었고 춘돌이는 약방에서 도라오지 않었음으로 집에는 맞임아모도 없었다。

「깜짝놀랬지 이렇게 되엿다우」

춘식은 그래도 부끄러운 마음을 진정키 어려워서 이렇게 말은했으나 구로리아는

「아유 멀요 나는 여급인데요 머」하면서 자기는 더 천한직업이라고 춘식을 위로 해주었다。춘식은 그러한구로리아가 퍽고마웠다。혼이있는 여자 더욱이 여급같은면 팔사나운 자기를보고서는 도망을가겠지 하고생각 하니 그여자가 퍽 진실하게 보였다。

그래서 조금도 거리낌이없이 모든사정이야기를 토파하였다。그리고 성악만은 끝까지 성공해보겠다는 것도 잇야기 하였다。

「꼭성공하세요 나도끝까지 당신의 뒤에서 힘도되고 또 폐도끼치고 할테니」

「참고맙소 나는 구로리아가 이렇게까지 나를 생각해 줄줄은 몰랐소」

「어쩌면 나를 어떻게 생각하셨세요」

구로리아는 자기의 인격을 좀더일죽붙여 알려주지않었나해서 좀 성이난듯하였다

「당신의인격이야 잘알었고 또 나를 사랑해주는것도 잘알었지만 그러나 이런팔로서야하하하」

춘식은 우슴으로 말끝을 흐지브지 해버리고서

「저녁좀 같이 먹읍시다 반찬은 없지만」

하고 혹시말이 잘못나가서 서로 감정이나상하지않을가 하는것을 렴려하여서 딴말을끄내었다。

「먹고 왔세요 금방」

「좀 같이먹어 반찬이 없어서 먹을수가 없겠지만 조금만 응」

구로리아는 혹시 먹지를 않으면 섭섭해할가보아서 먹고싶지는 않은것을 편하는대로 반그릇이나 먹었다。

춘식은 그래서 춘돌이의 밥이 없어진것은 조금도 렴려도않고서 그여자가 먹은것만이 고맙고마음이 좋왔다。

구로리아는 묵은깐지와 묵은김치를넣고서끄린 찌개가 실상은 웬일인지 맛이있었다。아마도 그런것은 먹어보지를 않어서 그런지 일본된장찌개나 스끼야끼같은것보다도 더맛이있게 먹었다。

그래서 맛있게먹었다는것을 춘식에게 알리라는듯이 나ㅅ새를싹싹들어

「참맛있세요」하고 말하였다。

그러나 춘식은 공연히 인사삼어하는 말이아닌 가싶었다

「멀 팩피안하오 대접을변변히 못해서」하면서상을 한편으로 물아노았다。

編輯後記

두벅！ 두벅！ 두벅！ 거러왔고 또거러간다. 준험한고개도 성내인바다도 폭풍폭우 가릴나이없이 별로 쉬이지도 못하고 거러왔다。 그러고 또거러간다。

×

많이 쫄리고 헐기가 거치고 高喊을칠듯 다모렸든 입은 悲鳴을울릴듯하나 오직 精神만이 그節操를 生覺하고 거러간다。

×

웬일인가？ 별안간 朝鮮文學이第十四輯이라는 形式으로 나온것은？ 다만 發行者의名義가 박귀임으로서이고 다른뜻은아무것도없다。

×

經理에 編輯에 다시 맞날수없는本社主幹이든 昊圤鄭英澤氏는 事情에依하야 섭섭하게도 자리를물러섰다 朝鮮文學이 그를노친다는것은 크나큰 損失인줄을 알면서도노처었다。 그러나 그職名만을버릴뿐이요 前과같이 도와주실것을 生覺하면 職을辭하는데만 漸間섭할뿐이다。

×

八月號는 이러저러한 끌치살은事情으로 그저그生命만을 붓드러울련외에마모런 成績을내이지 못한것은事實이다。

×

이失責을 다음號로서 免하라한다 더욱이 다음號에는 오래전부터 公募해오든 第二回懸賞文藝特輯號로여러분을對하게 될것이니 鶴首하야苦待하라！

(池 奉 文)

定價表

一個月	四十錢
三個月	壹圓十錢
六個月	二圓二十錢
一個年	四圓三十錢

注文方法

● 注文은반듯이先金
● 振替로
● 郵票는一割增

昭和十二年七月十日印刷
昭和十二年八月一日發行

京城府敎岩町四七七
編輯兼發行人 池奉文

京城府西大門町二丁目一三九
印刷人 高應敍

京城府西大門町二丁目一三九
印刷所 株式會社彰文社

京城府敎岩町四七七
發行所 朝鮮文學社

振替京城二四六八八番
電話光③二一六四番

朝鮮文學

第十五輯（新年号）

文藝時評

林和

新春文壇의 簡單한 展望을 쓰라는것이 編輯者의 付托인데 생각하면 現代란 엇던意味에서든 그다지 展望이 容易한時代가 않이다。앞을 내다보기爲하야 勿論 時代에 比하야 우리의立場이 一段높아야한다。우리의눈이 앞에 노힌 멀고 자가운 遮蔽物이나 障碍物을 넘어서야 비로소 眼界의 넓이를 確保할수 있다。언제나批評이나 評論의 地位가 詩나 小說보다 높아보이고 또 事實에있어 어느程度까지 높아야하는것은 느끼기때문이다。

×　×

한小說뿐아니고 한篇의詩뿐아니라 모든作品을 理解하고 그것을 서로 比較하여 文學上 或은 文化上에서 차지하는 位置를 決定한다든가、더욱이 現實生活가운데서 그것들이 占有해야할 地位같은것을 밝키기爲하야는

批評의 精神이란 必然的으로 創作의精神보다 넓은 限界를必要로한다。 그것은 언제나 一定한높이의 高度가 必要하기 때문이다。

勿論 批評(或은評論)의高度란 創作의高度와 같은意味에서 比較될수있는것이며、創作은 現實에對하야 高度를 維持하면 足한대신 批評은 作品과現實兩者에 對하야 한가지로 高度를 維持하지 않으면 判斷이 不可能하다。 批評的判斷(批評이란 본디 斷定과判斷을意味하는 말임에 不拘하고!)이란 作品과 現實과를 關係식혀서 解答을끄으러낼줄아라야 비로소 可能한것이다。

그런意味에서 모든 藝術作品이 모두다 思想的이엇다는 以上으로 어떤文藝批評이든 그것이 單純히 批評이란 한條件만으로도 能히 政治的이고 社會的이엇다고 말할수가 있다。

그럼으로 어느意味에선 作品에對한 高度를 喪失하기 시작한다면 文藝批評은 批評으로서의 本來의機能을 잃은것이라 할수있다。

作品에 對한批評의 高度란것은 恒常現實에 對한 批評의高度의 가장 端的인 表現인때문에……。

그런데 이말은 決코 文藝批評、乃至評論과 作品과의 分離를 肯定할나는 伏線는 안이다。率直히 말하거니와 過去의 傾向文學論의 決定的弱點을 나亦 이곳에 두는者로서 이러한問題를 取扱하는 마당일지라도 우리는 作品에對한 批評의高度가 作品과批評과의 遊離의表現임을 容恕할수는 없는것이다。그것은 벌서 對象없는 判斷을意味하는것이며 對象의正確한把握없이 判斷을 내린다는것은 批評도아무것도 아닌 單純한「도구마」의 活動이다。

過誤는 두번 되푸리하면 곳 罪業으로 變하는것이다。

그러나 일즉이 文藝評論의 限界가 社會事情이나 政治現象에 까지 미첬든 事實을 온전히 傾向文學論的、或은그前代의 啓蒙批評的인過誤의 一産物로 評價해버리겠느냐 할제 우리는 若干 躊躇하지 않이할수가없다。

우리文學이 이른바 政治主義(그것은 新文學의 啓蒙主義의 延長이다!)라든가 公式主義라든가 로부터 蘇生

하기시작하였다는 數年來、朝鮮의 文藝批評이나 評論은 作品과 作家에게로 옮아온것이事實이다。作品과 作家를 말하지않고 文學을 議論한다는것이 全혀 意味없는일인만큼 이現象은 批評과 評論을 보다 文學的이게한것이며 한아의 進步라고 말할수가있을것이다。

그러나 評壇의 最近의 趨勢를 본다면 評論이나 批評이 作品과 作家를 알게된대신 作品과作家以外의 아모것도몰나가지고있는게 事實이다。作品과作家에關한知識만으로 批評은 果然 健全히 제機能을發揮할수있을가? 批評의 高度란것은 본듸 作品과 現實 兩者의 우이에 있는것으로 現代批評은 結局 兩脚에서 一脚을버리고 외대리로것고있는셈이다。

우리는 現代批評과 評論의 性格을 論함에 무엇보다도 社會的、政治的、乃至는 思想的高度의 喪失을 指摘하지않이할수가없다。

이런事實의 具體的表現으로서 우리는 여러가지 事實을列擧할수가있다。爲先評壇으로부터의 一切의原理論、即文藝理論의 潛跡이라든가、그것의 따르는 必然的現象인 論爭의終熄、公然한 意見對立의 別無、決定的인것은 評壇의體系性의 缺如다。

그러므로 評論이나 批評活動에있어 우리는 明晳한 判斷을 구정할수없게되였다。언제인가말한바와같이 現代의批評은 批評이나 評論이라기보다 單純한 解釋의時代가 된것이다。

이곳에서 다시 評論이나 批評이 社會現象이나 政治의領域에까지 活動力을 움즉였든時代의 그것을 多分히 그것이 作品과理論이 遊離되였든 대로의誤謬를 그대로 한데個서 即 事態를 있는대로 다시한번 反省할興味가 必要치 않은가한다。

먼저도 말한것과같이 그時代에는 事實 作品과理論이 充分히 結合되어있지못하였었으나 그러나 그때의 批評精神은 作品뿐만이 아니라 一般의現實에對하야서도 只今보다는 훨신 높다란高度를 維持하고 있었다 할수있지 않을가?

要컨대 判斷의 可能性만아니라 實로展望의 能力이 賦與되어 있었고 그런때문에 指導的인 權威가 潛在해 있었다。

어느意味에서 그때는 判斷의橫行時代 指導性이 敎權처럼 君臨했든 時代라 할수있다。

그럼에不拘하고 오늘날의 評論과 批評이 자라지못하고 있는 決定的 인것의 萌芽가 그때에 있지 않았을가?

例하면 一貫한理論 體系性 그기에따르는權威、現實生活과文學과를 交涉식히는機能 判斷과斷定의勇氣、그리고 重要한것은 먼저도 말했지만 行動을可能케하는 展望의高度!

따라서 一世를 들어 原理的인 探求力이 旺盛했다。

우리가 現在 그時代를、單純히 우리의 靑春時代라고 들어버리기엔 우리는 아즉도 靑年이다。 그럼에 不拘하고現 在우리의 批評과評論은 高度를 갖지않은것이되였다。

사람들은 흔히 그때를 公式의橫行時代라고한다 그러나 重要한것은 現在는 公式의 死滅의 時代란것을 아는데있다。

崔載瑞氏같은이가「도그마」의 魅惑을 表示하는것도 當然한일이나 우리는 지금이야말로 「도그마」를 警戒하지않으면 아니된다。公式主義란、公式을「도그마」로 만들었기때문에 나온現象이다。 박궈말하면 決코 責任은 公式에있었든것이 아니라 公式을 「도그마」的으로 使用했었든때있었다。

그럼으로 우리는 다시 公式을 公式으로 살일수있는 길을 持求해야 할것이 아닐가? 그것은 公式主義의 길이아니고 文學과現實을 같은 立場에서 處理할수있는 立場(哲學的、文藝學的!)다시말하면 首尾一貫한 體系의 建設그것때문에 우리는 認識論의價値를 생각하게될것이다。같은認識活動으로서의 作品과批評、거기서 우리는 作品과理論이 遊離되지않은 그러면서도 批評을 現在의 泥濘으로부터 높히는 本來의 高度를 回復해가지 않을가?

그러기爲하야 여러가지의것이 必要하나倉率間 이야기할바가 못되어 後日을 기다리고 擱筆한다。

性格의 構成과 描寫

韓曉

人間이란 누구나다 마찬가지로제 各其特異하遺傳性을갖이고있고 또特異한生理와 特異한 生活環境을한갖이고있다

그리고 이生活環境의 影響을받어갖이고 獨特한性格이 形成되며 따라서 그것이한개의 산(生)先天的인것으로써 스스로 새로운 條件을만들어내고 또한그새로운 條件속에몸소 무치여지게 되는것이다。 여기서 끝人間特有의 交涉이始作되며 그交涉에依하야不絶히 獨特한形式과 內容이具現된다。 이具現된 形式과內容을 藝術的形象을通하야 再現하는것이 이른바性格描寫이라는것이다。

作品評을읽으면 흔히性格이허미하다느니 性格이朦朧하다느니 하는批評을듣을수있는대、이것은그作品이大體로性格의成立에 關한作家的認識이 缺如되어있다는 말에지나지안는다。 그러므로 批評家는 恒常、作家의主觀 作家의思想이性格描寫의 가장重要한 모멘트가 된다는것을 指摘하지안을수없게 되는것이다。 왜그러냐하면 不的確한性格描寫란 恒常스스로 만들어내는 條件과、先天的인것이 有機的으로 結付되어있지못하다든가 또는 客觀的條件에 스스로能動하고 被動되는그形式과內容이 不合理或은 非科學的이라는것에 結着되여지는까닭이다。 作中人物의行爲며 言動은 恒常作家自身의思考그것이기도하고 때로는 作家에게있어서는 그思想을披攊하는한개의 좋은方便이기도하다

그러므로 떠스토이엪스키ー며 로ー렌스等의 大作家들의作品에 나오는 人物들은 大概作家自身을 聯想시키는性格을갖이고 있는것이다。 이러한意味에서볼때에는 性格이란 思想의發展準備의 一階梯이기도하다。

作家는언제나 作品을 쓸때마다 그가 取材한 主題에對하야、 그의思想을披攊하고 그의倫理를雄辯한다。 그리고그가創造하는 世界의秩序를 現實의無常한流轉우에 立脚시키고 結付시킨다。 여기에 이른바레 얼려티ー가形象우에 거위無條件的으로 強要되어진다는 理由가있다。

巨匠톨스토이의 作品우에 나타난人物들의 性格은 모

름족이 우리가 日常身邊에서 發見할수있는 平凡한人間의 그것이다。 그러나 그平凡하고 普遍的인性格이 얼마나또렷하게讀者들의 記憶에남어있는가! 카츄ㅣ샤와더부러안나 카레ㅣ니나가 이름만있고 性格이明確하지않은 歷史上의 人物들보다、훨신 더明瞭하게 사람들의 想像 속에살어있는것은 무슨理由일까。

그것은作家의 思想、倫理、人生觀等이 題材와함께 現實우에 보다密接히 보다 効果的으로 結付되어있는 까닭이다。

옛날名匠들이 그린 動物이 畵面으로부터 뛰여나와任意의行爲를取하였다는 傳說或은 古談을우리는흔히듣는다 이와마찬가지로 巨匠의붓에서그리여진 作中人物은 그와같이 뛰여나올수있고 事實、作品 속에있어서 그自身의生活을 完全히營爲하고있는것이다。

生活없는 性格! 이러한것을 果然우리는 想像할수가있을까?

生活없는곳에 性格이 있을수없는것과 마찬가지로 生活의 描寫가없는곳에 完全한性格의 創造가 있을理가 萬無하다。

그러나 우리는不幸히 今日의大部分의 作家들이 社會와의密接한關聯을 喪失하고 따라서 作中人物의背後에 그의性格을 構造化시키는 生活環境 即社會가없다든가 또는朦朧하다든가하는 거짓말같은 事實을目擊하는것이다。

아무런世界觀도 哲學觀도없이 다만 마음속의對立과葛藤으로 苦惱하는人間! 이러한때카단스의 深淵에서헤매는 로봇트가創造된다。 휴ㅣ맨이즘이 絶叫되고 個人의尊重이力說되였으되 尊重된것은 完全한全圓的個人이아니고 도리어 個人의心理 더욱心理의一片에지나지안는다。 人物이라고 일르기보다 차라리 作者의觀念의投影이라고 하는것이 妥當할것이다。

例컨대 李箱의作『날개』의 主人公같은人物이다。 이러한人物이果然 現實社會에生存하고있을까?

李箱은말한다。

『나는 女人과生活을設計하오。 戀愛技法에마자서 먹서먹해진 智性의極致를 흘깐좀드려다본일이있는 말하자면 一種의精神奔逸者말이오。 이런女人의 半ㅣ그것은 온갖것의半이오ㅣ만을 領受하는生活을 設計한다는말이오、그런生活속에한발만드려놓고 恰似두개의 太陽처럼마조처다보면서 낄낄거리는것이오 나는아마 어지간히 人生의諸行이 싱거워서 견델수가없게쯤 되고 그만둔모양이오꾼빠이!』

이짤막한句節속에 讀者는 作品『날개』의 全貌가 얼마나또렷하게 드러나있는가 하는것을 直覺하게될것이다。 못사내에게 우슴을팔고 살어가는 한女人! 그리고그의生活을 設計함과、同時에 그女人의半을 領受함으로써 스스로 滿足하고 苦惱하고 뉘우치는 말할수없이 怪異한한

사나이의 生活을 李箱은 「날개」속에 設計하였었다。

그리하야 人生의 모―든것에對하야 아무런未練도 躊躇도없이 極히簡單하게 깨끗이 꾿 빠이를 告할수있는 奇蹟도대로의 人間을 作家李箱―아니 人間李箱은무척사랑한모양이다。

精神奔逸者! 이얼마나 作者李箱에게 있어서 무섭게 蠱惑的인 對象이었으랴!

그는마츰내 이렇게 부르짓지않으면 아니되게되었다。

「그대自身을 僞造하는것도 할만한일이오」라고……

그리하야 그는 現實의모―든것을 똑바로보는것보다차라리 삐뚤게보고 "어그러지게 보는것을 좋아하고 憧憬하였다。 그러므로 그는 自己自身을 僞造하는것도 敢히 辭讓할必要를 느끼지안는것이다。

이것은 李箱에게 있어 한개 先天的인 性格이라면 性格일는지도몰은다 그러고 또한그것은 人間으로서의 李箱의 獨特한한개의 제스츄어 일는지도 알수없다。

다만여기에 問題되는것은 그러한人間의 性格과제스츄어가 大體어떠한 社會的條件을 에스푸러로하야 成立되고 構造化되었는가 하는것뿐이다。

우리의關心은 오로지 여기에 있는것이다 왜그러냐하면 如何한境遇에 있어서든지 作家는恒常現實의 社會와密接히 結付되어있을뿐아니라 그社會의 一構成員인까닭이다。

人間이라하는것이 社會를떠나서 살수없다고함은 벌서 하나의常識論에 지나지안는다。

그러나 이러한常識論이 李箱의境遇에 이르러서는全혀 怪異한 懷疑로 明滅되고있다。

그는完全히 이常識論의領域을 脫出하였다。 脫出함으로써 그는原則的으로 버젓한社會的存在인 人間으로하여금 그存在的條件으로부터 離脫케하며 背後에 아무런 社會도環境도 없는 외로운存在로 造作하는데에 最大의興味를느끼였고 또한唯一한 作家的使命을 發見한모양이다。

그는結局一切의事物에對한 正常的인觀察을 일부러廻避하고 될수있는限 懷疑아닌 懷疑를懷疑하고, 그러하야그自身을 永遠한 懷疑속에 간수해두려고 努力하였다。

그러므로 그가 그려낸 人物들은 죄다 그自身의觀念의投影以外에 아모것도아니다。

여기서 우리는또다시作家의 世界觀。人生觀의問題를끌어 내지않으면 아니된다。

×

最近知性問題를 中心으로 盛히저―내리즘우에떠블―하고있는 一聯의批評家들에依하야 全혀怪異한世界觀의 定義가 論議되고있는것을 나는 記憶하고있다。

「世界觀이란 世界、卽自然及社會에對한 總體的인直觀이다」

그들은 이렇게 主張한다 참으로怪異한일이다。

世界觀은決코 單純한「直觀」이아니다。人間은單純히世界

의現實性을 受動的、카메라的、直觀的으로 反映하는것이 아니고 一定한 歷史的 社會的 實踐을 通하야 世界에 能動함으로써 그世界에對한 一定한 見解를 意識的으로 또는無意識的으로 把握하게되는것이다。

그러므로 우리는 世界觀이란것이 人間의온갓 이데올로기ー的所產과 同樣으로 人間들의現實的인 社會的存在의意識的表現이라고 말할수있으며 따라서哲學을 輕蔑하는自然科學者가 最惡의哲學的殘滓의 奴隷인것과 마찬가지로 世界觀을 無視하는 藝術家가 恒常最惡의 世界觀의 奴隷이라함을 우리는確言할수가 있는것이다。

作家가 世界觀을無視하고 現代의人物의性格 더욱英雄의性格을 創作한다는것은 애당초부터 神話와마찬가지의 打空的夢想이다。

그러나 나는 적어도人間의性格을 創造하려는 尊貴한 藝術家에게對하야 決코 그創作的根據를 다못世界觀우에 두라고는 主張하지않는다。藝術創作의方法을 現實認識의 方法에로 還元시킬만큼 나는無智하지는않다。

로ー젠탈의 말과같이『藝術家는 現實과關係하고 現實을 觀察하야 그作品속에 現實性의 이모저모를 描寫反映하는者이다』

勿論이境遇에있어서 現實性은 直接現象속에 再現되는것이아니고 藝術家의意識、따라서 一定한社會的인 階段的傾向의 意識속에서 現實性을變作하는 媒介過程을 經由하야再現되는것이다。

여기에는 勿論藝術家의 世界觀이 作用하고 있지만、그러나 藝術의內容은 決코 藝術家의 世界觀一般이아니고 藝術家에게依하야 藝術的으로 加工된現實에 對한認識인것이다。

이러한現實認識으로서의 藝術의內容 더욱 그內容을 構成하는 形象의人物을 創造한다는 偉大한事實이어째 現實을正當히認識하는 世界觀의 把握없이 遂行될수있을까? 世界觀없이 創作할수없다고 하는말이얼마나 眞理인가하는것은 우리는 새삼스레 首肯하지않으면아니될것이다

恒常 內的生活을 人間相互의 關係보다 훨신더重大하게深刻하게 探求함으로써 여러가지人物의 性格을創造한 떠스토이엪으스키ー도亦是、思想없이는 그의많은主人公、아니藝術을創造할수가 없었든것이다。

떠스토이엪으스키ー가 實現한奇蹟……(그의作品은 事實上奇蹟에가까운것이다。그가거기에서 一民族을創造하고있을뿐아니라 個個의 登場人物이 죄다 獨特한自身의 任務를가지고 存在하고 그리하야 그個個의內存的在는 恒常特殊한秘密을가지고 漠漠한複雜性에 包括되어表現되어 있는것이며 그리고 더욱特異한것은 그人物들이 죄다 歷然히 살어있다는 事實이다。即換言하면 個個의 人物의背後에는 살어있는 여러가지 複雜한 問題가 讀者들의눈앞에서 人物들을 苦惱시키기爲하야 或은 그苦惱를超

克시키기爲하야 서로 衝突하고 紛糾를이르키면서 그人物들의性格을 構造化시키고있는 事實이다。

그러므로 앙드레지ー드는 그의 떠스토이엪으스키ー小論속에서 다음과같이말하였다。

「떠스토이 엪으스키ー의 小說을 가지고도 이루지못할 程度의高遠한・問題는없다 그러나 여기에 끝附言하지 않으면 아니될것은 그가決코 抽象的인 方法으로 그것을 이룬것이아니라 그에게있어서는 思想은 個人의 機能으로써 그存在性이 있으며 그것이 끈임없는 不斷한 相對性을것고 또한 그힘은 많들어내는것이다」

그렇다! 떠스토이 엪으스키ー의 小說은小說로서 가장 많이 思想을담은 小說이였고 그리고그것은決코 抽象的인表象이아니고 가장生命이 躍動하는 藝術이였다。

따라서 그의人物은決코 李箱의形象속의 人物처럼 現實에서부터 流離된 象徵的인 淺薄한 洞窟的存在는 아니였다。

「白痴」第二卷에 다음같은 描寫가있다。

「가장特質的인顔貌은 一筆로表現하기가 大端히困難한 人物이있다。그사은恒常「普通人」이라든가 「大衆」이라든가하는이름에 屬하는人間들로서 實際는人類의大部分을 構成하고있다。이廣汎한 카테고리ー속에 우리들의이야기에나오는 人間들、즉가브리엘 알따러오노뷔지가 屬하고있다」

이짤막한 句節속에서 우리는能히 떠스토이엪으스키ー偉의大함을 直覺할수가있다。

어디까지 個人을 個人으로서만 보지않고 大衆의一員으로본데에 그의偉大함이있고 또한우리들에게對한 至極히敎訓的인데가있다。

×

今日 우리들의文學이 새로운라잎 새로운性格 새로운 人間心理等의 새로운內容을 作家들에게要求하고 있다는 여러批評家들의意見에 나는勿論反對하는 勇氣가없다。反對하느니보다 차라리 나는 거기에 同意하고 贊成하고 싶으다。

그러나 그들은大體어떠한「새로운內容」을 作家로하여금 그리라고 웨쳤는가?

어떠한라잎을 어떠한性格을! 어떠한人間心理를! 과연어떠한方法으로 描寫하라고 그들은作家들에게 要求하였는가?

우리는 또다시 想起한다。個人의偉重과 個性偏重에처우쳤든 지나간날의 휴매이즘 論을! 自己分裂과 心的葛藤으로 因하야 胚胎된數많은 苦憫論을! 그리고 最近의知性論까지를!

이꼿作家들에게 보낸 이러한 批評家들의 要求條件이 大體 얼마나 無謀하고 貧弱한것이었든가하는것을 여기에想像하는것은다만 筆者의 어리석은杞憂에끝일것인가?

歷史的全體가그리는 歷史的運動의 直線에서부터 離脫되어作家로 하야금喪失된性格과 또한性格아닌性格을 永遠히 그렇게함으로써 安逸한自尊心을保障하고있는 一部批評家들에게 對하야 우리는다만 默殺一貫의 平穩主義로 나아가야만옳을것인가?

오늘의 進就的批評들은 마땅히 이때까지의 무거운默殺에서부터 脫出하야 果敢히 그들一聯의批評家들과 一戰을 開始할覺悟를가저야할것이다。

個人의性格과 時代의歷史的運動과에對한 充分한相互關係의理解를가저야 한다는理由도 結局그들無謀한 知性論者들에게 보내는하나의 警鍾이어야만 할것이다。

個人의性格! 그것은嚴正한、意味에있어서 時代의歷史的運動에依하야 終局的으로 制約되어지는것이다。왜그러냐하면 個人은時代라고하는 커다란歷史的全體에對한 하나의 歷史的部分이며 따라서個人의 歷史的運動은 時代의 歷史的運動에終局的으로 歸着되지않을수없는 運命을가지고있는까닭이다。即個人의 歷史的運動에 寄與하는것만이우리들이말하는 個人의性格인것이다。그러하야個人은스스로 歷史的運動을 自覺하고따라서 그歷史的運動에寄與하는것을 自己의 性格으로써 意識한다。

性格의 이러한自己意識에依하야 個人의 性格은或種의任意的인 獨立된自由로서 顯現된다。그러나 이렇게自覺된 自己의性格은반듯이 眞實한意味에있어서의 性格일수가없다、그가萬一한사람의 詩人으로서 自己의性格을 發見하였다고하드래도 그것은決코그가 詩人으로서의性格의主人公이라는것을 保證하여주지는안는다。

그의性格이詩人이냐、아니냐 하는것은 그가스스로 詩人으로 自處하고 自己解釋乃至自己待遇함으로써 決定되어지는것이아니고 도리어 第三者가、그를詩人으로써理解하는것을 媒介로하야 그의特色을 理解하는데있어서만…即그의性格이 終局的으로 時代의歷史的運動에 寄與되는데依하야서만 決定되어지는것이다。

그러므로 人間은 恒常自己의 性格을 다른人間들에게依하야 理解되고 또한待遇됨으로써 一方으로 그들의性格과 一致시키지않으면아니될 道德的任務를가지고있다。

여기에 即個人的性格과 時代的性格과의 不可分離의關係가 介在하고있는것이다。

그러므로 이른바 意志의自由란 사람들이普通想像하는바와달너 時代의歷史的運動으로부터의 制限을脫却할수는없다。意志의自由가 道德的인以上—— 形而上學的自由에對하야 우리는 아무런關與도必要로 認하지안는다!——그것은恒常實踐的이어야만 할것이며 따라서 스스로 歷史的運動에參加하지 않으면아니될것이다。그리고 이歷史的運動——그것은 歷史的部分으로서의 個人의歷史的運動이다——이眞實로 運動이기위해서는 即、運動하기爲해서는時代의·全體的인歷史的運動에依하야 終局에있어 制約되는것이 必要하다。

이러한 制約에依하야 비로소 個人의歷史的運動은 可能하며 따라서 道德的自由意志의 內容있는 槪念이 構成되어지는것이다。

그럼에도不拘하고 우리는 이러한原則的인 見解로부터 全혀離脫된! 嚴正한意味에있어서 人間의性格일수없는 여러가지性格을 發見한다 그것이더욱 우리가恒常 最大의 敬慕와 期待를가지고있는 우리文壇의 代表的作家들에게 依하야 創造된性格임에對하야 우리는 그만 氣絶할듯이 놀내고 憤怒를 不禁한다。

時代의歷史的運動은 事物의 또는個人의 性格을規定한다 事物의性格과 個人의性格과의 相對的인所以가여기에 있다。性格의把握의 正誤는 오직歷史的運動을 標準으로하야 그規範에따루는데 있어서만 判斷을내릴수가있는것이다。

×

그러면 우리는問題를 展開시키자。

時代의歷史的運動 그것에寄與하고 動力因子로서 時代의一切의性格이構成되어진다면 大體、이歷史的運動을 우리는어떻게發見하고 正當히理解할수가 있을까。

時代의歷史的運動만이 果然事物의 性格을規定짓는 最後의規範이라면 大體이規範을 우리는 어떻게 把握할것인가! 그리고時代는 무었을向하야 움직이고있는가? 무었이 時代에있어 歷史的으로 또는必然的으로 支配的일라고하는가? 時代의性格이란무었인가! 이러한여러가지 具體的인課題에對하야 우리는무었을 根據로對答할수가있겠는가?

거기에는! 그리고 우리들의 對答의根底에는社會가있을따름이다。

時代의性格은 따라서 時代의歷史的運動은 社會現狀을 地盤으로하야 實踐的으로 把握되는것이다。그것은 個人的인思辨이며 隱遁的인思索乃至地方的인 限界性을 가지고서는 到底히 把握될수없으며 또한 그것은 瞑想이며 空想이며 或은 感傷的인 理想을가지고는 全혀 核心을 잡을수없는 물건이다。

그러나!우리는 우리文壇에있어 恒常이瞑想이나 空想이나 感傷的인 理想을가지고 性格을 그리려고 하였고 또 事實上 그리여온 作家를 얼마나 많이目擊하는가! 참으로寒心할現象이라 할것이다。

내가 이小論의 冒頭에서 李箱의作品을 例로들었지만 李箱以外의 다른많은作家들도 정말 社會的觀察과 그의 關心의正當한統一밑에서 作品을 쓰지는 못하였다。

最近數年來 이곳文壇의 많은作家들은 마치 人形의집을 나온 「노라」의氣槪와도같이 異口同聲으로 새로운것의探求라는美名下에 一切의體系있는 藝術理論을 否定하고 無義無中의 創作線路우에 彷徨하고있었다。勿論이것은 過

去 新興文學의 專制的인 創作理論에 對한 한개의 反撥이었을는지도 몰은다。

그러나 그들은 應當새로운것을 探求해야된다고 웨치면서도 정말 어떤것이 새로운것이고 또한 새로운內容인것인가를 조금 알지못하였다。

우리들의 文學은! 우리들의 現實의새로운 質에依하야 規定된 質的으로 새로운文學이다。

이러한 새로운文學이 그새로움이 어떤것인지 알지못하는分別없는作家들에게 依하야 創造될理가 萬無하다。

그들은藝術의 온갓特質을 다만 形式的生活의 어떤總制로서만 把握하고 스스로 內容은抛棄하며 따라서 本質的으로 우리들의 文學의새로운 內容을 否定한다。

內容이 一段否定되게되면 勿論 그內容을 表現하는形象도 否定되지않으면 아니될것이다。 왜그러냐하면 새로운內容이란恒常 그와同伴하는새로운 質的形式속에 있어서만 表現될수있는 까닭이다。

萬一 이內容이 藝術家에게있어 깊이 洞察되고 感得되어있다면 그리고 그것이 一方에있어서는 歷史的運動의巨大한 潮流의 흐름을받고 他方에 있어서는 現代의進步的思想의 光明을浴하야 今日或은 明日의 立場에서 人類의文化的經驗을 그發展의 段階에있어서 充分히 包含하고있다면 우리는아무런 苦言도 말할必要가없으리라

우리는決코 여기서 單純한 記述의客體로서 理解되는바의主題를 말하고있는것은아니다 그보다도 우리는 一層切實한 意味가있어서의 現代의 主人公의 創造는 오직 새로운 健實한 內容의表現에 依하야서만 可能하다는것을 力說하고 있는것이다。

우리가 恒常、非常히興奮된 論調로우리들의 作家들의 無謀를摘發하고 批判함으로써 質的으로 새로워질우리文學의 內容에對하야 致히苦言을늘어놓는것은 무었보다도 藝術家의새로 운現實에의 接近을便하는것인同時 우리들의時代의새로운 進步的인思想의曙光에 비취여진作品의出現을 渴望함으로서이다。

따라서 새로운 發展的內容을表現함으로써 그內容을構造化하고 生硬化시키는 人物의性格이 스스로 그속에있어서 生動될것임으로서이다。

生動的內容이없고 다만個人의 性格만을 그려려고한때에서 藝術의 作品과같은 洞窟的現實속의앙성 그런人物의性格이 創造되어지는것이다。

(끝)

× × × × ×

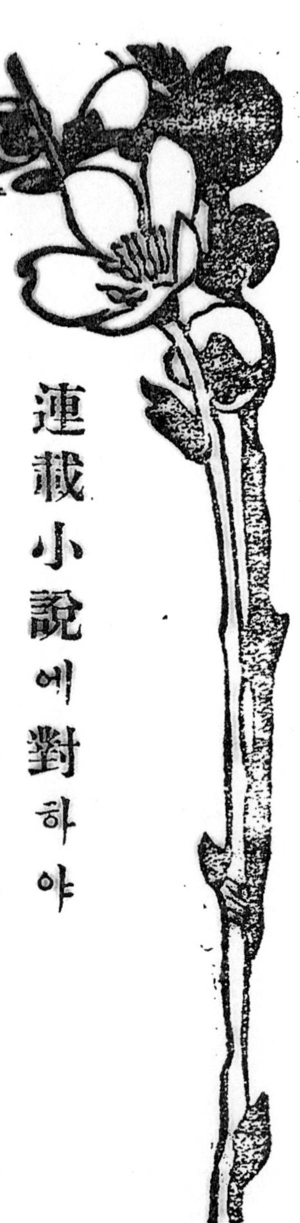

連載小說에對하야

崔載瑞

連載小說은 新聞小說이고 新聞小說은 商品으로서의小說이라는것은 벌서 한常識이되고 마렀다。雜誌에서도(特히婦人雜誌에서는) 長篇小說을 連載式으로 發表하는例도 있으나 이것은 아직도 朝鮮쩌ㅣ나리즘에선 成立되지못하였고 또成立된다하드래도 그것을 新聞小說과 同一하게取扱한대도 아모거리낌없을것이다。그리고 新聞小說을 일체로 商品으로서의小說이라고 하는데는 異議가없지안을터이나 그制作過程이나 需要動機를 생각하여보면 이亦 否認할수없는事實이다。

新聞은 文化人의 가장平凡한 生活必須品이다。그런意味에있어서 新聞은 가장 實際的이고 經濟的이고 따라서 浪費가있어서는아니된다。우리들은 가장低廉한 代價로써 世界의모든事件과 社會의모든面과 經濟界의 細微한 모든變動을 알수있다。그것도 觀察이나 硏究를通해서가 아니라 아침에 눈뜨면 자리속에서 或은電車안에서 或은點心時間을利用하야 食卓에서 單時間內에 一瞥下에 알수있다。

이러틋 實制的이고 直接的인新聞이 朝夕刊小說에다 적지안은 스페ㅣ스를 提供하고있다。이것은 무슨까닭인가 그亦現代生活을利用함에있어 浪費가없도록하기위하여서다 現代生活이 밧분것은事實이나 그밧분 生活틈에 있다금 小恭白이 생겨나는것도 避할수없다。應接室에서 사람을 기대릴때 齒科病院에서 順番을기대릴때 或는 點心을먹고나서 머리가 아찔아찔할때 或은 집에도라와서 맥이

들릴때 우리는 가만이안저 지낼수가없다。現代人은 별서 無爲의生活을 잊은지오래다。그에게 있어선 無爲가 죽엄보다도 더苦痛이다 이때에 우리는 新聞小說을읽는다 社會에는 이와反對로 돈은없고 틈만많어서 時間處置에困難한사람도있다。이들에게있어서도 新聞小說은 茶집과마찬가지로 가장簡便한 消閑거리가된다。勿論 그들에게있어선(마치 監獄生活을 하는사람모양으로) 廣告文까지를 再讀三讀하게되지만。그리고農村에있어선 都會地와는 多少性質은 다르지만 그것은 다만 템포의緩速의差異에지나지못한다。

이것이 대강 現代新聞이갖이고있는 商品性이다。따라서 新聞小說은 이러한 必要를 最大限으로 滿足식혀야하고 또 그以上 一步라도 넘어서서는 못쓴다。新聞小說은 讀者의 時間的空白만 채워주면그만이고 또 그外에 버서나지안어야된다。新聞小說이 무슨 重大問題를提出하야 讀者의頭腦를 괴롭힌다든가、또 임모랄리테를 發揮하야 그들의安穩한平和를 깨트린다든가해서는 아니된다。있어도좋고 없어도좋을만한 테ㅣ마를가지고 그저讀者를暫時동안別다른 世界로 案內하야주면 그만이다。

新聞小說은 多數한讀者를 一時的으로 또一回限的으로 獲得할수있다는데 그長點과 弱點이있다。作家는 新聞小說의舞臺에 올라슴으로 말미아마 볼수없는、實로 想像도할수없는 多數의讀者를 一時的으로가질수있다。作家로서 自己의力量을 提示할活舞臺이다。그러나 文學的見識에있어서 至極히凡俗한水準까지 내려스지안으면 아니된다는것과 또 그의成功이 아모리 華麗하다할지라도 그것이 單一回限이라는 危險을 잊어서는아니된다。讀者도 한사람한사람 떼여놓고보면 一般的敎養이라든가 文學的見識에있서서 相當히 尊敬할만한、程度에있으면서도 新聞小說을 읽을때엔 놀날마큼 그水準을 低下식힌다。이것은 個人이 群衆속으로 드러갈때 依例히 생겨나는生物學的現象이다。따라서 新聞小說을쓰는作家도 그가新聞小說에있어서 成功하랴면 群衆의先入觀 凡俗한 文學的水準까지 내려오지 안어서는 안될것이다。

우리는 事實 이루헤아릴수 없으리만큼 많은新聞小說을 읽어왔시만 그러고 그때마다 興奮도하고 感激도하엿지만 대관절 뒤에 무었이남었나 생각하면 虛無하기짝이없다。뚜렸한性格하나 鮮明한場面하나 더군다나一生을銘心할만한 辭句하나 남어있지안타。모든것이 어슷비슷하고 모든것이朦朧하야 아무런效果도 남어있지안타 最多讀者의 一時的且一回限的獲得이라는武器는 文學에더이만한 戰利品밖에는 갖어오지못하였다。이點을생각할때 作家로서 쓸쓸치안을수없을것이다。

그代身作家는 新聞小說에서 作家的技術을修練할 絕好의機會를갖일수있다。文學은 그것이 아모리嚴肅한意圖를 갖었다 할지라도 最後에있어서 讀者에悅樂을주지 안어서는아니될것이다。그悅樂이 單純한 感覺的快樂에 끈치지 아니하고 高次한倫理的充電에依하야 그强度와價値를 倍加하는 性質의悅樂이라할지라도 左右間 讀者를 질겁게 하야주지안어서는아니된다。어떻게하면 讀者를 질겁게하야줄까? 이 가장根本的인問題를 實驗함에있어서 新聞、은 가장 好適한場所이다。위선 그것은 同人雜誌나 文學專門雜誌와달라서 衆人環視라는 意識을 要請한다。마치 사랑房論談에서 公會堂演壇에나설때와같은 緊張과心的準備가 必要할것이다。그러고 自己文學의反響을 가장 露骨的으로 알수있는곳도 亦新聞小說이다。讀者心理의秘密을 알게되면 技術은 어언간느러간다。또長篇을分回式으로 쓰기때문에 方針과手法을 比較的輕便하게 가라볼수도있다。이러하야 作家는 여러가지로 技巧的實驗을할수있다。新聞小說을써본다는것은 作家에있어서 貴重한體驗임에 틀임이없다。

그러나 여기에도危險은따른다。作家가 讀者心理의秘密을알게되면 이것을利用하기위하야 讀者의興味를 人爲的으로挑發하라는 誘惑을 느낀다。그러고 新聞小說家로서 이誘惑을 물리친다는것은 거의不可能한일일것이다。新聞小說을 쓰는以上 左右間 그는成功치 안어선아니된다。그러나 어떤佛蘭西批評家가 말한바와같이「成功은 作品을 正當化할수있지만 도、서 그成功을 正當化한다는것은 容易한일이아니다」그成功이 다만 人氣策에서나온人爲的挑發의 結果가아니라면 僥幸이다。

作家가 新聞小說에있어서 成功하는同時에 作家的精神을喪失하는實例를 우리는 너무도 많이보아왔기 때문에 一一히紹介할必要는 없을줄로안다。新聞小說의成功은 그 內部에 作家의氣骨을 녹이는 무슨 强烈한 힘이있지안은가 생각한다。藝術과 產業이 分離해있는 社會에있어서 이것은 不可避의運命이다。그러기에 天은二物을주지안는다고 하였다。

나는 以上에있어 連載小說이갖이고있는 可能性과 限界性을 될수있는데까지 一般的으로 생각하야보았다。要컨대 그것은 現代產業文明의 重要한一部門을擔當하는商品으로서 文學藝術에 새로운分野를開拓하는 同時에그質的低下를 짝하고있더。그러나 問題를 朝鮮新聞小說界로 局限할때 이야기는 퍽달러진다。現在 朝鮮新聞小說擔當記者들이 憂慮하고 있는것은 文學의商品化로 말미아마 結果되는 藝術의質的低下보다도 오히려 그것이 아직도 完全히 商品化되지못하였다는 經營利的憂慮가 아닐까한다。웨그러냐하면 우리가 現在갖이고있는 新聞小說은新聞小說이갖이고있어야할資格을 아직도 完全히具備치는못하였기때문이다 小說의 本格的 레스트인 性格描寫나事件構成같은것은 그만두고래도 가장 쉬운 場面轉換에만 있어서도 成功한例는 퍽 두물것이다。여기에 滋味나는 이야기 두가지가있다。

某作品의挿畵를 그런××氏가 일즉이 筆者에 한탄하야曰。——每日 똑같은場面이 나오니 挿畵를 그릴수가있어야죠? 또 한번은 林和氏에게 新聞小說읽을틈이없어 큰일났다고하였드니 껄껄우스면서 무어、닷새만큼만보아도 充分하죠! 이 두이야기가 무엇을意味하는가? 흔히 一般讀者가 朝鮮新聞小說은 읽을맛이없다고하는말이나 批評家가 따분하다 고하는말이나 모도다 이一面을指示하는것이다。

또한가지難點은 이와反對로 讀者의心理를 捕捉한다고해서 事件이나場面을 엉터리없이 벌려놓는 惡風이다。前者에있어서 嘔氣를 느껴온讀者는 後者에있어서 嘔氣를느낀다。時效가지났으니 言明하야도 좋을테지만「人生特急」은 그런意味에있어서 가장不愉快한作品이였다。

나는 立場과動機는 달르지만 朝鮮의新聞小說이 徹底히 商品化되지못한것을 新聞編輯者와함께 忿하게 생각한다。新聞小說이 新聞小說로서 完全히 商品化된다는것은 新聞小說界를위하여서나 또는 立場과精神은 달리하는 다른作品世界에서있어서나 서로 色彩를 鮮明케함에有利하다고 생각하기때문이다。

오늘날 우리는 定期刊行物을떠나서 小說 特히 長篇小說의 存在를 想像할수없게 되였지만 外國의實例를볼때 이것이 期必코正當하다곤 볼수없음을 깨다를수있다 歐羅巴에있어서도 中世紀의 傳綁奇物은 東洋에있어서와마찬가지로 口傳文學이였고 現存한 텍스트는 그後詩人이나 傳奇作家들이 集大成하야 刊行하였든것이다。英國의 有名한「아ー사ー王의死」라든가 존리리의ー로ー쟈런드ー가 모도다。

그러하였다。그後十八九世紀에드러와서도 近代散文小說을豫想케하는 바니얀의「天路遍歷」은 一六七八年刊이기때문에 아직도 英國에 저ー날리즘이 發生되기以前이고 디포ー의「로빈손、크루ー스ー漂流記」(一七一九) 쓰위프트의「가리바旅行記」(一七二六)等은 世界最初의 週刊新聞인「스펙테이터」(一七一一) 發刊以後이지만「스펙테이터ー」는 到底히 이러한 長篇을 시를수는없였다。또 시를性質도 못되였다。十八世紀末에 近代的性格을完成한 英國小說은 저ー나리즘을 떠나서 完全히 出版業에 依據하였였다。저ー나리즘과 出版業이 最高度로 發達된現代에있어서도 이러한傳統 ー 雜誌는 評論을主로하는 所謂 레뷰ー이고 小說은 처음부터 出版業者의손에서 刊行된다는 傳統이 嚴然히 持續되고있다。勿論雜誌가 短篇을 실는수도있지만 이것은 大部分 新人紹介를위한것이다。大新聞이 수상한挿畵를석거 가면서 長篇小說을 每日每日連載한다는것은 西洋에는 없는모양이다。

이러한慣習이 作家를위하야 더욱히 新進作家를위하야 文壇進出에 퍽 碍礙가되는것은 事實이다。新進作家는自

己作品을 出版키위하얀 各出版社 顧問役인 리―더―樣嚴있는作家와 批評家들로써 組織된 私設檢閱機關―을通過치안어서는아니된다。 여기서는 무엇보다도 作家의메릿트―價値―가問題된다。 大新聞에서 잔뜩人氣를挑發하야놓고 그餘勢를벌며 單行本으로 出版하는 이곳風俗과는大端히달다。

이러한制度는 出版社에도 當然히 見識과責任을 要請하고 따라서 失敗의危險性도 包藏하고있다。 出版社는그小說이發賣되여 一般讀者의손에드러가고 거기對한批評이各新聞雜誌批評欄에 發表된後가 아니고서는 그作品의人氣를 알수가없다。 萬一에 不幸하야 全然人氣를끌지못한다면 出版社는 그만한損失을 甘受하게될것이다。 그러나그作品이 반듯이 훌륭한 藝術的價値를 갖이고있음에도不拘하고 一般讀者가 이를理解치못하는境遇라면 出版者는 그眞價가鑑賞되도록 몇十年이고 普及化에努力할責任이있다。 이러하야 出版後 十數年만에 世界的傑作으로서發見된作品을 우리는 얼마든지 보왔다。 차라리 偉大한作品일수록 最初엔 齟齬한運命의길을 걸어온듯싶다。

지금 新聞小說界의停滯는 감출수없는事이다。 日本內地의 新聞小說界도 이런 스람프에 빠지고있다。 이것을內容的으로보면 戀愛小說의沒落이라고도 볼수있다。 아침이나 저녁이나 昨年이나 今年이나 매한가지로 十適一律의 戀愛小說이라면 아모리 戀愛小說을 좋아하는 讀者라도 실증이날것은 當然하다。 最近에 新聞小說界에 異彩를보혀준 山本有三氏의「路傍의돌」이나 坪田讓二氏의一連의小年小說은 作品世界를 從來와는 全然다른 淸新하고 純眞한 小年生活로 옴겼다는데서 그成功을얻었든것이다。 前者에는 그外에도 個人의宿命과出世라는 戀愛에떠러지지안는 人間本能을 利用한 덕택도있지만。 左右間이 두作家의成功은 新聞小說界의動向을 暗示하는者로서퍽興味가있다。

作家가 어떤一定한 人生觀이나 藝術觀을갖이고 長篇을쓰랴고할때 그것이 一般讀者의 先入觀―新聞小說에對한 因襲的觀念―과一致하지안는理由로 新聞小說에서 機會를얻지못한다면 그는 雜誌를擇하거나 直接出版社를擇하는外에는 道理가없다。 日本內地에있어서의「書下ろし長篇」이나 朝鮮에있어서의「全作長篇」이라는것은 이러하야誕生된것이다。 外國에있어서는 恒用되는慣習이지만 歷史와制度가다른 日本에있어선 새로운試驗으로서 一般의興味를 끄을고있는것은 事實이다。 作家는여기서 新聞小說과는 다른小說을 보여주지안어서는 아니될것이다。 다만發表形式이 다르달뿐이여선 讀者의失望을 禁치못할것이다。 거기에는 嚴然한 小說精神과 責任있는構成이 展開되지안어서는 아니될것이다。 이實驗에參與한 한사람으로서 나는 全作長篇에對하야 絶大한期待를갖이는바이다。

作家의 貞操

批評家의 生理를 살펴보자

金南天

티ㅣ보데를 따라 批評의 機能과 型態를、自然發生的批評、職業的批評、藝術家의批評等으로 나누어서 생각해보는 놈은 趣味는 本是부터 내에겐 있지아니하다。그런까닭에 티ㅣ보데의 이른바 藝術家의批評、다시 말하면作家의批評을 標榜하여、專門的인 批評家의生理나 倫理나를 質問코저、이러한 글을 草해 볼려는 생각은 아니였다。언젠가、여럿이 모여서 雜談하는 席上에서 朴泰遠君이 作家란 本是 惡德家란 말을 해오다가 「南天은二重惡德家」란 말을 하였고、누군가는 나를 가르처「劍術로 이를테면 二刀流」라고 말한적이 있었다。이만만 해두고 말었으면 괜찮었겠는데 朴泰遠君이 說明을 붙여서「南天은 남의作品을 더러 갈길때엔 批評家의 立場、제作品 辱한놈 反擊할때엔 作家의 立場」이래서 結局 二重惡德家요 二刀流라는 말의 內容이 明白해 졌다。나도웃었고 다른분들도 웃었는데、아마 지금쯤은 모두 다이때의 일을 잊어버렸을런지 모르겠다。

批評에 붓을 들지 않을뿐 아니라、남들이 제作品을그릇되게 보아도 속으로는 어찌 생각하였든 글로써서反駁을 하거나、論爭을 提起치 않는作家나 詩人은 우리文壇에도 大端히 많다。隱然中에 이것은 하나의 美

德이나 風俗으로 되어버린것 같다。鄭芝溶君은 스스로 詩論이나 詩評을 쓰지 않는것을 하나의 자랑으로 하고 있다。또 무슨생각때문엔진 몰라도、月評도 잘하고 小說文學에 對하야 그렇게 않은 批評을 쓰는 林和君도 제專門部門인 詩論이나 詩評엔 좀처럼 붓을 들지않는다。崔載瑞君은 제口味에 맞기지 않는 作家나 作品에 對해서는 이야기 하기를 極力으로 避한다。惡評을 하여 作家들에게 미움(?)을 살것을 싫여하는 때문이라면 저나치게 皮相을 諸는 말이고 結局은 崔君의 趣味나 嗜好로 보는것이 穩當할것인데 어쨌든 崔君의 月評에 손을대지 않는다。그리고 泛然한대로 말하자면 崔君은 小說보다도 詩에對하야 이야기 하기를 즐긴다。

이런걸 그대로 性味나 趣味나로 돌려버릴수 있다면 結局 내가 남의作品을 批評도 하고 또 내作品에對하야 나와 意見을 달리하는 批評을 當할때엔 反駁文으로 攻擊도하고 또 틈있을때마다 主張이나 告白을 되푸리하는것도 말하자면 내 性癖으로 돌려보냄이 當然하겠으나 내의持論은 반다시 그런것에 滿足하려고 하지는 않는다。

鄭芝溶、李泰俊、其他 여러분들이 批評이나 評論에손을 대이지 않는理由라할가、詩人 林和君이 詩論과 詩評에 等閑하나느니 보다는 오히려 全然 손을 대이지않는까닭、或은 崔載瑞君이 月評에 손을 대지않는 理由같은건 종차로 徐徐히 들어보아야 알일이지마는 내가 남의作品을 惡評도 몹시 하고 또 내作品에對하야 主張이나 告白이 나를 時時로 되푸리 하는데는 남이야 二刀流라면 二重惡德이라면、내깐으론 반다시 性癖으로만 돌릴수없는 一定한 持論이 있어왔다。

持論이란 別것이 아니다。創作論爭엔 作家가 參與함이 必要하다는 오래前부터의 傳統이 나에게 남어있는 때문이고、또 文化人의 資格으로써 文化思想全般에對하야 充分한 關心과、積極的인 挺身的態度를 取함이 떳떳하다는 생각과 作家란 本來 批評家만 못지않게 分析의精神과 批判의精神을 날카롭게 갖고 있어야 한다는 생각이 있는 때문이다。

一定한 主張이나 信念、明確한 「모랄」의 探索없이、지금과같은 세상에서 어떻게 作家가 創作에 從事할수 있을것인가。그러나 그 主張이나 그가 찾어서 제것으로 할려는 「모랄」이나가 반다시 正確하다면가、또理念이 正當하다고 하여도 그의 形象化의 方向이 반다시 가장 바른길이라는걸 누가 保障할수 있을것인가 더구나 文化藝術이 푸런시플이라고도 할만한것을 喪失하고 있는 二十世紀的 精神的危機의 時代에있어서 이것을探索한다는 評論이나 思索이 往往히 廣告氣球처럼 抽象의 虛空에서만 떠돌아 단이고 좀처럼 現實—文學的現實우에 발을 붙일려고 하지 않을때에 作家는 손을결코 이것을 傍觀할수는 없다。間或 가는길 오는길에 구두코숭이로 돌맹이를 걷어차듯하는 文藝批評앞에 제 作品을 고시란히 提供한채로 滿足해 버려란 法은 더욱 없을일이 안인가。이것은 반다시 쥐가 제색기를 사랑하는것같은 그런 作品愛를 말함이 아니다。作品이라면가 文學現實에 對하야 지나치게 政論化된理論이라면가 또는 末稍的技術의 印象的點描라면가 하는 低氣流가 横行하는 時代이다。헌다는 소리가 이지음 文壇은 沈滯했다느니 作家의 業蹟은 보잘것이 없다느니! 그래 大體 評論家들의 쓰는글이란 昨年一年을두고 어느한篇을 들어 제法 業蹟云云이라 말할것이 있는가。그런사람들의 評論일사록 外地의치를 고시란히 옮겨오면가 그렇지 않으면 一定한 文學史的知識이나 現瞬間의 文學的現狀에 對해서는 한줄의 分析도 내리우지못하는 僞人들이다。이사람들에게 分析과判斷과 探索의一切를 맡겨버릴수는 없지아니한가。

그러므로 作家의批評이나 主張이나 告白을 티ー보데流로 重要視하라는 말이 아니라 創作의秘密과 制作上意圖와 體驗의 告白을 들고서 創作論爭에 參加하야 批評家와 協力하여야 한다는것과 他方으론 抽象이나 理論을爲한 理論에 흐르기쉬운 批評家나 評論家에 對하야 批評精神을 要望하고 一定한 倫理와 誠實을 企待하야 文化藝術의 原理를 確立 시키자는 一念뿐이다。

그러니까 兩刀流라면가 二重惡德도 所謂風格과 品位와 美德에 對하야 別로히 부고럼을 느낄 必要도 없을것이오, 더구나 그것이 作家의貞操 같은데엔 얼씬도 못하리라는? 것이 나의 所感이자 持論이다。

앞으로 一年間은 이러한 批評에 企待하는바가 크다。

그리고 우리의 文學的現實에 對하야 透徹한 分析을갖지못하는 批評이 失格을 當하는 過程이 오리라고 생각한다。作家와 詩人의貞操가 이가운데서 비로소 正當한 試鍊을 받을 時期이다。

(六九頁續)

하나 金兄도 봄을앗기였스니「봄」에서 봄이여 지나가는봄이여 그대는어찌도 그리갈줄만아는고。그대의이름은 生의榮光이어니 應當마물러 우리네의 讚頌을받어야하리라。그러나그대여 지나만가는그대여 그대는어찌도 그리갈줄만아는고 나의 옆을지내만가는봄이여하고지 가는봄을 서글퍼하였다。

×

詩幅앞에는 언제나敵이없나니。하고 自畵像을그린 金兄의 말과같이繪畵로써는 아모러한支障도없이 生命의眞實한 顯現을할수있는것이 우리의기쁨이니 이에더二人의詩集이出版됨을 吳、金兩兄의·生命의「露現에서 우리詩人全班의 生命的發現을엿보며 歡喜에춤추고 노래부르노라

文學의 生理

洪 曉 民

×

「자 새로운것을 들여다오」

「조곰이라도」

「어데서 누가 무엇을 하는가 알고 있는가?」

「아냐、자네 그것은 그만두게 나는 자네의 쑥스러운 것을 알고있네……그것도 벌서 別로히 새로울것은 없네」

―「푸쉬킨」―

×

朝鮮의 新文學運動이 輸入된지도 거의半世紀가 되어간다。 또한 이新文學運動에 依하야 많은 文人을 産出한것도 史實이다。 그러나 일즉이 林房雄이 日本內地文壇은 指稱하야 「瘦脊한말(馬)」이라 함에對하야 白鐵은 朝鮮文壇을 指稱하야 「瘦脊한강아지」라고 한말이있거니와 朝鮮文壇은 이와같이 不健康한狀態로 生長하고있는 것이다。 곧 非生理的成長을 繼續하고있는것이다。

우리는 한개의動物을 보드래도 그것이 成長함에있어서 極히 生理的인것을 要한다。 어미의뱃속에서 耳目口鼻 四肢、百體가 어느하나 그릇되이 놓여나오는일은 極히 드믄일이다。 또한 植物에있어서도 그러하다。 곧 植物의生命는 꽃을 피게하여 열매를 매짐으로서 그끝을 맺는다。 植物이 꽃을 피게하는것은 植物 그물건이 自己의 完全한生活을 完全히하고 그生活을 完全히하였다는것은 그生理를 조금도 여으러들림이 없다는것이다。이것은 무엇이냐하면 動物이나 植物은 반듯이 가질바 제生理를 잘 직혀오는까닭이다。그런데 어째서 사람이 각구는人生의꽃인 文學은 極히 非生理的으로 朝鮮에서는 자라나고있는가 文學는 朝鮮文學은 朝鮮사람에게 무엇을要求하고있는가。肥料도 要求하고 水分도 要求하고 日光도 要求하는 朝鮮文學에對하야 朝鮮의 所謂文人는 무엇을 提供하고있는가。朝鮮의文人은 朝鮮文學에對하야水分과 肥料와 日光을 提供하기前에 枯木에다 꽃을피게하라고하야 假花를 맨들기에 奔走하고있는것이 今日의現象이아니고 무었인가。맛치 멀된「카페」에서 봄이 오기도前에 종히로「사구라」나무를 맨드러달고 그春興에 못익이어 달뛰고있는것같은 朝鮮文壇의 그雰圍氣에다가 日本內地의 그것을 直輸入하기에 餘念이 없는 文人들이아닌가。

朝鮮文壇에도 한때는 비록 그것이 自然 生長的이오 或은 藝術至上主義의 譏를받으래도 眞摯한文學이 生成되어가고 있은때도있었다。그것은 極히 初創期인「創造」라「白潮」라「廢墟以後」等等의 雜誌는 그時代에있어서 그들의 참다운 意識의 人間的表現이 熱意있게 極히合理的인 그것으로서 그世代에 사는 젊은靑年은 勿論이오 저욱이 藝術이 무엇인가를 理解할만한사람이면 이 文學運動에對하야 多少라도 敬意를表하며 關心을 갖기에 게을으지 아니하였든것이다。그러고 일즉이「이메오로기―」의 文學인 階級文學이 輸入되어서도 今日과같은 混亂한 症狀은 볼해본이 없는것이다。곧 今日과같이 文學이 非生理的인 方向에서 喘息이 奄奄할때는 일즉이 없었든것이다。舵를喪失한、朝鮮文學의 房舟는 果然어디로 가야할것인가。眞實로 朝鮮文壇은 自然生長的인 浪漫主義時代와 自然主義時代는 비록 活潑치않었으나 順調이었고 目的意識을 把持하고 나온「이메올로기―」文學 亦是 그길을 비록 完全히는 못하였다하드래도 제갈길을 걸었으나 此等 流派가 混同된今日에는 某君이 말하는「휴매니즘」같은것이 主流가 될수있는것인가。아니이「휴매니즘」은 朝鮮文壇의 主流는 全혀 될수없는것이다。

朝鮮文壇은 바야흐로 그中心的動向을 定할必要가 있게된것이다。곧 非生理的으로 成長시킨 朝鮮文學에對하야 生理的인榮養素을 提供하지아니하면 아니되게되었다 朝鮮文壇은 今日까지에 自然에惠澤을 입은 雜木林같이 제멋대로 잘아왔다。그러나 이것이 建築의材料로서 쓰기에는 너무나 貧弱한것이다。곧 이들 朝鮮文學을 世界文學의水準에 比肩하고 아울러 이것을 後代朝鮮에 文化遺產으로 남기어 놓기에는 부끄러운배있는것이다。그렇거늘 最近의 朝鮮文壇의 文學行動은 머 可觀、可讀의것이 없는것이다。우리는 非生理的으로 成長해온 文

學에對하야 生理的으로 키우지아니하면 病的인 그것으로 되기까지에 이르고 있는것이다。朝鮮文學이 만약에 한갈같이 現在의狀態로만 나간다면 非生理學으로 키운만큼 病들것이오 病들었음에 不顧하고 이것에對하야施術치 아니하면 그것은 끝 自滅하고 乃已할밖에 또다른길이 없는것이다。여기에 朝鮮文人은 猛省하지 아니하면 아니될途程에 다다른것이다。

原來 朝鮮文學은 文學과 生死를 같이할 朝鮮文人을 갖지못하였다고할만큼 朝鮮文學은 正常的인 文學이못되고 餘技文學이었다。그는 웨나하면 朝鮮에는 몇百年前부터 漢人文化를 輸入해온만큼 이漢人文化에서 받은바 影響은 文學이라는 一部門을 專攬的으로 하는일이없이 官僚에게 附屬된 文字學習運動이오 科擧라는그것도 中樞의 그것을 模倣한 詩作의試驗으로서 官職을 얻기위한 學問이오 決코 人一生을 爲한 學問은 아니었다。그러든것이 甲午更張以後의 新生活運動과 並行하며 일어나기 始作한 新文學運動도 亦是 이런 傳統을 免치못하였다。곧 文學에對하야 生死休戚을 같이하는 그런사람이 없었든것이다。日本內地에 留學하는 남어지에詩도 써보고 小說도 써보고 隨筆도 써보는 그러하文人과 敎員노릇하면서 詩이나 小說이나 隨筆이나 써본文人과 甚至於는 장사하면서 그런것을 해보는 그러한程度이오 文學과같이 休戚을같이한 사람은 없었든것이다。

이러다가 몇個의 新聞이 나와 文化運動은 「리ー드」하게되매 이번에는 조금 「써내리즘」에게 附屬되어 朝鮮의 「써널리즘」은 文人墨客을 自己네 맘대로 粗製濫造하여 詩한篇을 쓰고도, 文士然、小說家然하게되 一誌至於 그新聞의 學藝部責任者가 交迭될매마다 作者들의 移動이 있게되어있는것이다。따라서 朝鮮의文人이란 한 新聞社의 客員이란 名稱을 띠우드래도 그實은 그新聞社의 客員이 아니라、그新聞社學藝部에 專屬한 客食인것이다。이러한 有機的關係를 맺고있으므로 가장劣等한 文人이라도 新聞社學藝部員에게 가장 잘納得되기만하면 一躍大家가 될수있고 그곳으로부터 나오는 많지는않으나 담배값이라도 얻어쓸 用錢의原稿料는 생기는것이다。이곳에 무슨 眞正한 文學運動이있으며 또한 더나가서 무슨 眞正한 文化運動이있겠는가。

그런데 最近에 至하야 더 坐視할수없는現象은 그新聞社學藝部員들의 心理를 마치기위하야 쓰는 그所謂評論家들이다。이들은 그新聞社의 學藝部나 或은 出版部員의 脾胃를 맞치기위하야 되나 아니되나 새로운것을 提供하기에 餘念이 없는것이다。그렇드래도 그것이 그批評家나 執筆人이 獨創的으로 또는 研究的으로된 評論이라거나 批評이면 또 몰으겠으나 흔이는 日本內地의 그것을 複寫하거나 直輸入해오는것이다。이제 그한가의 例로는 日本內地의流行的으로 떠들든問題는 죄다

이朝鮮文壇에서도 한바탕써떠들고 있는것을 볼수있는것으로서 저 有名한 「휴매니즘」 問題는 여태껏 朝鮮文壇에서는 結末을 짓지못하고 各人各說의 大同小異한「휴매니즘」을 製作해 내는는것이다。그런데 이「휴매니즘」問題같은것우 日本內地에서는 벌서 그終末을 告한지가 一年前인것이다。이와같이 남이 내버린問題를 가지고 朝鮮의 評論家들은 當然히 싸울일을가지고 싸우는듯이 떠리는것도 笑至千萬인데 이것을 朝鮮作家에게 要求하는데는 全혀 言不成說이다。이곳에 評論家대로 作家는 作家대로 氷炭不相容에 이르고 이現象은 나중에는 嫉視、反目、中傷의 가지醜態를 演出하게되는것이 朝鮮文壇의 今日現象인 것이다。이러한지라 朝鮮文學이 果然 잘 成長하겠는가。따라서 이런流行氣分에 들지않고 自己의 文學道만을 걸어가는사람은 훨신 優秀한 文學的生產을 反히 많이하고 있는것이다。따라서 今日의 朝鮮文壇은 評論보다 小說의 優秀한것을 많이 볼수있는것이다。

그러면 이러한 原因이 어데서 왔는가하면 朝鮮에있어서 思想的 中心勢力이 紊亂함을따라서 「쩌낼리즘」이 덕없이 蠢動한것이니 이는 一部 新聞學藝部編輯者와 雜誌編輯者가 無定見하게 새로운것을 要求하고 또한덜된評論家가 消化되지 아니한것을 理論移植을 꾀한데서 나온 結果라고 나는 보고자한다。웨 새것이라도 紹介程度면 그만인것이있다。그러나 自己도 채消化치못한 理論을 朝鮮文壇에 强要하는가。더욱 日本內地에서 出版되는 書籍이라 雜誌에서 한바탕 보고 읽은것을 되푸리하는데는 朝鮮文學은 漸漸病만 들뿐이오 아무所用이 없는것이다。「푸슈킨」이 말한바와같이 하나도 새것이 아니오 쓱쓰러운일인것이다。

朝鮮文學은 언제나 完全히 生理的으로 키워갈것인가?

(끝)

原稿募集

朝鮮文學은 여러분의것입니다。그러니까여러분은 서로애끼고 서로 보삶여주서야할것입니다。여러분의힘이아니면 朝鮮文學은보다씩씩한成長을하지못하겠음으로 여러분의支持를빕니다。朝鮮文學을支持하자—그리고貴한글을보내자!

短篇小說 二百字原稿紙五十枚以內
戲曲 一幕物
詩
評論 二百字原稿紙四十枚以內

「朝鮮文學社」編輯局白

詩壇時感

詩人否定論

尹崑崗

이러한『타이틀』을 붙이게되는것을 躊躇한것은 性急한 讀者가 있을것을 저어하는 까닭이었다……

×

여기에 두개의 命題가 있다……

하나는——傳統에 對한 反抗——다른사람이 써먹고물려준것 以外의것을 가저보지못하는 슬픔。

둘째는——한사람도 가보지못하였고 앞으로도 또한가보기어려운 世界(보다더 크게『宇宙』라고 불러도 좋다!)그곳까지 突破하는 기쁨。

○

이 두개의 命題를 앞에놓고 생각하여볼때、우리는 前者인『슬픔』代身에 後者인『기쁨』을 가지고싶어 하려라。

○

그러나 單只 가지고싶다는것과 가질수있다는 것과는 언제나 正比例되는것은 아니니 우리에게 보다더 커-다란 슬픔이차저오게되는것은 바로 이곳으로부터 始作되는것이였고 지금도 그렇고、앞으로도 또한 그러할것이다。

○

오늘날과 같이 우리의 感性과 知性이 極度로 分裂된 世代가 있었느냐? 詩는 우리를 現代人을 救하는 代身、도리혀 離反하고 있나는 이야기를 귀가 아프도록 接하게되는것은 무엇때문이요、누구의 罪이냐?

○

——나는、오늘날、藝術作品보다도 許多한 藝術家를 보게된다……

(이말은 앙드레、찌-드의 所有라 하거니와 우리의 詩와 詩人을 말하는 자리에 敢히引用하기를許諾하라!)

○

오늘날까지 우리들의 詩人이 가진바 特性가운대 가장 惡質의것을 들추어 본다면 그것은 그들이「詩人」이라는 名嗣의 感想的食物을 飽食한 不健康한 怠性이아니든가?

○

그러한 怠性에서 나어진 詩란 손재주만으로 된 詩나 억지로 주어모아 사개를 마춰놓은 詩의 領域을 벗어나지 못하는것만도 事實이다。

○

本來、怠性이란 飽食으로부터 오는 한개의 不純한產物로서 그곳에는 進步대신에 錯覺된 自負心과 허울좋은 自慰感만이 남어지는것이 아니든가。

○

——남이 쓰는것처럼 나도 詩를 썼으니、나도 詩人이다!

헛된 自負心。값싼 自慰感。詩에對한 畏怖보다도 懷疑와 探求보다도 이러한 不純한것들이 强하여질때 詩人이라는 渡金看板이 橫步를 하게된다。

○

——政談의 한토막을 잘라놓고 詩의看板을 씨워놓는 사람。人間論의 한쪽을 떼여다놓고 詩의「렛텔」을 添付하는 사람。「신세리티-」만을 들춰메고 나서는 사람 로맨티스트로서「사타이야」를 지저귀는 사람。……

○

그러나 咀呪할만한「파라독스」가 苛酷하게도 詩人의등뒤에서 冷笑하고있음을 어이하랴——

「詩쯤이야 누구든지 쓸수있기때문에(흉내낼수 있기때문에) 詩는 누구든지 쓸수없다。」

×

極端의 생각과 極端의 言語。——누구나가 가질수있는

平凡한 思惟, 그것으로부터 울어나온 詩란 끝끝내 「레로리」의 境界線을 벗지 못한다.

○

오늘날 詩가 量的으로는 肥大症에 걸리고, 質的으로는 營養不足에 걸려있는것은 詩의 罪가 아니라, 詩人의 罪에 屬한다.

○

天才的 個性 —우리들의 個性 그것의 差異라는것은 個人의 性質의 差異에 따르는것이 아니요 그精神過程의 程度上의 差異에 不過하다는 케케묵은 解釋——普偏的人性思想」은 여기에서 餞別을 告해두자.

○

詩를 信奉함으로써 現實과 詩와의 無分別을 가져오고 現實을 詩속에 잡어넣을때 現實은 詩속에서 거꾸로 서게된다.

○

우리는 우선「詩」에 對하야「노―」를 부르자. 詩에 對하야「노―」를 부르는것은 詩를 否定하는것을 意味한다

○

그다음 우리는「詩人」에 對하야「노―」를 부르자. 詩人에 對하야「노―」를 부르는것은 詩人을 否定하는 것을 意味한다.

○

우리는 詩를 否定하고 詩人을 否定하는데서부터 도리혀 自我로 하야금「詩」를 쓰는 사람으로 實在한다는것을 自覺식히자. —— 라고하는것은 우리가 詩를 쓰는것은 우리가「詩人」이라고 생각하는때문에 詩를 쓰는것이 아닌 까닭이다.

○

우리는 詩를 쓴다. 그러나, 우리는 詩를 쓰기위하야 詩를 쓰는것은 아니다.

우리는 詩人이다. 그러나, 우리는 詩人이 되기위하야 詩人이 되는것은 아니다.

○

참된 詩人은 自己의「스타―트」가 어느곳이든 그것을 不問하고, 앞으로 앞으로 쉬임없이 前進하고 發展해야 된다.「하이네」이던「피―테」이던「벨렌」이던「마라르메」이던「휘트맨」이며「뽀들레르」이던 그것은 自由이다.

라고하는것은 한곳에 停止되여 王冠의 눈물을 먹음고 한구석에 앉었다는것은 불상한 일인 까닭이다.

○

「詩는 어둠과함께 있다. 어둠속에서 파내인 詩만이 참된 生命을 가질수 있다」

○

그러므로 참된 詩人은 항상 詩를 죽이면서 詩의맨앞을—— 尖端이라고 불러도 좋다 —— 거러가야 된다. 詩

人이란 이러한 自覺을 가지고 어둠속을 헤매는 사람의 名稱이다。그自覺을 實踐하지못하고 밑없는 구렁에 永永 埋沒되는 不幸이 있을지라도……

○

——詩를 쓰지말고 밭을 만들라(!)는 말이 있는것도、能과 前進이없는 詩人에게 보내는 한개의 가슴쓰린、파라독스」였다。

○

門과 慾이없는 방안의 生活。

倦怠다。疲勞다。죽어넘어진 理念이다。말라빠진 感性이다。대가리가 무거운 知性이다。天痴의 白日夢이다。終局的인 全體性을 얻지못하는 허거픔이다。瞬間이다。刹那다。

○

그러나、우리는 이속에서 無限한 實體를 걸어잡어야된다。詩는 쉬임없이 자라고 끊임없이 變하는 그속에 살고있다。

○

우선 먼저 가저야 할것——

詩를 否定하라。그다음에 詩를 肯定하자。

詩人을 否定하라。그다음에 詩人을 肯定하자。

그다음에 詩와 詩人과의 相合을 가지자。그때——비모소 한사람도 가보지못하였고 앞으로도 또한 가보기 어려운世界 그곳까지 突破하는「기쁨」을 自己만이 가수있음을 自覺하자。

東亞日報「新人文學콩쿨」에 關聯하여

朴 勝 極

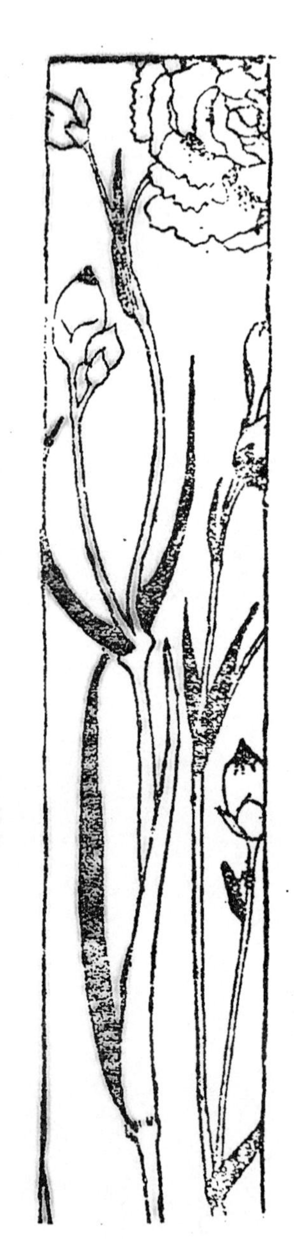

一

東亞日報의「新人文學콩쿨」은 일직이 朝鮮에서 처음보는 壯擧이다。더욱이「從來의意味의文學」에서 躍進한 새로운文學을 待望하는 이때、자못時宜에 適한快事라 할것이다。그것만은 確實히 魅力을 끌어도 좋을 壯快한 擧事이다。이런 너그러운 前提를 먼저 베풀어두는것이 망녕된일이 아니러라。

二

朝鮮의文學이 거의 絕望에 가까우리만치 危機에 瀕하었다는것은 아무래도 誇張된虛言이 아닌듯싶다。누구나 똑바른眼目으로 오늘날 이땅의형편을 줄잡아 文壇의情況을 바라볼때 대번에 看取할수있는 明瞭한事實이다。

文學이「사람」과「말」을 土臺로해서 成立될수있는根本的인 條件을 所有한것이라면 오늘날 이땅의「사람」과「말」은 文學에게 얼마마한 土臺가 될 要素를 이바지(供)하고 있는가? 다시 말할 나위까지 없다。

有望한 作家와함께 뛰여난 作品하나 나오지 않었다。局限된在來의 少數作家들이 思想的으로 昏迷하고 肉體的으로 疲困한 남어지 겨우 붓을쉬지않을 따름이다。

그나마 微微한 「쩌날이슴」의 愛護의德이지만 所謂中堅作家들의 作品을보면 그脆弱性이 餘地없이 露出되었다。 오직있다면 스타일에 있어좀달라졌다는것이뿐이다。 그러나새로운「스타일」만으로는 새로운文學이 될수없다。 달라진「스타일」은 不健康한 여윈몸에 얄구진化粧과같은 消費的인 文學의形式的糊塗를 피할라는 悲哀에 지나지못하는것이다。

昨今年間에 들어서는 文學雜誌하나 가지지못했다。 그만치 文壇的으로 空前의恐慌狀態를 呈한것이다。

이런모든 딱한 現象에 對하여 그全的責任을 文壇이란것에 또한 「쩌날이슴」이란것에 轉嫁시키려는 愚를犯치는 않겠다。

그러나 적어도「新文學」이 全盛時代를넘어、 차차 凋落의길을 밟지아니치 못하게되자 이곳의 「쩌날이슴」은날로날로 偏狹해가서 어느덧 鎖國主義처럼 門戶를 굳게닫고 단지 小部隊만을 爲하여 열어주는데 일으러버렸다。

이것만은 속일수없는 「쩌날이슴」乃至 文壇의汚點이어서 그것이 몯 맑우물을 북평물로 흘려주는 一部의役割을 했대도 過言이 아니다。

廣汎한 文學層을 차버리고 新人을 푸대접하고 그리하여 온갖 非難聲이 文藝街에 漲溢하고 統制와 活氣가 없는것은 마치 敗走兵외 그것과 같아였다。

事實上 「文壇廓淸」을 怒號하게된것은 때느진 發憤이었다。

무었보다도 그만한 出版文化機構를 차지한 그들이 近年에 몇사람의 有望한作家와 몇개의 뛰여난作品을 맨들어내었는지? 그들은 이대답에 몹씨 窮하지아니치못할것이다。 한사람이나 있는가? 나는 그렇다고 머리를 끄덕이지못하겠다。 이에對한 責任의一部를 그들은 廻避할面目이 없을것이다。

이런가운데에 情勢는 자꾸 달라가고있다。 뜻있는사람은 누구나 이危機를打開할 어떤方針이 있어야겠다는것을 痛感할만큼 되였다。 勿論 이危機는 文學的으로만 文壇的으로만 左右할 적은問題가 아님을 잘안다。 그러나 여기에限해서 피해봄도 허물이없는 어리석은짓이 아니며 그것이 어느意味의 文學的危機를 救出하는 尖兵的任務가 될것이다。

이에서 要位에있는 「쩌날이슴」이 「新人이熱望하면文壇登龍門」이란「新人文學콩쿨」의 大旗幟를 들게된것은 決코 偶然한일이 아닐것이다。 그趣旨에서 말한것은 모두다 正當한吐說이었다。 그企劃한바는 實로 嘉尙한것이었다。 또한 沈滯된 文壇에 刺戟을주고 跼蹐한新人에게 意氣를 돋아주는데에도 그貢獻이 크다。

三

그러나 新聞에 실리는 作品이란 主로 每回分의分量

은마마 形式과內容에制限을 받게되므로 아무리해도 新聞小說的인 作品을 免키어렵다。純粹한意味의 文學作品은 어떤制限을 받어서는 않된다。制限을 받는데서부터 作家는 小心해서고 作品은 테를 미어지고해서 從來의 內容形式을 飛躍한 어뚱하고도 새롭고 새롭고도 훌륭한 그럴듯한傑作이 나오기에 極히 옹색한條件이 胚胎되였다。

나의狹讀의 所致인지는 모르겠으나 世界的으로 이름난 小說들과 朝鮮에서 이름난 小說들과를 比較해보면、後者는 너무도 옹졸하고 좁고、테가 미여져있고 그래서 도무지 呼吸이 갑갑해질만큼 막하다。이런原因의하나가 地域的情勢에 起因되였다는것을 빼고라도 大部分이 新聞小說의 制限된條件下에 지어진 탓이 아닐까 생각된다。그러므로 될수만있으면 新聞小說的인 域을벗어나서 自由로운條件의 新人 選拔이있어야 될일이다。

딴말같으나 發表、或은 未發表作을 中心으로 大文學賞을 創定하는것이 文學의危機를 打開하는데 一層有効한 施策일것이요 新聞紙面을 通한 新人文學공쿨」等은 新人에게 文壇登龍門의機會를 맨들어주기는 쉬울지언정 커다란 文學의產出을 期키는 어려운 일일것같다。文壇에 出世한다는것과 훌륭한 文學이 出現한다는것과 同一한뜻이 아니므로써이다。

「新人文學콩쿨」은 「新聞十回分」이란 僅小한分量의短篇인 까닭에 거기서 傑作을 企待한다는것이 애초부터 無理한 慾望일는지도 모른다。過大視해서는 도리어 失望하기쉽다。

(四)

그런데 選者의「豫選後記」를보면 應募者의資格에 여러가지 까다로운條件을 붙였는데도 不拘하고 一百二十餘篇이란 多數의作品이 모였다고한다。選者뿐아니라 第三者로서도 이런數의文學新人이 現存했다는것을 놀라지않을수없다。더구나 그들은 所定의「資格」을具備한 사람들이니만큼 普通의文學「팬」이나 文學靑年이아니라 實로 精銳의新人이라 할것이다。

그만치 많은 前衛的新人을 가진 朝鮮文學의 앞길에 光明이 있지아니치못하리라고 생각되면서도 한편서 그른것은 그들이 도대체 얼마나한情熱과 覇氣를가졌는지가 의심된다。위선 그만한數로서도 똑똑한 同人雜誌하나 가지지못했대서야 말이 되는가? 그들은 오직 文壇에올를것만을 꿈꾸고 各其散兵戰을 行하는가?「入選作家들의感想」을 보아 짐작되는 일이다。참으로 참으로 小心한 文學靑年的인 그들의感想은 나는 遺憾으로 생각한다。기쁘기도 하리라 感謝하기도 하리라 意外이기도 하리라 指導를 바라기도 하리라 榮光일는지도 모른다。그러나 入選의感想이 그런것으로써 表現되는데 그친다면 어찌寒心한일이 아닐까?

나는 그들의 時代的情熱 人間的覇氣가 없음을痛嘆한다 從來로 文學靑年또는 新人이란 사람들의 傾向을보면 쓸데없이 自慢하고 지나치게 謙遜한것이었다。小功名心

에서 發動된自慢과 先號를無條件으로 追宗하는 폐서비못한謙遜이 다같은 兩面의誤謬라는것을 깨닷지않으면않된다。

또한가지 눈에 띄는것은 當選作家中 在來의所謂 新人」이라고 取扱받던사람들의 얼굴이 하나도 나타나지않은것이다。그들이應募를 忌避한것인지 或은 落選된것인지 모르나 如何間考慮할問題이다。「쩌날이슴」에서 함락히 여기지않고 또 이런機會에도 빠지고한다면 오늘날 그들이 文學家로서 生成할길은 너무나 暗憺하지 않을까

同時에이번 「新人文學콩쿨」로 하여금 新人總出動인것같이 斷定하는것은 若干의語弊가있다。「콩쿨에 보내는讚詞는 新人을 鼓舞시키는좋은 訓詞이다。그러나 新人文學콩쿨」이 新人을맞는 最上의方式처럼 또는 여기에動員된 新人을 新人의全部처럼 따지여 過度한責任을 지우고 십지어! 이렇게 해서도 新人의瞠目할活躍이없다면 新人에對한 企待를斷念할수밖에없다……는 말까지하는것은 지나친 허풍이 아닐수없다。

「新人文學콩쿨」같은方式이 全文壇의發展、新人의起用을 全任한다는것이 本質上多分의 危險性을 內包하였다는것을 嚴正히 批判할必要가있다。

五

그러면 新人을 指導하는 一定한基準이 있어야할까? 「新人文學콩쿨」을 通해서 새로운文學的指導精神의樹立을 云云하는것은 越圈일는지 모르나 그렇다고 審査委員에게 付託하고싶은말이 全然없지도 않을것이다。나는 위선審査委員의 大部分을 信任한다。그러나 오늘날世代는 어떤特殊한指導的精神을 내세우기에 그북하다。그북할뿐 아니라 不可能한일이다。公式的인것을 固執、强要하는것을 깨끗이 揚棄할때이다。

그러면 審査委員에게 向해보낼말은 없을까? 아니그래도 없지는 않다。이미 豫選을치른 選者에게 責任이 더 重하지만 審査委員으로서도 그任務가 작지않다。

나는 選者와함께 審査委員에게 다음의意見을懇囑한다 通俗的、消費的인 作品을 取하지말고 生産的인 希望의文學을 求해야할것이다。그리고 時代的呼吸이 억센作品을 取해야된다。時代와 流離된興味本位의文學은 참된意味의 文學이아니다。또한 앞으로 꾸준히 精進할 作家를 골나야할것이다。人間的으로서도 師表가될 眞實한人物이 아니면 精進、大成을期키 어려울것이니 될수있는대로 人間的、社會的經驗이 豊富한사람을 擇할度量이 있어야한다。

끝으로 付言하고싶은것은 오늘날 이땅의文學家는 所謂旣成新人을 莫論하고 누구나 다같이 新人의氣魄을 갖자는것이다。時勢를 잘보고 歷史를믿으며 焦燥하거나 躊躇할것없이 文學으로써 一生의業을 삼겠다는 굳센鬪志를품고 새로운出發을 圖해야만 할것이다。

時代的인 鄕土的인 强烈한魂을 文學化한다는 그런씩씩하고 아름다운 氣慨는 반드시 永遠히빛날 不朽의名作을 낳고야 말것이다。모두다 新人이 되자! 新人이라면 不名譽인것처럼 여기는 그런從來의觀念은 矯正하라。

나의同人雜誌時代를말함

嚴 興 燮

여기에 내가 나의 同人雜誌時代를 말함으로써 或是 文學에 精進하려는 젊은분들이 조고만 參考꺼리가될다면 나는 無限이 기뿐일이다。나는 便宜上 나의 同人誌時代를 第一期第二期第三期로 난누어보고싶다

第一期는 나의 中學時代에 屬한다 人生이니 文學이니 理想이니 藝術이니 하는極히 漠然한수박겉핥기의好奇心과 野心을 多分이 가지고 이제 十八九歲의 少年들이 몇몇모이여 學友文藝라는 嚴密히 말하자면 作文練習雜誌를 하든때다。

그때가 至今부터 十六年前이다. 場所는 晋州다 勿論創刊號는 謄寫版이었다。

처음 數人이 編輯委員이되고 나는 그中委員長格이되여 原稿募集 푸란을 세워가지고 委員會에서 委員에게넘기면 委員들은 모다原稿들을 準備해오곤했다。

同人中에 글씨잘쓰는 사람이主가되여 謄寫原紙를 써넘기면 다른同人들은 밤잠을 자지않고 謄寫들을 했다。

勿論 原紙와 用紙는 우리同人들의 負擔이었으나 謄寫版과 謄寫잉크는 學校것을썼다。

그當時 우리반擔任教員이 文藝를 좋와하는 사람이었음으로 우리들은 比較的 拘束없이 校內에서 正正當當하게 學友文藝를 編輯하고 謄寫하고 製本할수있었다。

創刊號는 約五十部를發行했다。그때서 同級學友들五十餘名에게 一部式進呈했다。여기에는 童謠詩 小曲、日記少年小說童話等의 作品이 主가되고 以外에學友皿십 先生評(勿論好評이 였다。환심을사서 (學友文藝)를 支障없이해 나가기爲한앙큼한手段이었음으로) 等을실었다。

이것이 校內大評判이되여 低學年生들까지 讀者가되겠다고 大騷動을 일으켰다。우리 同人一同은 氣高萬丈해가지고 곧 第二號를 着手했다。

校內讀者가 二百餘名에 達했음으로 우리編輯委員一同은 鳩首密議한 結果學友文藝會라는것을 組織하고全校生을 大部分그會員을 맨들어버리였다。

投稿가많이 들어왔다。좋거나 낫뿐거나 할것없이한뭉텅이 모아놓고보니 어쨌든 마음이든든 해지는것같었다 原稿는 到底히 謄寫로 쓸수없을 만큼많었다 더구나會員이 많어졌음으로 活版印刷를 하기로 했다。活字號數를알리없다。菊判한頁에 二〇〇字原稿紙가 五號活字면몇장 六號活字면 몇장 드러가는것조차 몰랐다 그보다 더 重要한것을 몰랐다。印刷所에 넘기기만하면 곰방 印刷만되는줄알었다。

文撰、植字、機械等의 手續을 격는것쯤은 알었으나처음「校正」이란것을 몰랐다。「校正刷」에 글짜가 벽돌로나오고뒤집어 짝히고멱구로 짝히고 한것을보고 編輯委員中어떤사람은 印刷所員을 꾸지저日「이렇게 印刷를 해노면 어떻게합니까? 글쎄!」하고 失色을 한일조차있었든만큼 製版이 잘되었는지 行數가 곧은지「見出し」가 잘째었는지 印刷잉크를 좋은것을 썼는지낫뿐것을 썼는지의 專門的評價에 일으러서는 實로 盲目이였다。그러므로 우리는 菊判約一〇〇頁 雜誌二五〇部印刷에 印刷料를거이 二百餘圓이나 치루었다。우리를 속혀먹은 印刷所도 멀정하지만 그들에게 속힌우리들 亦바보들이였다。印刷된 第二號는 會費五〇錢納入者에 限하야分配하였다。

各學級級長 副級長이나 學級中勢力있는사람은 거지반은 學友文藝會委員들이 였기때문에 全校生二五〇餘名이 거이다 빠지지않고 會員이되였음으로 印刷된 第二號는 모도다分配되였다。그뒤 每學期마다 커다란 分量의同誌를 四五次刊行했다。

이때 朝鮮文壇은「開闢」을 中心으로하고 新傾向派가擡頭하려고 할때였고 文藝雜誌로는 方仁根氏가 編輯하든朝鮮文壇이 創刊되였을때다。

「學友文藝」는 그뒤 우리委員一同이 卒業을하고 나온뒤에 後繼者들이 맡어하다가 校長이逝去하고 敎員變動이 많은뒤로는 여러가지로 支障이많어 廢刊이되고 말어버리였다。

×

第二期를말하자면 仁川서秦雨村君이 習作時代를 始作한때 라할것이다。秦雨村君은 習作時代를 通해서알게되였고 또한 그當時는 熱々한文學의 同志였었다。

「習作時代」의 同人은 秦雨村、朴芽枝 金道仁 韓亭澤 廉根守 劉道順諸君이였다。

나는 習作時代 創刊號에「국밥」이라는 小說을썼고 第二號 엔가에는 詩를썼다。

習作時代의 刊行費는 韓亭澤君이 大部分負擔했고 地方販賣는 同人이있는 地方엔 同人에게依賴했다。

내가 晋州서 責任진部數는 五十部였다。

이때는 晋州에 文學讀書熱이 宏壯튼때라 五十部를冊肆에갓다 맛기고 看板이나 하나해세우면 不過三四日동안에 醉ㅣ그다 팔려버리곤 했다。

이때나는 내作品이 실련 同誌가 내가 잇는晉州에서 五十餘部식이나 팔련다는데에 滿足하여 은근이 小英雄的自尊心을 일으킨적도 없잔어있었다。

나는 이때부터 發表慾이 붓적늘었다。

勿論 未婚이었다。或是晉州에 내作品을 愛讀하는 젊은 女性이나 없을까? 가슴을조리고 漢然한 憧憬에끝없이 애 태우며 봄밤과 가을밤을 로맨틱하게 새우곤했다。

그러나 나는 紛紅色꿈에서 깨여났다。

文學이란 決코 한 어엽분 女性에게 읽히기爲하야 쓰는것이 아니라는것을。나는이때詩를 많이썼다。勿論 發表는않했다。或是自信이 있더고생각하는것은 新聞에 投稿해서 發表된것도 있었다。나의文學的野慾은 實로 이 第三期에 가장 猛烈하게 불타올났든것이다。

「習作時代」의 編輯을 하든雨村君이 葉書한장에 不遠千里하고 仁川서晉州를 뛰여나려온것도 이時代의 浪漫的情交였고 그當時 나와의 唯一한 文學的親友 金炳昊君과 相距二里나되는데서 살것만 밤마다 맣나서밤두시 네시까지 文學을 論하든때도 그때이였다。

이때부터 비로소 나는 술을배웠다。그러나 그當時의 나의 職業이 敎員이였음으로 나는술로因하야 脫線하지 못했고 또한술에弱했다

이때「習作時代」는 第四號까지 나오고 그것의後身이려고 볼수있는「白熊」이란것이 公州에서 發行되었다。

「白熊」은 公州尹貴榮君이 編輯했었다。그 當時尹君은 公州靑年層의 指導級에屬한 人物로서 靑年層一部에선尹君이 文藝에 손을댓다하야 多小非難도 있었다。

이때의 同人은 대개習作時代系였고 公州靑年 몇분도끼여있었다。나는 同人이면서도 職業때문에 編輯에한번도 干涉을 못했지만 仁川의 秦雨村君은 한달에도 두세번식 公州를 오락가락 했었다。

이때公州에 同人이모이면 으레 내게 長文의連署壤지가 비빨치듯했다 나는 어떻게든지해서 서울로 올라왔으면 싶은 慾望이 새암솟았다。좀더 文學하는 벗들을 많이 接觸해야만할것 같었기때문이다。

그러나「白熊」의 編輯者인 尹君의不得已한 事情으로二號엔가 三號로 그만休刊이되면서부터 同人들의 覇氣는 다시 흐터저버리고 나亦 唯一한 發表機關을 잃어버리였다。

「白熊」이 休刊되면서 바로 金炳昊君과 나는두사람의 힘으로 同人誌를 하나해볼가 꿈꾸고「新詩壇」이란 詩歌中心誌를 創刊했다。

이「新詩壇」의 同人은習作時代系의 一部와 그當時晉州文學靑年의 大部分이 動員되었었다。

첫號를 晉州에서 印刷했다。무슨 영뚱한짓으로 였었는지 販路는 생각지않고 二千部를印刷했다。

그때 炳旲나 나는 敎員이 였기때문에 職業的不自由가 있었음으로 뒤에숨어서 編輯만을하고 營業은 全部그當時某 新聞支局長에게 떠맛기였다。

晋州에서의 販賣高가 約九百部 가령되고 公州仁川等은 비롯하야 同人의 居住地域은 그號에 作品發表者의居住地에는 責任部數로 三十部以上式 떠맥겻고 남어지는 京城을 비롯하야 全鮮重要都市의書店에 흐터노았다。

晋州에서 같은小都市에서 九百餘部가나갓다는것은 實로 奇蹟이나 그當時의 情勢로보아서는 當然한일이었다。

晋州는 그當時 至今부터 十五六年文化가 燦爛이 빛난때였다。

爲先學校만하더라도 男女中等校四個所에 中學生이約一千五百名을 算했고 靑年少年婦人等의 文化團體가簇出했든때이라 文化慾은 날로 旺盛해갔다。

「新詩壇」의 創刊은 前記「晋作時代」나 「白熊」때보다도 나의 文學的勇氣를 가장 많이刺戟해주었고 또한實力에 對해서 어느程度까지의 自信을스게했다。 그러나 難關은 닥쳤다。 敎務에 充實하지않는다하야 金君과 나는職業的危期에 부되쳤다。 까다하면 勸告辭職은 當할形便이였다。

그뿐만아니라 營業을맡어보든 某君이誌代의 一部를橫領해버려서 第二號의 印刷代가 큰걱정이되였다。

이때 晋州出身으로 京城서 新少年社를 經營하고게시든 河鍾楨兄이 晋州에 단이러나려왔음으로 第二號의檢閱及印刷를 떠맛기였다。

그러나 「校正」이問題였다。 編輯의 同人외 한사람이든 金炳成君이 第二號發行에 積極的責任을 나서서 서울까지와서 校正을보고 夕影에게 表紙까시 그려였다。

이第二號에는 그當時의 旣成作家의 詩도數篇얻었다。

그런데 編輯上事情으로 旣成詩人某氏의 詩를卷頭에실어주지않었다하야 某氏는 그뒤나와 길거리에서 맛나도 外面을 할때가있었다。 나는 實로 苦笑를 禁치못했다。

그러나 藝術家란 自己作品에對하야, 그만한 自尊心이 없어서는 않될것이라고 느끼기도했다。

그뒤 「新詩壇」第三號는 原稿許可關係로 廢刊해바리고 말었다。

「新詩壇」의 終幕과함께 나의同人誌時節은 끝났다。

나는 그때만해도 「詩」에는 自信이없었다。 그래서아조散文으로 드러섰다내 初期的小說을 有心이읽어보면어떤구절은 確實이詩냄새가나는것도 그런理由에서다。

그러나 그것이 作品上의 偉大한詩精神이아니라 오직 文章的으로 詩的인데 그쳤을뿐이다。

×

至今생각하면 實로 로맨틱할뿐이다。 오직 붓그러울뿐이다。 그러나 그때가限없이 그러워진다。 물불을 혀아리지못하고 文學的情熱에 가슴을태워가며 밤세시네시까지 文學을 論코러문이없이 노벨賞을노리든 어련 時節의맹낭했든 記憶의하나이나 더할수록 더욱더 또렸해저온다。

더구나 그當時文學에뜻을 두었든여러 同人들이 至今은 行方조차알수없이, 어디로뿔뿔이 헤여저무었들올하는지 궁금할때가 많다。 ——五月二十三日——

確信과 꿈

韓 植

文學의事業이란 要컨대 情熱의事業이다。나는 最近이와 같은것을 痛切히 늣겻으며 斷言하야좋은것은 文學에對한 勇氣람은 더욱 겟세마비의밤을 사라나가며는 精力的의 氣骨이없고는안되리라는것이다。하나의 敗北을말두말아。또하나의 無氣力과倦怠는 그原因의如何를 莫論하고 그와 같은 氣質을 超克하는마당에서—— 現代生活의 深淵에떠러드러가면서 또뚫고 올너올나는 푸로메에토스의 불로써의 精力과 情熱이없고 文學은 繼續하자는것은 부질없는짓이아니면 確信없는虛僞이다。不幸한것은 不幸한 골목에서痛哭하면서 自己을喪失하며 神經을 遺失한데에있다。「라이푸、포ー스」를잃고는 如何한文字도 어렴도없다는것을無自覺함으로써의 文人氣質을 尙今토록 사랑한다는것으亡發이다。

나는 벌써부터 如何한公式도 認定치않었다。具體的의 人間을 抽象함을 즐겨하였을것같으면 벌써부터 文學을 버렸을것이다。인제와서는 그와같은 殘滓를 淸掃하는것까지도 퍽으나 名譽로생각한다。概論과原論은 所謂學究들에게 밀우자。結論은 結論좋와하는 燥急한人士들에게 一任하자。렛텔은 カクヅメ業者에게 부탁하자。概念의 産物로써의文學 自己의 血肉의全的의 表現이아닌 文學이런것이 果然있다면 그도 亦是生活營爲의 하나의 포ー즈임에는 틀림없다。포ー즈는 사람으로써 認定바드려는人爲的態度로써는 滿足될넌지는 모르나사람으로써 共感케하는 藝術的態度는못되는것이다。共感없는 文學을 생각하는것은 우리의 恥辱이다。이恥辱을 忘却하는것은 味覺을잃은 料理人의 料理講座와 같이 恥辱을 一層더보래는것이다。

最近文學의 低俗에따라러 아러즘修正論이 이곽저곽에서云謂되는것은 理由없는일이아니다。손끝으로 맨드러낸 論文과 붓끝으로 그려내는 小說이 淺薄한 理解에사로잡힌 리아리즘으로 써부터 出發하였다면 그의切罪을 다시금 살펴어볼 번雜한 手續을 우리는 回避치못할것이다。

李善熙氏의「女人命令」은 내가 요새읽어본 小說中에서 가장 感動한것의 하나이다。近來에 드문力作이다。感動

바든 이素朴한스토리ㅡ의 特徵은 單한非戀情話가아니며 또, 그結末에서 보이는것같은 弱한女子의 굿센 母性的 意志로써의 命令에만 結符되는것이 아니다。解剖된레ㅡ마는 或은 單純하며 或은 通俗한데에서 몇거름버서므났다고도 할것이다。그러나 問題는題材에 잇지않고 題材를貫通하는 샘물같은 淨化한 산精神에있다。讀者를共感식히는 作者의精神은 그레ㅡ마의 通俗性을 救援하는技術의 巧妙를 넘어서 더욱아름다운 情熱의빛으로 자아나오는 過程에있다。愛情과 良心과 叔習에넘치는 人物들의 各己의矛盾은 矛盾대로甘受하면서도 가장깨끗하게 사라나갈여는 精力스러운힘이 깊이 作者의 心象을흔들고 나왔다는 情熱이 重大한키ㅡ포인트다。한마디로 말하면산魂들의 文學的再生일때문이다 이와같은 題材를單한詠嘆과센치메탈에 떠러트리지않고 또 그와反對로 勸善懲惡或은 單한母性愛같은것으로 作者의마네킹으로써의 女人命令이 아닌이곳에 이作者의 섭상치않은 手腕이뵈이는것이다。이作者의 作品이 얼마나있는가는 모르나이때까지 注意하야 많이읽지 못한것을꾀으나 後悔한다。

李孝石氏의 隨筆「돼롱」을읽고 그의短篇을 읽어보고십다。그隨筆中의「牛乳」에이르러서는 氏의신세리티는 가장深切한것이있다。氏의 文學에있어서 에스푸리의 新鮮은 일죽이맛본일이있었으나 이와같은 깊은신세리티ㅡ가있는것을 처음아라보았다는것은 勿論 恥辱이다。氏의作品을 다시 읽어볼衝動을 받어으나 果然 이隨筆에서 바든感動以上의 感動을받어낼가氏의 心象을單的으로 表現한隨筆을 읽고고氏의 作品을 다시 읽어볼 衝動을가젔다는나의心理는 가장悲慘한것에는 틀림없다。或은 批評의生理란 大概 이런것이라면 붓대를 꺽거버릴必要도 있을것같기도하다。氏의 隨筆牛乳가이와같은 反映을 나에게 이르켜주었다는것은 우리文壇에서도 이만한隨筆로써도 한사람의讀者를 끄을수있다는 反語를 주는것이며 隨筆도文學의 가데고리에 여을수있다면 그 亦是 共感力을 가추지않고는 存在할수없다는것을 說明하는것이다。어지러운 隨筆(엇지 도않은고)에 食傷하였든 나는 氏의것에서 回生한喜悅을받었다。

나는 이時代에서도 어느 마음구석에서든지 어느추접하고퇴좁은 골목에서든지 感動하는 存在가있으며 感動할마음이있다고 믿는다。感動이마음 한구석에있고 感動할만한 存在가퇴좁은 골목에서나도 發見할수있는 限에는文學者는이感動을 發見하며 情熱로써 이것을 捕捉하려고애써야한다。(文學을 사랑하며 文學하려는마음을 切斷치않으려고한다) 그가 얼마나적고 맵시곱지못한 感動의한조각이라도 있는날까지나의꿈은 繼續되리라는나의 確信이다。李善熙氏의「女人命令」과 李孝石氏의「牛乳」는나에게近來에 드무感動을 이르켜주었다。이作者들의산 精神과깨끗한魂을 貴重히 생각하는나의一念은 사라나가랴는確信과 아울너 存在할수있는꿈中에서 文學의將來를 믿으며 文學의길을 不盡할것이라는 띄너크스信念을 언게하는것이다。

(五月十六日記)

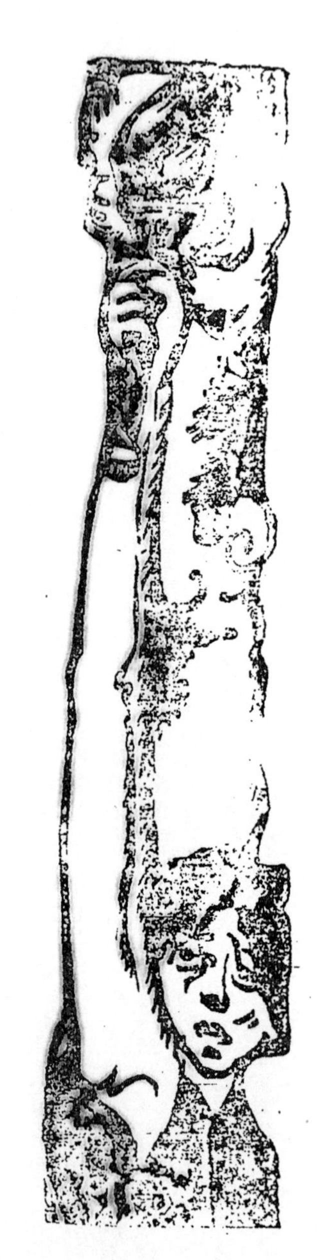

嚴興燮을 말함

李無影

嚴興燮兄에게 關해서 무었이고 쓰라고한다。무었이고 쓰라는것은 比較的 自由스러운듯 싶으나 붓을들고나니 되려 거북스럽다。그것은 그가 나의 親舊인탓이다 또 同僚인탓이다。그러고 더욱 어려운것은 그가 이글을 쓰는 筆者와 짝갈는 길을 것는 作家라는것이 나로하여곰 그렇게 거북스럽게 않드는것이리라。

그러나 親舊이니까 이야기하기 쉽고同僚이니까 더忌憚없이 이야기 할수도있을 것같다。이것은 確實히 餘談이나 亦是 이런말을 써놓는것은 親舊에對한 禮議이기도 하리라。

○

嚴兄을 말하자면 自然 「길」을 이야기하게 되리라。그러나 八九枚의 紙面으로서 十篇의 作品을 이야기할수는 없으리라。다만 그의 創作集「길」을 읽고 느낀바를 綜合해서 적어보기로 한다。

作家뿐않은 아니겠지마는 날보 自己를살리는 사람과

己를傷하는 사람의두가지가 있는것이리라 마는 嚴兄은 分明히 後者에 屬한다。 처음 嚴兄이 文壇에나었을때는 (흘러가는 마을發表時代) 그는分明히 산사람이그런 산作家요 산事件을 그리는 情熱이 있는 사람이다 그러나 그後의 嚴兄—— 더욱이 最近 數三年間의作家로서의 嚴兄은 살었다고 보기어려운 사람을 그리는 極히 消極的인 作家였다 「흘러가는 마을」이 極히 槪念的이면서도 그만한 聲價가 있었던것은 애오로지 그時代의 政治的 或은 時代的水準의 탓만은 아니였다이作品에는 그만한 作者의 文學的情熱이 그리고 生에對한 積極的인 挑戰이 있었기 때문이였다。

여기에는 勿論 여러가지 理由가 있으리라 그러나이許多한 理由中에서 時代的인 意味를 빼고는 모두가口實에 不過하는 性質이다。親舊—人間으로서의 嚴兄은너무 好人이었고 作家로서의 嚴兄은 지나치게게을었고 生活者로서는過한 느낌이 있을만큼 消極的이었다。

嚴兄은 自己自身을 어떻게 生覺하는지 모르겠지마는적어도 嚴兄의短處는 여기에있었든것이 아닌가한다。

勿論 이런點은 또한 그의長點이 되는수는 있으리라 그러나 너무나 惡意가없었든點 너무나 消極的인 生活態度는 作家로서의 嚴에게 있어서 흠이 아닐수없다。이혐을 스스로 發見한때 그는 憂鬱해 질것이다。 그러고 이憂鬱는 黃金으로서는 救할수없는 憂鬱이다。

○

나는 지금까지 編輯者의 注文대로의글을썼다 그러나 以上의 글속에 나오는 「嚴兄」의 두자를 「無影」으로박구어놓는다면 그것이 곧 嚴兄이쓰는 無影評이 되리라

나는 지금 嚴兄이 사로잡혀있는 그憂鬱속에서 生活—아니 그날 그날을 보내고 있다。 어떨지 嚴兄은 내말에 同感은 못가질까

× × × × × × × × ×

「無影短篇集」과 無影

嚴 興 燮

無影의 第二短篇集인 「無影短篇集」이 漢圖에서 發行된지도 발서 數個月이되였다。

이「無影短篇集」에 編收된「아저씨와그女人」을 비롯하야「吳道令」等 其他數篇은 그發表年代로 보아서 그의 第一短篇集 醉香에 編收된 諸作보다 먼저 刊行되여야할 作品들이였다。그러나 그編收된 作品의 年代의先後를가지고 이無影短篇을 是非하려는것은 아니다

나는 미리 告白해두거니의 無影과는人間的으로도 잘알고 또한 그의作品들과도 남에게 떠러지지 않을만참 親한사이다。그러므로 여기에 내가「無影短篇集」에對한 어떠한酷評을 加한다해도 實相은 無影이 조곰도 戀하지않을것을믿는다。無影은 最近三文社版으로 長篇「明日의舖道」를 上梓하고있으나 率直히 말하거니와 나는 無影을 長篇作家로서의 完全한長技를 가추었다고 보는것보다는 먼저 短篇作家로서 優秀한技能을 가추고있는 作家라고 하고십다。그것은 그가 至今까지 써나려온수많은 作品의 大部分이短篇이였고 또한 그의短篇作品이 朝鮮文學의 現水準에 비최여 決코 남에게 뒤떠러저있지 않기때문이다。

그런데 이번 그의 第二短篇集인「無影短篇集」에 編收된諸短篇을 보면 그가 十餘年間써 나려온많은 作品가운데서 實로 力作이라할만한 十餘篇을 추려놓은것인데 이것들의 發表될때마다 文壇에서 問題되였든일은 나는 尙今까지 記憶하고있다。

그의 第二短篇集을 읽고나서 그의短篇 한개를들어이러니 저러니 하기보다는 차라리 따는 그의모―든 作品을一貫하고 있는 作風이라거나 또는 作家的情熱에對한 極히 一般的인 所感 몇개를 말하고저 한다。

無影은 決코 그의作風이 輕快하고 明朗하고 또한簡潔하다고 할수는없다。

그代身 그의 作品을읽고 우리가늣길수있는것은 비록 작고만 短篇일지라도 그構想의 緻密하고 그作中人物의 性格이憂鬱한 便이 많으며 어데엔가 焦點이 흐리여진듯 한散漫한 느낌을 갖게하는것이 그의 作風의特徵이라할 것이다。

한말로 말하자면 無影의 作品에서 오러지날 香氣를 말으련다거나 비단옷과같은 부드러운 感觸을 느끼려는 讀者가있다면 그는 實로 망발이다。 그의作品에서 풍기는 香氣는人工的인 오리지날香氣가아니라 그윽한森林地帶를 걸어들어갈때에 맛볼수있는 原始的인 野性的인芳香 그것이라고 하는게좋다。

그다음 이 無影은 남에게 치지않을만한 作家的 情熱을 가진사람이다。

그의 第一短篇集醉香이나 또「無影」短篇集에 모인作品을 읽고나서 우리가 먼저 고개숙일수있는것은 이作家가 이世代의 젊은作家로서 眞實을 찾기爲하야 不絕히싸호며 허매고있는 作家的情熱이作品마다 氾濫되여 있기때문이다。

그런데 이것이 도로혀 作品을 망치는이作家의혐이되는수가없지도않다。

이것은 다만젊은 우리들의 作家無影에게만 限한혐이 아니라 이世代의 進步的作家가 한번식은 다 犯해온혐이라할것이다。

말하자면 無影은 약은 作家가못되고 미련한作家다。 미련한慾心을 가진作家다。 短篇한개를 써도될수있는데로 많은 事件될수있는데로 많은人物 될수있는데로많은 性格을그리려고하는 頑固한 固執을가진作家다。

이미련한 慾心이야말로 無影이 短篇作家로서 남달리 가지고있다고 볼수있는 個性이며 特徵이다。

따러서 그의取財方向은 다른 어느作家보다 廣汎하고 自由스러웁다。

「아저씨와女人」이 인테리를 取扱한作品인가하면 吳道令은 農村의無識한머슴을 그렸으며 萬甫老人같은 영뚱한老人을 그렸는가하면 現下朝鮮女性의 一面을 그린四人의안해」「龍子小傳」이 또 있다。

그런데 이많은 素材가 다만 無影의무지개같은 空想에서나 想像에서 비저진게아니라 大部分 그의生活體驗에서 울어났다는데 우리는 또한 頑力을 느끼며實感을 가질수있다。 無影의作品에서 實感을느끼는 理由는實로여기에理由한것이다。 그의文章에對하야 所感이없지도 않으나 紙面關係로 이만쓰기로한다。

十一月十六日

戱曲과 劇作家

林 唯

그언제인가 누가 朝鮮에는 劇作家가 없다고말한적이 있다。 참말이지 가슴이 질니는말이다。

또한 이말은 이땅에는 「演劇」이 없다는 말도된다。 小說이나 詩는 말할것도 없고 造形美術、音樂乃至 아직 이땅에 紹介된歷史가 極히 짧은 舞踊까지도 무력무럭 자라고있는데 「演劇運動」만이 뒤짐을시고 가재거름을 치고있는形便이다。

어쩨해서 우리는 이땅의 「演劇運動」을 이같이 悲慘한 地境에 빠시게 하였으며 따라서 그렇게 보지않으면 안되게되였을가? 그것은 勿論 여러가지 理由가潛在하여 있을것이지만 우리는 무엇보다도 훌륭한 劇作家가없는탓으로 좋은 戱曲을 못가진데 있다고할수밖에 없다。

戱曲은 脚光을 입히는데 그存在價値가 있음에도不拘하고 在來 所謂 劇作家들손에서 빚어진 戱曲들은 擧皆가 上演을 目的으로 하지않고 다만 讀者에게 읽히기爲한 戱曲들뿐이였다。 그것은 劇作家가 演劇과 舞臺를 모르고 戱曲에 손을댓든탓도있겠지만은 나는 먼저 그들의 잔박한 智識을 嘆하고싶다。여기서 말하는 智識이란 固定化한 學問을 말하는게안이고 社會的智識을 말하는것이다。그들의 戱曲은 本格體에 있어서 精進함이 었을뿐아니라 社會性이없고 個人的智識以外에는 何等의 「삶」에對한 一切의本質相의躍動과 現實을 把握치못한作品들이 안이였든가한다。

그야勿論 戱曲이 戱曲답지못하고 本格的이 되지못함에는 여러가지 原因과 理由를 列擧할수있다。그러나우리는 第一먼저 그들이 共通性으로 않고있는 不愉快한 智識을 指摘하야겠다。即換言하면 四角帽를 버서버리고 中折帽를 쓰면서 學窓을나와 끝 높은 文藝界에 살기 始作하야 三十年아니라 百年을산다처도 그들의 人間的生活은 그렇게 進步하지 못할것이며 따라서 變動이있을것이아니다。

이러한 그들에게서 「生의本質」을 洞察하고 把握을要求한다는것은 헛手苦에 끝일것이고 따라서 그들에게서 優秀한 傑作을 바란다는것도 헛手苦에 지나지못한다。그러한 그들의 손에서 指導되고 그들의 에피코ㅣ네에 依하야 形造되는 現今 文藝界에 참다운 本質的文學과 社會와大衆生活을 基礎로한 씩씩한 劇作이 産出하지못하리라는것은 定한理致라하겠다。앞서도 말하였거니와그들도 當然한 社會的存在이면서도 조곰 自己들과 生活樣式을 달이하고있는 다른 階級에 對하야서는何等의智識을가지고 있지못하다。아니 가지려고도 하지않는다。

大槪 現下作家 그들이 알고있는것은 自己들의環境과 같은 環境에서 彷徨하는 淺薄한 智識人의 生活이다。그러므로 그들의 作品에 나타나는 生活은 그러한題材를가지고 制作하게되므로 恒常 作品이狹少하고 固定的이다。그러므로써 絶對로 社會的이고 大衆이 要求하는 文學과는 一致될수없다。

戱曲ㅣ더구나 劇文學은 그性質에있어서 特히 모ㅣ든 知識과常識의 基礎가 絶對必要한것이다。劇作家는 全社會에 存在하는 모ㅣ든 階級의生活을 통트러알고 있지안으면 안된다。그러므로 劇作家는 무엇보다도 崇高한 意味에서 常識家가 아니면 아니된다。題材는 勿論 範圍의擴充 이것은 個人主義文學의 反逆을 指示한다。그러하야 그重要한 反逆이 朝鮮의劇文學을 社會的 劇文學에로 生育식히는 一步가 될것이다。

生活없는곳에 文學만이 存在할수없는게고 따라서 劇이存在할수 없는것이다。그러므로 앞으로 우리가 期待하여 맞이않는 劇文學은 두말할것없이 社會를 母胎로하고 大衆을 骨肉으로 한劇文學이다。

그런 戱曲이라야만 脚光을 입힐수있는게고 따라서 朝鮮의 演劇運動을 發展식힐수있을것이다。如上한 劇文學은 今後나오는 新進에서만 可能한것이안일가한다。

昭和十三年八月十一日

李箕永氏의 印象

玄民

齋洞네거리 朝鮮之光社二層에서 내가 처음으로 李箕永氏를 맞난것은 벌서 十年前일이다。

자세한記憶은없으나 그전해부텀가 나는 朝鮮之光社에 때때로 小說과評論을 寄稿하고있었다。처음에는 누가 中間에서 말을해주는 사람이있어 寄稿하기를시작한것이었으나 나중에는 아무때고 原稿가되기만하면 自進해보냈다。雜誌社에서는 別로 請托을 오는것은 아니었으나 내原稿가 가기만하면 即時로發表해주는 것이였다。그런關係가 얼마繼續된뒤에 무슨用件이있었든것인지는 잊었으나 어쨋든무슨일이 있어서 처음으로 나는 朝鮮之光社를 들였다。그곳서 처음으로 李箕永氏를 맞난것이다。

좁은 나무칭다리를 올나가면 三尺四方쯤되는 마루가 있고 그원편에 編輯室로 들어가는 門이있다。門은 열녀있었든것으로 記憶되는데 門안에 들어서며 보니까 방中間쯤에노인 테ー불앞에 앉었든 白面瘠身의 事務員같은 사람이 이쪽을 바라본다。그것이 即 民村李箕永氏였든 것이다。이事務員같다는말은 氏의貌風가 그時節의 運動하는 사람들과는 달으나 말숙한紳士라잎도아니어서 非僧非俗해보였다는뜻이다。

來意를告하니까 ──事實은 아까도 말했지만 그때用件은 지금잊었는데 李箕永氏를 맞나는記憶만은 이상스레鮮明하게 있처지지않는다── 氏는 나에게 椅子를 勸하며 내가 그때까지寄稿하든것에對한 謝意를 簡單히말했다。그때나는 自身이 小說이라 評論이라 쓰고있으면서 朝鮮文壇事情에는 아조맥문이어서 누가 무었을쓰고있는지 얼마나좋은것을 쓰고있는시 알지못하고 있었으므로 氏에對해서도 文壇先輩라는것 新興文學運動에서 가장힘있는作家라는것 같은 漠然한觀念밖에갖지 못했었고 따러서 그얼마前에 開闢誌에 當選이되고 그것이機緣으로시골서上京한분이라는 것같은것은 알길이없었으나 이렇게 처음으로 暫間보았을뿐으로도 벌서어떠가나와 性格的因緣이 있는듯이 느끼는同時에 凡常치않은 人格이라는感

은 깊이하였다。

그때 나를對하든 氏의態度는 決코 後輩를對하는 倨慢한것이아니 었으나 同時에 特別한 好意나 親切을보여주는것도아닌 極히 事務的인것이었다。 그러나 그事務的인態度는 尋常한事務的인態度가아니라 倨慢과 謙遜과 警戒와好意를 同時에包含안 極히 複雜한것이었다。 暫間동안의對談이었으나 나는 坦坦한氣分으로 말을할수있었다。 나를 別로 떠들고歡迎해주지는 않었으나 그것은決코 歡迎안해주는것은 아니라는것을 느낄수있었든것이다。

이 나의 氏에對한 처음印象은 그後 여러번 맛나도 조금도 變改되지않었다。 世上에서는 그를 샌님이라불으나 샌님치고는 엉뚱한 샌님이다。 氏의表面은 恒常물과같이 고요하고차나 그속에서는 波濤와情熱이 日常 들끌는것이다。 누가氏를 攻擊하여도 別로 抗辯하는것을 못보았으나 그것은 抗辯할말이없어 降服한것은 아닌것이오 누가 그를 稱讚해주어도 別로 기뻐하는모양을 보지못했으나 그것은 또한 기뿌지않어서는 아닌것이다。

氏와 나와는 不幸히 生活面에 있어서의 接觸이적어 지금까지나는 이以上깊이 氏의內面生活에直接 부드티릴機會를 갖지못했다。 그러나氏에對한 나의생각은 別로틀님이 없을것으로 믿는다。 몇해前 氏가 시골가서「故鄕」二千枚를 써갖이고왔을때에도 「偶然히길에서 맛낫드니 氏는 남의말하듯 그이야기를하고 아무런 興奮도 아무런 自負도 보여주지 않었다。 普通같으면 그런大作을쓴直後에는, 相當히 興奮이되는법인데……하고 나는 異常하게 생각할지경이었으나 그런것이 卽氏의氏다운 一面인것이다。 興奮이없었든것이아니라 겉에 나타내지 않었든것에 지나지 않는것이다。

朝鮮文壇에서 信念과 志操의 가장굳은 사람을 찾는다면 나는 躊躇없이 李箕永氏를 推擧하라한다。 이信念이念操로써 氏는 반듯이 第二의大作을 내놓것은 나는 期待해마지안는다。

× × ×

× × ×

내가 본 兪鎭午氏

民村 生

玄民 兪鎭午氏의 印象記를 써달난 付托을 받고 나는 붓을들었을때 언뜻 떠올르는 한가지 생각이 또렸해진다。

누구나 날마다 만나게되고 많나볼수있는 親舊가 있다면 그와는 勿論 親密한 情分이 갈수록 두터워지겠시만 그代身너무 無關해저서 나중에는 한집안 食口처럼 도리여 平凡한 情實關係가 붓는것이다。

그러나 萬一 자리를 박구어서 一年에 겨우 한두번을만나본다든가 設或 그以上을 만날수있다 할지라도 그리 親하지못한 生活의 間隔이있어서 彼此설음설음한 사이임에 不拘하고 恒時尊敬과好感으로 對할수있다면 그와는隱然中 聲氣相通하는무엇이있다 하겠으니 前者를近交라면 後者는 遠交라할것이요 前者를私生活에 갓갑다면 後者는公生活에 갓가운편이라 할것이다。

正히 兪鎭午氏는 나에게遠交의印象을 주는 분이다 前提는이만해놓고 내가 兪鎭午氏를 처음알게되기는아마 十年이 넘는 내가「朝鮮之光」에 있을때 이었든가 싶다

그러나 나는 그때 記憶은 稀微해서 잘모르겠다。朝鮮之光이 淸進町에 있은때인지 齊洞에 있을때인지 그亦是 分揀하기어려우나 何如튼 社에서 많나뵌듯한 記憶많은 남어있다。

따라서 나는 氏의 첫印象은 分明치 안타 그보다도 나는 氏를 初對面하기 前부터 聲華를 먼저 들었고 그뒤에氏를 많나보든 記憶이 오히려 새로웁다。

兪氏는 城大의 秀才로서 學窓時代부터 同窓間에 人氣가 높아었다하거니와 그만큼그의 文名은 卒業後에바로 떨치게되었든가 한다。

그런關係로「朝光」에서도 그의原稿를 請하였었고 나亦是原稿의 請托으로 電話와自宅訪問과 또는 通信等으로 氏를 적잔이 괴롭게 구렀든가한다。

氏가 雲泥町에 사렀을때 나는 例의 原稿를 督促하러 여러번찾어 갔었다。

그런데 氏의 아침잠은 有名하여서 未安한적이 한두번 않이였다。나는 事情이 急할때는 할수없이 氏를깨우기도 하였기때문에。

큰大門을 드러서서 사랑마당으로 드러가면 큰사랑열

에 작은 사랑이 붙어있는데 이작은 사랑이氏의 그때 書齋兼 寢室인것같었다。

二間長房의 윗목과左右便으로 놓인 冊장에는 빈틈없이 藏書가가뜩 끼워있는데 나는그것을 七分羨望과 三分猜忌(?)로 들너보지않을수 없었다。

兪氏는 내가아는이中에 몇재않가는 體小한분이다 間或키작은 사람은잔망하여서 威信이 적어뵈는수가있는데 兪氏는 첫재 그러치가 않다 그는 體小한代身에 단단하여서 마치 차돌과같이 맺친데가 있어보였다。

한말로 말하자면 兪氏는 端雅한 선비의 타잎이였다 그리고 그는 多方面으로 才能을 타고난同時에 또한 最高學府까지 敎養을 싸는것은 作家로서 누구보다도强味가있는 줄않다。

따라서 氏의才能은 多角的으로 光輝되는데 나의慾心으로말하자면 그는文藝批評이나 다른政論보다도 作家로서 精進해주었으면 좋겠다。

氏의 作品은 氏의人格과같이 앙칼지게 뭉돌돌처있다。 그래서 그의 作品은 언제나 焦點이 鮮明하다고한다。

氏의 許多한 作品中에서도「T教授와 金講師」는 代表的力作으로 氏의 가장 得意의 材料를 거침없이 料理한줄 않다。 나는 該作品을 發表된지 數年後에「文學案內」에서 더욱氏의 自譯한譯本으로 읽어볼때 거듭畏敬의念을 不禁했든것은 只今도 이처지지않는다。

氏의 只今發表中인 三千里連載長篇「受難의記錄」은처음부터 읽지못하기때문에 아직못읽었으나 氏의 그런手法으로 精進한다면 누구나 敢히따라가지 못할 氏獨特의 藝術的境地가 새로히열려 갈것이다 氏亦是그런野心이 潑潑할줄않다 그럼으로나는 氏의將來를 期待하기마지않는다。

社 告

第二回懸賞文藝는 李龍雨作「平凡한農村風景」李訂作「假腹子」沈圭燮作「꿈과現實」李揆培作「主생닭(戲曲)」等 佳作으로서 發表하고 끝막으려한다 그리고 第三回를 곧募集하려하오니 諒海하기를 바란다。

朝鮮文學社

歷史의系譜

人選問題 그뒤에오는것

석어진 批評精神

運命을말하는鐵筆周易

隨筆

純潔한 心境

丁來東

사람은 나히롤 먹어갈사록 墮落하여가는것이 事實이다。내가 墮落이라는것은 不良者가된다면지 社會的地位가 나차지는것을 말하는것은 아니다。人間의本性이 漸漸 가려워지고良心의 發露가적어진것을 말하는것이다。곳 다시말하면 純潔性이 적어지는것이다。

나의이생각은 宗敎家의 心境일지 몰으거니와 世上에 다른무엇은다歲月이가는데 따라다 消滅하지마는純潔한 心境 純情과 같은 것은透明한寶石이나 眞珠와같이 永遠히 消滅하지안코 언제나 아름답게 存在하여있는것같이 생각된다 내가 萬若文學方面에 多少라도 貢獻을하기로하면 이方面에 主로努力을 할까한다 努力을하지않트래도 自然發露되리라 고생각한다。

나는 純潔한 心境이 어떠한때일까하고 가끔생각하여 본다。어떠한環境을 當하였을때 가장 雜念이없고 愉快하며 그環境과 서로 融化가되고 그瞬間이 언제나 기러繼續될것을 企願하는가를 한두가지 써볼까한다

나는 물을 조와하는 關係인지는 몰으지마는 조그만한 시내가 山谷을 흘러서나려가는것을 곧 聯想하게된다。그가에는 몇百年 써서서 아무띄겔도없는 힌돌들이 깔여있고 그언덕에는 老松雜木이 서있으며 시내소리는 우에서나밑에서들리는 그런시내를 생각한다。물은 만치않으나 깨끗하게맑아서 바닥에 모래알이한알두알 또록록뵈이는 그런시내를보면 그물을 손으로 쥐어도보고 잡고마시고도 싶으며 배안에있는 不潔物도 다 시처없어지고 내살이나뼈가 그물과같기를 願하게된다 그런때가 나의생각하는 純潔한 心境이 아닐까。

우리는 맑은 蒼空을 바라볼때생각이 單純하여지고 아름다워진다。구름없는 푸른하늘을 울러러보면 여러가지 雜念이 없어질뿐만아니라。一種聖스러운 마음이 넘처흐른다

또新綠이 무르녹는 樹林이나 濃木을보는것이다 勿論綠陰에도 몬지가 끼인다면지 紅塵이 날리는場所이면 所感도 다르겠으나 雨後의新綠이라면지 深山幽谷에서 綠葉을볼때에는 마음이 또한새로워진다。그런데다 微風이나 날리면 프른닢은 어여뿌게 나부낀다。어쩐지 모르게 기뿐마음·生動한힘이 그러틈에마추워서 微笑하는것이다。그러한瞬間이

야말로 聖스럽고 純潔한心境이 아닐까
우에는 大槪가 自然의 純潔한雰圍氣를 말한것이어서 自然이사람의 마음을 純潔하게하고 아름답게하는 境遇이지마는 사람의 境遇로는어떠한때가 가장純潔하고 아름다울까, 勿論 小兒들의 재롱이라면지 惡氣없이 意識없이 웃는것을드려다보고 있을때도 多少聖스럽고 純潔하여지지마는 나의들은 例를 한가지들어보면 苗族의 原始的戀愛場面이다。
情熱있는 젊은 苗族들은 山속에 나무그늘에서 노래를한다고한다 或그것이 男子인때에는 그近處의 젊은 女性이 和唱하며女子인 境遇에는男子 가和唱하여가며 漸漸接近하여가지고 끝끝내는 서로 마조앉어서 사랑을 속사인다고한다。苗族은 只今도 이런方式으로 戀愛도하며、結婚도한다는것이다 只今形式과 外飾이全盛한時代에 또더구나 文明社會에있어서 戀愛며 結婚이라고하면 거위 金錢의異命같이 되어있는 現今에는 苗族의 戀愛方式만드려도도리혀 人生에 가깝고 아름답고 聖스럽고 純潔하게생각킨다。

海外文壇動

大地作家펄벅女史

昨年度 노-벨文學賞 受賞者로서 어떤作家가 當選될것인가는 크게注目되던바 瑞典學士院은 大地、「어머니」 또는「鬪爭한使徒」等의 作家로서 世界的으로 有名한 米國閨秀作家 펄벅·벅女史에게 授與하기로 決定한뜻을 지난 十一月十日發表하였다。펄벅·벅女史는 一八九二年버-지니아州 힐스볼로市에서 支那宣敎師를 兩親으로 出生하였는데 今年四十七歲幼時에 兩親을딸아 半生을 支那에서 보내었는데 一九三一年對支見聞에서 取材한 大地가 퓨리文學賞을 授與받아 一躍世界的으로 알리어졌다。同女史는 目下創作의 舞臺를 米國으로 돌려 大作「米國의 아들」을創作中이다。

佛詩人프랑씨스·장氏別世

佛蘭西詩人프랑씨스·장氏는 오랫동안臥病이든바 十一月一日午後南佛西班牙國境가까운바스크地方 아스팔랑自宅에서 別世하였다。享年七十歲 그는 一八六八年 오로·피레네縣 투르네에서 生長하여 피레네山中의小都올레스에살면서 鄕土의豊富한自然과 自己의確乎한 信仰가운데서 詩想을 길러온眞實한田園詩人이다
모든技巧를 물리치고 自然의、純眞한 姿態를 그대로그렸다 眞摯와 素朴-이것이 그의精神이다 조고만큼의 矯飾도匠氣도없다 後年에아스파랑에 移住하여永眠할 때까지이곳에있었는데 이곳에서그는特히카톨릭敎의 信仰이깊었다。
그의作品으로 다음같은것이있다詩集-「새벽鍾과저녁鍾」「櫻草의서름」「하늘의빈틈」等。

述懷

春園

흘러가는 냇물이 갈사록 흐려짐과 같이
봄날 맑은 날씨가 낮 기울어 궂힘과 같이
슳어라 내 생활도 나이 먹을사록 흐려라

세상에 오던 날 보다 더러운 몸이 되어
떠나서야 쓰겠나? 더는 못해도
오던 날의 깨끗 만은 찾아 가지고 가고 싶어라.

저 소나무를 보았는가 갈사록 더욱
늙을 사록 더욱 아름다워 지는 것을
다말라 썩정이 될때 아름다움의 마르레기에 오르는 것을

흐르는 냈물은 남을 먹이고 씻기에 흐렸네
봄철 날씨는 움 돋히고 꽃 띄우라고 궂히고
부끄러워라 내 생명의 빛과 흐름은 오직 탐욕과 번뇌로 더렵힘이 되었어라.

하늘나라에 오르라거든 다시 나라 하신 하슴
못 알아듣은이 니고메모만이 어떤가?
나도 물과 불로 다시 나야만할 날이 되었어라

—舊稿에서—

주울 것이

同 人

사랑은 주울 것이 달랄 것은 아닌 것이
주기만 하량이면 설을 일이 웨 있으랴?
이후란: 달라지 말고 주며주며 살리라

주는ㅡ 깃븜이란 아는 이나 아올 것이
받기 바라기는 거라치의 맘인 것이
한 없이 주는 내로소니 깃붐한이 없어라

임의 문전에 날로 와서 서는 뜻은
얻으며 아니옵고 들이오며 합이오니
문여사 어련 예물을 받으소서 합니다

—舊稿에서—

들에자는누이

林學洙

들에서 낳고 들에서 큰 누이
조은다 조은다 달가히 부드러이
아조랑이 녹아흐르고 죽달새 우짖는곳
향그러히 피여나 바울렐 얼킨속에
웃는듯 반은담은 붉은입술에
비단결 입김이 자최없이 기여들고
사르르……눈섭밑에 아름다히 감긴눈은
높이 無窮의 花園을 엿보는듯
들에서 낳고 들에서 큰 누이
조은다 조은다 달가히 부드러히
비들기 모여엮사하고 외따러 이으는곳
향그러히 피여나 바울렐 얼킨속에
눈같이 하이얀 이마 우에는
어여뿐 이야기 일곱별이 두마리
따스한 숨결따라 나래나래 떨치는듯
들에서 낳고 들에서 간 누이
조은다 조은다 봄날이 다늙도록
실개천 오래부르고 해살포지 웃는향그러히 피여나 바울렐 얼킨속에

月見草필무렵

辛 夕 汀

黃昏이 힌돗을 달고 도라나간뒤
노오란 月見草가 함빡 피였다。

밤들어 庭園은 무척 숙성하야
그나큰 森林처럼 깊고 조용하이。

紫陽花 애듯한 빛갈이 맑고
月見草 淡淡한 香氣가 벅차……

이윽고 저 숲새로 푸른별이 드나들고
銀河水 힌물결이 숲을 비껴 흐를게다。

一林아 어서 蘭이를 다리고 나오려럼
이끼 낀 돌에앉어 머언한울을 바래보자。

—(了)—

心臟버레먹다

嵐崗

풀어진 몸둥아리가
뱀처럼 느러진 밤
텅—ㅇ 비인 내늙애
흑이 돛다!

달빛마저 窓에 푸른데
하염없는 사랑이매、
말라붙은 가슴이로당。

생자 못뵈여、
꿈 못살려 눈앞은
항상 항상 그믐밤이요。

뼈속까지[illegible] 멍든 삶에
내心臟 밤마다 버레먹노닝。

가슴속에 곱단 생자야!
마음속의 귀한 꿈아!
차라리 차라리 돌이 되랑。

빠ー・상하이

李 燦

흐늑기는 베온에 봄비 더욱 多恨한밤
빠ー・상하이ーー
시마이 가까운 으스므레한 호ー른은
젊은 홀어미 眉愁같이 어설프구나
띠로로운 웨ー드여
폭신한 암췌어우에 이한밤 고양이의
午睡를 徹遠하자
베ー불이 大理石 싸ー눌해 좋고
껀・그래스에 서리는 늬눈초리 차거워 차거워 더욱 좋아。
이러한 氣分에 스미는 溫味는
혼이 막을수없는 눈물의 漏斗이어니
오 이 키다리 우수광스런 연석게ㄴ
빰맞은 木乃伊의 서름이 있단다。
알면도 못떠나는 生活의 길섭에서
이봄날에도 처ー른석 빰맞은 木乃伊의 서름이ーー

ーー昭和十三年・春ーー

오솔길

鄭 昊 昇

둘이서 감어논 실꾸리를 풀어
호젓한 오솔길을 세치마폭에 닥거놓고
새넋은 초라한 나그네 모습

가슴에 석양볕 득ㅣ그어
담배를 피워물어도 꺼지지안는 가랑비 내려
촉촉이저즌 마음의 오솔길

꼬부라진 오솔길을 하염없이 거닐며
네 눈동자에 비취였든 이모습을 그린다
우물길에 심어놓든 너의꿈도 이려 헛된것이냐?

네모습은 열이였든 눈동자의 맺인이슬은 애끼것만
길섭 풀닢파리에 방울진 이슬 발길에채여
치마폭 갈피갈피 어린꿈을 얼눅지어버린다。

믿음과 애정으로 억개를 나란이 것지못하는 오솔길이라면
뒤를 따르는 빛이없으면 이몸 홀로
몇번이나 되집어걸어 널게널게 딱겠마마는――

오솔길 꼬불꼬불 새록새록 슬픔진여
가랑비마저 무거운발길
어엿분 계집있는 막걸니집문을 드러선다。

―六月二十一日―

吳之湖
金周經

二人畵集出版을記함

具本雄

×

이번에 吳之湖、金周經、兩畵兄의 손으로 豪華러운 畵集이 出刊되였음은 慶賀에極하는바이다。

그닷지 신신치않든 우리畵壇에 이러한일이 있을수있었음을 意外의일이라할만큼 뜻하지않었든 燦事이나 이는 吳、金、兩兄의 努力과精力을 讚頌하여마지안는바이다。

이로써 우리畵壇의存在가 再認識되겠으며 우리畵壇은 活氣를갖게되였음은 우리畵人의한가지 榮光이되는것이다。

무릇 畵集의出版이 우리畵史上처음됨은 말할것도없거니와 이는곳 우리文化史上 稀貴한出版이였음에있어서 끝 畵壇의活達뿐外라 文化의生光이되는터로 우리文化에 그깃친바 功獻이 또한至大라한것이니라

이出版이 單이畵集으로써 처음일뿐아니라 그整備되고 豪華러운點에서 斷然히 出版의世紀的 驚異篇임에있어 이로서 우리에게도 世界的水準에 맛추는 冊한卷을 가즐수있게되였다는 自負心을 얻게되였음은 印刷術의歷史를 世界의 누구보다도 먼저가지고 今日에있어서는 도로혀 世界의누구보다도 번번치못하게된서름을 맛보든 文化層을爲하여 實로 고마운일이니 내 이畵集을 손에잡을때 거짓없이 感激의눈물을 먹금었었으니 이는 나한者만의 늣김이아니였을것이다。

純白背布의빛나는 線條를가즌 培大의 橙色表紙에 金光燦然히 二人畵集이라 明朝體題字가 乾坤으로 움폭 박혀진 그시원한 感覺!、扉紙를넘기고 順을따러 우리의 觀覺을 놀낼만치부름은 原畵그대로의 原色版의精巧한 複製印刷의 畵面에 完全히 吳、金兩兄의 藝術을 再現식힌 每章每章의 그림은 雄辯的으로 이곳의藝術을代辯하니 吳、金兩兄의 가즌바藝術이 또한컷슴에있어서 이畵集은 곳 이곳畵壇의一角을 能히代表하는者이라하겟다 이한卷畵集을 가즘은 곧 이곳畵壇의一隅를 알수있게됨일것임에 더욱이畵集의價値는 큰것이다。

×

오래동안 兩兄의作品에 接할機會를 갖지못하였든 나는 이畵集을들때 그립은 옛親舊를맛나는 喜悅을 늣기는同時에 그間의兩兄이 畵境의大成에 놀나움을가젓도다。(橘貞)

생각컨대 綠鄕會展覽會(金周經、吳之湖、朴廣鎭兄等이 主宰하든洋畵展)에서 兩兄의그림을본것도 임의七八年前의일이요 綠鄕會展의開催가끗친 그後로는 兩兄의作品을 보지못하고오든터이니 이畵集으로 兩兄의作品的再展이라할 意味에서도 값있는出版이다。

이번에 收錄된作品인즉 吳兄의것은 昭和四年作이一點 그리고 昭和十年부터 同十二年까지요 金兄의것으로 昭和八年부터 同十二年까지로써 吳兄의 昭和四年作「시골少女」가 우리와人事가 있을뿐이요 其他의諸作이 初公開의것으로 作品二十點(各十枚)이皆皆程度라 綠鄕會其後의兩兄이 그얼마나 畵業에 精進하였든가를 우리는알수있도다。

×

特히 卷末에서兩兄은 藝術論을記하야 繪畵乃至一般藝術에 있어서까지 그態度를 服白히하였으며 내가美術的解譯까지 言及함으로써 가존바畵業의 確乎한所論을 밝히였으니 이에 이畵集을接한者 能히 그뜻을 알것임은 말할바없거니와 兩兄의畵境이 明朗하고玲瓏한 靑春의歡喜에 춤추고 노래하는자라 내醉함을늣기노니 이美의 精華인가하노라。

昭和十二年四月作 「桃園風景」에서 吳兄은 말하기를

「光의躍動! 色의歡喜! 自然에對한感激——여기서 나오는것이繪畵다。滿開된복송아꽃、그새이로꽈릇꽈릇움트는「에메랄드」의 싹는! 纖細히 潤澤히 자라가는젊은生命들의歡喜! 이生命의歡喜!라하였으며 同年九月作「初秋」에서는 알맞게 濕氣를품은 大地에깊이뿌리를 밝고 靑空에燦然히 빛나는太陽의光과 熱을마음껏받으면서 부적부적자라는 나무와 풀들! 生의歡喜!」

하며 외칫스니 吳兄의 繪畵로서 大自然의품에안기여 生의歡喜를 讚美하며 生의歡喜로써 繪畵를삼았음은 그얼마나 感激的畵面이랴? 이번畵集에收載된

「시골少女」 昭和四年三月作
「五月風景」 昭和十一年五月作
「西公園」 昭和十年八月作
「가을」 昭和十一年十月作
「妻의像」 昭和十二年四月作
「桃園風景」 昭和十二年四月作
「林檎園」 昭和十二年五月作
「初秋」 昭和十二年九月作
「進峰山의眺望」 昭和十二年十月作
「庭」 昭和十二年十一月作

을 볼때 吳兄의畵境은 去益高潮에 達하여 歡喜가漲溢하는 大自然의품안에混一됨으로 繪畵는나오나니 昭和十二年四月作 金兄의作品「吳之湖」에서 題記한

吳兄의手帖에는 年中의自然變遷에對한 여러가지記錄이있다。陽曆으로三月이 접어들면서부터나무人빛이 暗綠色을띄는時期와 새싹이트는日字와 노랑꽃 진달래꽃이피는日字 桃李杏櫻이피고자라는

日字——新綠과盛綠、入秋節、紅葉節、落葉節——이모든記錄이 마치 宇典形을이루었다。뿐만않이라 이는年年記가다ㅣ달으다……

果然한봄을 日光에쪼인 吳兄의얼굴과 室內에가득한 新作花景과는 틀림없는 同族이었다。

의것을 보드라도 吳兄의 完然한大自然系의 歡喜的繪畵임을 우리는볼수있다。

×

「野山」 昭和八年五月作
「金」 昭和九年八月作
「入秋節의金」 昭和十年八月作
「少女」 昭和十年八月作
「늦은봄」 昭和十一年五月作
「봄」 昭和十一年四月作
「婦女野遊圖」 昭和十一年十一月作
「가을의自畵像」昭和十一年十一月作
「가을별」 昭和十一年十一月作
「吳之湖」 昭和十二年四月作

이것은 金兄의作品目錄인바

「入秋節의金」에서 金兄은말하였다

「가을하늘 朝鮮의 가을하늘은 그야말로 보고만있기에는 너무나아까운하늘이다。明朗한日光은 萬物을骨々속까지 꾀뚤러빛이여 우리로하여금 完全히 對象의物質을忘却케하고 너무도놀라운「透明體인自然」만을보게한다。이때야말로온갖生物은 生命의完全한 發育과아울러 넘치는歡喜의讚頌을 限없이우리에게뿜어준다。生한者의 自然的正體를 보는기쁨 이는끝티없는玉人들을봄과같다。

털끝만치도 不潔함이없는 이不可侵의世界를 노래함에 나는그사이를 通過하는 한사람의人物도 容納할수없었다。

라고 그리고

「가을별」에서는

「日光은 그것이곧「노래」다——뼈속까지사모치는「노래의透射光」이다 宇宙萬物이 日光을 받는다는것은 곧「美의洗禮」를 받음이다…… 노래와춤의 洗禮를받음이다。萬物은이 神秘의光線을받는 그刹那로 그自身이곧 노래化하고 춤化하지않고는 견대지못한다。草木은日光의노래를 呼吸하고 人間은그外에 또 草木의노래를 呼吸한다。이現象은 即노래와의 融合이요 춤과춤의融合이다。

가을햇ㅅ별이 빛나는 世界야말로 神秘의힘을 어지러히뿌리는 노래와춤의 燦然한融合이다。

이와같이 金兄은 가을을讚美하였고 가을로써 가을의光線으로 더욱이朝鮮의가을로서 춤추고노래불렀다 金兄은 神秘로운가을날의별을 온몸에 마음껏바드며 混然히 自然에醉하는 것이였다。

이點、花春에서歡喜를 늣기는 吳兄을 봄이라할진대 金兄은가을이다

다시한번 兩兄의作品을 通見하며는 吳兄은 어대까지고 繪畵的임에 比하야 金兄은哲學的이며 吳兄은直覺的임에 反하야 金兄의思索的임이 好對라하겠도다。 (二七頁續)

文書

宋影

1

왕십리 언덕길로 이사짐이올나간다。

맛츰 집장때라 골목마다 배추짐과 무구루마가 몰켜단긴다。

쓰레기통옆으로는 쓰레기통보다 더 큰 우거지뭉치가 쌓엿기도하고 돌처스는 모퉁이는 수도가넘처서 진구렁들이 되기도했다。

이사짐은 세거리모퉁이에있는 반찬가개 앞에와슨다。

가개널판에는 파、미나리 청각、갓、나부렁이가 잔뜩쌓여잇다。

「이 집이 오선생집입니가」

지게군의 말소리가 끝나기도전에 늙은가개장수는 처다도보지를 않고대답을한다。

「그렇소 저、대문으로가서 또、물어보슈」

뒤밋처서 짐군두사람이 따라왓다。

한 五十된로파도 뒤따라오면서 거북스런목소리로말한다

「왜들 서성거리는거요 어서들내려놓고 짐들은되려가슈 거는방이 우리방요」

로파는 먼저 안으로들어간다。

거는방미다지는 활짝열녀있어서 골팡난울목 방바닥까지 자서히 들여다보힌다。

부엌앞에는 집권되는 오성생부인이 상을 잔뜩찡그리고서서 설거지를한다。

마루에는 헤블이 서너개나 겹처놓였고 그위에는 책들과 문서뭉텡이가 잔뜩 쌓여있다

정작 찬장은 한구석에 들어박혀있다
떠나오는 로파는 눈이실쭉해지며말한다
「아이구、마루난 문을 이렇게막어섰으니 천생 드나들기는 이문밖에없구뇨」
「그렇치만할수있읍니까 집이라고좁아서 어따가둘때가있어야죠、웅색하시지만 그문만 가지고드나드시지요」
셋부인도 마주짜증을내면서 대답을한다
로파는 슬그머니 화가났다。
그럴때 로파의 남편되는 늙으니가 동조고러바람 으로들어온다。
「여보、百三十圓씩이나주고 얻은전세방이라고 이게뭐요 문도맘대로 여닫지도못하고── 에그 임자하는일은 몇든지 이렇겠다」
별안간에 야단을맞난 늙은남편은 돌오여기가막힌듯이 우두허니섯기만한다。
그럴때 안방미다지가열니면서 안경쓴 오선생의 얼골이 놓다난다。
「차차처여드릴테니가 여녀들맙쇼 별안간에 둘때가없어서 잠시싸놓은것이니까 일간 처여드리게 될테죠」목소리는 매우시름이없다。
이소리에 오선생부인은 상기가 되여버렸다。
「차차고뭐고간에 이게무슨팔요、아랫방도전세 가개채도전세 또 저는방도전세── 나중에는 또 어디를 전세를주려노──학교ㅣㄴ지 비러먹을 것때문에 집안을 요팔은맨들고도 그리고도 뭬 또 못닞어서 학교문서만 끼고들어앉었는 거요」
쉴새없이 퍼저나오는 안해의말에 창피한생각이 나는지 오선생은 「행」소리를치고서 미다지를 탁 닺는다。

2

안방방바닥에는 문서뭉치가 수북히쌓여있다。
열어제띠려논 벽장안에도 헌ㅣ문서가 가득히찾다
성적부 통신부 수험표대장 직원출근부 대개는 헌것들이나 중에는 쓰지않은 새 용지(用紙)도있다

벽에는 일회부터 십회까지의 졸업기념사진을 위시해서 운동회 학예회때의백인사진들이 년대순으로 걸녀있다。
그중에는 육군애국부장으로 부터보낸 국방헌금감사장도 섞겨있다
부엌부뚜막위에는 성적고사한 시험지뭉치가수십뭉치가 쌓여있다。
김치독위에도 책장이놓여있는데 그 서랍속에는 도장 잉크、교표(校票)등이 가득히 차서있다。
대문간 문설주위에는 운동회때에 쓰든 지은기와 손구루마와 리레보ー따위가 대롱대롱달녀있다。
오선생귀에는 뜰에서 왔자짓걸하는소리들이 도모지들니지가 않었다。
다만 어째했스면 다시 쓰러진학교를 부활시켜보나하는 생자뿐만이 원몸을 사로잡고있었다
순에는 학교의 연혁과상황들을 인쇄한 일남표가 펼처있다。
얼마전까지 이 책을만들어가지고 관청방면으로시작해서 사회사업가나 재산가나 유지신사들을찾어단기면서 학교
와 곤난한사정을 호소했었다。
그때서 혹시 몇十萬圓짜리 유지나걸니면 어 쓰러저가는학교를 부책을녀세우려했다
주야를가리지않고 풍우까지 무릅썼다
그러고 별별 커다란 꿈까지 꾸구도지냈다
그렇나 학교는 아조 쓰러저버렸다
남의집을 얻어가지고 二十年동안이나 로대를잡은학교다。
언제든지 그집이 다른데로 팔니기만하면 내여놓겠다는 약속밑에 얻은집이다。
그래서 二十년동안이나 애를쓰고내려오는동안에도 언제든지 집을 빼았길때가 올것을 안 오선생은 단 한간을
가집이나마 교사를 장만하려고 애를썼다。
이「일람표」를 인쇄해가지고 도라단긴것도 이같은 애를쓴 표적이다。
그렇나 그여코 학교집은 팔녀버렸다

×

일람표 맨처음페지에는 二十年前에처음 시작할때에 나온 인가증이 때려있었다。
설립자 오성근(吳城根)

또 한장을 제치면 남학생세아이와 여학생한아이와 동리총대와 리발소주인과 또 자기와 한때때헌 재일회졸업기렴사진이나온다。

동리총대와 리발소주인은 설립당시의 후원자들이였다

가운데앉인 교장겸선생겸 소사인 오선생은 가슴에다 커다란 휜장미꽃을달었다。

집안에서 반대하는것도 불고하고 없는아이들을 가르처주지않으면 안된다、하는 커다란생각밑에서 이학교를 시작했다。

대개는 빗갓방의사는아이들 학교를가려도 갈수없는아이들을 모와놓고 글방갈이야학을 시작했다。

물론월사금도안받았지만 학용품까지나너주었다 그비용을 판출하기위해서 낮이면 리발기게를가지고 돌아다니면서 ㅏ전작러 리발행상을했다。

오선생은 땅마지기나있어서 겨우굶지만은않고살었으나 역시 오선생은 따로히 수입을만들어야 용을쓸형편이다

며군따나 아이들은 여렀이다。

그렇나 따로히 수입을만들기는커냥 안해와 아귀닷툼을해가면서 돈푼이란돈들은 모두학교에다 갖다바치였다。

이러는동안에 학생수효는 나날이 느러서 二百명이나 넘었다

×

또한장 새로나온사진은 새로히 얻데드른 교실에서 기렴으로 백힌것이다。

비록 얻어서드른교실일망정 그런사립중학교의 한一교실인만큼 매우훌륭했나。

선생수효도 六七인이나 넘었다

오선생의눈에는 전성시대의 그때의모든일이 훤하게놓다났다。

사무실안에는 보통교원의 테불이양편으로 갈나놓이고 한편 중앙으로는 좀 크고 화려한교장의 테불이놓였다。

다른보통교원의의자는 명의자였으나교장의의자만은 뱅뱅돌아가는 안락의자였다

자긔는 가장 점잔은얼골을해가지고 이안락의자에 올나앉어서 이편선생을볼때는 이편으로돌니고 저편선생을 볼때에는 저편으로 돌니였다。

테불위에는 수업료봉투와 수업료증수부와 영수인과 스탬무갓놓였다。

날마다날마다 이곳저곳에 찍히는 자기의 성명삼자는 유난히 유쾌하게 보히기도했다.
자금손님들이찾어오면 의례히 「오선생과마주앉어서 이런한말이 오고갔다.
「선생님의 근렴으로이만큼이나 왕성해졌으니 정말이지 선생님같으신 성의게신교육가는처음봤읍니다.」
「千萬에 말슴이죠」.
오선생은 여간 마음이 만족한것이아니였다.

3

「손님오셨소」
안채는 미다지를 깨질듯이 여러제뜨리고말한다
「누굴가」
「나가 보구료」
「아, 수구문안사람인가」
「수구문인지 동대문인지 누가아루——다 소용없어요 소영없어——그전에는 혹하면은 찾어들와서 염병들하고술
밥들을얻어먹고들 가드니 인제 우리가어렵게 궁해지니가 어느 어레친개색기한마리나 찾어옵되까」
「되끼싫여요」
「되끼싫언줄은 아는모양이구료, 헝, 글세어떻게나사라간단말요」
「그래도 설마죽을까」
오선생도 슬그머니 골이나서 목멘소리를 했다
그리고 허리펴침을 붙잡고서 대문박으로나갔다.
「어, 윤선생웬일이슈」
예전에 같이있든 젊은선생이다
「오선생님 오래간만이올시다」
윤선생은 모자를벗고서 거의최경례를한다

체조 찬가 같은 기술과목을 잘가르키는 윤선생은 학교가 망하자마자 다른학교로 곳 전근이되여갔다

「윤선생 잠간만 들어오슈」

「뭘、이렇게 멀니나오섰는데! 자、잠간만요」

「괜찮은데요」

「아뇨 어서들어오슈 이거보슈 인제는방이라고 안방밖에 안나멌수、그리고 이것들보슈 학교문서가 하나도없어지지않고 고대로있슈 지금이라도 다시 유지가나스면곳 시작할수가있겠는데」

오선생은 매우 강개한목소리로말을 줄대여했다。

「자、이러앉이슈」

오선생은 방바닥한편을 치면서말했다。

「아이구 아조 정신이없으시겠음니다」

윤선생은 빙그레우섰었다。

「그런데 오늘은 학교에 안나가섰우」

왜요、그런데일부러 오선생님을찾어뵈오려고일직언이 조퇴를했읍니다」

「네?」

오선생은 두눈이 번쩍띄였다 혹시 어떤유지나 발견해가지고 다시 학교를부활식히고 오지나않었나했다。

「다른게아니라요 요사히 제가단기는학교의 교원한분이 결원이되여서요 제가、선생님을소개했읍니다 혹 제 흔저의독단인지 몰으오나 선생님께서도 반대는아니하실듯해서 학교편에다 대강말은해놓고 이렇게 나온 길이올시다 수입은 퍽 적습니다 역시사립학원인만큼 三十원밖에안됩니다」

윤선생의말이길어질수록 오선생의 얼골빛도차차변해진다 나종에는눈치까지 샐쭉해졌다

「그러니 오선생님 의사는어떠십니까 댓장。아모소일거리라도안게시거든 림시로 가서게시는게 어떠십니까?」

오선생은 쌍뺨가케 상기된얼골에다 억제로 웃음을띄우면서

「네、그래서 나오섰어요—매우고맙습니다」

「천만에 요」
「그런데 내가 어떻게 또 그런 노릇을 합니까」
「왜 못하십니까」
「어허、 윤선생님은 아즉 내마음을 몰、 아십니다 나는 지금까지도 아즉 내 개인의 직업문제만은 생각한적이 없읍니다。 사실 우리집안은 곤궁합니다 그렇지만 비록 집안이 곤란하다고 어떻게 마음까지 꺽기겠읍니까 나는 무슨일이 있드래도 피와땀으로 쌓여졌든 二十년의 긴 력사를 가진 우리학교를 부활시켜놓고야 말겠읍니다」
윤선생은 도로혀 얼골이 붉어졌다。
「그렇나 한편으로는 「쓸데없이 고집만 세우는군」하는 가벼운 조소도 이러났다。
「선생님이 그렇시다면 어쩔수가 없죠、 그렇지만 선생님 저도 물론 그학교만은 사랑합니다 더군다나 오선생님이 쌓어 노신 피땀어린 희생적 노력에는 경의를 표합니다。
그렇나 지금 다시 어떻게 부활식힐 방법이 없지안치가 않읍니까」
「왜요 끝까지 노력을 하면 죽이나 밥이나 되겠죠」
「그래도요 노력해보실 터문이 가없지않읍니까」
「터문이 가없으니까 터문이 가생기도록 먼저 힘을써야죠」
「그럼 저의학교에가서는 오선생님이 오실의사가 안게시다고 전하겠읍니다」
「네—그래、 줍쇼、 허! 그리고 윤선생 내가 내 개인의 밥을 위한다면 찰아려 다른직업을 어데가지 어떻게 다시 교원이 되겠소 글세 윤선생 생각해보슈 어떻게 어적게 까지 교장노릇을 하든 내가 더시 평교원 노릇을 하겠소」
오선생은 가늘게 한숨을 내쉬었다。
윤선생은 속으로 웃었다。
「그럼 오선생님 실례하겠읍니다」
「이건、 너무 미안하게 됐읍니다」
오선생은 대문밖까지 따라나오면서 인사를 했다。

4

다저녁때나되여서 오선생은 예전학교터에섯다。

언제든지 밖갓출입을 할때에는 한번식 여기와서 허무러진 학교터를내려다본다。

집은다 헐니였으나 사무실뒤에섯든 고목나무만은 그대로섯다。

까치들은 가지속에서 깍깍어린다。

붉은저녁해는 음폭움푹들어간 허러진터에다 군대군대 그늘을 짓고있다。

한편에는 벌서 커다란 고옥들이 즐비하게 느러슨다。

한참동안이나 오선생은 제옷같이됏다。

벼란간 음악소리가나며 수백아이들이 뛰노는 운동회의전경이 이 빈터에 나타난다。

어느틈엔지 검정례복을입은 자기의늠늠한자태가 본부석 중앙의자에나타난다

「앗ㅡ」

오선생은 견디다못해서 입을앗물엇다。

「옳다、무슨일이있드래도、다시 부활을시키고말니라」그는 주먹을쥐고 거기서얼마안되는 어느사립학원으로 발길을돌녓다。

그학원은 오선생의학교와 경쟁을하다싶이 돼서 마조서있든 학원이엇다。

그러나 오선생은 언제든지 그학원을 정면을했다。

조그마한교실에다 百여명식이나넘는학생들을 콩나물다가리모양으로 드려안처놓고 월사금만 바더먹는 영업적학원이라고했다 천명이나넘는학생으로 오전오후로갈나갈으키며 게다가 월급이싼 무자격교원들만갓다놓고 중간에서 사복만뚜들기는 그학원의원장이야말로 집안까지희생을시켜가면서 二十년 동안이나 노력해내려온 자기에다가대면 말할수도없는 차이 가있다고 생각했다。

「옹、성실한학교는망하고 영업으로하는학교는 잘되고ㅡ아니 이런법도있나ㅡ!」

오선생은 속으로부르지젓다。

그러나 지금형편으로는 이같은 학원이지만 안찾어갈수가없다
오선생의학교가 망할때 림시로 학교도구와 학생들을 그학원에다맛기였다。
언제든지다시 새로운교사가생기여서 학교가계속되 는경우에는 그학생들과 도구는도로 찾겠다는 조저밑에서 맛기였다。
그러나 사실에 있어서는 합병을당한세음이다。
이러는데 요사히와서 한가지 광명이 빗최였다 그것은 그학원 김원장이 오선생에
「어디든로지좋은집재러가 있기만하거든 통지만해주면 집세돈만은어떻게융통을 해주겠다」고 언명을한까닭이다。
그러나 김원장의마음은 여기에있는게아니다 어떻게든지 오선생의 환심을사서 영구히 학교도구와학생을 무상(無償)으로 차지하겠다는 야심때문이다
만일 오선생이 덧드라나면 만돈몇百원이라도 도구의값을 주지않으면안된다。
그러나 오선생은 이김원장의 말을 고대로밋고 도로혀 고맙게만생각을했다

마츰 학원들어가는 골목으로 들처스다가 김원장을맛났다 새양복에 새구두를신은 키큰신사다。
관청단기다가 밀려나와서 할일이없어서 뺑뺑돌다가 생각해낸것이 이학원이였었다。
될안간에 팽창한교육열때문에 학동들은번쩍늘고 그렇다고 예산관계로 수용할만한 학교는 한까번에 왁짝눌지를 않으니 자연히 학령아동들이 길가에서방황하게된다
이래서 여기저기에 학원들이이러난다。
모두가 무산아동들을위해서 희생적으로 노력해보겠다고들 간판을내세운다
그러다가 차차아이들이느러가고 월사금머리가많어지면 그들은 그만슬그머니 영업학원이되여간다
「아ㅡ오선생님이십니까 그러지않어도 지금선생님댁을찾어가는 길인데요」
「네 그러세요」
오선생은 감격한듯이 답례를했다
그러나 실상 김원장은 출출한생각이나서 한잔먹으러나오는길이다

「그때 그동안 댁에 들어앉어계셨읍니까」

「네― 정말이지 화가나서 못견디겠읍니다―그런데 우리애들 잘있읍니까」

「네」김원장은 빙그레웃는다

「우리애들」이란것은 오선생학교의아이들은 가르킨말이다

「그애들 공부들 곳잘하죠」

「그럼요 어느반이나 물론하고 모두 첫지둘지 재목은 오선생학생들중에있나봅니다」

「뭘요」

김원장은 비꽈서 한소리였지만 오선생은 펄쩍뛸듯이 조와했다

「사실말슴이지 저의학교가 비록사립은사립이지만 규측들도 대단하고 공부들도잘들올했죠」

「그럼요 다 오교장선생님 이 잘통솔하신 까닭이죠」

「뭘요」

오선생은 두손을싹싹비비면서 허공을치다본다

「그런데 오선생님」

「네―」

「실상 제가찾어뵈오려고한것은 다른게아니라 저어 동대문밖에 좋은학교자리가나서서요」

「네、학교재려요」

오선생은 춤은출뜻이됐다。

「왜、몰느십니가、저、동대문밖에 동양학원을요」

「네 폐쇄명령을 당한학원말이죠」

「네!」

동양학원은 몇몇 젊은선생이 가치해나가든학원이했었는데 창가시간에 아이들에게당치안은 창가를가르키고 또각금 상학시간에 시국에맛지안은 동화를해주었기때 문에 폐쇄를당 한학원이다

「그때 이왕 동양학원은 언제든지 다시동양학원으로써는 개교가되지를못할터이니 오선생님이 그학원을 사가지

시고 오선생님학원을 계속하시면 좋지않겠읍니까」

「그참 좋습니다 이건참 김선생님 은혜는언제든지 잊지를못하겠읍니다。 그렇지만 두손돈이있어야죠」

「그것은 림시로 제가 변통해더리죠」

오선생은 달겨들어서 김원장의손목을 덥석잡었다。

「정말이지 김선생님같으신분은 처음뵙습니다」

「허……별말씀을 다—하시지 자、우리 시장하실테니 약주나한잔하러가시지」

「가시죠」오선생은 생긋생긋웃으면서 앞장을섰다

5

밤늦게나 되여서 술이 얼큰히 취한 두사람은 다시 동대문안 큰길로나타났다。

전세돈받어서 대강갚을것은갚고 남저지돈으로는 쌀가마나 팔가하고서 남겨뒀든돈으로 다시학원이된다는 바람에 신이나서 다 먹어버렸다。

맨나종판에는 내외주점에 들어가서 전차비한푼안남기고 박아지를쓰고나왔다。

김원장은 전화한목소리로

「그러니까 오선생님 이건 잠간 정책상으로 오선생학교대표자의명의를 제가할뿐입니다」

「네 알겠읍니다」

「그 동양학원만사고 학원간판만부치고난뒤에는 물론다시 오선생님 명의가 되시여도좋으니까요」

「그야 관계있읍니까」

「그럼、또、낼 뵙겠소」하면서김원장은 어두운골목속으로 사러젔다。

오선생은 술을먹다가 김원장에게 한장의 계약서를써서줬다。

「김원장이 동양학원을사서주겠으나 그대신에 사는명의는 김원장이름으로할것

따라서 오선생학교의대표자를 오선생이외에 김원장도 넣어서 도합두사람으로 만들것」

오선생은 아모케하든지간에 학원하나만 다시살리겟다는생각으로 모두 허락을해버렸다

그이튿날부터 매일계속해서 한十여일동안이나 김원장을 찾어단겼으나 김원장은 차일피일하고 날짜를 연기해서 며갓다。

그래도 오선생은 김원장만밋고 날마다찾어갓다 어느날!

오선생은 동양학원을찾어나가봤다。

대관절어떻게된학원인가? 하는궁굼한마음도나고해서——

학원은 조선기와틀언진 목제교실이었으나 매우반듯하고 정결했다。

유리창으로 교실안을더려다보니 책상걸상도반반하고 칠판도새것이고 교단과교탁까지 완비가됐다。

오선생은 저절로침이너머갓다。

운동장도 한五十평남즉해서 소규모로 조회(朝會)같은것도 넉넉히할만하다。

사무실은 한편에 따로떠러저있다。

책장과 테불과 또 굼직한 풍금까지있다。

「야ㅣ 학원은 훌늉하고나 이것만 내손에들어오면야 무슨일이든지하겠다」

오선생은 혼자 몸이달앗다。

혼자 서성거리다가 담배대를고지내가는동리로인을맛낫다。

「좀 말슴좀 엿쭤볼말슴이 있는데요」

오선생은공손히 모자를버섯다。

「네、무슨말슴이슈」

「혹시 이학원이 매매된다는 소문은 없읍니가」

「웨요 요일전에 벌서 이학원은 저 문안학원의 원장노릇하는김나모개에게로 八百원에팔녓읍니다」

「네、그러세요」

로인은 오선생이 너무놀내는것을 이상스러허보다가는 그냥지내간다。

오선생은한참동안 정신이없었다。

「그러면 김원장도 나를욕허는게아닌가! 어떻든지 다시 찾어나가보자」오선생은불이낫케 김원장을 향해서 찾어갔다。

6

「김선생님 그럼 김선생님은 나를속혀가지고 나의二十년동안의 로력을빼스시려고 하신게아닙니까?」

「그건 오해이십니다 빼슨것이아니라 돌오혀 오선생님의 사업을게승해더렸을뿐입니다」

「그럼왜 동양학원을사시고도 내게는 아모런 통지도없으십니까」

「통지가 그리밥붑니까」

「어째서요 나와 김선생은 똑같은대표의 한사람이아닙니까?」

「그렇지만 오선생님은 이제까지 애를쓰셨다는 공로자이실뿐이지만 나는앞으로사업을 계속해갈당무자 가아닙니까?」

「알았읍니다 나는 이번일에반대합니다」

「반대 하시면 대표자의자격을 이러버리시는게죠」

「나는 우리학교의 교장입니다」

「나도우리학원의 원장입니다 허……여보 오선생、세상이란것은 그렇게 단순하게 열성이나 노력만가지고 일이되는법이없소

무엇보다도 금전과수단이 있어야하는거요 오선생이아모리지금애를써도 무슨소용있소」

「그렇지만 김선생 당신은나에게 동양학원을 사준다고하지않었소」

「그것은 사업때문이죠 그렇지만 이것도 냉정히이야기를하자면 내사업이지 당신사업은 아니죠 다만 당신은내사업하는때에 한보조자에 불과한게죠」

「엑키 네가 교육자냐―조타 나는 무슨일이있드래도 내손으로 다시 새교사를짓고서 우리아이들을 찾어가겠다」

오선생은 새파랗케 흥분이되여서 사무실을나왔다 김원장은 아모러치도않은듯이 너털웃음을 웃었다。

교실속에서「海ゆかば」의 노래소리가 흘너나왔다。

한다름에 집으로도라오니 웬일인지마루가 허룩하다。
태산같이쌓였든 문서뭉치가 온데간데가없었다
「여보、다、어디다가치였소」
「누가아루」
한해는 여전히 쨍그리고대답을한다
오선생은 안방으로들어갔다、거기도비였다 벽장속도 비었다。
「아니 엿다가 첫느냐말야」
「치기는엿다가천단말야 보기도싫고 겄치장스럽기도 해서 악가 수지장수에게 팔어버렸소」
「아니뭐?」
「그럼 그까진것은 파러버리지윌하오 그것때문에 집안이 이렇게된것을생각하면 이예서 신물이나는데—」
「엑키 이몰상식한것같으니」
「상식이많어서 쌀말돈으로 술은먹고들어왔소」
「아이구 글세 이노릇을어떻게해— 학교가 내일될지 모래될지도몰으는판에 문서를모두파라버렸으니—」
「학교라면 첬넌이나서야던야」
「듯기싫여!」 오선생은 방맹이라도가지고 안해를 갈기고싶었으나 적어도 학교교장노릇하든자기로써 안해를때런다는것은너무나 몰상식한것같어서 꿀꺽꿀꺽참었다
「그래 어떤망할자식에 게파렀어」
「누가아루 지내가는장수에게파렀으니」
「에그 이러니까 무식한 여편네는 쓸데없다는거야」
「유식한 여선생이나어더가지」
「듯기싫여」
오선생은 한다름에 뛰여나왔다。

먼저 큰길로나갔으나 수지장수는 보히지를않었다。
조금 높은언덕으로올나갔으나 역시 수지장수는보히지가 않었다•
자주빛저녁연기만이 자욱히 올노고있다。
골목골목으로는 책보낀아이들이 몰켜들어가고있다。

×

몇칠이지내도록 오선생은 수지장수를 찾어던겼으나영영찾지는못했다。
그대신 동대문밖동양학원은 김원장의사립학원의 분교실이되였다

(끝)

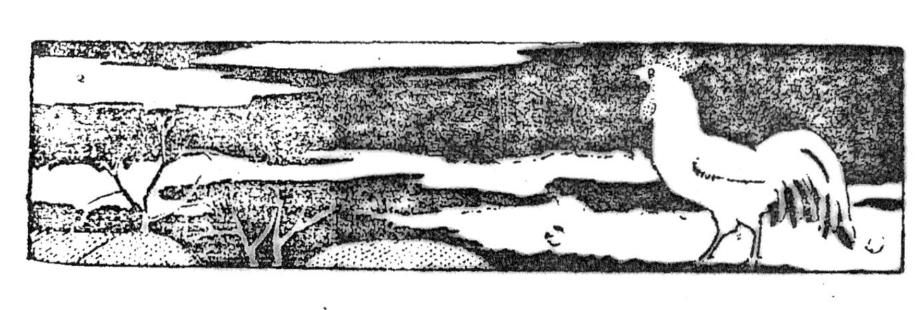

明日의情緒

朴 芽 枝

第一幕 第二場

같은날夕陽、白雲아버지의貸金業事務室 左手에玄關 右手로內室에通하는문 右手前方에테ー블 그위에手提金庫 書類箱 筆筒等 그앞에의자 正面後方에 큰金庫 書籍等이놓여있다 金庫앞에의자 金童이앉어졸고있다 十六七歲의少年 白雲이당황하게드러온다

金童(깜작놀나 벌떡이러서며)

「난또누구라고?」(도로앉는다)

白雲「애 金童아 아버지는 어듸가섰니?」

(몹시당황한태도로 사방을두리번두리번한다)

金童「애는 또왜이렇게황겁하게구니? 누구한테쫓겨왔니?」

白雲「아버지는 어듸가섰니?」(갓갑게와서 다정하게어깨에손을언는다)

金童「일수받으러 나가섰다」

白雲「그런데 애! 너내말곡한번만 들어줄테냐?」

金童「무슨말?」

白雲「글세 꼭들어줄테냐?」

金童「글세무슨말이냐?」

白雲「들어준다면말하고 그러찮으면말안한다」

金童「글세 무슨말인데?」

白雲「저ー그런데말야」(귀에대고 한참소삭인다)

金童「안된다」(깜작놀나 벌떡이러선다)

白雲「너 그래못드려주겠니?」

金童「그건안된다」(눈을크게뜨며)

白雲「안되면 그만둬라 난 내맘대루할테다」

(테ー블앞에가서 手提金庫를연다 金童따라와서 白雲의팔을잡으며)

金童「얘안된다 이건참말안된다」
雲「널더러 걱정하란건아니다 (뿌리치고 금고에서돈을
꺼내 육십원만세여서 주머니에넣는다)
金童(울상이되여서 그의팔에매달이며)
「얘! 이건참말안된다 참말 이건안된다」
(자기목을 손가락으로 베히는시늉을하면서)
「그럼난이게다 난참말! 난몰은다난몰은다」
雲(金童의어깨에손을얹으며)
「얘 걱정말어ㅣ그건내가담당할게」(자기주머니를 가르
치며)
「여기 한번드러간놈아 도로나올리치는 없지안으냐 그
러니까 말이다 네가 나한테 약속을하나만한다면 너
는아무일도없도록 내가담당할게」
金童(할수없다는듯이 雲의소매를 슬시놓으며)
「무슨약속?」
雲「네가말이다 네가이방에왔드란말과 이돈을가져갔다는
말을 우리아버지께 절대로 말치안는다고 약속을한다
면 나도또한 어떤일이있드라도 네가 우리아버시께책
망을듯지않고 또는 쫓겨나지도 안토록하여준다고 약
속해줄수가 있단말이다」
金童「참말이냐」
雲「참말이다 그럼너 그런약속을할수있늬?」
金童「그렇다면할수있다」
雲「그럼 너 약속이란 꼭지켜야한다는건 잘알지?」
金童「그건 그때우리先生任이 그러시는데 사람이란 한번
약속하면 죽는한이있드라도 꼭지켜야한다고 그랬으니
까」
雲「자ㅣ그럼약속이다」
金童「너도 너의아버지께 내가 쫓겨나지안토록 해준다
는약속을 해줘야하지안늬」
雲「그야물론이지」
金童「그럼너도 그약속은 꼭지켜야한다」
雲「암 그야물론이지」
金童「그럼약속했다」
雲「약속했다」(金童의손을 잡여흔들고 사방을 한번살
피고 당황하게 玄關으로退場 金童이 도로의자에앉어
걱정스런표정으로 金庫만멀거니바라보고있다 雲의아버
지玄關으로 드러온다 五十이갓가운 점잔은中年은 가
방을끼였다 金童벌덕이러나 가방을받어 테불에놋는다」
父「아무도 안왔었늬」
金童(한참망서리다가 겨우) 「네!」
父(테불앞의자에앉어 가방에서 돈을꺼내세이고있다 한참
사이ㅣ그동안金童은 공연히당황한태도로 서성거리고있
다 父는여전히 돈을세이다가 珠판을딸자어련다 그다
음手提 金庫엣돈을 꺼내세인다 二三次 다시세이다가
머리를 갸웃갸웃」

「얘 金童아!」
金童「네」
父「이리온」
金童(말없이 그앞에가서 선다)
父「사람이란 正直해야한다고했지?」
金童「네」
父「거짓말하는사람은 존사람인가?」
金童「언잔은사람이여요」
父「넌 그렴거짓말은안하지?」
金童(당황한태도로)「네」
父「그런데 이방에 누가왔다갔지?」
金童(한참망서리다가) 「네」
父「누가?」
金童(한참주저주저하다가)
「그건 말할수없어요」
父「어째서?」
金童「그건 말하지 않키로 약속했으니까요」
父「누구하구?」
金童「그사람하구요」
父「그사람이 누구냐말이여?」(성을버럭낸다)
金童「글세 그건 말하지 안키로 약속했어요」
父「옹 그러니까 그게누구라고 말하지안키로 약속했으니까 그약속을 지키기위해서 말할수없단말이지」
金童「네 그렀읍니다」
父「그건 좋은일이다 약속을꼭 지키는건 正直한사람의 할일이다 그런데말이다 너거짓말은 안한다고 그랬지웅?」
金童「그랬읍니다」
父「그럼말이다 그사람이 누군지는 말하지안트래도 그사람이 이방에와서 무얼가지고 간것이 있는지 없는지 그건잘알겠구나?」
金童「네 그건 압니다」
父「무얼가지고 갔늬?」
金童「돈을가지고 갔읍니다」
父「얼마를?」
金童「육십원을 가지고 간줄로 생각합니다」
父(머리를 한참 갸웃갸웃하다가)
「너는 참말正直한아희다 네말에 틀림은없다 그러나 네가 이방을 직히고 있었다는 너의책임에 대해서는 생각이없느냐?」
金童「생각이있읍니다」
父「무슨생각이?」
金童「내가 이사무실을 잘지키지못한죄로 이사무실에서 쫓겨날줄로 생각했읍니다」
父「그런생각을하면서 어째서 잘지키지못했느냐?」
金童「나는 잘지키였는데 사정이 부득이해서 이렇게되였

읍니다」

父「그래도 나는너를믿고 이사무실을 직히라고 뒤돌줄도 생각했느냐?」

金童「꽃겨날줄도 생각했읍니다」

父「그럼너는 공모하고 그돈을 가져가도록 한것이아니냐?」

金童「그런일은없읍니다」

父「애 金童아?」(부드러운말씨로)

金童「네ㅣ」

父「한번약속한이상 그약속을 꽉지키는건 썩좋은일이다 그러나 약속에는 좋은약속과 언잔은약속이 있는줄너는모르느냐?」

金童「암니다」

父「그럼말이다 네가지키고있는 主人의돈을 가져간사람을뻔히 알면서도 그사람을 主人의게 말하지않겠다고 약속한것은 좋은약속인줄알고하였느냐?」

金童「그때에는 마치 그런생각을 못했는데 지금생각하니 그건 언잔은약속이였다고 생각합니다」

父「그럼 조치않은약속인줄 안이상에는 그약속을 지키지안트라도 상관이없지않으냐?」

金童。그건 그러치 않은줄로 생각합니다」

父。「어째서 그러냐?」(성을버럭낸다)

金童「한번약속한이상 그약속이언잖다고 지키지않는다면 이세상에 지킬약속은 하나도 없을것이안입니까?」

父「외 그러냐? 좋은약속은 지키여야지」

金童「영원히 좋은약속과 영원히 조치않은약속이 어듸있읍니까? 좋고 조치않을것은 때와곳을따라 변하는줄로 생각합니다」

父「더욱성을내며」

「그런 의론은 듯기싫여ㅡ어쨋든 넌곳까지 그게누구라고 말할수없단말이지? 내가 좋게일늘때에 듯는것이 너의장래를 위하여서 좋을것이아니냐?」

金童「저의장래에는 어떤불행이 있드라도 한번한약속은 지키에야 하겠읍니다」

父(한참동안 머리를수기고 생각하드니)

「웅 알었다 그럴것이다 얘ㅣ안에가서 그애머니 불너오너라」

金童「네」(右手內室로드러가서 雲의어머니를다려고 나온다 四十이넘은 현숙한부인이다 그의앞에 고요히와서며」

母。「부르셨어요」

父。「무슨돈 쓸일이 있었소?」

母「아니요」

父「이방에서 돈 육십원을 가저가지않었소?」

母「아니 별안간 그게무슨말슴이세요」(깜작놀난다)

金童「그런일은 절대로없읍니다」

母「내가 언제는 그런짓을했읍니까? 쓸일이 있으면 달내서 쓸것이오 또 당신볼내 내가 무얼하는데 그렇게 많은돈을 쓸일이 있겠어요?」

父「그건 그렇치만은 난이애는 퍽정직한아회로 믿었는데 이애가 지금 돈가저간사람은 알기는하나 참아 말할수없다고하니 글세 생각해보오 다른사람이 가저갔다면야 처음부터 이애가 가저가지못하게했을것이오 또는 부득이 가저가게된 게제라도 그게누구라고 곳말할게아니오 헌데 가저간사람을 알기는하면서도 참아 말할수없다고하니 아무리생각하드라도 다른사람이 가저가지안은건 뻔한일이아니오 그렇고보면 결국」

母「아니 글세 내가 무얼하는데. 돈을끄집어내요 얘金童아! 누가 가저갔는지 어째서 말하지 못하느냐」

金童(몹시안탓가운 표정으로 눈물이글성!글성해서 사방을공연히 살이며)

「참말 말할수없읍니다」

父(벌떡이러나 큰소리로)

「내가 좋게물을때에 말하지않고 주재소에 붓잡혀가서 매를맞고야 말하겠단말이냐?」

金童「아무의매를 맛드라도 약속을지킬자유는 나의게 있을줄로 생각합니다」(조곰반항적태도로)

父「그때 主人의돈을 훔치는것도 자유냐?」(뺨을몹시후린다)

金童「앗―」(쓰러진다 母깜짝놀나 한거름 물너서서어쩔줄모른다 때에白雲 內室로부터登場、고요히아버지앞에머리를 수기며)

雲「아버지용서하여주십시오 제가그돈을가저갔읍니다」

父「이자식 듯기싫여」(성을낸다)

母「네가 무얼하는데 그렇게많은돈을 가저갔겠늬? 그런거짓말하는건 납뿐일이다」(아들의소매를 다린다)

雲(다시 아버지앞에 허리를 굽히며가직한말로)

「아버지용서하여주십시요 참말제가 그돈을 가저갔읍니다」

父「얘! 金童아 참말그돈을 이애가 가저갓늬?」

金童(이러서서눈물을씻고 雲을한참바라보다가)

「네」

父「그럼 마누라는 나가있어요 그러고 금동아! 너는 저리가서 앉어있거라」(의자에 도로안는다 어머니겨정스런 표정으로 두어번도리켜보며 內室로退場 金童은金庫앞의자에가서 겨정스럽게 雲을바라보며 앉었다)

父「이리와―」

雲(말없이두어거름 앞에가서直立한다)

父「넌 그돈을 갖다무얼했늬?」

雲「썼읍니다」

父「무었에썼느냐 말이다」(성난소리로)

雲「그건 말씀드릴수없읍니다」

父「어째서? 그겨도또누구하구 말하지안키도 약속했느
냐?」
雲「그렀읍니다」
父「누구하구?」
雲「저의 양심에약속했읍니다」
父「기가막힌뜻이 허허우스며)
「참 기가막혀ㅣ이자식아! 자기양심에 약속한걸 잘
지키는건 너의장래를 위해서 가상한일이다 그러나어
린놈이 무엇하는데 그렇게많은돈을 쓸일이있느냐 말
이다 그건반듯이 나쁜유혹에걸여서 쓴것이아니냐」
雲「아버지 그건참말 좋은일에 쓴줄로생각합니다」
父「응 설사좋은일에 썼다고하드라도말이다 정말좋은일
에 쓸일이있으면 나의게말하고 아버지승낙을 얻은후
에 쓰는것이 옳은줄은 너는어째 모르느냐말이다」
雲「아버지 승낙이게신후에 쓰는것이 좋은일인줄은 알었
읍니다 그러나 아버지께서는 아무리좋은일이라도 돈
을쓰시지 않을줄미리알고 있은까닭이였읍니다」
父「그건 어떻게네가 미리아느냐말이다」
雲「그건 지난번 우리학교증축 기부금을 아무리내시라
고 하여도 안내신때부터 알었읍니다」
父(벌떡이러나서 발을구르며 큰소리로)
「이자식아! 듯기싫여! 어버이앞에서 방자하게 말
대답하는 자식은 일이없어 썩나가—오늘부터는 집에
드러오지도 말어! 학교에가고 안기는것도 인젠 난몰
나—방자스런놈 같으니라고!」
雲「아버지 선생님이 말슴하시는데 오늘날 어버이된사
람은 그자식을 성년될때까지 양육할의무가있고 또그
자식이인격을 완성할때까지 교육식힐의무가있다고 하
시든데요」
父「그때 父母된사람은 그자식을 양육하고 교육할의무
가 있어도 자식된사람은 父母의명령을 순종할의무는
없단말이냐?」
雲「자식은사람이 어버이를 존경할의무는있어도 어버이
가 자식을 지배할권리는 없다는줄로 들었읍니다」
父「권리없는 의무가어데있느냐말이다 권리와의무는 병행
하는것이여—」(도로의자에 앉는다)
雲「그렀읍니다 어버이는 자식을지도하고 사랑하고 보호
할권리가 있을것입니다 그러나 자식이 자기의새시대
에 적당한 자기의의사를 발전식힐자유를 억제하는권
리는 없다는줄로 들었읍니다」
父。듯기싫여 학교에서는 그따위로 어버이앞에서 무엄
하게 대답질만하라고 가르쳤어? 방자스런놈같으니
어서 썩나가 보기싫여」(쓱도라앉으며)
「얘! 金童아! 안에가서냉수한그릇떠와」(金童이 나
室로退場)
雲(다시고요히 아버지앞에 한거름나서 허리를굽히며 나

직한말로)
「아버지 아버지승낙이안게신데 그돈을 꺼내간것은 참
으로 잘못이였다고 후회합니다 그러나 아버지아들은
그돈을 좋은일에쓴줄로 믿으시고 용서하여주시오 그러
고저금동의게는 책임이 없다는것을 인정하여주십시요」
父(도라도 안보시고 길게한숨을쉬며)
「나는 다만하나뿐인 자식인 네가 그렇게아버지를 속
일줄은 몰났다 네가 그돈을 갓다가 어떻게썼다고말
하기전에는 너를 자식으로 생각하지않을것이다 그러
고 금동이도 이집에 그냥둘수는없다 그러니까 다시
잘생각해보아라」
雲(눈물을써스며)
「아버지 제가 그돈을 무엇에썼든지 도로가저오라고
명령을안하신다면 그리고 또 금동의게는 아무책임도
없다는것을 인정하여주신다면 이자리에서 말슴드릴수
있읍니다」
父「그야 물론 네가 그돈은 정당한데 썼다면 도로가
저오라고할 내가아니지」
雲「아버지 그럼 말슴드리겠읍니다」
父(도라앉어 아들의손을잡으며 인자한말써로)
「생각잘했다 사람이란 누구나한번 잘못은 있는것이
다 그러나 그걸뉘우치고 다시 그런일이없도록 스스
로 자기약심에 다짐두는것은 더욱[illegible]한인이다」

雲(감격에넘처서 눈물을흘니며 아버지가 슴에머리를파
뭇고)「아버지」
父「오나 어서말해라」(껴안고 머리를 쓰러준다)
雲「이웃 집立紛이가 아주어려운처지에 빠저서 그만한돈
이아니면 그애를 구할수없는형편이기에 동무를 동정
하는마음으로 갓다주었읍니다」
(雲이말하는동안 금동이가 물그릇을들고들어온다 말
이끗날때에 물그릇을 드리려고한다 그러나 아버지는
아들의말이 끗나자 갑작이 무서웁게 성을내고 얼굴
이파래지며 아들을 몹시 밀처 마루에 동댕이치고벌
덕이러서며)
父「엑키고약한 자식같으니라고 어느새어린자식이 이웃집
게집애에 반해서 아버지돈을 몰내훔친단말이냐? 당장
죽일놈 같니라고」(그바람에 금동이들었든물그릇은마루
에엽질너진다 그는 아들을 발길로 차려고덤빌때에雲의
어머니 居室로부터 당황히登場、남편의 앞을막으며)
母「이게원일이세요? 단하나 자식을 어쩌면 그렇게심
하게구시우」(金童이대접을 집어들고 다시居室로退장,
父「저리피켜! 이따위자식을 그냥 두었다가는 제놈의장
내도 장래러니와 부모의체면과 명예를더럽히고 집안
을망해놀 자식이여! 당장에죽여바려야지」
母「글세 참으세요」(아들을 안어이르킨다)
父「아!아!단하나뿐인 자식이 벌서이모양이니」
(몹시 괴로운 표정으로 의자에 털석주저앉는다 雲이
어머니 가삼에깨안겼대에 고요히[illegible])

平凡한農村風景

李 龍 雨

一

등허리를 베리쪼이는 해ㅅ빛과 모래판으로부터 취켜오르는 무더운 열기에 칠돌이는 목안이 콱콱 마키는것 같었다。

방천가 넓은 들판은 작년수해에 복사를 당한체 웬통 하이얗게 모래에 쓰러무처 마치 강변 모래밭으로밖에 보이지 안는다。

칠돌이는 그저 지주의 뒤만 따르며 잠자코 거렀다。 그러나 그의 가슴속은 애가 씨여 터저나갈것만 같었다。 등허리와 겨드랭이에 땀이 흠박 배여올라 옷깃이 착착 드러붙는것에도 칠돌이는 짜징이 났다。

―어떻게 지주의 말이 떠러질가?

저―쪽 건너편 첩첩지의 논은 방금 개간(開墾)중이여서 철로 위를 「도록고」가 연달어 쿵쿵쿵쿵 하고 분주하게 굴러다니고 있다。 그러나 사방은 고요하였다。 쿵쿵쿵하는 「도록고」의 소리도 머―ㄹ리 저편 산밑까지 쭈―ㄱ 빼친 들판위를 떠돌다가는 공중(空中)으로 사라저버린다。 맑은 하늘로 부터 떠붓는 쨍쨍한 해ㅅ살이 왼모래밭을 남김없이 반사(反射)시키고 있다。

백사장을 한바퀴 휘돌고난다음 지주와 칠돌이는 함께 방천우으로 올라섰다。 저주가 웃속 주머니를 메죽메죽하며 손수건 찾는기색을 얼핏 눈치채인 칠돌이는 자기허리에 찬 시깨먼 세수수건을 끌러 지주앞으로 내밀었다。 지주는 약간 상판을지

크리고 그러나 마지못한듯이 그것을 바다선 뒤롱시까지 흘렁 버껴전 데머리에 소슨 땀을 씻었다。그리고 그제야 칠돌이의 존재(存在)를 알어체인듯기 비로소 두트운 입을 띄였다。

「데관절 얼마쯤에 개간 할수가 있다는 말인고」

고대고대 하면 지주의 말이 이제야 떠러졌다。

「얘? 얘ㅣ 그기 올시다 저……」

하끈 칠돌이는 선뜻 대답할수가 없었다。개간비용이 너무나 엄청나게 많은 까닭에………

말은 또다시 끊기고 말었다。칠돌이는 마치 뱃속에서 불이 끌는듯이 애가달어 못백이였다。제발 지주께서 시원한 소리한마디만 떠러졌으면 하고 그는 속으로 빌었다。

「자내는 고만 도라가게 그라고 내일랑 아침질에 와주게。저녁차로 서울를 올라가야되겠으니……」

「애ㅣ」

칠돌이는 더 다시 뭐라고 할말이 없었다。마치 넋잃은 사람처럼 애ㅣ하고 대답하고는 머ㅣㅇ 하니 있을뿐이였다。

「애ㅣ 그럼 내일 다시 읍내로 더러가리다。지주나리 안영히 도라가십시다」

지성끝 인사를 였숩고서 하는수 없이 그길로 칠돌이는 마을로 도라섰다。그는 슬그먼이 제 팔자가 짜증이 났다。

――비러먹을 신세가 왜 이렇게도 뚱두데가 갈단말인고!

올해는 좀 어떨가 올해는 좀 신수가 펴질까 하고 내내 소켜내려온것이 벌서 십여년이 넘는다。그것이 작년은 남선 일대를 습래해온 그 모진 수해에 그만훌딱 망하고 말었다。아니 그보다도 깜박했드면 제 목숨조차 없어질뻔 했다。

근 수무날을 두고 지긋지긋이도 내리든 비가 마지막 몇일동안은 무시무시한 소낙비로 변하여 메리쟈듣기시작했다。자고있든 칠돌이는 울타리를 훔처갈기는 빗줄소리에 번적 눈을 떴다。뒤를 이어 와라락 하고 오양깐 있는쪽 축대 넘어지는 소리가 사방을 울렸다。

그는 무의식 중에도 등불과 삽을 들고는 머슴 부를 새도 없이 방천으로 다름박질을 첬다。그러나 벌서늦었다。저ㅡ쪽 할미바위 라고 부르는 바위밑 옷방천이 설설々々 무너짐과 함께 황토같은 싯누른 홍수가 순식간을 두잡고 산밑까지 왈칵치밀쳤다。그 웅장한 소리는 마치 큰바위 굴러가는 소리와같이 쿵쿵하였다。그진동은 칠돌이의 발밑까지 울렸다。

칠돌이는 죽은 사람처럼 피색 하나 없는 얼굴로 머ㅡㅇ하니 있을따름이었다。

아무런 전후 생각조차 없었다。

그러나 다음 순간 그는 천지가 뒤집어지는것을 느꼈다。바로 자기가 선 밑방천이 허지자 광 하는 벼락 같은 소리와 함께 칠돌이는 눈앞이 맹 돌며 그만픽 쓰러저버렸다。소낙비는 칠돌이의 쓰러진 몸둥이를 내리치고있다 흠빡 저진 몸을 발발 떨며 칠돌이는 귀밑에서 세ㅡ 세ㅡ 하는 물세는 소리를 꿈결속에서 듣듯이 하며 잠시 마음을 진정 시키기에 무던히 애를 썼다。

가ㅡ마깨 보이는 저ㅡ쪽 산밑에서는 웬 마을사람들이 다 나서서 손에 손에 괭이와 등잔불을 처들고는 와작짜근하게 돌복고들 있다。하나 이쪽 칠돌이에게 눈을 던지는 사람은 하나도 없었다。인위(人爲)로는 어떻게 할수 없는것을 그러나 마음은 조마 조마하고 재각기 분주히 날뛰고만 있었다。

아래와 웃 방천이 허저나가 마치 칠돌이는「섬」에 구양사리 간농처럼 되고말었다。그는 가진 힘을 다하야 사람 살려라고 고함을 내리 질러보다가는 또다시 정신이 아찔 해졌다。

칠돌이가 이「섬」에서 구출 된것은 그이튼날 한나절쯤 해서였다。

물에 빠진 뒤의 넓은들판은 웬통백사발으로 변해버렸다。그뒤의 이 동리일동이 지내온 오늘날 까지의 생활이란 이루 말 하자면 기막킬 따름이었다。죽지 못해 살아나왔다고 할수밖에 더 어떻게 말할수없다。

——비러먹을 신수가

이 소리는 비단 칠돌이 뿐이 아니라 원통러 사람들의 절망소리이였다。

二

첫닭이 우는것을 듣고 깨인 잠이 그뒤로 도모지 이루어지지 않었다。칠돌이는 제 옆에 누어있는 안해의코고는 소리에 짜증을 내며 몇번이나 잠고대를쳤다。

안해는 원 하로동안의 된 일에 부대껴 죽은듯이 쓰러저 코를 골고 있다。그 곁에서 칠돌이는 떠붓는 큰심을 어이할바 몰라 해매었다.

모자리때는 그럭저럭 김첨지에게 부탁하야 그논을 함께 쓰게되었지만 이종때는 닥쳐오는데 빨리 논은 처야 한다말이지, 저주의 심사는 어떠한지, 늘 차일 피일 하고만 있으니 개간은 한다는겐가 않는다는겐가! 하고 이러저러 혼자서 쓸데없는 궁리에 자사려져있는 동안에 이미 동쪽 들창이 허분해졌다.

불야불야 쇠죽을 고며놓곤 새벽밥도 채 먹는동 만동 하고서 칠돌이는 집을 나섰다.

남편이 나간뒤 안해와 딸은 부엌 설거지를 마치고 앞산 중허리에 있는 뙈지엿 밭으로 나갔다. 집을 나슬때 하든 냉기(冷氣)도 밭까지 가는 동안에 햇빛은 몹시 따가웠다.

움쿠리고 밭을 매고있는 모녀의 등허리는 불똥이 떨어지는 것갈이 따끔따끔하고 쓰라렸다. 습기 한점 없는 땅바닥은 팡팡 말라붙어 여간해서 호미날이 드러가지를 않는다.

「망할놈에 더워가……백성들을 모조러 죽일 작정인가 왜 이렇게 가물고!」

올해 열일곱 나는 딸이 올된(成熟된)표정으로 짜징을 내곤 쥐었든 호미로 땅바닥에 콕 찍었다.

「그러게 말이다 참……」

하고 어머니는 한숨을 지으며 머ㅣ리 하눌을 처다본다. 구름 한점없는 맑은 하눌은 끝없이 환하다.

그들은 앉일뻥이 거름으로 아프로 물러갈때마다 발바닥에 배인 땀에 고무신이 삐적삐적 소리를 치는것을 노곤히 드르며 차차 허기증을 느꼈다.

주림을 느낀다는것은 비단 일할때 뿐이 아니었다. 지나간 겨울내ㅣ 씨래기죽으로 때를 이워오든것이 지금은 그것조차 마지막이었다. 다만 남어지 벼 반섬으로 보리추수 까지 이어나가야 될터인데 아직도 두달이나 너머 남은게 아닌가?…

주림의 위협은 귀중한 머슴까지를 잃어버리고 말었다. 한참때의 장정이 죽으로 때를 이올나니 그만 나중엔 읍내로 날품하며 나간다고서는 그길로 도망해버렸든 것이다.

이머니가 점심을 가지러 간다음 그의딸 옥이는 잠시 호미를 놓고 산밑으로 내려가서 수양버드나무 아래로 흐르는 개울에 발을 잠구고 고된 몸을 쉬였다. 이 처녀의 가슴은 지금 애수에 찼다. 노상 이즐때야 이처지지않는 그리운 무엇이 있었다.

그것은 작년겨울까지 건너편 마을에 살든 판간이라는 젊은 사내였다。 그는 잃어버린 생활을 차저 서울로 가버렸다。 옥이는 이일만 생각하면 원통하고 그리웠다。 남몰래 밤이면 느껴울기도 했다。

그들이 마지막 맞난곳도 역시、동리서 외떠러진 방천가 버드나무 숲속에서 였다。

「옥아……」하고 불러놓고서 판간이는 한참 다음말을 이을수 없었다。 옥이는 쌀쌀한 겨울바람에 앞치마를 나부끼며 의심 한 눈치로 판간이를 처다보았다。 그 기색이 몹시 괴로웁게 보였다。 평소에 쾌활한 판간이를 생각하고 문뜩 옥이는 불길한 예감에 가슴이 싸늘 하였다。 소문에 판간네가 부처오든 땅을 띄였다는것을 듣고 있든때에……

판간이는 뭐부터 처음 입을 띄야할지 도무지 헤아릴수없었다。 부처오든 땅을 띄이고서 이이상 더 어떻게이곳에서 해나가볼 길이 없어 이동리를 멀리 떠나야겠다는것을 말하기에는 너무나 힘이들었다。

「―― 얼마 아니있어 나는 서울로 올라가서 노동이나 한판작정이다」

「어이?」

하고 옥이는 한참동안은 판간이의 얼굴만 처다볼뿐이었다。 옥이는 대번에 절망과 비애의 나락(奈落)속으로 빠트러지고야 말었다。

판간이와 헤여진 뒤도 옥이는 우름을 끝칠수가 없었다。 차더찬 겨을바람에 원몸을 꽁꽁 얼구면서 옥이는 그곳을 떠나지 못했다。

三

술에 함뿍 취해서 도라온 칠돌이는 화푸리를 원집안사람들에게 하기시작 했다。 패ㅣ나 고함을 팩팩 지르며 식구들을 못살게 한다。 싯뻘앟게 허더친 눈을 부릅뜨곤 누구에게 하는 소린지 혼자서 군소리를 했다。

「벼락을 마자 죽을놈……계간비용을 반반으로 나누자고? 흥 욕심이 많아도 유분수가 있지… 망할놈 같은이십뻐를 그렇게 쓰다간 제놈이 마저죽지 그래 그따우놈을 그냥 두어」하고 떠들다가는 안해가 뭐라고 달래는 바람에 그쪽으로 불이 부터서 「뭐? 이 망할년아、남속상하는줄 모르고 네까진기 뭘 알겠다고 챙간이고? 대체 참」

안해는 더 말할수 없이 입을 다무렀다。 결혼한지 벌서 이십여년이 지나간 오늘날에 이르기까지 이 부부사이엔 웃고 대할때라곤 단 하루 아니 한때도 없었다。잠시를 떠나지않고 부터다니는 절박한 생활고는 이들에게서 우슴조차 빼서버렸다。피—니 온순히들 말할것이라도 서로 소리를 북북 지르지않으면 속이 시연치가 않었다。

칠돌이는 그러나 한참 주정을 떠러놓다가는 차차 기운에 지처 고개를 수기고 침울한 표정으로 묵묵히 하고있다。순간적이나마 한때의 자극을 빌려 이즐라 한 근심은 그러나 도리어 더한층 머리속으로 기여든다。

칠돌이가 오늘아침 지주의 집에 이르렀을때 자기보다도 벌서 사오인이나 소작인들이 몰려있었다。지주는 칠돌이의 인사도 듣는둥 만둥하고 역정낸 고함으로 이제까지 하든말을 계속하였다。칠돌이는 지주의 음성과 소작인들의 낙심한 기색을 보고 단박에 배ㅅ속이 선들 하였다。

애걸복걸 하는 수다한 소리가 각기 소작인들의 입으로 부터 연다러 쏘다저나왔으나 결국 마지막 지주의 입에서 나온 말은 개간비용을 지주와 소작인이 각각 반분으로 부담하자는 것이였다。이말에 칠돌이는—비단칠돌이 뿐만이 아니겠지만 앞길이 캄캄하였다。가진 용기를 다하여 그는 다시한번 지주의 눈치를 살폈다。

「주사으른 좀 생각을 달리 헤주이소。때를 놓는 이 처지에 돈 오십환이 어떤 구멍에서 나온다는 말입니까」

「뭐이? 생각을 달리하라고? 그런 넉살스른말이 어데서 나오는고! 흥 농부칠 사람은 자네뿐이 아닐세 개간비를 전부 자기가 부담하고서라도 논을 붙이겠다는 사람이 펄펄한대」

칠돌이는 지주의 고함소리에 그만 기를 끄끼워 다서는 입을 뗄 기력조차 잃어버렸다。점심때가 훨신 넘어서야 지주의 집을 나선 칠돌이는 함께 나온 이웃동리 박참봉과 같이 장터술집으로 더러갔다。

저녁차로 지주는 서울로 올라간다니 다시 한번 애걸할 여지조차 없다。이일을 어떻가면 좋단 말인가! 두 소작인은 술에 취해 울수록 수심이 자자하였다。

서울에는 지주의 첩이 살림하고 있다。자식들의 공부를 위해서라는 구실로 오륙년전에 이사한것이다。그러나 거기엔 두가지의 딴 효과가 있다。첫재 보기싫은 본마누라를 물리치고 귀여운 첩과 외딸리 자미있게 살림할수 있다는 것과 또하나는 귀찮게들 구는 못사는 일가 친척들이나 소작인들에게서 도피할수 있다는것과이다。

—말을 다시 돌리어 칠돌이는 안해와 딸이 모다 곤히 잠든 뒤로도 잠잘 생각이 없었다。어떻게서 오십원이라는 돈을 구처해낸단 말인가……그에게있는 제산이라곤 오직 집과 소 이밖에없다。그러나 이 두가지가

다 생활에 잠시도 놓지지못할 절대 필요한것이다。

집을 채며서 빚을 낼까…고도 생각해 보나 도모지 갚어나갈 여망이 없다。가을 추수를 바란댓자 도주를채하고서 세금이니 비료대니 날품값이니 주막술값이니 하고 다 치루고나면 남는것이래야 춘궁까지의 양식거리나 될가 말가이다。그렇고 보니 또 딴 어너구멍에서 오십원이 나올때가 있단말이냐?

——소를 파는수 밖에……소를……

칠돌이는 그만 두주먹으로 머리를 움켜쥔체 방바닥에 나가곤두러저버렸다。

四

어느날 아침 서울에 올라간 지주는 제집 마름을 보고있는 육촌아우에게서 편지 한장을 받고 몹시 불쾌한 얼굴을 지었다。

김부호의 땅을 붙여오든 첩의 오빠되는、말하자면 이 지주의 처형이 이봄에 소작권을 떼기고서 매부에게다 땅을 달라고 부실대고 있었다。그때 지주는 이처형의 청을 거절할수 없어 그렇다고 그것부로 땅을 살수도없는 형편에 생각다 못한 끝에 칠돌이의 땅을 띄어서 그에게 주기로 작정했든 것이다。

그것이 그러나 이 계획은 완전히 실패하고 말었다。그 편지에는 칠돌이가 지금 개간에 착수하고 있다는 것이다。

뜻밖이었다。어떻게서 칠돌이 처지로서 백원이나 되는 개간비의 반을 구처해 냈을까? 도모지 뜻밖이었다。

그러나 칠돌이는 이돈 五十원을 위하야 소를 팔고 송아지로 바꿀수밖에—라는 결심을 하기까지에 꼽박 사흘동안을 두고 생각하였든것이다。그러고 오양깐에서 소피비를 몰고 그가 쇠장으로 나섰을때 그의 안해와 딸은 자식하나 거저 죽이는것만 같은 쓰라린 마음으로 얼굴을 서로 마조 처다볼뿐이였다。

× ×

같은날 오후 형에게 충실한 지주의 동생은 칠돌이를 그의 논으로 찾어갔다。그는 「도록고」와 감독에 분주한 칠돌이를 붓들고 당치도 않게 마음대로 되지않은 화푸리를 느려놓았다。

「자네 소문에 드르이깨 소를 팔았다매그려」

「하는수 있는가 그래라도 할수밖에」

칠돌이는 하도 어이가 없어 말대고하기도 귀찮었다。

「그럼 이후 정차 어떻게 논을 붙여 나갈라는 작정인고 온? 소도 없이……」

「——」

「어때 이따위 소견머리 없는 사람이 있단 말인고。 당장에 아스울 소를 팔다니!」

이놈이 무슨 수작을 붙일때고 이러나하고 칠돌이는 생각대로 한다면 당장에 손에 쥔 삽으로 골통을 내리치고싶었다。 하나 그는 잠자쿄 있었다。

「그래 어때 봄세 추수때 가서 소없이 어떻게 해나가나…… ……그러고 도주 물때 단 한홉이라도 정도주에서 감해달라 느니하는 따위 소리만ㄴ나와보아、 형님도 그때로는 있지않을 테니까!」

칠돌이는 도라가는 그의 뒤룽수를 멍ー하니 노리고 서있다가는 그만 들었든 삽을 논바닥에 힘끝팽개첬다

이렇게서 사라나가면 무슨 수가 생긴단 말이냐!

그러나 칠돌이는 그다음 쇠장날에는 빼빼 말러비트러진 암소 한마리를 흥정해왔다。 전에 황소 판 돈의 남어지와 부족 되는것을 빗으로 불충하여서

五

집안사람들이 다 나간뒤 옥이는 집안을 치우고 나서 잠시 마루에 누었든것이 그만 깊이 잠이 더렀다。 어데인지 잘 알수없어나 늘 보든곳 같기도한대 아니 잘 생각해 보니 그곳이 버드나무 숲속의 구룽이였다。 시퍼런 물우 를 판간이가 헤염을 치고있다。 나무그늘에 앉어 이것을 보고있든 옥이는 마음을 조마조마 하고있다

「아이 위메해라 어서 올라와!」

그러나 판간이는 늠늠한 태도로 한참물속으로 쑥 드러갔다가는 난대없는 곳에서 쑥 나오고 했다。

물에서 기여나온 판간이는 옥이의 옆으로 밧삭 앉었다。 옥이는 감작 놀라 거의 본능적으로 몸을 피했다。 순간、 젊은이의 힘찬 몸무게를 가슴에 느끼며 씩씩하는 거친 숨김을 얼굴전체에 함북받었다。 옥이는 애를 쓰고 몸부림을 치면서 그러나 마음속은 더없이 기뻐다。

깜박 하고 옥이는 잠에서 깼다。 한참 옥이는 이제본 환영을 뒤푸러 하다간 그만 참지못해 입수불을 깨물고 소미붙주저 느껴울었다。 판간이는 지금 어떻게 지내고 있을까? 도회의 술과 여자에 나같은 촌여자는 벌서이

곤지 오래겠지……

그러나 이 눈물의 감격은 오래 계속되지는 않었다。밖에 나갔든 그의 어머니가 무슨 수나 난듯이 지둥혀둥하고 드러왔다。

「옥아 저어! 웃말 호동네 딸이 서울서 도라왔단데이」

「어이? 호동네 딸이라이 그럼 순이 말이지…」

하고 옥이는 무의식중에 벌떡 달겨드렀다。너무나 뜻밖임에 놀랬다。순이는 삼년전에 이동리를 떠난 옥이의다정한 동무였다。

「속병을 앓어서 몸조리한다고 도라왔다네…」

어머니는 이제 듣고온 소문을 딸에게 옴기느라고 열중했다。

그길로 옥이는 오래동안 못본 다정한동무를 찾어 웃마을 가는길 논두럭을 거렀다。

하나 옥이가 순이를 맞난 순간 모든기대는 그자리에서 사라지고 말었다。자기와 이 동무사이엔 벌서 접촉지 못할 어떠한 담이 싸여있는것을 깨달었다。

「아이구 너 옥이가 아니냐 어떻게 나온줄을 알구 찾어왔니!」

반갑게 순이가 먼첨 말을 거러서야 비로소 옥이는 머—○하니 서있는 자기를 발견했다。

옥이는 첫재 순이의 몸치래에 압두되였다。그리고 순이의 생전에 듣도못한 아담한 경사에……

「그래 너 언지 왔노?」

이렇게 묻는 말소리가 옥이 제자신에게도 어색하게 들렸다。

순이는 품에서 권연을 내어 피워물었다。그리고 득의양양한 기색으로 서울자랑을 한바탕 모여든 동리사람을 앞에두고 벌려놓았다。옥이는 들으면 드를수록 모다가 놀라웠다。옥이는 귀를 기우리고 열중하였다。자기가 사랑하는 사내가 있는땅의 냄세를 조곰치라도 더남께 알고싶어서

그리고 옥이는 순이의 말가운대서 특히 마음 쏠리는 말 한가지가 있었다。

카페ー나 빠ー(그것이 어떠한 곳인지를 옥이는 알배 없으나)에 나가서 여급짓을 한다면 이까짓 촌에서 축도록 발일하기에다 대면 누어서 떡먹기 보다 더 편하고 호사는 호사대로 마음끝 하면서도 한달에 사오십원

의수입이 넉넉하다는 것이다。그뿐이 아니라 자기에게 마음을 두는 손님을 찾어 그에게 마음 쓰게 달려얼마든지 돈을 알겨낼수도 있다는 것이다。

몸치레만 남부럽잖게 한다면야 내얼굴이 순이 보다 못할게 뭐냐! 하고 옥이는 생각했다。그리고 서울로 가면 그리운판간이도 맞나볼수 있겠지……

이렇게 생각하니 벌서 옥이의 가슴은 어떠한 기대와 불안에 두근거렸다。

六

이종때를 앞두고 마을사람들은 하늘만 처다볼 뿐이였다。

논바닥이 짝짝 갈라지기 시작하고 내물은 밧작 말라 원통 백사장이 되고말었다。뜨거운 햇빛은 지상(地上)의 모든습기를 하나 남김없이 빠라단기고 남어지 나무닢들까지가 시들시들 고라빠젔다。원동리가 살기(殺氣)를 띄웠다。

밤낮 없이 동리전체가 다 나서 내가로 몰렸다。내 밑바닥을 깊이깊이 파드러가서 발동기를 대고 물을 빠라올린다。앞뒷집에 살고 있는것도 잊어버리고 마치 환장한것같이 물싸흠이 매일 이러난다。거기다 발동기를 빌릴 형편이 못되는 소작인들은 각기 자기논의 한쪽구석에 우물을 팟다。우물에서 떠내는 물은 차서 갓심은 모에 해로웠으나 그러나 하는수 없었다。

칠돌이는 하늘에 빽빽한 별들이 찰란히 빛이고있는것을 보고서도 손을 쉬지않었다。그는 물떠붓기에 정신이 없었다。물이 마르면 다시 우물밑을 파드러갔다。

칠돌이는 어제 천제에 나가 하로왼종일을 거냥 노라버린것이 무던히 아까웠다。그뿐이 아니라 함부로 마신 술에 오늘 아침까지도 골머리가 아퍼 못견댔다。

천제는 관례(慣例)에 위하야 천제봉 이라는 산꼭대기에서 지내는것이다。미리 준비해둔 돼지를 그당장에서 때려죽여 생피를 바위에 칠하고 제사를 지낸다。제사가 끝나면 산에서 네려와 원동리사람들을 모와놓고 그되지고기와 탁배기로 잔치를 베푼다。

오래동안 맞보지 못한 되지고기에 모다들 마치 몇달 기갈당한놈처럼—사실 그들은 굶주림에 시달리고 있는터이다—。사상을 절단하고 와—하고 덤벼드렀다。칠돌이도 남에게 뒤지지 않도록 함부로 찌저먹고 마시고 했다。그중 처음으로 녹아떠러진것이 칠돌이와 그옆집 김첨지였다。어떻게 하야 집에까지 도라왔는지 도모지 기억이 나지않었다。아침에 잠이 깨였을때엔 골머리가 빼게지듯이 쑤셨다。

이러한 생각을 하며 잠시 칠돌이는 손을 쉬고 멀─리 들판우를 처다보았다。넓은 들판에는 이곳저곳 희미한 동장불이 까물까물 빛이고 있다。모다들 쉬지않고 밤깊어감도 잊어버리고 일에 팔리고있다。

칠돌이는 이에 거지반 시기에 가까운 감정을 품고, 다시금 삽을 드렀다。그는 짜정 미칠듯이 몸이 다랐다 불행이 그는 차츰 우물이 무너저가는것을 몰랐다。얼마 안가 와라락 세─하고 흙와 물이 한꺼번에 칠돌이의 머리통 우이를 눌러덮었다。요행이 그때마츰 마을사람들이 지내가지 않었다면 칠돌이는 영낙없이 산무덤을 당할뻔 했든것이다。

七

칠돌이의 안해는 딸을 둔 어머니의 어머니다운 근심이 있었다。

─옥이를 치울때도 되였는때……이번 추수때엔 옷벌가지나 떠러 장만해둬야 할터인대

남들은 올가을엔 딸을 치우내 며누리를 얻내, 하는대 그때마다 옥이어머니는 마음이 초조해졌다。그러고 방물장사(行商)할멈이 이 동리를 찾어올적 마다 어데좋은사위감이 있거든 중신해달라는 부탁을 엇지않었다。

그러나 한편 그의딸 옥이는 그보다도 매일같이 순이내 집을 찾어갔다。

「순이야 너 다시 서울갈때는 꼭 나하고 같이 가재이 꼭 애이」

「오냐 그전 염려없다」

하고 대답하면서도 순이는 한편 아무것도 모르고 멋몰러 덤비는 이 촌게집애가 가련하기도 했다。

순이는 오늘날까지의 삼년동안을 자기가 겪거온 모든 내력을 한번 머리속에서 뒤푸러 해보았다。

삼년전, 이여자는 술락백이 아버지의 술과 노름미천의 희생이 되어 백여원에 몸을 팔려 중매쟁이에게 넘어갔다。순이가 처음 팔려간곳은 정성에서 외떠러진 마포부근의 어떤 추잡한 내외주점이였다。이러한곳에 있는조고마한 술집이 유지되어나가기엔 거기에 반다시 고용인들의 ××가 절대로 필요한것이다。

거기에 오는 손님들은 대개가 날품군 노동자나 천한 월급쟁이나 혹은 불양패들이였다。그들은 반수이상이 결혼기를 놓친 노총각들이였다。자기들이 받고있는 품값으로선 도저히 안해를·얻어·살어갈수없는 그들은 젊은

청춘의 울분을 이러한 곳에서 써서버리는것이였다。

불과 두달도 못가 순이는 딴세계의 여자가 되고말었다。그는 음란의 구렁이로 빠질때로 빠졌다。삼년동안에 무던히도 여러곳으로 자리를 옮겨 이리저리 흘러다녔다。그럴적 마다 이여자의 채음은 점점 노려갈 한편이였다。마치 짐을 지고 먼길을 거를때 그짐이 차차 무거워지는거와 마찬가지로……

그러나 순이가 시내 어느 빠ー에 나가있을때 그곳에서 어떤 중년의 낭봉군에게 귀염을 받어 그의 첩으로 더러갈으로써 그여자는 발을 빼게 되였든것이다。이러한 자기신세를 생각할때 순이는 이것이 곧 장차 옥이의 신변우에 닥때릴것을 예칙하고 소름이 끼칠듯이 지긋시긋혜졌다。그러나 한편 사람에게는 자기가 밟어온 거치른 길은 딴 남에게도 이것을 강요할랴는 잔인한 반면이 있는것이다。그뿐 아니라 하기야 이촌구석에서 굶주리고 있는것보다는 호사는 틀림없이 할것이고 뭇여러남자들에게서 귀염은 많이 받을테니까……

「――그래라 너만 실수없이 잘 집을 도망할수 있다면야 같이가자」

순이는 속으로 조소를 띄우고 말했다。

八

천제는 지내보았으나 아무런 효과도 낱아나지 않었다。하늘은 매일같이 쨍쨍하였다。간신히 이종을 마친 모들도 뜨거운 햇살에 못견데어 누ー렇게 골아빠질뿐이었다。

―요대로 열흘만 지내가면 고만이다。이러한 한탄소리가 모든 마을사람들의 입에서 쇠여났다。

이날 동리노인들과 함께 개불을 청하며, 절에갔다가 저녁 늦게야 도라온 칠돌이는 집에 드러가자 바로 머리끝까지 골이 치밀었다。또 오늘도 옥이가 저녁마실을 나간것이다。

「―고망할놈에 가시나(게집애)가 맛였지、본정신은 아닐꺼라 왜 그만침 야단을 처도 여전이 끝 그 순이타나 뭐타나 숭아칸 가시나 한테 놀러가는거야 서울서 술장사 했다든 년한테…」

하고 칠돌이는 옆에 앉인 안해에다 대고 소리를 버르륵 질렀다。

「―이년아 넌 왜 또、그걸 거냥 내버려 두노……네가 그른께 고 가시나가 늑삼을 내서 더하는게지 뭐고」

그러나 안해는 조곰도 말고대를 하지않었다。죽은듯이 잠자코 바누질감을 부둥고 있을뿐이다。말고대를 하면할수록 그것의 불리(不利)를 알고있는만치

「이년아 귀가 먹었나?」

칠돌이는 어데다 부친곳 없는 허공을 느끼곤 끝 안해에다 드러붙는다。

「아이고 고만 두소、왜 날 가주고 콩복듯 복소。어베 내가 옥이를 마설다니라고 권했단 말이요?고 기집애가 눈깔이 벌거케 싸다닐라고 하이니게 거렁지……그걸 어째 일일히 말리고 다닐수 있단 말이요」

참다참다 못해 나죽엔 안해도 같이 악을 썼다。

「뭐 이년이……」

하고 칠돌이는 욱하는 김에 안해의 멱쌈을 울러쳤다。

옥이는 조마조마 하는 가슴을 껴안고 어두운 논두락을지나 집으로 부리낳게 거렀다。오늘도 야단을 맞나지나않을가 생각하니 가슴속이 탈것만같었다。

—뭐라고 거짓말을 꾸며댈까?

빨려 도라온다는게 이러설라면 좀더놀다가라고 부뜰고부뜰고 하는데다가 거기에 딴 동무들까지와서 노는데 팔려 그만 이처럼 느저졌다。왜 선뜻 이러나지 못했든가 생각하니 옥이는 부칠곳없는 짜정이 났다。

절리지 않는 발자욱을 옥이는 눈을 감고 억재로 집안에 띠워놓았다。순간 마루에서 우루룩 뛰어내려온 칠돌이가 옥이의 머리채를 훔쳐쥐고 끔직한 손바닥으로 연거퍼 볼퉁가지를 내리갈겼다。거친 농부의 손매에 옥이는 정신이 맹돌며 앗질 해졌다。

바로 뒤를 이어 조처내려온 어머니는 허둑허둑하며 남편의 팔툭에 죽어라 하고 매달렸다。

「아이구 이놈아 죽일라만 날 죽이라 아이구 아이구 이 배우지 못한놈아 어느천지에 다큰 딸에 손짓을 하는애비가 있다더이나 아이구 내딸 죽이네!」

안해는 이를 뽀두둑 갈고 남편의 손등을 딱깨무렀다。

「아야야야 이년이……이년이 환장을 했나…」

옥이는 마당에 쓰러저 소리를놓고 울었다。감수성에 민첩한 소녀의 가슴엔 전에 보지못한 복잡한 감정에 실오리같이 엉크러저있었다。

소가 알캐되고서는 칠돌이의 마음은 차차 거치러져갔다。그것이 행동으로 말로 함부로 나타났다。

집안사람을 꼼작도 못하게 하였다。걸핏하면 옥이를 가지고 죽일년이니 술장사에 파라먹는다니 밥비 집을나가라니 하는 욕설을 함부로 내놓았다。

너무나 앞날이 참담했다。

소가 아프기 시작한것은 일주일 전이었다。꼴을 먹고있든 소가 벼란간 사지를 벌벌 떨었다。칠돌이는 황급히 소를 모라 집으로 간다음 쇠침쟁이를 불러왔다。

소 옆구리에 황이 부텃다는것이다。

칠돌이는 한꺼번에 왼 전신이 무너지는것 같었다。다리에 힘이 확풀려 그냥 서있을수가 없었다。

어매—어매—하고 부르짖는 암소의 고통하는 소리에 집안사람들은 밤잠을 못잤다。어매—하고 울적마다 가슴이 살살 녹는것 같었다。소는 죽어버렸다。

× ×

「저 쓸데없는 가집아나 소대신으로 죽어버리지」

칠돌이는 이밖에 화푸리 할곳이 없었다。그러나 듣는 옥이의 가슴은 쓰라렸다。

—나만 죽어버리면 그만일가!

무지한 소녀는 이렇게 생각했다。

× ×

칠돌이가 저녁느지막이 해서 도라왔을때 삽작문을 드러스자 바로 그는 심상치 않은 분위기를 몸에 느꼈다。

맨발체로 안에서 뛰여나온 안해가 칠돌이의 소매를 부뜰고 한참 아모말도 못하고 울었다。

「옥이가 옥이가 어델 갔는지」

「뭐? 옥이가!」

그는 단박에 가슴에 꾹 찔리는게 있었다。설마 하든것이 기여코 닥처오고말었구나!

칠돌이는 그자리에서 바로 순이네 집으로 향했다。

순이와 그의 어머니는 무슨 영문인지를 몰랐다。그것이 무슨 원인으로써인지는 모르나 하여튼 옥이의 아버지를 본 순간 절박된 공기만은 알아채릴수 있었다。

「—네가 우리 옥이를 때돌려서 어데다 감췄지 옹 바른대로 말해라 바른대로 대!」

단박에 손이 올라갈듯한 험악한 공기였다。

「몰라요 난、요몇일은 얼굴도 못봤어요?」

너무나 애매한 말에 눈이 휘둥구래졌다。그러나 이까짓 농투산이에게 말로서 뒤지지는않었다。

「말을 할라거든 똑똑히 알고나 해요。멋모르고 든베다간 괘—니 경칠랏고」

끝이나면 정사와 사투리가 석겨서 튀여나왔다。

「뭐시 어째! 허 이 간나이 봐라 허허참!」

그러나 정작 이일에 대해서만은 순이는 통 관계치않은 바이였다。이 사실은 그이튿날이 되어서 판명되었다。

二

무단히 집을 나와 말바워따는데까지 간 옥이는 거기에 사는 육촌숙모집을 차져가 그를 부뜰고 슳게 울고만 있었다。

「아이구 가그애도 이상해라 무슨 말이 있어야 안단 말이지 왜 집에 어떤일이 생겼나 옹? 하여간 말이나 좀 해봐라 말을 해야 알지안나 어이 참 속 탄다!」

하고 아주머니는 무슨 영문인지를 알려고 애를 써보나 도모지 옥이는 대답이 없었다。아니 뭐부터 어떻게 말을 고집어 내야 할지를 분간할수 없었다。달래면 달낼수록 「아이고 아지매(아주머니)…」하고 더한층 슳게울뿐이다。

「허—참내」

이때까지 쓰다니 달다니 하는 말 한마디 하지않고 그저 꼴만 쳐다보고 있든 숙부도 마지막 이렇게 혀를 찼다。

옥이는 이 넓은 천지에 조고마한 몸둥이 하나를 둘곳조차 없다는 생각이 들었다。부모도 없고 사랑하는 남자조차 잃어버린! 말하자면 아무데도 의지까지 할곳없는 고독한 신세라는 생각이 들었다。

그러나 마음이 차차 갈아앉기 시작하자 옥이는 견딜수 없는 불안에 싸였다。무엇때문에 자기가 집을 나온것인지 그 이유를 제자신도 헤아릴수 없었다。그리고 자기가 저질러놓는 대담한 행동에 대한 공포심이 이소녀의 가슴을 날카로운 칼날로 싹싹 오려내듯이 하였다。

옥이의 머리속을 번개人불 같은게 펀득펀득 지나쳤다。그것이 아버지의 얼굴이 되고 어머니의 그림자가 되고 끝으로 판간이의 얼굴로 변하였다。

판간아 판간아……

옥이는 밤새도록 눈을 부칠세도 없이 꼽박새웠다。

그이튿날 아침 흥분에서 깨인 옥이는 숙부를 따라 순순히 집으로 도라갔다。

× ×

「성님 월 그렇기 과히 노하실기 있소 다고만한 나쌀을 먹어만 이른일도 있지요」

하고 아우는 형수쪽을 처다보았다。이이상 더어떻게 자기힘으로선 형을 달낼수 없다는듯이。그러나 형수는 옥이쪽을 향하야 곳물을 훌쩍훌쩍 하고있다。

「너는 왜 씨키지 않는 일을 잘하노 누가 이까짓 가시나(계집애)를 집에 데려고 오래떠이 집이 싫어서 나간년을 참 기가 맥킨다。이런 원수등으리를 지금까지 길러온게 원통하다」

하고 혀를 탁 치고나서 다시 고함을 질렀다。

「야이 이 간나이야 녹살도 좋게 무선 낯살로 또 집에 도라왔노 집에 도라오만 누가 거냥 둘줄알았드냐 뱁비 나가라 꼴 뵈기싫다 집이 싫어서 나간년이 뭣하겠다고 다시 도라오는기고 웅 나가라 나가 나가서 네 멋대로 굴머죽던지 거지짓을 하든지 맘대로해라」

옥이는 어머니의 뒤에 숨어 죽은듯이 소리를 주겼다。

× ×

그이튿날이었다。집 뒤모퉁 담밑 감나무가지에 옥이의 목매인 시체를 발견한것은……

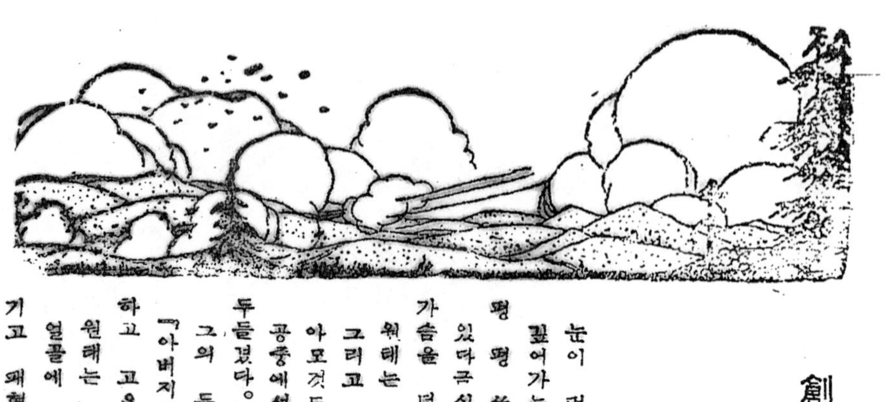

創作

假腹子

李 訂

눈이 퍼붓는가。

깊어가는 거리에는 인적이 끊어지고 보시락 거리는 눈송이만이 이리 저리 휘날니며 펑 펑 쏘다진다。

있다금식 눈보라치는 사이로 희미하게 번득이는 가로등의 엷은 불빛은 원태의 어린 가슴을 더한층 눈물지게 한다。

원태는 길거리로 나와서 전주에다가 몸을 기대였다。

그리고 한동안 머리를 처들고 서서 어두운 허공을 바라 보았다。

아모것도 변함없는 어둠 뿐이다。

공중에서 내려오는 조고만 눈송이가 머리우에서는 커드래 가지고 쉴새없이 얼골을 두들겼다。

그의 두눈에는 눈물이 가득하다。 담으렀든 입술을 들먹이며

「아버지……」

하고 고요히 웨쳤을때 눈물은 넘어서 두볼위로 주루루 흘른다。

원태는 열네살이 되는 오늘까지 아버지를 마음껏 그리워왔다。

얼골에 전형도 기억하지 못하는 죽은 아버지를 그리면 그릴수록 올봄에 자기를 남기고 패혈증(敗血症)으로 죽은 어머니가 몹시도 원망 스러웠고 극도로 미웠다。

미우면서도 어머니가 왜그렇게 보고싶은지 몰랐다。

원태는 곱기야 전추를 부둥켜 안고 몸부림을 치고 우렀다。

김성녀가 남편을 잃은후 베살먹은 원태를 데리고 안진사의 소실로 드러온지는 올까지 이력 저력 십년이 지났다。

안진사의 소실이 되려고 했을때는 그가 열정으로 뭉처논 사랑을 위해서 온것도 아니였고 끄러오르는 젊은 피를 쏟아놓는 동시에 고적을 잊어 버리려고 자근 집이 된것도 아니였으니 오즉 한가지 리유로는 원태의장래를 생각하는 마음 뿐이였다。

그러나 욕망을 위해서는 말할수없는 기교가 숨어있고 사람의 호의에는 정도와 한계가 있음을 그여자가 어찌 생각인들 헐수 있었으랴。

해가 박귈사록 안진사의 마음은 야박하여젔고 한달에 겨우 돈원식 드러가는 원태의 학비에도 일일이 간섭이 심했다。이런것을 미루어 생각하니 그가 원태를 처음 약속한대로 대학은 고사하고 중학까지도 보내여 줄것같지가 않었다。

이럴줄 아렀다면 근 십년을가진 모욕과 조소를 참고 사러 왔을이가 없다。

그보다도 여러사람의 미움속에서 눈치를 받어가며 기를 못펴고 커온 원태가 불상하고 가여워서 견될수가 없였다。

분하고 원통한 마음으로는 칼이라도 물고 꼭구라지고 싶었다。

그뒤 김성녀는 여덟칸집이나마 원태의 소유로 되여있으니 이것이나 미천으로 해가지고 안진사와는 손을 끊고저 무슨짓을 해서든지 자기의 손으로 원태를 공부식힐것을 마음 깊이 결심을 했다。

원태의 몸에서 떠나지않고 부터 단니는 「가복자」라는 일홈이 아들몸에서 떠러지게 될것만 생각을 해도 천만길이나 될것같이 마음이 가벼워 젔다。

그렇게 됐드라면 원태인들 얼마나 행복스러운 일이였으랴。

오늘에 비애가 그에게 없었을것이다。

무한한 희망과 갱생에 포부를 지닌 김성녀의 죽엄은 너머도 지나친 운명에 희롱이였다。

삶에 바다에는 사욕에 파도가 쉴사이없이 치고있다。

사욕의 굴레를 벗어나서 조금이라도 사욕을 욕하고 구박할 인간이 있다면은 그는 현실을 떠난 유령일것이다。

다만 얼마라도 자기를 위하야는 모든것을 희생 시키드라도 욕망을 채우려는 것은 부정할수없는 평범한 인간들의 심리일것이다。

그래서 그랬는지는 몰나도 P회사의 중역으로있는 진사의 큰아들 중식이는 김성녀가 죽자 그의 세간을 정리하다가 도장을 발견하고서 원태의 재산 전부인 여덟칸 집이나마 자기의 것으로 맨들욕심이 났는지도 모르나 그것은 내머도 극심한 비열에 짓이였다。그는 아모도 아지 못하게 허위 매도증서를 꾸며 가지고 얼마전에 얻은 첩의 명의로 이전등기까지 끝내놓고「떼양집」이란 명함이 붙은 첩을 되려 앉혔든것이다。

나히 겨우 열네살된 원태는 이러한 무서운 사실이 있였다는것을 어찌 꿈이나 생각 했을 일이있으랴。

원태는 어머니가 죽자 학교도 폐지를 했다。아모도 보내여 주는 사람이 없으니 가고 싶은들 어찌 가겠는가

그대신 원태는「떼양집」에 상노로 취직(?)을 하게 되었다。

김성녀가 보호하고 있을적에도 이곳 저곳에서 가진욕과 눈총을 받느라고 편함이 없었거늘 하물며 오늘에있어서야 그에게 행복이라는것이 개미에 쓸개 만큼이나 있을이가 없다。

원태의 행복된 시간이라고는 캄캄한 깊은 밤에 대문을 가만이 열고나와서 문간 앞에 서있는 전주에 다가몸을 기대고서서 어두운 허공을 바라보고 어머니 아버지를 부르고 마음것 눈물을 흘니는 시간일것이다。

원태는 그래도 자기의형(?)인 중식이가 제집을 빼서간줄은 모르고 아모데도 갈곳이라고는 없는 저를 내여쫓지 않고 밥이라도 멕여 주는것만 고맙게 아렀다。「떼양집」은 물론 그의 어머니나 젊은 안잠재기 까지도 자기를

「애야」

하고 불렀으나 원태는 그런것으로만 아렀고 그래야만 되는 줄알었기 때문에 그들에게 공순히 모든것을 거슬리지 않고 복종했다。

원태의 어린몸으로는 매일같이 힘드는 일이라고는 그러없지만은 신역이 고되였다。

아츰이면 여섯시에이러나서 방마다 아츰군불을 집혓고 마루를 쓸고 말정히 걸레질을 한다。

그리고 나서는 마당을쓸고 그들이 이러나면 쓸 세수물을 가마에 붓고 데웟다。

「뙈양집」에 어머니는 아츰일측이 일러나고 「뙈양집」은 열한시가 지나야 이러나서 세수물 듸려오라고 방에서 소리를 질넛다。

세수를 하는때도 때가 안지으니 물이 깃그러우니 그래도 얼골이 끈끈하니 원태는 알기 어려운 일이엿으나 세수물을 세번 네번 가러듸려 가야했다。

오후 한시가 지나서 안방에서 상이나와야만 아침이라고 부엌에 쭈구리고 앉어서 한그릇 어더 먹을수가 있었다。

그러고 나서는 안방에서 나오는 요강을 부시고 거느방에서 나오는 타구를 씻는다。

안잠자기는 언제든지 누구보다도 먼저아침을 먹었다。

한번은 먹다가 거느방 마님에게 들키여 가지고 야단을 마지면서도

『배가 곺은걸 어떻게요』

하고는 여전이 수저를 든다。

원태는 마님보다도 그가 더무서워젔다。

그리고 한편으로는 그의 겁없는 행동에 탄복했다。

원태는 오늘밤에도 잠을 자다가 어머니의 꿈을 꾸고나서는 다시는 잠이 들지 않음으로 어머니나 아버지가 생각날때면은 언제나 나오는 문간으로 나와서 상처깊은 정신에 휴식을 어드러 했든것이다。

원태는 우르면。우룰수록 가슴이 꺼여지는 것갓고 새로운 눈물이 쏘다젔다。

눈은 여전이。 떠붓고 밤은 점점 깊어간다。

원태가 대문을 가만히 닫고 뒤방으로 드러오자 자는줄알엇든 안잠자기가 이불속에서 고개만 내놓고 처다보며

「너 어듸 갔다오니」

하며도이상한듯이」 무렀으나 원태는 구태여 대답을 하고 십지도 않었기 때문에 아모말도 하지않고 다 떠러저서 솜이 내다뵈는 뉘비이불을 뒤집어 쓰고 드러갔다。

「애! 왜 애가 그모양이냐。어린애가 어린애같지 않고 말숙같이 궁하니까 미움을 받지」
그소리를 듣자 원태는 가려 앉이려든 서러움이 다시 복받이면서 코등이 시큰해졌다。
눈물이 또다시 쏘다졌다。
「나는 어린애다。그러나 어른들은 나를어린애로 아러주지를 않지안느냐」
하고 소리를 지르고 싶었으나 입밖으로 나오시를 안는다。
그의 마음은 돌멩이같이 구더버리고 마렀든 것이다。
원태인들 어째서 자기가 당하는 괴로움과 슬픔을 그야말로 어린아히답게 웅석을 부려가며 하소하고 싶지않으랴 만은 일일히 스러움을 하소한다면은 그수가 너머만헛고 하소를 할래야 받어줄 곳도 없을 뿐아니라 누구에게 한마듸 하소를 한댓자 반응이 있기는 커녕 자칫하면 미지근한 동정은 고사하고 오히려 제몸이 불리한 처지에 드러가게 될것이니 그가 누구에게 어린아히다운 말한마듸라도 할수가 있었으랴。
띄여나는 꽃송이로 가득이 찻찾어야할 그의 어린 가슴속에는 너무나 비참한 락엽으로 싸혀있었다。
원태는 여섯시를치자 이러나서 자리를 접어서 이불을녀놓는 조고만 책상 우에 올녀놓고 오늘하로의 싸홈마당으로 첫발을 또다시 옴겨노았다。
무을열고 나와보니 아즉밝지도 않었겄만 밤새에 쌓인눈이 훤하게 밝어뵌다。
전에는 눈이 오면 몸서도 좋와 했겄만 지금은 쏘다진눈이 웬수같었다。
넉가래와 비자루를 들고 쌓인눈을 치우려면은 불에대인 엿가래같이 원몸이 노그러젔다。
원태는 마루밑에 잘게 쪼개서 쌓어논 장작개피를 소리나지 안토록 주의를 해가면서 조용 조용히 끄내다가 우선 안방 가마솟에다가 물을 붓고 불을 짚였다。
손등은 쪼개여지고 피가흘넜다。원태는 아지못하였으나 귀뿌리는 어러가지고 검은 빛이 도랐다。
원태는 오늘까지 몇번이나 도망을 하려 했는지 모른다。
그러면서도 도망하지 않고있는것은 중역으로있는 큰형이
「얼마동안만 이집에서 있거라。내 나종에 취직을 식혀 줄테니까 그때가 되거든 가서 열심아 일을해」
이렇게 하든 말을 믿고 그때가 쉽게도라오기만 기다리면서 하로 일을보낸것이 벌서 일년이 잣가워졌다。

그런데 웬일인지 요새는 형이 한두달을 넘어두고 오지를 않었다。

저녁마다 네댓식 몰려와서 마짱과 화투로 노름을 하러오든 사람들도 도모지 보히지 않었다。

그들이 단일적에는 느진밤이라도 묘리를 식혀 느라고 심부름을 단니는 바람에 몹시 구찬튼것이 편하기는했으나 웬일인지 몰나서 궁금 할적도 있었다。

지금은 밖에 나가는 심부름이라고는 「폐양집」이 쓰는 「모히」를 사러단니는 것밖에는 없었다。

이것은 나중에 귀결에 들고 아른일이 였으나 형이 회사에서 무슨 일이 생겨가지고 경찰서에 잽펴갔다 는 것이다。

원태는 그러면 자기의 취직은 어떻게 될것인가 하고 걱정도 되었으나 대체로 돈이 많고 지위가 높은 그들이、무엇때문에 그런데를 붓들이여 갓는지 퍽 궁금한 일이였다。

그러나 하로는 이집에도 큰일이 생기였다。

그날은 몹시 추운 밤이였다。

웬 양복입는 사람 둘이 드러오드니 안방과 거느방은 물론이고 뒤방에 까지 드러와서 샃샃치 무엇을 찾는지 뒤지고 나드니 그중 한사람은 안방에서 책보에다가싼 보따리한개를 들고 폐양집 모녀를 데리고 나가면서 따른 한사람에게

「그애도 데리고 오」

하고 국어로 하자 원태는 영문을 모르고 전신이 괜이 떨었다。

류치장에서 하로밤을 새인 원태가 잇흔날 아침에 취조실로 불니워 나갓을제 아버지인 안진사의 모양을 발견하자 왜 그렇게 반가웠든지 몰났다。

매여달여서 울고싶었다。얼마있다가 웬사람 셋을 원태에게 보히며 형사가

「너 이사람들을 아니?」

하고 묻자 그들에 얼굴을 처다보니 한사람은 모르는 사람이였으나 다른 두사람은 「폐양집」심부름으로 약을사러 단니든 집에 주인이였다。

원태는 자기가 아는대로 대답을했다 나중에 두사람을 다른데로 데리고 가드니 너는 나가도 좋다고 하자원

때는 진사가 가자는대로 끝나워 적선동에 있는 큰집으로 왔다。

말은 많이 들었고 큰 어머니나 셋재형인 대학에 다니는 형식이나 녀고에 다니는 누이나 얼굴은 본적이있었으나 큰집에 와보기는 오늘이 처음이였다。어쩐지 원태에게는 그들이 처다보는 눈이 모도 무서웠다。

그날부터 원태는 형식이가 쓰고있는 작은 사랑에서 잠을 자게 되였다。

형식이는 아버지의 명령이라 할수없이가치 있기는해도 원태가 몹시 싫였다。

그러나 실상은 그 보다도 원태의 마음이 더욱 불안 했다。

첫재로 잠자기가 「메양집」뒤방에서 뚜러진 포대기를 뒤집어 쓰고 자는것 보다도 불편했고 둘재로는 일상눈겨보는 형식이의 눈총에 준역이 들었다。

원태는 습관이 되였기 때문에 아츰 일죽 눈을뜨고 자리에서 이러 났으나 처음오는 이집안에서 자기의 할일이 무엇인지 몰낫다。

나중에 무슨일을 식히면 할셈치고 우선 세수나 하려고 안으로 드러와보니 안채역시 방 방에서 인기 척이 없다。

그는 부억문을 소리나지 않게 가만이열고 드러가서 보니 아모리 차저도 물독이 보히지를 안었다。

다시 마당으로 나왔다 마당옆에 수도가 있었으나 대여를 찾으니 어디에 있는지 보히지를 안는다。

할수없이 물을 트러놓고 손으로 바더서 할가 하였으나 그러면 물나오는 소리가 요란히 날레니 자는 사람을 깨우게나 되지않을가 해서 그도 못하고 수도 아래를 보니 세멘트로 네모 지게 짜논곳에 구녁이 막히고 물이 손바닥도 덩궈지지 않을만큼 조곰 피여있음으로 원태는 그물을 뭇처 가지고 얼골을 대강 문질넛다。

손이 빠진는듯한 찬물로 씻기는 했으나 수건이 없어서 씻지를 못하고 그대로 말니우려넛가 칼끝같은 새벽바람이 부디〃치니 어름조각으로 얼골은 찌저 내듯 앞으고 따거웠다。

피가 흐르고 진물이 흐르는 손으로 얼골에 물기를 쓱 쓱 문질느며 부억으로 드러스니 견딜것 같었다。

아침상은 형식이 남매와 셋겸상 이였다 원태는 아즉 맛보시 못한 음식이었다。방에서 밥상을 받어보기도 어머니가 죽은뒤로는 오늘이 일년만에 처음 이였다。

원태는 상구석께 황송하게 무릅꿀코 앉어서 조심스러히 수저를 드럿다。

누의는 수저를 드른채 원래의 손을 한참이나 상을 찌으리고 바라보드니

「아이、드러라!」

수저를 내던지고 소리를 지르드니 문을 열고 나가버린다。

아래목에 앉어 담배대를 물고 있든 큰어머니는 원래의 안색을 슬적 살펴보면서

「저년이 미쳤나!」

하고 소리를 질넛다。

원래는 수저드른 자기의 손을 내려다보니 드럽기는 무한 드러웠다。

해저진 곳에는 때가 덕갱이가 저가지고 푸르스름 하게 붙어있다。

원래는 가슴이 뭉클해 지면서 굵다란 눈물이 무릅위로 뚝 뚝 떠러졌다。

원래는 도망하듯 집을나와서 사직공원으로 올나갔다。

마음껏 우를곳을 찾어 눈에쌓인 산을 잡바저가며 헤매였다。

원래에게 세상이 자유롭게 해준것이라고는 거리밧게는 없었다。

그는 아모도 말니는 사람이 없고 금새 눈이 떠불듯이 우울한 거리를 종일토록 헤맷스나 그에게 먹을것과 재워줄곳은 없었다。

치움에 부대기고 주림에 시달닌 그는 그래도 잘곳을 어데 찾어갈곳이라고는 큰집밧게는 없었음으로 사자의 굴속같이 무서웠으나 적선동 으로 무거운 발을 옴기였다。

혹시 집안 사람들에게 들키지나 않을가해서 발소리를 죽이고 숨소리를 생켜가며 혓식이가 있는 자근 사랑문을 죄나 저지른뒤같이 억지로 열고 드러섰다。

마츰 방에는 혓식이가 없었다。

얼마나 지났는지 누가 건드리는 바람에 원래가 눈을 뜨고보니 그는 형식이였다。 그는 벌떡 이러났다。 왼몸은 아리고 쑤셋스며 머리는 쪼개질것 같이 열이 낫다。

「인마。 골방으로 드러가 자라 썩는내가 나는구나 그냥。 얼는」

어려서부터 남에게 단한마디라도 반항과 항의라고는 해보지 못하고 자라난 그여늘 형식이가 무엇이라고 그

러든지 그제야 못참을게 뭐 있으랴 만은 너머도 토끌적인 구박에는 견디다 못하야 더운맛이라고는 조곰도없는 그놈 쥐여버리고도 싶었다。

원태는 아츰에 끝방속에서 나왔다。

그대로 있으면은 밥이야 못이백힌 밥이거나 미움을 뿌려논 밥이거나 한수깔야 어더먹겠으나 다시는 이 집에서 밥까지 먹고 싶은 생각이 없었기 때문에 원태는 다시 거리로 나섰다。

그날은 아침부터 완전히 굶었다。

몸에걸친 소학생 외투를 내려다보며 고물상 앞에는 몇번를 갔었는지 몰낫다。

그러나 어머니가 마즈막으로 남겨 주고 간것이라고는 그것밖에는 없었으니 참아 버서서 팔를 수가 없었다

그만큼 그는 배곱흔것은 참겠어도 어머니에 사랑을 버릴수는 없었든 것이다。

원태는 「페양집」에서 일을해 주고부엌에서나마 어더먹든 밥이 얼마나 맛이있는지 몰낫다。

원태의 몸은 말할 나위가 없이 처참스러웠다。

잇촐을 굶은 얼골은 해골같었고 왼 몸둥이에는 어름이 백혔다。눈과 물을 밟고 다넌 운동화는 뚜러지지는 안했으나 어러가지고 돌멩이 같었다。

원태가 끝방이나마 그리워 열한시가 지나서 적선동 집을 기진 맥진하야 찾어왔을 때는 커다란 대문이굳게 닫쳐있었다。

원태는 문을 두듸기고 자는 사람을 불러내기에는너머도 자격이 모자랐다。

원태는 문앞에 놓인 쓰레기 롱을 등지고 앉어 바람을 피했다。

원태는 자기가 사람으로 태여 난것이 몹시도 분했다。

「사람이거든—。사람이거든—」

가슴속에 첩첩이 더려쌓인 원한과 불평을 소리래도 처보고 싶었으나 이밖에는 더 말이 안나왔다。

복잡한 감정을 조리있게 비판 해가지고 개성을 살니워 보기에는 그의 나히가 너머도 어렸든 것이다。

원태는 쓰레기통 뒤에 웅크리고 안저서 하로밤을 새려넛가 얇다란 옷을 뚤코 숨여드는 바람에 불알이 어러 올나오고 숨도 쉴수없었다。

그래도 그바람이 자기 마음속보다는 더운것 같었다、

원태는 터저 나오는 스러움과 외로움을 참지 못하야 우러라도 볼가 했으나 눈물도 이제는 없어젔는지 흘느지를 않었고 소리라도 처보고 싶었으나 목도 말너붙었는지 소리도 나오지를 안는다、

원태는 벌서 몇일을 두고 죽을 생각만 했다、

어린아해가 그림없는 책장을 뒤지면서 실망을하듯 원태도 삶에 대해서는 너머도 실증이낫고 맛이 없었다。

십분도 못되여 쓰레기통 뒤에서는 어린령이 잠이드며 코고는 소래가 가늘게 들여왔다。

몇시간 후에 대문이 열니자 원태는 사랑으로 드나드는 쪽문을 가만이 열고 형식이 방우로 드러갔다。

방안은 불을 꺼서 캄캄 하다。문여는 소리에 형식이는 잠을 깼는지

「누구야?」

하고 묻는다

원태는 어쩔줄을 모르고 망서리다가

「저애요 형님」

하고 겨우 입을 여러 대답을했다。

「뭐? 인마 도적놈 처럼 왜 밤중에만 단여」

원태는 대답할 말이 없었다 형식이는 도라 눕는지 이불이 한참동인 버스럭거리고 소리가 났다

「형이라고 그러지마러 인마。최가하구 안가 하구 어째서 형제가되니 아호!」

원태는 별안간 정신이 앗질해지고 진땀이 쭉 흘넛다。

그것은 너머도 참혹한 매질이였다。

그러면 무엇이라고 부르랴。

「형식아」

하고 불늘수도없을 것이고

「여보 대학생!」

이렇게도 불느지 못할것이면

「형님」

하고 부를수 밖에는 없지 않은가。 그러나 그는「형」이라고 부르지를 말나한다。

한참동안은 감정을 수습할수도 없을만큼 리성이 어지러워 졌으나 정신이 조금 진정이 된후에 가만이 생각을 해보니 그를 원망할수도 없는 일임을 알었다。

「그렇다。 나는 최가고 너는 안가니 네가 최가로 될니없고 내가 아가로 되어야만 할 법측도 없거늘 네가 웨 나의 형이 되겠으며 내가 어째서 너의 아우가 되랴—」

그래서 원래는 아모 불평도 말치 않고 그집을 뛸처 나왔다。

깨끗은것도 이젓다。

죽고 싶은 마음도 멀리 사러저 버렸으며 사러서 그들이가진 병대속에서 자기의 몸을 직히기 위하야 전력을 다하야 싸울것을 맹세했다。

한시간뒤 ——。

태평통 골목안에있는 상밥집에서 나오는 원래의 얼굴에는 희망을 약속하는 홍조가 떠올랐다。

멸시와 공박은 인간에 잘못이고 잘못은 인간이 지여 놓은것이다。

그렇다면 원래의 존재야 말로 인간들이 저질너 놓은 잘못우에 태여난 일대비극이 아닌가?

웨날너는 눈빨과 모러치는 북풍 보다도 세상이 한층더 모지게 거치럽다는 것을 남보다 몇만배 자서히 아는 원래는 눈앞에다가 어머니 아버지의 환영을 그리고 가슴이 터지도록 부르지젓다。

「나도 남과같이 해빛을 쏘이고 공기를 마실수 있는 권리를 가진 사러있는 인간이 거든 조히들과 마찬가지로 행복을 얻기 위하야 싸울수도 있을 것이 아닌가?」

원래는 오늘같이 행복 스러운적이 없었다。 자기만족을 위하야 기만을 다하는 인간들에게 원래는 경멸을 면치며 거렸다。

원래의 몸에는 언제나 놓지않든 외루가 보히지 안는다。

꿈과現實

沈 主 燮

一

차고찬 겨울밤이다。 세상을 날여갈나는듯이 부러오는 힘찬바람은 와―하고 동리집웅마을 거더헤치고 지나간다 먼산은 눈보래에싸여 윤곽만아른하고 눈쌓였든 첨아끝에는고두름이 어러붙어 달빛에 번쩍인다。 담하나새인 동혁의집 라디오는 천기를 보도하는데 금년치위는 첬치위라고도하고 근년에 드문치위라고도 하는것이였다。 뒤미처축음기의 높고낮은 반주소리가 쌀쌀한바람과함께 떠저나간다

병상에누어 신음하는 나는동혁을 생각할때 퍽으나 슳였다。 나는 동혁의 재산 안일 부화 방탕 불도덕한행위 종과첩 이런것을 부러워해서 슳은것이안이라 다만나는병든몸인즉 이병마에게 나의생명을 결국은 빼았기겠다는 생각이 들때마다 그의튼튼한몸 붉은낯빛 생기있는기분이 퍽으나 부러워서 슳으든것이다。 이럴때 한심한것은 심기가아득하야 농후한 자지빛 안개속으로 드러가는듯 눈앞이 캄캄한것이였다。 어둠침침한 방안게살금살금 슴여드는 쓸쓸한 공기는 내온몸운, 싸가지고 나갈듯이 넘실거린다。 나는 무어라고 형용할수없는 비애가 가슴속에 북바처오른다。 밤은 삼경이지났다。 대지는 침묵속에잠겼다。 살을 에울듯한 쌀쌀한 추워는 삼라만상을 소리없이 싸고돈다。

「싸박 싸박 퉁퉁」

무엇인지 고요한밤중의 언땅을 밟으면서 황급히 쫓아가는 발자욱소리가、 쓸쓸한 공기속으로 으스름달빛이 말없이빛이는 창문틈으로 울며온다。

우울한감상에 비애를 늑기는나는 정신없이 몽농이 누었다 그러자 동혁의집 대문에서 무엇인지 부닥치는 쿵하는 소리가나자 대문걸리는 꺼그럭하는소리가 연다러들린다。그러자 사람의목소리가 한참이나 구시렁 구시렁하드니 앙칼스럽게

「그년 안끄어내나?」

하는 동혁의 고함이들린다。

「사람좀살여주소 사람좀 살여주소 웅웅」

최후의 발악인듯한 여자의 목메인소리가 야반의 적막을깨우친다 동혁은 한달에 도몃번씩 깊은밤중에 첩(妾)과 싸우고 시비(侍婢)를 쫏아내기도 하는까닭에 물론 오늘저녁에도 그런싸홈이려니 생각하였다。그러자 나는 모든잠이 살몃이드러서 수척한몸의 괴로움을 잠간 잊었다。

二

나는 두시가량이나 잔듯하였다。이웃집에서 첬닭우는 소리가 서리나린 새벽공중에 맑게흐른다。푸른하늘에 야광주를 뿌려논듯이 반작이는 별들과 미인의 눈섭같은 조각달이 봉화산 솔밭우에 걸처앉아서 고요한대지에 무는 묵시를 주고있다。

「으아—으아—으아——」

무슨소린지모르나 실끝같이 가는 그소리는 은은히 들려온다。

나는 하도이상하야 귀를기우리고 나의룡성을 억지로 참으면서 한귀를기우렸다。오분가량이나 그소리가 나고는 잠잠하더니 뒤미처

「아이—옴마— 아이—옴마!」

하고바로 타작마당 근처에서 아이우름소리가 들려온다。나는 이상한 감상이든다 그소리를 들을때 나의신경은 전기를 받은듯이 찌르르 하였다 그것은 송아지를 부르는 어미소같이 애처러웠다。나는 나가보고싶은 마음이용소슴친다。그러나 수척한몸이라 대소변도 안해가 부축해야 겨우 변소에 가는몸인즉 나혼자 나가볼수는없고해서임신중의 안해가 배가불눅하야 쌕쌕 거리며 피롭게자는 것을깨웠다。

처량히 부르짓는 곡성을 들드니 안해는
「아이그머니 그무슨소리고」
하고 눈을 빙빙돌이면서 이불밑으로 드러간다。 나는
「뭣이 무서워 사람 소린데……누가 그리우는지 좀 나가보소」
하였다。 안해는 눈이휘둥그래지며
「뭐—나가바요 무서워 몬해요」
「그러면 나와같이 나가봅시다 그러멀지안을께니」
안해는(바람만 부러도 꺼꾸러질듯한사람이)! 하는듯이 의아하야 나가기를 싫여하는눈치다。
「오마! 오마! 오마이! 웅웅——」
하는 슬으게 부르짓는 곡성을 들을때마다 측은한마음이 북바처 그대로있을수 없었다。
「여보 바람차고 인적없는 첫새벽에 저런우름(소리)가 날때에는 반듯이 누구든가 무슨곡절이 빠졌을것시있을 것아이겠소 서속히좀 나가보고오소」
나는 알아들을만치 타일넜다。 안해는
「무서워 못나가겠오」
하고 양미간을 찡그린다。 할수없이 나는 파리한몸을 이르켜서안해에게 부축을받으며 나가보았다。 나는문밖 출입이 두달만에 처음이다 집동같이 부러오는북풍은 눈 가루와모래알을 날려다가 뼈만남은 나의낯에 확확 뿌리친다。무섭게 치운밤이다。 한시간만 한데있으면 어러죽을만치 치웠다。 잠간 있어도 살을 에우는것같다。
「오마! 오마! 오마이——흙흙」
하는소리는 육칠세된 아해가 분명하였다 타작마장까 집똥가리에서 들며온다。 안해는 경풍이 날만치 놀내었다
집동이·가까워 올수록 안해는 몸을깜짝깜짝 놀낸다。 나는
「사람소리가 무서워?」
하면서 대담히 생각하고 집동사이를 디려다보았다 얺잔사람인지 모르나 한여자와 육칠세된 아이놈에 발가버승이 갓난어가끼였다。 육칠세된 아이는 깜짝놀내서 악!고함을지고 여가의앞에 엎더진다。 여자는 아무말이없다。 나는

하도 이상하야

「여보! 웬사람이요?」

하고 회중전등을 딱 드러대었다。

오! 참혹하였다。 여자의 앞에는 해복한 산혈이 쏟아져있다。 이 설풋부는 차고찬 겨울밤에 이여자는 해산할 곳이없어 집동사이에서 해산을하고 산모산아(産母産兒)가 어러죽는 판이었다。 나는 어짤줄을 몰났다。 짜따리 그들은 세상에 안났어도 괜찮을것을 조물주는 이무삼악희인가? 이동리에 기와집들은 으스름 달빛아래궁전같이 번득인다

시각이 밥브다。 감상을 생각할 여유조차 없었다 나는 원기가 부족하야 혼자도 못던이고 안해에게 부축하야 갔긴하나 지금은 죽어가는 모자를 목전에볼때 나는 그 여자를 없고라도 갈듯이 원기가 번떡번떡 나는것갈다

나는 안해에게 산모를 없고가자 하였다。 안해는 새체를 업고간다고 좀 주저하는듯하였다。 그러나 어쩔수 없는듯이 엽었다。 여자의살은 아직 따슨기운은 있으나 수족이 빳빳하였다。 숨은 쉬는지 안쉬는지 몰을만치 되었고 맥은 간간이 될뿐이였다。 산아도 아즉 따슨기운은 있었다。

三

산도산아를 메여오긴했으나 치료식힐 방이없다 안해방은 내가병난후로 한방거처를하고 내방은 몇달을 불을안넣고 빈방으로 두었으니 별안간불을때 기로몇시간뒤에나 따슬것이다。 그러니 일분일초를 다루는 이마당에 불을뗄 겨를이없어서 할수없이 우리가 거처하는 방으로 드려다놓고 나의 금침을 덮어주었다 그리고 안해더러불을떠때라 하였다。

나는 몸에앓어서 산모의전신을 안마를하였다。

육칠세된아이는 어머니의 가슴을안고 엄마를 부르면서 구슯이운다。 그의 마디 마디 우름은 무의무탁한 서름이 일키었는듯 구슯었다。

두러지고 흙투성이가된 옷을입고 집동사이에서 얼마나 발악을 쳤는지 헛트러진머리에 집검불이 뭇어서 새집같이 방석이졌다 고요히 누어있는 모자의 그림자는 혼락한 공기와 침침한 불빛속에 유령같이 보이였다。

아! 나는 반갑고도 가련하였다。어련애는어렀든 몸이녹아서 비로소 우름이 터졌다。(으아 으아으아)하면서 어머니를찾는 그소리는 혹독한세상을 저주하고 원망하는듯 마디마디 설움이 북바쳐 구곡간장을 에우는것같었다。그러나 산모는 아직동작이없다마는 몸은 차차 따슨기운이 돌어난다。

약방에 사람을보내여 삼귀룡탕(蔘歸茸湯)을 지어다가 산모에게 다려먹였다。

여러해동안 인생고해에 풍상고초를 겪근주름잡힌 그여자의 얼굴에는 비로소 혈색이 도라나는것같다。

약 먹이고난 삼십분뒤에야 산모는 몸을 살못이 움지긴다 나는그때 표현할수없는 기쁨이 내솟았다。

나는 확실이 비명으로죽는 세 생명을 살리였다。나는 기동하는 산모를보고 안해의 분만때에 쓸나고 사두어든 미역과 햅자를 가저다가안해에게 주면서 첬국밥을끄려먹 이게하였다 안해는 제먹을것을 쓴다고 좀 뽀르통하는모양이다。

벌서 이웃집닭이 다섯홰를 울었다。빤—한기름불이 인제는 윤곽만희미하야 무리를하는 해빛같드니 검읏한 창문이 푸르스름하야 지면서 새벽빛이 어득한 방안은 점점 틔여온다。

말없이 누었든 산모는 눈을뜨면서 비로소

「아이고이—당신네들 은혜를 어쩌하야 갚겠오? 나의 목숨을 받처도 만분일 도 못갚겠읍니다!」

하고 눈물이 빙빙논다 그의목소리는 마치소박을 마저가는 젊은여자의 한탄같이 무엇을 저주하는듯 떨렸다。

「여보소 지금 못일어나겠소?」

「일어나가는 나겠소만은 이일을 어쩌해야……」

하면서 우름이 나오다가 남의집이라서 미안하다는듯이 몸은 찔눅 찔눅하고 언지로 일어난다。

밥과 자반국을 갖다주었다。

산모는 미안스럽게 먹는다。

안해는 산모를 무심하게로 멍하니 바라보고있드니 그언제 나에게 배가불으고 기운이 없어서 빨내도 못하겠고 밥도못하겠고 바느질도 못하겠다고 식모를하나 구하라 고 하든말이 북그럽다는듯이 뺨이 붉으레해서 나를처다보고 말한다。

「나는잘먹고 잘입고 잘거처하여도 이렇게 몸이 고단은대 아이고저이는 먹기도 충분이 못먹고 의복도 따스게 못입고 잘곳이없어 저―어린것을다리고 기나긴심동을 어떤밑에서 찾구나〃 당신도 인부의 고초는 너만큼모를것이요 원수의세상 끝끝」

하고 시선을 산모에게 돌니며 혀를찬다。산모는 밥한그릇과 국 한그릇을 다먹드니 이마와 코―스등에 구슬땀이송송나기시작한다。그는 여전이 미안하야 눈을내리뜨고 멍하니앉었다。

「여보쇼 당신집이 어데있소」

나는 처음으로 그의 형편을 무러보았다。

「나는 뒷골 사렀소」

「그럼 왜이러단이요」

「그전에는 소작마지기나 하였드니 있해나 거듭 흉년이저서 소작료를 다―못갚다 주기때문에 그 이듬해에 소작을 떼이고 할수없이 집도팔라바리고 남편은 나이 오십이라 품도 못팔고 사방으로 과객(過客)질을 나갔데요 나는 저놈(육칠세된아해)을 다리고 얻어먹고 단입니다。그래참 말하기 북그럽소이다만은 금년봄에 서로떠도라 단이다가 어느 산간에서 남편을만나 보고는 여적못보았소」

하고 눈물이 검은 뺨으로 흘너나린다。안해도 동정의 눈물을 흘리고있다。

「그러면 산월인줄알면은 일가에게나 고향으로 찾어간단말이지 한데서 해산을하여요」

산모는 고개를 흔들더니 다시말한다。

「당신네들은 그런 풍상을 못겪어보았으니 모를것이오만은 참 일가가오히려 타인보다 못합데다。더 잘이 있게살면 아지머니 무엇이니니 하지만 없어지면 촌수도 없어저요 세상인심이……」

그는 한숨을 방이 꺼지게 내쉰다。

「그래도 고향이 나슬까하고 찾어가는 길인데 그런학대를 생각한측 발길이 서먹거려 주저했지만대 정자에 나오는 아해를 막을 재주가 있어야지요」

하고 우는 가난아해를 한번처다보며 젖을 손꾸락으로 짜―본다。그러나 밥을 굶주린속에서 젖이 속히 도라나지안는다。그는 우는아이가 석그러워 미안하다는듯이 가슴을 또닥또닥 뚜다리며 달내보나 아해는여전히 댓쪽을조개는 소리를지른다。

「그 해산기미가 있으면 이동나 뉘집이라도 찾어가서 말해보지요왜」

「말은 해보았으나 재워주는 집이없고해서 밥만얻어먹고 할수없이 집동사이에 잘나하니까 정자에 해산끼가있어서 부자ㅅ집에가면 희방이 있을듯하기에 (손구락으로 가르치면서) 저집에가서 곤궁에 빠진사정이야기를했드니 영안된다는걸 내가억지로 대문안을 드러가니까 그집 젊은주인이 「그년안끄러내나」하지안소? 힘찬 종놈들이 댕강대드러서 떠다밀고 대문을 장가 버립디다 그래할수없이 집동사이로가서 해산을 하였는데 다행이순산은 하였으나 아해를 나놓고는 정신을 못차렸지요」

어제밤에 동혁의집에서 요란하든것이 지금드러보니 이 산모였든것이다.

나는그때 못나가본것이 후회되였다.

그럴수가있나 곤궁에빠저 죽는인간을보고 죄악짓는일이 이일뿐이 안이겠지만) 구원할생각이 없는 그는 제동무를 잡아먹고 제어미와 상내 내는 금수(禽獸)와 다름이있으랴? 나는 허용할수없는 분로가 가슴을 도려내는듯이 복발어오른다.

四

나는 저녁을 먹었다. 어제밤에 잠을 못잣스니 오늘밤은 초저녁부터 잠이온다. 나는일즉 요우에누어 눈을감고 산모의 전후일을 명상에 그러면서 있었다.

나는 아지못하게 어느곳을갓는지 이세상에없는 별유천지였다. 어떤사람인가는 몰으나 뒷팍지가 뱀가웃이나 되고 눈은 두치나 째여지고 귀가 손바닥만하고 머리는 붉우머리 푸른머리가 석기여서 호랑이 험갈은사람이 어느곳으로 다려고가는대 기와집이 수두록 하였다. 그사람은 나를다려고 한집으로 드러갔다.

그집은 재판소같이 보이였다.

높은 결상우에는 지신(地神) 산신(山神) 수신(水神)이란 로인이 있는데 한자나되는 허연 수염을 휘날니고앉어서

「옹—그사람 다려고 왔느냐」

한다. 나를다려고온 그는 「예」하고 물너선다.

「그러면 동혁이를 잡아오느라」

하니까 그들은 어디로 나간다。

그러자 또 동혁이를 다리고 왔는데 그사람은 손을칭칭 묵교 탕탕 따리면서 다리고왔다。백발로인은 엄숙한 얼골을 가다듬으면서 말한다。

「아나 네가 내가뭇는말에 거짓말하면 안된다」

한다。나는 무서워서 속일수가 없었다。

「너는 인간에서 죄를지은 일이없느냐」

「예—모르겠읍니다」

「그러면 착하다고 생각하는것은 없느냐」

「네—몇가지 있읍니다」

「옹 네가 말안해도 다—안다。그런데 네 명이 다—되여서 잡아올나 하였드니 비명으로죽는 인생은 여덟이나 살여준일이있으므로 또 네마음이 착하다。그러나 너는 언제든지 다시다려올때까지 다시나가서 살어라」

한다。나는 옆으로 비켜섰다。뒤미처 동혁을 부른다。

「너는 인간에서 죄를지은 일이 많지——」

하고 못드니 천정에서 시퍼런 칼이 나려오며 동혁의전신을 곰작도 못하게 묶너ㅅ버린다。동혁은 벌벌떨면서말한다。

「예! 저는 죄를지은 일이 없읍니다」

로인은 앞책상을 광— 두드리며

「이놈 인간의 선악간 행동은 저성에서도 전부다안다。이놈! 네 죄악을 차례로 말할테니 드러보아라 첫재는 네가 재산을 모으면서 스므사람을 망하게하야 불상하게 맨드러놓고 부자가 된것이하나! 그러하였으면 부자된후로는 적선을해야 될것인대 너는도로 없는사람에게 행악을하는것이둘! ○○산골에서 기한에죽는 사람을보고 너는 모르는체하고 지나온것이셋! ○○년○○년에 흉년이저서 소작인들이 농사지은것을 다하여도 양식이 될까말까한데 너는 전부다받고 못받은 사람은 농지를 떼여서 그사람들이 사방으로 허여저 얻어먹다가 굶어죽은사람이 아홉이나 그것이넷! 소작인달에 엡분것이 있으면 네가 별패를내여 귀밑머리를 푼처녀들을다려다가 첩을살피고있다가 베 사랑이 다되면 쫓아보낸것이 다섯사람이니 그것이다섯! 몇칠전 저녁에 아해를나올내서 예첩에가 해산을하자는것을 쫓아내여 집동사이에서나놓게한것이여섯! 큰죄만 말해도 이렇다 이놈아!」

말소리가끝나며 별안간 암흑천지가 되여서 눈앞이캄캄하였다。 나는 깜짝놀나 번쩍눈을떠보니 첫닭우는 소리가고요한 밤속에돌닌다。 나는 이것이 생시인가? 꿈인가? 의아해서 몸을 움지겨보았다。 나는 확실이 죽은몸으안이댜。 아무리 생각해도 꿈을꾸였는지 잠결같이 죽였다가 깨였는지는 모르나 그 무서운 유령(幽靈)들이 일상내온몸을 삶이고있는것같다고 생각하니 조곰이라도 죄지은까싶은 마음이 추호도없다。 침침한 방에는 무서운유령들이 공기를타고 단이는것같이 눈앞에 어리였다。

나는일어나 앉었다。 몸이 훨신 개벼워서고 묵엽고 혼탁한 정신이 밝은것같다。 나는 무어라고 형용할수없는기쁨이생긴다。 나는나의 명을 확실이 새로 엳은감이 없지않다。

먼저 일어난안해는 청을 쿵 디디고 황급히 올나오드니 문을열고 말한다。

「아이 어쩌녀잘먹은 뒷골양반(東赫)이 정각에 병이나서 말을 못하드니 약도 못써보고 오늘 새벽에 죽었다나요 참 사람일은 몰으는것이라요」

하고 병든나도 죽을까 근심하는 기색을 낯에띠우며 동신같이 어였다。

「글세 꿈을꾸었는가? 죽었다 일어난는가는 모르나 꿈이 이상하드라」

나는 꿈이야기를 하였다。 안해는 반가운기색을 얼굴에 띠우며

「그러면 뒷골양반(東赫)이 당신 대명(代命)으로 죽었는갑쇼。 죄를만이 저서…인자그러면 당신은 병이 회복되겠소」

「글을까는 모르나 정신이 좀낫는듯한대——함부루 당신도 죄짓지마소 지금도 유령들이 우리몸을 싸고돌며 우리가하는 행동을 엿볼것이요 참무섭습디다」

산모와 산아와 육칠세된아해는 차차 원기가 나서지는것이 나는 말할수없는 호감이 솟아올나 가슴에 꽃다받을짓는다。 (了)

昭和十三年 二、二三日作

仁濟堂에서

連載小說

陣痛期

李 箕 永

一、본처(本妻)

오후 일곱시 직행차로 올나온다는 남편의 편지를받은 유정(有貞)이는 이날 아츰부터 집안을 치우기 시작하였다。

요전에단여간지가 불과멧칠안되는데 별안간 무슨일이 생겻기에 또온다는지? 아무리 생각해보아야 그동안에 뜻박게 일이 생겻을것갓지는 안었다。그러타면, 세출(世出)이의 돌날이 임박햇다드니 또무슨 여편네의 명(命)을받고, 무엇을 사러오는것이나 안일까?……

이런생각이들자 유정이는 실그머니 심사가 사나워젓다。……돌잔치 할거리는 일전에와서 푸짐하게 다사갓는데、무엇을 또할것이 남엇든가? 하는 시새운감정에서——。

—얘들아—작난말구 어서들 가거라! 집안을좀 치워야겟다。」

「가메스스끼」의 류행가를 부르며、테—불위에、굴려앉어서、두다리로 근네를뛰고있든 세학(世學)이는、깡총! 뛰여나려자、책가방을 둘너메고 나서며、

「아니 어머니는 식전아츰부터 웬야단이유。오늘이무슨날이기에」

「날은 무슨날。어멈!」

유경이는, 부엌으로 고개를 돌니고 별안간 햇냥어멈을 부른다。

「네!」

「서러지를 다하거든, 이리좀와……」

「네!」

세학이는 지대ㅅ돌은 한발에 언ㅅ고 엽드려서, 「아미아게」(編上靴)의 구두끈을 졸나 매는데, 호마 굿동이같은 볼기짝이 맹맹한 양복바지위로 쳐기고 게다가 구멍이 두려져서 「사루마다」가 내다보인다。혜숙이는, 그것이 우수워서 바라보고있었다。

「울처 아버지가 오늘오신댓지。아니 어머니는 아버지가 그렇게두 무섭수?」

「그럼, 무섭구 말구。」

사실, 유경이는 남편의 잔소리가 무서웠다。또와서 무슨 잔소리를 골치가 압푸게 하면 어쨔나 싶었다。

「얘ㅡ말마라。어머니는 고양이앞에 쥐거름인데 무얼!」

세준(世俊)이는, 「책고지」에서, 오늘배울 교과서를 빼내면서, 개고리눈같이 톡빠진눈으로 가는우숨을치며, 맛장구를 친다。ㅡ쏘고마케 생긴것이, 이애는 저의아버지의 모습을 많이 달멋다고, 유경이는 그를 얄밉게보았다。

「그러치。참그래。아버지는 고양이같이 암상궂고, 어머니는 생쥐처럼 살살기고ㅡ허허참, 잘들만났군!」

그러니까, 건너방에서, 책보를 싸고있든 이집여왕(女王) 혜숙(惠淑)이가, 간드러지게 깔깔대고 웃는다。

「허허하ㅡ아이구, 허리야……」

「저런 비러먹은놈들! 어미대접참잘한다。부모대접 잘한다。」

「그럼, 어머니가 못났지 뭐!ㅡㅡ나같으면 그까진꼴 안볼테야。」

딸도 아들들과 한통이다。

유경이는 수건을쓰고, 수수비로, 천정의 거미줄을 쓸다가 혜숙이를 건너다보고 눈을 흘기며,

「조런 밟겨갈년! 그럼 이년아 너는, 서방이 자근집을 얻으면 어떻게할네? 불알을 깔네? 그꼴안본다니。」

「아 하, 하, 하…………」

중학생들은 우숨통이 또터졌다。

「아이, 어머니두 누가…………」

혜숙이는、 별안간 귀밑까지 빩애지며 두손으로 얼굴을 가리였다。 그는 누구보다도、 정학생(鄭元澤)이가 복그러웠다。

「허허허! 인제보닛가、 누의도 바보-ㄹ세。 그까진대답을못해 —— 이혼도 못하느냐구。」

「이혼은 밥먹듯한다데! 비러먹을놈!」

「무얼 여자란 할수없지。 그런용기가 어듸있나。」

「그러취。 약한자여! 네일홈이 여자니라。 옛날사람이 여북잘알고 이런말을 했을가?」

그들은 다시 혜숙이를 빈정거린다。

「재들이 웨저리까부러 듯기 실태두。」

혜숙이는 두눈추리가 샐쭉해진다。

「듯기 싫으면 듣지말지 누가 드르랬나。 여 —— 당나귀 어서가세!」

「호호호…………」

혜숙이는 더참을수가없이 우슴을 터쳤다。—— 당나귀는 정원택의 별명이였다。 원택이는 세학이가다니는 ○○고보(高普) 삼년생인데、 그의생이정가래서 당나귀라는 별명을 붙인것이다。 —— 그는작년부터、 이집에서 학생기숙을시작하자、 맨처음으로 드러와서、 지금까지 있었다。

「오늘은、 당나귀를 내가좀 타고 갈가?」

세준이가 하는 말에、 원택이는 빙글빙글 우스며 「미친놈들!」 하고、 양복저고리를 문밖으로 허려서입는다。 혜숙이는、 동생들이 그를 너무 막우하는게 민망스러웠다。

「근래년들은 웨그러 뻔뻔한지몰나。 계집애들이 시집이나、 서방이나 못할소리가 없지。 ……아이구 그 련애인지 질알인지 한다는년들은、 모두 미치고、 바람마진년들이니라。」

그동안에 드러와서、 마루를 치우는 행낭어멈은 간지러운 미소를 빙그레 웃으면서 유정이를 마주본다。

「왜 남보고 욕은하우。 계집애는 사람안인가!」

「그러취。 그다일을말슴인가。」

「무얼 어머니도 벌서 그렇게생자하니까、 아버지한테 압제를받지、 받어야싸지。」

순간! 무섭게 처다보든 유정이는 비스자루를 꺽구로잡고 우루루달려와서、 혜숙이의 아래턱에다 상아ㅅ대질을

천며

「그러타! 그래서 압제받는다。 에ㅣ그년 잘났다! 에ㅣ잘났다。ㅣ 천하에 주리를 틀년같으니。」

「호호호………누가 잘났다나。 왜이러 약이올너서、야단이래여!」

「조거바! 조런년의말버릇보지! 잘난년우、원체 에미 애비도 몰나보거든! 예이 경칠년!」

유경이는、비스자락으로、별안간 혜숙이의、발등을후려갈겼다。

「아이고머니……그럼왜 그렇게、편을갈너요。 사람는 다ㅣ마찬가진데………호호호。」

「이년아、계집애보고 계집애라지、뭐라느냐말이야。 저런년이 시집을가면、정말로 시애비 상투 끄두를년이야!」

「허허……… 식가러야베ㅣ식가러 야레。 ——어듸 누가지나、해보라고。 신여성이지나、구여성이지나。」

나가든 세학이는 다시드러와서 너털우숨을웃고 호들갑을 부린다。 세준이도 중문깐에 독처서며맛장구를 친다。

「잘한다! 모두 한바리에 처실을년놈들같으니!………에미가 무식하다고、원숭이처럼 놀니는것바………애 유식한놈들 북지안타!」

「호호호………어머니는 공연히 야단이네。」

혜숙이는、곤세루교복에 갈색 쟈켓트를입은데다가 거문구두를 털양말위로 바처신ㅅ고、나선다。 그는한팔로는 책보를끼고、한손에는 ◆수틀을들었다。

「애들아 가치가자。」

「오늘은、일죽드라와서 정거장에들 나가바요。 또아버지한테 걱정듣지말고。」

「정거장에는 뭐하러 죽ㅣ 갈것있나。 누구나 하나만 나갓스면됐지。 누의가 나가구려。」

「실타、나혼처는。」

「그럼、세준이가 나가렴。」

「애ㅣ나두 실탄다。」

유경이는 별안간 소리를 빽ㅣ질넜다。

「저런、망할것들! 제애비가 온다는데、서로들 미루는것보아。」

「헤헤헤ㅣ。 어머니가 오늘우、웬 저렇게식전부터 약이올넛서? 예수쟁이도 욕을하시유。 천당에못갈나구。」

「예수아니라、부처님이라도、늬같은놈들은 목아지를 도리겠다。」

「하하ㅡ그럼、큰일났군! 얘들 어서가자。」

그들이 나가고보니、빈집같이 집안이 괴괴하였다。유경이는、날마다 그들과 입씨름하기에 참으로 진력이 날지경이다。그들은 도무지어미말은 우숩게아는것같다。그는 비로소、안식의 숨을 돌여쉰다。

「자식들이 저모양인데、그이는 그런줄을 모르고、생으로 나보고만 야단이지……오늘은 또 무슨 사설을하구가랴노。」

유경이는 사지가 나른해서、마루끝에、걸터앉었다。그는 유일한 위안거리인、권연한개를 피여물었다。

「어멈!」

「네!」

「마루 걸네질을 해치고나서、마당을 깨끗이 치우게。우리집 나리는、직거분한건 아주 질색이라네。그러고、무어반찬거리를 좀사야지。——돈은 다써가는데、또달나면、벌써 다썼느냐고、걱정을하시겠지。한달에 돈삼사십원을주면서、그속에서 아해들 학비까지대라니。내가 사주전쟁이란말인가。……어되이번에는 좀 적어노코보아야 세상에 답답한일도 다보지。」

남편은 지난번에도 올나와서、조막만한 세춘이의 돌잡이를한다고、비단옷감을 박구네、어린이자동차를 삽네、은수저、은식기를 마추네……완구(玩具)도 가지각색것으로 거의 오십원돈이나、물쓰듯하고 나려가면서、자기에게는저고리한감을 끈어주기는 고사하고、한달에 몇십원식 생활비로주는것도 배가압퍼서 안달을하는——그러는 심사가생각할수록 얄미웠다。

시앗을 수없이보다가、인제는 뒷방마누라로 아주밀녀나와서、억척스런 자식들을다리고、이렇게궈양사리를 하다십이 사는생각을하면、아닌게아니라、아해들말맛다나、자기가 여간 못나지안은것 같기도하였다。

그러나、그는인제 남편이라면 아주、시들하였다。시앗이야 몇죽으로보든말든 그저자기를 복저나 마려주었으면좋겠는데、커가는 자식들까지、코가세여서、말을십히는데、속이 상하였다。

二、자근집

시골있는 김동호(金東浩)의 집에서는 벌써 몇질전부터, 천하에없는, 보물같이 귀애하는 세출이의 돌잔치를 순비하기에 분주하였다。

김동호의 넷재첩으로 드러온 추옥(秋玉)이는 아해를 나키는 여러번했으나, 번번히 백날전후에 낭패를 보다가 이번의 세출이는 천행으로 충실하게자라나서 언으듯 돌잡이까지 하게되니, 그에게는 참으로, 다시없는 경사였다 그는 더구나 아들이 안인가。。 김동호는 이아해를낳차, 여러날을두고, 옥편을뒤저가며 신고하다가, 마참내 세출(世出)이라는 일홈을 골나냈다。── 이 세상에서 제일잘나고 출세(出世)를한다는 의미에서──。

그래서 그들은 이아들만은 잘자라가를 천지신명에게 축원하였다。── 추옥이는 아해에게 조타는것은, 땅그려해 주고, 그의 수명장수를 비렀다。읍내단골 무당에게는 수영아들을 주고, 청룡사(靑龍寺) 절 주장에게는 시주를만히했다。

그때, 화상은 부적을 주고갔다。무당은 다홍주머니를 해채웠다。── 가을봄으로, 소경을불너다가, 안택경을읽고, 단골에게, 뭇구리도하였다。사주, 관상, 태주, 서낭, 유앙, 토주, 삼신……귀신이란귀신은 모조리 위하였다。그래서, 그런지, 이번아해는 잘자랐다。

× ×

정부센의 P정거장위로 철둑을건너서, 조고만 산밑으로있는새말 앞들은 서울사는 정부자집 전장에한곳에 연하였다。새말 사오십호의 게딱지같은 초가집들은, 거의 그집전장을부치는 가난한작인들집이였다。

김동호는 작년봄에 이마을에다, 기와집수십간을 새로지였다。

재목하고 기와같은 재료와, 목수의 공전만 돈이들었지, 인부는 거의, 작인의부역으로 충당하였다。

서울다방골 정부자집사음(舍音)인동호는해마다 형세가 느러갔다。

그래서 그는, 이번의 어련애돌에도 돈을물쓰듯하고 있였다。

행낭아범은, 마당에서 떡방아를 찌였다」그옆에서, 행낭어멈은 큰함지를 놓고 가루를 치고있다。

「아ー나!우러아가!가둥 가둥 어듸 쭈쭈좀 해봅가。──쭈쭈──쭈쭈──아이그 고것 신통한지구……쪽………쪽……딱……딱………。」

추옥이는, 안人방에서 이렁게어런애를 한참어르고있다。거의 삼십이 갓가운대도, 분홍저고리에 남치마를입은 그는 오늘도 한나절을 앉어서、분단장을하고있었다。눈은 쌍꺼풀지고、코끗은 뾰족하고 살빛이 검푸른것이、젊어서 않이 노러먹든 여자갈다。그는앞니를 일부러 두개식、빼고 금니를 해박엇다。두둑한입술을벌리고 우슬때마다 금니가 드러나는것이 자기는 자랑거리일는지 모르나 보는사람에게는 엇잔지 천해보인다。그는「우데마끼」금시계에 금반지、금가락지를 두세개식끼고、금비녀 금귀이개 —— 왼통 금투성이를 하고있다。

「아이그—우리 세쁠이……아가!쩌 쩌 쩌 쩌!노—노!노!또……꾸꾸——꾸꾸。」

그는 어린애를 안ㅅ고、입을마춘다、뺨을 마춘다、무러뜻고할ㅅ고、가진짓을다하다가、또이렇게 별소리를 다해본다。강아지부르는소리。소모는소리。닭모이주는소리——。

「아이고、고놈의자식、입뿌기도 생기나……오—왜우나。젓좀줄가? 젓도 싫여……그럼 업어줄가?——오—우리 아기 업어주지。」

그러자、추옥이는、어린애를 안ㅅ고、이러서서서섯거리며 별안간 목소리를 질넛다。영창이울녀서、「쨍—」한다。

「오남아!」

부엌에서 서메질을하든 오남이가 행주치마에 꾸젓물을 씻으며、뛰여왔다。

「애기좀 업어줘라!」

「애—」

「어듸 멀니가지말구、양지쪽에서 놀어— 아기 감기들까 무서니。—

「애—」

오남이는 머리끄리를 제치고、어린애를 뒤로받어업는다。헐담뇨를싸서두르고、눈만나오는 방한모자를 씌웠다。

어린애가 우는대로 그는 궁둥이를 춧석 춧석하며

「오—오— 아가—왜 우러!아—나 아이구、설께도 생기너」

어멈은 떡가루를치다가、가여운듯이 아기를 처다본다。그러나、속으로는「저게 언제 사람의꼴이 될가?」싶었다 문깐방앞에서는、올에 세살먹은 복동이가 지금도 맨발을벗고、도라다이며 저혼자논다。토실토실한、팔다리가 세춘의 빛갑절이나될것같다。그런자기아들에다비하면、이아해는 신용만 생기다 마러서、마치 정거장 상점에、진열해노은、인형(人形)과같은 생각이났다。

「저 무지한놈은 또 나와작난인가? 이놈 복동아!」

추욱이는 세출이의 악질이 안타까왔다. 그러나 복동이는 로동자의 자식이며, 너무 무지하게 생겼다고, 흘보았다 그는 지금도, 속으로 그런생각을 하고있였다.

「아범!」

「예!」

「아범 혼저만 빠울수있겠나?」

「글세요.」

아범은 사십이넘은 건장한 농군이였다. 시뻙언얼굴에는 광대뼈가 불숙솟고 아래턱에는, 말총같은 노랑수염이숭굴숭굴났다. 그는 한발을 적여드되며, 쇠공이를 내리칠때마다, 절구가떨니고땅이 흔들렸다.

「쉬차!」

「못다빠켓거든, 손포를 부르게. 오남아! 점쇠엄마좀, 불너온!」

「애!」

「그리고, 누가 쑥을좀 뜨더와야지!」

「설마 뜨더오는 사람이 있겠지요. 쉬차!」

쇠공이가, 나리치는대로 그는 「쉬차!」 소리가 나왔다.

순남이 어머니는 그저께부터 쑥을뜨덧다. 인제새싹이 쁘죽쁘죽나기 시작한다. 그는 양지깍으로 도라단이며 잇금동은 쑥두록 뜨든것이 겨우한보구미가 되였다. 그러나, 쑥을뜻기는 순남이 절문만 아니라 주사댁아문의 돌잡이를 한다는 소문을 듯자, 작인들은 이런기회에, 잘뵈이랴고, 서로 다투어가며, 애를썻다. 이런때에는, 떡이 제일이다. 그런데 이만때는, 쑥떡이 귀물이아닌가!——그래서, 그들은 쑥을 뜻기 시작하였다. 삭품이래도, 김품이네요 그들은, 쑥을뜻으며, 올에는 농사치를 좀더주었으면 좋겠다고 서로들 은근이 바랫다.

오남이가 점쇠엄마를 다리러오는데, 뒤에서 누가부른다.

「점쇠어머니 주사댁에가우?」

「누구여—순남어머니유?——보구미에 잇는것은 무에유?」

「주사댁 마 아기의돌잡이라는데、무어 선사할것이 있어야지。」

「아니、뭐 않이뜻으셨구려。——아이 우리집에서도 쑥이나 뜯어다드릴걸! 우리는 아문것도 안했는데!」

「접쇠에는 드난을하지안수?」

「그야그러치만………우리집에는 애들이모두 곳불이드러서、아주죽겠어유。」

「우리집도、그런데뭐……우환중에、양식까지 떠러젔지요!」

「집에도、저우지난장날、좁쌀덧되를 얻어왔는데、그게떠러지면、또어떻게할는지모른다우。」

「아이구、주사댁에는 풍성 풍성도하드구먼………。」

오남이는、저만침、먼저갔다。——그는 아씨에게 심부름을갔다가 늦게왔다고、경을칠까 무서웠다。

「그댁이야 말할것무엇았나유……그래도 밥한술을 공으로 안준다오……」

접쇠엄마는 별안간 실죽해서、입술을 빗죽내민다。

「그럼。지금세상에는 있는집이、더무섭다우………아이구、어서 풋나물이나 나야할텐。」

순남 어머니는、나죽이 한숨을 내쉬었다。—— 마을에서、제일갑부인 주사댁의 회벽(灰壁)한 기와집이、날너갈 듯이、덩그렇게 섰다。그밑에 좌우로 벌너선 괴딱지같은 초가집들은、그집에 눌녀서、고개를 못드는것같다。마치 이마을작인들이 그집사람들 앞에서는 고개를 숙이고 못들듯이——。

새말 근오십호되는 작인들은、모두 빈한한 소작농이었다。그때서 봄한철은 풋나물로 연명을하다가、보리ㅅ동을때고、보리가 떠러지면、날품파리를하다가、륙천월에 장마나 늦게 지는해에는 별수없이 몇칠식 굶는수박게없었다。덕순이처는、작년여름에、양식이 떠러저서、몇칠을 굶다가、견듸다못해서 옷나누샘……우물 근처에 탐스럽게난 송장버섯을따다가、무처먹고、어린애들과、세식구가 미체서、알타가、참혹히 몰사를당했다。버섯에 중독이된것은、인해약을못써서 속으로 독이돈것이였다。——덕춘이아버지는 타관으로 버리를하러갔우가、도라와보넛가、그지경이였다

식구가 모조리 죽어나가자、그도、환장이되여서 어듸로 미처나갔는데、지금까지 소식을모른다。

마을사람들은、이것을보자、남의일갓지않게、모두오장이 떨너었다。무서운 아귀는 그들의 등뒤로도 살곰살곰 기여오는것같었다。

「아이구、이렇게、고생하는것을 생각하면、덕춘 어머니는 팔사편하게 잘죽었지。」

순남머어니는 지금도 그생각이 나서、뒷산 마루턱에 박아지엎우것같은 공동묘지를 처다보았다。(계속)

編輯後記

「朝鮮文學」이 숨여서 잠들어버련지가 임의 一年이된다。

짧지아니한 열두달! 무엇을 하였느냐고?

其實은 誠意가 不足하거나 또는 怠惰하였기 때문도 아니었다。남모르는 努力과식을줄모르는 情熱을남보다 갑절을갖기는 하였지만 웬일인지 單純한 熱과誠意뿐만으로 이루워지 지아니하는데 열두번 눈물을흘리지 아니치못하였다。

×

貴한 子息을죽인 슬픔 다른 물건을 깨꾸러트련 心情、과마찬가지의 슬픔이 하로인들 가슴을떠나 살어보았으랴! 「어쨋던 해보자! 힘이자라는데까지해서 안되는게야 어떻게하랴!」「朝鮮文學」을 잇기는 분누구하나를 맛나기만해도 이렇게손을 맛잡고 맹서했다。

그러든것이 헛맹서가 아니고다시 後輯을내게되니 自己의감정도요량할길없이 슲은지 기뿐지그저그러하다

×

그러나 此輯을 編輯하는 途中에 編者는 또한번 낙담하지 아니치못했다。한말로 한다면 요모양으로내놓은것도 두어달동안이라는 時日이걸였으니 仔細한말을 하지아니한대도 可히 斟酌할일이 아니냐。

×

그러나 우리는 다시 생각한일이 있었다。勿論 原稿料를 當當히 支拂한다면 또 무슨 염여가 있으랴마는 아직 게까지는 및이지 못했고 오직「朝鮮文」을 사랑하는 마음으로 寄稿해 주기만 바라는것인데 더구나 오래잠을자든끝이라 별다는 疑心을 가진것은 아니라하겠지만 아마도「朝鮮文」續刊되고못되는데疑惑이있어서 그렇게되는것이 아닌가 한다。

×

그래서 잘되었든 잘못되었든 이번만은 아모렇게나 내여놓자는것이 있다。그래이모양밖에는 더되지못했다 이것이辯明일는지도 모른다。

×

우리는 또한가지 맹서하여둔다。좀더 깊은 文藝的造詣에서 朝鮮的人間의 精神과 生理的表現에새로운 時代的聰慧와感性과 角度를 가지고 짐이 現實生活의 具現相의 把握에 努力하리라。

×

끝으로 執筆者諸位에게衷心으로謝禮한다。(自靜生)

定價表

一個月	三十錢
三個月	八十五錢
六個月	一圓六十五錢
一個年	三圓十錢

注文方法

● 注文은반드시先金
● 振替로
● 郵票는一割增

昭和十三年十二月十日 印刷
昭和十四年正月一日 發行

京城府光熙町一丁目九九
編輯兼發行人 池 奉 文

京城府西大門町一丁目一三九
印刷人 高 應 毅

京城府西大門町二丁目一三九
印刷所 彰文印刷株式會社

京城府光熙町一丁目九九
發行所 朝 鮮 文 學 社

振替京城二二五四五番

朝鮮文學

第十六輯（三月号）

朝鮮文學

第十六輯

七星岩

李北鳴

一

오늘도 명찬(明燦)은 칠성바위우에 올나앉어서 연송 담배만피고있다。독기로판 나막신처럼 울툭불툭한 검은얼굴에는 아모런 표정도없다。

무릅을세우고앉어서 바위를감돌아 흐르는냇물을 물끄럼이 내려다본다。무릅우에 두팔을세우고 두손바닥으로 턱을바치고 담뱃대를물고 등을구브리고 앉은명찬은 흙으로맨든조각갈으다。

언제까지던지 명찬은 몸한번깐닥하지도않고 침한번 내뱉지도안는다。담뱃대꽉지에서 연기가나지안는다。

지금 명찬의 눈앞에는 죽은 귀인순(貴仁順)의 환상이 아롱아롱 떠올났다。내년가을이면 세상에서제일자랑스러운 자기의 마누라가 될 어린 귀인순의 령혼이나마 이칠성바위에 남아있다면 잠시라도 동모하여주고싶었다。명찬의눈앞에 떠올은 귀인순은 소복단장을하고 머리를풀고 안개속에 서있다。명찬이가 고비낀눈을닥고보니까 귀인순의 환상은안개와함께 어데론지사라저버렸다。명찬은 잃어버렸든 귀인순의 환영(幻影)을 바위밑 물속에보았다。

그것은 너무나 참혹하게된 귀인순의 불끌사무라운광정이다。지난발갓에 본 귀인순의 모양과는 어림도없다。명찬의 무릎과 두손이 발발떨었다。가슴은 훌적훌적뛰놀았다。어젯밤꿈에 본 귀인순은 소복단장을 하고 머리를 쪽지고 명찬의 머리맡에 무릅꿇고 말없이 앉아있었다。명찬은 너무나 반가운김에 이불을 차고 일어나 귀인순을 안으랴고 두팔을벌니고 달녀들었다。그러나 귀인순의 자최는 연기처럼 어데론지 사라져버렸다。행여나하는 마음에 명찬은 초ㅅ불을 켜들고 방안으로부터 뜰앞에까지 나가찾아보았다。그러나 귀인순의 자최는 간데온데없다。명찬은 다시 한번 귀 인순의 아릿다운 자태를맞나보려고 자리에누어서 눈을 감았으나 귀인순의 자태는 다시 나타나지않었다。

지금물속을되려다보는 명찬의 눈은 주린독수리가 한마리의살찐토끼를발견하였을때의 눈같이 긴장하고 정기가있다。얼굴의 근육이 푸득푸득경련한다。명찬이가 이런심각한표정을 하는것을본사람은 이동리에서는 아직없으리라。

귀인순의 모양은 한번보고 다시 보지못하게 악착스러웠다。허리아래가 찌저진속곳으로 가리어있을뿐 귀인순의 몸은 발가숭이가되여서 물속에서 떠 흔들고 있다。검고길든 머리채는 오리오리헤여저서 귀인순의 얼골을가린채 바다속의 미역처럼 흔들고있다。드믄드믄 귀인순의 얼골이 바위우에 앉은 명찬을 울녀다보았다。그러나 그얼골에는 차되찬 조소가떠있다 가슴과 팔다리의 살은 군데군데 째어지고 뜯기고 하여서 물속에서 너풀너풀 흔든다 명찬의 손구락짬으로 꼼방대가 밋그러져 물속에 떨어졌다。그래도 명찬은 몰은다。그의 몸은 점점 바위ㅅ가로 조곰식 조곰식 움직인다。그러나 정신이환장한 명찬은 이것도몰은다。물속의 귀인순의 환영을 내려다보는 명찬의두눈에는 온세상이 그믐방처럼 캄캄하였다。심장은 푸득푸득 뛰놀았으나 머리는 모든사색을 끊처버렸다。귀인순의 환영은 명찬의 정신과 육체를 완전히 사로잡고 말았다。

명찬은 마치 단거리선수가 스타ㅡ트할때 모양으로 두손을 바위우에 세우고 왼쪽무릅을 꿇고손에다 조곰식 힘을 주면서 몸을앞으로 내밀었다。다음순간 「훅」하는 기성과함께 명찬은 큰대ㅅ자가 되여서 갠물에뛰어들었다 물은 깊지않었다。물에뛰여든 명찬은 눈올질긋이 감고 귀인순을팍 가슴에껴안었다。명찬이가 와들와들 떨면서 눈을 떠보니 그것은 귀인순이아니라。동그라코넙적한돌이었다。

「으ㅡ미」하는 신음소리와함께 명찬은 그돌을 물에떨어트렸다。혈관이 파열하도록 긴장하였든 그의 육신의 긴장이 순간 비오는 날솟똥처럼 풀리였다。

「호호호호」명찬은 허황한 소리를 연속질으면서 다시 칠성바위우에 올나앉었다。바지와저고리가 폭젖어서 피부에 착들어붙었다。무릅에서 피가 흘러바지에 밝앟게 물들었다。옷에서 흘러떨어지는 물과피가 바위우를 기어갠에 떨어져 맑은물에 발간문을 도치면서 흘러간다。

「야들아、곰이 물참봉(참봉)했다。」

작난좋아하는 이웃집 마당쇠색기가 별것이나본듯이 올너뛰며 내려 뛰며하면서 동무를모아온다。

「야ㅡ저거바라 곰이물참봉을했다。」

아이색기들은 손벽을치면서 떠들어댄다。이동리에서는 명찬을「곰」이라고부른다。웨곰이라고 붙으느냐고 물어도 그럴듯한해석을 들녀주는사람이없다。

곰처럼 힘이세고 못생기고 우둔스럽고 능글능글하기에 곰이란별명을붙였다는것이 동리사람들의 일반적인 해석이다。

그러나 「곰」이란 소리를듯고 보면 어덴지 명찬의 행동에는 곰다운데가 있는듯싶다。어째되였면간에 명찬이라면 동리에서 몰으는 사람이있어도「곰」이라면 어린아이들까지도 알았다。그것은 어떤종류의별명처럼 야비하고 조소적이고 경멸적인 감정이없는데 반하야 어덴지 믿음성있고 밉지않고 다정스러운 감정을 이르켜주는 별명이다

「곰이미쳤다。미친곰아——」

약속이나한듯이 코흘니 개색기들은 돌을주어서 연송 칠성바위를 향하야던진다。뒤에서 벼락이치든 돌총이오든 명찬은 무릅짬에다 얼굴을 파묻고 죽은듯이앉아있다。어느아이가 던진돌인지 명찬의 엉뎅이에가서 맞았다。띄곰하기에 명찬은 비로소 얼골을 돌녀 아이놈들을보았다。그러나 보았을뿐이지 아모행동도 취하자고 안할뿐더러 그의 얼골은 흙으로 맨든인형처럼 아모표정도 없다。닮은데가 있다면 그것은 명찬이 자신만아는 가슴의비애와 원한뿐이겠다。표정없는 그의가슴에서는 뜨거운 불덩어리가 목구멍을 찔으고 솟았다。명찬은 풀풀하고 목을 울리면서 삼키군하였다。칠성바위우의 명찬이 그것은 의지할곳없는 인간의표본이다。산에서 나무를 한짐하여이고 내려오든 송과부노파가 이광경을보고 나무만을 내려던지고 먼저 아이놈들을 쫓아버렸다。동리아이색기들에게대하여서는 송과부노파는 호랑이였다。그런관게로 아이들은 송과부만보면 곁눈질만 슬슬하면서 갯가로 산으로 도망질을 치는것이다。

송과부도 명찬의 참혹한 꼴을보고 소리를질넜다。

「아이구 곰아 글세 이게웬일이냐」

송과부는 칠성바위를기어올으다가 미끄러저서 모래우에뎅굴었다。

「글세 이놈아 빨니내려못오겠늬?」

송과부는 발버둥을치면서 고함을친다 명찬은 그제야 칠성바위에서 어슬넝어슬넝 내려왔다。

송과부는 물이뚝뚝떨어지는 명찬의 저고리섶을 짜주었다 명찬의 얼골은 핏기를 잃고 입술은 검어케죽어섰다 뫼쌀알만식한닭의 살이몸에도치었다、초가을 물은때찻든것이다

「이렇게 물참봉을하구두 칩지안니?」

송과부도민망스럽다는듯이 얼골을찡그린다

「안춥수다。」

이렇게 대답하는 명찬의 얼골에는 우슴인지 울음인지 몰을 일종 무의미한 표정이 떠올났다。

송과부도 명찬을끌고 자기집으로갔다。모르는사람이보면、송과부가 자기미친아들을끌고 자기집으로 들어가는것갈기도하다。명찬의행동은누가 보던지미친사람의 행동이다。

송과부도 발천소합숙에가서 모아온 삭빨내감중에서 기름묻은 공장복아래우를 고집어내서 가라입혔다 한치맥째어진 무릅에다는 성양곽조희를뜻어 붙이고 싸매주었다。

송과부가 명찬에게 대하야 이렇게 친절스럽게 하여주는것은 들어보면 그럴듯한 리 유가있다。

오년동안이나 이웃에서 살면서 명찬의사람됨을 알기때문이다。

명찬은 빈한한집 데릴사위살님을 하면서도 여가만있으면 남정이라고 없는송과부네 무거운일 가벼운일을혼자서도 말아보았다。나무불 하여다는 나누아주고 뜰악을청결하야주고 때로는 물까지길어주었다。봄철에는의례히 송과부네 온돌을 뜯어곤처주고 가을이되면 정해놓고 벼ㅅ집으로 집웅을이어주었다。해춘하야 밭갈때가되면 명찬은자기집 산전(山田)과 이랑하나를 사이에놓고있는 송과부네 밭은 하로한시에 갈아주고 씨도한시에 뿌려주었다。천성이유순하고정직한 명찬은잡생각을하지않고 소갈이실사이없이 일만하였다。이렇게 직심하고 자기집일을 돌보아주는명찬을 송과부가 소홀이 대접할리가없다。

맛난음식이생기나 빛달은음식을 지으면 꽉꽉 명찬의것은 간직하여두었다가 그가일터에서 돌아오면불너다가 멕이군하였다。

명찬은 늘상 싱글벙글 우스면서 다녔다。그우슴이야말로 아모걱정근심없는 인간의 표정이며 동시에 자탕이었다。

그러면 명찬이가 지난번 홍수에 내년가을이면 머리를 틀어언고 자기마누라가 될귀인순과 그의부모를 물에잃어버리고 넋없는 사람처럼 매일갯가로 헤매는것을 볼때송과 부는자기남편이 세상을 떠났을때처럼 마음이쓰리고 앓었다。발써 명찬이때문에 두번식이나 눈물을홀엿다。남편죽은후의 첫눈물이다。오늘송과부도 명찬이때문에 세번재 눈물을 흘렸다。

송과부는 얼는얼는불윤때어 고사리국을 딱근이 데어서 조밥한그릇하고 상에노아서 명찬에게가저 다주고화로에 불을담아서 명찬의결에다 노아주었다。

「글세 이미련한사람아 그찬물에는 웨 들어갔니?。」

송과부는 숫가락을쥐어주면서 펀잔을준다。

「글세 물속에 무에있되? 말을좀해바라。」

「귀인순이 물속에있읍데다。」

명찬의국물을 떠든숫가락이 와들와들떨여서 국물이 무릅우에 떨어진다。

「이꼴같이 미련한놈아 정신이환장을했구나 밤낮으루 죽은아이를 생각하니 눈알이 좌으뱃겨서 돌이 사람이되여 뵈았구나。」

명찬은 국사발을입에대고 후ㅡ후ㅡ 불면서 마신다。여전히 얼골에는 아모표정도 없다。

「너무심화를쓰다가 병이나 들문어떡하자구 그러니 젊은놈이 혼자 늙으라는법은 없너라。」

명찬은 송과부의말을듣고 앉었다가 별안간

「어마이(어머니)정말 혼자살나는 법은없소?」

순간 명찬의 험상궂게 생긴얼골이 이상하게 틀어지면서 근육이 씰룩거렸다。

「없다。짐승두짝이있는데 사람이 배필이없겠니。」

송과부는 저고리고름에다 눈을닦는다。고름을저친 눈물가운데는 자기의고약한팔자를 슳어하는 눈물도 섞여있었다。

「어마이 내 벌서 설흔한살이아니우。」

명찬은 쥐였든숫가락을 떨어트리면서 으흐……하고 목메어울었다。

二

동리사람들은 명찬을정신이 조곰부족한사람이라고 한다。배안에있는 아이도 돈만보면 뛰어나온다는 세상에서 명찬은 돈이 그리운줄도 몰으고 돈을 그렇게 탐하지도 안는다。십여살식먹은 게집애들도 발전소 복구공사장(復舊工事場)에 나가 하로ㅅ동안모래를 너어날르면 육칠십전을버는데 명찬은한푼도보수도 받지않고 송과부네 일을빠빠지는 줄몰으고 하여준다 그나마 억지로하는것이 아니라 자진하야 한다。얄미차고 간사한동리사람들은 이런점으로보아 명찬을 부족한 인간이라고 한다。

그러나 명찬은 부족한인간도 아니오 돈을몰을인간도아니다。그는 사람이 그리웠다。허물없이 자기친척집처럼다닐수있는이웃을 될수있는대로 많이 사괴고싶었다。천애의 고아인 명찬은 아릿다운 인정과 친척들속에서 날마다해를 보내는것이 무엇보다도 행복스러운 일이라고 생각하였다。이인정과 이웃을사괴는데서 그의활동역은 무한이커저갔다。

명찬에게는 철천의원수가있다。그것은 물(水)이다。맑은 물이아니라 흙물이다。흙물이 지금에있어서 명찬을 천애의고아로산중에 내버려두고 늙은총각을 맨들어주었다。

명찬의부모는 전통적화전민이였다。그당시 용골안에서도 십여집 화전민중에서는 제일유복한생활을 하였다。그것이 지금으로 부터약십년전일이다。산지대에는 주기적으로 홍수가나고 냉환도들었다。

명찬이가 스물둘되든해 여름에 큰 비가 왔다。고산지대의 비란 한참내릴때에는 머리우에서 물을퍼붓는듯이천지를 뒤흔들어주면서 쏘다졌다。산이패이고 풀이뿌리빠저서 흘러갔다。앞은갠이오 뒤로산。

앞갠의물이 불어서앞뒤ㅅ산을 방축삼고 용골전체를 밀어가지고 흘렀다。명찬네와 그밖에 사오가족들은 산으로올나갔다。늙은이를부축하고 아이를등에업고 산을올나가는데 와르륵 하고 산이묺어졌다。흙과 돌、바위가 무서운소리를 내면서 굴너왔다。

「앗!」하는 사이에 사례는사람을 휩쓸어가지고 탁류중으로 흘러들어갔다。

큰바위우의 노송운개안은 명찬은자기도 꼭죽은줄만 알았다정신을 차려갖이고 산울나려와서 시체라도 건지랴고갠변을 헤매였으나 그판에는 사람의 그림자도 없었다。이러하야 명찬이만 남고온동리는 흘러갔다。

명찬은 부모를 잃고 약혼자 순들까지 잃고나니 눈앞이 캄캄하야 졌다。

이때붙어 오년동안 명찬은 방랑의 생활은 계속하였다。

이산골에서 저산골로 이동리에서 저동리로 이절(寺)에서 저절로 이렇게 정처없이 다니면서 닥치는 대로일하여주고 하로에 세끼의 밥을얻어먹었다。

이런히 망없는 생활을하다가 그가 스물여들살되해 가을에 박창근(朴昌根)이란 사람의 데릴사위로들어가서 비로소 희망있는생활의 일보를밟게 되었다。창근영감인즉 즉 귀인순의 아버지다。그때 귀인순은 열세살이였다。아직 아모철없는 코흘리는계집아이였으나 그래도 장래의 마누라될사람이라고 생각하니 명찬은 한없이기뻤다。

창근영감은 유전의해소ㅅ병으로 농사ㅅ일이라고도 하지못하였다 늘 상목에 가래가걸려서 쿨쿨하면서 자리에누어있였다。

그런판게로 온집안일은 명찬이가 전부하였다。

농사ㅅ일은 물논 지게를지고 산에가서는 나무도하여오고 산나물이 날때에는 바구니를들고 나물뜯으러갔다。

그렇게 산으로다니면서 좋은 자리를택하야 화전을맨들었다。명찬이가 오늘까지 맨든화전은 다섯군대다。그다섯군데의 총평수는 천평이 훨신넘는다。지금에는 일년을 먹고도콩말식이나 팔아서 가용을 쓴다。산에가서 하로종일일하고 저녁에집에 돌아오면 귀인순의 얼골은 바라보는것이 한없이 마음의 위안이되였다

설거지를하는 귀인순을 뚫어지게 바라볼때 귀인순이 새ㅅ쭉웃기나하면 그날밤은 우슴으로집이 흔들흔들하야서깊은 잠을들지못하였다。

남의눈이아니면 귀인순을 광문이에피여차고 다니고싶었다。명찬에게는 귀인순은 산에핀개나리꽃보다도 곱게보였다。명찬의 세게에서는 제일 귀여운 귀인순이었다。귀인순만은 그의 희망의봉이오 행복의원천이었다。열는것으면하고 하로에도 몇번식 생각한다。

산에올나 나무를하다가 문득 귀인순의 생각이나면 손에쥐였든 낫을 내던지고 나무근거리에앉어서 앞날의공상

을하여보았다。 고요한 산중은 명찬의 공상의세계였다。

산비탈 양지쪽에 베치기둥으로 집한간세우고 귀인순과 단둘이 살면서 부모를 섬길수도있겠지 머리를틀어얹고 노랑저고리에 남치마를 입히면 귀인순은 세상에서 제일입분여자가 될것이지 힌고무신도 사달나고하겠지 그럴때에는 선선하게 일원자리한장은 내주어야지 내가 밭에갔다 좀늦어지면 걱정하야 마중나올테지 그때는 안나오문일없소하고 핀잔을 줄테야 그러면 귀인순은 새시죽웃으면서 그래두걱정이되서 나왔소하고 저고리고름을입에 물고 몸을 한들한들 흔들며이지 그때는 안구오나 업구오나?

너무또이렇게만해두 못쓰지 영석을부터니까 드문드문 호령도해야지 술을전수히 취하여가지고는 헤시취정을부려야지。이년 남편이 술취해들어오는데 마중도안나와?하고 음성을높여보아야지 에구나는몰났수다。다시는안그러겠소다! 이렇게 미안해하면서 내곁으로와서 나의손목을잡아 자리에 눕혀줄테지。에구좋아라!

이런꿀같은살님을 한해만하면 아들을낳겠지 똑똑하구 울지않고 엡분놈일게다。나두 과히밉게안생겼지만 귀인순이야 여북엡불나구。이때가되면 밭도 몇천평 내소유가되겠다。먹을것이 걱정없단말이지 엡분마누라가 있단말이 지살이 오동오동찐귀여운 아들이있단 말이지……세상에이런훌륭한 팔자를 타구난놈이 또어데있을나구 귀인순이머리를 틀어얹즈면 무어라구 부를가?귀인순이라고는 못부를것。

「마누라」라구부를고?그것은좀어색하다。

「큰댁?」 이것두 좀 부르기에무엇무엇한데。

그저얼는 아이들나아야지「순돌어미」든「칠성바우어미」하고 부르기 쉬울텐데…………공상은 꼬리를 물고작고만명찬의 머리에 떠올났다。

「히히히히히」하고 명찬은 가슴을앓고한참 웃다가 다시 낫을쥐고 나무하기시작한다。

그러나 나어린귀인순은 명찬의 마음의 백분지일도 명찬을알아주는것 같지않다。도시의처녀라면 십오륙세붙어 이성을앎기시작하지만 용골안에서는 아직 용골밖으로 나가보지못하고자라난 귀인순은 아직천진란만한 가연의 소녀였다。나먹고험상궂게 생긴명찬을볼때 앞날의 자기서방이라는것 보다도 자기집일군이라고생각하였다。귀인순의눈으로 본다면 명찬의얼골에서는 밭서청춘의팔팔한 기색은 사라저버렸다。늙은이축에드는 사람이였다。

귀인순이가 드문드문명찬을 보고웃는것은 그에게교태를 보자거나 또는말못할애정은 표현하는 것은아니였다。나먹은명찬이가 입을벌리고 혀를내밀고 그나에맞지도안는 표정으로 느믈거리는꼴이 우수워서다。
수건이나 내복을빨아 닳나고내놔도 귀인순은 본숭만숭한다。 어머니한레서 한바탕 책망을듣고야 할수없이 빨아주었다。

이모든귀인순의 행동은결코도시의처녀의 그런행동과는 성질이당초부터달은것이었다。 남자가무섭다는 일종의 공포심으로 발생하는 철없는 산골처녀의 본능이었다。 그러나사춘기로 들어가는처녀의 심리변화란 예측할수없는것이다。 그것은 시간이해결지어주었다。 작년겨울까지도 명찬을자기집일군으로 생자 하고 아모이성에대한 감정이 손톱눈만치도없는 귀인순은 금년봄 봄바람이 용골로 붙어들면서부터갑작이 어른스러워지고 명찬을 대하는태도도휠신달나졌다。 열여섰살로서는 육채가아조발달된축이다。

명찬이가 산에갔다가 늦게까지안도라오면 자는어머니를깨워갖이고 술갱이붙은들고 산길을 마중갔다。 감자를삶아도 제일굵고 맛있어보이는놈으로골나 명찬의주발에담아두었다。 명찬은 벙어리래장을 받었을때모양으로 빙굴빙굴웃기만하면서 한개도남기지않고 모조리 먹어버린다。 어머니가삶은감자보다는 그맛이꿀같였다。

아모리이세상에 애처가있다고하야도 안해가물길너갈때 (물길너다닐줄 몰으는부인을가진이는 별로없지만) 발끝을 돌에채와 넘어지겠다고 돌을모조리 파내버리고 모래를 지게에지어다가 깔아주고 매일아츰비로쓰러주는 남자는없을것이다。 명찬은 본땅바탕이 돌로된 용골에서 귀인순이 제일세차게다니는길 울국불국한돌은 모조리파내고 개딴에가서 하얀모래를 종일메어다가길에 펴주었다。 그뿐인가 빨내하라갠으로 오르네리기에 괴로워한다고 편석으로 게단을맨들었다。 명찬은귀인순의종이며 귀인순은 명찬의천사였다。

귀인순이 꽃을 좋아하는것을 알고 명찬은 길에 흩너있는말른소똥을 하로종일주어다가 뜰압 한구석에 화원을맨들어주었다。 금년여름에 화원에는 봉선화 산나리꽃 진달래꽃 그밖에 이름몰을산꽃들이 만발하였다。 귀인순은 짬만있으면 화원앞에섰다。 명찬은 귀인순이 꽃을 좋아하는것을알고 산에가서는 별별꽃나무를 뿌리채로파다십었다 꽃밭앞에선 귀인순은 어느때보다도 한층더엡벗다。

「이것 어데심을가?」

명찬은 지게에서 조심조심히 꽃나무를내려갖이고는 귀인순에게물었다。

「무슨꽃이우?」

귀인순의얼골에는 꽃보다도엡분미소가떠올났다。

「글세 나두모르지!」

명찬은 이런좋은기회에는 쓸데없는말이라도길게 부처보랴고애를쓰나 삼십평생에 젊은여자에게 한마듸말이라도붓어보지못하고 자라난명찬이라 가슴이울넝거리면서 말문이막혀서 그냥지게를들고 뒤ㅅ뜰악으로 들어가버러었더。

그러다가 바로큰물난한달전 동흥리장날 었다。명찬은 산나물을한짐지고 삼십리밖에있는장으로 팔너나갔다。이원사십전을받었다。명찬은사년만에처음 귀인순의 저고리감을 한감끊었다。노랑빛인조견이다。그리고옥돌비녀를하나샀다。아버지를위하야 도야지 고기한근까지 사고나니 수중에남은돈이 일원삼전뿐이였다。명찬은 그돈에서 이십전어치 술을사먹고 늦은저녁때에야 장마당을 떠났다。

이날밤은 보름달이 명랑하였다。명찬은 꼬불꼬불한산 비탈길을걸으면서 흥겨워서 코ㅅ타령을 불넜다。

귀인순이 얼마나 기뻐할가 하고 생각하니 얼는뛰어가고 싶었다。

명찬이가 외나무다리 목에왔을때다。

「이제오시우」

하는소리에 깜작 놀나발을 멈첬다。달빛에 바라보니 늙은소나무밑에 귀인순이가 오독허니 서있지를안는가

「아, 이런……」명찬은 너무나 반가운김에 말문이 막혀서 혼난소리를치면서 귀인순을 바라보다가 뛰어가서귀인순의 앞에섰다。명찬은 어느새 귀인순의 손목을 쥐었다。그러나 다음순간 그것이 부끄러워서 얼는 손을떼고한거름물너섰다。

「집에있지 이멀니꺼정………」

명찬은 가슴이떨녀서 말할수가 없었다。둘이 이렇게 조용한틈을타서 맞난것은 사년만에처음이다。

「암만 기달여두 오는치없어서 나왔수」

귀인순은 머리를숙이고서 저고리고름을 깨문다。모기떼가 앙 울면서 달여든다。

「어마이가 마중가랍데가!」

명찬은 누가보지나안나하고 사방을 휘돌아본다。

「아ㅡ니」

「그럼 아버지가!」

「아-니」

「그럼 뉘 가……」

명찬은 모기를쫓으면서 용기를 내어물었다。

「날누왔지오」

「무섭지않소?」

「아-니」

귀인순은 머리를 들었다。 눈과눈이 마조쳤다。 귀인순은 방긋이 웃으면서 달을처다본다。 동그란달이 구름한점없는 하늘을 말없이 흐르고 있다。

「으흥……」 명찬이도 달을 처다보면서 우름도 우숨도같지안는 기성을질렀다。

달밤에 갓가히세워놓고 보니 다자란 귀인순이다。 양어깨가 쩍벌러지고 키도훨신커저보이고 몸집도 후하다。 어데로보면지 밋출하게다자란처녀다。

「참내가이젔군」

명찬은 달을처다보면서 웃다가 귀인순의저고리감과 비녀생각이났다。

「이거무에유?」

귀인순은 신문지에싼것을 받으면서 물었다。

「펴보문알지」

「글세 무에유?」

「글세 펴보문안다니까」

명찬은 때대담하야저서 느믈거린다。

귀인순은 조심조심히 신문지를폈다。 거이폈을때 옥돌비녀가 미끄러저 모래우에 떨어젔다。

「앗불사!」

「에구」

명찬이와 귀인순의 놀난소리는 거이동시였다。명찬은 얼는주어가지고 달빛에보았다。다행이상처는없다。

「큰일날뻔햇군」

명찬은 옥돌비녀를 적삼소매에 닦아서 귀인순에게 주었다。

귀인순은 오른손에 노랑비단 왼손에비녀를 들고 번가라보면서 기뻐한다。명찬은 손으로 모기를 쫓아 준다。

「참 빛두곱다 한감에얼마유」

「얼마나 주엇겠오? 어데값을 마처보오」

명찬은 장에서산 권연한대를, 피어물고 귀인순의 곁에나 아선다。이한밤을 새도록 이자리를 떠나고 싶지않었다。이다리를 건너조곰만 걸어간다면 오돌네집이다。그집부터는 드믄드믄 집이있다。거게가면남이볼가 두려워서도 귀인순과 이야기할 용기가나지않었다。

그래서 명찬은 늦는줄은알면서도 이자리를떠나지않고 귀인순에게말을부친다。

「열양 (이원)이나주었우?」

「예、그러주엇소」

명찬은 귀인순이가 자기상상보다 훨신좋은천으로 값때리는데 만족하야 어름어름하게 대답하였다。

「이 비내(비녀)는 얼마우?」

「그것두 값을 마처보오」

「얼마나 주엇을구? 이기 돌이우?」

「암 그렇지 우리 죄선「조선」에는 그런돌이없다오。저ㅣ청국에서 나오는 돌인데 옥돌이라오」

명찬은 그돌이 무슨돌인지 몰났다。늙은이들에게서 얻어들은 돌이야기 중에서 생각나는대로 이렇게 말을한것이다。

「참 곱다。비싸겟수다」

「그래두안비싸、두냥반(오십전)이야。」

명찬은 이렇게 값을 높여놓고는 소나무가지를 꺾어들고 모기떼를모라친다。

「볼소、비내를 안사문일있오?」

귀인순은 비녀를어르만지다가 갑작이 부끄러운 생각이났다。그때 명찬은 가늘게 펀잔주엇든것이다。

「그런비내를 사기쉽소。한번 머리를구쪼자보오흐……」

명찬은 자기말이 자기도 부끄러우면서도 우수웟다。

「싫소」

「머 내변가울이문 머리를 틀겠는거 한번틀어보오」

「싫소」

귀인순은 홱돌아섰다。삼단같은 머리태가 엉뎅이까지 드리웠다。

「글세 한번만 쪼자보라니까」

「안팝겟소」

「아무두、보지안는데、한번만……」

명찬은 귀인순의 어깨를잡아 돌녀세웠다。

「열해(부끄러워)서………」

「열하긴무에열해 내가있는데——」

귀인순은 비녀를입에 물고줄먹거린다。

「글세、서방이섯는데 무에열해서……」

「그럼 저리루 도려서오」

명찬은 싱글벙글웃으면서 도라서 달을처다보는척하면서 곁눈은 귀인순이 머리트는 모양을도적하야 본다。세번이나 곤처를고하더니 비녀를 가저다가 쪼잣다。

비녀를 머리에 꼽는것을보자 명찬은돌아서 귀인순의 양팔을 붓잡았다。

「이거 놓수、열해죽겠오。」

귀인순은 머리를숙였다。비녀를 쪼즌머리는 어떤여자의것보다도 크고 아름다워보였다。명찬은 달빛에 비녀쪼즌머리를 불붙는듯한 눈을내려다보고섰다 그순간 그는 온세상의 행복을 혼자독차지한듯한 만족감을 뼈가저리도록 육신에 늦겼다。이냥온세상이 영원히고요하고 달밝은 밤이되여주었으면 하였다。

「이거봐주」
귀인순은 손을펫자 얼는비녀를뺏다。머리태는 제절로풀여서 등에서 굽실거린다。
「머리를트니 더엡부군 허……」
명찬은 흐르는 침을굴떡하고 삼켯다。어데선지 개가짓는 소리가 들녓다。
「이전 가볼가」
명찬은 앞서걸엇다。
명찬에게는 일생을두고 이치지안는 하롯밤이엿다。
세상에서 제일엡부고 제일귀여운여자로 귀인순이고 세상에서 제일 행복스러운남자는 귀인순의 남편될사람자기라고 생각하엿다。
「빨니 내년가을이왓으면 좋겠지?」
명찬는 귀인순을 돌아보면서 우섯다。귀인순은 고개를 약간끗덕하면서, 머리를숙엿다。
말없이걸는 명찬이와 귀인순은 영화「대지」에 날아나는 왕룽과아란을 연상식혀주엇다。

三

부전봉(赴戰峰)우에 싯검언구름이 떠돌기시작한것은 십삼일날석양이다。
부전봉우에 검언구름이 뜨면 비가온다。이것은 긴세월을두고 경험하야온 산사람들의 기상학이다。
나물캐러갓든 명찬이와 귀인순은 대충뜻어가지고 집으로내려왓다。
아니나달을가 부전봉일대를 회색의운해가 덮어버리드니 천지가어둠컴컴하야 지면서 콩알만큼식한 비ㅅ방울이떨어지기 시작한다。비는 한참동안 콩복듯이 내려붓드니 끊쳣다。그러나 산사람들은 그것으로서 안심하시는 않엇다。온하늘을덮엇든 검언구름은 부전봉을향하야 정주나하듯이 몰녀들기시작한다。
새들은 제집으로 날아들고 도야지가 우리를뛰어나자고 고함을친다。큰비올징조다。
비는다시오기 시작한다。이번은 보슬비다。내리며끈치면서 십오일날석양까지 게속이되드니 갯물이흐리기 시작하였다。
명찬은 할일도없고해서 그물을들고 갯가으로 나갔다。흙 물을먹은 고기들은 물살이세니까 갯가로 몰려나왔다。
명찬은 잠뱅이 하나만입고 고기를떳다。그물을 풀뿌리에대고 발로풀뿌리를 막밟었다。숨어있든고기들이 달아나다가 그물에걸이군한다。
한번 뜨기만하면 「버들개」「곤돌모기」「뚝쟁이」가 사오마리식걸렸다。
명찬이뿐아니다。갯판에는 여기저기서 고기뜨는사람들이 눈에띄였다。
산골물에 무슨고기가 있겠다고——생각하는이도 잇을터이나 사실인즉 상상이상으로 고기가 많었다。그맛이란셋이 먹다가 하나가죽어도 몰을만하다。
명찬은 풀뿌리가 잘보이지 안을때까지 갯가를오르면 네려면서 고기를떳다。
큰놈적놈합하야 한되반이나 떳다。
절반이나 집에내노코 조곰은 송파부를주고 남어지를 가지고 마당쇠네 집으로갔다。
마당쇠아비는 풀풀뛰는 물고기를 보더니 마당쇠에게 되(升)ㅅ병을 주어 술사라보냈다。
명찬이가 얼근드래히 술이 취하야집에 돌아왔을때부터 비는소리를치면서 쏘다졌다。천지를 뒤흔들어주는 비ㅅ소리는 물소리와어울여서 용골일대를 한입에삼켜버리려는듯하다。
「이게 무슨 비가 이렇게오나。무진년창파에두 이처럼하드니——」
병석에 누운귀인순아버지의 걱정하는소리다。
「그런물이 또나겠수、하눌생겨 한번이지」
명찬은 이렇게 말하였으나 자기도 마음한구석으로 걱정이되였다。흙물을 미워하는 그의마음은 때로도 비까지미워하였다。한잔건수히 마시고벼개베고 누어서 비ㅅ소리를듣는 명찬의 머리에도 십년전여름의일이떠올났다。부모와 약혼자순돌 그리고동리사람십여명이 성난탁류에삼켜 버리든그때의 광경이눈앞에 아롱아롱날아났다。명찬은 웬일인지 조으름이오지를않었다。하도 물소리가굉장하게들리기에 솔강이불을 삿갓밑에들고 밖에나가보았다。
흙물은 고기를 뜰때보다두자는 잘불었다。비가아니라 물덩어리그대로다。머리우에서 물을퍼언는듯이 삿갓을내려때린다。캄캄한밤이다。명찬은 한참물가에서 원망스러운눈으로 탁류를내려다 보다가 집안으로 들어갔다。무서운밤이다。 이튿날 아츰에 동리사람들은 가재도구를 꾸려서산으로옮겼다。

명찬은 자기집이 동리에서제일 높은데있는것을 믿고집을꾸리지않었다。 그날점심때에야그렇게세차게오든비기좀끊쳤다회색하늘에서 히슥히슥힌구름이 군데 군데보이었다。

명찬는 아조안심하여버렸다。 동리사람들도 하늘을처다보고 안도의숨을 길게내쉬면서 성급하게 가재도구를산에서지게에지어내렸다。 아ㅡ그러나 하늘이 이무지하고 불상한 화전민들은 속일줄이야 누가알았으랴!

동리사람들은 마음을텩놓고못잔잠을깊이 들었다。

끈칠듯하든비는 용골사람들을 깊은잠을 듸려놓고 다시쏘다지기시작 하였다。

그러나 갯물은 낮에비하면줄었다。 용골사람들은 웃비가오지않어서 물이불지않을줄만 알었다。

비도 용골의 모든것을 파가지고나갈듯 이쏘다진다。

「비 더오는데두 가만앉었구ㅡ!」

귀인순은 뒷마루에 나가하늘을처다보고 들어와서 명찬을흘겨보면서 핀잔을준다。

「웃비가안오기다 걱정없지」

명찬은싱글싱글웃으면서 담배만핀다。

「하늘두 밑이빠졌는지무슨비가이렇게오누」

꾸벅꾸벅졸든 귀인순의어머니가 딸의말에정신을채리고 이렇게중얼거린다。

바람이불기시작하였는지 비ㅅ방울이간을두고 와락와락문풍지를 때린다。

천지가소연한가운데 캄캄한밤은깊어간다。

조곰후다。 명찬은 쏴ㅡ하는소리를 듣고뛰어일어나서앞문을 열어보았다。 그러나그소리는 집뒤에서들이는소리갈엇다。

명찬은 술깡에 불을켜들고뒷문을열고나섰다。

앗!명찬은 깜작놀났다。

뒷산에서사태가나서 토사가암석을굴녀 가지고 흘너온다。

「산데가났소」

망찬은 비호같이뛰어들어와서 귀인순을껴안고밖으로 나갔다。

「이사람아 우리들어떻게하라니」

장모의 비명이다。 그러나명찬은 그소리를못들었다。 명찬은 귀인순을안고 앞길에나섰다。

그러나 때는임이늦었다。 갯물이갑작이 불어서 아래웃길을 끊어가지고 갔다。

피할내야 피할수가없다。 바람이 산을 울리면서 지나간다。 용골의 사람들은 깊은골안에서 큰산태가나서 격류를막아버떠서 물이봇지안은줄을 몰났다。

토사에막혀찰대로 차있던 물이 길을레고불시에 내려밀었든것이다。

앞으로도 뒤로도 피할수가없이되었다。

기세를 얻은탁류로 용골의 전부를 삼키고 으르렁 거리면서 흐른다。 물속에서 바위가구는소리가꿍꿍 하고들린다

명찬은 귀인순을 칠성바위 우에올려 노았다。

「여게서 깐다 해두 못쓰오」

명찬은 미친사람같아였다。

「빨니 들어가서 아바지 어마이를 데리구오우」

귀인순은 엉엉울었다。

명찬은 물을차고 집으로 뛰어들어갔다。

어머니가 아버지를 부축하여 가지고 나왔다。

명찬는 아버지를 등에업고 어머니의팔을 끌고나왔다。 등에서 아버지가 무어라고 볼부운소리를 하였으나 명찬에게는 들리지 않었다。 비도점점더 퍼붓는다。 인간들의 당황하는 꼴이자미스러워 할짓인듯도하고 또는 죄많은인간들에게 큰벌을 주는듯도 하였다。

세식구는 칠성바위우에다몸을 실고 운명을 하늘에 맡겼다。

와작근 하는소리가 나며니 집이 뭉어저서 떠내려간다。 명찬은 마지막이왔다고 생각하였다。

귀인순과 어머니가 우름을냈다。

「이거 끄치오 사람이죽겠다는데」

명찬의 거센소리에 모녀는 우름은 끊쳤다。

모도가 탁류다。남아있는것이 오직 네 운명을실은 칠성바위뿐이다。

아버지는 비를맞더니 첨기가돌아 바위에누어 금방죽어가는듯이 기침을 하면서 신음한다。그러나 누구하나돌보지안는다。

명찬은 손을내밀어 귀인순의 손목을 잡아끌었다。명찬은 귀인순을 자기바로곁에 세웠다。그다음에 어머니가섰다。죽어도 함께 껴안고 죽자는것이다。

아버지도 숨이있는지 없는지 엎디어있다。어머니가 앉아서 머리를 자기무릎에 올여노았다。

그러나 이런즉 어찌하랴! 물은 칠성바위를넘는다。

명찬은 자기바지띄끝으로 귀인순의 팔목을 단단이매었다。그리고나서 아버시를 부축하야 세웠다。그러나「아버지는 물이급하기보다도 냉한에 견되지 못하였다。

「사람살이오—」

어머니가 고함을쳤다。그러나 그소리를 들은사람도 없으려니와 그소리는 지르자말자 물소리에 삼켜버렸다。

두번재 어머니가 사람살이오하고 고함은 쳤을때다。아버지가 바위에서 미끄러저서 곤두타지는것을 어머니가날쌔게손목을잡았다。잡기는하였으나 물살에 밀려둘이함께 바위우에 넘어졌다。

「어마이」

—하고귀인순이가 놀난소리를질으면서 허리를굽혀 어머니의 손목을잡으라고할때는 어머니와아버지는 얼사안은채로 탁류에삼켜버렸다。어떻게물살이센지 미처손쓸사이가없었다。

「어마이 아바제」

귀인순은 물장구를치면서 목을노아울었다。물은임이 무릎을스치고지나간다。혼자서도 몸을견듸기가어렵다。

「울기는 웨울어」

명찬은 호명을하면서 귀인순의몸을 껴안었다。견듸기가어렵다。명찬은 아모것도생각지않었다。귀여운귀인순 까지도 지금에는 큰짐이되는것같아였다。

그러나 명찬은 죽을힘을 다하야 몸을떠틔었다。 귀인순은 울지도않고아모소리도없이명찬의 가슴에안겨있다。 귀인은 그때 정신을 잃어버렸든것이다。

바로그때다。명찬의다리에 물력물력한것이철석하고 걸였다。 그바람에 명찬은귀인순을안은채 앞으로 넘어졌다명찬은 한쪽손으로 다리에걸인물건을 밀처버리랴고 물속에손을찔넜다。순간 명찬은전기에감전되었을때 처럼정신이앗질하야젔다。

명찬이가물속에서 쥔것은 틀님없는 상투다。 죽엄이 다리에걸녔든것이다。 명찬은 죽을힘을다하야 일어났다, 그는 귀인순이가 자기의가슴에 안긴줄 도 잊고 두손으로 죽엄을밀처버렸다。동시에 명찬의허리가 무거운짐을내려놓았을 때처럼 갑분한것을깨달았다。

「앗」 귀인순이가 간데온데없다。「아이구ㅡ」명찬은 한마듸 비명을지르고는 바위우에 무릅을꿇고 눈을감았다。

그다음명찬은 어떻게 되였는지 어떻게하야 떠나려가지않었는지 전연놀은다。 웬만한 신체를가진사람이라면 심장마비를이르켜서 죽었을것이다。 그러나명찬은 곰같이튼튼하였다。

명찬이가 정신을차린것은 이튼날 점심때다。 얼었든몸이풀리고 등이따거워나기에 그는비스듬이눈을떠보았다。 비오든하늘은 구름한점없이개이고 태양광선이 눈부시게용끌을 쏘아준다。

그영악스럽게 오르렁거리든흙물도 절반이상 주렀다。 건너다보니 조곰남은길에는사람이모아서 무에라고 손짓을하면서 떠들어낸다。

그러나 아직물살이세여서 칠성바위까지 들어갈수가없다。

명찬은 이제는살았구나 하고생각하면서 이러나랴고 하다가 기운 없이바위우에 쓰려젔다。

또정신을잃었다。 명찬이가 송파부네집에 구출된것은 그날석양이다。 마당쇠아비가 허리에 밧줄을매고들어가서구하여낸것이다……。

송파부의 두터운간호로 일주일만에 명찬은 자리에서일어날수가있었다。

그러나 ·그의정신은 혼돈하였다。 우슴을잃고 희망을빼앗기고 날마다 미친사람 처럼 칠성바위에만 올나앉었다。

다시는 마누라가생기지 못하리라고 절망하는 명찬의기운없는 모양을 보고 동리사람들은 같은말로 위로하여주었다。

「저정말게· 그때두 여편네가생길테니」

그러나·명찬은그말이．조곰도반갑지 않었다。

날마다 귀인순의자최를찾아 칠성바위에올나앉었다。 천근같이 무거운한숨이쉴사이없이 그의입에서 나왔다。

「차라리 그때같이죽어나버렸드문!」

명찬은 삶에대한히망을 모조리던저버렸다。

세상에서 자기가제일행복스럽다고 자신하던명찬은 세상에서 제일 불행한 사람이되고말었다。

四

남자나 여자나 혼자살나는 법은없나보다。

석달이 못되어 명찬이가 처녀장가를갔다。

하로내가 일터에서 돌아오니까 송과부가나를기대리고 있다。

「영남이아부지 오는 스므날잔치보라오우」

하면서 반가워한다。

「잔치라니오?」

나는 도로묻지 않을수가없었다。

「곰이장가를 가지안수」

「곰?」

「아 명찬이말이오。 열야듧살되는 처녀데인물잘났고 참똑독하다오」

나의안해가 설명하여준다。

「그거참반가운일이오」

그렇다。 노동할수있는건강한 자는 혼자살수도없고 혼자살나는법도 없나보다。

잔채날 나는일원자리지폐 한장을 봉투에넣어가지고 잔채보라갔다。

명찬은 나를보더니

「선상님 오셨오」

하면서 손을부빈다。구변이없는 그의반가워할때 쓰는표정이다。

「반갑소」

나는봉투지를 내주면서 인사하였다。나도진심으로 반가웠다。

「선상님 이거이러지않으문일있수」

명찬은 두손은내밀어봉투를 받었다。그의얼골에는 우슴과행복의 빛이숨길수없이 그늘지고있다。

나는며운국수한그릇을 맛있게먹고 잔채집은떠났다。명찬은나를 대문밖까지 바과주었다。

「명찬의안해되는여자는 얼마나행복스러울가」나는이렇게생각하였다。

명찬이만온 이세상의뭇남성들가운데서 누구보다도 제일 자기안해를 사랑하여주리라。

몇을후에 나는명찬이가일하는 발전소공사장에서 점심밥을 나고나온 그의안해를 보았다。

얼골이넙적하고 키가크고 몸집이뚱뚱한여자다。곱지는 못하나 미운얼골은아니다。

상글상글웃는얼골에는 건강한빛이불게놓다나있다。

「행복스러운부부고나」

나도마조서 무어타고 소곤거리며 그들의앞날에 행과복이많기를 빌었다。

(끝)

姜太公

鄭飛石

남궁선이란 버젓한 이름이 있는데도 누구나 다 그를 강태공 이라고 불렀다。혹시 호구조사 나온 새로운 면서기가 버들마을에 남궁선이란 사람이 사는냐구 물으면 마을의 늙은이들조차

「남궁선이?」

하고 고개를 기우리다가도 누구 하나가

「아 강태공이 말이여」

하고볼나치면 모두들

「아 강태공이 말이유? 강태공이라면 얼른 알걸 가지구 웬 뚱딴지같은 남궁선이래니깐 모르지! 강태공이야 살구말구! 그사람이야 버들마을을 떠나서야 사나요 년전에도 에미네와 함께 평양으로 가드니 하두 버들마을이 연연해서 에미네께 정내버리구 보름만에 되 도라온일도 있는걸요」

하고 일제히들 껄껄웃어대는것이다。

그도 그럴것이 남궁선 자신도 남궁선이라고 부르면 날래 대답을 못하다가도

「강태공이─」하고 부르면 대뜸 「어!」하고 대답하는것이다。 그만치 강태공이는 마을에서 유명하다。 아니 강태공이가 살기때문에 버들마을이 좀 더 널리 알려졌는지도 모른다。

그러나 남궁선이를 강태공이라고 부르게된 그 유래는 아모개도 아는 사람이 없다。 애초에 누가 그렇게 지어붙였는지 그것도 모른다。 남궁선이가 낚시질을 좋아하는데서 나온 이름이라는 해석도 있고 여편네가 뒷자를 놓은때문이라는 해석도 있고 여러가지로 해석은 구구했으나 모두가 추측에 지나지 않었다。

강태공이란 이름은 참말 하늘에서 내려온듯 땅에서 솟은듯했다。

그 강태공이가 지금 「네눈이」를 데리고 버드나무 누둥아래에서 어정거리고있다。 머리는 텁수룩하고 옷은 갈기갈기찌저저스나 아주 태연무산한 강태공이다。

어느새 봄도 지터서버들개지가 서서리 도다났다。 버드나무 밑을 흐르고있는 시내의 어름도 한숫 녹아버렸다。

날은 잔잔하고도 따수하다。

강태공은 한손으로 버들가지를 휘여잡으며 면산을 유연히 바라본다。

장글장글 뛰여오르는 아지랑이가 어째 겨드랑을 깐직씨는듯 하다。 강태공은 빙그레 웃였다。 그리고 입이 절로 벌어졌다。

「메ー」니 가와리메 후기오 우쯔」

엊그제 학교에 다니는 아이들한테서 드른 노래다。 강태공은 노래를 좋아한다。 무슨노래나 주서듣는대로 연습을 하는것이지만 이틀이 머다해서 죄다 잊어버린다。 지금 그노래도 두줄까지는 따로 외였는데 벌서 한줄은까먹였다。 한번 더 불너보며 다음줄을 생각해 보았으나 아주 까마득하다。

「메ー」니 가와리메 후기오우쯔 도라지 도라지 백도라지……」

강태공은 버들가지로 장단을 마추며 제법 흥겹게 콧노래를 부른다。

곁에서 네눈이도 꼬리를 치며 먼산을 바라보고있다。 주인의 노래에 네눈이도 한흥 겨운모양이다。

네눈이는 강태공이가 가장 사랑하는 개요 단하나인 그의 재산이다。 강태공이가 가는곳에 반듯이 네눈이가 딸았다。

그래서 마을에서는 네눈이마저 네눈이라 부르지않고 「동생」이라고 불은다。

강태공은 같은 노래를 세번 곱집어 부르고나서 제 지갑을 뒤진다。우선 마꼬 빨두기를 찾어내고 그리고해여진 지갑을 한참이나 두지다가야 겨우 공초권련을 하나 얻어냈다。강태공은 권연에 불을 부쳐서는 떡 가로문다。가장 유쾌할때에 하는 버릇이다。

강태공은 고개를들어 앞을 내다본다。

멀니 못(池)가에 무었인가 하이한것이 보인다。그는 미간새를 쭝그리며 한번 더 유심히 처다본다。무었인지 알수없다。

강태공은 호기심이 버쩍 소샀다。

「어! 네눈아!」

하며 강태공은 네눈이를 부르고는 어성어성 거러나간다。그뒤로 네눈이가 꼬리를 치며 따른다。강태공은 못가에 하이한 그것이 무었인가를 규명하려가는 것이다。갈수록 흰점이 커진다。

마츰내 사람이란걸 알었으나 무었을 하고있는지는 알수없다。강태공은 좀더 가까이 갔다。그리고 삽시에 강태공의 얼굴에는 회색이 만면해졌다。

못가에서는 어름을 끄고 낚시질을 하고 있는것이아니냐? 강태공은 다 탄 담배를 뻐금뻐금 빨며 서슴지않고 낚시군 뒤으로 왔다。알듯도하고 모를듯도한 사람이였다。그러나 저편에서는 강태공을 알어보고

「어 강태공인가?」

하고 빙글 웃는다。

「어 낚시질 허우?」

하고 강태공이도 마주 웃어준다。그리고

「잘 무우?」

「잘 안무네」

「그런수가 있나! 나 한번 해볼까?」

하고는 저리치란듯이 윤초시 앞으로 나앉는다。윤초시는 마지못해 물너앉으며

「어디 잡으면 용치!」

「그걸 못잡어요!」

하고 강태공은 대뜸 낙시대를 잡더니 뚱지를 두러지도록 쏘다본다。 네눈이는 그옆에와 쭈구리고 앉었다。

이윽막후에 맥이 왔다。 그러나 강태공은「챌맥」을 넘겨버리고 고기가 다러난다음에야 낙시를 나꾸채니 새깜한 낙시만이 달녀나왔다。 미끼는 매운것이다。

「하 고놈 조화롱!」

강태공은 혼자 중얼거리며 미끼를 또물닌다。 한참만에 맥이 또 왔으나 이번엔 너무 일쪽 채여서 미끼때로 나왔다。

「하 조환걸!」

「너무 빨니 채는구먼」

「천 천만에」

하고 강태공은 천만구 없는소리라고 한다。

저딴은 낙시에는 자신이 있었든것이다。

강태공은 세번째만에야 붕어를 하놈 낙거냈다。

「하하하 요거 어떻소? 고놈 참!」

하고 강태공은 낙시에 매달련채로 붕어를 들어서는 낙시군에게 보이며 벅작 웃어대인다。

「참 잘-하네! 인제 그만했으면 나 좀 허세」

하고 윤초시는 강태공더러 물너나라고 했으나 강태공은 딱 눌녀앉은채 움직이지를 안는다。

「한놈 더 잡구요」

그러나 두놈째 잡고도 강태공은 자리를 떼지않었다。 윤초시는 은근히 화가 났다。 이대로 내버려두면 끝이없울게고 그렇다고 강태공과 싸울수도 없고 그때 이녀석을 어떻거면 쪼차낼수 있을까 궁리하다가

「참 오늘 김순사가 이 눞에 낙시질을 온다구했는데……」

하고 혼잣말 비슷이 중얼거렸다。

그말은 확실히 강태공을 놀내게했다。

강태공은 낯에 긴장미를 띠이며
「뭐요?」
하고 반문한다。
「아니……저 김순사가 낚시질을 온다구 했는데——」
「정말?」
「그럼! 오늘이 공일아닌가?」
윤초시는 거짓말을 하나 더 보태였다。
강태공은 더 묻지않고 낚시대를 놓드니 슬며시 이러서
「어 베눈아!」
베눈이를 부르고는 버들마을로 내빼는것이다。강태공이가 순사를 제일 무서워하는것은 누구나 다 아는일이다。한 사오년전에 길가에서 소변을 보다가 순사한데 들켜 뺨을 맞은후로 강태공은 순사라면 십리나 내뺀다。
강태공은 마을에 도라오는길로 뒷산에 올라갔다。낚시대 감을 얻어보려는것이다。산을 온통 뒤라서는 그럴듯한 놈을 한대 꺾어가지고 마을로 내려오니 해는 벌서 저므렀다。그제야 강태공은 시장끼가 나는것을 깨닷고 눈앞에 보이는 집으로 쑥 드러가며
「에헴!」
하고 인기척을 내인다。
마츰 음전이가 부엌문을 여러놓고 설거질을하다가 내다보며
「난 누구라구! 강태공인걸 가지구……」
하고 생글 우섰다。
강태공은 음전이를 보고야 이집이 음전네집임을 깨다르며 저도 히죽이 웃어보였다。그러자 방문이 탕 열니드니 음전 아버지 승한이가
「어 강태공인가? 저녁 먹었나?」
묻는다。

「어! 찬밥있건 한술 주! 시장해서」

하며 강태공은 방으로 드러갔다。

「송구 저녁전인가? 주인 많은 나그네 밥 굶는다드니 속담 그른데 없구만」

송한은 농담을 하고나서 「참! 래일 논뎅이를 끄일텐데 태공이 하루 꺼주게나! 밥 실컷 멕이지!」

「흐! 아무케나」

「돈두 줄까?」

하고 송한이가 빙그레 웃자

「돈 해선——」

하고 강태공은 도리질을 하였다。

강태공은 농사일을 곧 잘하였다。그래 마을사람들은 손이 모자랄때에는 각금 강태공의 손을 빈다。허나 강태공은 일을해주고도 밥이나 먹은 따름이지 돈은 싫다고한다。그리고 일은 여너사람 갑절하는것이다。그래서 마을에서는 누구나 그를 미워하는 사람은 없다。어느집에 가든지 밥한끼 애끼는 집이 없다。

그럭그럭해서 강태공은 버들마을이 좋았든것이다。

강태공이가 밥상을 물니자 마을사람들이 네댓 모여왔다。

「태공이! 평양이 여기만 못하든가?」

하고 한사람이 또 평양얘기를 꺼낸다。

「평양! 그까짓곳!」

「평양이 어드매서! 거리가 즐비허구……」

「그까짓데 사람 살텐가!」

하고 강태공은 옆사람더러 담뱃대를 달내서는 담배를 부쳐문다。강태공은 참말 평양처럼 싫은곳은 없었다。간데마다 순사가 떡 떡 버테서서 도제 오금을 쓸수가 없었다。

「평양이 나쁘면 맥내두 데리구 오지않구 와 내버리구 왔누!」

「그까짓년 소용있나! 밤낮 앵앵거리기만 허구」

하고 강태공이 말하자 여럿은 늘 듣든 말이지만 한바탕 웃는다。아룻목에서 음전이도 입을 감싸고 웃었다。

강태공은 음전이가 웃는것을보자 제가 장해보여 담배대를 쓱 가로 물며 빙글빙글 웃었다。강태공은 음전이가 제 안해보다 백배 배숭해 보였다。

「그래 지금 색시생각이 안 나나?」

「아니……참 음전이! 찬밥 있건 좀줘!」

「금방 먹구 밥은 또 무슨밥말인가?」

하고 숭한이가 묻자

「베눈이가 배고플텐베」

하고 강태공은 갑재기 베눈이 생각이나서 밖을 내다본다。색시란말에 베눈이가 생각났든것이다。베눈이는 토방에 쭈구리고 있었다。

음전이가 베눈이 물을해오자 강태공은 제손으로 받어 베눈에게 주면서 털눈 쓸쓸 쓸어주었다。그러다가 문득 아까 산에서 꺾어온 낙시대를 보고

「참 누구 낙시줄과 낙시있건 좀 주」

하고 도중에다대고 말하였다。

「낚신 해선?」

「매일 낙시질을 할나구」

「아 매일은 우리 논뎅이 꺼푼다면서?」

하고 숭한이가 묻는바람에

「오 참 그러쿤! 그럼 모대」

「낙시가 그렇게 재미 있든가?」

「재미 있구말구!」

「외입보다두 좋아―」

「허허! 외입두 좋긴해!」

하고 강태공은 고갯세를 쓴다。

강태공은 마을사람들과 이런얘기하는것은 제일 좋아한다。 강태공은 거이 매일 밤을 그것도 밤이 깊도록 이 모양으로 지꺼린다。 그러고 거이 매일밤 꼭 같은 얘기를 되푸리하는것이지만 밤마다 재미는 꼭같다。 평양은 이러지를 못해서 더욱 싫었다。

이튿날 강태공은 여럿과 함께 숭한네 논뎅이를 꺼다。 음전이네 논이래서 그는 좀더 성의 있게 했다。

「강태공은 우리들 열곱은 끄나부다」

하고 여럿이 추어주는바람에 또 좀더 많이 꺼다。

음전이가 점심광주리를 이고 나오는것을 보자 강태공은 음전에게 뵈기위해 있는힘을 다하여 쇠시랑을 놀렸다。 그리고 목소리를 다듬어

「녹양사し 십리一하에 높고낮은 저푸덤 아리 아리러 얼사 아라리가 났네」

강태공은 제법 신이나서 소래질너불넜다。

「강태공이 참 명창이로구먼!」

하고 모두들 추존해주는김에 강태공은 엌게가 웃쓱했다。 음전이도 웃을적엔 아마 내게 반했나보다 여겼다。

점심을 먹자 강태공은 뭐가 마려워 쇠시랑을 내던지기가 바뿌게 네눈이를 데리고 산으로 올라왔다。 강태공은 산에서 똥을 눌때가 고작 유쾌했다。

잔잔한 해볕을 받으며 무쭐하든 똥을 깔기고나니 과분이 그지없이 상쾌하다。

일을 끝내고는 옆에서 기대리고있는 네눈이에게

「먹어라! 먹어!」

하고는 저는 잔듸밭에가 번듯이 자빠졌다。 강태공은 똥을 그대로 내버리는 일이 없다。 벌서 몇해째 강태공의 똥은 네눈이의 가장 성찬인 점심이었다。

날씨는 매우 잔잔하다。

장글장글한 봄볕이 온몸에 찹분찹분 감기는듯하다。 강태공은 눈을 감고 콧노래를 부른다。

「메나니 가와리다 후기오 우조…」

허나 그저 그뿐 다음은 모른다。아리랑도 불너보고 도라지타령도 양산도로 모주리 서두만을 불너본다。그러다가 어는새 잠이 들었다。

네눈이도 혀를 빼아 주둥이를 핥고나서는 앞다리를 턱밑에 괴고 누어버렸다。

「구—구—구게구—」

산비닭이가 울었다。

「강태공이! 강태공이!」

하고 논에서 찾는소리가 요란해스나 그것도 들리지 않었다。강태공은 사지가 느러졌다。

얼마를 자다깨니 산은 어느새 농지가 되었다。

그는 벌떡 이러나 들로 내려오다가 그제야 제가 승한네 논뗑이 끄다 만것을 깨닷고 혼자 싱글 웃는다。

「태공이 어디갔다가 지금이야 오누?」

하고 승한이가 묻는말에

「히히 산에가 한잠 잤더머!」

「남의밥을 한그릇식 축이구 일은 안해주구 자기만해? 그러다간 순검한테 알녀서 잡어가래야지!」

그말에 강태공은 낮까치 질니었다。강태공은 눈이 휘둥굴해저서 어쩔줄을 모르고 어벙이 섰다가 네눈이를 쳐다본다。

금방 다라나려는 모양이다。그래 승한이가 얼른

「안야! 인제부터래두 논뗑이만 끄문 강태공은 잡아가랄수 있나 원! 어서 논뗑이나 끄게!」

하자

「정말?」

「정말이구 말구!」

그제서야 강태공은 쇠시랑을들고 넉성을 다하여 논뗑이를 끈다。

그리고 저녁에는 움전이가 날너온 밥상을 받고 매우 만족했다。

며칠 지난 어느날 버들마을에 군수영감이 찾어온다는 소문이 돌았다。

「에키! 군수영감이 오신다구……」

하고 마을 영감들이 놀라는것을보고

「군순 뭘허는건데?」

하고 강태공이가 싱글 우스며 물었다。

「아 이녀석! 군수를 몰라? 옛날로 비기면 사또격인 군수를 모른다늬!」

「사또 또 뭘허는건데?」

「에키 이녀석! 옛날 사또라면 지금 군수지 군수야!」

그러나 강태공은 종시 알수가 없다。그래 고개를 기웃거리며

「군수? 뭘허는 놈인고!」

하고 혼자 중얼거리자

「에키 이녀석! 버르장머리 없이 웃어른을 갔다가……이고을에서 고작 높고 잘난 어른이 군수란 말야 알어들었나? 태공이!」

「옹……」그제야 강태공은 좀 알긴했으나 아직도 기연가 미연가다。「그럼 순사보다두 잘났나?」

「하하하 이녀석아! 순사같은거야 군수똥자리에두 못가 앉어! 옛날 사또는 백성을 죽이려면 죽이구 살니려면 살렸거든!」

「……」

강태공은 크게 놀낼뿐 더 말이없다。순사보다도 훨신 높은 사람이라면 참 굉장한 사람이 아니냐? 그런사람이라면 적어도 키는 구척이 넘을거요 쉬염은 관운장 이상이리라。

「그사람이 언제 오는데?」

「오늘 온다네! 오늘 낮에!」

「오늘?」

강태공은 한번 구경을 하리라했다。

한나절이되자 구장네 마당에 마을사람들이 모두 모여갔다。묻으니 군수가 와서 연설을 한다는거다。

강태공이도 따라갔다。 그러나 강태공은 마을사람들틈에 섞이지않고 샛떼미뒤에 숨어있었다。 이즐막 있드니 군수가 온다고들 떠들었다。 강태공은 샛떼미에 몸을 바싹 숨기고서 머리만 내밀었다。

양복쟁이 네맷과 순사 한사람이 마당에 왔는데 암만 찾어도 군수같은 사람은 없어보였다。 하지만 마을사람들은 모두 공손히 인사한다。

「상기 군수는 안 왔나?」

강태공은 혼자 중얼거리며 눈을 꺼벅인다。

양복쟁이들은 한참 서성거리드니 면장이 토방요에 올라서서

「그럼 인제붙어 군수영감의 말슴이 게시겠읍니다」

하고 토방아래로 내려서자、이번엔 키가 작달막한 양복쟁이가 올라선다。

「저게 군순가? 저팔에?」

강태공은 실망이 여북지 않다。 저까짓것쯤은 저도 당해낼수 있은것같다。

키가 구척이기는커녕 수염조차 없지안으나? 게다가 또 한가지 강태공을 놀라게한것은 군순가한 양복쟁이가 토방우에 올라서드니 깍뜻이 마을사람들을 보고 절을 하는것이었다。

순사도 술술 긴다는 군수라면 순사한테 혼 나는 마을사람들보고 절은 무슨절인가 했다。 그런데 군수는 절을하고나서 목춤을 한번 추드니

「어ㅡ 여러분ㅡ」하고 말을 끄집어낸다。

강태공은 이번엔 얼굴을 돌니고 귀를 기우렸다。

「어ㅡ 여러분! 오늘은 매우 분주하신데도 무릅쓰고 이처럼 많이 와 주셨으니 본인은 대단히 감사하게 생각합니다」

강태공은 그사람 참 말 잘한다。 그러면 그렇지 보통사람과 다른데가 있을것이지 하고 혼자 감탄하며 얼굴을 돌녀 한번 처다보고는 또 귀를 솟는다。

「………우리나라는 고래로 농업국입니다。 그러니만큼 여러분이 만약 농사를 게으르신다면 우리나라는 그만치 쇠약해질것이 아닙니까? 참말로 여러분은 우리나라의 줏대요 기둥이요 주인이라고 해도 결코 과언은 아님

니다。우리는 이렇게 여러분에게 농사에대해 지도는 하지만 그실은 여러분의 종사리에   안습니다。여러분이 농사를 잘 지어서 유족한 살림을 하도록 해드리는것이 우리의 직무니까 결국 여러분이 댁에서 고용하는 머슴이나 무었이 다름이 있겠읍니까? 여러분이야말로 이세상에서 가장 씩씩한、힘있는 주인이라고 하겠읍니다……」

강태공은 연설을 듣다말고 고개를 끼웃거렸다。순사가 슬슬 긴다는 군수가 마을사람들의 머슴이라니 될말인가 싶었다。그렇건만 군수는 또라지게 제입으로 그런말을 하는것이 아닌가?

강태공은 암만해도 알수없는 일이라 했다。저사람이 군수가 아닌가 하고 의심도 났다。

군수는 연설을 끝마치자 또 한번 절하고 토방에서 내려왔다。그리자 순사가 고앞에가 기척을 하고 서드니 깎듯이 손을들어 경례를 부친다。

강태공은 빙그레 웃는다。늘 웃뚝하든 순사가 오늘은 꼼짝 못하는것을 보기가 재미났다。

그러나 강태공의 머리에서는 아직도 의심이 살어지지 않었다。

순사가 매령을 하는걸 봐선 군수에 틀림 없을텐데 군수가 마을사람들 보고 절하고、저는 마을사람들의 종사리라고 하는것은 말이 안되여보였다。

양복쟁이가 다 가버리자 강태공은 그제야 새떼미속에서 어스렁 어스렁 나와

「그사람이 군순가?」

하고 도중에게 물었다。

「그럼! 군수 말잘허지?」

「잘-해!」

「강태공인 그만치 못 하갔든가?」

「히히 못해……」

「강태공이가 군수만치 말을못해?」

「히히 못해……순사가 군수보구 척척 기드라 히히히」

하고 강태공은 히물쩍 히물쩍 한다。

「그까진 순사 거론거야……」
「그런데 군수가 왜 전 농사군의 머슴이라구 그래?」
강태공은 아까부터 의심나든것을 물었다。
「그럼 안그러우! 우리 농사군이 없어봐 다 굶어 죽지안나!」
하고 옆에섰든 일규가 대답하자 강태공은 딴은 그럴상싶었다。 그러나
「그런데 왜 농사군은 순사한테 떠를 갈기나?」
하고 강태공은 또 의심이 생겼다。
「떠를 누가 갈겨! 죄 없는맴에야 와 떠를 갈길고! 순사는 죄인 잡는것이 제 일이거든!」
일규의말에 강태공은 또한번 고개를 끄덕인다。 모두 처음안 지식이었든것이다。 그러고보니 이세상엔 농사군이 잘난것이 아닌가? 강태공은 엇그제 저도 논뗑이 큰 생각이나서 억게가 웃쓱했다。
「내가 그렇게 잘 났나?」
강태공은 비로소 제가 잘난것을 깨닷고 빙글 웃는데
「태공이! 승한네 잔채집이 떡 먹으러 갈까?」
하고 일규가 옆꾸리를 찔넜다。
「떡? 가자!」
그러나 강태공은 떡 보다도 제가 순사보다도 군수보다도 잘났다는것은 음전에게 알니는것이 더 큰일이었다。
강태공은 때에저른 마교 물뿌리를 쑥 가로 물며 일규의 뒤를 딸았다。
승한네 집앞헤 가니 안마당에서는 사람들이 복작거렸다。
강태공은 요지경이 온것만치 여겨 사람떼를 헤집으며 드러갔다。
승한이가 강태공의 꼴을보자 얼른 쪼차 버리려고 떡과 안주를 한꾸레미 옆꾸리에 끼어주면서
「오늘은 분주하니 어디 가지구가서 먹게!」
하고 타일넜으나 강태공은 떡꾸레미를 옆에 낀채 안으로 달려들었다。
안마당 한복판에는 신교(가마)가 놓여있다。 강태공은 신교를보자 벙글벙글 우스면서 안을 적간해스나 신교는

된채다。

「헝！」

하고 강태공이가 실망의 코우슴을치며 고개를 드는데 마츰 방에서 흰치마에 분홍저고리를 곱다랗게 입고 분치장까지 한 옴전이가 신교를 타러 거러나온다。

강태공은 처음엔 눈이 휑！ 했으나 이내 가슴이 띠끔 해져서

「옴전이 어디 가?」

하고 옴전에게 묻는데 옆엣사람이

「어디 가다니！ 시집 가는줄 모르나?」

「시집?」

강태공의 눈은 좀더 커졌다。

「평양으루 시집간다네 평양으루」

「평양으루?」

강태공의 눈은 볼수록 커졌으나 그러나 얼마후에는 그의눈에는 실망과 비애의 빛이 가득 차있었다。

—평양！ 어째서 버들마을이 마다코 시집을 가누? 시집을 가면 어디를 못가서 하필 평양으루 가누? 곳곳이 순사가 서있고 마을도리 갈데도없는 그평양으루！

강태공은 옴전이에게 평양이나뿌다고 알녀주지 못한것이 뉘우처졌다。아니 이세상에서 농사군 강태공이가 제일 잘난줄을 옴전에게 알녔드면 옴전이는 평양으로 안가고도 딴도리가 있을것이라했다。

신교안에 든 옴전이가 덩실하게 들니여 마을에서 머러저가는것을 바라볼수록 강태공의눈에는 슲은빛이 더하여갔다。

신교가 안보일만하면 강태공은 신교를 따라 몇발거름 앞으로 나가고 나가고 했다。그러나 버들마을 앞 신작로에 까지 나와서는 강태공은 더 따르지 않었다。

옴전이 실은 신교는 마츰내 눈앞에서 사라졌다。

한참을 망두석처럼 우두커니 섰든 강태공은 고개를 떠러트리며

「네눈아!」

하고는 힘없는 다리를 가누어 버들마을로 도라온다。

강태공은 땅만 디다보며 거닐었다。

마을로 도라왔으나 강태공은 어쩐지쓸쓸해서 산으로 올랐다。

잔디밭에오자 그는 맥없이 털석 주저앉었다。그서슬에 옆꾸리에 껴든 떡꾸레미가 떠러졌다。

강태공은 떡 꾸레미를 끌렀다。떡과 고기와 지짐이 수두룩이 나왔다。

모두 오래 먹어보지못한 것들이었다。

그러나 강태공은 구미에 당기지 않어 얼빠진 사람처럼 멍히 앉었다가 불쑥 꾸레미를 헤집어 네눈이 앞에 내밀어주며

「어 네눈아! 머! 머! 머!」

하고 다짜고짜로 다주었다。

그러나 네눈이는 섬뻑 달려들지 않었다。그래 강태공은 네눈의 머리를 쓸어주면서

「머! 고기구 떡이구 너 다 머! 머!」

하고 역정쓰듯 내뱉었다。

그제야 네눈은 고기를 한점 덤썩 문다。강공태은 네눈이가 고기를 무는것을 보자

「아아!」

하고 장탄식을 하며 뒤로 번듯이 나 자빠저 버리었다。

戊寅獵月九日竊이

愛髮家

尹世重

산밑에있는 공사사무소에 사무원으로 단이는 김오는 저녁상은물이자 바로 하숙을 나섰다。

오늘낮에 애매하게도 자긔의 거친 손바닥에 뺨한개를 얻어맞고 눈물이 글성하든 급사(給仕)영득이네집을 찾어갈 작정이다。

큰길서 담배가게 골목으로 휘여져 어떻게 어떻게 올나가면 거기 솜틀집이 있고 솜틀집을 돌아 무었이있는 바로 그마즌편 매문이 제가 있는집이라고 자세히 가르켜주는것을 언젠가 하번드렀것만 정작찾어가자니가 어듸가 어듸라든지 당초에 기억이안뜬다。

큰길까지나온 김오는 잠간 말을 멈추고 생각하다가 우선 거러보는게 상책으로 큰길을 북쪽으로 향하여거름을 재쳤다。담배가게가 눈에 띄울때마다 그는 거름을느추고 그럼직한 골목을 맞여보았다。몇번 그러는동안에 그는 그럼직한 골목이 어떤 골목이든지도 잊어버린것같었다。그러나 어떤 애를 쓰든지 오늘저녁만은 그를 찾어보지않으면 안된다。확실한 기억이안떠오르는때 그는약간초조했다。

때린것이 후회가 되여 그것을 사과할여고 그를 찾어가는것은결

단코 아니다。 허나 웬일인지 오늘저녁은 그를맞나보고 싶었다。 그를 맞나보지않고 오늘밤을 새우기는 도저히몬 견딜것같었다。 그는 아주 열다섰살밖에 안되는 총명하고 귀여운 참으로 귀여운 소년급사였다。

김오는 머리를 길—게 길루는것이 무었보다도 좋았다。 그는 언제든지 머리를 길게길렀다。 그머리를 소년급사 영득이는 아조조와했다。

영득이는 김오의 그긴 머리를 볼때마다 이상한 생각을 이르켰다。 이 이상한 생각은 그를 점점 총명한 소년으로 맨들고 김오를 더욱더욱 따르게했다。

그러나 김오의 머리는 언제까지든지 김오와 이소년급사 영득이를 기뿌게 해주지않었다。

첫재 이곳 사무소 주임이 김오의 그긴 머리를 끄려했다。 같은 사무원들도 호감을 갖지않는 눈치였다。 공사장으로 나가도 이상하게 처다보았다 게집애같이 숭하게 그게 무슨머리냐고 충고에 갓아운 조소까지 주는친구도 있었다。

물론 그런것을 김오가 모르는것은 안이였다。 그러나 머리만은 울려깍기가 실었다。 누가 무었이라고하든지 머리만은 길르고 싶었다。 그는 아츰마다 거울에다 제 머리를 빛여노았다。 그리곤 귀뒤로 축느러진 머리를 말숙하게 뒤로 거더올여보기도 하고 다시 푸러허트러보기도 한다。 나중에는 멋대로 두고도 본다。 그는 그러는것이 무었보다도 자미였다。

「홍 누가 무어라든지 제멋이지—」

그는 제 주위에 있는 사람들이 제머리를 조소하는것은 생각할때마다 이렇게 자신에게 변호를 준다。 상관할 것이무었이냐?……

머리를 기룬다고 묘한 성격을 갖인 사람이래서 사무원들은 그를 돌여내었다。 그것을 조곰이라도 심하게 생각하는 그가 안이였다。 오이려 다행으로 김오는 그들과 동료다운 교제를 일절 안했다。 온종일이라도 그는 그들 틈에끼여서 웃고짓거리고 말을하는것을 못본다。 그대신 그에겐 유일한 동무가있다。 총명하고 귀여운 소년급사 영득이다。

점심시간이되여 점심을 먹드래도 그는 변도를 들고 급사 책상으로 갔다。 그와 마조앉어서 비로서 자미있는 이야기도 나오고 미소지는 얼골도 그는 갖일수가있었다。

이렇게 다정한 사이었것만 드디어 둘의 사이에 불길한 날은 왔다。

그것은 바로 어쥐에 부내에있는 이공사를 청부한 청부업회사 사장님이 공사성적을 시찰하고 간 오늘아츰이였다。주임은 전보담 십분은 일즉이 출근을했다。

그거야 그리 이상한일이 아니것지만 출근 초두에 자기 이름을 불이운때 김오의 가슴은 선득했다。

「네?」

「좀」

김오는 벌떡 의자를 차고 이러서 주임의 테불 앞으로 거러갔다。

주임은 산전씨라고 하는 사십이 넘은 뚱뚱한 신사였다。

김오가 앞으로 각가히서자 주임은 점잔한 어조로 말을 끄냈다。

「예— 욱히 군에게 청하지않으면 안될것이 있는데 그것은 군의 그머리에 대한 것일세。」

「네」

「대체로 군의 머리는 우리가 보드라도 어떤점으로든지 온당치않은것으로 보누데。허나 그것도 군의자유라면 자윤데 남의 사생활까지 구속을 줄것이 없다는것으로 지금까지 나는 아무말도 안하고 거저 보고만 지났으나 인제는 그럴수도 없게되였네。자 어때 이기회에 아주 짜르게 올여깎어버리는게?」

「네—」

「그것은 결코 내가 무리로 요구하는것은 안이여 알만 하겠지? 어제 사장께서 군의 머리가 몹시 눈에 거슬렸는지 웨 저자는 머리를 저렇게 길루느냐고 묻기에 뭐이 그렇다는것은 안이겟지만 그저 류행으로 기룬다고 했더니 류행이 무슨류행이냐고 이런일간에서 그렇게 머리를 길루고 다니는것은 절대안된일이니 끝접릏머리로 깎에하라고 준열히 내게 명령을 한것이야」

「네」

「직접 사장의 명령이니 군도 그것을 거스릴수는 없지안나! 적어도 이런데 있는한은 취미도 취미려니와、지금 세상에는 자기의 생활을 위해서는 그런 취미쯤 히생을 시키는게 그리 대수로운일은 아닌줄아네 그것은 누구던지 그렇게 알고있는것뿐이니까—」

「네――」

「그럼 오늘이라도 곧 깎으슈」

「네――」

「군에게 청할건 그것 뿐였소」

「네」

「그럼」

「네」

참말 이런줄은 몰랐다。주임이 제머리에 호감을 안갖는다는것은 전부터 안일이였다。그러나 사장까지 제머리를 그렇게 미워한단말인가? 보기에 숭하다는 정도까지는 자기도 예측한것이나 절대 이런데선 안될일이라고까지할줄이야 몰랐다。사장이 그랬을가?

주임은 어느틈엔지 테불우에 설게서류를 펼처놓고 다음일은 시작하고있다。

김오는 순간 아측도 자기가 주임앞에 서있는것을 깨다렀다。그는 제자리로 도라와앉었다。

무슨요건이 생자났든지 주임은 모자를 급히쓰며 그대로바로 나갔다。

「깎그라면 깎지 못깎을건 없다」

시무럭하니 앉어있든 김오는 내매손듯이 중얼거렸다。

바로 고때다。뒤에서 킥킥하고 우슴은 숨기는 소리가 들였다。

「긴상 그거 참 안되였읍니다」

「아니 그놈의 사장 참 맹낭한데?」

「하하하」

「저건 웃기는―자네 미쳤나?」

「사람의 자유를 구속하는자「단젠노 유루스 베까라스」까 」

「어이 유나 긴상가 못또 샤꾸니 사와루쟈 나이까?」

주임이 없는 사무실은 얼마든지 떠드러대도 좋았다。

그들과 외면을 하고 앉었는 김오는 그러나 어느말은 누가 하는말이라는것까지 하나도 떼놓지않고 드렀다。
확실히 모욕이다。더욱이 자기를 눈앞에 앉여놓고 그렇게 떠들어대는것은 견딜수없는 모욕이다。
순간 김오는 분연히 의자를 차고 이러섰다。문을 되열이게 부드처닫고 김오는 밖으로 나가버렸다。
그길로 김오는 리발소로 달려갔다。
「어서옵쇼」
리발소 주인은 김오를 리발대에 앉처놓고 마스크를 하면서「어떻게 깎그랍쇼」하고 공손이 묻는다。
「막깍거 버리슈」
「보-즈가리로 말슴임니가?」
「그러우?」
「아 이좋은 머리를 웨「보즈가리」로하십니가?」
「글세 그렇게 깍그라니깐!」
「네!」
주춤하고 리발소 주인은다시 말이없이 기게를 김오의 머리밑으로 집어넣었다。움직이는 기게와 함게 한자가 넘는 머리털은 뭉텍이로 발밑에 뚫어져내렸다。김오는 한번도 눈을 안떴다。
김오가 사무실로 도라온것은 오정시간이 머지않은때다。주임은 아측도 드러오지 않었다。
중대가리가 사무실안으로 쑥드러밀자 사무원들은 깜작 놀랬다。유난히도 김오의 머리통은 해골바가지같이 히였다。
해골바가지를 앉저놓고 사무원들은 또한바탕 시작을했다。
「긴상 기여머리를 깍그셨군요?」
「……………」
김오는 얼골을 창으로 돌인채 조각처럼 꼼작 안했다。
「오도로이다네 혼또—」
「놀내기는웨? 머리깍는게 그리 어려운 일인가?」

「그렇지만」
「안여 사실 그렇게 끈기있게 기르든머리를 그렇게 쉽게 깍는다는것은 여간 용기는 안될일여 참말이지우리같어선 그런머리를 갖었으면 무슨일이 있든지 깍거버릴수 없을것같은데?………참말여 쫓겨나면나도 머리만을 안깍글것같은데? 그렇지안해?」
「이사람아 그야 그렇지만 암만하면 머리가 목구녕하구야 대할수가있나? 밥을 먹어야 뽐내보기도하고 잘난체도하고 다그러는거지 안그러는거라네 앗차 이게 밥줄이 떠러지지나 안나 할땐 거기에 인간의 본능이 나타나고야 말거든 뭐니뭐니해도 목구녕이 위협되는대 될말인가 사실이 안그래? 내말이 잘못되었나?」
「나루호도 옴마이고도 유네 어이」
「그럼 어듸라고 그런것쯤은 나같은 멍텅구리도 안답씨네 하하하」
「그건 사실이여」
「허허허」
「이사람 웃기는?」
「그렇지만 긴상일은 섭섭하게 되였는걸!」
「이사람아 연매 박사이야기못드렸나?」
「그렇기야 하지만. 긴상만은――」
「바가 긴상닷떼 닝겡요」
「하하――」
김오는 여기까지 잠잖고드렀다。 그러나 그이상더앉어서 드를수는 없었다。 그는 슬며시 의자를 이러섰다、 노한사자처럼 문쪽을 향하야 엉금엉금 거러갔다。 문옆에는 바로 소년급사가 천연스럽게 앉어있었다。
김오의 거름은 급사앞에가 멈처졌다。 순간
「딱!」
하고 김오의 육중한 손바닥은 소년급사의 적은뺨을 사정없이 후려갈겼다。
「바가야로――!」

이바람에 한참야단이든 사무원들은 짓거리든것이 쑥 드러가버렸다。그들은 웬일인지 영문을 몰나 급사와 김오면으로 눈들만 크게 떴다。사무실안은 순간 무서운 폭풍의전야같이 고요했다。

「바가야로——」

김오는 또한번 소리를 질렀다。양철집웅이 쩌르릉 울였다。사무원들은 재차 놀냈다。꼬맹이 측량조수는 전신을 움칫했다。둥골뚜로 찬바람이 휙 지나갔다。

소년급사는 핑도는 눈물을 손등으로 씻섰다。그러나 한마디도 김오에게 대항하지 않었다。다만 움직이지 않고 서서는김오와 똑같이 김오의 얼골만 처다보는것이였다。

무거운 침묵속에 다시 한순간이 휙지나갔다。김오는 유유히 문을열고 그대로 나가버렸다。

김오가 나간뒤에도 얼마동안은 사무원들은 하나도 말을 끄내는자가 없었다。다만 무거운 침묵속에 얼골들만 서로 바라볼 뿐이였다…………。

거리는 완전히 어두워졌다。

김오는 골목을 찾어내기위하야 몇번을 큰길에서 올나갔다。내려갔다 했다。확실히 그 근처인듯한데 말하든 담배가게 골목이 안이기때문이다。담배가게 골목이라니 큰길쪽으로 향한 담배가게 옆으로난 골목이 안이면 안된다。

몇번을 망서리다 답답한 남어지 그는 마침내 한골목으로 드러섰다。몇집을 지나 거러가느라니까 의외에도 담배가게가한집이 나라났다。

「이런 여기에 있는걸 큰길가에서만 찾느라고 애를켰지」

그는 거름을 다시 재첬다。별반 꾸불거리지도 안한 골목길을 얼마간 올너가니까 솜틀집 유리창이 선득 나섰다。너뭐 쉽게 나온거같다。솜틀집을 안고 드러간 다시좁은 골목으로 몇발작 안가서 그는 집웅이 낮은 초가집 대문앞으로 밧작닥어 섰다。

「영독이」

집안에서 어린애 우든소리가 뚝그친다。그뿐이다。다시

「영독이ー」

처음보담 소리를 좀 높이였다。누가 부른다하는 여인의 목소리가 가늘게 들인후——

「네—」하는 영득이 목소리가 흘너나온다。되였다。

「누구셔요?」

신작을 찾어신는 소리와함게 또 영득이 소리다。

「영득이여? 나여 나 !」

당황히 김오는 대답을 주었다。

「누구셔요?」

대문을 급히 여든 소년급사 영득이는 김오라는 것을 아러내자 깜작 놀랜다。

「아이구 긴상이셔요?」

「음 나여 저녁먹었어?」

「내 긴상은 저녁 잡숫고 오셨어요? 웬일이서요?」

「응 영득이 좀볼여고——」

「아이 저를 볼여고 여기까지 찾어오셨서요? 일부러 찾어오셨단 말이죠!」

「그럼」

「거짓말이서요 저를뭣하러—」

조곰도 변한데가없이 영득이는 명랑하고 총명했다。김오는가슴이 뜨거웠다。그는잠간 감격에넘처 어둠속에 있는 영득이의 귀연 얼굴을 내려다보았다。

「오늘 낯엔 매우 앓었지?」

「오늘낮에요? 앓으기는 그까지것『뭐이앓어요」

「그래도 나는 그것이 안돼서—」

「천만에요 제가 안되라고했나요? 긴상이 제가 미워서 때리셨나요 제가 잘못해서 때려셨나요?」

「음—」

「저는 조곰도 아무렇지도 안해요 긴상이 그러시고 나가신후 지금이나 드러오시나 지금이나 드러오시나저녁에 나올때까지 저는기다려였어요 웨안오셨어요 주임도 바로 드러오서서 저녁때까지 있었는데요」

드르면 드를수록 김오의가슴은 더욱 뜨거워졌다。자라면 눈물이라도 쏘칠것같다。웨 이렇게 티하나 없는 깨끝한 마음이냐 어느틈에 이렇게 나를 리해해주고 믿고 존경하는 총명이! 꼭 드러백였을가? 나는 그들에게 모욕을 받는다。그러나 이것은 내 승리다。영득이는 내승리의 선물이다——。

잠간동안 침묵이 둘사이에 흘러갔다。

「영득이」

말소리가 약간 떨리었다。

「네?」

「저 난 널 집으로 가—」

「네? 가서요?」

「응 낼아츰에 일죽 떠날레 그래 가면 못볼테니까 지금 막금으로 보러왔지—」

「아이 왜가서요 가시면 일은 어떻하고요?」

「아주 그만 두고 가는거야—」

「건 왜 그러서요?」

「있고싶잔으니 그러지」

「오늘낮에 그랬다고요?」

「아니 그때서 그런것이 아니여 처음부터 단이기가 슬였어」

「그래도 연대 게시잔었어요?」

「그러기는 했지만—」

「그럼 왜 진작 안가섰어요」

「글세 간다해도 별 신통한데가 없어 안갔지 그러나—」

「거봐요」

「아니 그래서 그러는것은 안여 참말 인제는 더있기가 슬여졌서」

「……………」

갑작이 간다는 말을 듣고 영득이는 실죽해졌다。 그런말은 듣기가 싫다。 김오는 화제를 돌였다。

「참 영득이 저공사장에서 일하는 인부들 말이지」

「네」

「그래 보기에 어때?」

「불행한 사람들이지요 집도없고 돈도없고—」

「만일 내가 그런일을 한다면?」

「긴상이 왜 그런일을 해요?」

「아니 이들테면말이지 내가 인부들같이 일을하고 단인다면?」

「그때도 긴상은 불행한이가 안여요—」

「옹—」

「…………」

「자 그럼 잘있어 사무실도 잘판이고— 내가면 편지할게 책도 좋은책 보내줄게 공부잘해 옹? 공부를잘하면 내가 또 찾어오지— 잘있어 옹?」

김오는 휑하니 큰길로 나왔다。거리는 점점 고요해갔다。그는 바로 하숙으로、도라왔다。

이튿날부터 김오의 그림자는 산밑에 있는 공사사무소에서 볼수가 없었다。

주임과 사무원들은 그에대하여 별반놀라는 기색이 없었다。

그러나 일간에서 일하는 인부들간에는 여러가지 터없는 풍설이 분분했다。어면 입에서는 주임과 싸움을하고 나갔다는둥。또한편에서는 걸리여갔다는둥 알는다는둥 별말이 다떠도랐다。

소변급사 영득이는 주인을 잃고 혼자 노여있는 의자를 때때로 물끄럼이 바라보고 청승스럽게 앉어있었다。

어느듯 한여름이 지나갔다。

주임 산전씨는 무슨 일이있어 같은 회사에서 청부해서 하는 고개하나 넘어 철도공사장으로 어느날갔었다。

여름은 다갔다하드라도 아즉 늦더위가 여전 기세를 펴는때라 뚱뚱한 몸이 고개를 거러넘자니까 땀이비오듯했다。그곳 사무소에서 삐루와 사이다로 땀을 더리고 용담은 마친담 그곳 주임의안내로 공사장을 구경하러나갔다。

공사장 복판에 싸올인 돌무덤에 올나서 멀니 굴쪽을 시원하게 바라다보든 산전씨는 우연이 바로 발밑에서 콩크리트를 비비고있는 한인부에게 시선이 딱가붙고 마렀다。

「사 이끼마쇼—」

산전씨는 같이 서있는 그곳주임을 끝고 돌무덤에서 얼는내려섰다。

한참을 말없이 것다가—

「지금 저기서 공꾸리를 비비고있는 등을 벗고 밀집모자를 쓴인부말여——」

「옹」

「아레가 아베다요 아노 하루고로 우지노 지무쇼데 데데있다 긴도 유오도 교——」

「어? 소까!」

또따온 산전씨는 그말을 다시 다른사람에게 하지않었다。

(끝)

목숨

池奉文

새벽역헤 보슬비가 나린듯 색고기에 맺쳤든 지지렁물이 하필 강영감의 버서진 대이마에 가서 똑 떠러진다。 떠러진 물방울을 다시 데그르르 손등에서 구른다。 구르는 물방울이 이상한 촉감을 주기는했지만 부러진 안경다리를 곤치기에 골독했든 강영감은 쥐색기들의 깔기우는 오좀으로쯤 데소로이 역이지 않는다。 팔을옴츠려 드려 손을 뒤로 보내더니 그대로 궁둥이의 씨서 버린다。 이번에는 가마귀 한마리가 용마루에서 푸르르 허고 날너간다。 별안간 날개 치는 소리란 놀낼만한 폭음이다。 그소리에 놀낸다느니보다도 강영감은 생각지 아니한 가진 추잡은 물건의 세레를 받었다。 싹독싹독 쥐가 쓸어노은것 같은 썩은새가 가장 많었고 좀집은 가루、흙가루、쥐똥 새똥、나중에는 굼틀하는 굼벵이 까지 강영감의 머리로 억개로 도사련 무릅으로 이렇게 들씨워 내리였다。

강영감은 다리부러진 돗백이를 되는대로 내던지고 후닥닥 이러선다。 한참 텹톄 거리더니 철아닌 고의를 벱다 흔들어 턴다。 털고 나서는 고개를 벌넝 제키고 똑 쥐를 노리우는 고양이의

눈은 해갓이고는 천정을 바라본다。천정은 여러가지가 보인다。덕지 덕지 붙은 고렴은 솔밀과 같고 실버들느러듯 척척 느러진 색고기가 눈을 근질은다。얼기설기 얽어 놓은 거미줄、떡께같은 둑기로 방금 떨어질뜻한치바지흙、군데 군데 작은 수체 구멍만큼식 뚫어진 사이로 푸른 하늘이 보인다。

「허허허ㅡ」

강영감는 코ㅅ날이 실눅 해지는 어기찬 웃음을 웃어 보인다。

「이거참 질없는 서름이 첬재 간다는데ㅡ」

아모때라도 짝ㅡ 젊으러저 죽어 잡아진 배암의 가시처럼 빼다구만이 앙크렇게 들어 날것을 생각하면제힘으로 어쩌지 못할것을 한탄한다。

「후ㅡ」

하고 강영감은 고개를 땅으로 떠러트린다。이웃집에서는 도마에 칼맞는 소리가 났다。그리고 무슨 구수한 내음새가 코에 풍기는듯 강영감은 저도 모르게입맛을 다신다。고개는 다시 부뜨막으로 옴겨간다。깨진남비허나 바로 그릇으로 절늘바려 상우에는 캐캐묵은 고리장에서나 얻어 볼수 있는 거므칙칙한 옛날사기그릇이 두어개 굴너 있고 누렁게 간에 절은 신문지 쪼각이 그우에서 바람에 풀풀 날린다。강영감은 마치 메기를 찾는 닭과 같이 고개를 길게 빼고 넌즛이 그우에다 손을 얹는다。밥그릇이 번연히 비인줄을 알면서도 다시 기우려본다。어제 저녁을 안먹었다는 생각에 배가 끓는 줄을 알게한다。거기는 집이 뭃어진다든가 갈때가 없다는 것으로 어쩌지 못할 더 슳음과울화가 숨여 있는것같다。그는 또 후ㅡ하며 주머니에로 손이갔다。주머니에는 단돈 십전、그것도 어저께 한종일 어린 아이들의 코묻은 돈을 받어 모은것、강영감은 슬며시 주머니에다 손을 넣어 젤그렁 하고 동전 열닢을 끄내든다。동전 열닢은사뭐 쥐인 얇고 잘망스런 손은 가만이떨린다。미천은 송두리채 집어 먹은일、식구는 작으만치 네식구、십전을 갖이고도 아모것이나 푹으니 먹을수 없음을 또한 한심해 한다。강영감은 동전 열닢을 되집어 놓는다。좀 더 있다가점심겸해무었이라도 사다 먹으리라고 했다。그는 다시 가가 앞으로 나간다。가가란 부덕한쪽 켠에 있다。배암이 기어간 자리처럼 가느다란 골목이 한참 길게 뚫고나간것을 한목 노릴수 있다하야 행길쪽바람벽을 뚫어 놓고보니 이좁은 터전에 부엌을 반을 접영했다。이름을 지어 부르되 가가라고는 하지만 실상 토담밑에모인 아이들의 벌여놓은 소굽만치도 어림없다。딱총、물총、오뚜기、인형、과자、비행기、자동차、눈깔사탕、붕어과자、한가지에 기끗해야 일전 한목 오전짜리도 사놓지、못했다。쥐꼬리만한 미천이 그렇게했지만 고객(顧客)이 또한 일전 이상은 한목 갖어 올줄을 모른다。강영감은어저께 헤이다가둔 과자봉지를 꼬내 든다。열식 열식 무더이를 지어놓고

「그러면 열에 둘-열은 미천이고 두무더이는 이문、하나 축내지 않어야만 이전이 남는고나——」

강영감은 또 허허 하고 코웃음을 친다。열흘이 간대도 다- 팔리기만 했으면 이전은 남을는지 모르나 잘못하야 아이들에게 인심을 일는 나달이면 그대로 녹아 버릴것이 그로 하야곰 코웃음을 치게했다。

「오-ㅇ 아버지-」

아버지가 과자상자만 주무르고 있으면 열에 아홉번은 어디서 어떻게알고 덤벼 든다。강영감은 물끄럼이 힘없는 고개를 처들어 아들에게로 눈을 보낸다。보기싫도록 내려 흐른 노란 코ㅅ물、단추 없는 검은 누더이양복을 입은아들은 기둥에 매달여 과자만 노려본다。잔소리군의 어머니의 눈쌀을 피해 다니며 우근히 자기에게만 졸나대는 아들이 너무 가긍함을 참지못한다。어린것 한테 눈깔사탕 한개안주고 볼기만 싫컨때려 쫓고지내는 안해의 심정이 독하다면 미상불독하다。

「옹 하버지 하나만……」

어머니가 들을까 염여 하는듯 목소리는 몹시 가늘다。아버지의 대답은 없다。

「내-머갖어 갈껄……」

손은 범성 그런다。아버지는 역시 갖어가라든 안된다든 말이없다。그럴때 아들은 으레 집어가도 괜찬으리라고하야 화닥닥 달여들어 되는대로 웅켜 쥐고는 다러났다。마츰 골목으로 곱처도라가 담밑에 기대서서는 손을뒤로 돌여숨기고

「애들아- 내손에 든것이 머강- 알어내면 하나 주지-!」

턱밑에까지 달여들어 입맛을 다시우는 동무들을 놀린다。

이동리 아이들은 제법 눈살미가 빠르고 무었이든흉내를잘낸다。며칠전에 신파에선가 활동사진에선가 춘향전(春香傳)이 있은후부터는 사또 도임 행차 고대로를 흉내낸다。리방、리형、공방、지장색、수령수、취고수、도방자、창곱들이 추환우에사또라 명색하고 좌우로 옹호하며 행진한다。가가앞을 지낸다。

「— 신관 사또 도임 하신다。쉬——」

앞채 잽이란 놈이 제법 외운다。그러면 또 아이들은 여기 저기서 나와합한다。가가 앞에 앉었든 강영감은 그것을 보고 빙그레 웃어 보인다。그추환우에는 지금 자기가 탓거니——。그러나 곧 그는 눈이 어두워진다。그리멀지 아니한 옛날을 더듬어 생각하게된다。

한참 세력을 유월의 굳은 박같이 굳건하게 쓰던 내부지방 국장의 생질, 하로 아침에 승차하야 자기는 쉽사리 ××군수를 떼맡었다。승세하야 도현청엘드나 드는데 관운장이 조조나 맞나 호통하듯 엄엄하게 백성을다사리었고 겉보기와 속마음은 딴판이어서 백성을 사랑하기란 맞자식 이상으로 애끼였다。조조의 꾀와 같고 제갈양의 재조와 같다든 아전과 이방들의 코ㅅ뜨려 송사에청전을 받고 관환을 얄곰 얄곰 집어 쓰는것을 한번호령에 다시는 그런법없이 물너났고 어려석고 천하고 궁한 백성은 손수 받드러 올여주되 끼니가 간데없는 사람이면 제 재산을 아낌없이 풀어주었다。마침내 애민여자(愛民如子)하는 인덕이 백성의 뢰수에 저저 만백성은 빛나고 값진 애민선정(愛民善政)의 공덕을삭이고 그아래 만사람의 성명을 열녹하야 부내로 원유까지 함을보았다。그렇든 엄엄하고 인정많은 원님도 하로아침의 정변에는 어쩔수가 없었으리라。내부지방국장이 한숨을 쉬며 도라앉고 벼슬의 허기진 무리들의 환득 환실이 솟며서 진이 떨어질때 이제 겨우 매지근해진 앉인방석을 자기도 아니내놓지 못하였다。

강영감은 또 할순을 내놓는다。얄분입가장자리는 가늘게 떨린다。그후에도 여러번 기회를 였보았지만 로방의 썩은말뚝 그대로 쓸모는 없어지고 오늘의 자기는 방울을 잃은 매처럼 어디가서 앉든 소리없는 사람이 된것을 생각하면 서름은 눈물이 아니날수도 없는 일이다。건너다보니 걸터라고 사뭇 감개의 사무처 피우든 담배도 멈추고 허공만 바라본다。

「암행어사 출도 하신다—」

아이들은 좁은골목을 뒤흔드러놓듯 빡빡이 올여닷는다。떠들석하게 아이들의 소리가 나니까 안해는 생각난듯

「영식아—」

하고 볕안간 구중중한 방안에서 아들부른다。 풀두먹하고 문이 열리드니 안해는 한손에 귀떠러진 사기요강을든었다。 강영감에게 비해서는 아직 머리털하나 희지 않었으니 좀 쇠었다고나 할가。 어쨌든 행주치마로 겨우 숏곳밑을 가리우고 나왔다。 대답은 없다。 영식이는 그소리를 듣지 못한다。

「얘ㅡ영식아ㅡ」

약간 소리를 높여 부른다。 문기둥을붓잡고 고개를 사방으로 두른다。 두번째부르는 소리는 영식이도 알어듣는다。 그러나 대답은 하지않는다。 끼니때 밥도 잘 주지않는 어머니거니하면 뭐한번쯤 대답안하기로서 그렇게 죄될것은없다。 영식이는 그대로 아이들과 함께 휩쓸여 다러가기만 할뿐이다。

「얘ㅡ영식아ㅡ」

세번째는 목에 핏대를 올리고 좀 역정을 내는듯했다。 듣고도 못드른척하는 아들에게로 닿여간다。 어머니와눈이 마조치었을때 영식이는 헐수없다는듯이 살곰 살곰 눈치를 보며 가까히 온다。 지은 죄가 있어 역시 네하고 대답은 하지않는 대신 고개를 갸웃뚱 거리고 몸을 살노갈이 배배틀며 어리광 부터 부린다。 철석하고 손바닥이 궁둥이에와 부더치는것만 같아 썩ㅡ가까히 오지도 못한다。

「얼른 이리온ㅡ!」

그도 그렇지 않은듯 예의 없이 부드럽다。 가장 인자스런듯 손을 펼처 아들의 귀를 살며시 끌어드린다。 그리고 속살거린다。

「오늘도 아침은 짓지 않오련다。 너의 외삼촌댁에 가서 조용히 한술얻어 먹고 온……」

잠시 우룸없는 눈물을 코로 푼다。

「옹ㅡ날따려 또 가라고 엄마 우리는 쌀이 없수ㅡ」

하면서도 어린 아이는 천진 스럽다。 그저 심바람은 빼여놓고는 어데든 가라면 좋아서 노루색기 깡총거리듯두발을 모더고 뛰여간다。 안해는 한참 힘없이 그기꺼워 함을 바라보다가 으리 거름을해가지고는 되드러온다。철석하고 요강을 부시여 버리고는 방문 앞으로 다겨간다。 풀두덕하고 문을 열어 함지박같은 몸뚱아리를 움츠려드린다。 문은 애써닷지않었는데 또 풀두덕 하고 다치인다。 얼마지낸후에 안해는 또 간영감을 불너 드린다。간영감은 예의 잔소리거니하면서도 혹 무슨 새말이 있을까 하고다겨간다。 먼저 궁둥이를 드려보내고 두오금을

문지방에다 걸처 놓는다。안해의하는 이야기란 정한것같이 어제도 그제도 하든 그말이다。

「어서 대답좀 하시구려! 어름국 마신듯이 속이 좀 시언하게……」

「……」

「그래 그렇지 않소、우리가 살면 몇해를 더 살겠소、그나 그뿐이요、사내놈은 어떻게 해서라도 제 앞가림을 식혀 놓아야 하지 않소。」

「……」

「그깐연 하나 남지않은셈치고 보내봅시다。」

「……」

「가문이돈을 놓는답디까。문벌이 쌀을 대어 준답디까 무에니 무에니 다ㅣ접어 치우고 사는가 싶게 살다가 죽을날이나 기다리는것이 아마 약은 것인줄 아오!」

「……」

「생화의 무슨 귀천이 있겠소、그렇게하다가도 제짝맞나서 잘들 삽디다。」

안해는 누어 콩줘먹듯 떡금 떡금 말했다。간영감은 한마디 대답도 하지 않고 못들는척 묵묵히 장죽대만바라본다。양지 바른 이웃집 판장밑에 오지 항아리가 몇개 노여있고 끼니가 간데없으면 한번씩 손을 대어보는 두말드리빈독이 어울려치 않게 웃뚝 서있다。아래ㅅ집 집웅 넘으로 넘겨다 보는 해ㅅ볕도 조의짱같이 엷어보인다。어디서 가랑닢하나 다그르르 굴너 나리며 강영감의 맥없이 던저진 발등을 몇번이고 넘나 든다。강영감은 무심코 그 가랑닢을 집으랴 허리를굽인다。그리고 얼는 손을 땅으로 보내랴 했으나 풀없이 던지어 젔든 손은 움직여 지지 않는다。그러나 강영감은 애써 집어든다。집어든 가랑닢을 일없이 드려다 본다。애닯은 생각이 한결 더 몸이 숨여 드는듯 줄곳이 음울한 생각의 구름에 잠겨서 확실한 뿌리가 없어 보인다。

자기는 어제까지도 안해의 이런 말을 풀풀이 반대했다。아니 즉석에서는 반대했다。하지만 이내 잊처 지지 않고 가장 오래 생각한것도 속일수없는 사실이였다。그보다도 더 솔직하게 말한다면 열에 아홉번은 안해의말대로…하고 싶었다。다만 이때 그런 내력이 아닌 조상의 손에 심한 꾸지람이라도 받을것같고 뺨이라도 얻어맞는것 같은 늦김에서 주저했다。상처를 내인 인간의 품의(品位)——그의 마음ㅣ에서 정멸을하는 늦김에서 묵

줄롱줄 눈앞에 떠오르고 속을 놓지 아니한 딸이 만약 그대로 불행한 길에 빠지고 보면 막우 덤벼들어무
슨 무폐한 욕이라도 해붙이지 않을는지 사람의 일이래서 한번 마음을 도사려 먹지 못했다。
그는 사실 딸 점순이에 대한 기대는 도에 넘치게 컸다。 맞자식이 컸으면 지금 설은은 넘었을 허인때 로
래(老來)의 기둥으로 의지 할수가 있었겠지만 그희망의 그전부의 사랑의 중심점은 봄눈녹아 버리뜻 사라지고
살림이 웬만만해도 조고만 피ㅅ덩어리를 가운데 놓고가진 곳으로 머리를 돌너 생각지도 않었을 것이다。
처음 점순이가열 다섯살 되든해 오래기다렸다고 하야 끝 공장으로 쪼차 보내였다。 딸이 직접 나가서 버려
률 하게되니까 쌀값이 조곰 모자르고 나무값은 허문이가 없다해도 그럭 자럭 먹고 살게는되었다。저녁으로곤
해 나가떠러진 딸의 얼굴을 보면 점점 여위어지는것만 같고 쌔근 쌔근 하는 힘에 가뿐숨소리는 너무도 애
처럽게는 하였으나 우선 먹고 나니 배가 부르다고 강영감은 한팔 접어 들고서 안심했다。 그러나 그것도 밑
지 못할 직엽이였다。 장근 이년돈 과환 산하가 어려운 생명을 그의 공장에 일에받지인 것에도 불구하고 맘
대로 불피료 하다고 유에 없이 해고했다。 한번 해고를 당한 딸은 남사스런일이라고 영영 밟거름을하지도 않
는다。가야 될것같지도 않었다。 다른 아모것이라도 생각은 하여 보았으나 좀체로 자리가 없다。 있다고 한는
또 어느때 쫓기우고 말것일까 하는 불안한 마음이 먼저 앞을섰다。 그러나마도 없다。 끝 그는 또 한가지를 크
게 믿었다。 딸의 얼굴을 보면 커갈스록 그늘속에서 자라나는 박꽃과 같아였고 감았으며서도 삿글거리는듯한
눈도와 오뚝한 코마루와 약간 오무런듯한 입모습은 마치 별을 따러가는 선녀같으니 아모데 내세운데도 부끄
럽지 않고 좀 어색한 조건이기는 하나 처가속을 아모런 푼염 없이 건사할줄 아는 낭자를 구하리라 한것도
그러 욕된 일은 아니었다。 사실 은근한 바람으로 혼처를 구해 본적도 여러번이다。 처음 일이 사뭇 불쾌했다
당장 텅비인 배ㅅ속만 생각 했다면 얼핏 승낙을 했을는지도 모르지만 참아 한편 다리가 없는 불구자를 짝
으로 지워주기에는 너무도 서글픈 일이였다。 그의 다리를 대신하야 주는 나무다리가 발길에 채일때 근질없고
누가 옆에서 에비하고 무었을 목에다 던저 주는듯 하든 늦김은 지금도 징글 머리 스럽다。 그후에도 왕왕여
러곳으로 줄을 던저 보았으나 모도가 탐탁지 못했고 홀몸도 아닌 삼사식구가 그한놈을 바라고 있는다는 것
도 또한 곤란한 길이어서 가시 넝쿨이 욱어진 숲을과 같을 것을 여러 차레 뉘우첬다。 그럴때엔 또 강영감
은 기쓰고 생각 했다。 좀체로 묘한 방책이 열는 나서질 않는다。

마침내 강영감은 안해의 권유하는 수작에 솔깃했다。

그는 칩칩해지고 말었다。 늙었으되 한번 더 다시살아 보겠다는것이 눈을 감기었다。 강영감은 다리한쪽을 꼬아 올리며 고개를 안해에게로 돌린다。

「그러면 누구를 따러보낼 작정이요。」

「아마— 해주집이지 머—」

해주집이란 해서(海州)서 왔다고 해서 부르는 별명은 아니다。 그얼굴이 너무도 박색이어서 이름이나 한번 속이시언하게 지어 보리라고 한것이 바다에숨은 진주라고 했다。 그는 큰 예명(藝名)이다。 이곳에 오래 살다 보니 언제 그렇게 부르게 되었는지 그저 해주집 해주집 하고 해주서 온사람처럼 되었다。 해주란 일정한 남편이 없는 안해이다。강영감집에서 용마루를 내여섰 넘어가면 역시 경성부땅에 별항 나올것없는 초가집이다。 어머니 한분을 모시고 있기는하지만 항상 그쪽문은 잠을쇠가 채여있다。 어떤때에는 삼사삭을 볼수가없고 더오래면 근 일년을두고·팔을 보이지 않는데 그의 어머니의 말을 들으면 청진 나진으로 출장을 갔다고했다。 한번 출장(?)을 갔다오면 그모양이 전혀 딴사람으로 잘못보기 쉽게 변해온다。 양단저고리, 하부다이 치마 어떤때에는 금귀개 금가락지 하나씩 더하야 올때도 있다。 그러면 또 그의 어머니는 동리로 뻔질나게 다니며 딸의 자랑을 흠뻑한다。 해주역시부는바람은 비했기도 날릴듯했다。 속아는 사람은템페—하고 침을 뱉어부치나 강감한 사람은 손꼬락을 빤다 일년이면 열달은으레 타곳에가 있든 해주가 근자에는 한번도 나가는 일 없다。 무슨 딴궁리가 있다고 있을는지도 모르지만 사실 해주는 한숨을 쉬고 도라 앉었다。

「홍—수물여덟 이젠 한갑 진갑 다지냈다고나———」

하는 한숨보다도 그에게는 어기뚱하게 목아지를 갈기 갈기 찌저놓고 싶었다。 목아지에 무슨 벌레가 붙어떨어지지않는가 하면 그렇지도 않고 목청이 별안간 깨진 꽹쇠소리로 변하니까 고만 더트리고 말것같이 답답했다。 얼굴이 박색이고 또 나이 설흔이 넘어 보이거든 목청이나 진갈어야 할터인데 그것 저것모다 됨박이다。 그의 몸이 한번 그누구에게서 옮아온 병인지 몸쓸병에 쟁겨버린 뒤붙어는 아닌게 아니라 개값이다。 도모지 부르는 임자가 없고 찾는 사나이가 없다。 그래서 그는 장근 일년을 꼽박 들어앉어 있게되었다。 그후그는 차차 기리로 나오게 되었다。 밤 열시치는 소리를 듣고야 자리에서 이러난다。 정대앞으로 닥아 앉어 언제나 마찬가자도 얼굴에 분칠을 두물긴다。연분홍 치마 저고리를 머리ㅅ장에서 끄내어 하나 하나 내어입는데 다른 보통 여염집 여자와는 달리 얼는 무슨 유혹의손이 잔 들어나겠끔 맵시를 차렸다。오속한 밖거리에 나와서 그 많은 사람들 가운데서 허기진자를 끌나내는 수는 썩 용하였다。그럴뜻한 사람이면 몇구를리한번 꾹ㅡ 찔으지않고도 살며시 끌고 집으로 오는것쯤은 능난했다。그러나 어떤자는 대문앞까지 곳잘 딸어왔다가는 쓰다 다단 말도 없이 휙ㅡ 도라서서 가버린다。제법ㅡ화채 한푼 이렁다못하는 뚝건달 여석도 맛나는 일이 많다。행용 그렇게 걸릴 뿐이다。그는 날마다 한탄했다。한참 시절에 제법 큼직한 놈을 묻고 느려나지 못한것을 후회했다。

[illegible]리다가도 그는 빙그레 웃고 만다。무엇이 또 한가지 남아 있는듯 했다。

「아이 참 날좀 보게 얘기 바람에 숫꾸밀 나오줄도 모르고 앉어 있었베ㅡ망칙해라ㅡ」

점순어머니는 양쪽 다리를 오벼싼다。

「호호호」

해주는 보름달처럼 웃는다。

「그런데 말입니다。어디 기생이라고 절게가 없으란 법이 있나오, [illegible] 퍽ㅡ철한것 같지만 결코 그렇지 않습니다。」

「아무렴 그렇메지ㅡ」

「제법 주머니가 두두떡 한놈이 걸여들어오면 하여간에 몸을 헐하게 가지는것 같이는 보이지요、그러나 그놈을 살살 녹이는데 천재 그것부터 앞을 서기는 해도 말은들을듯 말듯 시간을 끕지요。그러다가 그놈의 뼈골살꼴죄다 빼여 먹은듯하면 고만이지요。언제 머ㅡ 그놈이 하자는대로나 하나요。」

「허ㅡ 그건 너무 심한데……」

「너무 심하다니요 그놈을 또 언제 본다고요……허긴 그런뒤에는 불상해요 호소할때가 없이 나가 잡바지는것을보면 좀 안됐자요 그러나 그것이 기생의 수단이란것을 어찌나요。」

「…………」

「그래서 살렴사리 작만 하는것도 그리욕된 일은 아니겠지요。참 적말이지 그런놈 맛나면 천원 이천원은、

하로밤의 농간으로 들낙어렵니다。」

「………」

「그런놈을 일년에 둘만 맞나도 담박팔자를 곧칠수 있지요。참기생이란 썩쉽고도 어려운것입니다。그러나 또 아무나 할수있는것도 그노릇이지요。」

해주는 그이튿날도 밖에서 떡을 처들고 방안을 드려다보아 강영감이 없는듯하면 서슴지않고 드러왔다。드러와서는 끝도라갈 사람처럼 엉거 주첨 발을 고이고 앉는다。그리고는 아양의 차포 오좀을 떠하야

「저ㅣ 쌀어 없으서거든 점순이를 보냅시지요。어떻게 굶어서 사시나요。」

「그러기에 딱한 노릇이란 밖에、하지만 어떻게 매양 그럴수가 있나……」

점순어머니는 사양한다。세상에서 흐너보는 사양으로 물러치는것같었다。질내 내뻐찔못하고 점순이를 따러보낸다。점순어머니는 아주 훌닥 반하고 말었다。그의 마음도 마음이려니와 그의말도 어데까지든지 신용했다。딸점순이도 그렇게 내세였으면 당장 무슨 수나 있을것같이 생각되였다。그러다가도 해주는 몇일석 도모지 싹을보이지 안는다。그러면 또 점순 어머니가 슬며시 딸을 보내어 불너온다。먼저 이야기를 끄내고 생무지도 할수있느냐 소리는 열흘쯤 배워서 될수 없느냐 서울이 아니고 딴고장으로 나려가서 할수 없느냐는둥 되려 지지콜콜이 묻는다。그럴수록 해주는 되도록만 대답했다。해주가 한번 다녀간 뒤에는 밤새도록 잠을못잤다。요새도 못잔다。어떻게 할고 죽은셈치고 내세워 볼까하는 걱정은 벌서 지낸듯 그아직 어린것에게 힘을 부어주지는 못할망정 순을 꺾어 버린다는 생각에 잠이 올리치가없다。자식을 위해서는 웃음도 팔고 목숨까지도 받어서 장내를 위하야 제물이되기도 한다는데 그렇게는 못한망정 장내와는 팍ㅣ 담장을 쌓어 준다는데 원한이 사모친다。그러나 요렇게라도 생각하게 될때에는 착실한 정신을 갖인 순간이었다。그는 끝 무지 황공처로 마음을 돌린다。뱃속에서 기와집을 지었다 허렀다 하는것으로 그는 잠을 자지 못한다。

점순이는 훌쩍 떠나가고 말었다。나가면 -아는사람도 없는배 아니니까 알면불쾌한 노릇이라고 멀리 다른 곳으로 다려가도록 했다。해주 역시 처음 피획이 그러했다。밤 열시는 되여서 떠나갔다。어머니는 정거장까지만 따러가 보리라했고 강영감은 겨우 허리를 굽여 머리만 대문밖으로 내어 놓았다。점순이가 좀 섭섭한 마음으

로 두어 거름 거렀을까 말까할때 별안간 전선주 뒤에서 거므 칙칙한것이 나와 앞을 막었다。 조고만손이 처음 보는듯 인조견 치마를 잡아 끈다。

「누나! 어디가우? 나도 딸아 갈테야?」

까닭을 모르는 영식이는 두발을 동동구르며 조른다。 점순이는 고개를 숙으리고 소리없는 눈물은 치마 고름으로 꽉、찍어 내듯 하머니 손목을 잡는다。 말은없다。 옆에서 따러가든 어머니가 대신하야 달내인다。

「누나 돈많이 버러서 네 모자、양복 사가지고 온댓다。 어서 아버지 한테로가 있거라——」

그러나 영식이는 그것쯤으로 족하지않었다。 그대로 매여달린다。

「여보 애좀 데려 가구려」

나종에는 아버지까지 불너 대이게 한다。 아버지는 어지로 아들의 손을 잡아끌었다。 영식이는 고만 웅—하고 연실 양쪽 손등으로 눈뚜겅을 내려씻는다。 아버지도 울고 싶을 만치 않다가웠다。 어찌하다가 이렇게 남매의 정의 세계를 방해할고 생각하면 사지는 부들 부들 떨도록 서었었을 것이다。 강영감은 아들을 다리고 집과는반대로 언덕 아래로 나려갔다。 밝은대를 버리고 컴컴한 속으로 싫어런 하늘만 바라보며 거렀다。 때때 아들이주는말에 대답도 하지않고 보이지 않게 가벼운 한숨을 쉬이며 그의 괴로운듯한 가슴을 내려 앉진다。 더듬어서 낭아래까지 왔을때 강영감은 발을 멈춘다。 해맹이 없이 두팔을 척— 느려트리고 서서 가게눌 흐르는 배물을 바라본다。 내려다보는 두눈에는 검은 그림자가 그대로 덮여 있는듯 쪼록 쪽낙 소리를 내고 흐르는 물소리에도가슴은 두근 거린다。 바람은 너무도 서늘한데 반대로 앙가슴을 풀어 헤친다。 이런때 부드럽고 가늘고

「동산은 되었소。 화초도 심었소、 이번에는 집을 지읍시다。」

마즌편 기와집 들장 넘어로 글읽는 소리가 들여온다。 영식이 아닌 딴 목청임에 강영감은 또 몸이 확근해진다。 그는 슬그머니 아들에게로 눈을 돌린다。 얼마 후에는 차차 마음이 평소로 가라안는듯했다。 이제부터 아들은 학교에 보낼수 있다하는 생각이 모두 갑갑함을 시처 내리는지도 모른다。 강영감의 묵연히 바라보는 두눈은 캄캄한 속에서도 빛이있는듯 밝은 역시 피괴하다。

이튼날 아침 강영감은 이른 조반을하고 삼십리남짓한 창동으로 성묘를 갔다。 성묘할 철도 아닌 오늘에 그가 벼란간 산수를 찾어옴은 전에 어떤 관상쟁이의「당신네 조상이 출발에 들었으니 한번은 크게 횡재하리라」는

말이 생각나서 머처럼 찾어온것이다。 전에도 자기의 조상이 솔밭에 있거니 늘 그렇게 믿기는 했지만 도모지 험은 뙈일줄을 모르고 나날이 더욱박해 지기만 하니까 그게 모다 헛소리로만 역여 성묘는커냥 봉제사도 하지않는지가 벌서 퍽 오래된다。 너무도 조상을 괄세함에 죄의 씨가되여 이렇거니 하고 새삼스럽게 뉘우첬다。 천이나 만으로 헤일수없는 빽빽이 드러선 소나무는 모다 공중으로 향하야 기운차게 쭉ー쭉 뻗어있다。 점프른 구름과 뭉쿨한 솔닢뭉치로 제일친듯한 그밑으로는 여러대의 분묘가 그곳에있다。 강영감이 좀 넉넉하게 지낼때에는 이묘지를 자기의 이름으로 관리하게 되었었다。 그러나 그가 여지없이 파멸을 당하고 끼니가 간데없이되니까 문중이 공의를하고 이묘지의 관리하는 권리를 다른 사람에게로 옴기어 버리었다。 이것이 벌서 이십년ー 이십여년전에는 철따라 이곳에 올때 인력거 여러대가 큰길에 쭉ー 느러 있었고 자기를 따라온 친척과하인이 십여명은 의례히 있었다。 그러나 오늘에는 자기 홀몸으로 왔다。 또한 인력거가 다 무엇이냐 다해진 고무신이 그에게는 그대신이다。 친척 굽히든 산직이가 오늘에는 갱소변한것 처럼 빳빳하여지고 품솜과같이 보드럽든 말소리가 상어 껍질처럼 꺼으러질때에 늦긴 모든 모욕은 그를 크다란 소나무 뿌리에 단단히 동여 매는것 같었다。 그러나 강영감은 부르지젔다。 조곰만 더ー기다리면 셈평이 뙈일것이라고 그리하야 그는 용기를내어 차례로 성묘한다。

「죽을 죄는 지었으되 외연히 솔밭에게시어 흡소서」

그는 사죄함으로서 또한 소원이 이루워 지도록 마음속에서 빌었다。 굿센 바람이 숩우로 시처갈때 마다 쏴ー하는 엄숙한 소리가 들여왔다。

며칠은 지냈다。 빠자 빠자 소리가 나는 떠먼 지전한장을 손에 사려 쥐었다。 그러 귀파한 물건이 아니로되 한참을손에서 피었다 접었다 한다。 십원ー 그것은 아모런 조의에다 그린것 같은 한마디말이고 그리고 두자의 글자로 된것이라。 두글자 그것이 모이어서 한허위를 맨드렀다。 그래도 이파상한 조의는 뭇사람을 홀리고 그리고 형용하지 못하는 비참한 속우로 끌고 드러가는 힘을 갖이고 있는 이상한 물건이다。

「젠장 이전이 무엇이기에 사람을 살렸다 죽였다 하는고ーー」

다시 손끝으로 조의쪼자같은것을 똘똘 마러 쥐고는 목침을 세우고 눕는다。 얼마전에 다 읽어버린 뗘시

술 또 펼처든다。

「우선 이것으로서 받은 양도에 보테여 쓰시고 남여지 받은 아버님의 평생의 즐겨하시는 술잔을 받어 잡수시옵소서……」

강영감은 편지를 다 읽고난뒤에도 이러한 구절에가서 또 눈을 머물렀다。이때 만큼 자식이란 존재를 크게 평가한일도 없었다。만약 딸이라고는 하지만 점순이가 아니였드라면 자기는 벌―서 눈도 감지못하고 죽었으려니했다。돈을 벌어서 생의 안정을 식혀 주는 딸이였거나 손(孫)을 이어줄 아들이 있거니 생각하면 스스로 마음이 푹은헤졌다。그는 마침내 벌떡 이러났다。그렇지 않어도 목이 텁텁해서 한잔 생각 나든때 비록 제손으로 그렇게 쓰지는 못했다 할지라도 효성스러이 받어 잡수시압소서 하고 이른날、되사렸든 무릅을 다시 끅세우고 뭐나 보는 사람처럼 쪼그러고 앉어서는

「절반을 먹으라 했지만 그렇게 해서쓰겠소。거슬여다 일원만 추구려——」

강영감은 내놓기싫은듯 추먹안으로 팍——웅켜쥐였든 십원을 안해의 무릅우에 올여 놓는다。

「누가 그렇게 쓰게 한답더가……」

하여서도 안해는 힘을 드러지 아니했다。만사를 힘이 되이게 하자면 더주부터 위해야 한다고 북어한마리와 술오전어치를 받어들고 드러왔다。강영감은 머처럼 돈일원을 쥐게되니、친구생각이 난다고 석다리 안초시를 찾어갔다。안초시란 석다리에서 약국을 하는 노인으로서 강영감과 자별한 사이다。아침을 못먹소、저녁을 못지였소 하고 강영감이 물축은 귀신처럼 해서 찾어가면 그사정을 잘 알어 주었다。각금 술잔도 얻어 먹었다。쌀을 얻어다 먹은것이 그동안 몇말이 되든 다―고만 두고라도 돈만 생기면 팍 한번은 술빚을 갚으리라고 그러나 좀체로 그렇게 해보질 못했다。사실 안초시가 자기의 그렇게 목숨을 그렇게 멸시하지 않았든들 일원돈은 부친데가 없었을 것니다。

「그때 요지음엔 어떻게하고 지내는가―」

하는 말끝에

「늙어서 고생하긴 젊어서 죽는이만 못하다네――」

하며 빙그레 웃든일、이만것이라도 강영감은 팩 도라서고 말번했다。

「여보게 별것있나、저 앞에 복덕방이 보이지……」

한영감은 화토패를 떼는지 도라 앉어서 토드락어리고 한영감은 기생인지 갈본지 하고 무슨 흥정이나 하는 것처럼 떠들데 하는 곳으로 안초시는 담배ㅅ대를 들어 가르킨다。

「저ㅡ일도 펀차으어! 내가 말해줌세 날마다 나려오게나ㅡ」

하고 안초시는 사실 아모탈없는 동정하는 마음에서 한말인데 강영감은 그렇게듣지 않었다。

「그래 날다려 된놈 안된놈의 심부름군 노릇을 하란 말하지 웅ㅡ」

하고 빩은 했다。강영감은 다시 안볼것처럼 드러내 때었다。더 앉어 볼나이 없다고 횡ㅡ하니 이러서 버리었다。

「결코 너같은 놈을 부러워할 내시렴에 아들놈이 아니다。」

문간에 까지 나와서도 이렇게 욕박어주었다。화수분 같은 딸을 믿는 구석이없었다면 이렇게는 하지 못했을 것이다。한참 드러내때든 강영감은 무슨 승리나 한것처럼 속이 시언했다。또 누구와 싸울듯이 바뿐거름으로아랫역으로 내려간다。아마 무슨 생각이 있었든 모양이다。양품점가가앞까지 내려와서는 진열창에 주렁주렁 매달여 있는 학생모자、신사모자、숙여모자、어린애모자들을 한참 목을 길게 빼고 드려다 본다。그는 마침내 모표없는 학생모자를 이전 깍아서 사십팔전을 주고 샀다。옆치고 뒤치고 이리 저리 둘너보는 강영감은 안초시와 술한잔 놓는것보다 몇잡절 즐겨운 일이있다。그리고 남어지 돈을가지고는 순대집으로 드러갔다。곱백이로 서너잔드려키고 나니까 꺼르륵 하고 트림이났다。늙스구레한 주모와 몇마디 농까지 주거니 받거니 하다 나서니 세상은 온통 즐거운것 같앳다。집으로 도라 오는길에 아들을 맞났다。술이드러가면 아버지는 아모데서나 떠들기를 좋아다。

「얘 영식아ㅡ」

「네ㅡ」

「너 학교다니고 싶지……」

「네ㅡ」

「보내 주렴……」

「정말?…」

「그때 공부를 잘만 하겠다면 지금이라도 보내 주지……」

「아버지ㅣ 저 동산은 되었소, 화초도심었소, 이번에는 집을 지웁시다, 하는것말이지——그건 나두 다 안다우…」

「울치 울치 참 잘한다。그래 일본말도 배우고……」

「에ㅣ……이것 내게우——」

「오냐 공부 잘 하라고 사준다。옹 자ㅣ써 본……」

강영감은 아들에게 모자를 눈두덩 까지 내려 눌너씌워 주고는 [illegible]럼이 같은 오두막 집을 바라본다。좀처름 그는 비관 하지를 않는다。문기둥을 붓잡고 허리를 굽혀 대문이자 부엌으로 발을 드려 놓는다。헌신 한켜레가 뚤나래 노여있다。방안에서는 두런 두런 이야기 소리가 들린다。강영감은 좀 의아했다。그신이 며칠전에자기손으로 사다준 딸의것인듯 햇기 때문이다。

「그런줄 몰났더니 점순이역시 여간내기가 아니든 구뇨 사나이들을 막ㅣ 살살 녹이구……」

이런소리를 듣고 강영감은 끝 안심했다。허지만 딸과같이 있을 해주가 이렇게 나타날줄이야 깜빡 생각지못했으니 또 의아해진다。

「아이구 참 점순아버님 안영하셨세오」

해주의 반기는양에 강영감은 좀 누구러졌다。그리면서도 그는 골 안해의 얼굴빛을 삶인다。아마 그것이 눈물이었지 끝그렇다。해주를 보고 딸의 생각에 호련 눈물이 안해의 잘못은 아니었다。그것을 보고 자기도 울번한것은 안해의속을 모르고 저정한 탓이었으니 안해를 탓할것도 못됐다。해주의 길게 느려는 말을들고야 그물안은 풀려였다。점순이는 기왕내친 거름이니 누구를 청원할것도 없고 마음을 도사려 먹어 한번 돈을 모아노래의 게신 부모님의 여생을 호강스러이 모시겠다고 언제 그렇게 배웠는지 노래가락하나만 가지고도 제법행세를 하겠드라고, 자기는 전에 즐겨하든 한참이겠든 정남을 참말 뜻밖에 맞냈다고 맞난것도 뜻밖이지만 그가변한것도 뜻밖이라하며 금니 곰시게 곰반지 어째뜬 입은 옷이란 벼란간 백만장자의 맵씨드라고 다시 맞나게됨은 인연이라고 한때 즐겨하든 정리로 남은돈이 있으니 그것으로 집이나 한간 사주리라 자청하야 올나온것이라고 했다。

해주는 몇일뒤에 동관 어데라나 새집을 사가지고 이사를 한다고 짐을 내어실리고 어머니를 이끌고 이동리에서 떠나갔다。떠나든날 저녁에 해주는 또 찾어왔다。

「아이참 내정신좀봐요、저——새집번지를 이젔 그면요、긴 번지 없어도 찾기는 쉽지만요……저 단성사 있읍지요、바로 그옆골목으로 드러오시면 담배 가가가 있읍니다。바로 고 옆집이애요、어머님 혼자 심심하시다구 자조 놀너 오시라고요……」

자기는 그날밤차로 점순이가 있는시골로 간다고 하며 곧 자리에서 이러났다。해주가 떠난뒤의 그전집에는 판수가 옮아왔다。그렇지 않어도 방문점쟁이가 있으면 한번 제신수를 풀어보려라고 했다。강영감은 안해를 넌즛이 보내어 무러본다。

「육가대청에서 글읽는 격이요。」

하는말 강영감은 곧 그를 명가 하되 폐용한걸——뚫어지게 아는걸——하였다。그후 강영감은 심심하면 으레 복덕방을 찾어간다。복덕방엘 가는것은 안초시가 하든달 그것도 괜찮으이 하는 심심파적의 흥정꾼으로 내려가는것이아니다。너무 허황된것 갈을는지——피러기생의 머리를 언저주는데는 오령각 기와집에、두주、찬장 사방탁자、화류의거리、삼층장、고목반다지등등을 흥정해주는것이라 함을 강영감도 에려 아름차리었다。화류의거리나 삼층장이니 고목반다지니 하는것은 고만두고라도 오령각 기와집도 분수에 넘친다。여나무간되는 조출한 기와집만이라도 족하다고 해주가 하든말과같이 하로밤의 농간으로 일이천원이 돌나어련다는것은 숫재 믿을 일도 못됏고 그렇게 바라지도 않였지만 이한가지만는 금명간에 있을것같이 믿어졌다。딸이 떠나든날 밤에도 이한가지만은 속히 이루워 지도록 지금있는집이 이렇게 허술한것을 가르처 일너두었다。그래서 그는 지금 부터 시세도 알겸 마음에 드는것이 있을까하야 복덕방을 찾어갔다。가까히 있는 복덕방에는 호니 아는사람이 많었다。자기는 누군지 모르는 사람도 있었지만 저쪽에서 아른체 하는 사람도 많었다。웨 그런지 그런 사람들 하고는 맞부터 이야기 하기가 좀 어색한것 같었다。일부러 뚝 떠러처 있는곳으로 찾어간다。그는 깍뚝이전에 받든 대우를 받지 못한다。하오이상의 존대를 받지못했고 자기역시 하오 이하의 하게를 못했다。

「여보、저 조출한 기와집 한채 나는것없소。」

강영감은 제법 뒤발막을 신은양 몸을 일부러 기우뚱거리며 옛날의 그 점잔은 뺀다。

「사글세 방이요?」

그러나 복머방영감들은 이밖에 다른말을 하지 않었다。 한채라는 말을 듣지않은것도 아니다。

「아니 통새로 나는것이 없단 말이요」

하면 집주럽영감들은 의아해서 두어번 강영감의 그초라한 꼴을 훑겨본다。

「사글세요。 전세요。」

이렇게 되묻기에도 너무 과만한듯했다。

「팔리는 집이 없단말이요」

약간 해를 베어 소리를 지른다。

「…………」

복덕방영감들은 한참 말이없다。 있다고하면 가자고 할것이요、 그를 다리가 가면 필경 헛수고밖에 도라올것이 없을듯하야 눈치빨은 그들은

「없소 ──」

하고 건성으로 대답한다。

「어쩌면 없소 하는 소리가 그렇게 어색하오。 응! 내꼴이 이러니까 꼴이 돈을 낳는줄아오 내가 그래 조촐한 기와집한채 사지 못할 자격이오。」

강영감은 위품을 보인다。

「없대도 그러우 ──」

복덕방영감들은 좀 퉁명스러진다。

「그래 그렇잔소?」

또 무슨 말이 걸어질것 같으니까 얼는 말을 받어

「누가 그렇지 않다고 그러우 없으니까 없다지 다른데나 가보구려 ──」

하며 한사람씩 두사람씩 밖으로 나가 엉뚱한 곳에서 서성거린다。 강영감은 속이 뭇척 상하는것 같았다。 템테— 침을 밸고 씩 도라선다。 또 다른곳으로 간다。 요행이 한곳 얻어걸리면 정말 집 즈름들은 허탕이다。 폐 오래된 집이든군……따망이 너무 좁아서……방이 똑 한간만 더 있어도 하고 타박을 준다。 사실 썩 마음에 드는집도없

없다。 마음에 드는것이있다면 돈머리가 많어 엄두를 내지 못했다。 집은 향바르고 체목 반듯한것으로…… 거지않구 지저분하고 구차한집 자식들많이 나와 놀구하는 동리도 싫다。 안전하고 조용한곳으로…… 노상 길을 거르면서도 외웠다。 한번은 해주는 어떤집을 샀은고—하야 찾어갔다。 단성사 어더라나 어림만대고 찾어갔다。 도모지 어더인지 찾어내는수가 있어야지……수소문을 해도냉큼 알어내는수는 없다。 그대로 헛탕을치고 도라왔다。 절벽이 아닌 자기의 귀를 몇번이고 의심 했다。

일연은 지내갔다。 개아미집같은 부엌에는 군데군데 페 클직한 껌언 돌텀이가 생겼다。 우루루하고 천적에서 한참 여러가지가 쏟다저 내려오면 또 하나가 더했고 무시로 우직근하고 썩정쥐가 한쥐바닥에 꺼거지는 소리를 했다。 령비인 가가안에는 따로 대였든 꺼정청이 한죽일—떠덕이고 투락!벽에 박녔든 신문지 조각은 한아람 흙덩이를 안고 잡아지고 방안에는 아모도 없누가 하면 올빼이 누처럼 시퍼렇고 식누런 무리가 도는 눈알을 한죽일 굴리우는 노인이 있다。 그는 폰 갓영감이다。 열볏은 하일년 알코난사람처럼 아직도 알는것같이 머리와 목아지의 심줄이 드어난 비적 말은 막대기를 묶거 놓은것같이 야의워 보인다。 그는 하십년동안 죽었다가 아니 지금도 죽어있는거같이—지내온 세상일이 꿈처럼 아련했고 앞일이 너무나 어두어보인다。 우울의 구름이 간얄띠게 한겹 한겹 지허가는것 같이 머리는 공연이 설네이고 가슴은 멋없이 두근거린다。 산다는것이 진절머리스럽고 밥먹는것까지 이상해 보였다。 생활의 바람은 슬음에 안개를 용서없이 휘 모라왔다。 슬음의 때는 날로 더했고 현실의 악착은 시간을 다투아 육박했다。 모든것은 한낮 꿈이였다고나 할까—꿈이나 같으면 오히려허무로 돌여보낼 얼마간에 위로가 있겠지만 그러나 그것도 꿈이 아닌가 꿈이라도 아조 악한 꿈이였다。 그는교박이 일년을 기다렸다。 지금도 날바다 기다린다。 기다린 일년은 지내온 육십년 보다도 길었다。 앞으로 기다릴 시간이 또한 창창한것같다。 기다리고 또 기다리는 마음은 너무도 소상스럽게 변천했다。 초출한 기와집은 사글세집으로 떠러지고 사글세집은 다시 사글세방으로 내려앉어 지금은 아모곳이라도 좋으니 먹을것이라도—그러나 이제는 서너 너더끼식 굶어도 밥생각은 나지 않었다。 밥보다도 딸자식이 더 그리워저 이제 고만 빈손으로라도어서도라 오기만 기다린다。 오늘이나 올까 요제나 올까 문밖에서 바람소리만 밧싹해도 체신부가 아닌가 점순이의 발자최소리가 아닌가했다。 그러나… 일년이 지내도 향연히 소식도 없다。

「놈이 아마도 불편하게여……돈이 잘버러지지 않으니까 그리는것이겠지……」
하면서도 마음은 평온치 않었다。의심하랴니 또 곳이없다。딸에대한 의심이라는것보다도 해주에 대한 의혹이 컸다。전에 없이 찾어다니며 친절하게 구는것도 어쩐지 무슨 계획이 숨어 있었든것같았고 출장이랍세 나간뒤 며칠되지 않어서 정낭을 맞나 집살돈을 얻었다는것도 그대로 보아 넘길수없다。게다가 집을 동관 어디에·삿노라고 버린간 이사짐을 내어 실리고놈어머니를 이끌곤 이동리에서 사러진것이 모다 이상했다。번지를 이젔다고는 하지만 그럴법없이 사려감추는것도 필연 곡절이 있는것같았다。그런 기미를 모르고 어떤집을 삿을까하야 동관 뒤골목을 어렴처서 찾어 갔는 자신을 생각하니 천치 이상으로 미련한것같았다。간곳을 알면 찾어리도 가겠지만 그것조차 모르니 속은 탈며로텟다。그렇다고 집에 드러앉어서만 기다리고 있을수없는 일이니까 처음에 온편지 겉봉을 듣고 원산을 하로 이틀도아니요 근 열흘을 거러갔음에도 딸의소식은 돈절하다。홈한 말만이 눈을 떠어둡게 하겠을 뿐이다。
「자세히 알진 못해도 아마 신경인가 봉천 어느 유곽으로 팔여간듯하지요」
요리집인줄만 알었드니 여관이다。여관주인은 이렇게 말했다。강영감은 고만 꺼이 꺼이 소리를 내어 울고 싶도록 원통해졌다。생각하면 어깨가 빼져하고 관절이 지근 지근 한다。이대로 우름판이 터지면 끝이 없을것같았다。다같이 한일이지만 벼락은 안해에게 떠러젔다。
「죽일놈의 여편나이! 기생어멈 소리를 듣기가 그렇게 원이든 이놈의 여편나이 당장 점순이를 찾어 오지 않으면 가랑머리를 찢어 놓을 여편네……」
호랑이 같이 되고만 남편의 억센 욕설이 나올나치면 안해는 피리를 사리고나간다。그 벼락이 무서워 함은 아니겠지만 어디라 하소할곳이 없으니까 안해는 영식이를 다리고 꺼이꺼이 울면서 오라범댁으로 다러간다。오늘도 또한 벼락이나렸다。또 울면서 아들을 앞세우고 오라범댁으로 찾어간다。그가 그렇게 조차 버린상 싶은 강영감은 팔장을 끼고방ㅅ구석에 쪼크리고 앉어서 한숨을 모라쉰다。
「후―」한참．가뿌게 숨을 모라쉬면 그때만은 잠간 가슴이 시원함을 늦길수 있으나 마음는 그 숨소리에 눌린듯 더 무거워진다。따리의 귀가 오른듯 두다리를 쭉뻗는다。얼마후에는 눕고만다。서슬이 닳고 손때에 절고 마침내챙이 떠러지고 의연히 학교 한번 쓰고 가본상 싶지 않은 아들의 모자를 목침우에 받처베고 확실이 눈은 감지 않었는데 아모것도 없는듯이 생각되든 방안의 한 모퉁이에는 무엇인지 한개가 있다。그것은 석유상자뚝경같은것에 기대여있는것과같이 보였다。그뚜경으로 붙어 한쪽을 향하야 거러시지않는 부분이 이삼척 가량이 불숙 내여빌어진다。그러나 암만하여도 똑똑히 알수가 없다。무엇보다드 캄캄하여서— 그러나 강영감은 자기몸에 있는 사정이라고는 죄다 모라가지고 그것을 똑똑히 보았다。강영감은 벌벌 떨기를 시작했다。아모리 하여도누어있을수가 없었다。그는 고만에 벽에다가 몸을 기대고 일어서고 말었다。눈이 점점 어둠에 단련되여 오기때문에 덮이어 있는데에서 밤쫌 나와 있는것이 인간의 하반체(下半體)라는것을 알수가 있었다。

「으하하——」

강영감은 기절을 한다。그것은 시체이었다。그러고 극히 가늘게 숨을 쉬이는것이 들릴뿐이다。그러나 그런우스운일이 있을리가 만무하다。시체가 숨을 쉬다니——그러나 암만하여도 그것은 분명한 호흡이었다。후—하면서도 퍽 가늘게 나오는 몇번이나 귀때문인가 신경때문인가 하고 자세히 생각해 보앗으나 시체가 한숨을 쉬고 있다하고 그렇게 그는 깨달었다。——대체 이것이 누구일까… 강영감은 살며시 떨리는 손으로 나종에는벌컥 그뚜경을 여러제친다。

「으하하——」

그것은 바로 일변전에 떠나간 자기의 딸이었기때문에 또한번 놀내인다。별안간 그옆으로는 뭇사나이들이 더구나 무지한 되놈들이 달여와서 자기의 앞을 탁 막어 버린다。자기가 있는것도 모르는체 그놈들은 그시체같은것을 몹시 괴롭게한다。죽일듯이 위협했다。순간 강영감은 그야윈 손으로 뭇사나이 놈들을 막우치며 분명내딸인가 하고 똑똑히 보고자 할때 무엇이 쿵하고 천정에서 떠러지는 바람에 깜작 놀라 정신을 차려보니 그는 일종의 환멸이었다。강영감은 처음으로 딸의 사정을 짐작한다。뭇사나이들에게 써달련 자기의 딸은 고만에 폐병이 되고 또 무슨 병이 겸해서 산송장임을 깨닷는다。그대로 딸은 죽어 버릴것인가——마치내는 밑치고야만다。「딸 딸 딸으르——」

하고 어느사이 입에서 이런 소리가 나왔다。서긆은 소리였다。비는꽤오래전부터 나리었다。

얌통머리없시 애꾸지기도 하다。보슬비로 시작한 비발은 차차 굵어진다。밖에서 낙시 물 소리가 들리는가하면 방안에서는 마치 나무밑에서나 비를 거니는것같이 따문 따문 떠러진다。비는 밤이 깊도록 멋지않고 천정에서는 점점 피나 토하듯 굴쿰거리며 붉은 물을 내려쏫는다。앙상하고 뼈다귀만 남은 벽은 마침내비로 말미암아. 미치 본부가 간부놈의 집이나 욱여대듯 룩탁 하더니 방은 뒤죽 박죽이된다。우직끈—탁 하며니 대들보는 엄연히 내려눌렀다。쪽제비 돗과도 같이——강영감은 고만에 그속에서 치어 죽었는가 하면 모진건녹슴 개밥와 도토리굴여 나듯 밀리고 또 밀리어서 뜰아레까지 나왔다。

「으하하——」하는 소디는 원한의 사무처 죽은 물귀신의 소리와도 같다。

昭和十一年九月四日

明日의情緒(完)

朴芽枝

第二幕

第一場

六年後 京城某料亭의一室 舞台前方은긴廊下로되여있고 舞台中央一室은비여있다。左手一室은 半部만보이는데 前面쌍창은 다쳤으나 손님이기생으로 더부러떠들고마신다。右手一室은 極少部分만보이는데 亦是손님이 있는모양 左手廊下로 玄關에通하는모양 가을의 밤전등이휘황하다。幕이열이면 專門學校制服을입은 白雲과 紳士服을입은 金童이 뽀ㅣ이의案內로 左手廊下를通하야 中央비였든 一室에드러와서 白은左手로 金은右手로 마조앉는다。뽀ㅣ이는 도로나간다。左手客室에서 女子의간얄핀소리)

女子의소리「아야 아야 노세요 작간만노세요 갑갑해요」

男子의소리「그럼열시차로 배처온천에 꽉가기로약속했다」

白雲「흥 좋은박이로구나」(白金서로처다보며웃는다)

女子의소리「그럼아홉시五十分정각에 京城역一二等대합실에서 맞나기로야요」

男子의소리「오ㅣ케ㅣ」

女子의소리「지금 몇시야요?」

男子의소리「일곱시반! 그럼 단여나갈레니 집에단여서 시간올대 그리두와ㅣ」

女子의소리「올ㅣ라인」

金 童「참말 좋은박일세 그려、우리도하나부르지ㅣ」

白 「글세 그것도 좋지」

(左手客室의前面쌍창이 열니며 男子 左手廊下로退場、同時에뽀ㅣ이 담배를갓다 白、金의앞에놓고 주문을기다린나」

金「무얼 맘대루 주문하게 그려」

白「글세ㅣ 十圓상만하지」

뽀―이 「네―」(도라나가려한다)

金 「아니 잠간만―. 그리고 또―」(뽀―이멈춧선다)

白 「그리고 또 무엔가?」(웃는다)

金 「어쩐말인가? 하나불너야지」

白 「맘대루 불으게그려」

金 「내야시굴띠기니까 아나? 자네아는 사람하나불으게그려」

白 「나두 그방면에는 「맛다국 서로도」니까」

뽀―이 「그렴져― 새루불느실게없이 지금막도라가는기생이있으니?」

金 「그도 상관없겟지― 白君어때?」

白 「글세 상관없겠지― 난 그런건 전혀모르니까」

뽀―이 「그럼 그렇게하겠습니다」(나간다)

金 「이번 자네어르신네께서 경영하시는일은 썩잘생각하신일인줄아네」(담배를부처문다)

白 「얼마? 삼만원이라지?」

金 「오늘 은행에서 삼만원을 찾었네」

白 「아버지 사업이고 무에고 오늘저녁에 그돈을 몽딱먹어바리세그려」(두사람이 깔깔웃는다)

金 「그도 좋은말일세― 그만하면 하루밤은실컷먹겠나?」

白 「글세 어디 그렇게 먹어본적이있어야알시」

金 「그럼 자네는 먹으라고 줘도자격이없네그려」

白 「홍 그런모양일세― 그런데 그딱장떼 영감님이 어떻게 적지않은돈을 찾어가는데 당신이 친히오시지않고 자네를 보냈나? 자네는 아주딱믿는모양일세 그려」

金 「글제 그떠 그육십원사전이있은후로는 나를아주 정직한 사람으로 아시는 모양이시여―」

白 「사실 자네만큼 정직한사람도드물지― 그때자네가 나의철없는그약속을 그렇게까지 ᄉ켜주든생각을하면 나자신도 자네말이라면 팔으도 메주룰쑨대두 고지듣고싶으니까」

金 (머리를 뒤로제키고 크게우스며)「나참 그때일을 생각하면 지금도 우슴은 참을수가없네그려 그때 그래 자네가 정말 그입분이를 연애했나?」

白 「이사람아 연애가 다두었인가? 그때는 연애가무엔지두 몰낫다네 참말로 순진한 友情이엿지 그러나 지금생각하니 그때 立粉이는 나에게 연정을 느꼈든것이 확실하다고 생각하네」

金 「그건 어떻게 아나?」

白 「그때 立粉이하든말이 아직도 이치지안는 맏이하나있는데 지금 생각하니 그것이 의미있는 말이였다고 생각하네」

金 「무슨말인데?」

白「그때 그애가말이야 자아는 울고싶으새요 될때가된 꽃이라나 그리고 날더러하는말이 너의울공싶은때는 언제이며 너의될때는 언제이냐고ㅡ 그것이 뜻있는말이 아닌가?」

金「왔다! 이사람이 立粉이를 상당이 못잊어하는 모양이로군」

白「정직하게말하면 사실못잊어하는 편이지」

金「아ㅡ 써 이사람아! 상사병나겠네」(웃는다)

白「사실 그애도 상당히 결곡있는 게집애였어 그리고 그애가 나를 무척위해주었든것도 사실이였어」

金「그전 또 자네가 어떻게아나?」

白「그뒤에 그애 어머니께서 들은말이지만은 그때내가아버지께 쫓겨나서 다시 푸부하려도 못가게된단말을듣고 저때문에 남의일생을 그르치게되면 어떻게 하느냐고 그맘으로 내가몰래 그돈을 우리집에 돌여보내고 이튼날 새벽차로 서울로떠낫다고하데그려 그러고 또 떠날때에、나에게 전하여달나고 써놓구갓다는 그편지、나는 지금도 그편지를 몇이고있네」

金「이사람 큰일났군 그편지는 굉장한 연애편지였든 모양이로군」

白「아니야 사연은 지극히 간단해」

金「좀 공개할수는 없나」

白「자네게라면 공개해도 상관없지 별사연이없이간단히썼는데말야 그저 이런이야기야 : [illegible]아 너의 따뜻한 友情을달게받지 못하는나를 책하지마러다오 내가 너의우정을 받지못하였다고 너까지나의 정성을 몰이친다면 나는 참으로 외롭고 쓸쓸할것이다、그렇지않어도 끌여갈몸이지만은 새삼스럽게 나는 학업을 중단하게된너를 위하야 나의 한몸은 달게바치는것이라고 생각하며 끝없는 만족과 깃뿜을 갖이고 떠난단다。이것이 기박하나의 운명에 스스로 조고마한위안은 어드레는 口實일넌지모르겠다만은 내가 너의장래를 돌보지않고 나를 염여하여주는것과같이 나도너를 위하는일이라면 이하몸을 앗기지않을만한 정성이있다는것만은 鑑아! 너도 아러주겠지 그러면 잘있거라 나는 간다 다시 맞날기약이 없는길을 떠나며너의 정다운동무 立粉이로부터ㅡ이런말이였어」

金「이사람 기억력도 상당이 좋은 그렇게 길다란 편지를ㅡ」

白「나는 그뒤 여섯해동안 이편지를 몇백번이나 읽었는지 모르네 사실그때의 나의 순진하든 우정은 차측차츰 연정으로 변하여가는지도몰나」

金「글세 어째서 그런모양일세그려 그런데 지금이라도 立粉이가 어디있는줄안다면 자네는어떻게 할텐가?」

白 「당장 뛰여가서 맞나지」

金 「허ㅡ 이사람 큰일났군」

(이때에 상이 드러온다 가운데상을놓고 뽀이들 나가려한다)

金 「아니 어떻게 되었소?」

뽀ㅡ이 「네 지금화장을 고처하는데 곧드러옵니다」

(나간다)

金 (술을따라 白을 권하며)

「위선한잔먹세。 자네가 지금 맞난데야 그애는벌서 병들고 시들었을걸세」

白 「병들고 시들어도 상관없지 그때의 그순정마변하지않었다면」(한잔식마시고 잔을놋는다)

金 「결혼이라도 하겠단말이지?」

(기생이드러와서 살뭇이앉으며인사한다)

白 「암 결혼이라도 하다뿐인가?ㅡ(기생에는 주의하지않고 열심이말한다)

金 「벌서 어떤사람과 결혼하였다면?」

白 「아ㅡ 그렇다면 그야할수없는 일이지만은」

(기생 이상한표정으로 두사람을 주의하여 살핀다)

金 「결혼까지는 하지않었다하드라도 그가벌서 처녀는안이라면」

白 「그건 상관하지않지ㅡ 사실 오늘날 우리들의 감정이란 육체적정조보다 정신적정조를요구하니까。 그때의 그순정만변함이없다면ㅡ」

金 「이리두 가깝게앉으시죠」(비로소 기생을보고 말을 건넨다 허나 기생은 오히려 조곰 물너앉으며머리를 숙인다)

白 (아직도 더열심히)

「난 脂粉이만은 해남산기슭으로 가치단이든넷날의 그순정을 영원히저바리지 않으려라고 생각하네。」

(기생 이말을듣고 깜작놀라는 표정으로 한참이나 白을 물그럼이 바라보더니 갑작이 머리를폭 숙이고 옷고름으로 눈물을씻는다。)

金 「쓸데없는 넷날 이야기는 그만두고 유쾌하게한잔먹세 그려」

白 「아ㅡ 자네말이 옳으이 공연히 쓰라런 옛날의기억을 건드릴필요가없네 자ㅡ이리가깝게 앉어술이나한잔하십시다 그려」

(그때에야 白도 기생을 주의하여본다。 金도 술잔을든채 기생을 바라본다。 기생은수건으로 얼골을가리고 더욱머리를 숙으리며 이깨가 들먹어리다 金、白、두사람은 영문을 몰으고멍하니 서로처다보며 서로 술잔은 든채로있다。 한참사이ㅡ」

金「아니 남이 유쾌하게 한잔먹자는 좌석에 갑작이 우는건원일이오?」

기생 (머참을수없다는듯이 방바닥에 탁 쓰러지며우름섞긴 목소리로)

「아! 白雲씨 백운씨—」

(두사람 깜작놀나 한참이나 서로 얼골만 처다보다가 白 술잔을 함부로 내던지고 기생의어깨를 삽며시 안어이르키며)

白「아니 누구신데 나를부르시오?」

기생 (白의 가슴에 얼골을 파묻으며)「지나간옛날해남삼 기생에 같이단이든 立粉이에요」

白 (金一時에)「아스」

(白、立粉이를 며안은채 한참 침묵、金、슬며시이러나 左手 廊下로 退場、두사람은나가는줄도모르는모양)

白「立粉이 이러나 앉으시오 그리고 지내든이야기와 그립든 이야기나 좀합시다」

(立粉이 고요히 머리를 들고 저만큼 떠러저서 옷독이 앉으며 눈물고인눈으로 白을말그럼이 바라본다。白도 정신없이 立粉이를 한참이나바라보다가 金의앉었든데를 도라보며)

白「여 金君! 이게꿈이안인가? 아니 이사람이 어며갔나 입분이 그동안 퍽변하섰구려」

立「이런곳에서 白雲씨를 뵙게되었으니 퍽이나 변한셈이지요」(눈물을씻고 머리를숙인다)

白「그래 그동안 얼마나 고생하섰소? 아버지와어머니께서 도라가신 소식은들으섰겠지요?」

立「네들었습니다。늙으신부모의 임종에도 곁에모시지못한 나같은 자식이야 있느니만못하지요 그래도 어머니께서는 나때문에 상심하시다가 도라가섰다나」(새로운설음에 느껴운다)

白「그런 슲은이야기는 그만두시고 지내시든 이야기나들려주시시오 얼마나 고생되였읍니까?」

立「白雲씨! 저의지내간 이야기는 묻시마러주세요 분하고 원통하고 쓰리고 앞은가삼을 새삼스럽게 건드리지마러주세요」—(한참침묵)—

白「나도 퍽이나 변했지요?」

立「白雲씨는 훌융하시게 변하섰읍니다」

白「우리들의 마음도 그렇게변했을가요?」

立「……」

白「왜 대답이 없으십니까?」

立「저는 그런말슴에 대답할 자격이없는 처지가안임니까」

白「네 알겠읍니다 무러본 내가 잘못이지요 立粉의마음 옛날의 그순정 조곰도 변함이 없으리라고나는 꽉믿습니다 나의 믿음에틀림은 없겠지요?」

立 (말없이 머리만 까딱까딱한다)

白「그럼 나의마음은 변하였으리라고 생각합니까?」

立 (역시말없이 머리만설레설레 흔든다)

白「자 그럼 立紛이 머리를돌고 나를 좀보세요 그리고 그해남산기슭을 도라오든 그날밤을 기억하십니까」

立 (여전히 머리만 까딱까딱한다)

白「그럼 그때처럼 저를 한번꺼안어주실수없읍니까?」

立 (또 여전히 말없이 머리만 설레설레흔든다)

白「외? 어째서?」(몹시정일적이다)

立「저는 인젠 그럴자격이 없서요」

白「자격。자격이란 다무엇임니까 입분이는 우리들이 마지막 맞나든날 하신말슴을 기억하십닛까! 너의울고 싶을때는 언제나고 하섯지요! 나는참으로 울고싶은때가 되었옵니다 그리고 나의꽃우필때가 되였옵니다」

立「그러나 나는 벌서 울대로 울고 나의 꽃우질대로젓댐니다」

白「그러나 그때의 순정만 그대로 있다면 인제라도울수가있고 필수가있지 않습니까」

立「그러나, 白雲씨! 그건 벌서 아독한옛말이오 사라진무지개람니다」

白「그럼 나를 사랑하실수는 없단말슴임니까」

立「사랑하지오 지극히 사랑하지요 꿈에도 잊이못하는 白雲씨를 나의원정신 원영혼을 바처서사랑하지요。」

白「그렇다면……아……그렇다면……」(몹시흥분한다)

立「그러니까 나는 白雲씨를 멀니멀니 떠나야하지요」

(또눈물을 씻는다)

白「그런──그런 모순이 어듸있읍니까?」

立「모순이안이지요 그것이 정당하지요、그래야지요 그래야지요」

白「아! 그러면 나는──(몹시 괴로운듯이 두손으로 머리를 붇잡고 수+련다」

立 (갓잡게 닥어앉어 白의손을 고요히 만지며)
「白雲씨는 그때의우정을 영원히 저바리지안으시겠지요 그러나 나의 모둥어리만는 깨끗이잊어바리서야지요」

白「그렇게 할수없다면?」

立「그러케 되도록 노력하서야지요?」

白「아ㅣ 나는 어쩌하야 그같이앏으고 쓰린 노력을 하지않으면 안됨니까!」

立「그건 이사회의인습이 그같은 노력을 강요하니까 할수없는일이지요」

白 (머리를 번적들며)「내가 단연 그같은인습을 해탈
한다면—」
白「그건 白鑛씨 혼로만 해탈한대야 소용없는 일이
지요 이사회전채가 해탈하기전에는」
白「아— 피로워 나를 이이상 더괴롭히지말고 나
의 머리를 立粉의가삼에 잠간만쉬여주시오」(입
분이가삼에 고요히 머리를 안긴다 입분이 사르
르껴안고 한참사이 이웃방에서 아홉시를치는 소
리 가들여온다。입분이 갑작이여 명랑해지며、그
러나 침통한표 정으로)
立「白鑛씨 난 인젠 가야겠에요」
白「어되로요」(이러나 앉는다)
立 (지여웃으며 그러나、비장한표정)
「두 백운씨 같은「봇짱」은「아이메」가안되니까
요 그러고 또 밤열시차로 백천온천에같이 가기
로 약속한 사람이있으니까」
白 (한참생각하더니 역시 침통한 말씨로
「약속이있다면 가셔야지요 가셔야지요 그러고—
그러나 울고있는 애기를 떼여두고」
立 (어머니가 어련애기를 만지듯이 인자하게 白의
머리를만지며)
「白鑛씨는、그날밤 해남산기슭에서 내품에기여들
때와 조곰도 다름이없는 어련애기시여—나는 白
鑛씨를 머리떠나야하는줄 어째서모르시오、그러고
또 어면일이있드라도 한번한 약속은 꼭직히여야
하는것이 오늘의 도덕이안이여요 그뿐만 안이라
이것도 직업이니까 나는 나의직업에 충실해야할
것이 안이여요 자긔직업에 충실하는것도 오늘의
도덕으로 되여있지않어요 그리고 나도 돈으로해
서받은 설움은 씨서볼것이안이여요 그러니까 나
는 가야지요」
白「나를 멀리 떠나려하는 立粉의마음은 내가어
쩌모르겠소 그러고 약속은 직히고 직업에충실해
야하는것은 立粉이의 자유가안이오 남의 자유를
존중하는것도 오늘의 하나도덕으로 되여있으니까
그러니까 가고싶으시면 가실것이오 그러나 立粉
이가 옛날의「순정을 돈으로해서 팔이라고는나
는 생각하지않소」
立「그럼 잘놀너가세요 난 먼저가요 (벌덕이러서며 다
시냉정해진다)
白「취! 또 맞나드록 하겠읍니다」(실망한듯이 한참생
각하드니 무슨 결심을한듯이 힘있는말로부르짓는
다)
立「다시 맞나서는 안되지요 안되지요 (고요히 이러
나 몇번이나 도라보며 무거운발로 左手 廊下로
退場、同時에金、登場、白 괴로운듯이 두손으로 머

리를 붓잡고 길게한숨을지며 멀거니 천정을바라본다」

金「아니 어떻게 된셈인가——」(드러와마조맛는다)

白「자네 어되갓다왔나!」

金「자미있는장면을 혼자보기황송해서 잠간나갓다드러왔서 「런데 다시 맛나서는 안된다니 그러게 오매불망하든입분이를 천미꿈밖게 만나서 그렇게 헤여지는건 ㅆ는까닭인가 (껄껄웃스다)。

白「이사람 우슬일이 안일세」

金「우슬일이나 울일이나 인제는 좀한잔먹고 이야기하게 자네하구같이 다니다가는 허기가저서 죽겠네」(술을한잔따라 한숨에마시고 다시 한잔따라 白을주며」

「자한잔먹게」

白「난 술도 싫으이 그런데 金君—자네 나를위해서 돈 몇천원만돌여줄수없나——」

金「싫건 그만 두게내나 마시겠네」(마신다)「내게 무슨돈이 그렇게 있나」

白「아니 이사람아— 오늘 삼만원이나 찾었다면서」

金「그게 어되 내돈인가——」

白「아버지 돈인줄은 알지만은 내가 立粉이를 자유의 몸을 만드러주기 위하야 몇천원 필요하다면 좀변통할수없느냐말일세」

金(크게우스며)「그러고 또 그런약속을 하란말인가——」

白「아니 이번에는 약속도 필요없네 무ㅣ한요구이지만은 자네가 친구를 위하여 자네자신을희생하고라도 그만한의협심을 보여줄수없느냐말인세…」

金「그야 물론있지 그러나 지금자네가 너무흥분했으니까 다시 한번냉정하게 생각한다음에 할일일세。그리고 또 나도 이돈에는 손을댈수가 없으니까 집에나려가변 나의 몇푼저축을차저야하단말이여」

白「난 다시 생각할여지도없네 나를멀리떠나서다시 맛나지 말어야한다는 그의 뜻을 난잘 짐작할수있네 그라고 또 자네도 임이친구를위하여 그만한히생을한다고 각오하였다면 아문돈이나 먼저돌여줄수가 있지않으가?」

金「자네는 그러면 꼭 立粉이와결혼할작정인가」

白「그건 별문제일세 나는위선 그때 그때 그에게밧첫든 나의우정을 살여야하고 또 그때무색하였든 나의 사나이로서의 채면을 살여야하고 그리고다음에는 다정한동무로서의 그를구원하여야 할 나의 의무를 이행하자는것분일세」

金「그러나 그를 자유의몸이 되게하려면 얼마나한 돈이 필요하며 또는 그의 자유를어되가서 사야

白 할것을 자네가 아나?」

白「그거야 여기 나가다가 물어보면 그의 주소를알
것이오 그의 주소를 찾아가면 얼마나한돈이 필
요할것을 알것이않인가?」

金「그럼 언제 그돈이필요한가?」

白「언제가 무었인가 지금당장 필요하지 이권도가
서 그들 자유의 몸이되게하여주고 또이밤으로자
동차를모라 그에게 알여주어야 하지 자네가 있
을때에 자네와같우 어떻게 할터인가?」

金「친구를 위하여 나의 조고마한 재산을 희생하기
로 결심했네」

白「고마우이 그우혜는 내가 갚음 자ㅡ그럼가세」
(金의손을 힘있게잡는다)

金「그럼가세」(두사람이 손을잡고 벌덕이러설때에
舞臺暗轉

第二場

같은날 깊은밤 溫泉旅館의一室, 左手로 廊下에通하는
門, 右手로 浴室에通하는門 室內中央에 테-불 두어개의
의자 테-불위에화병, 左手後方에침대 右手後面에 체경
약간의화장품 襖이열이면 立粉이맨발에 슬립퍼를끌고타올
을들고 右手浴室로부터 登場, 체경앞에서 약간 화장하
고 中央 테불앞 의자에 지친듯이 걸터앉어 천정을처다
보며ㅡ 혼자말로)

立「아-하- 내가 잘못이였어 그철없이 순진한 沈
의앞에서 울고 불고 한것이 잘못이였어 당초부
터 냉정하게 정손떼여주어야할것인데 어린애처럼 오
늘밤 밤새도록 울고있겠지-」
(벌덕이러나 室內를 二三次갔다왔다하다가 침대
에비스듬이쓰러지며)

立「그가- 나를못잊어하는줄 그의 아버지가아신다
면 또 학비도 안보내주고 야단은날것이니까 그
때 그때 였젯든 그와나와는 인연이없는 모양이
여- 아- 괴로워- 뭐- 될대로되라지」(아주
누어바린다 때에 沈이 네마끼만입고 슬립퍼를끌
고 역시 타올을들고 右手浴室로부터 登場四十歲
가량 체경앞에서 머리를두어번 비질하고 中央테불
에 와서 담배에 석양을 그대가지고 침대에가서
걸터앉는다 立粉이는 눈을감은채 모르는척한다。
沈이 立粉의 억개에 손을엊 며」

沈「山月이」(그의妓名이山月인모양)

山月(말없이눈만뜬다)

沈「오늘 밤차로 오면서보니까 山月의 얼골에 눈
물흔적이 있었는데 무슨일이여?」

山月「슳은것을었스니까 눈물흔적이 있을건전……

여요 울다가 시간이늦어서 세수도못하고 정거장
에달려 왔으니까요」(이러나 앉는다)

沈「무슨일에 그렇게 울었서?」

山月「그건 왜 물으세요?」

沈「내가 山月이를 몹시사랑하느니만치 山月의설은
사정이 알고싶을게아닌가 山月 그도 그러시겠지
요 허나난 이야기하고 싶지않은걸어떻게해요」

沈「그럼 山月이는 나를 사랑하지도 않고 또나를
못믿어하는모양이로군(담배를길게 내뿜는다)

山月「천만에요 그러시다면 내이야기하조」

沈「그럼 이야기해봐─」

山月(左手出入口를쌃이며)
「옛날 정답든동무를 맞나서 고향생각ㆍ모님 생각
을 하느라고 울었였지요 속시언하세요」

沈「맥주먹은것만큼이나 시언하군」

山月「호호, 그러서요 그리구요 참, 한잔먹어야 잠이
잘올듯 싶은데요」

沈「그도 좋지 무얼할가?」(초인종을 눌은다)

山月「글세 무얼할가? 오늘은 좀 독한것이 좋을듯한
데 「아부상」하조」

沈「어째?ㆍ독주만찾는걸이 화나는 일이있는 모양이
군」

山月「그런지도 모르조」(벌떡누어바린다 뽀─이左
手로 登場. 沈 술을 주문한다 뽀─이退場)

沈「아니 그다정한동무가 말이여……」

山月「다정한 동무가?……」

沈「그게 남자였느나 여자였느나말이여?」

山月「홍 퍽이나 궁금하신모양이시구려 남자였어요」

沈(좀불쾌한 표정이였으나 짐짓감추고)
「동무에도 좋우가 있지않은가?」

山月「네알었에요 그것이 젊은사람이나 앓이였느냐, 말
슴이죠?」(벌떡이러나 左手出入口를 주의하며)

沈「말하자면 그렇지」

山月「정든사람이였으면 어때요?」

沈「어떻키야였대?」

山月「나같은 녀자가 정는사람이 하나둘뿐인줄노 알으
셋세요 호호」

沈「암 그야 많이있겠지」

山月「그럼 외? 그런걸 다 꼬치꼬치 캐 무르세요」

沈「묻는 내가 잘못이않이라 대답하는 山月이가 잘
못이지」

山月「그건 왜?」

沈「있어도 짐짓없다고 할것이지」

山月「그건왜 정직하지못하게 거짓말해요」

沈「허─ 정직한건 좋지만은 그런정직은 상대자의감
정을 무시하는 정직이거든─」

山月「호호 세상사내들이란 한량없이 어리석어」

沈「왜?」

山月「번연히 속는줄알면서도 또속누걸 원한 단말슴이죠」

沈「암 그야물느면 상관없지만은 알면 기분이덜좋으니까 그렇지」

山月「기분이 덜 좋으시면 쓱―도라서면 그만안이여요」

沈「허기야 그렇지만은 애착과 미련이라는게있거든」

山月「호호, 애착과미련? 그건 사내들이 추근추근해서, 결단성이없다는말을 애착이니 미련이니하고입부게 꿈여논말이지요」

(삐이가 술을 가지고들어와서 中央 테―불에놓고 허리를굽이고 나간다)

沈「자― 그럼 한잔먹어볼가」(이러서다 山月이도 따라이러나서 中央테―불에 마주앉어 한잔식마시고)

沈「그럼 山月이는 어떤남자를 사랑하는데말야 그남자는 다른 여자를 사랑한다면 어찌할테냐 말이여」

山月「암 그렇다면 깨끗이잊어바리고 도라서죠 또(左手出入口를 살핀다)

沈「아니 누가 찾어올 사람이있나? 그쪽문만 작구바라보니?」

山月「글세 어째서 찾어올사람이 꼭있을것만같애요」

沈「았가 말하든 그정다운 옛날 동무?」

山月(머리만까딱까딱하고 또한잔마신다)

沈「그럼 난 쓱― 도라설차레로군」

山月「천만에― 그렇지는않죠, 호호」

沈「왜 그렇지않어 았가는 그래야 한다고하드니」

山月「그건 내가 당신은 쓱 도라서라고 명령하기전에 미리도라설필요는없지않어요」

沈「명령?」

山月「호호, 명령이란말이 거슬이시죠 그러나 명령하는게 아니라 가령말하면 두사람이 나를 찾어왔다면 내가 그중에 누구든지 한사람은 쓱― 도라서라고 「모―숀」으로 명령하거든요 그래서그 명령에 복종하지안는 사람은 그야말로 추근추근하고 결단성이없는 남자이니까 난 제일싫여하죠」

(도한잔식 마시고 잔을 놓을때에 山月은 如前히左手出入口를 살핀다)

沈「아니 정말 누가 찾어오기로 했어?」

山月「찾저오게한것이 안이라 어째서 그런지 내맘에 꼭 찾어올사람이 있을것만같애요」

沈「허나, 오늘밤 이골에 찾어오게했다는건 山月이 실수지」

山月「언제 내가 찾어오게했나요 그사람이 찾어올

못쓴다는 말이죠」
『山月이가 나라는 남자와같이 이곳에 온줄알면서
도 찾어온다면 그야말로 비신사적이오 추근추근
한남자지 뭐야?」
山月「그렇지만 이세상에는 예외란것도 각금있는 법이
거든요」
沈 (조곰 불쾌한 표정으로)
(허ㅣ이거 사람죽이는군, 허지만 오늘밤만은 어
떤일이있드라도 이방에 딴사람을 드리지않을테니
까」
山月「내가 꼭맞나고 싶다고 허드라도요」
沈 「암 오늘밤만은 용서허지않지」
(화나는듯이 또 술을 마신다 山月이도 서슴지않고
따라마신다)
山月「아! 인제 아주 취허는데 허지만 내가꼭맞나고
싶다면 잠간만허락하시겠죠。 네? 그렇죠?」
沈 「듣기싫여 그건기분문제니까 절대로 안될일이여
그러나 저러나 공연한공상은갖이고 오래떠들게뭐
있어인젠곤한데 그만자지 (하품을한다)
山月「女子를 대해서 하품을하는 그렇게 긴장미가
없는 남자를 조와할 女子가어디 있어요 그리고
아무리 당신이 나를 사랑한다고 하드라도 나의
자유의사까지 강제할권리까지야 어디있어요」

沈 「그야 너머 사랑하니까 그렇지」
山月「진정으로 사랑한다면야 나의 의사와나의 자유
를 존중해야할것이 안이여요」
沈 「허나 山月의 사랑을 독점하고 싶으니까 그렇
지」
山月「그건 캐캐묵은 '소유욕이지 뭐야요' 사랑은소
유 물이안이거든요」
沈 「허ㅣ 이건 정말사람죽이는군 난 그런 강의를 들
으려 오지않었으니 이젠 그만두어」(또한잔든다
山月도서슴지않고따라마신다 뽀ㅣ이 左手로登場
뽀ㅣ이 「웬 손님이 찾어오섰읍니다」
沈 「누구를 찾어왔어」 (성난목소리다 山月이 깜작
놀나 발닥이러선다)
뽀ㅣ이 「立粉씨라고 하는데요」
沈 「그런사람은 여기 없다고 그래」
山月「왜 제가할대답을 가루채세요。 그건 저를너머무
시하는게 안이여요」
沈 「그럼 꼭 맞나야한단말이야?」
山月「맞나고 안맞나는건 내가 생각한다음에할 대답
이지요」
沈 「쓸데없는 소리마러 여기는 그런사람이없다고 그
래」
뽀ㅣ이「네ㅣ」 (나가려한다)

山月「아니 잠간만」(뽀ー이 멈추선다)
山月(하참맘서리다가)
「역시 안맞나는게좋와ー 없다고 그래요ー」
뽀ー이「네」(허리를 굽실하고 나가려할대에 白君이
몹시 흥분한테도로 登場. 뽀ー이 머뭇머뭇 하다가
退場)
沈「누군데 승낙도없이 남의방에 침입하는거야?」
(벌떡이러선다 山月이깜짝놀나 어쩔줄모르고 섰다
白 한참 沈을 바라보드니)
白「아! 先生!」
沈「아니ー 白君!」(두사람 아연히바라볼뿐)
白「先生任! 너머흥분한 남어지에 미처 예의를 생각
지못하고 함부로드러왔읍니다」
(한거름나서며 공손히 허리를 굽인다)
沈「에ー 白君! 君은 진실한靑年이라 이런곳에올
일은없을 터인데?」
白「先生任! 先生任은 점잔으신어른이시라 이런곳에
와서계실줄은 생각지못했읍니다」
山月「선천이 白의곁에가서 어깨에 다정하게 손을얻으
며」
(마ー보짱! 도시메기다 노?」
沈「자ー 白君! 이리잠간앉게」(점잖의자에 걸터앉
으며 마즌편 의자를 가르친다」

白「고맙습니다 앉을필요가 없읍니다 끝가야겠읍니
다」
沈「아니 무슨일로 왔는지 말을하고 가야지 내가
있어 말하기 거북하다면 잠간나가지」(이러선다)
白「先生任! 그리실필요는 없읍니다 선생님이계시
다고 못할말도없읍니다」
(山月이 沈을 나가라고 눈짓한다 沈천천히 左
手로 退場 침통한침묵이 한참 계속된다 山月이
고요히 中央테ー블앞 의자에와서걸터앉으며
山月「아!아! 괴로운 人生!」
白「立粉이 나는 立粉이를 괴롭이려온것은 아니오
그때에 받어주지않든 그우정을 오늘이나 받어달
나고온것이오 자이것이오」(立粉의 앞에한거름다
어서며 호주머니에서 조희를 끄내준다)
立粉(받어보고 깜짝놀나 발딱이러서며)
「이렇게 많은 돈이 어되서나서 이 나의몸을?」
白「그렀소, 그때의 그육십원은 立粉의몸을 구하시
못했으나 오늘의 천원이란돈은 立粉의 몸을완전
히자유롭게 할수있었소 이번에까지 나의 우정을
저바리지는 않겠죠」
立(감격하여 白의가슴에 쓰러저서 우름석긴 소리로)
「고맙습니다ー 그러나 천원이란 이돈이 또 白
氏 앞길에 두블을 끄게된다면」(몸부림한다)

白 (개안으며)

白 「그러나 인제부터의 나의앞길에는 立粉이란듯불이없다면 한거름도나아갈수없을것만같으오」

立 (고요히 머리를들고 한거름물러서서 눈물어린눈으로 白을 바라보며 침착한 말씨로)
「白雲씨의 우정은 달게받겠습니다、그러나 나는 白雲씨를 멀니 머ー ㄹ니 떠나야한다는것만은 알어주세요」

白 「그거야 立粉의자유지요 나를 저바리고 저바리지안는것은」

立 「저바리는게 안、지요、나의 원정신과 원녁혼을 바처서 사랑하지요。 그러니까 나는 백운씨를 영원히 떠나야지요」

白 「그렇게 말하는 立粉의 마음을 나는잘아오 그러나 나의생각은 입분의 생각과다르오 지나간여섯해동안 입분의 몸에어떠한변화가 있었다하드라도 나는 조곰도 상관하지않소 옛날의 그순정만 그대로있다면ー 언제나입분이만두 팔을벌여 준다면 나는 끝 입분의 품에뛰여들겠소」

立 「그건 白雲씨가 아직까지도 순진한 어린애기니까 그렇지요 그러나 백운씨의 모ー든 환경과넓게는 일반사회에서까지라도 그런일은 비관할터이니까요」

白 「새서대의감정은 그갈은 비관을 조곰도 두려워하지않습니다 그러나 입분이가 만일 끝까지 나를 떠나야하신다면 그야할수없는일이지요 나는 입분이를 지극히사랑하니까 또한 입분의자유도 지극히 존중하지요」

立 (울음을 참지못하야다시 白의 가삼에안기며)
「白雲씨 나는 당신을 지극히사랑해요 영원히영원히ー그러나 나의몸등어리만은 깨끗이 이저주세요 그래요 그래요 나는 멀니멀니 떠나야해요」

白 (눈물을 씨스며도라선다)
「떠나고 안떠나시는건 입분의절대한 자유지요 그러나 나는 영원히 입분의환상을가슴에품고 一生을홀로 지낸다는것은 또한 나의자유겠지요」

立 「네?」(깜작놀나 도라선다 때에 문깐에서 자동차의경적소리 요란히들여온다 白은정신이드는듯이)

白 「자ー그럼나는 가야겠읍니다 어느때나 입분이가나를부를때까지 나는 고요히도라가서 울며 기달여야하겠읍니다 자! 그럼안영히ー」
(左手로 천々히退場、立粉이 몹시 피로운듯이 망연자실하고서서 白이 나가는뒷모양을 멀거니 바라보다가 白이 문밖에 사라지자미친듯이)

立 「아ー白雲씨 白雲씨!」(부르지즈며 비틀비틀 문을향하야 나갈제——幕)

(丁丑新春於鷲峰草堂)

한녀름밤의꿈

林和

별과 더부러
長長 긴 밤을
아……
밤마다 새인
깊고 긴 밤이
靑年들의
머리우에 둥그런
아득하고
丁연한 하늘가에
어린별들과
密語를 주고받는
총총한 눈알들아
銀河를 건너
遊星들이 지내간
길옆에도

별들이 어지러운
星座속에
아……
헤메이듯
찾는것은
언젠가
하롯날에
甘美했든
추억이나
불행한 포로이엇든
젊은 벗들이
再會를
긔약든곳은
어디쯤인가
별들이 合唱하는
아……………

아름다운 하늘아래
그들이
나에게 준
편지속엔
아름다히도
희망의 說話가
장미처럼 붉었다

새 째베레슌의 신엽이
포푸라처럼
무성했든
한해 여름밤
어늬 다리우에
내가 처음
그들의 손길을
잠긴
별늘이 물결우에
알알이 부서지든
찬탄할밤

그들은 낮도 선
웨지생활에서
오래간 만에
도라온 밤이였다

아 ....

무르녹을듯
그옥한
고향의 별아래
우리는
太陽과 달과
地球와 恒星이
運行해가고
永久에
역사가 지내갈
넓은 길에다
「아스팔트」를
깔지 않했느냐

누구냐
스스로 진였든
정신의 무게가
어늬날 石片이 되여
우리의 머리통을
깨트렬지
想像이나 했든것은……
자멸이란 말이
무슨뜻이냐
하눌은 단순이
푸른것만도 아니냐
참새들의 고향에
소리개 난것은
언제 부터냐
별들과 더부러
바람과 비와
平和와 더부러
하날앤 파란이
아…………

深淵의 杭口에서
헤매이는 벗을 둔채
그대들은
간곳이 어듸냐
분로에 끌는
혈관속에
도도히 흐르는 것은
젊은 포도의
꺼지지안는 자랑이냐
落日는
比할때 없이
장엄하얏다만
山頂에 숨은
흰달은
그 太陽의 유언을
전달키엔

엄척나게 어렸때

아……
깊은밤
지리한 밤
尾星이 떠러진곳은
자유가
짜무친 무덤이냐
희망이
가라앉은
물속이냐
어느곳에
太陽이 임종튼
장대한 전설이
들었느냐
어늬곳에
희망과 자유가
아름다운 표설은
매끈고 있느냐

밤의 自然은
미욱하냐
별들은 아족
말조차 익힐수없는
어련 애냐

그렇지 않으면

아……
총총한 눈알들아
먼날에 빛나는
온갖 별들에게서
그 영롱한 혼백은
빼아섰느냐

태양을 향한
永遠한 사모의노래로
새이는 맘은
神秘롭다만
너무나 괴롭고

답답지 않으냐
가이여운
靑年들아

닭이 울면
도라가는 별들이다
먼동이 트고
이 한밤
별아래 남길
礎石우에
내의들은
무엇을 기록할지
누구가 알야만
내의들은
太陽의 아들이라
밝는날
생탄할 어린것들을 爲하야
별이 스러진뒤
건너 山頂에

오를것이
무엇인지
웨어칠 큰
소리가 들은
가슴을 풀러놓고
죽어도 죽고
살아도 살고

아…….
그 다음일은
오로지
밝는날의 운명이니
최후의 순간
自己의 노래를 위하야
잉크대신
피를 선택한
어떤 詩人의 故事는
총총한 눈알들아
얼마나
아름다운 傳說이냐

昭和十二年七月於[illegible]

趙碧岩

地軸에 漂着하야
運命에 誘惑되고

世紀에 追放되여
沈默에 淨化되며

傳統에 潜航하야
習俗에 冷情하고

黃昏에 焦燥하야
憂鬱에 沈沒하다

꿈 (過去)

李 洽

애틋한 꿈이라고 綴은 이야기는
구름같이 떠돌고
手첩은 亂房인양 마음은 설레오。

정성드려 아로색인 象牙塔은
樹드려 落葉이 파묻고
마음의 琵琶는 울듯울듯하오。

「해피엔드」를 모르는 悲劇은
어느새 파묻은 記錄만을
가슴팩이외 어지러히 적어놓고

흘러간 追憶만이
모란도란 옛이야기 속살대면
숨맥힐듯 않다가워——

마음의 들창을 활짝 열고
얼빠진듯 蒼空을 쏘아 보오
無心한 「마코-」煙氣도 綴스오。

——戊寅十月——

落葉

金大鳳

확실히 落葉소리 인데
落葉소리는 들이지안허

萬衆을 지씹는
暴王의 鐵蹄갈도다。

오! 수많은 生命의 깨여짐이여!
누가 領定하겠드라고——。

우두둑 우두둑 지는 落葉마다
되냄새가 나다

——戊寅十月十八日——

勾配

柳致環

그 勾配에선 반짝이는 바다가 보이고
勾配를 내려가면
海底같이 別다르게 화안한 市街。
거게서 사람들은 人魚같이 商買하고
해가 지면
아무것도 안뵈는 어둔 이 勾配를
岸壁인양 사뭇 기여 올라오는
貝類처럼 怨한 슬픈 마음들

點心

朴仁守

삶의愛着을 늣기여
어린希望을 달내우며
말없이 잠고대하는 異國의情緖를 깨물어보며
오래지안은 歷史의何節을 오이고있오!

◇

莫然한大地의 외로운보름달
怨恨을품은 女人의눈초리와도같이
떠나간 님자최를 더듬오찾는듯
힘없는발 최가 오날밤도 기우려젔아오니

◇

悠久히 흘으는 물결우의 흙탕물치며
허무러진城터의 언덕길을찾어
故鄕을등진 박아지봇다리물이가
앞서거니 뒷서거니 列을지여떠나가오
어델가 이름있는洞里가 또 생기나보오、

康德六年一月方四平街

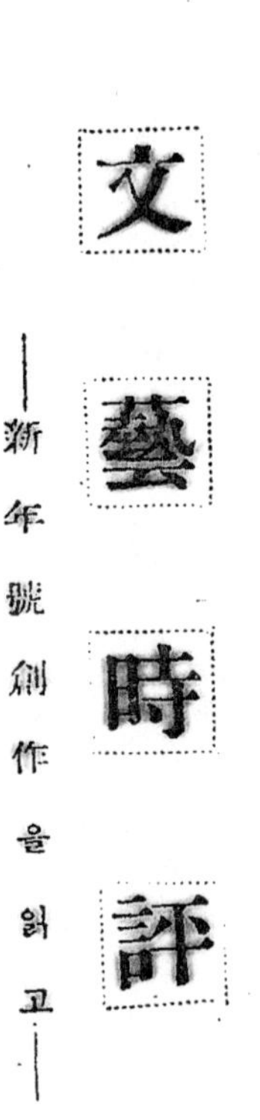

文藝時評

—新年號創作을읽고—

金龍濟

昨年以來로 갑작이 活氣를 띠여온 文藝中心의 出版熱은 實로 驚異할만한 우리文壇의 祥事임에不拘하고 고만程度의 살임사리에도 벌서文化遺産의 고리터림의感이 없지않어서 各出版社에서는 原稿難及至板權爭奪戰이 暗暗裡에 벌어저 가는듯하다。

그것은 非單過去의 在庫品뿐의 問題가안이라 今日의 現狀으로서는 當面하고 將來할文化生産能力과 文學의기틀인 創造的機能의 貧困을 量質的憂慮로 느끼게될시모를듯도하니 이얼마나 不幸한豫感이 안일까한다。

一

年末年始의 文壇行事는 이번에도 空虛한形式밑에서쓸쓸한宴會를 치룬듯하다。 日文壇一年總評 日新年文藝座談會 日新春懸賞文藝等—

아직 發表되여잘 當選作品의 成果와 이新人들의 氣魄을 期待하는興味以外에는 新年號에 나타난 創作에서는 全般的으로보아서 어떤「이러라할 새로운것」을 어더 볼수는 쉽지않엇다。

우리들은 輓近에와서 批判精神의 沈滯와 不振狀態를 꾸준히 自己反省하야 붓그러워하는바이다 그러나 萬一에 文學의花園이며 果實인 創作活動이 量的으로도 적거나 더구나 質的으로 低下線으로만 傾向한다면 實로文學危機라 안할수없을것이다。

이런말은 나個人의悲鳴만이 아니라 今般新年號의 創作을 읽어본讀者는 누구나 切實히 느낀同感일것이다。

新年號目次에 創作이라는 名稱이 부터있는 雜誌라雜誌는 모조리求하야 보았으나 나는 거기서亦是 失望보다도 뼈끌만한 어떠한滿足感을 맛볼수는 없었다。

今日流行하는 月刊出版物은 아다싶이 그의大部分이「野談」以上의 娛樂中心의것인데 文壇의中央權는 그의機能을 全的으로 表揮하기에 가장不便한 各紙學藝欄에 애인제 오래이고 貧弱한雜誌機關에는 一種의 「양염」的인 附屬品같은 不遇를받고있다。

그러나「砂金은 腐土에서도 빛난다!」하듯이「양염」의 本質的性格은 비록 적어도 諸種의要素를 갖고있는法이다。 맵거나 아리거나 달거나 香氣롭거나할것인데 新年號蘇의「文學양염」은 넘어도 심심하기가 짝이없다고할는지? 前言은 이만멈추고 나의 일도할바는 新年號의作品評이다

二

우선 반가운消息이었다 近年에는 唯一의 文學雜誌이든 「朝鮮文學」이 滿一年間의 沈默을 깨트리고 新作과 함께蘇生한일이다。

더구나 本誌에서 오래동안 通俗脚本을 本業으로삼는듯한感이있든 宋影氏의 오래간만의 短篇「文書」를 發見하고 맨먼저 읽어보았다。

作品의 內容을 簡單히 말하면 二十年間이나 全生涯와 私財를 기우려가며 經營해오든 學院이 財政難으로 廢院된以來 前院長吳先生이 「쓰러진學校를 復活식히려고하는 생각뿐만이 全身을 사로잡고있었으나……」그의「善人的」인 良心的活動도 아모런效果가없다。 私復을 채워가며 營利的으로 學院을經營해가는 金院長에게 속아가면서 그의前院兒童과 道具를매꼈다 뺏겨버린다。 最後에는 그가病的으로 愛之重之하든 名譽스러운 學院의 古文書까지도 그의夫人이 男便을 無視하는 感情과 生活難으로서 男便몰내 수지장사에게 팔아먹어 버렸다。 吳先生은그것을 차지라고 往十里附近거리를 사못彷徨하야 어찔줄모른다。 이같은 不遇한良心的老敎育家의 苦悶은적은 人生敗北의 悲哀曲이다。

爲先作者가 이老主人公에對한 同情的態度에는 나는常識的인 意味에서 同意할수있었고 이吳先生과 正反對인 性格과 學院經營手段을가진 金院長은 利益關係에서 敵對시킨手法은 作品構成上效果的으로 보았다。

그러나 이러한 作家의 常識的인同情的態度는 이吳

先生의 生活과 性格을 그냥無難한 程度로 「쉽사리」取扱해벤 그러한感이 없지않게 생각하였다。作者는 이러한 性格者의 生活態度가 가질 時代的인 本質에對하야 좀더깊이 探求하였으면 이兩院長의 對立的原因의 人間的道德批判과 今日의 敎育制度의 缺陷等을 明確히 그릴수 있었을것이라고 생각한다。

作家가 暗示的으로 이와같은 善人的인 老主人公의 宋社會事情에 어두운 (그것은 誤謬와 罪惡을낳는다!)單純한 意志의悲劇을 否定的으로 諷刺하라는 意圖가 있었너나 없었너나 質問코칠으나 적어도 作品에서는 그러한 에스푸리는 보기가어렵다。그러한 意味에서 이題材를 그냥그대로 取扱하였스면 아조편 主題的인 效果를 피할수있었을것이며 이편이 얼마나 이時代에 適應한 高度의 批判的精神을 表揮하였으까하는 생각을禁할수없다。

다시말하면 이常識的으로 同情할 老主人公의 過去의 功績에는 充分한 敬意를表하면서도 事業을 破滅에서復活시키라는 實踐마당에 나슬때에 그의悲劇의 原因이어느곳에있을까를 指摘하는것이 正當치 않었던가 이老人을 그같은 事業觀生活性格에서 皮相的으로 同情하는것은 危險한·非生産的인 센티멘타리즘에 不過하는것이다

그것은 實로現實에서 遊離한 理想主義的誤謬인것이다

그것을 嚴然하게 批判하야 이「同情할」老主人公을 諷刺의책적으로 取扱하였다면 그의文學的에스푸리는 더한層빛났을것이다。理想主義 센티멘타리즘 로멘티즘은 더구나 今日에있어서는 社會事業과 人間生活의「아름다운恐敵」이란것을 이題材그대로 描破할수는 없었던가? 이것은 이作品批評에서 脫線하였다면 作者들의 反想을求하는 말이될는지도 모르겠다。

李箕永氏의 「陣痛期」는 連載의 첫回이매 言及할배못되고 本誌에는 第二回懸賞文藝에 佳作으로 入選된 新人作品이 三篇이나 실어있다。이곳에서는 그中의一篇인 李龍雨氏作 「平凡한農村風景」만을 들어보겠다。

現實이라는 世界像은 그것이 都會的이거나 農村的인 것을 勿論하고 本質的으로는 歷史的인 緩慢한 變化作用을하면서도 大槪는「平凡한現象」의 起伏으로서 흘너가는것이 生活的形態인것이다。그러나 平凡하다는 現象的 「風景」에도 그것이 歷史의 步調인 現實의具體인以上그곳에는 現實의 根本的生理가 新鮮한 綠色을빛내키고있는것이다。그것을 探求、組織、構成하야 具象化시키는創造가 文學의 文學다운 生命價値일것이다。

「平凡」하다는것을 文學그대로 平凡하게만 理解한다면 넘어도 狹量한 所見이안일까한다。어떠한 社會的現象이 「事件的」으로 突發한瞬間에는 世人들은 非凡非常한特號活字에 驚愕的衝動을받으나 그것도 時間的으로나 空間

的으로 再編化되면 「平凡視」하게된다。平凡이란것은 結局은過去와 現續하는 歷史的經驗의 總和的槪念에서오는 名稱일것이다 그러므로 平凡的性格과 普編的性格은 近似한性質로 볼수있다고도 할것이다。그래서 現實生活의 「平凡한風景」에서도 恒常새로운 特殊한文學的性格은 戀愛에서와같이 永遠히 發見하는것이 作家의 現實探求의 實踐方法일것이다。

이번機會에 이러한 말을하는것은 非單이 作品題目을 等를 편것이 안이라 이作者가 農村現實에 對한「平凡한」文學的態度를 버서나지못하였다는 말을하고저한것이다 나는勿論 이作品에서 어떠한 高度의 成果를 要求할 意思는없다 그러나 數많은 新人들에게 文學하기前에 爲先現實에對한「身構え心構求え」가 基本的으로 必하다는 忠告를 보내고 싶은것이다。

그러나 이作品이 全然失敗作이라고는 나는 보지않으며 매우애쓴「習作」이라고 않알수없다。그의 構成的要素는 長篇을形成할만큼 넉넉히 包容하고있다。그러나燃消作用이 스케취的으로 荒雜하야서 渾然結構되여야할短篇의 效果를 얻지못한感이있다。

主人公인 七절이의 生活과性格도 그저貧農에對한 一般的인 先入觀念의 說明人物같은 程度이며 그의딸「옥이」가 목을매여 自殺한다든가 開墾費捻出로 因하야 황소를 팔고뵐을봇해서 개비한 말우암소가 斃死한다는事實은 實로「平凡한風景」은아니고 重大한事件임에 틀임없을것이다。그것의 必然的일 理由를 우리는 그이야기에서 알수있으면서도 農村의悲慘한事情을 强調하라는 作者의 機械的手法으로 보이는것은 그것이 文學的具象化過程에있어서의 스켓취的不熟한데서 오는것일것이다。

다음에評할 다른新人作品 崔明翊氏의「봄과新作路」에도 이作品과 똑같이 젊은女性의 非命과함께 그집半財産인 소ノ奇妙하게도「殉死」하는 이야기가있다 兩者가 모다 作品의 必然的構成要素로서 보다는 技巧上의 祭物로서 殺生시킨 手苦로밖게 보이지않었다。

다른新年號에서도 旣成作家의 作品은別로 볼어읽은수가 없이 新人의 登場이 壓倒的 量으로占領하고있다。이現象은 한편 매우섭섭하나 다른意味에서는 반갑기도하다 「朝光」에도 短篇으로는 亦是新人崔明翊氏와 鮮于石氏의 두篇이있을뿐이다 그리고 이두篇은 제各其興味있는 作品이다。

前項에서 引言「한봄과新作路」는 短篇小說로서의 재임재임이 그다지 빈틈이없는 構成의 手法은 뵈이고있다 全篇에 흐르는 着實纖細한 描寫的表現手法은 相當한才氣를 보여준다。그러나 全體的으로보아 明繼한 敍述的表現의 不足感은 어찌할수가없다。

그러한原因은 맞이 小學生들이 寫生할적에 그좁은畵川紙에 그릴風景의 位置區劃을 오려낸紙型으로서 計量截斷하듯이 이作品은 딱갈너낸것의 感이있는 — 描寫的努力과 技巧的過重에서 그런지 이러한 罪없는(?)農村少婦들의 悲哀가 全面的現實과 封建的部落의 崩壞過程을 背景하고 그地方的인 全生活의 가운데서 展開되는가를 讀者는 알고싶으다. 그것은 作家의 視野가 오려낸紙型으로서 文學內容을 내다보는듯한 感을준다.

이作品에서 思想性을 찾기는 좀無理하며 都會文明에 對한 가벼운 아유와 本能的인反感을 暗示的으로 볼수있다면 있으나 또는 소가 먹고죽은 아까시 아閉줄로 連想하야 그것이 아메리카原産임으로 이전에 없든 병두 다 서양서 건너왔다든가」 喘朴單純한 表現으로서物質文明에 對한 懷疑的反感을 말식히기는하나 그것을鄕土愛라든가 重農主義的인 思想性으로 보기에는 넘어도淺弱하다.

또는 어떠한「몰알」을 찾는다면 이같은 철없는 아름다운 誘惑에 빠지면 금녀와같은 슲은運命으로 죽어간다는 警示일것인데 그것은 이만한事實만을 그려냄으로써 充分할는지도 모르겠다. 그러나 이點에關한「몰알」의 積極的機能은 그無責任한 運轉手의 不良性을 批判함으로써만 빛날것이다. 금녀는 性的으로 不滿과 空虛를늣기는 十三歲의 少年男便을가진 十六歲된 思春期의 少婦이다. 그는無識한우에 都會를憧憬하는 마음과함께 그 하이카라 손수건을가진 靑年運轉手에게 自動的으로 그의誘惑의 그물에 사로잡히고만다 금녀의 불작난은 우리는 頑固한 道德的批判을加하기에 넘어도 盲目的「罪」로서惘許할수밧게는없다. 그수러나 금녀는 東山솔속에서 무서운野辱을 치룬밤以後로 갑작이 理由모를 붓그러운急病으로因하야 마츰내 世上을 애처럽게 떠나곤만다.

우리는 이作者가 敍述치않은 死의原因이 或은急性의性病傳染인줄을 짐작할수는있다. 暗示的으로라도 알면은고만이아니냐는 말도 세울수는있을것이다 그러나 이러한一例의 明確性의缺陷은 本質的으로는 文學的인 眞實性과 몰알性에對한 信念의 消極的態度의 無意識的表出로보지않을수는없는것이다. 다만作者는無知한 춘삼이의個人的인 嫉妬석긴 本的的宿怨으로서 금녀의 상여行列로그術物自働車의 怪物에게 길을 피해주지 않으라는 卑俗한手段으로써 화풀이를 식히라하야 ——

「그놈의 병두 자동차 타구왔다는가?」

이렇게 춘삼이가 한마듸 툭했다 —— 이것으로 作品은 끗나고만다.

그러나 이作品의 題材그것만은 興味있는 이야기에틀임없다. 一方으로 이作品의 長所는 그構成的技巧와 描寫手法에 있다고할것이다 前者의 効果는 例하면「봄의精」이 自然과人生에게 주는 아름다운 사랑과 罪惡의작난의 序曲로서――고양이의「암청내」내는 기름진 우름소리를 들이키여서 少婦들의 젊은얼골을 붉히는光景과 「금녀」의 상여와 그秘密의 산「使者」인 自動車와의 小衝突로서 哀話의挽歌를 끝내는構成은 平凡타할수없다 後者의 例는 「금녀」가무서운 秘密의 밤길을 가는前後의 心理描寫보다 돌매방아의 소를몰다가 멀이서 그리워하는 運轉手탄 荷物自動車가 차차 커지며 갑가워오는것을 發見하고 조바심하듯 「금녀」가 애닯떠하는 情景에서 生動的인 描寫를 볼수가있다。

다음엔 鄭飛石氏의「이雰圍氣」이다。

이作品의 注目할點은 爲先그의 題材性에있어서 作者의 良心的社會關心과 文學的野心을 엿볼수있는 作品이다 近年에와서 內外各方面에서 여러가지의 意味로서 關心을 가지고있는 北支大陸의 心臟部인 北京의 朝鮮人生活을 日支事變直前의 混濁한 雰圍氣속에서 그런作品이다。題材그것이 時宜에 適應한것임은 事實이고 따라서 作者의 現實에對한 文學的態度가 어느程度의 積極性을띤것을 看過치는 못할것이다。

이雰圍氣――그것은「집써」의 運命을등지고 荒凉한 異域大陸에서 彷徨流浪하는 移住同胞들의 鄕愁에 저즌暗黑과 絶望과 罪惡의 雰圍氣다。이러한 雰圍氣속에서作者는 精神的敗北으로 苦惱하는 「김지춘」이라는 青年과 肉體的敗殘으로 奈落한「병립」이라는 青年과 愛慾의 流浪的懊惱에 사로잡힌 「옥채」라는 阿片密賣業者라는 젊은美貌의 女性을 中心으로 이로한雰圍氣를 代表식히고 있다。

이야기 內容은 朝鮮에서 어느富豪의 셋재妾으로 몸을팔여가서 愛慾의주림과 人生의寂寞을 늣기고있든 옥채가 병립이와 사랑의 손을맞잡고 二年前에 北京으로 出奔해왔다。옥채는 處女와같은 純精으로서 병립이를再生之恩人으로 信賴해왔고 더욱 그愛慾의享樂으로서 無限한 幸福을 늣기여왔었다。그러나 병립이가 어느듯阿片中毒으로 산송장의 廢人이되자 옥채는 그를 아모말도없이 차버리고 몰내 蹤跡을 감춰버린다。그러한 背後의 原因에는 김지춘이라는性的魅力을늣긴 새對象者가 숨어있었든것이다 그러나 그것은 옥채의 짝사랑이였고 지춘은 가진 好意와 誘惑에도 不拘하고 그女子에對하야 性的興味는 조곰도 갓지않고서 만다。병립은 마츰내 阿片갑을 求하는 可憐한乞人이되고 옥채는 새場所에서 阿片密賣業의「아름다운 벌네」의 生活을 繼續해간다。

中心人物인 지춘은 過去에 社會運動을하다가 服役까지하고 黃海道인 故鄕에 돌아갓스나 그의父母조차 冷待함으로 그는 漠然한 自發的氣分으로 北京까지 온것이였다。그는 大學知識을 가지니만치 精神的苦痛과 絶

望은肉體的인 벼립의不幸과 愛慾的인 옥채의苦惱보다도 더큰 問題的인 性質을 띠고있는것이다。그래서 마침내 그는 自己의個人生活에對한 意志와 自信까지도 喪失하고 自發自棄가 되여버리고만다。汚濁한 世末的인 北京거리를 허구한날 彷徨만하고있다 作者는 그의 末路를 다음과같이 說明하고있다。

「그렇다고 안기에 무슨목적이 있어서도아니고 다만북경거리에 무질서한 풍기와 퇴폐적인 분위기를 실컷맛보고 싶었었다」 그리하야 作者는 또 이러한 지춘의現實生活을 社會的인 原因과 外部的인關係에만 同情的으로 보라는「甘い」한 態度가 없지않었든가? 그가 「그못된」英雄主義인 포ー즈의 殘滓와 自己의 生活實踐과는 아조동떠러진 空虛한 社會에對한 義憤을 그에게合理化식히는 誤謬가 안이였든가한다。

지춘이가 人生의 落伍者가 되여버리는 가장큰原因은 그自身의 人間的인 生活觀과 生에對한 性格의 懷疑的破産에서 오는것을 作者는 指摘지 못하고있다。다시말하면 그가 너히리즘과 떼가단스로 沒落하는 過程에는 그自身의「人間性의 좀벌레」에 本質的인 原因이 있다는거을 作者는 보지못하고있다 例를 들면은 그가 民會의 主席書記로 就職되였을적에 그첫月給에서 無斷히旅館食費를 控除하였다는 侮辱感과 民會內의 醜雜한 空氣에 機械的으로 反撥하야 한달도 못채우고서 아모런 새計畫이나 生活方針도없이 그椅子를 차버리고 나온다 그것은 一種의 男兒다운 壯快한 일일지모르나 그것이 現實을 모르는 칼카츄워한 行爲가안일수는없다。그런데 여기에서도 作者는 同感의態度를 보이고있다。

萬一에 그가 어떠한 그룩한 社會的義憤이라든지 個人的生活을 現實的으로 實踐하라는 참다운 熱意와 信念이있다면 그書記椅子를 일러로 사는것이 至當할것이다。反面에그것을 그러한 [illegible]로치고 그대로 그러는것도 無關한 自由일것이다 그러나 그러한 人物로서 同胞의 運命이라든가 矜持를 「아모런 矛盾없이」말식히는것은 作者의失數라 하지않을수없다。다시 말하면 그것은 「미친사람」의 言動이라고 取扱치않었다는 말이다。「거러의 무기력한 창맹(蒼氓)속에서 자기자신을 발견했음으로서 인지도모른다」이같이 作者가 說明하는것은 皮相的觀察이다。

그는 실상 그러한 蒼氓속에서도 아직自己自身을 조곰도 反省 發見치는 못하얐으며 結局發見치 못할爲人일지도 모른다。그러나 作者의 立場으로서 조차 그러한 蒼氓속에서밧게 그의存在理由를 發見치 못할뿐더러 그의 原因을 그러한 雰圍氣에서 오는것으로만 보는것은 넘어도 近視眼의 皮相觀이라 않알수없다。

이作品內容에서 이人物에게 어떠한 光明을 주라는注文을 作者에對하야 조곰도 要求치않어도 좋아。그의運

命과타일을 그의必然性에서 把握치 못하얐다는것을 指摘할따름이다。

다음에 옥채의 境遇를 말하면 이作家가 興味갓는一聯의愛慾의 타입인데 그가 병립에게 對하야 義理人情的인「安價한後悔」를식혀서 同情的人物로 取扱한것도亦是人生問題에 關한「甘い」한態度의한이아이다 그것은人情主義에 低調하는 通俗趣味에 틀임없다 그것은 병립이라는 存在를 一層더 悲慘게식히는 効果以外에「몰알」的價値는 求할수없다。

그러고 병립이에게 否發言權을 주었스면 이러한點도多少補充되지 않었을가? 그의自發自棄의 신세恨嘆程度로라도……나는 옥채가 병립이를 그러한條件에서 차버렷다는것을 生活的이며 人間的인 必然性에서 否認치는않아고싶으며 그것이 高度의「몰알」에서는 버서나는 罪惡으로도 생각지는안는다。또는 그것이 女性으로서 野鄙한 愛慾의 盲動이라고 一律로 輕蔑하려고도 안는다다 만그 의安價한 人情的後悔라는것이 넘어도 卑怯한手段과 矛盾된다는것이다 卑怯이라는것은 어떠한 境遇나美德은 되지못하는것이다。

끝으로 「이雰圍氣」가 실상은 單純한 麻藥의罪惡이라는데서 오는것이 아니라 正當한 生産機關을 갓지못한移民同胞의 生活原理와 老廢한 그大陸의 封建的自壞過程으로서의 歷史的「雰圍氣」라는것을 作者가 充分히把握치못한것이 遺憾스럽다。

그러나 「이雰圍氣」는 우리들에게 여러가지의 反省할問題를주는 作品이다。

이作者의 「青春行」이라는 作品도 새로發刊된「新世紀」에 실여있다。그것은 ㅁ女子專門學校의 세同窓生이한青年과 한中學少年과함께 金剛山으로 「하이킹」 가는 이야기인데 文學少女의 輕華한 興味의代言에 不過하고文學的價値로서 「이雰圍氣」에서 落格數層의 作品이다。

「批判」의 李根榮氏作 「堂山祭」는 輕快한 短篇이다。이作品에는 所謂이야기.「줄거리」라 할것은없으나 正月十四日밤에 이農村의 年中行事인 洞神祭——「堂山祭」의 情景과 德鳳이의 家庭的日常生活이 그들의 素朴한民俗과 生産場面속에서 輕快하게 그리여있다。

이에 輕快하다는것은 다음과같은 意味도있다。

農村生活의 一般的인 觀念에서 그저 「사람못살곳」은農村이다 그러한 悲慘한 地獄으로만 생각하고 農民文學하면 依例天災와 小作關係의 尖銳한 感情露出로서作品을 構成하라는듯한 사람이많다。勿論그러한 큰問題에對한 關心과 野心은높은 價値가있는것이며 그것이 機械的이아인 實際的表現을 하야준다면 그같이効果的인것은 없을것이다。

그러나、그것은 短篇世界에서는 매우 험드는 일이기도 하며 그리고 農村生活에도 實로 復雜多彩한 現實의 要素가있는것이다。 모든 人間問題가 그런거와같이 慘暗한 生活속에서도 그것은 全的으로 「익이지」는 못할망정 그것을 어느程度로 「이울」수있는 微笑러운 光明의무었도 있는것이다。 그것을 全的인 背景속에서 端的으로 表現해냄도 決코 無意味한 文學世界는 안일것이다 忘却하는것—— 그것은 卑怯한 逃避와같은 境遇도만치만은 그렇지않은 事情도 있는것이다。 例하면 無邪 한鄕土的인 共同遊戲와같은것도 그러한것의 하나일것이다 그러나現實의 苦海中에서도 가장 健全한 「忘却」과 生活의「光明」의 「生産의機能이며 그것의 아름다운 微光은 「生産場面」에빛나고 있는것이다。

「가마니」한장에 몇푼金錢이되며 그것을 몇十장 몇百장말어야 이번稅金을 한다든가 穀量을 몇되산다든가—하는것은 그들의 現實生活이 주는 무거운 짐이다。 그러나 現在내손으로 그것을 맨드러내며 그技術을 믿고 자랑하는 生産의힘과 精神은 神聖하고 偉大한것이다。 「고지」나 「도지」쌀을 얻어오는것은 巨岩과같은 負債感을 주는것이다。 그러나 그쌀밥에 반기며 줄인배에달게먹고 조와하는 어린아희들의 깃버하는 天眞한 얼골을보는것은 그들淳朴한 父母로서無條件하고 즐거운生命의微笑」가 안일수없다。

이作品의 主人公인 德鳳이는 가난한 小作의農夫이다 그러나 그는 內心反感을품은 地主앞에서는 할말도어려워서 잘하지를못한다 그는 힘세고 快活하고 生産의技術과 能力을 自信하는 靑年이다。 自己를잘알고 自身을 믿는힘은 그것이 비록 적고 弱한것이라도 그의 人間發展上 無限한 原動力이 되는것이다 나는 이러한 農村靑年의 타입을 사랑하며 그의將來가 여러가지 角度로서 期待된다고 생각한다。 德鳳이는 그러한 健康한靑年이다。

이作品의 構成을보면 一章인 前半은 堂山祭의光景과 農樂의 集團的遊興의 光景이되고 二章인 後半은 德鳳이의 家庭生活과 그들의 「가마니」치는 場面과 그것을 正初부터 德鳳이가 市場에가서 파는場面이다。

一章과二章을 따로떼여도 제各其한개式의 掌篇이된것도같으다。 그러나 無用한말일지 모르나 이것을 앞뒤로 박구워 안친다면 作品의 效果와 構成의 比重은 破綻할것이다。 제各其掌篇이 될수있는것이 一個의短篇으로서 째여간것은 그러한 素朴한祭典이 엇더한 自然環境과 現實生活속에서 展開되는가를 全體的으로 取扱하며서오는 效果일것이다 農樂의「상쇠」잡이로 活潑스럽게 잘노는 德鳳이의性格을 祭場遊興에서 보이고 그것을 後半에와서 實生活을通하야서 具體化식히라는 手法은 效果的이다。

堂山祭라는 迷信的行事에 對하야 숫뿌튼 說明으로동떠러지게 理論的批判을 加하는것은 잘못하면 機械的危險性이 並行할염녀가있다 그것을 作者는 그들다운 事實을 그대로 認受하고서 그것의 靈感効果에對하야는實際的으로는 盲信치안는다는것을 그들自身의 입으로서弄談中에 否定식히는것이 自然的効果를준다。

「자네는 항상 잡오만 나와서 돈을따게해여 달나고그랫지?」

「우띠、여펜네가 애기배써 다섯달인데 꼭 아들을 낭게 하여달나구 비렀지」

「빌라면 진작 빌지 벌서 딸로 된것이 발였다구 고추자지가 달여 붙을줄 아는가부다」

이와같은 素朴한 유모어的對話는「가마니 檢査員「고양이」사이等에서도 그들다운 生活感情에서 쓰다진다。

이作者에게 注意식히고 싶은말은 이러한 데ー마에는 皮相的인 危險이있는것은 그들의「우숨」이 그自體로서는 좋은것이나 그것이 生活生理上의 엇더한 性格인가를逆說的인 喜劇精神에서 把握할것이라는것을 附言해둔다。

또한아의 缺點으로서는 이農村이 엇더한 시골인가를 即地方色을 明確히 식히지않은것이다。例를들면은 朴參奉이라거나 尹進士의 아들인 德鳳이는 그들의 稱號로 보와서 所謂「兩班」인것이 틀림없다。그러한 朴參奉이 堂山祭같은 巫卜的種類의 祭主가되고 德鳳이가 풍물農樂」의 花郎的인 「상쇠」잡이가 되는것은 이를테면 매우 平民的이며 急進的으로 볼수가었는데 나같은 忠淸道所生으로서는 보지못한 風習이라 좀疑訝롭지 않을수 없다。이러한 疑訝點은 特殊한地方色 그곳의 風俗과習慣等이 特殊한것을 明確히說明치않은데서 오는것이다。더구나 이같은 疑訝될問題에는 그것이 必要했을것이다

以上에서 取扱한 作品에 限하야서는 나는 할말을거진 誠意있게 다 말한듯하다 다른作品도 멧篇읽었으나 可否間 問題삼을 興味를 갖지못하였다 그리고 오늘까지에는 期待한 「文章」의 創刊號와 「三千里」新年號도아직나오지 안어 이만붓을놋는다。

論頭에서 나는 新年號創作의 收穫이 섭섭타는 말을 하였다。그러나 그것들은 모다昨年中에 쓴作品이기도하고 이러한現象으로서만 새로운今年의 우리文運에 對하야 悲觀的豫言者가 되고싶은 생각은 조곰도없다。

ー一月上澣ー

書簡集

拜啓 저와같이 微微한사람에게貴重한雜誌를 보내주시어 感謝千萬이올시다 그렇나 一日三食도어려운저이매 拙劣한 原稿로써밖에 謝禮할수없는 신세가 서글프기그지없읍니다 이렇게되고보니 무엇이라고말슴드릴런지요。하여튼 어련아해하나를 키우는셈으로많은 指導와 鞭韃을 빌뿐입니다。實로生活에對한無一能現實과 맞지않는 性格, 어느누가 世上에살면서 苦痛과煩悶이없으리까만은이것은 特히저를피롭히는것이로 소이다。이런말슴을 드리는것이禮儀답지도않고 또 先生님을 처음뵈옵는저로써붓그러운말슴입니다。만은六七年間을벨려오면서 作品도作品다운것을 産出할지못하고 偉大한理想아래서홀로짚으련 얼골을하게되니 어쩌지못하는 嘆息입니다。그렇니이런하찮은사람일지라도 쓸만한데가있으시거든 써주십시오 文學을위해빛인몸이라 朝鮮의唯一한 純文學을세우려는貴誌에 어찌 太馬의힘을다하지않으리까 그러면내내 안녕하시어健鬪하시기를빌고 拙詩一篇을보내드리오니 쓸만하거든실어주십시오。이만

(수 용 生)

「上京後第一信」

참오래동안만에 두어자을이게되였읍니다。其間來々安康하시였으며 其外여러가지로 많은애써 셨지요 先生任참오래동안만이외다。그언제였든가 잘記憶하기는어렵습니다만 昨年度에 數次消息을올이였드니 片紙가되도라올때마다 封筒에行方不明이라는表가붙어 오기에 퍽이나先生任消息을 알야고애쓰면서 늘住所알여고 몸부림처왔읍니다만 겨우오늘이야 確定하온 住所를알게되여 매우 깁은氣分으로붙대를 잡고 近一年半동안 끈 어져왔든 消息을이제부터 새로이으려고함니다 先生任오날 李庸岳兄이 찾어와서 意外에先生 任消息을 들여주기에 매우 질거옴을禁키어렵습니다

李兄이 韓植先生 에게놀너 갓드니 先生께서 새로운 氣分으로「朝鮮文學」의 生存과存在를이으기爲하여 努力하신다는말도잘드렀읍니다 그리고朝鮮日報를 通하여서도잘알았읍니다 끗까지 힘써주소서 安康하심을빌면서이만끗입니다 最近東京消息

李庸岳昨年에 好評받은詩人「分水嶺主人公岳兄」이또「낡은집」한卷을내였지요그런데오늘 先生任께도 아마付送하는듯합니다 그리고「二人」이라는 同人誌도내고있읍니다 早大 黃順元外諸氏가「作品」이란 雜誌를 今月부터發行하나바용。乙巴素 金珖燮氏詩集「憧憬」讀後感을 自己가, 第一輯으로여은 同人誌, 海峽이라는데 辱하였다가

公開狀

評이 좇치못한듯합니다。

참 이젔읍니다。 저도 廣島서 今年四月에 上京하였읍니다。 上京後肅岳兄과는每日만납니다만 植先生은 아직못맛났오나 곧찾어가겠읍니다。 種種자미있는「ニユース」나들여주소서

十二月二十日이면 放學인데 아버지께서 入院中이라하오니 歸省할듯함니다 二十日前通信은 이것으로알아주소서 그러면安東가서올이겠읍니다 참鄭氏도 이곳와선아요——

昭和十四年十二月一日

東京市牛込區喜久井町三四

邊忠甲

圖們 玄 珪

그동안 兄體康寧하시며 자미많이보시는지요 朝鮮文學이休刊된後 消息몰나 궁굼하게지나면中 今日新聞에서 兄의消息을 보고 얼마나반가운지요 雙手를 들어서 歡迎하고싶은마음 간절합니다、부되 暗路에 헤매는 우리文壇이에새길을 열어주시기를 바랍니다微力으로 나마될수있는限도아들일 決心이오니앞으로 많이指導愛護하여주시기를바랍나이다

李學仁

前略好意로讀者住所錄及作品까지 提供하였꺼늘그만두면그것들을 嘉會町一二七노보내라했고 또사람까지二三次보내였는데 도리혀 비웃는태도를 갖이드라고하니 好意는好意대로대하는것이 人間의常情이어늘도리혀적의로대함은 自身의人間性결핍은 증명하난배라 好意를갖이고그것들을提供한내가 안된놈이지만 쌈싸우는마을광산에핀꽃이두가지의나의 作品을이곳으로 본애주시기바람니다 牛耳洞人의作品

慶山 宋鎭範

拜啓 時下新正을마지하매 貴社益々御繁榮하심을 仰望하나이다

純文學誌인 朝鮮唯一의 우리朝鮮文學이 오래동안 世上에보이지아니하야 文學을꿈꾸는 우리로하야금 궁금거리가되고있드니 新年號出現과 同時한卷을손에잡고보니 實로感慨量이오며 朝鮮文學을爲해서 努力하신 諸先生께무엇이라고 感謝의意를表할지몰나다만 亂筆로서 이葉書에다 歡喜歡喜라고 記錄하야봅니다、여러先生님이시여洋洋한前途를 삼가비옵나이다、끝으로悤忙中에 大端未安하오나 文社設置의規定書를下送하야주세요

拜啓貴體萬安하십니까

十二月달을들어서며 先生의活動이 一層敏活하실줄밑으며 赫赫한「朝文誌」의歷史的存在를復活시키어 버젔한 얼골로내노라고街頭에進出함을 속마음 眞心으로 祈願하는바입니다

送年號의健顔얼마나全鮮에널인讀者들이이를바라리오 바야흐로「三千里文學」이一般에게알여지면서더한층가슴을태우며 苦待할게외다。 모쪼록 先生의 健康을 빌며한가지 반가운 消息이、오기를 祝願하며 이만 끝이겠읍니다

湖南 長湍

斷想

民村生

사람의 觀念처럼 무서운것이 없 줄안다 人生一生은 不過百年이라하지만 그人生을 超越해서 몇千年씩살고있는것은 觀念이라할것이다。

그래서 人間은 觀念의支配를받고 觀念은 不死身처럼 人間에게 가진造化를 부린다。自古及今적거나 많거나이 觀念에 사로잡히지 않은 者가 몇명이며 한번、어떠한 觀念에붓들리면 좀처럼벗어나기어려운긴것오觀念줄안다。

◇

觀念의 이와같은 頑固性과 化石性은 人間社會에 無數한喜怨劇을 演出식혀왔다 그것은 悠久한歷史의河床에서 粘土와같이 구더왔다 어찌다가 洪水가지나가면 개울밑泥을말끔하게 씨처버리지만 다시 旱天이繼續되면 流砂가 沈澱되고 化土된다眞 理는幽靈과같은 觀念의正體를恒常光明의 巨火로밝히라한다 그러나 人間의 暗黑한頭腦속에 처박혀있는 觀念의殘滓는좀처럼 그것을버서나지못한다、따라서 이觀念은 傳統的因習과 許多한偏見과 迷信을저의 部隊로삼어서 頑强한防禦陣을친다 그야말로金城鐵壁이다

◇

科學은 觀念과 싸워왔다。科學는迷妄을暴露한다。 그러나 人間에는 오히려

海外文壇通信

一記者

콩쿨賞發表

一九三八年度의 佛國콩쿨賞은 드디어「라래ー뉴」후론書店版)의著者「안리트、로와이여」의 손에 떠러젔다、그는 지금으로부터 二十七年前「모스쿠ー」에서出生되여 八歲때 革命을맞나 兩親을 따라「파리ー」에亡命하였다。二十一歲때 早務에둔 몸으로서 處女作「그늘(目蔭)」을 發表하여「퓨ー스트」賞을 받은일이있다。그後「溜池」「自然의雄大」等의諸作을 發表하였으며 目下「더스토엪으스키ー」를準備中이라한다。

영태라래賞發表

이賞은「쩌ー나리스트」가「저ー나리스트」에 주는賞으로서「포ー르니장」의「陰謀」(N・R・F版)가 獲得하였다。

無知한荒蕪地에 싸혀있기때문에 햇빛이골고루못빛인다 빛어도露고•暗드러가지 못하는수가많다。

要컨대 無知의世界를 開拓함에는 오직 生活의激流에부듸처서 觀念의이끼(苔)가 暫時도끼지못하도록 奮鬪努力하지않으면 안되겟다 다시 말하면 그는自己의思想感情이實踐生活과 조곰도 飛離되지안는데에서만 비로소 觀念의迷妄을 征服할수있을수있을 쑬안다

星海의 코물

「愛妻逃亡記」

金復鎭

星海가 大學生時代에神通하게도 求해낸東京女子를데리고서 서울에와서는 月貰집으로 끌고다니면서 다꾸앙조각을먹이고있다가 어느날 이愛妻氏가 夜半逃走를하엿다、가까운 親舊를맛나서는 코물을흘니며 恨歎을 하든것이 아즉도 눈에 내 어른거린다、愚鈍하다못해 도로혀 流浪한人物이라고 할수밖게없든 星海의 이야기는 限量없이 많으나 이런것을 지금 公開하는것은 도로혀、禮가아닐것같어서 고만두기로하고 그中에超特作인「奧樣」逃亡은 星海의小說以

그는 今年三十三로서 일즉이文化擁護國際大會로 우리文壇에도알여진「쩌ー나리스트」로서 現在「수소와ー르」의 編輯에從事하고있다、「트로이의木馬」 안토와누•부로와이엘」의 長篇과「아덴•아라비ー」、「番犬」「古代唯物論者」等의「엣세이」가있다。

이「陰謀」는 三部作의第一部로서 그다음의 第二部를 그는「소로제라의夜會」라는題目으로 쓸테라한다

페미나賞發表

아賞을 받은분은「카로리ー누ー셜들에의出發」(N•R•F•版)의 作者「페락크스•드•샤즈르누」이다。이作品은그의出版된 最初의 作品으로써 그는 某輸出商에勤務하는老齡의新進作家이다。그는 매우 旅行을좋와하여 모록고 支那南米等地에로 도라다녓다는것이다。그는 방금「리온」에居住하고 있다。

루노ー도ー賞發表

이文學賞에 受賞한분은「幸福한래오니ー」(드노엘書店版)의 作者「되엘잔•로ー내ー」이다。

心으로 재미가있었기때문에 내가 말은시작해낸것이다。

親舊를맛나면 言必稱「奧樣」은 자랑하고 甚至於日本大學社會學科在學中의 成績이自己보다 優越하였다는 等孟浪한소리를하는 星海를나는 매우 보기슬십섯다 그리하야 때때로 나는 그奧樣를 때려주라는 勸告를한일까지있으니 情답게 사는 남의內外에 風波를 일르키는것은 決코 조흔일은 아니나하나 이「奧樣」은 眼下無人으로서 親舊들압헤서 夫君星海를개 子息같이 막우다스리는꼴은 서울놈으로서는 到底히 그저볼수없었든 때문이었였다

그러든中에 어느날 晩소문으로서 奧樣이간데온데 없을뿐더러이 奧樣의所生인 第二의 孟浪한人物인 一世까지 不知去處라는것이였다 率直히 나는 快哉를불렀다 그런데 星海는 눈물半우름半나보고 如前이奧樣을 讚美하고 二世를 그립다고말을한다 大知는如愚라고 星海는 果然어쩌된 人物인가 나는 그후 이모저모 硏究하여보기로하다가 公平町에서 新家庭을가지게될때 (其實糟糠之妻를全羅道 山골에서보서왔을뿐」 이사람의 입에서 新家庭의趣味를듯고 나는 愕然하였다

星海는 나의數많은 親舊中에서 總是要領不得한 人間이였다 그래서 나도 乃終에는 이사람의硏究를 하지말자고 作定하였으나이로써 도로혀 내몸이、便한것을 느끼였다

그는 「노루만데ㅣ」人으로서 처음醫師를 志願하였으나 結局 「쩌ㅣ나리스트」로 되어 現在 「파리ㅣ소왈」의 文藝欄擔當의 記者이다。

그는 지금 그의詩集小說集 長篇小說等을 各其準備中이라한다。

세스돌別世

露西亞의大思想家오「悲劇의哲學」의著者인「레온、세스돌」는 客年十一月廿日「파리ㅣ」에서 逝去 하였다。

그의 諸作은 다음과같다。「섹스피아와 그의批評家과란데스」「돌스토이와니ㅣ체에있어서의 善의觀念」(一九〇〇)「悲劇의哲學」(一七〇三)「無根의神化」(一七〇五)「端初終末」(一九〇八)「偉大한前夜」(一九一二) 等

『카렐·차벡』別世

「체코」가놓은 世界的劇作家「카렐·차벡」는 지난舊臘二十五日「푸라과」에서 永眠하였다 當年四十八歲

그의作品으로는 「버러지의生活」 이것은 그의兄요셉과의共作이다 ——그밖에「人造人間」「創造者아담」 等이다。

二月과 詩人

李燦

二月은 嚴冬의終幕 陽春의序曲正히겨울과봄의 分水嶺이다。――이는 비단二月이라는 달의 一年中에 놓여진 位置가깃드리는 槪念으로서뿐아니다 사실寒威도 이달에오면 완연 내리막을 잡어들고 아득을산한火室에 그러나 어디라없이피여어리는 다양한 陽氣와 앙상한樹林 凍雪그대로의 大地에 또한어디라없이 트는싹녹는움의 자분히心象에숨여 들물듯짐은 다만 纖者하나만에 限할것이다。

봄!

봄은 얼마나 아름다운것인가。 봄은 얼마나 즐거운것인가。 말노봄은얼마나 希望에 찬 季節인것인가。

그러나 막상 봄을 맞어 우리가完全히 그품에있을땐 마치 봄을戀人의抱擁에맥인 그瞬間같이 우리는그만 沒我한다。 봄의 몸은 善點봄에對한몸은 想念봄을두고 그리든가지가지 期待는 봄의 품이풍기는그戀艶한 香氣봄의 속삭임이 깃드리는 그甘美한音響――실노히 밀치면도한손으론 더껴안고 싶은 그魅力에우리들은 우리들의 自意識과 아울너봄 그것의 몸은것조차 까마득히잊고 만다。

거긴 오즉 나른한 조름이 있을뿐이다。 나른한 조름 어렴풋한 思念속에 이름못할 그무슨 哀愁와손에잡을수없는 그무슨 不滿입에 옴길수없는 그무슨 詩懷가있을 뿐이다。

오즉 索漠한 長冬의行程에서 봄을 想望하고 막다른 寒河의 岸頭에서 陽春의跫音을 귀담을때 그때야말노 끄러오르는 青春의血潮타오르는 生의情熱속에 후둑이는 가슴全身에뻐는 크낙한 興奮을 안고오는 봄의 아름다운 오는봄의즐거움또한 그것에對한온갖慾望과 希求가生生한 呼吸으로 우리들 가슴속에용 소슴쳐오르를뉴이는 것이다。

이는 所謂 우리들詩人이란 特殊種族들의 유다른心情에서 비저지는非普遍的인 事實일지도 모른다 아니詩人全部라기보다 나 個人만의 骸怪

한 習性일지도모른다 그러나 비록 나혼자의 過去한 詩道十有餘年을回想함에 끝이드라도 大槪 봄의노래는 二月前後에 보다 많이 읊조려젔음은 想記할수가있다。 勿論 三。四月이라고 그것이없는것은 아니나後者의 그것은 한말노하면 한갓哀想과 咏嘆의 그것이고 실노봄다운 봄의노래 生의躍動 生의歡喜 生의希望에 찬노래는 거즈반 前者에屆함을볼수가있다。 이같은 詩人의自然的心情과 主觀的觀察을 떠나 客觀的으로 보드라도 一般 써내려씀이 언제나 季節에 先行하고 더욱 月刊誌는 그發刊形態의特殊性質上 거즘 一二個月을 앞질너 將來할 그季節物을 要求하게되므로 他部門의文人들과함께 詩人亦季節을 先感하지아니치 못하게되고 이두어가지理由로 미루어보드라도 詩人殆半의봄의 노래가이 二月前後에 吟出됨을믿어도 좋을것이다。

이는 主로 詩作과關聯한 이야기나 二月 이때는 또한 우리들의自己反省 이에따르는 새로운 決意의季節이기도하다 理論上으론 正月이이主席을 차지함이 正當함엔틀임없으나 正月은 대개설이라는 뒤숭숭한 雰圍氣로 醉生夢死格으로 지내게됨이 事實이고 實際的으로 過去한 自己一年에 沈潛하야 거기스스로의 批判을加하고오는 한해의이저計劃을 想定함은 실노이겨울의 總點 봄의入口이때이다 여기 또한寒寒에 옹조그라젔든 心身이 며옥며解放되는 生理的關係도 있을것이나보다도 新春이라는 觀念그것의 그무어랄가 유달이 우리들情感에 作用하는 그特殊한 힘을 看過할수가없다。

사실 양지바른 따루턱에 걸터앉어추녀끝 녹어내리는고 드름에귀를기우리며 지긋이 눈을감고 어듸로부터인가 물밀듯 밀녀드는 봄의후녹한 향긔에 몸을 맥이면 가슴에막혔든 먼가지 울회가 녹어드는大地같이 소리없이풀 녀들며 거기띠여오르는 아물아물한 地氣같이 가슴속에 어리어 머리로 슴어오르는안으ㅣㄱ한 思念속에 過去와 未來그것이 가장 鮮明한姿態로 登場함을봄은 오로지 우리들만의 經驗에머물지 않을것이다。

그러므로 단순히봄을 題材로한노래뿐아니라 詩人들의 心血을기우린노래보다 一段의 飛躍과 새론境地로의 昂揚을 企圖하는 眞摯한 노래가 우리 詩人들의 입에서 흘너저나오는때도 보다많이 二月前後의이季節이 아닌가 한다。(於 北靑)

手工業的生產의「詩建設」

—그의發展的明日을바라며—

金 嵐 人

「詩建設」를 내놓기는바로 再昨年겨울이다。 내가 印刷業을잡은지 四年오래人동안마음으로만 뜻하여온詩誌를 하나發行하여본다는것이 이詩建設를生産하게된 動機다。

멀리南北을갈려저살면서도 十年을하로같이、詩를사랑하고 情을이여온海剛兄께 詩雜誌를해보자는 議論의편지를하였든바 海剛兄이 그곳있는金昌述、鄭江西氏두詩人의 讚同을얻고나와 金炳昊兄을 合하야 다섯사람이 發刊同人이되여서 原稿를뫃기시작하였다。

그러나 北域에 孤獨이사는 나의게는 손을같이할 동무가없었다。同人들이란모다 二千里밖에 헤여저있는關係로 무었을 詩論할機構도갖이못하고 더구나 出版에對한 經驗도없으려니와 그에關한 이야기조차들어보지못한 풋내기가 한부로出發한일이라 여간땀이흐르는것이 아니였다。 요란이서든 創刊號原稿가 몇篇뫃이지안은데다가 金光洲氏「萬里長城」을 빼게되고보니 정말한심한일이였다。 原稿늘은 海剛兄에게 一任하고나는 印刷準備로 한글活字를購入하였다。 그렇게 바야흐로印刷에着手하게되였으므로 지금은故人이된老職工片氏(創刊號에印刷人으로했든)와北風이들부는 취운工場에서코人물을쥐쥐흘려가며 서든作業을시작하였다일이라고는 처음ㅣ文選製版木刻等을 내손으로 手工業的인 情熱은기우려 第一輯을 發行하였다 만드려진 詩誌는 勿論 手工業的幼稚한生産의 초초한 形線그대로 나온것이다。 봇그럽기 짝이없으면서도 얼마나愉快하였든가。

製本一部가 끝난날밤 同苦의職工片氏와나 다만두사람이 料亭에서疲勞를푸는 喜悅의 노래는높았다。그러나 엇지뜻하였으랴ㅣ第一輯印刷經驗을通하야 다음부터는 보다나은印刷를해보자든 片氏는 그後몇날아니하여急한病으로 永別하고말었다。이런意外의 앞을當하였으므로 다음號를곳내려든것이 그만半年이훨신넘도록 默默한세월을보냈다。

그다음第二輯도 또한 그렇게苦心스러운 힘이들었다。 그러나 第一輯보다는 內容이나아지고 거이新人層을 網羅한感이있어반가웠스나 印刷는말이아니였다。 따라서 同人金昌述鄭江西金炳昊세분이마유만은떠나지않였겠지만 一輯以後로는 詩篇을들지않었다。 그이들의生活이 詩를써줄만한 時間의餘裕가없는것을 알면서도 나는 이事業의孤獨을 느꼈다。

이心情을이야기할벗도없고 나혼자머리를혼들면서 「詩建設」를시작한것을얼마나後 悔하였는지 모른다 그것은 나한몸이모든것을 해가기엔너무나 精力과 智力이 不足할뿐아니라 그에따라 詩雜誌로서 面目이低下하여질가하는等여러가지 苦惱가떠올랐다。 그만접어치우고싶은 倦怠가너무도빨으게왔든것이다 그러나 한끝으로는 詩原稿들도많이들어오고 처음評論도 한篇생기고 海剛兄이보내준表紙案과 편지들이 내마음은 붓잡어줌이컸다。 그때에 나는多幸이詩壇藝術의 紅燈一篇을쓴 힘의時間을얻을수있었다。 더욱이 여러詩人들의좋은指導와同情이 나로하여금 다시붓잡고 나아갈勇氣를 빛어주었다。

인제는 나혼자라도 作品만있으면 더펴놓고 뚝딱어려맨드러낸다는 手工業的意識이 沸騰하였다。 이리하야 第三輯부터는 鈍한手工이 어느만큼 익숙해지고 이어서 四五輯은無難히 發行하게되였다。 지금은 工場사람들도 일하는집작이 늘고 그方面에理解와 情을갖이고있으니만치 퍽 수월해지고 내苦勞는적어졌다

今後「詩建設」을 지금나오는 程度로해나가는것은 別問題가없다。 活字化하는 技術的美貌를갖지는못하나마 투박한솜씨 그대로 手工業的인舊態를依然이벋히고가 것만은 내가印刷業을하는날까지는 굽지않고 뜸뜸이 나올것이다。

그러기에「詩建設」은 中央으로가빗싼살림을못살고 또살고싶지도 안치만 타고난運命그대로 시골한끝에처박혀서 襤褸한生命을 支持해가는것이다。 이런주제를 갖었기에널리 詩人層에알려진것같지도않다 發行部數도僅少하다。 이날詩建設은 그저생긴그대로 貧弱한 存在를갖이고 다만 生命的인 詩命을繼續하여가련다 그렇다고 詩建設은 自己의存在를적다 붓끄럽다할것도없다。 오직 한號한號 成長하여가면서 沈默一貫하는이땅의 詩人과더부러 다시금 우리詩文學의 熱을 키우고빛나는 詩의歷史를 꿈여 볼숨은뜻과 豪華의 먼ㅣ앞날을 기다리고있다。

끝으로 今日과같이 詩人의方向이 混沌하고 生産이不振한 時代에있어서오로지明日의詩歌를 建設하려는詩人들의 情熱的努力이하로바삐 詩建設의手工業的투박한 運命을 끌고나아가주기를바란다。 이변々치못한글을 「詩建設」第六號印刷中에 분주히쓰게되여 秩序없는 그대로마금한다。

文學에있어서傳統과創造

—리알리즘의傳承과超克—

金 午 星

一

藝術이 어떠한 重大한 危機에 依해서도 또는 歷史的 大椿事에 依해서도 中絶되지 않는 數百年間의 不絕한 發展을 背後에 갖고있을 경우에는 傳統의 積重이 後來者의 創造的 靈感에 重荷로서 되여진다。世界와 藝術家와의 새에는 傳統의 諸樣式의 차츰濃厚해지는 土塊가 끼여있어 兩者가 直接 創造的으로 關係하는것을 妨害한다。거기에는 다음 두가지 경우의 하나가 行해진다。傳統이 最後로 모든創造的 生産力을 窒息시키는가、……그렇지않으면 當然히 오고야만 時代의 前徵이 過去의 現在에 및이는 影響을 改變하는 즉 새로운 藝術이 自己를 壓殺하려고 威脅하는 낡은 時代를 차츰 矯正하는 時代가 시작되든가。藝術家의 魂가운대는 항상 어떤 反跳가있다。그自身의 創造力과 그의眼前에 되여저 있는 藝術과의 새의 化學的 反作

用이있다。藝術家는 혼자 世界의앞에 서있는것이 아니다。그와 世界와의새이는 언제나 藝術의 傳統이 通譯으로서 끼여있는것이다。自己의 感情과 過去의 美의形式과의 討論은 어떤形式으로 演出되는가。그것은 積極的으로 攻擊하며 消極的으로 攻擊하며 하는것이다。藝術家는 그의 先進者와 同一하게 느끼며 過去를 自己의 由來、또는 遺産으로서 自己가 完成해야 할것으로 볼수도 있으며 혹은 自己가운대 傳承된 有効한 現行의 藝術觀에 對한 自發的인 防衛를 發見할수도있다。그는 前者의 경우에는 熱狂的으로 在來의 形式에 갓게 그 認可된表現가운대의 若干을 繰返할것이나 後者의 경우에는 相續한 作品과는 相異한 作品을 産出할뿐아니라 그相續한 作品에 對한 喜悅을가지고 攻擊的인 挑戰的인 調子를 줄것임에 틀림이없을것이다。

이것은 올떼카·카제트가 西班牙의 青年 藝術家에向하야 近代의 歐羅巴의 藝術的 傳統(리알리즘)의 超克을從遡하면서 藝術의 非人間化란 論文에서 述한말이다 그는 西歐의 藝術이 리알이즘에 依하야 막다른골목에 到達하였다고 보았으며 그리하야 새로운 藝術의 創造는 오직 리알리즘의 傳統을 果敢히 抛棄하는대서만시작될것이라고한것이다。

올떼카의 이러한見解는 이땅의 現實 또는 이땅의 藝術家에게는 適用되지 못할는지 몰은다。웨ㅣ그러냐하면 이땅에는 傳統의 積重이 아니라、차라리 傳統의 貧困때문에 또는 이땅의 藝術家는 傳統의 威稱보담도、차라리 傳統의 未攝取때문에 온갓 貧困相을 보려주고 있음으로서 일것이다。남은 傳統에서의 脫出을 꾀하는 때에 우리는 傳統에의 依歸를 絕叫하고있다。남은 十九世紀의 諸形式을 抛棄하려함에 反하야 우리는 十九世紀的 技術을 學得하려한다。남은 自己 固有의 傳統을 버리려고 (올떼카는 西班牙의 演劇에 對한 佛蘭西 演劇의 優秀性을 指摘하고 있다)함에 反하야 이땅에서는 固有文化의 傳統을 發掘하기에 奔忙하고 있다。이러한 事情은 西班牙와 이땅과의 文化現實의 相異를 端的으로 證明함이니 따라서 西歐의 藝術的 傳統에 壓迫을 느끼고 있는 西班牙人인 올떼카의 傳統의脫出에 對한 見解가 傳統의 貧弱에 呻吟하는 이땅이藝術現象에 適用될수없다。

그러나 우리는 孤立된 文化現實에살에있는것이 아니다。우리는 地域的 距離와 言語的 障壁때문에 孤立된 現實에서 生活하든 古代人이 아니고 交通이 發達、言語의 流通外國語의 修得、飜譯등에 依한等에 伴한 文化의 交流、즉 世界化의 一環속에서 살고 있는 現代人이다。歐羅巴나 亞米利加에서 生産된 文化的 創造品은 늦어도 一年 乃至 二三年안으로 우리의 文化現實에도 알녀진다。單히 알녀질뿐아니라 그어떤것은 우리에게 理解되며 享受되며 攝取됨으로서 우리의 精神文化的 生活에 피가 되며 살이되기도한다。 오직 안라까운것은 外國産인 文化的 創造品이 그나라의 사람들에게서 처럼 일즉이 또는 徹底히 理解되지 못하는 그點이다。 남의것과 어깨를 같이한 文化의 傳統, 또는남과같은 文化的 創造力을 갖지못한 우리들의 苦痛과 설움이 여기에 있는것이다。 허나 潮流는 潮流대로 흘으고있다。 우리가 그어떤 輸入品을 完全히 理解했거나말었거나 享受, 또는 攝取했거나 말엇거나 새로운 潮流는 不斷히 우리의 文化現實에 새로輸入되며 貫流되는것이다。 이러하야 우리는 到底히 自己의 固有物, 또는 어떤때의 한潮流에 停滯되며 固着되여 있을수없게되는것이다。 만일 西歐에서는 라잎의 創造를 主眼으로하는 行動的 휴맨이즘이 한낫 文學의 潮流로서뿐 아니라、作品으로서 나타나고 있으며、 또그것이 直接、或은 飜譯、紹介等을 通해서 우리 讀書界에 알녀젔음에 不拘하고 우리作家들는 거기에는 我不關焉의 態度로서 十九世紀的 寫實主義에만 사로잡혀 있다면 그作家와 讀者와의 새에는 한개의 不均衡이 생길뿐아니라、讀者로부터 乖離되며 나아가서는 讀者에게 뒤떠러지는 狀況을 나타내일것이다。 이런 意味에서 傳統에서의 脫出이 한낫 西班牙、또는 西歐에 있어만 아니라、이時代의必然한 要求라면 우리는 우리의 傳統의 發掘이 아직 未盡했고 또는 어떤 輸入된 文化傳統을 아직 完全히 攝取하지 못했다 하드라도 우리는 時代的 潮流와 함께 또한 傳統의 超克에 나아가지 않을수 없것이다。

二

傳統、特히 十九世紀的 傳統에서의 脫出! 이것은 今日西歐의 온갖 文藝思潮、또는 모든 文學人의 意識을 支配하는 한개의 精神的 志向이다。 浪漫과 寫實、 이것이 十九世紀的 文藝思潮의 二大傳統이라 하겠다。 그러나 그中에서도 十九世紀와 함께 結實하여 갖이고 지금 우리들의 우에 支配的인 힘을 갖고 作用하는것은 後者 즉 리알리즘이라 할것이다。 지금 西歐의 文學人들이 脫出하려는것은 무엇보담 이 리알려즘의 傳統인것이다。 허나 「리알」에서의 脫出은 그것이 浪漫에의後退를 意味함은 決코아니다。「리알」에서의脫 出은 今日의 文學人이 리알리즘의 範中에 安蟄할수 없음에서라 할수있을것이다。 바레리가 이時代를 事實의時代라고하야 한事實이 닫은事實의 存在를 容許치 않는 現狀을 指摘하고 있음에 不拘하고 良心的作家의 누구한사람、이 全一的인 事實、즉 專制的인 事實은 후로벨이나 모파상이나、졸라와같이 있는그대로 描寫하는일이 있는가? 파시즘、또는 나치스의 作家들도 決코 리알리즘的 傳統에 서지는 안는다。 그들은 리알리즘을 넘어 浪漫主義

者(例如와그너)가운데서 自己네의 民族的 傳統을 찾지 안는가。 그리고 이時代의 代表的인 文人들의 動向을 보따ㅣ 지ㅣ드、로만·로랑、로마스·만、마르로、하스레이 等々 그누가 十九世紀의 리알리즘의 傳統을 固守하는가? 그리고 그누가 事實의 時代에 安住、또는 屈服하려는가? 그것은 아마도 全體性을 强要하는 事實의 時代가 도리혀 良心的인 文學人으로하여금 어떤 政治的、또는 모랄的인 批判意識이 없이는 살수없게 하는때서 오는 現象이 아닐까? 후로벨、모파상、쫄라等의 리알이스트가 活動하든 時代 즉 十九世紀中葉以後는比較的、市民社會의 安定期였다。그때에 있어는 文化人은 時代에 對한 高度의 政治意識、또는 모랄意識을 갖지 않었어도 無妨했다。그러므로 그들은 現實을 있는그대로 描寫할수 있었으며 또現實의 밑바닥 즉 犯罪、姦淫等의 事實까지도 아무 道德的 責任感이 없이 暴露함으로써 殘忍한 自己滿足까지 느낄수 있었다。그러나 今日의 現實은 安定이 아니라 危機와 混亂의 時代다。따라서 모든惡이 最大限으로 跋扈하는 時代다。이런時代에 있어는 良心的인 文化人은 現實을" 눈감어 廻避하지 안는限 아무런 批判과 모랄意識이없이 살어갈수 없는것이니 單純한 리알리즘이 維持되지못할것은 當然한일이다。이땅에 있어는 프로文學以後 이즘은 政治的 文化的、道德的(모랄)價値를 除去한 純粹藝術性이 主張되고 있음에 反하야 西歐에 있어는 어누딴은 時代에 있어도 볼수없으리만치、政治意識、文化意識、모랄意識이 모든 良心的文學人의 文學的 精神에 浸透되여있다。그것은 單히 文化擁護大會、知的協力聯盟、等等의 政治的 文化的 意味를 띤 文人의 結社나、또는 西班牙의 內亂에 參加한 文士들의 義勇的 行動에만 나타나 있는 것이아님은 勿論이다。

西歐 文人들의 이러한 政治的、文化的、또는 모랄的 意識이 傳統擁護에의 志向에서 생겨짐도 掩蔽할수없는 事實이다。民主政治、市民文化의 傳統을 擁護하려는것、이것이 그들의 政治的、또는 文化的 關心을 자아내는 것도 事實이다。그러나 우리가 여기서 注目할 事實은 그들의 이러한 動向이 그들 自身의 志向과는 엄청나게 달은 結果를 갖어오리라는것이다。왜ㅣ냐하면 그들이 擁護하려는 民主政治、市民文化는 그들의 眞摯한 努力에도 不拘하고 이미 한개의 歷史的인 事象으로서 止揚될 徵候를 보혀주고 있으며 그렇다고 그들의 動向이無意味한것이냐하면 그렇지도않고그들과는 志向을 달리하는、새로운 世代의 再建과 創造에 크다란 刺戟과 方向을 指示해주는 効力을 던저주고 있는때문이다。事實 傾向文學以後 젊은 文化人에게 時代的 意識을 幾分이라도 갖게한것은 이러한 西歐文人들의 良心的 動向에서라 할것이다。그들文人의 良心的인 行動이 時

에 및이는바 現實的 影響이 그러눈부실만한것이 못된다하드라도 그러고 그影響이 刺戟을 받는 젊은世代人의 再建과 創造에의 行動이 극히 微弱해 보임에도不拘하고 내가 보기에는 그것은 너무나 激浪과같은 事實의 專制란 時代의 壓力때문일것이요、거기에 조금도 失望할것은 없다고 생각된다。그러고 그들의 動向은 藝術、特히 文學에 있어 우리로하여금 安逸하게 純粹性 즉 藝術性의 象牙塔속에 머저 있을수 없고 文學이 藝術性과 同時에 政治性、文化性、모랄性을 갖지않으면 안될것을 傾向文學과는 닮은 傾向에서 우리에게 敎示해주고 있는것이다。「言語를 手段으로하는 藝術、즉 文學은 스스로 非常히 批判的인 風貌를 띄고있다。웨ㅣ그러냐하면 言語그것이 벌서 「生活」의 批判임으로써이다。言語는 그것(生活)에 名稱을주며、그것을 打罵하며 그것을 記述하며 그것을 描出함으로서 審判하는것이다」라고한 토마스。만의 述懷는 리알리즘 文學、나아가서는 純粹文學의 不可能을 暗示한것임에 틀님이 없을것이다。이러하야 西歐良心的 文人들의 時代的 意識에의 趣向은 리알리즘 超克에의 外的 條件이 되기에 充分한것이다。

三

리알이즘은 文學을 그本道에 들어서게한 功績을 갖고있다。文學、特히 小說이 英雄譚、奇談、物語등의 形態를 벗어나서 今日의 形態를 갖게한것은 全혀 리알이즘에 依한것이라한것이다。單히 壯烈하거나 奇異한 이야기로서가 아니고 산人間의 온갖 作爲가 우리의 눈앞에서 아니 우리와함께 움직이는것처럼 描寫하게된今日의 小說은 무엇보다도 리알리즘의 洗禮를 받은뒤에 생겨난것이다。勿論우리는 「이즘」으로서의 리알이즘이 생겨나기 以前에 있어도 近代리알리즘 小說보다 優秀한 描寫的인 小說이 있음은 否認할수는 없다。무엇보담도 셀반데스의 돈•키ㅣ호테가 그러하다。하나 그것은 例外의 일이고、적어도 모든 小說이 「이야기」로서 보담 描寫로서 意識되기는 리알리즘以後의 일일것이다。描寫的인 小說을 유ㅣ고、발작크以後의 것이라고 보았도 그러 틀님이 없을것이다。世稱 佛蘭西 浪漫主義는 獨逸의 그것처럼 厭世的。現實逃避的、奇怪的、內面的인것이 아니고 그것들이 한개의 理想과 憧憬을 품은 點에서는 浪漫的이라할지라도 그小說을 만드러내인 精神만은 寫眞的이였으니 이런意味에서 移民文學 以後의 佛蘭西文學은 리알리즘에 依한 所産이라 보아드올습것이다。이러하야 「리알」의 精神은 佛文學에서만 아니라 近代小說의 이데요、또 텍닉이된것이다。

이땅의 文學의 傳統은 무었인가? 이즘古典研究家들은 新羅、高麗、李朝의 諸鄕歌나 春香傳等은 들고나서면서 그것이 朝鮮文學의 傳統으로서 훌륭한 것이라고 왜―치고있으나、그러나 나의 생각으로는 그것이 설사 훌륭한것이라 하더라도 그것을 우리의 傳統을삼기까지는 오히려 앞날을 기다려야할것이요、지금 三十年의歷史를 갖인 우리 新文學에는 그것이 傳統으로서 되여저 있지못한것이다。이즘 詩人들이 多少鄕歌等에서 影響을 받는듯 싶으나 그것도 그들이 西歐文學에서 받은 影響에 比하면 勿論些少한것임에 틀님이 없을것이다。그리고 小說의 領域에 있어는 朝鮮的인 傳統을우리가 枚擧하기에 足할것이없다。그것은 슬픈일이요、또 痛歎할일이다。그러나 할수없는일이다。지금 우리가 손대이지못한 훌륭한 傳統이 있어、그것이 發掘되여 우리의 文學材가 된다면 그에서 더기뿐것이 없을것이다 그러나 그런 希望은 여기서는 갖일정위도 아니다。나는지금까지의 이땅의 新文學의 傳統을 찾는데 지내지 않음으로써이다。

이땅의 新文學、特히 小說의 傳統은 亦是 리알이즘이 아닐까? 春園、想涉、東仁、憑虛等이 輸入한것이 톨스토이、모파상、후로벨、졸나等이었음은 勿論이요 그뒤의 傾向文學이 역시 꼴―키等이었다。이땅에도 「이즘」으로서는 人道主義、自然主義、民族主義、社會主義、藝術至上主義、新感覺主義等等、모든 思潮가 흘렀지만 그것들의 基本精神은 한가지로 리알리즘에 立脚한것들이였든것이다。朝鮮에는 아직것 作品다운 浪漫主義的 作品은 없었다。超現實主義나、表現主義나、未來主義나하는 大戰以後 西歐의 諸文壇이 한번씩은 경험한思潮들도 그것이 思潮로서는 들어왔으나 作品으로서는 나타나지못했다。最近은 心理主義에 立脚한 作品、또는 自潮的인 小說이생겨지고 있으나 그것들도 리알이즘의 範圍를 벗어난것이라고는 나는 생각치안는다。이리하야 思潮가아니고 文學의 形式、또는 技巧를 말한다면 이땅의 文學的傳統도 亦是 西歐와같이 리알이즘인것이다。

리알니즘은 이땅의 文學을 키우는대 다시없는 功績을남기였다。小說이라고는 勸善懲惡의 儒敎道德을 基礎로한 몇卷、傳記類、그리고 誇張的인 中國小說等이 있을뿐이든 이땅에 描寫的인 小說의 精神을 確立시켜준것은 오직 리알이즘의 功德이다。이땅에 만일 리알이즘이 먼저 輸入되지않고 獨逸의 浪漫主義같은것이 들어왔드라면 文壇은 混亂해졌을것이고 文學精神은 至今보담 한층더 幼稚해졌을는지 몰을것이다。하나 여기서 問題되는것은 앞에서 指摘한대로 今日의 現實이 리알이즘의傳統을 그대로 維持할수없게 하는 그것이다。單純한 描寫、그것은 西歐에서만 不可能한것이 아니라、우리의 現實에 있서도 不可能한것이다。全一을 要하는 事實이 西歐의 文學人에게만 壓迫的으로 느껴지는것이 아니라 이땅의 良心的인 文學人도 그것이 같은정도로 느껴질것이다。그것은 單히 정치적인 事實에서만 아니라 文化的 道德的인 事實에서도 그러하다。良心있는 作家로서 아무란 時代的인 모랄과 批判意識이 없이敢히 붓을 들수있을까? 여기에 對해서는 以上더詳論을 避하려한다。오직 우리는 今日의 現實이 平面的 描寫를 主眼으로하는 리알리즘을 脫出케하는 外的條件이된다는것을 主張해둘뿐이다。

그러나 리알이즘의 超脫은 이러한 外的條件만으로는 不可能하다。그보담도 리알이즘超脫이 文學內部에서 成熟되여 있지않으면 안될것이다。그러면 리알이즘超脫의 內的條件은 무었인가?

四

올데카에 依하면 리알이즘에 依한 近代의 藝術은 너무나 人間的인것에 執着해왔다。그러나 現代의 靑年들은 벌서 人間的인것에 실증이 났다。人間的인 事象人間의 運命、感情的 葛藤、이것이 리알이즘 藝術의 內容이였으나、『作品의 人間的 內容을 일삼는 態度는 本來의 意味에있어 美的享受라는 原理的으로 背馳된다」는것으로『새로운 藝術家에 있어는 藝術의 喜悅은 人間的인것에 對한 勝利에서 생긴다」는것이다。즉 人間的인 光景에 對한 興味를 喪失하게됨에서 리알이즘은 存立될수 없게되였다는것이다。

그러나 나의 見解는 올데카와는 正反對다。리알이즘은 人間的인것을 일삼는까닭에 버려야할것이 아니고、反對로 人間的인것을 沒覺한까닭에 超克해야 할것이라는것이다。리알이즘은 人間的인것을 描寫하기는했다。그러나 리알이즘이 描寫한 人間的인것은『事象的인것』이란말로 바꿀수도 있는것이다。리알이즘은 人間을 描出하지못하고、人間的 事象을 描寫했다。다시말하면 人間이 主的인것으로 그려지지 못하고、어떤 事件의 素材로서만 그려진것이다。리알이즘에 있어는 먼저 事件에 主眼을 둔다。勿論 그事件은 人間的인 事件임에틀님이 없을것이다。하나 그일은바 人間的인 事件은 人間의 온갖 主體的인 作爲에서생겨지는것이 아니고、한개의 客觀的인 事象으로서、作者들은 그客觀的 事象을 그리기위하야 人間을 그手段으로서 登場시키는데 지내지 못하는것이다。그러므로 自然主義 리알이즘에 있어는 人間과 自然과 日常事와는 平均性을 갖고있는것이다。主人公의 思慮와 그周圍에있는 自然風景과、거기서 생겨지는 온갖 日常事와는 平均性을 갖이고、描寫된다 여기서 人間은 오직 客觀的 事象에 沈浮하는 無個性的인 한存在로밧게 取扱되여오지 못한것이다。

安定된 時代나、또는 安定되지는 않드라도 客觀的인 行動이 可能한 時代에 있어는 이러한 平面的인 描寫는 可能한것이며、또 不可避的일이다。웨ㅣ그러나 하면

安定된 時代에 있어는 人間은 그時代의 품에 안겼어 살고 있으며, 또 客觀的 行動이 可能한 時代기 있어는 人間의個性을 探求함보담 차라리 客觀的인 事象을 探求함이 要求되는까닭이다。

그러나 지금은 安定期도 아니요, 또한 客觀的 行動이 容許되는 時代도 아니다。今日의 人間은 時代의 품에서 살수도없으며 또 그렇다고 時代에 對한 客觀的인 行動도 取할수 없는 時代다。이러한 時代에 있어는 時代와 人間, 또는 客觀과 主體는 서로 分裂되여 있으며, 對立되여있다。벌서 客觀的 事象은 그것이 人間的인 事象이 될수없고, 人間과는 對立된 즉 非人間的인 事象으로 人間에게 對立되여 있는것이다。이러한 現實狀況은 나의 생각으로서는 人間의 客觀的 平面的인 描寫 즉 리알이즘을 不可能케하는것이라고 보혀진다。

時代와 人間, 또는 客觀과 主體와의 分裂, 이것은 벌서 어느一者의 他者에 依한 超克이 없이는 統一될수없는 性質의것이다。그러면 時代, 또는 客觀이 人間또는 主體를 超克할것인가? 그렇지않으면 그反對일것인가? 여기에對한 對答은 극히간단하다。人間 또는 主體가 時代 또는 客觀과 分裂되는것은 人間, 또는 主體가 自己를 時代 또는 客觀에 依托할수 없음에서 오는 事實이다。그렇다면 人間은 그것의 超克이없어 앎날은 갖일수 없는것이다。다시말하면 時代나 客觀이 人間, 主體를 統一할것이아니라, 人間, 主體가 時代, 客觀을 再建해야할 時代인것이다。

이러한 時代에 있어 文學은 人間을 한개의 客觀的인 事象속에 埋沒시킬수는 없는것이다。이때의 文學은 人間的(客觀)事象을 描寫할것이 아니라 主體的인 人間을描出하여 創造하지 않으면 안된다。作者는 人間을 事件의 한手段으로서 取扱할것이 아니라, 人間을 主體로하야 그人間의 온갖 作爲에서 事件을 빚어내지않으면 안될것이다。다시 말하면 客觀에 依한 行動으로서의 人間이 아니고, 主體的 作爲로서 客觀에對하는 人間을 描出하지 않으면 안된다。여기서 말하는 客觀은 單히 政治的인것을 意味함이 아니고, 文化的, 道德的, 또는 日常的인 世界를 일음이다。꼭같은 生活群속의人間을 그리되 그人間을 리알이즘에서와같이 無責任하게 客觀的 事態에 맞기지말고, 人間이 어느 客觀態에 臨하는 또는 그들의 作爲가 새로운 事態를 빚어내는것을 主眼으로 하지않으면 안된다는것이다。여기서 비로소 文學은 人間의 性格과 새로운 타잎을 發見 또는 創造하게 될것이요, 따라서 새로운 모랄을 빚어낼수있을것이요, 로마스、만이 말한바와같이 文學이 生活의批判, 아니 審判이될것이다。

이즘 이땅의 作家들, 特히 過去 傾向 派에 屬하든

作家들은 大體로 事實의 描寫, 즉 十九世紀的인 리알이즘에로 後退하려는 傾向을 보혀주고 있다。모랄과批判意識을 버리고, 오직 特殊的인 이땅의 市井事實을 描寫하는것, 이것이 未熟한 모랄이나, 世界觀을 갖이려는것보담 賢明한일이라고 그들은 생각하고있다。그것은극히 怜悧할일인지도 몰은다。그러나, 怜悧만이 文化人의 取할바 아님은 勿論이다。文化人은 어대까지나 眞實에 살어야한다。眞實을 探求키 위해서는 眼前의 安全만을 爲해 安易의길만 取할수는 없다。때로는 冒險도 해보아야한다。이땅에 있어는 리알이즘이 輸入된지 近三十年이 되지만 그리큰 結實을 짓지못하였다。아직 리알이즘이 開拓할 荒蕪地가 많이 남어있음도 事實이다。더욱이 全一的인 事實의 이時代에 있어는 그荒蕪地나 開拓하고 있으려는것도 있음즉한 일이다。그래서 리알이즘作品으로서 世界의 水準을 到達함도 意義있는일이다。그러나 벌서 이러한 頑固한 農夫는 眞實한 人間이 못된다。웨ㅣ그러냐하면 時代는 이頑固한 農夫들은 위하야 停滯되지 안는까닭이다。리알이즘은 그들의 頑固도 不顧하고 벌서 時代性을 喪失하면서 있는까닭이다。時代가 全一的事實을 要求하면 할수록, 良心있는人間들은 거기에 모랄과 批判意識없이는 對하지못하는것을 알어야한다。그것은 文化人인 作家들보담도 一般讀讐人이 먼저 갖이는 時代意識인대는 어쩔수없는 일이다。만일 作家가 讀者에게 離叛되지 않으려면 그리고 그들에 對한 先驅的인 地位를 保全하려면 作家들은이 時代意識에 明徹해야 할것이다。그리하야 單純한 事象의 描寫에 멎어말고, 새로운 타입의 發見, 創造에 邁進해야할것이다。

(四五頁에서 繼續)

이것이 다름아닌 신발朝鮮文學史란것이다。

未開前代의 이象徵文學史에서빠진 신발風景不知其數이겠으나 特別待遇로 只今 내가 일부러빼놓은 風景곡하나있으니 그風景正히 다음과같다。멘발로「ちかたび」신고 맛치別動隊 나되는것처럼 저혼자 저벅저벅 외딴길로거러가는 가없은 風景인대 이風景의 主人公이李無影임은 말할것도 없다。

모두들 보선이나 양말이 나를 제멋대로 귀신 었지마는 無影만은 보선이없다게다가 또신은 구두라고보아하니 人夫川의「ちかたび」다。이 風景에서 그의人生의 참됨과 文學의眞實을 찾지못한다면 나는 이以上더 諸君과 더부러 論코저 아니한다。

맨발 지까다비의 一藝術家외로운 無影이 虛榮을 잃어자린 無影이었다。그는 天才이기를 바라지않고 地才이기를 또한 願치않는다 하나의 人才로서 ㄱ러나 혼버의 길을 默默히 걸고저하는 詩人다운詩人이다。

이러한立場에서 無影短篇集을 吟味할때 우리는 永遠의孤獨이란것을 새로히 凝視할수있는것이다。

知性과感性

ー새로운文學創造에의길ー

韓 植

今日까지의 文學史上에있어서、偉大한作家들은、나는러아러쯤이다、 나는로만티끔의立場에서따라고、判然하게말함으로써、創作을爲始한사람은 하나도없다。이두가지流派에對한議論는 要컨대批評家 文藝史家 或은인타푸리테이라ー의하는일이며 또할일이다。

그들은、다만「쿠라이스트」가 말한「이대로 둘수가없으니가、노래한데서 不過하다」라는 境地을 自己들의心情에서울너았든것이다。막으래야 막을수없는 「인넬 하이ー쯤內部的衝動、創作的인팔스가 노래하지않으면 안되게하였든것이다 그때 마츰그들의 個性이强毅하면偉大함 이그들의作品으로하어곰 스스로하나의 삶의힘을 具備하였으며하나의生命을 늦끼게하였든것이다。生命을 늦끼게못하는作品은 要컨대模造品이며 羅列된灰色의文字에서 지나지안는것이다。

勿論하고、그러한內部的燃燒로써 創造를비롯하는때、藝術的形象化는 極히重要한本質的의 部分이될것이다。形象化로써思惟化까지하는素質、 그다음으로는、콤포지숀의巧描판타지ー를 構成하는技術 이와같은것의必要는더말할것없는것이다。

오늘날나는「페ー테」가 로ー마에對하야 말한言句을빌어、다음과같이 말할수가있지않을가「피다고라스의 沈默으로써 이곳에서옛헤를보내는것은가장훌융한 일이안일수없다」그럼으로써、나는、아이로니가아이라 眞正한意味에있어서오늘날作家들은 深淵가운데서 오히려力作을 쓸수있겠다고 말한일이있다。空然하게 또는 天然스럽게도 말하지말지어다。賢明한作家는 作品으로써만 自己를말할지어다。

이땅의文學者들은 在來로따른藝術 的分野에있어서보담은、훨신觀念的思惟에있어서 민첩함은、그들의長點인同時에短所이다。그들은、한번 感性的具象性과 知性과의統一에이르러서는、매우幼稚하다는實例는 日後다시論證하기로하자何如튼、그럼으로써 統一된形象力의不足、다시말하면 形象으로써 思惟하며 形象으로써 認識할때、그때야비로소 眞實한文學의꽃은、피여나갈수가있는것이다。觀念的으로는 獨奏를하드래도、全身이動하며、그와따라가지못할때에는 다만손(手)으로 或은머리(頭)로 만드러낸文學밧게 될수가없는것이다 이와같은 現象은우리네 批評家에있어서는、더욱甚한것이있다。그들의文章이 오늘은 읽을수가있지만은 來日에는 다시읽을興味를 가지지못함으로써明白하다 藝文의世界에서 힘것 사다는 우리의冷汗三斗는、오직이러한 곳에만있는것이다。歷史家이며 社會學者이며生物學者라고 일커르는 「산드부ー부」도 「여러가지의 事物를 自己의興味의中心으로써 되고있든 文學을通하야 硏究하며、文學의範圍를 훨신너문問題의探求에있어서도、그는、어느때라도 「文學的感受性은 일흔일은絕對로없었다」典型的의 近代批評家라고 呼稱받은資格을、가젓든것을보라! 「에리옷트」의 말과같이、그러하야그는「想像力이라는 最高의批評的資質을 具備하게가젓슴으로、그는그때문에 文學을全體로써 把握할수가있었든것이다」文學을全體性으로 把握할수가있는 感受性과想像力、이와같은말은우리네批評家들에있어서는 얼마나생각하게 어려울만하게貧弱한것인가。우리곳에있어서는 作品가운데서、다른한作品을뵈우며、作家의創作의意圖한바 以上、或은現實뒤에서다른 深한現實를차저내며 創造로써의 批評文學을 營爲할수는 到底히없는것이 안일가 지금과같은 形便으로는。

나는다른곳에서 簡單하지만은 最近이곳저곳에서 떠드는知性에對하야、그의觀念化를 是非한일이있다。知性이오늘날 부르짓게되며 그의擁護가如何히 必要할가하는데對하여서는 다른 사람들만 못認識하는 바가아니다。知性의貧困을 이땅사람들의 固有한性格으로도 생각되는마당에서、그의必要와啓發은 더욱深切한것이 있어야할것다。

그러나、저곳에서 知性을云謂하면 이곳에서도 그들을復習하며 그러한追隨的態度뿐이 「앞루ー 데이트」의 文學者인것처럼 뵈이랴는 流行의포ー즈에 對하여서는 厭症이 생기지않을수가없다。우리들눈앞에 뇌여있는作品들은

恒常通俗的 만네리즘의領域을빼서 못나며 우리文學者들의精神이·唇벤손날한데서, 徘徊하는곳에서 또하나의觀念思惟로 混雜케한다는것은 賢明한일이 아니기때문이다。自己의無氣力을 反省하며 感性的스람푸를 어쩌면恢復할수있는가함에는 一方的으로의 知性의解明만으로는 知性의擁護論만으로는 到底히救濟할수가없는것이다。自己들의分裂意識과 生活의混亂과 그에따루는 深淵의 카ー오스는自己의確立과文學精神의作興이 도로혀旺盛하게 되는날에야만 비로수 그의成果를 創造的데몬에서 어더보와낼수가있는것이다。一方的으로 또觀念的으로 知性을解說할에始終하지안어야만 從來에서보든바와같은、理論의具象化가統一못되여 認識이形象化를 同伴치못하였든 前轍을밟지안을것이다。나는오히려 感性으로써知性하며 形象化로써思惟하라고 말할수가있으니 이러하여서만 認識과描寫의一元化와、藝術의아름다운것과 偉大한것의 融和自然스럽게 나타날것이라고믿는다。知性이、얼마든지부르지저啓發하여도좋다。그러나 知性文學이라고 말하여도 現實對象과事物을 文學化할때에는 반다시적히지않으면 안될感性에의前提 或은約束의길을 無視할수없는것이다

知性의探求는 作家自身의現實 人生觀 生活의葛藤과그의克服 分裂에對한反撥探像 生成의發露이며 이와같은때에 그의强靭을 必要할것이다。반다시、그自體로써는, 文學藝術도 될수없을뿐더러、直線的으로 文學創造에寄與하기도어려울것의다。더욱그의偏하며 에그硬化한批評家들의探索의힘으로써만文學을便利하게 營爲하려는 單純한態度는 매우미련한行爲가안일수없다。마치、感性의豐富는또한 우리들의文學分野를 浸潤식힐急務로써의 期待이며모든藝文의 創造에있어서 前提로한다드래도 그뿐으로써만는 文學을充分히 形成化할수가없으며 또한高級한文學이될수없는것과같이知性때에있어서 도그러케생각되어야한다知性의擁護의時代的意義는、매우큰것이있으며 그것의啓發은 日常性과風俗描寫에서 軟骨化한 우리文學을近代的로만으로 再建築하며 二十世紀以後의近代的로만 으로써의骨格成한發達에의 큰溫床이되는곳에서 重要한모멘트와刺戟을줄것을 疑心하여서는 안될것이다。

「에리옷트」가「뽀ー드렐」에關하야 한말이있다 뽀ー드렐은 사람들이 생각하고있는것같은 完全한詩人이안이였을지몰나도 想像以上으로 偉大한人物임에는 틀임없다고얼마나 興味있는말인가 普通은 그의特異한感覺뿐을보고그의時代의 享受를보지못하는것이 所謂뽀ー드렐안임을어찌하랴여게서 내가말하고 저하는것은 뽀ー드렐과같우사람뿐이 形象化함으로써 思惟하였으며 感性함으로써 知性하였다는것을 例示하랴는것이다。그의偉大는感覺으로써時代批判을 深切히하며 否定의精神으로 그의詩文學을創造하였든곳에서 바라보는것이 正當하다 더容易하게말하면 感性을前提或은 相伴치않하知性或은 知性에의偏向을

警戒하며 感性을가지지못 그는知性으로써는 知性自身도 잘發育식히기어려우며는그럼으로써의 跛行의文學藝術은形象化의不足이든지간에 何必튼 文學藝術의 本然의姿態를 亡失케하는수밧게 없는것이다 所謂印象批平家라고 일커르는 「구울몽」에對하야 에리옷트는다음과같이 말하였다 「近代의모든 批評家中에서 「레미도 구울몽」처럼 아리스토ㅡ틀의 一般的知性을 가장많이具備한 사람은없다。生理學을조와하며 限定없는才能을가지고 生理學을조와한「구울몽」은 銳敏한感性 博識 事實과歷史의 感知力及一般化하는能力을 顯著히兼備하였다。

謙遜한知性에依하야 印象을새롭게하며 眞正히하며 擴大하며 높힐수가있마 或은感受力도 교만치안은 知識에依하야 가장아름다운 새로운印象 때로는 처음印象과는 全然히다른 感動을 다시가질수가있다。

感動을變動을變更하며 訂正할수좃차있는것이、眞實한知性의領域이라고 할수있었다。 마티愛人에對한 첫印象과理解함으로써의 여러가지의 心理的誤差를發見하야 첫印象의變更을、不得已하지않을수가 없는것과같다。 勿論하고知性을十九世紀的으로 理解해서는안될것이며 따라서 高慢스러운知識等의 오로지量的의것으로 생각하여서는 안될것이다 그것은 높은리아리즘에있어서는 完全한融和를가지게된다 다시말하면 높은리아리즘에 있어서는 이두가지가 서로矛盾되지안는것이다. 知性은 高級한文學에서는 絶對로必要할것이나 그것은 感性的의方法으로써 把握되는때에만限한다。쉽게말하면 첫印象이 最後의印象이라는것보담도 알무로써 더욱感動하며 感動하였으니 더욱알기쉽다는 境地에이르는.方法을말하는것이다 그리하여서만 探求力과追眞力은 비로서完全한 結婚을할수가있다。探求力은말할진댄 知性의힘으로되는것이며 追眞力은 무엇보담도感性的의 方法으로써 形象化의不足을 恨歎치않을때에만、비로소可能하다 할수가있다。높은리아리즘은그러하야 이두가지의 統一된大道에서만 바랄수가있다 이두가지의 어느쪽에의 偏向을防禦하며、어느便도 强調하지않으면 안될處地를 自覺하며 正當히에스티메이트 하기를祈願할것이다。오늘날.우리文壇의리아리즘이 皮相的의 그것밖에못되는곳에 리아리즘의 막다른골목을 云謂케되는 理由가充分히많이있으며 따라서 現實描寫로부터 若干한心理解剖에이르기까지 通俗性에떠러지지 안을수없는 트리비아리즘 이 流行하는 悲慘스러운 身勢에있는것이다。「산드부ㅡ부」의 「對象을깊이알기를 祈願하며 오로지對象은 올케把握하는 野望을가지며 對象을厭飫스럽게 描寫하는것을 가장큰자랑」으로 생각한다는말의 順序를 單純히機械的으로 或은直線的으로 생각할수없음을 우리는 인제잘알고있는터이다。人間生活에對한 하나이삼풀을뵈우며 或은現實認識에對한 하나의理解를 解說하는데서 지나지못한다면 그것은文學의 本態에알마진것이못될은더말할것없다。 文學藝 術은感覺의窓으로써 바다드리는 太陽의빛이니 무엇보담도 먼저讀者를感動식히며 그들의脈博에直接으로 앞질하는것으로 비롯하여야하다 그때에만 追眞力을가지게되는 藝文의靈神은 우리들에게生命의躍動을 如實하게 뵈워줄수가있는것의다 오히려感動식힘으로써 納得하게하는곳에 科學의擠付을받지안은 科學과는다른 獨自性을永遠히 가질수있는것이다。 나는이와같은 明白한것을 다시말하는 理由는 다음과같은곳에있다 藝術的方法은 即現實描寫와認識을 藝術的으로 統一하는 方法은 形象化의道程以外에서 바랄수가없다는것이며 形象化는 感性、感動、感受、或은 想像이와같은것을通하는길에서만 바랄수가있다 이問題에對하여서는 더明白히論及할必要가있으나 다음機會에밀우어둔다。 다만 그리하야 가장感性的일수있는 限界에서만 가장知性的인것을찾은것이며 感性의길을 通한形象化를徹底히 하는것은다름없、 知性을높이며 合理的으로 文學化하는것이될것이다 知性을 이와같이 理解하며이와같이 생각할때에서만 觀念的으로 偏向이안되는 感性과의統一로써 形象化를 創造하는것이 될것이다。

「지-드」가 敎育이라는것이、 그것을、 이기고너머갈만한精神力을 가지지안이한 사람들에게는、 恒常有害하다고말하였다 이말은獨自의精神을 가지지안은곳에서는 모든것을 輸入하여도다만 追隨的으로되나 模倣만하는 一知半解의徒와같이 하나의流行에 끄치게함에 不過하기때문이다 나는精神萬能을 생각하는사람도아니며 精神을恒常一定한地點에 膠着식혀 생각하여도안한다。 그러나 如何히流行的으로 여러가지 이즘을移入하며 「게징농수스 로시히카이트」(無定見)로 讚美하며 拍手하드래도 적어도文學藝術에 關하여서는 이와같은 狀態에低迷하고는 故大의쓰라림은 느낄날을 멀지않게 가질것이다。

그리하여서는 永遠히、 에피고넹의 狀態를뻬서못나며創造할여는 藝術的을아모런모멘트도、 붓잡을수가없는것이다 性格喪失者는、 어떠한敎育이래도 그를따루는形式的의虛僞를常識化하야 배우나니影響現實深淵이와같은 波濤에서、 그自身을 恒常流失할수밖에없는 處地가안일가한다。「하스베-」든지 「바레리-」든지 「지-드」든지 自己의精神을高揚시키며、 사람만한消化力과 自主性을가진 사람뿐이 그들의眞實을 攄得할수가있으며 그들의誠實을理解할수있다할것이다 「지-드」가말하는 「敎育」 「影響」이라는말을「現實」「知識」이라는말노 바꿔노아도 좋을것이다。現實을보고、 그뒤에있는、 다른또하나의 現實의影像을 그려며 檻에드러마즈면서、 檻을너머나오는사람 이와같은사람뿐이 現象中에서 眞實을探索하여내며 深淵中에서꿈을懷姙할수있는 사람이다。 出藍의人이란이와같은 사람을두고하는말이나 우리가待望하는 신세러티ー를 가진사람이다 (一三五에繼續)

저널리즘과 文學의 交涉

安 含 光

最近 筆者는 自身의 懶怠性과 相俟하야 여로가지事情緣由되는바있어 그날마가의 新聞을 日課的으로對하지못했고 또 其他의 朝鮮出版物들에對해서도 比較的等閑히해온편이다 따라서 頭蓋의題目을갓고 論述하기에는 여러가지 不便한點이있다 하나 編輯子의數次의吩咐가 頭惱題目에依한것이였고 또 저나리즘과 文學의交涉을바다본다는것은 文學의今日 的性格流動等을 窺知함에 一方便이될것도같어서 몇마듸의感想을 피력해보기로한다。

저널리즘과 文學의交涉을論하기前에 먼점簡單히 저널리즘과 文學의差異에對해서부터 이야기하자면 文學은個性의創造的精神을 尊重히 하는것임에反하야 저널리즘은單純히 客觀的事實의報導우에 立脚해있다、이리하야 文學의全過程이 「創造」라고하면 저널리즘의 全過程은「記錄」이라고 定義할수가있다。

이렇게 創造되지는바 文學의우에는 언제나、眞理와思想이라는것이 體顯되어지는법이나 記錄되어지는바 저날리즘앞에는 單純히、移動無常한 社會的現象에對한 時間的捕捉이 展開되어질따름이다。

무릇 思想의創造라든가 眞理의探究라든가 하는것들은그母體의 自律性이란것을 必要로한다。이自律性의權威를

確保함이없이는 當初에意圖대로 命題에該當한內容의 眞理라든가 思想을 探究創造할수는없다。

왜냐하면 社會의一般的心理는 當該時代가 要望하는 새로운理念에對하야 언제나 後行되여지는것이 恒例이기 때문이다。

이렇게 後行된社會的心理를 當該時代가要望하는 레벨에까지 誘導 上昇시키기위하여는 必然으로 그러한一般的社會的心理에對한 迎合埋沒에서 自身을 警戒해야할게고 이러한警戒를 確保하기위하야는 自體의自律 性平凡한表現으로 말하자면 自體의權威라는것이 必要하게될것은 自明의理다。

(自律性이란것을 그릇된認識우에다 設定하려는 傾向이 없지않으나 그에對하여는 以前다른論稿로서 이야기한 바있으므로 여기에서는 斷論하지않키로한다)

世界를貫流하고 또 高度히表現하는바 思想과의不絕한 抱擁을 劃策하는文學은 必然으로 그러한意味의自律性말하자면 一般讀者層에對한 一種의自負的精神內容을 갖고 있는法이다。

한데 文學이 이렇게 一般讀者層에對하야 一種의自負的精神內容을 갖고있다는 이말이 곳 讀者層의問題를全然考慮하지안는다든가 하는意味로 取扱되어질것이냐하면 決코 그런것은 아니다。

其實讀者層의存在를 全然 想定하지않고서야 어떻게文學的理念의 社會的達成이라든가 하는것을 생각할수있을건가?

文學의 自負的精神 內容(이러한命名에 許容되어진다고하면)이라고 하는것은 要컨댄 一般讀者(大衆)가 생각하고 쓰고 이야기하는바에 一一히 追從하지안는態度로 더 全體的인意味로서는 當該時代의 어떤事實의使嗾 乃至는 壓力에對하야도 毅然히 不動하는 獨自的主張性을 意味한다。

이리하야 一種의自負的인 精神內容을가진 文學의自律性이라고하는것은 決코讀者層을 前提로하지안는 孤高的獨善性을 意味하는것이아니라 다만 讀者層(大衆)에對한 指導的主張性(文學의哲學가透徹한主張을 가진다는 意味는아니다)을 意味할뿐이다。

그러기때문에 그는 必然으로 發表機關을要求하게되고 여기에서 저널리즘과 文學의 結合이란것이 始作된다。

한데「結合」이란말은 結局 四圍가 하도싯고러운바있어 웬만한일이면 모다 調和의美로 妥協鑑賞하려는 懶怠한 習性의所致일뿐으로 저널리즘과 文學의關係는 勿論嚴密한意味에있어 「結合」이란말로 表現할것이 되지못한다。

왜냐하면 「結合」이란것은 그로말미암아 兩者의權利가 蹂躪된다든가 性格이 歪曲된다든가 하는일없이 가장合理的으로 接合되어지는 狀態를 이름일것이겠기때문이다

하기는 이러한意味의 結合의典型이란것이 世上에存在

한것이나 하는것부터를 나는 알지못한다。

플라톤의 對話篇에依하면 「愛」란 흉허러 不足에對한 補充的慾望이고 따라서 男女間의愛慾이란 半쪽人間(男)과 半쪽人間(女)이 元體한몸덩어리이든 攝藍時節에對하야 느끼는 鄕愁的本能이라는 것이니까 當然히 그의最高最美의 具象化일터인 男女間의結合이라는것은 그로말미암아 한편의權利가 蹂躪된다든가 또는 한편의個性이 蹂躪된다든가하는일없는、合理性의 代表的인結合이리라고 推想할수가있다。

하나 이러한頭腦的인 推想과는反對로 人類의發展史가 우리에게 實證해주는바는 父權에對한 母權의支配로부터 男權에對한 女權의追從이라는 權利交替의過程이있을 뿐이다。

쩌날리즘과 文學에關係에 있어서도 事態는同一하다。

앞에서도 말한바와같이 文學이 自體理念의社會的傳達을위하야 發表機關을要求하게 되는대로부터 쩌널리즘과의結合을 結果하게되는데 그는兩者의性格의 充合性에있어서 現象되어지는 것이라고는 생각되지지안는다。

그러면 이兩者의交涉은 具體的으로 어떠한性格乃至어떠한方法에依하야 遂行되어지는것이냐 하는것은 생각해보아야하겠고 그러기위해서는 쩌날리즘의 現代的性格이 어떤것이냐부터를 簡單히 論觸해나가야 장할거다。

勿論 쩌날리즘의 現代的性格이라는것은 그것만으로 獨自의尨大한 論述을要하는 크ー다란『文明批評的인論題다

한데 吾人은 지금。그런것에對하야 闊길게關論할수는없는일이고 그저該論이 必要로하는程度에서 簡單히 이야기하자면 그는 近代機械文明의 所產이라는點을 위선이야기하지 않을수없게되는데、이機械文明이란것의 得意滿滿한表情은 언제나 數의支配와 量의威力이라는것을 또한 생각하지않을수없게된다 其實數의支配와 量의威力이라는것을 疎外해버린다고하면、近代機械文明의 存在理由는 스사로 喪失되어질것만도 事實이다。

한데 저날리즘이 이렇게 數의支配와 量의威力을 看板으로하는 近代機械文明의 所產이라는것밖에 아니나 그와相俟해서 저날이즘 그自體의企業化가 날로 强化되어간다는곳에 그의今日的인性格이 드러나게되는것이다。

企業이란 두말할것도없이 營利를目的으로하는 經濟行爲다。한때 朝鮮의저날리즘은 純全히 營利만을目的으로했다느니보다는 誠實한意味에있어서의 社會의木鐸으로서의 役割을敢行한일이있다。하나지금에있어서는 多量의商品의 企業的對像으로서 多數의消費層의 獲得이 主眼일뿐으로、그質은 다른企業一般이 그런거와마찬가지로、언제나 顧客의要求에 迎合 追從되어지게된것이다。

여기에서 쩌날리즘의 大衆性이란것이 나타난다。勿論이「大衆」이란것에對하여는 까다로운 政治的解釋이있는것이나、지금筆者는 그런意味로서 가아니라、單純히常識

과通俗의地盤이라는 意味로서 使用하고있는것임은 두말할것도없다。

이리하야 强度로企業化한 쩌날리즘의 宿命的結果인大衆追隨性은 同時에 쩌날리즘의 通俗性이란事態를 招來한바되었다。

지금에있어 一般社會人은 한때 靑春의意慾을象徵하든 未來의光明을 云云하느니보다는 밤거리 베온싸인의 現在의光明에서、오히려 삶의즐거움을 노래하고또、는메로벤의놀이라든가、슈ㅣ판의아름 다옴에서보다는、오히려 짜ㅣ즈의音律에 보담만히 陶醉되어지고、또는 그를 希求하는形便이다。 그는 그런것이 오히려口味에맛기때문이다。

이러한 一般社會人을 消費對像으로하는 쩌ㅣ날리즘이 同時에 그들의口味를 無視할수없은것도 當然한일이다。

여기에서 이러한大衆의 口味에對하야一定한自體의權威的主張性 即 自律性을 가지고있는文學과、그와는反對로 企業的인 見地에서 臨機應變的으로 大衆의口味에迎合追從해나가는 쩌날리즘과사이의 結合이 一場의悲劇없이遂行되어지리라고는 애초부터 생각할수없는問題이며 이悲劇의主人公이 文學의편에로配役되어졌다는것도 또한어쩌는수없는일이다 그는 相對的意味에있어 저ㅣ날리즘의 보담 强大한現實的힘이結果한 必然한事態이기때 문이다

우리는 巷間에서 「過去에는 文壇이쩌날리즘을 리ㅣ드했는데、지금은 쩌날리즘에 文壇을 리ㅣ드하군」하는소리를 종종 듯거니와 結局 上述한바와같은 事情에서와지는 結果다。

그러면 이러한모양으로 交涉되어지게되는 文學이 具體的으로는 어떠한化裝으로 쩌날리즘우에 登場되어지는 것이냐(?)하는 것에대한이야기가、나에게要求되어지는다음의 課題인데 여기에對하야 簡單히 槪括的으로 이야기하자면 위선一定한 標準化의 支配란것을 생각할수가 있다。

나는앞에서 文學이個性的創造임에反하야 저ㅣ날리즘은 企業的인見地에서 그를 極度로拒否한다는 뜻을말했거니와、이러한事情은 必然으로 쩌날리즘의 一定한自體標準이란것을 내세우게되고 따라서 文學도 쩌날리즘의 一定한標準的支配를 받게된다。

實로 쩌날리즘우에나타나는 作家들作品이 大體로 標準化되어있어、皆擧가 이러타하고 個性的世界를 創造해주지못하는것은 實로恨中恨事가 아닐가? 이는 勿論쩌날리즘의 罪만도안일거며 時代의분위기、作家의資質 이런것들과 깊은關聯이있는 問題이나、또는 쩌ㅣ날리즘의 特質에서 오는影響이란 것에대해서도 全然、盲目일수는 없다。

人物의設定 事件의按排 줄거리의運用——이런것들이 定型의姿勢로나타나고 橫으로는 쩌날리즘우에流行하는 作

家全體를貫流하는바 默約的인 定型이란것을 攝取할수가 있다 이러한標準化는 根本的으로는 藝術理念의 限界的 要求라는事態를 不文律的인 前提로하게된다。

이러한事態는、非單 文藝作品에만 영향되어진것이아니라 文藝批評 文藝評論에도 다같이 作用하고있는것임은 두말할것도없다。批評의安易化 評論의理論的 無骨性 또는 解釋學的傾向와 無主張的인現象等으로 表現할수 있는 現狀이나 具體的인論評은 스사로 別個의論題를要할일이어서 割愛키로한다。

둘재로는 通俗化의길을 생각할수있다。

그러라고 쩌날리즘우에 나타나는作品은 全部가 다通俗作品이란 뜻을말하고 있음이아니다 그러나 쩌날리즘의 人氣를얻고 寵愛를받는作家 말하자면 쩌ㅣ날리즘的作家라고 命名할수있는作家는 指擧가 通俗作家이라는것마는 이야기할수있다。이와同時에 純粹藝術派作家라도일단 쩌날리즘에依據하야 作品을發表하게되는境遇에는 쩌ㅣ날리즘의 本質的要求에應하야 어떠한程度로든 通俗的要素 乃至手法과 野合하지않을수없다는것까지도 하개의 事實問題로서 이야기할수있다。通俗小說이 取하는길은大體로 立體的인雄健보다도 平面的인多彩의기를 取한다。

그는通俗小說의 根本的精神에서 오는 本質的要求로서어쩌하는수없는일이다。

이는 쩌날리즘的作家 金末峰氏의 作品을 읽어보면明認되어질問題다 어느때고 通俗小說은 무엇을생각하는讀者、또는 敎養있는讀者를 滿足케하지는못한다。

그러나 世上의大部分이 高學한思考人이라거나 敎養人에依하야 占領되어있지못하고 常態는 그와反對로 衆愚에依하야 占領되어있다는곳에 通俗小說의 存在的地盤이 있는것이다。

文藝批評—(常識로서의)—의 通俗性은 文藝批評의常識化와는 形態로서 나타났다。

이렇게 論理의世界는 問題도삼지안는 그「前提」卽 常識의 基本的依據處로서의 그의「前提」란것은 다름아닌現實의限界(標準)이고 따라서 生活의通俗化우에 根基되어 있는 물건이다。

이러한理由를 念頭에가질때、우리는 쩌ㅣ날리즘에依한 限界(標準)의支配와 通俗化의促進이 批評壇의우에는 그의常識化를 招來하는바있다는것을 理解할수있게된다。

셋재로는 템포의問題다。元體人間이란 停滯를모르는動物이어니와、쩌ㅣ날리즘에있어 무엇보다도 重要한것은速度의尊重이다。生産과販賣過程에있어서는 勿論이겠거니와 記事의選擇에있어서도 速度의尊重은 決定的重要性을잣고 있다。勿論 이境遇에있어서의 速度의尊重은 記事의質的面을規定하고있다。卽 새롭고 자미있는것 이것이 現代 쩌ㅣ날리즘의 記事取扱의 規準이다。

新聞이면 一日 雜誌이면 一個月이 各自의生命期間이

다. 그以上의時日에 亘하야 發揮되어지는 光茫에對하야도 勿論 그를 忌하는바는 아니겠지마는 쩌날리즘의根本的인全關心은 그날 또는 그달에 集中되어지는것이다
이는 瑣細記事에있어 보담 甚하거니와 文藝的作品에도 程度의差는있을망정 事態는同一하다. 作品의量의制約, 이라는 外面的意味에있어서는 勿論이어니와 作品의構成이라는 內面的意味에있어서도 制約은 必然한事態로 要求되어진다.

新聞小說같으면 그날마다의 사스펜스가있어야하고 場面交替 多彩化等이있어야한다.

批評에있어서도 事情은마찬가지어서 或定의問題를 집게파고드러가는 執念的인것보다는, 가볍게 탓치해나가드라도, 多少의明朗性있는것이 쩌-날리즘的體質과는 合一되어질거다. 오늘에있어 硏究論文의潛跡은 這間의消息을傳하는 適切한 一例이라고 생각되어진다. 이런것들은要컨데 쩌-날리즘의 速度의關心이 質的으로 表現 參與되어지는 場面이다.

그러기때문에 쩌-날리즘에依하야 要求되어지는 一定한標準 또는 通俗的要素等을 받어드린다할지라도, 또한개의 重要한特質인 템포의要請을 量的으로 또는 質的으로 受納 堪當해나가지못한다고하면 그는 워선 -쩌날리즘의作品으론 落第가아닐수없다.

其實 오늘의 쩌-날리즘의作品들은 만커나적거나 이쩌-날리즘의 세개의特質面을 各其 體質에依하야 受納堪當해나 가는바있다고 看取되어진다. 한데 이러한 쩌-날리즘의 速度面의特質는 한편文壇에向하야 토픽을創造하고 또는 交替시킨다는 特質을看過할수없다 토픽의創造와 交替가 文壇에依하야 遂行되어지는 것이아니라쩌-날리즘에依하야 조종되어진다는事實이다.

이에對한 直接的役軍의部隊가 오늘의評壇이다. 한개의問題를 긴時間出演시키느니보다는 無數한토픽을 速度的으로 交替展開시키려는것이 쩌-날리즘의 本質的要求다나는勿論 一長一短이 있는것으로 曰可曰否를 速斷키어려운問題다.

한데 이러한趨勢의 흐름에싸여 一定한自己테-마란것은 全然 問題삼지않고, 부질없이 토픽만을提供하려는論者의態度를 어떻게볼것인가?

무릇 한사람의作家 또는評家의或定의 問題에對한 科學的確信이 眞實로 決定的일때 外力에向하야 意見을무러보고 또 自己를主張한다는것은 勿論 必要한일이고또좋은일이다. 하나 어제의主張과 오늘의 主張과사이에는基本的으로는 그를連綿하는 一定한테-마의 關聯性이란것이 있어야할것은 勿論이다. 왜냐하면 文學하는人間의態度라고하는것은 決코 刹那的氣分의發作을 意味하는것이아니라 그와는反對로 一貫하는테-마의 發展을위하야努力해나가는것을 意味하는것이기때문이다. 따라서 그러

한努力밑에 具象되는바 方法과方法사이에는 一定한關聯이 있어야할것은 두말할것도없다。

勿論 過去의主張과 全然 別個의性格內容을가진 새로운主張을 해서는 안된다는것을 意味하는것은아니다。그러나 만약그런것이라면 過去的主張에對한 批判的過程이라는것이 要請되어지는것이나 아닐가?이는 自體誠實이란 意味에서는 勿論이어니와、한편讀者에對한 責任問題로서도 必要한過程이 아닐가?여기에서筆者는 告發文學論에서 風俗文學論으로 넘어간 金南天氏의 行程을생각하고있거니와 이에對하야氏스사로의 省察이 必要치는 않을가?이야기가 잠간 엽길로다라낫거니와 左右間筆者는上記論述에서 저ー날리즘과 文學의交涉的性格으로서는 上記세개의特質、即 저ー날리즘에依한 通俗面의要請、限界性의支配、렢포的關心의 質的表現等을 보아왔다。그러타고해서 筆者는 現代의저ー날리즘이 文學의發展을抑壓한다든가 하는것을 意味하는것은아니다。하기는 文學의危々를 저ー날리즘의 現代的性格과結付시켜 이야기하는 見解가 全然없선것도아니나、그러나 그境遇에는 보담基本的인 意味에있어 社會的客觀的條件과의 關係에서論究되어저야할問題다。過去、 지금이나를莫論하고 文學에對한 저ー날리즘의關係는 一長一短이 있어온것이 事實이다。該論에있어서는 다만 現代저ー날리즘의 企業的特質面에서만 文學과의 交涉的關係를 追究해보았을뿐이다。

(一二八에서繼續)

明日의새로운文學은 創作하려는사람들은 但ㅣ論理가안인 生命의樹液을、마음껏吸入함으로써、偉大한感性性 敏한知性을 反省하려는 意慾과 반다시 自主的精神 그는때때의 風波에서도 自己를流失치안는 强毅한性格을빌드하는 方向을希求하는때、그때에있어서만 文學藝術은 그의創造의魔力을 ― 不可能을 可能케하는 偉人한꿈을 滿足할만치 表現할수가 있는것이나 ―새로운빛(生)을 産할여는者는 마땅가운데서 恒常 混沌을가시시 않으면 안될것이다。混沌가운데서라도 唯一한사랑을빋고 深淵에서 다리橋를놋키를念慮하는 우리들은 廢墟의동산에서 피리소리에 귀를기울니는 우리이며 에데라스이베뿌리를 斷絕시키운 사람들가되지않기를 祈願하는 우리는 恒常文學藝術의 世界의最高의 願望의達成은 오직새로운 빔을産할수있는 創造에만있다는것을 確信하는者이다

再說春香傳과古典

—文評壇에寄함—

徐斗銖

忠實의分裝! 애닯다。그러나 不可思議는아니다。나의 보잘것없는 忠實은 太半 아니 거이 온곳 어면學校에 當然히 擔保되여있다。서푼어치도 될지말지한 못난敎養의身 以外의 아모것도 緣由할이 아니엿만 編輯兄의付託을받고 머뭇거리다가 겨우 펜을들게된 이제는 아가씨들이 알뜰히 꾸민答案들이 살들히 案頭에서 나를 노리고있다。마유먹엇든 作業은 이러하야 斷念할수밖에。不得已 塞責하려는 語不成說의羅列! 編輯兄과讀者— 읽어준다는 前提를가진분에 限함!

에 아울러 머리를 조으지아니못치하겠다。

元山이라 松濤園! 하였던가는 健忘되여 別川叙頭하기 혈의적기 日置하고 어쩌튼 어느해 여름도 지났을 무렵인가 녁여진다。「文學評論의史的再吟味」란 海水浴場附近을 휩쓰러넣어 藝術을藝術하는 글字를換置한다면 滋味를 滋味하는立場으로의 評論을 어떤紙上에서 提讀한 일이 있던때를 비롯하야 金文輯氏의 健筆을 欽仰하고 있던차 얼마前 學校文學硏究室 冊皿비에 氏의評論集의 雅淡한裝套를 보고선 곳 빌려내여 밤이 이슥토록 耽讀而三嘆良久이려니와。氏는 격정이시다。「朝鮮文學에는

傳統이없다……李朝中葉의春香傳은 朝鮮文學의 遺産이라 밀기에는 그는 너무나 醉漢의꼴을 보이고있다」(傍點筆者)「同集一〇頁」。「春香傳은 南原佳人 或說 醜女 成春香과 李夢龍을 題財로한 「變形中國文學」 다시 말하면 近代的으로보아서는 幼稚莫甚한 某種의글임은 시골寡婦들이 더잘알것이다」(傍點筆者)「同三頁」。「나는 限없는慾心으로 일속 日鮮漢文이 가진春香傳을 다읽었으나 그를 朝鮮文學이라하기에는 나에게는 너무나 恥辱을느께있는것이다。「저라산하 약야게 서시가 종출하고 순산만학무청문에않소군이 생장하고(中略) 설도문군환출이라!」

―이것이 조선문학일까」(傍點筆者)「同181頁」。

× × ×

畏友李熙昇君의 好編 歷代朝鮮文學精華에는 一王臺에 봉은奮을 引滿觴而自酌하여 數三盃를 기우리고 徘徊衙門하여 山川도 살펴보고 吟風咏詩하여」古本春香傳이 엉거주춤도 아니오 바로 으젓하게 豪氣를 부리고있다。李君 例言하야 「過去의 朝鮮文學作品인……中 가장 文學的價値가 있는醇를 網羅」한 冊의 한토막이 春香傳의 古據區域이다。勿論 完全古領은아니다。그러나 李兄!은 좀생각하소。文藝學의 美學的樹立論을 비로소 主唱하야 「오늘날까지 내가 살여온限의 數十流派 (傍點筆者)의 獨逸學者間에는文藝學의 詩的內包性을 主張한사람」(同書頁)이 別로 없었음을말하리만침 硏鑽이 많으신金氏의 眼目과는 얼핏하야선 어찌 그리 相距가 머단날이오? 果是 兄는 講壇人이오 서울文科敎授이시군요 ―니怒여워는 아니말거시 怒여워나니하는 生員님에게 뽀―너쓰가 福祚되려니。門外漢의唐突! 주제넙게도 編輯兄의 設題에 依據하여 이唐突은 唐突에 終始될상싶기 始初부터 唐突을 뿜으니 日 새로움은 값있을지니라。그러나 묵은맛없는 새로움은 來日새벽에는 곧 낡게되리니 이때에 그는 絕對的의낡음이 되고말것이니라。

× × ×

앞질르는批評! 쑥스러운것。코가뒤넙적하고 뿌―여타。뚫고나오는批評! 메서운것。눈초리에 조롱을달다, 俗談에 뱃속에 드러가본것처럼영롱스럽게 하여지는 批評은 짜정 진국물이렸만 새벽 다섯時에는 진국이없다는 雪濃湯집主人말이 귀여여진다。이따의文學은 午正이깜아 아득하다。

× × ×

나는 春香傳을 古典이라읽었고 傳統에問題시켰다。(朝鮮古典文學管見 ―特히春香傳을 圍繞하야(朝鮮日報)參照) 金文輯氏는 말하였다。「古典을가지지못하고 (春香傳을設今李朝의 所産이아니고 麗朝 羅朝의 所産이라해도 그는 우리의古典을 아님은 勿論이다 文學의傳統을 가지지못한 우리의文壇。」(同177頁)。

古典은 이따에서는 보다더 흔히 文壇과評壇에서의 關

心을사완다。 이따는 眞더한 學의모맘은 온갓 雜풀이억
세여 부접못한체 일스군조차 낫을 베고 꿈길이 무르
녹다。 아찔하여진다。 저낫이잘못…… 그도 功利的部門은그
에도 謀利輩까 게집이홍성을 줌 부치고있다。 이따는아
직 無川의川은 迂遠라 拒否中일다。 拒否라면 意識的이
된다。 全然 奇想아니 妄想天外의 푸념으로밖에 되여있
지않다。 平待接은 하 많어서 서러움이 새로히복바칠것
까지도 없으나 平待接의 微分小的掛意도 가저저있지않
음이 眞是 孤浪하다。 이런때에 文評壇에 그레도 古典
이 도마우에 올넘이있는것만도 아조 學界와는 딴전이
다。 이따의 古典은 그러나 해人數는 얼마못된채 퍽낡
였다。 곰팽이가 멘탕이다。 이모양 흥없고 냄새 코를싸
텔地境이나 이를 古典이아니오 一種 恥辱은 자아내는
것밖에 못되는 그수롯한꿀악선이 極盡히도 아기차기할
만치도 到底하게 가난하야 때를쌓고 蓄菌룰 함精神조
차 망연한것이 밉살스럽고도 애틉다。 古典의意義와 傳
統의 問題는 前揭한 拙稿에 提示한바 있었기로 거듭
푸념하기를 삼가한다만 이러한 可謂 當識的領域에 드
러있는것같은 課題의 穿鑿이 학용 異常한困難을 同伴
하는 것이요 이런것에對한 規定그것이 잘못 그自體의
앞길을 阻止하는일도 不無한것을 나는 未練히도 걱정
한다。 切實히 非與究的일것같기도하다마는 이것이 容許
될 아모런 根地도없다고는 아니보여진다。 單只 文評壇
에서의 古典은 오로지 이르는바 코타식이라는 洋風것
에다가 朝鮮服色을 차림식힌 樣姿로보곤 日是日非하는
듯하다。 아니라면 옛典籍이라는것과 西洋原語와의 信符
으로 幷響시키면서도 오히려 最高의作이란 일류ㅣ춘은
幻想하고있는듯하다。 그리하야 아모리 조선的性格이 모
든것은 아메ㅣ바的으로 능난하게 包攝한다곤 치드래도
「古典에서 다음날의創造가 如何히 無定見히되면 오히
려 그것이 包攝되여질것이라는 너머 欲氣가지나처 可
謂 緣木求魚格인데까지도있다。 그러나 이는 求하는便이
약탈이다。 古典은 大抵 새創造를 爲하야 征服的意圖를
가진 騎虎的普遍性을보담은 保守守成의 性質을 性稟하
고있다。 그의 創成發展의面보담은 이러히하야 古典은傳
統한다。 말할것도없이 이제에 生命을 부지하야 있어야
만 古典이 古典될수다는것은 常識以下일있다。 그러나어
째든 그것이 古典이라 일홈된以上은 過去란 時代의制
約을 不免한다는 觀點을 우리는 잊어서는아니된다。 소
도적같은 未練한지경의 힘으로 現實과 어울려저서 한
바탕 鮮血이 淋漓할지경의 敢爲에서 일어지는 文學이
우리에게는 切實以上으로必要가됨으로 이런 現實的知性
的文學으로이따의지난날것들을 살필때 그것들은 마참내
「朝鮮에는 國民文學 特히 民族의文學이 없었다。 따라
서 現代朝鮮文學은 아무 傳統도 遺産도없이 出發했든
것이다」(傍點筆者)(金氏著95頁)라고 痛憤해지매 一變形中

國文學」이라 括弧되매 恥辱거리가되며 醉漢의딸이 사나올게밖에 아니된다。 그러나 한거름 물너서 古典이반다시 全的으로 現在가 하려는創造의 根源이되는것도 아니며 부끄러운것도 부끄리면서 잘직혀질때 處女的聖業아닌 某種의孕胎가 가져질수가 있다고하면 애當初 닫지않는소리가되고말것인가。 이에 春香傳은「變形中國文學」이건말건 醉漢의딸 볼사나울면말면 그것은 요지음의文評壇이 變形은아닐지모르나 換腸은 틀림없이 施術한船來品으로 훙성을 이루며 눈이 말똥말똥 西洋선여름철에 海水浴場에서 신는신을 嚴冬雪寒에 鍾路바닥에서까닥거리는 키하고 삽쌀개같은 斷髮娘만 一方的으로 同行하는 얼간잽이들이 하도많은것과 相距가 퍽 가깝다는것을 나는妄斷한다。 新文學이 제 아모리 近代的으로 보여진대야 온자 제것만은 아니었다고 보여진다。 傳統도遺産도 모르는체로 出發했든것이지 出發시킨것아니었다고보여진다。 말을 이러쿵 저러쿵 할나위없이 春香傳이 불품사나웁게 한때 끌려다녔다。 誰者에게까지 끌녀다녀서 딸이 말못될시정이다。 어젠가도 말한바와같이남의 장단에 팝세춤을 추는딸이란 目不忍見뿐만이아니라耳不忍聞이었다。 決코 우리네 自體의 切實한 要求 或은 뜸직하고 默重한 意圖에서 이루어진 基礎工事를가지지못하였으나 이는 外力의 総迫도아니오 勿論 內的動胎도아니오 單只 허울때좋게 샤미상에, 멋없이

를 엉거주츰 지닥거렸든而已이었다。 다만 一種의 故意的反撥로의 東洋的云云에 所緣된 그릇된 復古的제스추어이기도하였다。 아니 오히려 懷古之境而已였는지도 모른다。 비록 復古라손치드래도 西洋的의것과이 接觸乃至그의輸入이 그릇된것이기만은아니다。 차라리 固有의것 乃至 東洋的의것에의 還元을피할제 操心性없이는 그의西洋的인것과의 絶緣이 기끈하야 스스로의 退步를 招來하는 境遇도있다고 느끼는瞬間을 우리는 아러야될지니이 現代의救援이 되지못할 勇敢을 操心으로 制御할것이 必要하지않은가한다。 突然히 旣而요 虛氣症을만나신으면서도 靜寂 그러나 열매 하나 물한구비도 없는山谷에서 홀로 나는偉大오偉大오 소리쳤다간 그偉大의山울넘은 東洋的幽靈의 떨니는 위ㅣ 위ㅣ 밖에 反響못할지도、모른다。 그러나 나는 도리켜 現實을보며읽는다。 뺑덕이어멈처럼 쨍쨍거리다가는零時後에 그좋아하는 그러나 일수 왼손에 쥐는 나이프와 올흔손에잡는 포ㅣ크가 노여시지않으것을 이番만은 까마케 잊고선 장국밥한그릇을 깍두기보세기까지 외통삼켜버릴지정의 옷지못할 곡게이를 나는 어쩌튼 본다。 장창은 함부로 할것이 아니니라。 文學은 生活에 根底하는 行일다。 그러고 知性만으로는 行이못되는 境遇가많다。 그러나 春香傳에 말성은 옮겨진다。 知性的要素만의 匱乏으로 文學非文學된다고치고 본다더래도 이 知性的要素가 春香傳에 全

無하다고는 아니보인다。沈滯하야 생각될듯이다。非表白性을 東洋의古典은가젔다。餘白이 餘韻이 知性의非表白的表現을가지고있다。그러나 한거름 물너서자。知性面으로하얀 春香傳는 稀薄라 以是、일컷는이 이에 있어 가론 春香傳이가진 知性的要素는 思想以前의것밖에 못된다고。여기서 우리는 徹底히 귀를기우리들고 생각할것이나 本質的的으로 希臘의精神을 傳統하고있는 體系性과 主知性의 意味로서의 思想으로 立論한다면 그點으로 將來 稀薄한 우리文化이다。비록 어떤 思想이 들어온다 하더래도 그때에 그것을 立法的範疇的으로보담은 오히려 肉體的現實으로 活潑한便이 많였다。春香傳엔 오나 中國的의것이 儒敎的의것이 泰山이 오히려 적다한다고 하자 그럴지라도 그곳에는 엄병하게 그것을 스스로의 營養으로 뷔러민AB니의 分析도 貴찬타는드시 生活的有機的創造에 바도 營養시키고있음을 우리는 볼수있다。概念化될지정의 思想이없고 方便化되리만큼한 노다지로 나오는主義와 主張이없어도 안개를 사이한야 보는듯한 藝術的焦燥(?)를 周圍한 思想性이 오히려 있지아니한가? 보너두나 이매의것으로 유니-크한것이 없다고도 보여질것이다。이매에 그러나 이 유니-크이 孤獨을 잘못 意味해서는 아니된다。文學乃至文化에 있어서의 孤獨은 停滯、原始를 意味하야 獨自와는 遼距千里이다。決코 聚母的孕胎는 文學이란 아이 꿈꾸지도 못하는 非貞女일다。況여러가지形便으로 이따의 古典文學은 自主性과 獨自性은 이말들의 기라만치도 못지나고 보다많이 依存的이없음에랴。그러니 무릇 獨自性이란 그말됨이 퍽 模糊허는面을가젔다。뿐만아니라 남과 뚜렸하게 懸殊히 特異할 獨自性은同時에 가장 銳敏하게 그러나 賢明하게 남의影響는 感得한다는 逆說的眞理도 內包하고있다 生得的領域과 때를같이하야 習得的 分野도 넓는것이다。

事實 春香傳엔 너무나 數多히 中國的要素가 많어 變形中國文學視될만치도하나 人物들의 性格만 하드래도 비록 그시추에이숀에 따라서는 가져야될 破壞的情熱조차도 없으면서도 屈從을 노상 屈從으로만으로는 아수히녁여선지 隱士이면서 오히려 滄浪에 발을씻스려든 屈原이 竹林에 潛在淸談을 마음껏하라든 稽康一派같은 潛在的反逆態度를 隱然中 獨自化하고있으니 이에 瞭然한 知性的露顯이없이 一見 醉漢化된場面을 거듭하는原因이 숨어있으며、이에 그表現技巧가 結局은 우리말그대로의 風俗文學的이되어버리며 이여 春香傳이 春香歌로 뒤거름질될契機 — 이에對하야는「文章」誌에 暗示를 보낸바있으며 이稿끝에서도 한假說을 設置하려한다 — 가 있으니 이곳에 完全한 散文的展開를 春香傳이 가지지못한 한 모티브가있다。眞實로 藝術이 樣式的類型은 精神에 있어서의意欲의 相違에 매여져있다는 보링겔의 말

이 생각혀진다。

이러케보아하니 春香傳는 그에서 넓은意味로서의 民族의 社會의 그러고 時代의 指標가될 量的威力 或은 倫理性을 求키는 쉽지않다치더래도 知識으로의 古典性外에 人間性的部面만이라도 오날에 가지고 있다고보여지나니 文評壇는 미리 恥辱 느끼기를 準備하기前에 이에서 어듸까지던지 現代現實의 文化가 要求하는바에따라서 探求하야 새로운 積極性을 그리고 眞實性은 求해냄이 마땅하지 아니할가? 이여는 當然한 限界가금처지며 缺陷이 指摘되여저야하나 沈潜없는 欝火만으로 作用없다고본다。 이 欝火症은 文學乃至文化의 살올내리우고 피를 말르게하는것이 究極의 所得이되기 일수다。 뒤덮어두고 所謂 世界文學的傑作을 꿈꿔 날뛰고 한우티의 歪曲된敎養이 招來한 우리 古典에의 生疏가 그양그대로 恥辱으로 變容하야서는 그는 急性欝火症(?)일뿐이니 文學創造에 있어서 朝鮮의 文學人은 朝鮮의 古典은 이프리오리하게 生而知之하라는 염누로 이따의 古典을 蔑視 아니 無視 아니 함부로 辱說을 함는 決코 健全한짓이아니다。 곳써먹히는것은 意味하는 種類의 배훈것이 없으면 自己내 創造의 健全한 發展의 좋은 出發點을 가지렬때의 거울이라도 삼어야할 마음의 餘裕가 있어야할것이다。 文學創造에있어서 古典을 언젠가도 말한바와같이 이따것에 求하는것만이 能事가아니며 또 現代의文學이 꼭 이따의것에 依據하여야될 當然的要請은 免除되어있으나 旣往之事로 古典을 云云할진댄 空疎한 典謨와 虐視가아닌 冷靜이 要求된다는말이다。 멀정하게 泰西의過去의 文豪들관 모조리 握手까지하고 會見까지한것처럼 指導가、豊富히 나려저있는 이따의 이文化部面擔當者! 되지도못한 異常漢이와도 언제부터 그처럼 到底했던지 야던법석 늦끼는 明月館에 歡迎會일즉하얀 水原까지 會見을 特理(도구다니)하는 이 版局에 古典일시 말만도 分明 自己스스로의 欲求가 아닐境過 꽉 많다。 이런 版局에서 「이따의古典!」우서운잠고대일것이다。 그러나 웃지못할 秘術이숨어있기도하다。 내남없이 어느집개빽다귀인지도 分揀못하게스리 그려진 肖像이 人跡이 고난한밤이면 집집마다 大井에 나타나리니 삿삿치보고 곰곰히 생각할지어다。 그것이 끝우리네 모도에 共通되는 蒼白한 自像이다。 肖像이 보여주는 구역나는 秘術이 이따의 古典이 至今하야 云云되는 한 張本이기도함을 깨달어야된다。 때는 正히 피토스的이못된다。 그래서 古典하는군? 아니다。 그러면 때가 懷疑이여서이냐? 아니오 오직 이때 이따 自體가 아모런 情熱을 가지지못하야 古典의精神이니 古典의 思想的淵源이니가 아니오한 꿈 한 神話오 云云되여있음이 아니면 古典의 誘拐虐殺 못해야 古典蹂躪임이 現狀이다。 지나친말일지모르나 丁寧 이러커만이라면 文評壇과 잠간 손을 난호아 이야말로 獨自로 古典을守護하야 나아감이 차라리 要望된다。 敬虔한守護！ 이에 學問的登場이 契緊하다。文學은 제대로 딴길로 成長하여라！ 言語性이 文學性을 規定하는바 크다。眞正한 이따實體가 文評壇에 흐려저있다」이래도 古典에沈潛없겟다면 無可奈何이다。또 무엇무엇하되 이따의 古典이 가진 感性을 아모리 푸닥거리하여도 성큼 넘어서지못할宿命이니， 이言語性과、이感性을 팽개치고 抽象的으로 理想하는 世界文學的水準이 神來한다고 天國에서 電報나왔나？ 듣건뎬 來日에의理想은 恒常 오늘의 眞實한態度 그가운데 企圖된다니。言語性과 感性까지도 저바리고 故鄕잃은 流浪文學！ 그것도 된다면 반가운일이다。쓰는말을 몰으는 이따의文學人은 노래를잊은 캐나리아를 오히려부러 워할진저！

× × ×

機緣은 어떠케 작만해젔면 古典이 말되여저서 內的沈潛으로 얻어서는 그의 規範性이 밝혀진다면 오직이나 조호랴。이機緣을 그러면 북도둘 責任은 누귀것일가？ 아까도 말하였거니와 學的硏究의말은 바라한다。硏究란 契機가準備되여야한다한다。春香傳이 取扱하여저야 될課題가 어떤意味로면 이미登場하였을진댄 그에關한 모든 究明은 學的究明이土臺가되여야된다。무슨 까닭인가？春香傳의 表面의撫摩가 指令的權威를가지기는 어려움으로이다。이따의:古典이 아울러 받고있는 敬遠과 無視는 기꿋해서 이 撫摩以上이 아니기까닭으로이다。健全한 意識으로 內的究明이없어서이다。變動하는 가운데 꿰여흘러 變易와 不易을 止揚하는 古典의 永久性이 個體를 通해서 築成되는 그普遍性에 너무세게 가위눌려있음을 알기爲하야서이다。無限定하고 無立場한 普遍의꿀은 쨔정 우스운꿈 밖에는 아모것도 아니다。永久性과 普遍性 이 두面이 다같이 가저저야 古典이 傳統되는것이다。그러나 이경우에 어느것이냐면 普遍性이 델 아쉬운것이라고 본다。그러므로 오히려 文評壇이 性急히 찰고저 意欲하는드키 보이는、이善遍性이 잘못하면 뜻아니한 古典虐殺이란 끔직한일을 저즐르고만다。이러하므로 單純한 利功的營顧가아니오 알들한反省과 非功利的， 考慮를 學的硏究가 不得已라도 擔當아니할수없게된다。史的事實로서의 存在의叙述과 當然의價値論과의 混同을 避한 學的硏究가 보여저 文學人 或은 오직 正當的批評만을 읽어온것을 코높이 矜持하는 批評家에 檢討와 吟味를提供하야줄 好意를 義務하여야된다。勿論 이때에 學的硏究가 非功利的部面을 가진다고해서 無定見한 趣味化라면가 自己陶醉라면가가아니오 嚴肅하게 對象에바로부닥처 그方法의確立을 얻고 學的理解의 歸納이 體得되여저서 얻어진、始初엔 一見 無目的같은 結果를 열매하야 보이여야한다。이것이 學的硏究가 文評壇의 性

急한 操作에對한 好意로운 匡正 或은 救援이될것이다 그러면 이學的考究의 方法과 理論은 어되서 얻어질것인가? 말할必要도없이 미리 當面對象以前에 定立되어저있는 方法과 理論이 있다더래도 그는 當該對象의 眞摯한 考察에 말미암어서는 變更되어질 融通性이랄가가 가저저야될것이다。對象의 强制力을 甘受하려는 柔順한 方法과 理論이라야 할것이다。요지음 對象에 앞서 神興(?)된 方法과 理論의 實演者가 對象이되여지는傾向이 너무 많으나 이는 일이아니다。勿論 이런것이 學問의 水準을 높이는데 寄與함은 不無할지나 「學問하는」 態度로서는 지나치게 이ㅣ지、고ㅣ잉이고 欺價이다。朝鮮의 古典文學이 그러함을 通하야 文學의 一般性을 난호아가졌다기보담 차라리 甚하게 말한다면 이때의 古典가운데 存在도아니하는 要素는 마찬가지로 어떤文學의特殊性에 지나지못하야 오히려 文學의一般性이 되질못한다하려만큼 이때의 對象은 끔돌히 極細極微한 境地에 이르도록 考察이 다구어저야될것이다。朝鮮古典文學硏究의 외지안는길은 이러하야 그것이 바로곳 一般文藝學에 寄與하는것이될지며 이것이 그대로곳 朝鮮古典文學硏究의 目標가되여질것이다。文藝學一般과 朝鮮古典文學의關係는 앞것이 뒷것의 指導原理가 되느니보담 極言할진댄 前者가 後者의 細心한 批評的對象이되여야만 비로소 朝鮮古典文學의 硏究가 보다더 高次的인 理論의 樹立에 寄與할수있다。이러케말하면 獨典이라할것인가? 要컨댄 對象考察以前의 方法과理論은 示唆程度에 그치고 물너야될것이다。이에 무엇보담 이때가 自古至今히 비저낸 生活에根底法 모든것이 없어서는아니될 考察의 課題로 떠오를것이다。흔히 이때의 우리네 祖上님것이라하야 쉽사리 等閑視當하는 時代性도 이러하야 關心이되여야한다。우리의가진 文化의 全體性에關聯하야 그橫的探索以外에 그에 關聯되여서의 縱的究明이있어야 正當히 古典은 그모습을 보일것이다。우에서 말한 古典의 規範性을 究明히 도아니한 비슷한 아모런過去로 사로잡으체 그過去를 그混迷의過去를 不問如何하고 본받는것이라는點으로 생각한다면 가뜩이나 한것이 더욱 逆轉退步를 말하는것같이 들닐것이 疑懼되나 이 될수있는限의 正確한時代에의 逆轉은 한番은 피하야 그때에 몸을잡게하야본後가 아니고선 그 正體로를過去란 「지금」을 照明하는 生生한 「지금以上」의것이될바 없음을 어꺼할것인가? 未確은하나 混迷를 이르킬만치 推定이不可能한 時代가아니오 비록 이때겨래가 외여싼 바리케이드가 너무堅固는 하나마 그普遍의 스휘어가 그리 좁지않은 春香傳亦 이러히 考察되여야할것이다。

× × ×

우에서말한 春香歌로 春香傳이 行하는 過程을 假說한 成案이 마련되었으나 規定의 紙數가 넘었기로 다음機會로 미루며 끝으로 그著編에서 任意로히 引用을 많이한 金文輯氏와 李熙昇兄께 失禮됨이 없었면한다。

―十二月二十二日―

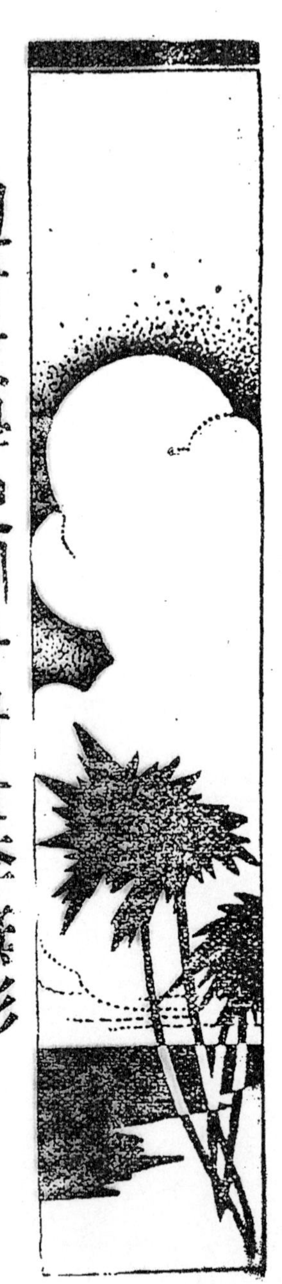

신발文學史에 나타난 李無影

—그의 第二短篇集을 읽고—

金 文輯
花 豚

「なつかしい」를 우리말로 뭐라그랄지 그놈의 나츠까시이「朝鮮文學」이 다시 續刊된다는 消息을 接했을때 이건좀·文法이 재미없으나 나는 꽤 나츠까시이했다달라들면서여러가지 賦役을지이는판에 얼굴이 좀어색해졌으나 돈달라고 졸르는 조카가 絕對로밉지않는것처럼、오히려 나는 아저씨의 기쁨을 享樂했었다 그러나 貴치않은 請求에는 崔載瑞의 知性과뭐라는 冊을批評하라는말—이말에는 딱질색을했다 朝鮮의 所謂海外文學派란것이 하나의 朝鮮的 넌센스라면 活字文學派인 崔載瑞君의글줄이란「白畫의夜市川」로 黃土外에 그아무것도 아니기때문이다 (「文章第二輯에서 具體的으로 椰揄하게 그를解說해보일 豫定이나) 文學에있어서의 知性의 意義조차모르는 그까짓데꾸(木偶)녀석의 自費出版을 내良心으로서는 到底지文學人앞에 紹介할수없다고 答했드니 編輯子이르기를 그러면 無影短篇集을 評하라하기에나는다시기로래 그는 내가請할일이요허나 制限紙數가 너누작아서 棄權하겠노이다하니까 北國的 베바리메를 가진우리의 池先生 그도 그러습지요만 어느것이라도 하나꼭써주서야하겠읍니다고자못眞重又沈鬱하게 哀乞의威務斋形式하는것이었다

洗手도 안한 나는 소파에 大凡 다음과같은 이얘기를 해들진것이었다。

虛榮이있는 女子는 있을수있다 그러나 虛榮없는作家란 이世上에선 찾기어려운 그야말로 參番에서 處女찾기맛찬가지의 不可能事다 作家無影인以上 그에게 虛榮心있음理萬無하다。허나 그虛榮心을 作品에 나타내지않기에 成功한唯一의作家가 朝鮮서는 李無影이라고 나는 斷言한다。이事實하나만으로서도 君은 充分特異하게 評價받어야된다。

「醉香」이란 그의 처作品集에서도 적실히 그를 느꼈이마는 이번 無影短篇集에서는 더自信있게 그것을 느끼고 나는 나 스사로에게 感謝의뜻을表한것이었다。

君은 決코 所謂 天才派의作家는아니다。天才란 저門身의별을 격子뿌 奈中에달아 놓은 사람이다。不幸히或은多幸히 朝鮮서는 李箱이하나 밖에는 더此派人種을發見할수가없었다。이에對하야 地才란것이 있다。지금 지어놓고 봐도신통한 新語다。이놈은 대가리를 따에파문어놓고 두손집고 다리를 奈中에휘둘루는 친구다多幸히或은不幸히 朝鮮서는 金裕貞하나 밖에없는 人種例다。그러나 이두天地才는 不幸히 이건確實히 不幸히大成치못한채 文楷線上에서 사라지고말었다。

天才地才인지라 어찌 人才없을소냐 하겠지마는—마는이 아니라。餘地의 一百朝鮮作家는 一如히 이人才派에屬한다。

말할것도 없이 그들는 天才와 같이 격구루매며달리지도않고 地才모양으로 격구루서서 허둥대시도 안는다 보선신고 신신고 地上을거러다니는「아다리마에노」人種들이다。허나 이「아다리마에노」人種에도 千態萬相의區別이 있음은勿論이다。솜보선에 메투리신고다니는 洪碧初 人絹양말에고도방女靴신고다니는 俞鎭午 編物朝鮮 보선에 紙物스립퍼신고 다니는 玄允淑、女給用 비단洋襪에 人絹製 메투리신고다니는 李泰俊 무명양말에 代用品豚皮製의 便利靴신고다는 李箕永 五十錢짜리 털양말에—圓五十錢자리 中學用 뿍스구두신고 다니는 李光洙舍善은 朝鮮보선에 琉璃製하이힐신고 다니는 金末峰, 빵구난 비단양말에 行廊川검은고무신신고다니는 崔貞熙女史 보선에 부리끼게다(鐵力下駄)끄을고 다니는 鄭芝鎔氏、品朝鮮보선에 茶房特製 소—바슈—소신고 다니는 不雨의 朴泰遠까스양말에 運動靴고다니는 林和무명양말에 兵丁구두신고 다니는 金尙鎔借用하야 思索期누나 양말에 집신신고다니는 白行이 이만하고 말고싶으나 適例가 아직 未盡한것같다。門避는 가죽 보선에 가죽신을 신었고 八峰은 廢物利用의고 무양말에 나무신(木靴)를 신고으며 退虛農夫보선에 溫作用고무長靴를 신었는가하면 崔仁아씨님 양말에 登山靴를 신었다는 等等의格이로자못 우리文壇은 異常한신발風景을 漫喆하고있으니

(一 一三 頁로 續)

連載小說

陣痛期 (二)

李箕永

一、자근집 (續)

「그러치요……아이들이 불상하지만은, 그아재는 지금두 미처단일 텐지?」

「그러켓지……흙!」

순남어머니는, 치마끈으로 눈물을 씻는다。그는 한손으로 코를 푸러서 내던젓다。

길까으로, 보리밭언덕우에섯는 느트나무 고목위에서, 까마귀한마리가별안간 짓는다。

「깍—깍—깜막! 깜막!깜막!깍—」

「저런 염병할놈의 까마귀—후여—후여」

숭남이모친은 애매한 분푸리를 까마귀에게 하러드럿다。그는 두팔을 내저으며、까마귀를 쫏는다。그러나 까마귀는 못드른체하고、가만이 안젓다。

「저런 육시를할놈의 까마귀가 지저서、곳불이 대단한게야。」

순남이어머니는 돌맹이를 집어던지고、두발을 구르며、또한번 까마귀를 쪼치었다。

「후어——이놈의 까마귀!」

까마귀는 그제서야 읍내편으로 날너가며 또한번짓는다。

「깍——깍——。」

보리밭은 지난겨울 혹한(酷寒)에 어러죽고남은 누런떡닢이 땅에 깔녓다。

「저게 언제자라나서 먹게되나!」

송각대방이 코ㅅ물흘니는 밑며누리로 다려온 어린계집애가 크기를 눈이빠지게 기다릴때와갓튼 마치 그와갓튼 싯분생각이 그들에게 닛다。

마름집에서는 떡방아찟는 소리가 쿵! 쿵! 울녓다 소슬대ㅅ문에는 대리석에다 색인 주인의 문패가붓고 그옆에는 적십자사 정사원(赤十字社 正社員)의 패가붓텃다。 순남어머니는 점쇠어머니의 뒤를따러가며,

「벌서 떡방아를 빠시는군! 아씨! 안녕하서유?」

「순남어머니야。 그건 뭐야?」

「애기돌잡이에 무어드릴것이있서야지요。 그래 쑥을 뜨더왔답니다。 —얼마나 김무실가!」

순남이어머니는 쑥보구미를 마루끗헤노코 변덕스럽게 방개가 없고있는 세출이를 쪼처가서 손을쥐고 어른다。

「아나! 아이구 으젓하기두……아기 귀빠진날이 왔구먼! —떡만히해서 나좀 줘! 응。」

추옥이는 쑥을뜨더왔다는말에 반색을해서 마루로 뛰여나와 보구미에담긴 쑥을 헤집어보며

「아이구 웬쑥을 이러케 많히 뜨더왔서。 —그러지않어두 쑥이없서서 걱정을 했더니。」

「뭐! 어듸얼마나되나요。 아즉 싹이어려서 만히 못뜻겠서유。」

「그러치! 이걸뜻느라구 여북 애를 썻슬가。」

말만은 인정이 뚝! 뚝! 뜻는다。 —

「무얼 그까지껏을……」

순남어머니는 주인아씨가 조아하는것을 은근히 고맙게 생각하였다。 ……「논좀 줄랴나?……」

「점쇠 엄마, 며가루좀 처—。」

「예!」

「난, 읍내를 좀 드러가야할텐데——아기돌옷을 오늘 가저온다더니 웨여적안오는지 좀 가바야겠서。」

「네? —— 었다 주섯는데요。」

「읍내, 재봉소에다 맛겻는데……」

그라자 상룡이네와 절출이집에서 또 쑥보구미가 드러왓다。——김첨지집에서는 암탉두마리。——아들이 정거장으로 막뻬티를단이는 조첨장네집에서는 계란두꾸러미와 설탕한봉。……

「거봄시요 제말이안맞는가。」

아범은 앉가 아씨가 쑥걱정을 할때 자기가 하든말이 생각나서 부르지젓다。「쉬차거보서요。」

「글세원——앗가까지, 쑥이없서서 걱정을햇드니……인제는 너무만허서 걱정인걸……호호호……。었자면 어러애들 만히닫었서」

추욱이는 너무조아서 입이 벙싯〳〵하였다。그래서 그는 얄이나기시작햇다。읍내를 어서 가야겟다고 금시회장한열끝을 다시 정대압흐로 드려다보며 분을바르네, 크림을바르네, 옷을가라입네, 한참부산을 떠렷다。

「방개야! 내그럼 얼는 읍내갓다올동안 애기를 울니지말고 잘보아—。자거든 방에눕히고 울거든 여기 우유가있스니 빨병에다 데워먹이고— 유!」

「애——。」

그는 모본단저고리에 세루치마 나드러옷위로 겹정외투를 입고 털목도리를 두루고 나섯다。——읍내는 이마을에서 불과 두어마정밧게 되지않엇다。그는 날이춥지나 않엇스면 세출이를 방개에게 업혀서 다리고 가랴하엿스나 옵산한일기가 바람이 차기때문에 혹시 감기가 들까무서워서 혼저나섯다。

「어멈 그럼 단여올게。순남어멈도 일없거든 쑥좀다듬을테여!」

「네。그러시지요。」

「안녕히 단여오서유。」

아씨가 나가자 그들은 비로소 자기네 세상같이 지괴를 펄수잇섯다。

순남 어머니는 우두커니서서 번질〈하는 마루에 느러노은 마루세간——찬人장、두주、교자상、라주칠반……등의 윤나는 물건들을 홀린듯이 처다보다가 실그머니 안人방문을 여러보앗다。

「이방에는 또 무었이있나! 아이구 저게다 무에야。」

분통같이 도배장판을 산뜻하게한 이간장방에는 화류의장、머릿장、양복장、삼층장농、문갑、책상、책장、경대、체경、액면、사진……들이 방안치장을 황홀하게 꾸미였다。순남어머니는 생전처음보는 이런것들에게 고만 가위가 눌녀서 한동안 입을 딱—벌니고 혼이 빠진사람처럼 서있었다。

「길동어머니 이리좀 오——。」

「왜그러우?」

행낭어멈은 떡가루 무든손을 털고 빙그레우소며 순남어머니 엽흐로 와서슨다。

순남어머니는 고개를 다시 방안으로 듸밀고 손가락질을하며 뭇는다。

「저—유리해박고 혼란하게 생긴것이 뭐라우?」

「었던것? 저거! 그게 화류장 의거리라는 것이라우」

「또 그엽헤것은?」

「그건 양복장이라든가。」

「또 저건?」

「그건 시불눗는장이라지。——나두、그방세간 일홈을 다모른다우。」

「그래 화류장인가 저것은 얼마식 한대우?」

「저게 륙백량이라지— 아마。」

「륙백량?」

순남어머니는 또한번 입을 딱벌렸다。술달린 하얀보를 덥흔 책상위에는 사기쟁반에 바쳐노은 월계화분이 언처있다。점쇠어머니도 와서 드려다본다。

「무었들을보고 그러케 정쯤을 해여!」

「새두 꽃이피나。저건 무슨꽃인가?」

「월게화타우。」

「아이구머니나 정신써라며워랑。저러케 해노코두 저긔서 잠이오는가?」

그는 사실 구렁이같이 울투불퉁한 가는석가래에 흙벽을친 토방안에서 방세간이라고는 석유궤짝하나위에 누데기 이불을 얹저노은 자기집을 생각하니 이집세간은 마치 독가비 세간같었다。

「참 사람안일세!——신선인가? 귀신인가?……」

「순남어머니두 죽어서 저승에가서는 부자집으로 다시 태나시유。——저러케 한번 사러보시게。호호호……」

「아이구 내가 무슨복력에……흥!」

「사람의일이란 알수있나요。허허허。아니 이댐량반도 십여년전에는 굼기를 편ー히 하며니만 관청에 단인뒤로부터 혓세가 눌지아였어。참 그때는 우리네혓떠만두 못하며니 개화속으로 나서서……。」

행낭아범은 감구지화가나서 별안간 침통한 긔색이 떠올넛다。

한낫이 기우러서 옵내갓든 아씨가 도라왔다。이월초생이다。(음력으로)해는 잠간사이에 한낫이되엿다。정거장에는 서울로 가는 낫차가 고동을불고 울나간다。

「애기 안우럿늬?」

「아니유。」

「애기가 우느가바서 엇더케 빨니왔든지 등에서 땀이 다난다。」

「옷은 웨 안가지고 오셔유?」

행낭어멈의 뭇는말에、

「아즉 좀 둘랏서。있다가 가저올게야。」

세출이는 그동안에 잠이들어서 안사방 아래목에 누엇는데 지금까지 자고 있섯다。

「나리 안오셧지。」

「아즉 안오셧세유。」

「오늘은 일즉 좀 오시랫더니。홍정을 해 와야지!」

「글세유、——쉬차!」

추욱이는 잠간、눈쌀을 찝흐리다가 다시 표정을 고치며

「점심들 엇더케 했서?」

「안먹었서유? 아씨는 엇더케 하섯서유。」

「나는 읍내서 먹엇서。——그럼 점심들을 먹어야지。얘ㅣ방개야。내발하두 어서 한데 삶어다。한숙갈식 요기다두 해야지。」

「얘——。」

방개는 부억으로 드러간다。

「그리고 저녁을 얼는 지어야겠다。나리가 밤차로 서울가서야 할테닛가。」

「예——、서울가서유。」

추욱이는 나드리옷을 벗고 앗가와같은 분홍저고리에 남치마를 입고나와서

「앗다 은행장의 아들이라든가 누가 똑 우리애기만한데 양복을 해입힌것이 엇더케 입뿐지 모르겠지。그래서한벌을 사랴고 양복점을 차저가보아야 어듸 어린애양복이 있서야지。그런감두없고、——불가불 서울가서 사야겠구먼!」

「엇더케 생겻는데요?」

점쇠어머니가 호기심이나서 뭇는다。

「윗도리는 흰바탕에 빨간문의를노코 아랫마기는 남빗세루인데、아주、퍽 입뻐!」

추욱이는 다시 방으로 드러가서 자는 아이한테 입을마추며

「우리애기 잘두자네。아가、너두 양복사주께、잘커라! 옹……자ㅣ젓좀 먹을가?」

그는 앙가슴을 벌리고 젓꼭지를 갓다대엿다。아이는 젓꼭지가 입에다차 눈도뜨지안코 빠러드린다。

저녁때에 김동호는 집꾼에게 흥정짐을 지워가지고 드러왓다。무엇이 그러케만흔지 집꾼은 끙! 끙! 하며 작대기로 버틔고 드러온다。김동호는 중절모자에 양복과 외투를입고 금테안경을 썻다。가재수염은 빼치고——。

「나리 인제 오서유。」

「옹! 자——이리와서 마루에다 하나식 올려노라구。 거기 그릇도 있스니 깨지지안케 조심하라구。」

동호는 뜰우에 올나서서 방으로 드러갈생각도 않코 집꾼들 감독하고섯다。

「아니 홍정을 해가지두 오시느라고 느지섯구려! 난 당신이 안오신다구 성화를 했는데!」

추옥이는 젓을느코 피침을 주키며 박그로 나온다。 눈우숨을 살살치며 동호를 처다보면서——。

「웨?——」

「당신 서울좀 가시라구!」

추옥이는 다시 정찬우숨을 생끗, 우서보인다。

「서울은 웨?」

김동호는 영문을 몰러서 똥그란눈을 더 똥그라케뜬다。

「호호호……그러케 놀낼것이 안이라 저—세출이 양복한벌 사오게!」

「양복은 웬양복이야 별안간。」

「내말을 드러바요。 앗가 세출이옷이 다 되였는가해서 재봉집에를 갓다오는길에 보닛가 은행장이라든가 누구의 아들이 양복을 입엇는데 엇더케 입뿐지 우리 세출이도 사주고 싶어용 ……다른때구 해줄터인데 이런계제에……」

「그럼 해입히지 지금 마추면 모레 글피쯤 못입어?」

「이런 시굴구석에 어듸 그런감이 있수?」

동호는 집꾼이 내려놋는 갈비、소고기、북어、게란、다시마、간쓰메、파자、실과、채소、생선、유리항아리、접시、차시종……동속을 보면서、한동안 잠자코있다가、

「그러나 별안간 언제 갓다온담。」

「오늘저녁에 갓다가 래일식전차에 못와용。」

「그럼 륙급을 타야되지않아。」

동호는 양복죽기에서 금시계를 끄내본다。

「륙급이 몃시간대?」

「다섯시!」

「그럼 아주 멀지않었수。

「시간은 넉넉하지만……서울을또가—……그말을아랐스면, 저거번에 사울것을 공연히 생돈을 뜨레지……그때 가장。」

동호의 눈치를보고있든 추옥이는 남편에게서 가겠다는말을 듯더니 더욱 얄이나서。

「무얼 그까지 차ㅅ삭이 얼마나 되여서、……넝넉잡고 사오원박게 더드러서……」

「아니 참 오늘은 못갈일이있서。」

동호는 깜작놀낸다。

「웅! 무슨일?」

「오늘밤에 내가 숙직이야。어 큰일날번했군!」

「뭐?——있대있다가 인제서……무얼 가짓말!」

추옥이는 어린애같이 몸을 흔든다。

「그짓말이 무에야。——드러오는길로 고만 정신을 빼껴서 인제야 생각나는구면!」

「호호호!」

이소리에 어멈들은 일시에 우섯다。

동호는 비로소 방으로 드러와서 조선옷을 가러입는다。그도 나중에 생각하니 자가가 한말이 우수웠다。

「그럼 없재。못사주고 따러!」

「무얼 래일저녁에가면 되지않어。그럼 지금 편지를 써부처야겠군。」

말을마추자 동호는 페—불압헤있는 의자에앉어서 벼루집을 여러노코 먹을간다。

「편지를 웨하우。」

「애들을 나오래야지。그런것을 어되서 파는지 내가아나。」

「무얼 어되서파러。양복점에서 팔겠지。그럼 래일은 꼭 갈수있겠수?」

「출장을 좀 갈일이 있구면、구만두지。」

그래서 김동호는 편지를 불야 불야써서 행낭아범더러 빨리가부치라고 식히였다。마루한옆에서 쑥을다듬고있든 순남어머니는、잠자코 그들의 대화를드르며 앗가 길동어머니한테 듯든말이 생각켰다。화류의갑이 륙백량이라니 그런돈은 자기네식구가 일년내 농사를짓고살고도 남을것이 아닌가? (次號續)

編輯後記

新年特輯은 그것이 復活特輯이나만치 그러하겠지만 豫想以上의 大歡迎을 받아 不過몇일이되지않어서 絶版이되고 二月號가나오기도전에 注文이 殺倒함은 그동안 文學輯이 蘇生하기를 다갈이 갈망하든 증거가 아닌가한다 더구나 많은 讀者로부터 本輯의復活을 祝賀하는 글을 보내준데 對하야는 變無의 榮光으로 생각하며따라서 感謝의 意를 表하야 마지아니한다、

여러분이 輯文을 그만치사랑하야줌에 對하야는 우리는기뻐하는 한편으로 묵어운 責任感에 눌린다。그러나 우리는게을리하지아니함과 同時에 本輯의 內容에있어서 充實을 期하야 여러분의아끼여주는 마음에 臨코자하며 또한 우리도 그리함으로써 여러분에게 對한 義務의 一部이나마 履行하는것이될까 한다。

×

本輯에있어서 李北鳴氏가 오래간만에 붓을들어주섰고 鄭飛石。尹世重兩氏의 近來의등은 力作으로서 創作欄의 不振을一掃하였고 李箕永氏의 連載物은 號를거듭할사록 맹랑하여진다。

×

林和氏의 長詩 한여름밤의꿈은 詩欄을不陷落의 城壁로 본다는것은오르지 나혼자의偏見일가 其外 李洽氏이 꿈。金大鳳氏의 落葉도 詩歌의 새로운 方向을指示하였다

×

評論에 있어서는 韓植氏의 知性과 感性은 새로운 文學創造의길을 말하였고 安含光氏의 써벌리즘과 文學의交涉은 現代써벌리즘의 企業的特質面에서 文學과의交涉的關係考究를하였다 또한徐斗銖氏의 春香傳과 古典은 本輯만이가지는 자랑이다。金午星氏의 現代휴맨이즘의 再吟味는 무엇을말하였을까 읽어보기전에는 말하지않으랴한다。

病中임에도 써주신氏의 誠意를 나는탄복하야마지않는다。

×

四月號는 內容을 조금달니하랴한다 무엇이어떻게되어나올까 窮禁하나마 기다릴밖에 그리면손곱아 기다리시압소서 (自靜生)

定價表

一個月	三個月	六個月	一個年
三十錢	八十五錢	一圓六十五錢	三圓十錢

注文方法

● 注文은반듯이先金
● 振替로
● 郵票는一割增

昭和十四年十二月二十七日 印刷
昭和十四年三月一日 發行

京城府光熙町二丁目九九
編輯兼發行人 池奉文

京城府西大門町二丁目一三九
印刷人 高應敏

京城府西大門町二丁目一三九
印刷所 彰文印刷株式會社

京城府光熙町二丁目九九
發行所 朝鮮文學社
振替京城二三五四五番

京城府寬勳町一二一
全鮮總販賣 三文社
電光三三五二番
振替京城九七五六番

조선문학 - 전4권

지은이: 편집부
발행인: 윤영수
발행처: 한국학자료원
서울시 구로구 개봉본동 170-30
전화: 02-3159-8050 팩스: 02-3159-8051
등록번호: 제312-1999-074호
ISBN: 979-11-6887-185-4

정가 400,000원